徐小斌经典书系｜第十四卷 影视剧本

虎符传奇

（上）

徐小斌 著

作家出版社

总序 梦想成精——徐小斌的小说世界

陈晓明

徐小斌在当代中国文坛虽然说不上是妇孺皆知，但说她声名远扬是不为过的。这当然主要体现在徐小斌是一位个性显著的作家，喜欢她的人会盛赞不已。无疑，徐小斌是一位实力派作家，她获得的赞扬与她作品创造的意义相比是恰如其分的，甚至有不少评论家会说，徐小斌是一个被低估的作家，她的作品中显然有很多的内涵还有待深入挖掘。徐小斌内心十分沉静，始终以自己的方式写作。她对文学的那种执着的态度和方式，是当今中国作家所少有的。徐小斌追求一种纯粹的文学，一种用汉语的纯美品性来书写的文学。这种说法似乎显得很不必要，这能说明什么问题呢？她似乎并不为时代热点所动，也不追逐重大的历史命题，她的探索也不介入某些潮流。但徐小斌个性鲜明却又具有多面性：对于一部分人来说，徐小斌是一个玄奥的有神秘主义意味的作家；在另一些人看来，她是一个准女性主义者；一些人认为她的写作非常前卫，也有一些人会把她看成一个把传统风格发挥到极致的人。说到底，这主要源自她的写作本身的多面性。但不管怎么说，徐小斌对小说孜孜不倦则是肯定的。对于她来说，小说就是她的生存世界，她倾心于这个世界，把自己全部交付给这个世界。以这种态度来写作小说，也就不难理解徐小斌的小说充满着虚构的色彩，这个世界融瑰丽的想象、诗性、形而上的神秘意念于一体，在我们的面前无止境地伸展敞开。

一、让女人成为文学的精灵

徐小斌的小说写出一系列极其独特的女性形象，足以让她在当代中国文坛独树一帜。她笔下的女性与在历史和现实中还原的女性形象很不相同，她的女性形象，更主要是诗意想象与神秘体验的产物。1993年的《迷幻花园》标志着徐小斌写作的新阶段，她把女性的绝对的爱欲放置到她的写作中心，把语言的精致化，与生存世界不可知的可能性及其宿命论思想相结合，构造了一种纯粹隐含着复杂变异的小说叙事文体。《迷幻花园》属于实验性很强的作品，它没有明晰的故事情节，但是有着非常精致的感觉片段。写过《对一个精神病患者的调查》的徐小斌写下这种小说是一点也不奇怪的，那篇关于精神病人的小说，据说给诗人海子以很大震动。而《迷幻花园》又是一次对女性的某种接近疯狂状态的心理描写。在最低限度上，这篇小说可以看成是关于两个女人和一个男人的故事。显然，这个故事并不重要，重要的是它引向对女性绝对命运的探寻。少女之间惯有的纯真友情，在这里被处理成女人最初的"镜像置换"。芬与怡最初通过对方认识到自己的特征，并且在后来的岁月里，她们总是处在奇怪的分离和重叠的状态中，她们各自占有对方的位置，又不断迷失。徐小斌似乎试图表明女人永远找不到自己的位置，芬夺取怡的位置不过是完成了一次放逐。女人的形体与灵魂永远错位，因为中间总是插入一个绝对的男性，她们永远无法跨越这道门槛。徐小斌对女人存在境遇的书写，充满了绝望的诗情，那些悲剧式的女性闪烁着精灵一样的美感。

随后的《双鱼星座》看上去是在讲述"一个女人和三个男人的古老故事"，但这个古老的故事被徐小斌以非常个人化的当代性的经验加以改造。卜零，这个优雅而聪明绝顶的知识女性——与其说这是典型的知识女性形象，不如说是知识女性乐于认同的自我形象。这个优雅的女人在三个男人之间周旋，对家的厌恶，对权力和社会制度的拒绝，与对爱欲的纯粹追寻相混淆，使卜零如此密切地扣紧这个时期的物质生活。那些流行的俗世价值观念，又不断地在虚幻的空间、在自我的想象中呈现。古典时代温情脉脉的两性关系，那个生活的寄托——家，在这里却是生活的牢笼，一个极为虚假而没有实际内容的处所。在20世纪90年代，这个被普遍描述为商业/文化二元对立的时代，徐小斌率先展开了对变了质的两性关系的书写。这一切混杂着对这个时代的流行价值的抨击和那些生命神秘体验的寓言性叙述，使得徐小斌的这个既古老又当下的故事具有犀利的直接性和女性神话学的另类经验。

徐小斌一直在探索一种新的写作法则，促使那种玄妙的形而上的思想意念与明晰流畅的故事相交合——这在某种意义上也表征着20世纪90年代趋向于形成的多元性的叙事法则——显然，对女性爱欲的关注使她找到连接二者的自然通道。把女性的爱欲与某些循环论和文化原始神话相混合，构成她叙事的内在意蕴，它们使她的那些关于女性爱欲的故事具有不可知的神秘性。她刻画的那些女性像是一些镜子中的人，像在水上行走的精灵，她们以遗世孤立的姿态决绝地走向生活的绝境。然而，她们却又异常明晰地折射出当代生活的那些直接的现实和流行的价值观念，以女性的特殊的话语实践对当代生活作出尖刻的析解。她的叙述是一些独白，又是一种现实；是一种呈现，也是撕裂；是一种抚慰，更是一种抗议。

《敦煌遗梦》是徐小斌20世纪90年代有代表性的长篇小说，它显示了她对形而上事物的爱好，以及具有多元综合的描写生活的能力。这部长篇更是抓住"敦煌"这个神秘而神奇的空间来展开叙事。宗教的神秘、世俗的爱欲、权力和阴谋，三位一体构成这部小说的叙事主体。

整个宗教世界在叙事中起到了双重的作用，其一是与世俗的爱欲相对构成了一个"生命之轻"的叙事圈；其二是宗教的那种神秘性氛围与世俗的阴谋构成了一个"生命之重"的叙事圈。这两个叙事圈又经常交合在一起，它们显示了生存的复杂意味。

小说叙事的表层是一个典型的浪漫的爱情故事。男主人公张恕和女主人公肖星星邂逅于敦煌，他们之间很快就产生了感情。但这个感情关系很快被另外两个人的出现打破了，一个是无晔，另一个是玉儿，这里迅速出现了四角关系。令人惊异的是他们各自都找到了另一种爱欲，出现了错位式的爱情。这部小说的叙事，或者说肖星星和张恕这两个人物总是在精神、爱欲、阴谋三者之间循环，他们像某种怪圈组合在一起，在每一个极端总是预示着另一个起始，总是向另一个对立项转化，而具有一些奇妙的双重意味。这部小说无疑企图求解生命存在的极端含义——它是那些女性末世学或宿命论，灵魂转世学说以及玄奥的博弈论相混淆的超级方程式。然而，对于徐小斌来说，这些形而上的理念，这些神秘而玄奥的宿命哲学，绝对不是她要明确解决的理论问题，它们仅仅是一些悬而未决的背景。她的小说的叙事是快乐的，是灵巧而智慧的。她把中国古代的宗教与当今中国的生存现实相连接，把最神秘的宗教体验与女性的爱欲经验相混淆，把邂逅的浪漫与贩卖文物的国际阴谋相接轨……这些都显示了徐小斌的小说叙事的开放笔法和引人入胜的精彩结构。

徐小斌发表于 2000 年的《女娲》是一部神秘而怪诞的作品，在短篇小说的篇幅里，讲述了一位虚构的燕国公主的奇特人生，在战国征伐、荆轲刺秦的历史缝隙中，这个未得史书记载的女性寻觅着自己的人生价值。她曾追逐情欲，却爱而不得，她曾试图重整河山，却发现什么也改变不了。在命运的无声指引下，她终于走向了女娲的神巫洞，在最深的自我封闭中接近了最玄妙的真理。这个神秘主义的故事始终有一个爱情故事的形状，公主的爱情和她的开悟纠缠不可分割，不可捉摸的世界本质有了感人至深的世俗形象，二者严丝合缝，折射出徐小斌高明的叙事策略和深刻的形而上思考。

二、虚构绝对的女性历史

多年来，徐小斌一直在讲述女人的历史，20 世纪 80 年代中期，她远离文坛中心，沉静而执着地写作。人们几乎突然才意识到这个人是一个不容忽视的存在。1999年1月的某个周日，在北京新落成的巨大的图书大厦里，《羽蛇》的首发式签名售书吸引了络绎不绝的读者，创下半天售出三百七十多本的纪录，把徐小斌的书写事业推向炫目的高峰。但在闪烁的镁光灯下，徐小斌却依然沉静如初。对于她来说，《羽蛇》不是结束，而仅仅是开始。

《羽蛇》是一部纯净深刻的作品，散发着古典主义的怀旧情调。但在其单纯的外表下，掩藏着相当丰富的关于女人历史的种种探究。

《羽蛇》构造了一部绝对的女人历史。说其绝对，是指这里的女人历史与男权历史相对立，这部历史顽强地抗拒世界历史的宏大叙事。《羽蛇》的叙事明显是一种历时性的结构，小说的情节发展与中国现代史同步，历经民国、新民主主义革命、社会主义革命、文化大革命、改革开放、跨国资本主义时代。小说历时几近一个世纪，概括中国现代启蒙与革命的变迁过程，一个家族无可挽回地走向破败的历史。以玄溟为首的女人群体，也是一部中国现代历史。历史的变迁，使这些女人历经沧桑，面目全非，她们由富贵而贫困，由娇艳而衰老，由天真而怪戾。历史严重改变了这些女人的外部，但没有改变女人的内在性。这些女人一如既往，执着地根据自己的内心愿望顽强生活下去，她们几乎是自觉走向命定的归途，但她们从不根据外部历史的变化而改变自己的品性和内心生活。玄溟是一个旧式中国妇女，这个据说曾被慈禧太后抱在怀里的聪明伶俐的女孩，后来看上去像是传统中国父权的卫道士。事实上，玄溟象征性地意指着中国传统父权的危机。小说中晚清时期的"老爷"，即玄溟的丈夫不过是"纸老虎"，几乎是缺席的。小说写到这个家族最高的男权人物"老爷"的时候很少，我们知道他不过是个洋务买办（铁路局长？），在外面养了小，很少回家，保持着中国传统男权的不少恶习。传统中国的男权历史不仅半殖民化，而且陈腐不堪。玄溟真正操持着这个家族，统治着这些女人，她们自成一体，构成一个后母系社会。徐小斌是有意还是无意？这个家族的男性或虚弱不堪，或英年早逝（如天成）。这个家族不再是男权驾驭女人的强权社会，而是男人落入女人圈套的生存游戏。陆尘这个风度翩翩的男人，没有逃脱玄溟为若木设计的婚姻规划。徐小斌笔下的男人通常都是一些庸碌之辈，或者是一些漂亮脆弱的剪纸式的人物。虽然男权构造的历史庞大而充满暴力，但作为个人的男性却无所作为。男人是一些集体性的群居式的盲从动物。徐小斌的女人却始终不渝地有着她们的发展史，乃至于个体发展史。每一个女人都有她的存在理由，她的选择与目标，她们永远怀着最初的生命动机，坚忍不拔地走向生命的终结。玄溟着笔虽然不多，但整部小说却始终渗透着她的气息。这个女人历经半个多世纪，历史已经发生翻天覆地的变化，但她却依然故我，还保持着她对这个家庭的精神支配，她甚至连口味都没有变化，她没有迁就外部社会，她有着自身不变的历史——一种看上去微不足道的然而却是最具韧性的自在的历史。

玄溟的精神在若木的身上以更加怪戾的方式加以繁衍。若木跨越几个时代同样没有改变个人的品性，革命把陆尘变成一个平庸的技术官僚，但却没有改变若木拿着金钥匙掏耳朵的姿势。受过良好的中国现代启蒙教育的若木，知书达理只是她的外表，用于俘获一个理想丈夫的手段，她的骨子里却渗透着中国传统妇道人家的本性。这正如浸淫现代性的中国，并未摆脱它的传统本性一样。若木在年轻时就习惯于颐指气使，对女佣进行精神虐待毫不手软。成为母亲之后，她并不像中国文学里通常的母亲形象那样温柔贤惠，而是一个尖刻怪戾、反复无常、冷漠自私的女人，总之，她凭着她的本性生活，与玄溟一样拒绝被历史同化。

小说的主人公羽和她的两个姐姐绫和箫，这是几个个性鲜明独特的女子，能把几个女人写得活灵活现，性格迥异，也可见徐小斌的笔力非同凡响。绫与箫是不同类型的女子，绫的故事充满了女人凭着内心冲动去选择生活的渴望，绫机敏善变，但她从不屈从于环境，我行我素是她的本性，她选择丈夫和情人完全凭一时的冲动。这个开放的女子实际非常自私，她渴望男人，但她却用了低俗的手段去控制男人，甚至加害自己的妹妹箫。看上去老实的箫，也有着自己对命运的不动声色的主动把握，徐小斌笔下的女人都很有质感，就在于她们每个人都有自己的本体存在，有着自己不被外部世界异化的内心生活。在任何时候，女人的个人生活史都是一部不可更改的独特史。徐小斌从不回避直接表现女人的内心欲望，女人对自身的身体意识，反复地读解自己的身体，这是徐小斌表现女人自我意识的一种方法。尽管这种视角多少夹杂了一些男性的欲望化想象，但徐小斌优雅的叙述总是能创造一种动人的氛围。

　　当然，小说的主人公羽是徐小斌刻意创造的一个绝对的女性。之所以称之为绝对的女性，在于羽是一个非同寻常的女性，她的存在方式，她的经验已经超出日常生活中的女性，而是由关于女人的绝对概念构造而成。或者说，她是一个本质性的女性。这并不是说徐小斌描写的这个女人只是从概念出发，这与我们过去批评的"左"派政治所设定的概念化人物根本不同，后者不过是政治意识形态规定的同语反复的产物，而前者则是作家个人能动地认识世界的思想结晶。羽被刻画为神经质，具有神秘主义本能倾向，向往形而上学，对不可知世界的迷恋，文身，与佛教徒和异见人士的爱恋，变相的反俄狄浦斯情结（即仇母情结）等等，所有这些没有一个行动表明羽属于现实世界。羽始终觉得自己与世界格格不入，周围充满了生活的陷阱，但她只是顽强地保护着个人的内心幻想，她与周围的世界无关，她只根据她的内在本质行动。羽像是徐小斌理解的关于女人的本质，或者一种本质的女性。关于羽的叙事，完全采用了诗化的和神秘化的表意策略。对羽的表现可以看出徐小斌叙述的特殊方式，羽的幻想特征使小说具有双重世界存在的可能性，羽一方面沉湎在自己的拉康式的"幻想界"里，另一方面却经历着真实的"现实界"。她所经历的那些事件和人物，如果做些简单的考据学工作的话，可以找到纪实性的原始素材依据。但这些并不重要，羽的故事可以进行拉康式的读解，令人惊异的是，羽是对拉康理论的女性主义式的改写，也就是说，杀父娶母的"俄狄浦斯情结"被改变成一个女人作为主体的故事。与之相关的"菲勒斯"崇拜，也被最大限度地改写了。羽似乎从来没有成年，处在历史的脱序状态，她同时也疏离于母系社会的历史。"脱离了翅膀的羽毛不是飞翔而是飘零，因为它的命运，掌握在风的手中。"羽在飘落，始终向着黑暗飘落。徐小斌对一种状态和感觉的把握是相当出色的。

小说中出现了几个男人的形象，他们无一例外属于女性历史的反面。圆广/烛龙也只有在羽的幻想界里才具有超凡的精神力量，一旦回到现实界，例如烛龙，后来也不得不显出凡人的疲惫。男人的历史是可疑和可悲的，也许是无意的，徐小斌写到的两位可以为女人接受的男性，烛龙和朋，一个是流亡的异见人士，另一个是携款外逃的经济犯。这就是男人的历史。支撑这个世界的强大的男性力量，正处在深刻的危机中，这两个男人不过象征性写出了这个时代的男性与世纪初的男性（老爷之流）所遭遇到的不同命运。

但不管如何，《羽蛇》讲述的女人的故事无疑是独特而丰富的。这部"后母系社会"式的女性史，展示了女人是如何按照自身的历史延续性，拒绝和疏离男性轰轰烈烈的现代史的生活历程。在现代性的宏伟历史进程中，自在独立的女性史在徐小斌的笔下并不是平静自在自为的，这部女性的历史也不是和谐融洽的，女人在现代史的背景上，开展了自己的历史活动，成为女性书写自己历史的起源。就是在这个从社会学的角度来看作为一个由血缘关系构成的女性家族里，女性之间的排斥和敌对，构成其历史的主导内容。这也许是徐小斌的惊人之处，当她把女人的历史与男人的历史对立起来时，她并没有去讲述一部女权主义者惯常要关注的姐妹情谊（与男权世界对抗），而是女人之间，特别是女性亲人之间的敌对。这些女性都进入宿命论式的对立和仇视。一个排除了男权的女人世界，充满了令人惊异的压制与颠覆、爱与背叛的斗争。在所有这些斗争中，母女之间的对立构成矛盾的轴心，母亲对女儿的控制与戕害，女儿对母亲的逃避与反抗，形成层出不穷的环节。

若木在年轻时为母亲玄溟所支配，上学时母亲居然坐在后座监督，母亲设下圈套为她找一个如意郎君，女儿的生活按照母亲的意志发展。幸福这一概念被母系社会的权力所曲解。当若木成为母亲后，她也没有放弃对女儿的精神压迫，羽时时感受到母亲的冷漠，从小她就顽强地相信"母亲不爱她"。在女儿发现母亲的"不爱"时，羽又在找寻另一个母亲，她与金乌的关系，就更具有恋母的意味。确实，小说中不止一处写到"寻母"的情节，血缘关系似乎发生危机，而精神之母则在她们的心灵里占据着支配地位。金乌同样是一个"失母"的人，徐小斌在这里编织的故事有着某种哥德尔数学悖论式的怪圈。这些遭遇母亲遗弃的女儿，却在坚持不懈地寻找精神之母。而金乌和羽的相遇，更像是来自母系社会的某种原初记忆。她们在撒满鲜花的浴池里采取的性行为，在小说的叙事中，无疑有奇特的象征意义。这个行为如果把它理解为是对母系社会的原始记忆的某种恢复，不过是一种施行成人礼的史前仪式的象征行为。也许在徐小斌看来，血缘并不足以构成母系社会的内在凝聚力，相反，她看到血缘关系的困境。徐小斌骨子里是一个反社会的唯美主义者，她把一切社会性的结构关系，都看成是违背人性、压制人类之爱。只有"美"才是维系人类相爱相亲的根本纽带。在某种意义上，徐小斌讲述了一部后母系社会的历史，她又以血缘关系为支点对其进行解构。她显然在设想重建一种女性历史的可能，这就是以"美"的理念为新的历史起源。

三、关于美与神秘以及神话写作

徐小斌从来不掩饰她对美的赞颂，以至于这在她的小说叙事中成为一种障碍，她的主要人物几乎都是超凡脱俗的，美在精神上战胜一切丑恶事物，美本身就是最高的神性。在小说中不难看到，所有美丽的事物都遭遇到政治或人性的迫害或亵渎，但在所有与美的对抗中，政治或人性之恶在精神上早已处于劣势。金乌或金乌的父母都无不如此。徐小斌笔下的美的事物也经常夭折或最终毁灭，特别是她的作品中经常出现一些年轻的男子，他们主要是女性幻想的纯粹男性形象。徐小斌的审美理念的核心是女性的怪异之美，来自于女性的神秘本质。因此，"美"在徐小斌的小说叙事中，就不仅仅具有感官的特征，它们具有复杂的思想内容。特别是这些美的事物所具有的神秘主义倾向，使徐小斌的小说叙事透示出准宗教的精神底蕴。

神秘主义是徐小斌始终不渝追逐的思想意蕴，这使她的小说叙事在一种透明的质感中，隐含着某种不可知的宿命论观念。早在《敦煌遗梦》里，徐小斌就试图把宗教思想作为小说叙事的背景意义，起到隐喻作用。在《羽蛇》中，可以看出徐小斌的这一做法更加圆熟老练，羽的那种对外部世界、对母系家族统治的厌弃，根源于她内心的宗教冲动，她对神秘性事物的向往。她的类似梦游的刺青行为，是她幻想的宗教经验。烛龙不用说，完全是一个根源于她的女性原初记忆的男子。羽的行为和感觉，因为宗教的背景，而并不让人觉得怪异，使羽可以超越现实的逻辑，执拗地在自我的世界里行走。刺青不过是一种视觉效果，是徐小斌借此沟通神秘世界的一种符号代码。刺青是一种反常的重写身体的行为，它以符号化的方式给身体命名，通过对肉体的改写而遮蔽肉体，并给予肉体以精神性的象征意义，它使活的肉体与远古图腾，与已死的历史相连接。文过身的身体不再是单纯的肉体，它已经给予一个象征的和超越的来世。隐秘的文身是对现世的一种逃遁，就像当今时代展露在外的文身是对社会的反抗一样。确实，徐小斌借助了象征符号，赋予她的人物以特殊的超验性存在。因此，徐小斌的小说总是有一种形而上的超越性意义，她在那些日常性的世俗化的生活的深处，置入不可知的神秘主义意味，这使她的小说具有引人入胜的可读性，又不失玄奥的生命体验意义。

徐小斌的小说写作富有才情，想象奇崛瑰丽，她热衷于制造空灵优雅的艺术氛围，在处理那些年代久远的故事时，可以看出她的叙事得心应手，对徐小斌来说，小说叙事并不是形而上观念的产物，也不是一些概念化的演绎，尽管她的小说隐含着难以言喻的不可知论或宿命论的意义，但她的大部分故事主体都来自她个人的直接经验和记忆。仔细阅读徐小斌的这部小说，也不难发现，那种强烈的虚构色彩，与某种可以在经验中印证的事实相混合，构成小说叙事的内在张力。小说的叙事呈两极发展，幻想中的超验世界和可理解的现实世界。这两条线索平行发展或交叉运行，使小说叙事虚虚实实，变幻不定。可以看出徐小斌驾驭小说叙事的出色才能。但同时也可以看出，徐小斌在迷恋那些玄奥的观念的同时，也难以拒绝那些蛊惑人心的直接经验，这使她在如何把握小说叙述视角方面具有双重性：她不断地用描写性很强的句式去表现她那些"真实的"直接经验。并且随着小说叙事切近当代生活，特别是靠近当前的生活，小说越来越采用纪实手法。小说到后半部分差不多抛弃了对幻想经验的表现，而转向更实的现实经验。到底是这些已经发生过的真实故事吸引徐小斌，使她有理由相信，现实（已经发生的经验）比幻想经验更有力，还是因为那些玄虚的描述已经令人疲倦？一些当代作家只要一写到当前生活，就感到困乏无力，他（她）们几乎处在双重困境：现实本身以两极形式呈现出无法捉摸的特征，要么现实就是一团毫无生气的日常流水账，它使文学虚构无从下手；要么现实本身就神奇精彩，它使文学虚构相形见绌。很显然，徐小斌一写到当代生活就遭遇到后一种情况，她的经验世界里存留了一些使文学虚构黯然失色的故事，她试图用实录的手法使之再现。小说的虚构功能已经难以与现实本身不断创造的奇闻逸事相媲美，对"事实"（或真实）的崇拜，已经成为当代由电视媒体制造的认知体系的首要真理，文学虚构不得不怀疑自己传统的审美观。如果说，传统现实主义对"事实"（或真实）的强调，不过是在意识形态先验论意义下的虚拟，那么，当代虚构文学已经不再严格依附于一种强制性的意识形态，它只是从现时代的认识论意义上，对"真实"和"纪实"表示认同（屈从）。但就《羽蛇》的叙事总体而言，徐小斌把握幻想界和现实界的关系还是相当成功的，一部叙事跨越近一个世纪的小说，并没有笼罩旧时代的氛围，相反，始终充满了当代气息，这得益于作者随时把握住的主观化的叙述视角，并自然地把故事引入当代现实。

总之，《羽蛇》是一部奇特而值得耐心读解的作品，作为一部少有的在历史变动中全力书写女性的小说，徐小斌揭示了一部意味无穷的女性系谱学，特别是她触及的存留在母系文化谱系中的深刻矛盾，既反映了人类最久远的经验，也提示了人类现在以及将来可能面对的问题。这部小说的丰富、深刻和优美，都表明了当代中国女性写作所达到的高度。没有任何理由认为女作家写的具有女性主义倾向的作品就是好作品，或值得一读的作品。就像中国任何概念都要迅速庸俗化和廉价一样，女性主义这只标签也快被弄得面目全非。指认徐小斌小说的女性主义特征，并不是因为作者的女性身份（正如女权主义者西泽斯所说的那样，女性作者完全有可能写作非常男人化的书），也不是因为作者讲述了一群女人的故事，更重要的在于作者以相当坚定的方式，揭示了一段含义丰富的女性自我认同的历史，女性自我异化的历史。性别身份的危机也许是徐小斌率先意识到的难题，这在当今中国文化中，其真伪一时尚难以断定，但徐小斌率先对此作了表述。徐小斌在这部小说的题记里写道："世界失去了它的灵魂，我失去了我的性。"事实上，世界并没有完全失去它的灵魂，因为文学一直在修复它；女人也没有完全失去她的性，因为文学使人们重新认识女人的性——这就是《羽蛇》的意义所在。

四、历史与文学相遇

在中国文坛，徐小斌虽然没有大红大紫，但她肯定是一个真正的实力派作家。没有人怀疑她对文学语言有着精致入微的理解，也没有人不为她所营造的神秘主义诗性所感动。她总是不温不火，不疾不徐走着自己的路。《羽蛇》是当代小说中难得的精品之作，数年过去了，徐小斌并未乘胜追击，只是不时出手一些唯美主义式的小说，若隐若现地印证着她所向往的那种飘逸境界。出人意料，2004年盛夏，徐小斌出版了一部长篇历史小说《德龄公主》（人民文学出版社），这显然令文坛大吃一惊。一直热衷于进入虚构的神秘诗性深处的徐小斌，何以会闯入务实的历史小说领地呢？历史领域曾经一度构成一部分先锋派作家的语言实验飞地，那是回避现实矛盾而又可以展示文本和个人独特感觉的有效空间。苏童、北村等人都有过类似的举措。但回归写实的道路来切入历史小说，这还是一种新奇之举，徐小斌这回可算是另辟蹊径。

这部小说讲述年轻漂亮而聪慧的德龄公主在欧洲长大成人回到中国，进入皇宫受到慈禧太后恩宠的故事。这个故事还交织着德龄公主与年轻的美国医生怀特的爱情，她的妹妹与光绪的感情纠葛。小说通过德龄公主的交往关系，展示了皇宫里种种人情世故，恩怨情仇。德龄公主目光所及，正是清王朝腐败无能走向衰败的历史时期，也是中国近代历史剧烈变动，内外交困的关键年代。小说把宫廷里的险象环生的权力斗争与风云变幻的政治风云结合在一起，揭示出从传统封建社会进入现代社会的历史艰难行程。总之，这是一个少女和一个帝国的故事，它呈现了一个庞大的古老帝国在风雨飘摇中度过的最后时光的情景。在全球化迅猛扩张的今天，看看百多年前古老的中华帝国初始遭遇西方文明挑战的场景，无疑更加令人触目惊心。

当然，"历史"在当今消费主义盛行的时代也变得神情暧昧，人们越是远离历史，越是失去历史，人们越是要以想象的方式重温历史。历史变成了人们消费的必需品，而历史也在消费中被放大或者消解。进入20世纪90年代，随着中国经济神话腾飞，媒体这个后工业化社会的典型产业的兴盛，"历史"成为小说、影视剧的热门素材。就近年而言，描写清史的小说或历史剧不在少数，徐小斌有什么过人之处还要做此选择？据说她花了整整四年工夫，阅读了从北图到首图的几百本资料，从收集资料到写作到修改，其中的甘苦不言自明。这显然比徐小斌做她擅长的虚构小说要困难得多。显然，徐小斌把握住德龄公主就等于把握住一个独特视角，而这一视角是过去的清史小说或影视剧所欠缺的。这一独特视角就是中西文化在近代转型时期的交汇与冲突。尽管过去的作品也写到这点，但都只是作为一个局部的视点附属于民族矛盾和政治斗争的主线，在徐小斌这里，德龄公主这一视角则是深入而全面地展示以慈禧为首的清廷对西方文明的极其复杂的心理和接受过程。

德龄的父亲是驻法公使，她自幼受到西式教育，她和妹妹容龄是舞蹈家邓肯免费收的二位学生，通晓西洋礼仪、教养、音乐和多国语言。慈禧对她的欣赏，与慈禧惯常给人的狭隘保守闭关锁国的形象大有出入。小说虽然也写到慈禧种种保守愚昧的思想与行为，但她对德龄的接受，对西方文明的有限吸收，似乎更深入细致地展现了清帝国对西方文明的回应。小说写到慈禧由抵触到接受卡尔给她画像的故事，这明显表明慈禧对西方文明做出的姿态，同时也表现了慈禧真实的心理变化过程。一个更具有积极态度面向西方文明的人物是光绪皇帝，小说写了光绪与容龄之间的朦胧的情爱关系，容龄教光绪弹钢琴、学英语，甚至还有西方宫廷舞，光绪显示出更加开放和富有热情的态度。德龄和容龄二人本身就是西方文明的象征，与其说她们是古旧的东方文明的女儿，不如说是西方现代文明的使者。她们带着西方的现代观念、现代生活方式、现代审美趣味走进这个古老的皇宫，她们带来了一股清新的更富有人性的自由气息。小说从这个角度非常细致透彻地表现了近代中国接受西方文明的艰难而富有戏剧性的过程，按照徐小斌所下的资料功夫，可以信得过她叙述这个中西文明在近代中国相遇时的情景和那些动人的细节。

小说始终贯穿的德龄与美国医生怀特的爱情故事，这本身就是中西文明交汇冲突的深刻写照。在那些日常生活的叙述中，这段爱情故事被写得充满浪漫气质。已经相当西化的德龄，一旦面对怀特的爱情，不同文化之间的差异性依然难以抹去。但徐小斌把这份爱情写得楚楚动人，那是更为纯粹的青春期的美好爱情，在这一意义上，人性超越了民族性。

多少年来在文学方面的磨炼，即使是在纯文学的水准上，徐小斌的叙述才能和语言功夫无疑是上乘的。做足了材料方面的功夫之后，徐小斌可以发挥她的想象力，这是一次历史的文学化，也是文学的历史化，它造就着一种新的文学品质。流行的（或者说主流的）历史小说主要以写事件为主，大起大落描写事件主脉，刻意构造戏剧性矛盾，罗织人物正反分明的冲突等等，使当今主流的大多数中国历史小说已经模式化。另一类则是戏说，无边无际的胡编乱造。在当今的文学格局中，历史小说一直是划归在通俗读物的范畴，在文学史的叙述中，也只是专列章节加以阐述，似乎与主导文学的现实没有实际关联。徐小斌的这部"历史小说"可以看出它鲜明的文学品质，这就是纯文学与历史小说的融合。从主流文学的意义上来看，徐小斌从历史那里借来材料，展开她对近代中国历史的探究，写出这个时代的帝王将相才子佳人的悲欢离合的命运。从历史小说的角度来看，徐小斌把纯文学的那种叙述方法融合进了历史题材，她强调叙述视点，强调叙述时间的变化和对比，强调人物性格和心理描写，强调语感和工整的句式，强调神秘体验和诗性氛围的营造……所有这些，都使这部小说达到相当高的艺术水准，也摸索出纯文学与历史小说结合的崭新道路，可以说开拓了历史小说表现的空间，把历史小说提升到主流文学的高度。

当然，在艺术上，这部小说让我们再次想起《红楼梦》的传统，想起作者沟通的那种古典记忆。这倒不是说慈禧使人想起贾母，光绪身后晃着宝玉的影子，德龄容龄也可见出宝钗黛玉的姿色，小说的笔法、叙述风格和人物性格命运的刻画，都秉承了《红楼梦》的格调，应该说作者是下了功夫吃透《红楼梦》，颇得《红楼梦》神韵。一部包含着历史悲欢的作品，对一段剧烈变动的历史的呈现，能讲述得如此精致细腻，如此楚楚动人，把一个少女引入一个古老的帝国，一部历史的裂变与一段情缘的诀别，诡异而凄美，惊心动魄却悠长如歌，这就是历史与文学相遇，文字与心灵相交，心灵与诗意相合。

在《德龄公主》出版的当年，《秋瑾的东瀛之旅》这部短篇小说也发表于《山花》（2004年第7期）杂志上，对《德龄公主》的历史讲述进行了某种补充。虽然这仍是一个与德龄有关的故事，但故事的主人公换成了另一位在中国近代史上赫赫有名的女性——秋瑾。秋瑾不同于徐小斌笔下其他的女主角，她主动进入了"大历史"场域之中，并始终以一位革命者的形象出现。徐小斌擅写的情爱在这里为历史变局的激情让出了空间，秋瑾与德龄的交往在一个更大的历史层面上折射出"革命"和"改良"两大变革思想的碰撞，这不再是"女人的历史"，她们是成为了历史主体的女人。徐小斌已无须以神秘缱绻的诗情书写历史，历史本身便迸发出了浪漫的火星。

五、关于本真之美与重返童话

徐小斌的小说一直以追求唯美和神秘而引人注目，她多年前的小说《迷幻花园》《双鱼星座》等，给人以极深的印象，那是先锋小说渐渐落下帷幕的时期，徐小斌另辟蹊径，以语言的典雅唯美和对不可知的神秘探究，给纯文学注入了特有的女性气质。如果说这个时代确实有个人化写作，那么徐小斌应当是最为自然的个人化写作。

徐小斌出道甚早，20世纪80年代中期就写有《对一个精神病患者的调查》。徐小斌似乎在文坛边缘行走，保持着自己对文学的独特理解。要说世俗化或商业化，徐小斌可能最有条件，她所供职的单位，她所从事的影视剧编剧专业，不知有多少机会去赚取元宝。令人奇怪的是，徐小斌似乎与她的这份工作若即若离，她矢志不渝的是她心目中理解的文学。她对文学的那种追求，虽然不是狂热性的，但却是最为内在而最有韧性的。商业上的成功从来不能使她心里踏实，对她来说，只有文学，纯粹的文学上的自我肯定，这才是她要告慰的自我心灵。

很显然，2010年，徐小斌出版《炼狱之花》是她一贯的文学追求和人生态度的直接表现。这部小说破天荒地由人民文学出版社与长江文艺出版社联袂出版，与徐小斌过去的小说企盼形而上的神灵不同，这回徐小斌把一些海底精灵请到了俗世。过去徐小斌对于现实世界的表现，采取了神秘的超越方式，这回却是直接的揭示批判。其实近年来中国作家对现实的关切始终没有松懈，不用说那些底层写作延展的历史与阶级批判，现在有更多的作家，对现实进行精神性的思考，也就是说，他们时刻在追问：我们这个时代的人们的精神到底出了什么样的问题？范稳出版的《大地雅歌》在异域文化中探寻纯粹之爱来纠偏当代世俗功利；莫言的《蛙》通过戏剧糅合进小说的形式，反讽式地刻画当代价值的错位；有张炜的《你在高原》如此高亢的对当代现实的全方位质询；也有徐小斌这样的切入现实的某个区域，去揭开当代人的肉体与精神的困境。

《炼狱之花》讲的是影视娱乐业的故事，这方面的故事是否是徐小斌的亲历不好判断，但她有直接经验、有第一手资料这是毋庸置疑的。徐小斌当然不会满足于玩一些爆料的技法，她不过是把影视界或娱乐业作为故事表现的质料，她要探究的还是人性在这个时代的变质，人类的本真的善与美到底处于何种境况。

小说显然与《安徒生童话》的《海的女儿》有关，这个想变成人的美人鱼，如今在《炼狱之花》中是一朵海底的百合花，她也来到了人间，历经着人间一切是是非非。不幸的是，她涉足了影视业，这个看上去美妙神奇的世界，却是充满了比其他行业更为密集的尔虞我诈。一个来自海底的几乎是纯真纯美的女孩，就这样历经着人世间的卑劣与丑恶。徐小斌通过百合这个人物，几乎是把童话世界强行与当下的现实世界重叠在一起，在童话的映衬下，她来观看这个世俗的欲望横溢的现实世界。这似乎是反着写童话，不是从人世间去往童话世界，而是从童话世界来到人世间。

这部小说明显是按照童话的美学规则来构思的，好人与坏人都清晰可见，几乎所有的男人这一谱系大都是坏人和害人的妖魔，女人则是好人和受害者。男人的谱系：铜牛、老虎、金马、阿豹……女人谱系：百合、天仙子、曼陀罗、罂粟、番石榴……男人属于动物科，女人属于植物。这本身包含着徐小斌的女性主义立场。动物凶猛、贪婪、富有进攻性和侵略性；植物则属阴性，自怜自爱，孤芳自赏。但植物也有毒性植物，如曼陀罗、罂粟几种。番石榴作为植物虽然属于果树，但这里作为一个女人的名字，却包含着坚实诡异。徐小斌的命名本身就是一种童话手法，她用童话的人物、童话的思维、童话的美学来重建当下的小说，那就是纯文学与畅销文学连体的一种方式。既获得可读性，获得更为广泛的读者受众，又依然不失严肃文学具有的品性。

海百合这个人物是作者设想出的中国版的"海的女儿"，她来自海底世界，对人的世界几乎懵懂无知，她以未经文明洗礼的纯粹自然的生命状态，来到人世。显然，徐小斌是想去探究一个完全没有世俗功利的女子，在今天的现实中将会遭遇到什么样的结果。这无疑是徐小斌设计的叙述策略，海百合天真无邪，她如一面镜子，映衬出一切现实的欲望。而她的善良天真也表达了徐小斌对当代人性异化的深刻批判。与她相对的那些人，在进行动物化命名的同时，也显现了他们的性格特征：铜牛如牛一样憨傻，却是内心虚弱；老虎也是只纸老虎；金马就更是非驴非马；阿豹也徒有其名，只是在罂粟的股掌之中。徐小斌的动物化命名，充满了对男性动物化的戏谑，这与百合所代表的非人类的本真之美的世界构成了鲜明对照。但在小说的叙述中，海百合就是只如镜子一般安详地放在那里，无须什么正面冲突，所有冲突，只是人类的这些男性动物不自觉地露出的蠢态。

天仙子也是作者寄寓的一个理想化的人物，作为一个追求纯粹文学的作家，天仙子与这个现实世界格格不入，最终只能遭遇到冷落和凄凉。天仙子的女儿曼陀罗却是怪戾狠毒，她的脸上长了一朵曼陀罗花——那或许是炼狱之花吧，她却要割下百合哥哥脚心的曼陀罗花。如此这般的故事，离奇得也只有在童话世界里才能被理解。天仙子对女儿失望，对人世间也失望至极，小说借天仙子之口，对现实世界的人欲与权力的横行给予猛烈抨击——她看透了人类世界的本质。

徐小斌在这部小说中，毋宁说是唱了一曲本真之美的挽歌。"海的女儿"几乎是她那一代人在动荡年代里接受的纯美幻想，徐小斌过了如斯年月，却要还此宿愿，她只好让她的"海的女儿"来到当今的现实，来到她所熟悉的娱乐世界。其实徐小斌作为一个叙述人，也充当了小说中的一个角色。那是她始终在场的叙述，由此表征了 20 世纪 50 年代人的美学记忆——如此纯粹，如此本真，奇怪地存在于那个政治极度强大的年代之外，而有一种一尘不染的古典之美，甚至延续至今，在今天被重新唤醒，来到如此解放张狂的时代，却徒有遗世孤立的美感。而向人们步步紧逼的是曼陀罗花般的后现代狰狞之美。与其说徐小斌解释和解决了当代道德和审美的困惑，不如说她留给我们更加不安的思考。

2018年的《入戏》是徐小斌又一部涉及影视业的力作，不同于《炼狱之花》的童话之美，徐小斌在这部中篇小说中直面了影视行业内部的潜规则。女主人公梅清风是一个以创作为业的典型的知识女性，却身处生活的烦琐与工作的阴暗的双重压抑之下，既心怀正义又无能为力，终于成为"入"不了"戏"的"失败者"。她的痛苦在于她活得太过本真，无法把生活当作一场荒诞而庸俗的戏剧。梅清风的形象延续了徐小斌对女性人物的创作传统，她是一个以自我的内部世界来对抗外部世界的人，但她更多地带有了不愿长大的孩子的天真与任性。在"影视行业潜规则"的社会化叙述之下，隐藏着一整个向纯真的"孩子"——女性——倾倒过来的"成熟"世界。不同于对梅清风的赞赏，在《无相》中，徐小斌对杰的态度更多的是嘲讽。这个故事同样具有影视行业的背景，杰是一个文化投机者，总以为自己可以完美地玩弄规则与控制人心，结果却只剩下空虚。杰曾经有过一个可能的救赎机会，那就是忠诚的女友珊妮，但她也在杰的操纵和推动下，被卷入了物欲的洪流。杰在投机与纵欲之后，又试图回归纯真女性的怀抱，而这显然已经不可能了，在社会批判的大主题下，"浪子回头"这个永恒的性别关系想象被彻底打破了。

向外张望的野心勃勃的男性和注视内部的孩子般的女性，是徐小斌小说中常见的一组性别关系。《别人》是一部专注于心理书写的笔法细腻的小说，躲藏在自我的世界里的"老姑娘"何小船神经质地在一副塔罗牌上寻找自己的命运，小心翼翼地避开爱情的伤害，却仍不免落入任远航的情感陷阱无法自拔。何小船一旦沾染上爱情便不由自主地完全奉献了自我，但她视若生命的爱情在任远航那里却要排在工作、名誉等许许多多社会性因素的后面，男女双方对爱情截然不同的态度必然导向最后的悲剧。小说的内涵不止于此，任远航对何小船的爱情始于那个颠倒错乱的激进革命年代之前保留下的孩童式的纯真，但在历史创伤和个人经验的双重扭曲之下，"本真"已经成了一个遥远的幻影，任远航可以不付出任何代价地追忆，却再也不可能为曾经的爱与真承担丝毫风险。相较于《别人》的绝望，《无执》这个同样涉及那个激进革命年代的故事则更多地留下了希望。在那个充满压抑的时期，出身不好、身体瘦弱如孩童的郑小米在周围的迫害欺压下，依靠幻想来自我拯救，并幸运地遇上了一个让她的幻觉成为现实的男人，但他们之间直到最后也没有发生实质的爱情，郑小米的"无执"让这段回忆停留在极端年代两个年轻人的友谊，也在严酷外部环境中为纯真留下了一个内在的空间。这些有关遥远的"本真"记忆的或无望或温暖的故事，都流露出徐小斌对现实的深刻不安与思虑。但她在内心深处也许还是愿意给希望留下一席之地的，这从徐小斌的新作《无调性英雄传说》中可以略窥一二。这是一部对古希腊神话的改编之作，神话和史诗中的神祇和英雄们成为了对抗压抑世界的革命者，从人类文明的古老源头之中，徐小斌重新找到了理想主义的纯真与力量。

徐小斌的写作始终在提醒着人们，文学写作的真正要义是什么，什么是一个作家理应长期坚持的本色。她也许不能完全梦想成真，但她已经梦想成精。

2019 年 3 月
改定于北大朗润园

自序　我对世界有话说

我对世界有话要说，可惜，这世上没有几位真正的聆听者。于是只好用笔说。

十七岁，我曾经试图写一个长篇，叫做《雏鹰奋翮》，写一个女孩凌小虹和一个男孩任宇的故事，写得非常投入，写了大约有将近十万字，写不下去了。多年之后我重看这篇小说，真是奇怪我当时怎么竟会有这样的耐心，写出这样密密麻麻、工工整整的蝇头小楷：出身于高级知识分子家庭的凌小虹与出身于干部家庭的任宇，有一种非常纯洁也非常特殊的感情。由于出身的不同，在那个特殊年代他们之间不可避免地发生误会。小虹的父亲被殴打致死后，她生活无着，被赶出自己的房子，到过去保姆住的地方蛰伏，却遭到保姆儿子王志义的性骚扰。性格刚烈的她在反抗中杀了王志义，只身潜逃。任宇寻找未果，痛彻心肺。后来任宇与几个好友一起囚渡红河，到越南参加抗美援越，遇到了一个酷似小虹的女子。写到这里，我不知如何往下写了，就停了笔。这沓子片叶纸，在交通大学院里的小伙伴中间传来传去。每个人见了我都会问：后来他们俩怎么样了？

多年之后《东方时空》总策划、我的好友杨东平把《雏鹰奋翮》作为"文革"中的地下作品写入了他的一本书里。

真正的写作其实是从大学时代开始的。

怪得很，也许因为那时是全民文学热，学经济的学生照样对文学爱得一塌糊涂，并且常不自觉地用一种文学品位与标准来衡量人。大学二年级，开了一门基础课叫做"汉语写作"，让大家每人写篇作文。我写的是杭州孤山放鹤亭，有关梅妻鹤子的故事，只有千余字，只是选了一个特殊的角度。（后来此文全文发表在《光明日报》上。）老师对我说："你为什么不写小说？你是个潜在的作家。"

事隔不久，汉语教研组杜黎均老师找到我，向我索要一篇小说。这位杜老师"文革"前曾做过《人民文学》的编辑。我拿了一篇四千字的习作给他，事后再不敢问起。谁知这篇习作后来竟登上了《北京文学》1981 年第二期新人新作栏的头条，还配了很精美的插图。我惊喜之余又写了第二个短篇《请收下这束鲜花》，作为自然来稿投给我当时最喜爱的刊物《十月》。小说情节很简单，写一个情窦初开的小女孩爱上了一个青年医生，后来医生得了绝症，在弥留之际，小女孩冒着大雨赶去看他，那医生却早已不认识她了。完全写小女孩的内心秘密，无疑在当时的社会语境下是独特的。这篇小说后来获得了《十月》首届文学奖。记得发奖大会那天，《十月》当时的主编苏予特别向大家介绍了我——获奖作家中最年轻的一位，周围坐的都是当时的文学大家们，对我说了些鼓励的话，令我诚惶诚恐——从此，便穿上红舞鞋，再也脱不下来了。

80 年代我的经历充满了戏剧性，其中之一便是与《收获》的相遇。1983 年我写了生平第一个中篇《河两岸是生命之树》，那时，对外开放的大门刚刚开了一道缝，正因如此，门外的景色看起来如此新鲜。我被一种写作的激情啮咬住，它使我整天处于一种癫狂状态，我每天都和小说人物生活在一起，忘了我属于他们还是他们属于我，写到动情处，趴在桌上大哭一场，此小说应当是我情感最投入的一部，三十多年后的今天，依然有读者在问："这本书在哪里有卖？"

《河两岸是生命之树》是《圣经》中的一句话，全句为"河两岸均有生命之树，所产果实十有二种，月月结果，其叶可治万邦之疾"。——在一个伤痕、寻根的年代引用《圣经》的话，也算是比较特别了。

在宗璞的鼓励下，我把此小说作为自然来稿寄给了《收获》，竟然在一周之内就得到了请我去上海改稿的电报。最有趣的是当时的《收获》编辑郭卓老师手持《收获》为接头暗号在车站接我，上了编辑部的木楼梯她就边走边喊："接来了，是女的！"——后来她告诉我因为我的名字编辑部产生了歧义。后来就是李小林老师把我约到武康路她家里谈小说。当时小林老师对小说人物关系的分析深深打动了我——一个无名作者竟得到如此认真的对待，固执如我，也不能不彻底折服。那一天的大事是见到了巴金。当时巴老从一个房间慢慢走向另一个房间，我看着他和蔼的笑容，尽管内心充满崇仰，却说不出一句话来，甚至连一句通常的问候也说不出来——不知为什么那时我觉得凡心里的话表达出来就会变味儿——我的心理年龄始终缺乏一个成长期，人情事故方面基本是白纸一张。

此中篇发在了1983年第五期《收获》的头条，并选入了《收获》丛书，那是我出版的第一本书。

收到了很多读者来信。许多人为它一鞠感动之泪，许多人把自己的经历细细地告诉我，甚至是秘密和隐私。我相信巴尔扎克那句话了："只有出自内心的，才能真正进入内心。"

1985年发表《对一个精神病患者的调查》。那时常有些古怪的念头缠绕着我——我常常惊诧于人类的甲胄或曰保护色。人类把自己包裹得那么严，以致许许多多的人活了一生，并没有露出自己的本来面目。渐渐地，连本来面目也忘却了。甲胄与人合为一体，这不能不说是一种悲哀。在适者生存的前提下，任何物种都要学会保护自己，或曰：学会伪装和自欺。在某种意义上，人类为自己涂上的保护色有如鮟鱇鱼的花纹或杜鹃的腹语术。

人要做自身的真正主人谈何容易？！

然而，总有些人要反其道而行之，我笔下的女孩景焕便不愿认同那条既定的轨迹，她拼命想挣脱，她想获得常轨之外的尝试，挣脱的结果是落入冰河。——然而上天给了她补偿。就在她堕入了冰河的瞬间，她看见了弧光——那象征全部生命意义的美丽和辉煌。

人类的创造力产生于痛苦和偏差的刹那。那是另一种人生。

而大多数人则被一种无形的力量牢牢束缚着，周而复始地在一条既定的轨迹上兜圈子，很安全，但无趣，且无意义。

智利有位学者曾说："落后和不发达不仅仅是一堆能勾勒出社会经济图画的统计指数，也是一种心理状态。"这句话说得很深刻。

《对一个精神病患者的调查》改编成电影《弧光》，是我生平第一次与电影界合作。现在想起，在当时拍这样的电影，也是需要相当的勇气的。

打我很小的时候就有些奇思异想：走进水果店我会想起夏娃的苹果，想起那株挂满了苹果的智慧之树，想起首先吞吃禁果的是女人而不是男人；徜徉在月夜的海滩，我会想象有一个手持星形水晶的马头鱼尾怪兽正在大海里慢慢升起；走进博物馆，我会突然感到那所有的雕像都一下子变得透明，像蜡烛一样在一座空荡荡的石头房子里燃烧……"宇宙的竖琴弹出牛顿数字，无法理解的回旋星体把我们搞昏，由于我们欲望的想象的湖水，塞壬的歌声才使我们头晕"（[美]，威尔伯）。我想，早期支撑我创作的正是我对于缪斯的迷恋和这种神秘的的晕眩。

1987年写第一部长篇《海火》，过了两年才出版。二十年后再版，沈浩波说，这小说一点没过时啊。可是在当时，确实是被忽略的。

我写："历史，就是因照了太多人的面孔而发疯的一面镜子。"我写了当时的历史：改革开放的背景下年轻人的生活。一个美丽的女孩，同时却又妖冶、阴毒、险恶，一个不美的女孩，同时却又纯洁、善良、天真；然而，小说却违反了一贯的"中国式道德判定"。"恶"由于它的真实而具有一种魅力；而善良、天真等等这些字眼却显得苍白无力、令人怀疑。起码，这些字眼是无法独立生存的，也正因如此，美丽与不美的女孩正好构成了一个人的两种形态：外显与内隐，显性行为与潜在本性——所以，在小说最后的女主人公所做的梦中，两个女孩裸身在大海中相遇，不美的女孩问：你到底是谁？美丽的女孩回答：我是你的幻影，是从你心灵铁窗里越狱潜逃的囚徒。

20世纪整个90年代我对写作的热情近于疯狂。一口气写了很多的小说。

譬如很多人说看不懂的《迷幻花园》：许多年前的一个中午，两个女孩在苏联专家设计的平房前聊天。一个女孩掏出三张纸牌问另一个女孩，从此她们的命运就被决定了。那三张不同颜色的纸牌分别代表生命、青春和灵魂。

这听起来似乎十分荒诞，但却有着一种令人心悸的真实。人生并非希腊神话里的两头蛇可以向任一方向前进，有取必有舍，重要的是：你到底要什么？

《银盾》《黑瀑》《蓝毗尼城》与《密钥的故事》都深藏着隐喻，在本文集《迷幻花园》卷中我有详细的讲述，有兴趣的朋友可以看看。

《末日的阳光》其实是个很重要的篇什，然而可能正如某个朋友所说，此篇应当二十年后再发表。它写了一个小女孩在"文革"初期，被一种猩红色的死亡气息裹挟的另类故事，它的亦真亦幻太生不逢时了，但它始终是我最心爱的小说之一。

写《双鱼星座》的时候，我内心的痛苦已经到了崩溃的边缘。在一篇创作谈里我写道："……父权制强加给女性的被动品格由女性自身得以发展，……除非将来有一天，创世纪的神话被彻底推翻，女性或许会完成父权制选择的某种颠覆。正如弗洛伦斯·南丁格尔胆大包天的预言：下一个基督也许将是一个女性。"

这篇创作谈当时被一些批评家认为是中国女性主义写作的一个宣言。《双鱼星座》获得了首届鲁迅文学奖。

《羽蛇》成为90年代末我的最后一部长篇。

写《羽蛇》这样一部小说的想法，从很早就开始了。——一个深爱母亲的孩子被母亲抛弃了，来自母亲的伤害毁了她的一生。——所有的孩子被母亲抛弃的结果，是伴随恐惧流浪终生。

但是我们终于懂得，每一个现代人都是终生的流浪者。现代人没有理想没有民族没有国籍，如同脱离了翅膀的羽毛，不是飞翔，而是飘零，因为它的命运，掌握在风的手中。我们懂得了这个道理，但是付出了比生命还要沉重的代价。

我们是不幸的：生长在一个修剪得同样高矮的苗圃里，无法成为独异的亭亭玉立的花朵；为了保证整齐划一，那些生得独异的花朵，都注定要被连根拔去，尽管那根茎上沾满了鲜血，令人心痛。有幸保留下来的，也早已被改良成了别样的品种，那高贵的色彩在被污染了的空气侵蚀下，注定变得平庸；

我们又是幸运的：在当今的世界上，还有哪一国的同龄人可以有我们这样丰富的经历？童年时我们没有快乐，少年时我们没有启蒙，青年时我们没有爱情，中年时我们没有精神，老年时我们没有归宿——另一个世界的宠儿们闻所未闻的什么大字报、批斗会、通辑令……都曾经走马灯似地从我们年轻的眼前飞驰而过，那真是神话般的叙事，那一切都是发生了的，尽管中华民族有着著名的健忘机制，但是那一切却深深地镌刻在那个女孩以及许多同代人的记忆之中。

于是，在世纪末的黄昏，我找出一张仿旧纸，在上面记下听到、看到和经历过的一切，立此存照。

死去了的，永不会复活。我们也不希望他复活，还魂之鬼永远是丑恶的。

但我们还是忘了，从所罗门的胆瓶里飞出来的魔鬼再也飞不回去了。我们把它禁锢了许多年，每禁锢一分钟，它的邪恶就会十倍百倍地增长。它的邪恶浸润在这片土地上。它毒化了这片土地。它充分展示了另一种血缘中的杀伤力与亲和力，那是土地与人的血缘关系。于是，在我们这个有了高速路、网络对话与电子游戏的时代，形而上的、精神的、灵魂的土壤却越来越贫瘠了。

而羽蛇象征着一种精神。一种支撑着人类从远古走向今天，却渐渐被遗忘了的精神。太阳神鸟与太阳神树构成远古羽蛇的意象。在古太平洋的文化传说中，羽蛇为人类取火，投身火中，粉身碎骨，化为星辰。羽蛇与太阳神鸟金乌、太阳神树若木，以及火神烛龙的关系，构成了她的一生。一生都在渴望母爱的羽丧失了其他两种可能性。那是融化在一起的真爱与真恨，自我相关自我复制的母与女，在末日审判中，是美丽而有毒的祭品。

所以我在题记中写：世界失去了它的灵魂，我失去了我的性。

我写《羽蛇》，是在极端崩溃的状态下进行的，我不是不会哭的孩子，只是我的哭声无人听见。

《羽蛇》飞出去了，她被位于纽约的西蒙舒斯特出版公司签了，预付八万美元，我的代理人说：你高兴一下吧，你的预付比张爱玲还高两万美元呢。

《羽蛇》和五卷本文集出版后，我一直想写一个完全不同的东西。后在一个类似"清宫秘闻"之类的小册子上，发现了德龄姐妹的一段轶事，上面写了她们曾经是现代舞蹈之母伊莎贝拉·邓肯甘愿不收学费的入室弟子。顿时兴趣大增。

读了整整一年史料，一百多本，资料来源主要三部分，一是北图；二是故宫的朋友帮助搜集；三是各个书店，特别是故宫、颐和园等地的书店。在读史料的过程中我发现，有很多历史人物历史场景的描写在历史教科书中是有问题的。譬如对光绪、隆裕、李莲英、对庚子年、对八国联军入侵始末、对慈禧太后当时的孤注一掷、对光绪在中日甲午战争中的勇敢表现和之后的奋发图强，对隆裕和李莲英的定位等等，都有很大出入。

历史背景是大清帝国如残阳夕照般无可挽回地没落，本身就是一个大悲剧，而在前台表演的历史人物包括慈禧、光绪、隆裕等都无一不是悲剧人物，在大悲剧的背景下的一种轻松有趣愉悦甚至带有某种喜剧色彩的故事，这种故事与背景之间的反差本身就具有巨大的张力。

这部小说一不留神很畅销，很多人说："这部小说有阅读快感。"

更多人对我失望，他们原本是希望我写《羽蛇》那种风格的小说。

但我写什么，不是任何人可以左右的。人的成长过程便是一个祛魅的过程。我写了《炼狱之花》，讥讽了黑恶势力，还拿了一个加拿大的奖。

是的我终于不再自我折磨，我真的长大了，变老了。

然后我写了《天鹅》，写了真爱。在这个几乎没有真爱的时代写真爱，无疑是痛苦和困难的。在新书首发式上，评论家施战军说：《天鹅》是当代非常需要的题材，但也是作家几乎无法驾驭的题材，深以为然。

　　其实对于这部小说的最大难点来说，并不在于音乐元素与"非典"场景的还原，而在于写拜金主义时代的爱情，实在是难乎其难，稍微一不留神，就会假，或者矫情。何况，我写的还是年龄、社会文化等背景相距甚大的一对男女。

　　《天鹅》说是写了七年，其实断断续续都不止。

　　之所以写了这么久，简单地说只有一个原因，那就是：写的是爱情小说，可写了半截不相信爱情了——我是个不会做伪之人，对于已经不相信的东西我不知道如何才能继续。

　　突然有一天，我重听圣-桑的《天鹅》，如同一个已经习惯于浊世之音的人猛然听见神界的声音——有一种获救的感觉。这时，来自身体内部一个微弱的声音突然响起："写作，不就是栖身于地狱却梦想着天国的一个行当吗？"难道不能在精神的炼狱中创造一个神界吗？不管它是否符合市场的需要，但它至少会符合人类精神的需要。

　　就这样，经历了四年的瓶颈几乎被废弃的稿子重新被赋予了活力。但是我沮丧地发现，除了极少的一部分文字外，大多数都需要重新来过——因为整部小说都涉及了音乐，还不是一般的涉及，是主脉络都与高深的古典音乐有关——故事的层层递进是伴随着一个手机里的几个乐句如何变成小品变成独奏曲变成赋格曲最后成为一部华彩歌剧来实现的。于是只好报班听课。——在2011年的炎夏，我永远穿着同一套灰色夏布袍子往返于课堂与家之间，与那些下了课还不断问问题的人们相反，每次刚刚下课我便神秘消失。以至于培训班结束时一个穿着时尚的女子告诉我，他们给我起了一个外号叫"小幽灵"。

　　我十分务实地想：我才不想去追究那么高深的古典音乐呢，小说里够使足矣。然而，写起来却远不如我想象的那么简单，为了怕露怯，我再度展开了自虐苦旅，沉迷其中，竟几度被我的男女主人公虐得潸然泪下。

《天鹅》尝试了一种"仿真"式的写法。我弃绝了惯用的华丽句式尽量让她素朴自然。恰恰 2000 年前后我有一次"走新疆"的经历，于是把故事的发生地设置在那里。为了完成小说，我又前后两次去新疆，成本巨大。本来我以为，这样的写作会比之前容易得多，但是进入叙事语境后才明白，原来难度如此之大，我又把自己逼向了绝境。

在《天鹅》扉页我写了，爱情是人类一息尚存的神性。很多人一生是没有爱过的，而且他根本不懂得什么是爱，甚至没有爱的能力，真爱不是所有人都有幸遇见的。正如一位哲学家所言，真爱能在一个人身上发生，至少要具备四条，一是玄心；二是洞见；三是妙赏；四是深情。只有同时具备这四种品质的人，才配享有真爱。

玄心指的是人不可有太多的得失心，有太多得失心的人无法深爱；洞见指的是在爱情中不要那些特别明晰的逻辑推理，爱需要一种直觉和睿智；妙赏指的是爱情那种绝妙之处不可言说，所谓妙不可言就是这个，凡是能用语言描述的就没有那种高妙的境界了；第四个就是深情，深情是最难的，因为古人说情深不寿，你得有那个情感能量才能去爱。深情被当代很多人抛弃了。几乎所有微博微信里的段子都在不断互相告诫：千万别上当啊，在爱情里谁动了真情谁就输了等等，这都是一种世俗意义上的算计，与真爱毫无关系。

我历来不愿重复，可是有关爱，不就是那么几种结局吗？难道就没有一种办法摆脱爱与死的老套吗？如果简单写一个爱情故事，那即使写出花儿来，又有什么意义呢？——这是我面临的又一个难题。终于我找到了一个不一样的思路：物质不灭，但是可以转换形态，所谓生死，堪破之后，无非就是形态物种之转换——所以我设计了一个情节——男主角的遗体始终没有找到。而在女主角按照男主角心愿完成歌剧后，在暮色苍茫之中来到他们相识的湖畔，看到他们相识之初的天鹅——于是她明白了自己该怎么办——她绝非赴死，而是走向了西域巫师所喻示的超越爱情的"大欢喜"——所谓大欢喜，首先是大自在，他们不过是由于爱的记忆转世再生而已，这比那些所谓爱与死的老套有趣多了。

我喜欢那种大灾难之下的人性美。无论是《冰海沉船》还是《泰坦尼克号》都曾令我泪奔。尤其当大限来时乐队还在沉着地拉着小提琴，绅士们让妇孺们先上船，恋人们把一叶方舟留给对方而自己葬身大海，那种高贵与美都让我心潮起伏无法自已。而这部小说最不一样的是关于生死与情感，是用了一种现代性来诠释了一部超越爱情的释爱之书。

2016 年 4 月我参加伦敦书展，是因为获得了 2015 年度英国笔会翻译文学奖。获奖小说叫做《水晶婚》(中文版曾经刊于《天南》)，写一个平凡女子从结婚到离婚的十五年，折射出中国这十五年天翻地覆的变化。

按照西方批评家的分类，这部小说是绝对的女性主义写作。我写了我们所经历的两个时代：铁姑娘时代和小女人时代。

我们小时候听得最多的就是"妇女能顶半边天"，实际上是要在干体力活上做到男女平等，女孩要与男子干一样重的活，那是个崇尚"铁姑娘"的年代，我们这些当时尚在花季的女孩，哪个不是"谈美色变"？我曾经去过的北大荒，麦收季节，无论男女，都要扛着二百斤重的麦包上跳板——试想一个尚未发育成熟的十五六岁的女孩子扛着二百斤的重物，还要走独木桥式的三米长四十五度的跳板，然后把麦包卸进粮囤里，今天想起来是不是很可怕?！有很多女孩因此得了终身的疾病，也有很多女孩尽全力也无法完成，譬如我，被安排去背一百斤的"尿素"，这是很受照顾了，但即使这样，我也几乎被压得吐血。夏锄季节的口号更为荒唐：叫做"活着就要拼命干，死了埋在黑龙江畔"，人命是不值钱的，领导在动员大会上说，每人每天包一根垄，干不完，哭也得给我哭出来！要知道，黑龙江土地的"一根垄"，是整整十四里啊！那时我还只有十六岁，且患着严重的痢疾，中午老牛车送饭只能往人最集中的地方送，这就意味着我这个落后者永远吃不上中午饭，在那样可怕的劳动强度下生着病并且一口饭都吃不上，喝水都要把前面的水缸放倒，像小狗一样地钻进去，才能喝上一口已经见了底的满嘴泥沙的水。岂止如此，我们在特大涝灾中从齐膝深的水里捞麦子，在11月的寒冬从冰河里捞麻，即使来月经也绝不能请假，三十八个女孩睡在两张大通铺上，在零下五十二摄氏度的寒冬没有煤烧，为了活下去，我们去雪地里扒豆秸烧，喝尿盆里的剩水，——我至今吃惊自己是怎么活下来的，惟一的解释就是青春的力量吧？除此之外真的无法解释。

"铁姑娘"的时代终于过去了，但事情并没有因此变好，在今天，是一个地道的"小女人"时代，智商高不高无所谓，最重要的是要"情商"高，而中国式的情商指的是什么呢？就是指女人要懂得如何取悦男人，取悦上司。绝不能动真情，谁动真情谁就是输家。这类人不少，甚至有一批所谓精英女性都是如此。觉得自己很有生活智慧，譬如她们认为在情感中运用手段获取男性青睐，然后让自己在与男人的关系上掌握主控地位并从而获得更多的金钱财富是一件特牛的事。这种人被万千女生羡慕，被认为是高情商。

然而在我看来，这是一种严重的女性自我贬低和丧失尊严。甚至比铁姑娘时代更糟。

我笔下的女主人公杨天衣，无疑是个"低情商"的姑娘，她在这个金钱至上的社会，依然保留了自己完整的天性，这个在少年时代就深受中外爱情作品影响的女子，嫁给了一个与她的价值观截然相悖的人，但她并没有服从命运的安排，她的内心一直顽强地爱着她所爱的，她无法改变她的爱情观。他们的婚姻维持了十五年，十五年的婚姻叫做水晶婚。

20世纪中期之后，在政治需要与纯文学越来越壁垒分明的时候，人的壁垒也越来越分明了。写《羽蛇》的时候我还年轻，因此内心的疼痛也就格外尖锐，这种疼痛带着我对自己祖国的爱、悲伤与无力回天的痛心，也有着我个人的令人承受锥心之痛的情感。而《水晶婚》，是一个朴实的记录，无泪之痛，甚至比有泪的痛更加深邃，更加难以治愈。

本套文集中最新的一部小说，是发表在《作家》2019年第一期的《无调性英雄传说》。这部小说的电子版，我给一些朋友看过，他们的第一反应都是吓了一跳——原来小说还可以这样写？！之所以这样写，是因为近年不断地往返于中国和加拿大之间，与各个领域的朋友不断交流，深感时代已经进入了一个算法的时代，AI和量子纠缠已经进入了我们这个时代，无法回避，而文学也应当像上一次物理学引起的革命那样，有所反应。我的副标题是:《关于希腊男神与科学神兽的故事，以及对荷马史诗的改写》——我的朋友说，这部小说的形式不敢说是绝后，起码是空前的，至今为止，没有人这样写小说。

我深知我的创新是危险的。象征主义画家雷东曾经说过这样一段话:"艺术家是一场灾难。在现实世界里他别想期待任何东西。他赤裸地来到这世上，没有母亲为他准备褓褓。不论年纪大小，只要他敢向公众展示出他那独特的艺术之花，他就会立刻遭到所有人的唾弃。所以，要做个艺术家，你就得准备好甘于寂寞，有时甚至是与世隔绝。"

我以为，所有真正的作家、艺术家都逃不掉这个诅咒。

但是没什么了不起的。历史就是一个怪圈，一切都可以触底反弹。何况，在量子缠绕的今天，就更不必惧怕那些长袖善舞的投机者、娱乐致死的堕落者以及暗流涌动的黑恶势力，要知道，他们以出卖灵魂换取的利益、在八面玲珑中编造的春风化雨不过是一堆垃圾，他们貌似成为赢家的人生，在历史的长河中不过是个零，甚至负数。

选择什么样的写作，是我的血液决定的，一切都无法改变，直到蜡炬成灰，我也别无选择。

我写作，因为我对世界有话要说。

目 录

第一集

1.夜。内。赵国王宫

字幕：公元前 265 年

赵国王宫张灯结彩，金碧辉煌。

赵王（字幕：赵孝成王，赵国君主）端坐在正中，环视四周。

赵王：怎么平原君还没到？

站在一侧的廉颇（字幕：廉颇，赵国著名大将）躬身道：正要禀报大王，平原君要我转告，他去接信陵君了，大概要稍晚些来。

赵王大喜：哦？信陵君也要来祝贺寡人登基之喜？

廉颇：是啊是啊，大王继位，乃近来各国头一件大事，魏国又是我们的邻国，加上信陵君又是平原君夫人的胞弟，他自然是要来祝贺的！

坐在赵王右侧的上大夫虞卿（字幕：虞卿，赵国上大夫）欠身道：大王，如今世事纷纭，齐楚燕韩赵魏秦并立于世，各国虽各有所长，四公子却是魅力无限啊！老朽倒以为，信陵君作为四公子之首，其大仁大义，礼贤下士，早已天下闻名，如今亲来朝贺，恐怕并非全是因为廉将军所说之故吧？！

赵王：那依你之见呢？

虞卿：老朽以为，信陵君此来，定有一番说法。

宦官：平原君到！

赵王：哦？难道信陵君没有接到？

2. 夜。外。赵宫

平原君（平原君赵胜，战国四公子之一，赵国宰相）走进。我们看到他年纪四十余岁，身体颀长，一双眼睛炯炯有神。两侧宦官诸侯纷纷让开，鞠躬致敬。

平原君——还礼。

平原君突然在一个年轻人（字幕：秦国人质、秦王孙子楚）面前停下，深深地行了一个礼，唬得那个年轻人慌忙还礼。

平原君：公子可是秦国的王孙子楚吗？

子楚：正是！相国何以得知啊？

平原君携住子楚的手。

平原君：当年我出使秦国，和公子的父亲，太子安国君相交甚欢。那时公子还小，怕是记不得了。

子楚鞠躬：平原君盛名，天下谁人不知，今日得见，自是子楚的福气！

他们身后有官员悄声议论。

官员甲：那是谁？相国为何对他如此客气？

官员乙：那是秦国在咱们这里的人质！秦王孙子楚啊！

官员甲：咱们大王的登基大典怎么还请人质啊？

官员乙：这你就不懂了！这些国家在咱们这里的人质，不是王子就是王孙，没准哪天就即位做了王了！咱们的大王不曾经也在齐国做过几年人质吗？

官员甲：有理！有理！

平原君和子楚寒暄过后，向殿内走去。百官紧紧跟上。

3. 夜。内。赵宫

平原君紧走几步上前参拜：大王，请恕赵胜来迟之罪！

赵王亲自走过来扶起他：平原君，快快请起，你是两朝令尹，先王早已赐你不跪了！以后你可千万不要跪拜，不然倒显得寡人不识礼数了！

平原君：今天是大王登基大典！赵胜理当叩拜！否则，御史不知会如何记载，赵胜诚惶诚恐！

赵王大声笑道：哈哈哈哈！想不到门客三千的平原君也有害怕的人！御史，你今日当如何记载啊？

御史离座跪拜道：臣将记载，我赵国孝成王登基庆典之上，赐令尹平原君赵胜见君不跪！

赵王指向自己左侧：相国请坐！御史！你再记上，寡人赏赐相国食邑三座，黄金千镒，封万户侯！

平原君刚刚落座，闻言慌忙又跪下谢恩。

平原君：臣谢大王！吾王万岁万岁万万岁！

文武百官一起跪下朝拜：吾王万岁万岁万万岁！

赵王大喜：众位卿家！来！与寡人同饮此杯！

赵胜和百官一起举起面前的酒爵双手高举过头顶，等候着。

赵王以左手掩面一饮而尽。

百官也以同样的姿势一饮而尽。

赵王转向平原君：怎么信陵君没有接到？

平原君：臣也纳闷，明明说好是在上党会合，臣依照指定时间地点，多等了一个时辰，也不见人影，又怕误了大王的登基良辰，所以安排了两位上大夫继续等候，自己先赶回来了！

赵王沉吟：信陵君一向言之必信，行之必果，他若爽约，定然是有急难之事啊！……

4. 夜。外。魏国至赵国途中

一座临时搭起的帐篷里，传出呻吟声。

外面的旗帜上写着一个大大的"魏"字。

雨越下越大，外面守着的卫兵悄悄向里面张望，交头接耳。

卫兵甲：这可真是要命，在这种前不着村儿后不着店儿的地方儿犯病，又下大雨，连个郎中也找不着，这咱们可得等多久啊！

卫兵乙：长亭侯也是，自个儿身子不行就甭逞能了，还非得跟着来！这可倒好，自个儿受罪不说，让大家伙儿也跟着遭罪！

卫兵丙：你就少说两句儿吧，我看最遭罪的是信陵君，这都伺候他一宿了！人家还是天生娇贵的大公子呢，都没说什么，咱们也就别言语了！

5. 夜。内。帐篷中

信陵君（字幕：信陵君魏无忌，战国四公子之首）在细心照料同行的长亭侯吕齐（长亭侯吕齐，魏国官员）。我们看到信陵君二十六七岁，身材高大，英气逼人，有一股仁厚与率真之气。

吕齐捂着胸口呻吟。

长亭侯：外面……外面什么声音？

信陵君：外面在下雨呢！长亭侯，好些了么？

长亭侯：……好，好多了，无……无忌公子，您还是快些去吧，平原君怕是已经等急了！

信陵君：这个时候，恐怕他已经走了。

长亭侯：那您现在马上去，只怕是还赶得上赵王的登基大典！

信陵君摇了摇头：我已派使者去了。长亭侯如此状况，让无忌如何放心得下！

长亭侯感动地：……公子，我……我真的不知道……如何报答公子大恩……

信陵君将他按下：快别这么说！

门外卫兵进来：报！赵国两位上大夫前来接应！

信陵君急出：快快有请！

帐篷一打开，雨水溜了进来。

6. 夜。内。赵王宫中

灯红酒绿中赵王已有醉意。

赵王：……我赵孝成王的运气好，自秦赵于渑池结好以来，风调雨顺，国泰民安！秦王还将王孙子楚送来为质，寡人以为，今后二十年将是太平盛世！……

文武百官：吾王洪福齐天！黎民百姓，共享天泽！

赵王把手放到酒爵之上，突然地：子楚！

子楚一惊，半晌答道：子楚在！

赵王：寡人命你斟酒！

子楚显然吓了一跳，战兢兢地起身，为赵王把酒。

赵王示意他为文武百官挨个斟酒。

子楚听命。

赵王抑制不住地得意：哈哈哈……想当年先王赴秦，曾受鼓瑟之辱，如今，秦国王孙子楚，为我赵国文武百官斟酒！这真是世事多变，沧海桑田哪！御史，你快快记下！

御史：是，大王。

子楚屈辱的神情。

子楚走到平原君面前，平原君客气地向他示意：不必，自己来。

平原君突然站起，走向赵王，深深一揖。

平原君：大王，大王刚才所说，臣不敢苟同。

赵王一怔，停下饮酒：讲！

平原君：大王！想那秦国自商鞅变法以来，国力强盛，号称有甲兵百万之多。早有吞并我六国之心。只是碍于我六国有合纵之盟约，不敢轻举妄动！依臣所见，渑池之盟，不过只是缓兵之计！为的是瓦解我六国联盟。大王万万不可被一时的假象所迷惑啊！

赵王怔住，皱起眉头看着他，一语不发。

子楚尴尬的神情。

平原君：大王刚刚继位！当此乱世，应该时刻警惕秦国大敌，善待魏、韩等邻国，这样才能立于不败之地啊！

赵王显然十分不悦。

赵王：好了，平原君，今日是寡人的好日子，还是多说些吉利话吧！

忽一俊美飘逸的年轻人（字幕：鲁仲连，齐国高士）站起道：大王，我虽是齐人，在此多言也许多有冒犯，但我还是想直言进谏！

赵王不悦：你是何人？

鲁仲连：齐人鲁仲连。

赵王惊讶：你便是那个十二岁便将辩士田巴辩倒，人称千里驹的高士鲁仲连？

鲁仲连：不敢，正是在下。

赵王：你有何言，请讲当面！

鲁仲连：在下以为，平原君适才所说，字字千金，句句中的。秦国乃虎狼之邦，不能令其得逞，一旦得逞，必将生灵涂炭，秦赵渑池之好，不过是与虎谋皮罢了！……

随着鲁仲连的话，赵王的脸色渐渐沉下来。

平原君：仲连年纪虽轻，颇有远见，不愧是千里驹啊！

赵王终于克制不住：那你的意思，是寡人缺乏远见了？！

平原君：大王，臣不是这个意思，臣……

平原君话音未落，赵王烦躁地伸手取酒爵，却不慎撞翻。他恼羞成怒，把桌上的美味佳肴挥手拂落在地。

赵王：好了！不必说了！寡人自有定夺！

赵王拂袖而去。

平原君呆立。

文武百官面面相觑。

鲁仲连摇头叹息。

子楚左顾右盼了一下，自己悄悄地端起酒爵喝了一口。

7. 夜。内。平原君府上

宽大的厅堂。

平原君如同困兽一般焦灼地来回踱步。

平原君夫人（平原君夫人，信陵君之胞姐）坐在一旁的几案之后，表情冷静地看着他，能看出这是一个颇有心计、喜怒不形于色的女人。

平原君夫人：夫君，你也不必过于焦虑了，大王刚刚继位，一时对时局不明还是有的，一切还要慢慢来。

平原君：夫人有所不知！今日在大殿之上！大王竟然当众说秦国是友善之邦！这不是不辨善恶吗？我规劝了几句，他就拂袖而去！还掀翻了酒席！我真后悔当初保他登基！

平原君夫人示意他不要再说。

平原君夫人对周围的用人们：这里没什么事了！你们下去吧！没有我和大人的吩咐不要上来！

众人齐声答道：是！

说完鱼贯而出。最后一个下人出门把门带上。

平原君：夫人太过小心了！这是在咱们家里面！我不信他们敢出去乱讲！

平原君夫人：夫君，小心为上！再说，你就是受了委屈，也不能在私下里讲大王的坏话啊！这要是传到了大王的耳朵里……

平原君赌气道：他能把我怎么样？刚当上大王就忘乎所以！他不想想，其他的六国之所以不敢和赵国交恶，是因为有我平原君！就像你们魏国……

平原君夫人：夫君！妾身嫁给你就是赵国人了！魏国只是妾身的娘家而已！

平原君点头：嗯，虽说魏王是你的兄长！但是，六国给魏国面子完全是给你弟弟的！

平原君夫人：夫君说的可是无忌？

平原君：正是！你弟弟信陵君魏无忌！齐国孟尝君田文！楚国春申君黄歇！当然了，还有我平原君赵胜！诸侯里面，哪个敢不卖我们的面子！不是秦王也说，不知有魏王，但知有信陵君，不知有赵王，但知有平原君么？！

平原君夫人：夫君一口一个面子！不知面子是何物呀？是你们四人的钱财多？权势大？还是你们四人的武功盖世，天下无敌？！

平原君：非也非也！我们四人，人称战国四公子，并不以权势钱财治人，我们是名气大、谋客众、治世稳，一句话，有盖世之好名声！天下贤士几乎尽投我们四人的门下！

平原君夫人：是啊！这才是你们四人真正的力量！诸侯畏惧的是你们的好名声！担心的是你们门下的贤士！恐惧的是这些人的智慧！夫君，你身边的贤士如此之多！这才是你最大的财富和力量！大王现在还没有感受到你的力量，也没必要让他感受！夫君应该把目光放得更加远大一些！

平原君：夫人的意思是……让我去效仿那昔日苏秦？取六国之相印？

平原君夫人笑了一下：苏秦不过只是一个耍嘴皮子的罢了！岂能与我夫君相比！

平原君：那以夫人之见呢？

平原君夫人：想那文王，武王以区区百里之封地，最后灭商而代之！一统天下数百年！那才是真正大智慧之所为啊！

平原君闻言一惊，他下意识地看了一眼窗外。

窗外，暴雨倾盆。

平原君：夫人！今日之言非同小可！……

平原君夫人压低声音：夫君可知道世上有部奇书，得到者可得天下？

平原君：夫人说的，难道是传说中的那部《周公秘籍》？

突然的一声惊雷，狂风将窗子吹开，把蜡烛吹灭。

平原君夫人：不错！正是此书！

平原君：关于此书的传说已经有上百年了，可是谁也没有见过它，也许它根本就不存在！

平原君夫人：可我听说，一个侠客无意中得到此书后，把它当作觐见礼物献给了自己的主公！

舞动的帐幔把平原君的脸衬得格外阴险：夫人的意思是，此书现在无忌处？

平原君夫人面无表情地点了点头。

又一声惊雷，两人似乎都吃了一惊，四目相视，目光如电。

8. 夜。内。内宅

惊雷同时惊醒了一个年轻姑娘，她猛然从床上坐起来。

我们看到这是个妖媚野性的女孩，眉目之中藏着与年龄不相称的成熟甚至阴险。表情则如平原君夫人一般冷漠。（字幕：念奴，舞姬，平原君夫人之义女）

念奴的一双眼睛在黑暗中闪闪发光。

念奴猛然拉开窗帷，看着外面的倾盆大雨。

念奴像觉察到了什么似的，突然回头。

在幽暗的夜光中，一个女人用犀利的目光在注视着念奴——她是平原君夫人。

9. 夜。外。已近赵国国都

大雨中。

信陵君亲自赶着马车，向赵王宫风驰电掣般赶来。

信陵君浑身的衣裳湿透。

后面骑马的卫兵在悄声议论。

卫兵甲：他长亭侯算个什么东西，怎么公子还亲自为他赶马车！

卫兵乙：咳，公子的为人你又不是不知道，一个要饭的他还亲自登门造访呢，别说是长亭侯了！

卫兵甲：我只是为咱们公子抱不平，伺候了他一晚上，还得给他赶车！公子又不是铁打的！

卫兵乙：别说了别说了，瞧前头那么多人，是不是出事儿了？

10. 夜。内。内宅

念奴和平原君夫人对视。

夫人：我平日待你如何？

念奴面无表情：夫人待奴儿，自然是恩重如山。

夫人：岂止是恩重如山，还情同母女！你九岁时我用千金将你买来，不追究你胡人血统，这一点，连我的夫君都瞒过了！稍大些，命赵国著名舞姬教你习舞，如今你的舞技，怕是在七国之中，都要算拔尖的了！

念奴：奴儿时时牢记夫人再造之恩！

夫人这才用稍稍温和的目光打量了她一下：目下有一事，我再思三思，非你不能成其事，只是……此事诸多危险，怕也有诸多坎坷！

念奴：奴儿愿闻其详！

夫人环顾四周,与念奴耳语。

烛光把夫人的脸映得有几分狰狞。

11. 翌日晨。外。赵国国都街市

雨过天晴。

前面的人群越来越多,魏国的车队慢了下来。

赵国繁华的街道上,老百姓们纷纷围观。他们指指点点地议论着。

信陵君谦和地向大家点头招呼。

赵国百姓的喊叫声不绝于耳。

百姓甲:哪位是魏国信陵君大人?!可否露面让我们一睹风采啊?!百姓乙:想必是坐在车里的那位,打开帘子,让我们瞧瞧!

长亭侯用颤抖的手打开帘子,用手指着赶车的信陵君。

百姓们:原来鼎鼎大名的信陵君是个老头哇!……这可没有咱们平原君精神!……

一军士不顾一切地大喊道:那前面驾车的才是信陵君!

赵国的百姓顿时惊呆。

百姓纷纷议论。

百姓甲:……哎呀,原来是驾车的那个小伙子啊,太年轻了!可比咱们平原君年轻多啦!……

百姓乙:瞧瞧人家,堂堂四公子之首,亲自驾车!……

百姓丙:怪不得说信陵君贤达最尊呢!平原君可做不到!

百姓甲:你又何必长他国志气,灭自己威风呢?!四大公子,各有所长嘛!……

信陵君听得微微一笑,向赵国的百姓拱手致意。

围观的百姓一起欢呼起来。

一个门客上来说道:主公!看来你的名声在赵国也是非常响亮的啊!

无忌一边拱手一边吩咐道:传我的话!把咱们带的瓜果食物分发给百姓!

门客:明白!

魏国的队伍里开始向赵国的百姓分发东西，为了照顾远处的百姓，有一些直接抛掷了出去。

赵国的百姓一片欢呼，开始争抢东西。街道上一阵混乱。

12. 日。内。长亭侯车上

长亭侯在车里看着外面混乱的场面不禁摇头。

长亭侯自语：唉，公子仁厚，只是过于随意了，草民面前如此宽仁，成何体统！

13. 日。内。平原君府

平原君夫妇正在用餐。

念奴便装走进。

念奴：奴儿拜见大人、夫人！

平原君：罢了！念奴啊，你来我家，已有六载了吧！

念奴：是。

平原君：养兵千日，用兵一时！夫人已经对你交代过了，你就照夫人说的去做，一旦得手，立即返回，不得有误！

念奴面无表情：是！请大人、夫人放心，奴儿粉身碎骨，也要不辱使命！

平原君满意地点点头：好，下去吧，今天晚宴上的编钟舞，与平日里又不同些，你要好好准备才是！

念奴答应着下去，突然又被唤回。

平原君：回来！

念奴站住。

平原君：我再说一遍，派你到信陵君身边的惟一目的，便是那本当年周武王留下的《周公秘籍》。谁有了它，谁便有了统一六国的法宝。

夫人在一旁补充：大人的意思，是叫你除此之外，不可生出别的念头，懂吗？

念奴的眼珠难以察觉地转了一转：大人、夫人放心，奴儿明白。

念奴走出。

突然外面一片嘈杂，有探马来报。

探马：报！上大夫已接到魏国信陵君、长亭侯，即刻便到！

平原君夫妇交换了一下目光。

平原君：不是说只来无忌一个么，怎么还有一个长亭侯？好，我们马上出去迎接！

夫人向丈夫使了个眼色，对探马：好，知道了，你下去吧。

14. 日。外。赵国王宫前

信陵君无忌和长亭侯吕齐下车整理好了自己的衣帽。吩咐队伍排列整齐。

平原君率百官迎了上来。

一个军士在一旁大喊道：赵国令尹平原君携文武百官前来迎接魏国使者信陵君无忌和长亭侯吕齐！

信陵君听到喊声，抬头向前一看。平原君正快步走来。

信陵君急迎上去。

信陵君大喊：姐夫！姐夫！

长亭侯在后急拉信陵君衣角：哎呀公子！此次我们乃是代表魏国出使赵国！当行使节之礼啊！

信陵君：咳！哪有那么多规矩！行！魏国使节信陵君无忌拜见相国！说着深深行下礼去。

平原君一把拉住：不必多礼了！

无忌含笑看着平原君。

这时，他的身后传来长亭侯沙哑的声音。

长亭侯：魏国使节长亭侯吕齐参见相国大人！

平原君慌忙放开无忌，整了整衣服冲吕齐还了礼。

平原君：大王命令尹赵胜携百官在此恭迎魏国使节！

长亭侯：不敢！……都是因为吕齐途中突发疾病，没有赶上赵王的登基大典，实在是……

信陵君急忙抢过话去：没赶上登基大典，都是无忌之过！无忌之过！……现在将我魏国国书奉上！

信陵君向一门客挥了挥手。一个军士快步走来把一个精致的盒子递给信陵君。

信陵君接过国书双手递向平原君。平原君恭敬地接过，然后两人四目相交不禁莞尔。

15. 夜。内。平原君府客厅

信陵君无忌大笑着走了进来。

平原君夫人起身迎了上去。

信陵君上去和姐姐紧紧拥抱。

信陵君：姐姐！姐姐！让我看看……呵，大梁一别，又有数月了，姐姐好像又瘦了！

平原君夫人笑：我看你倒是胖了！

信陵君：无忌是心宽体胖！姐姐，你得向我学，别那么操心劳神的！得饶人处且饶人啊！

夫人：谁比得上你，你是天下有名的大贤至尊，姐姐不过是一介女流罢了！

信陵君：不对不对！难道你忘了父王生前对你的评价？父王说，你是巾帼不让须眉，比一般男人还要有韬略呢！

夫人淡淡地：什么韬略？父王拿我打趣罢了！

平原君和长亭侯也走了进来。

平原君笑着对长亭侯说道：无忌和他姐姐的感情最好！如今他也是名扬天下的人物了，可还是这般调皮！

长亭侯：信陵君乃性情中人！我魏国举国皆知！他的府上养了那么多的门客！我看诸国公子也是难出其右啊！

长亭侯整衣上前拜见夫人。

平原君夫人赶紧回礼道：长亭侯客气了！……我兄长魏王是不是怕无忌不识礼数，才特地派长亭侯前来辅佐？

长亭侯：不敢！老臣只是尽职而已！

夫人：怎么觐见的时间这么长？赵王与你们相谈甚欢？

信陵君高兴地：正是！我向赵王再次阐述合纵抗秦的主张，他听得十分高兴！……

平原君：十分高兴？还是你有面子啊！

平原君的脸上掠过一丝阴翳。

16. 夜。内。内宅

念奴已换上盛装，对镜梳妆。

念奴小心翼翼地在前额上贴上五朵梅花。

闪闪发光的梅花更衬出她面容的艳丽。

旁边的女孩秋儿：姐姐，我听说过去公主出嫁的时候，才贴五出梅花！

念奴冷笑：公主？出嫁？好，你就当我今天是公主出嫁吧。

念奴说罢突然站起，甩出长长的水袖，如云蛇飞舞，啪啪儿下，在白墙壁上点出五朵梅花。

秋儿看得呆了。

秋儿：姐姐，难怪夫人说你是个妖精！

念奴突然狂笑：哈哈！我就是个妖精，难道你今天才知道？！

17. 夜。内。平原君府邸

侍女们穿梭将美酒佳肴摆上几案。

平原君：今天赵胜和夫人设家宴款待二位，不必拘泥礼节！尽兴即可！长亭侯请上座！

长亭侯：不敢！不敢！吕齐只是副使！如何坐得上座？

信陵君在一旁：哎呀！这不是到姐姐家了吗？哪里有这么多规矩！我要和姐姐坐在一起！

说着，就拉着姐姐坐在一起。

平原君笑：随他去吧！长亭侯，请！

几人坐定。

平原君拍了拍手。

一队侍女飘然而来，为客人斟酒。

平原君：我们今日定要一醉方休！

长亭侯捂住杯子：吕齐身体欠佳，实在是不胜酒力！

平原君：无论如何也要喝上一点！

长亭侯：平原君有所不知，我走时与小女如姬说好今晚回家，我怕她为我担心，我看我还是先行一步吧，你们一家人，也好尽欢！

平原君夫人：说哪里话！你和无忌同来，岂有让你先行之礼？长亭侯若再谦让，我便要与你亲自把盏了！

长亭侯只好：夫人既这么说，吕齐只好勉力为之了！

平原君：来，干！

众人：干！

一同掩面饮酒。

长亭侯心事重重的样子。

18. 夜。内。魏国长亭侯宅邸

雕花窗棂里面，有一个苗条少女的逆光剪影。

那少女向窗外望着，托着腮，一动不动。

一侍女秉烛在旁：小姐，该歇息了。

少女看了她一眼：不，我要等爹爹回来，爹爹说了今晚回来！

这时我们可以看见烛光中的少女，她十五六岁，一双美目如同两眼清泉，清澈见底，身形如仙子一般灵动飘逸，美丽不可方物。

（字幕：如姬，长亭侯之独女）

侍女：已经过了四更了。

如姬拨动了一下面前的古琴：你下去歇息吧，不必伺候。

侍女：是。

侍女将窗幔落下。

古琴的乐声悠然而起。

19. 夜。内。平原君府邸

信陵君与长亭侯已喝得半醉。

平原君击掌：将编钟抬出！

平原君：二位听说过编钟舞么？

长亭侯：吕齐略闻一二，听说此舞难度极大，难道……

平原君微笑：此器乃先王所赐！赵胜平日不敢妄动！今日贵客上门，少不得要现现丑，尽兴才好啊！夫人……

夫人击掌。念奴盛装走出，两人都被惊呆，平原君细细察看着信陵君的神情。

平原君：这是夫人的养女念奴，会跳此舞，还算看得过去。（示意身后的乐人）也算是为大家助兴吧。

乐人奏乐。乐声起，念奴手持钟锤翩翩起舞。

念奴的手和衣袂上下翻飞，如一只彩凤起舞，编钟发出清越震撼的音响，余音绕梁，衣带飘飞，竟令厅堂酷似神仙洞府。

信陵君叹为观止的神情。

长亭侯痴迷的表情。

平原君夫妇频频观察信陵君的神情。

一曲舞罢。二人仍发呆。

平原君笑问：如何？

信陵君如梦初醒：无忌孤陋寡闻，这等编钟之舞，真真是头一回领教！

长亭侯：天上人间，吕齐还从未见过这么美的舞蹈！说是仙女下凡，恐怕也不过分哪！

平原君得意地哈哈大笑，夫人也在一旁微笑，她的笑容带着几分阴险。

念奴拿起一盏杯，飘然走到无忌面前：无忌公子，奴儿谢谢您的夸奖，奴儿连喝三杯，以示敬意，只讨公子一杯如何？

平原君夫人：念奴！

念奴回眸一笑，并不在乎夫人的呵斥，一口气连喝三杯。

信陵君笑：姑娘真是豪饮！信陵君礼当奉陪！

信陵君也连喝了三杯。

念奴大喜：信陵君真君子也！

夫人笑对念奴：不知规矩的丫头，还不快快拜谢公子！

念奴跪拜：奴儿拜谢无忌公子！

信陵君将她扶起：快起来，起来！

平原君夫妇交换了一下目光，面露喜色。

20. 夜。内。平原君夫人内室

各种礼物堆满了房间。信陵君上前拿起一个盒子打开。

信陵君：母亲她就是偏心！什么好东西都给你！这块千年沉香我问她要了好几次，她都不肯给我！这一听说我要来赵国，一下就拿出来，让我给你带过来！还怕我给扣下，让姐姐给她回书时注明收到！

平原君夫人笑着举起手帕拭了一下眼睛。

平原君夫人：母亲她身体可好？

信陵君：好！就是老到我府上，唠唠叨叨！

平原君夫人：母亲肯定是为了你的婚事着急！你就不能让她安心些吗？弟妹也走了有些时日了，赶紧再给自己娶一房夫人嘛！我就不信，名闻天下的信陵君会找不到一个好女子！

信陵君：姐姐，你说话怎么和母亲一样！我自己的事情自己来！如今我门下也是门客数千了，我总得照顾好他们的生计吧？

平原君夫人：他们都是你的食客！供给他们酒肉便是了。难道还因为他们而不再娶妻了吗？

信陵君：好了，姐姐！这些是我给你的礼物！这些丝绸长袂是我专门派人定做的，材质极佳！

平原君夫人：难得你有这个心！姐姐也还你一件礼物！

信陵君开玩笑：一件哪里够！我要很多件！

平原君夫人：贪心！

说着，她轻轻击了一下掌。门打开，念奴盛装走进。

信陵君呆住。

21. 夜。外。平原君府厅堂

宽阔的厅堂里只剩了长亭侯一人，他来回踱步，神色焦虑。

长亭侯自语：如姬如姬，为父让你着急了！

22. 夜。内。长亭侯府邸

如姬趴在古琴上睡着了。

侍女轻轻地把衣裳搭在她身上。

如姬一惊：是爹爹回来了？

侍女摇了摇头。

23. 夜。内。平原君夫人内宅

平原君夫人：念奴是我收养的义女，跟随我已经六个年头了。

信陵君调侃道：啊，那你应该称呼我舅舅啊！

平原君夫人：胡闹！

信陵君忙正色。

夫人：念奴，就是我要送给你的礼物。你还满意么，无忌？

信陵君一惊，他和念奴的目光正撞在一起，念奴的脸上呈现出一丝喜悦。

信陵君走到念奴面前：你，愿意跟我去魏国吗？

念奴：奴儿是夫人养大的，一切听夫人的安排！

信陵君：我那里没有编钟，你跳不成舞了，怎么办？

念奴：奴儿可以随任何乐器起舞！如果没有乐器，奴儿也可以随风声雨声起舞！

信陵君：我那里多是门人食客，都是大男人。你连个说话的人都没有，不怕孤独吗？

念奴：奴儿是伺候公子的。凡事只要公子高兴就行！

平原君夫人：念奴！从今天起，你就是无忌的人了！他就是把你送了，卖了，也跟我没有任何关系了！你明白吗？

念奴：奴儿明白！

夫人：无忌，你可不要小看这个丫头，她不单生得美貌，舞跳得好，还颇有些武艺与奇巧异术，她跟着你，可以保护你。

信陵君：姐姐说笑了，无忌堂堂男子，加上门客三千，岂要一弱女子保护？！

夫人冷笑：哼，门客三千，依我瞧多一半都是饭桶！难道说，你是嫌我这礼物送得轻了？

信陵君慌道：无忌不敢！无忌只是觉得，这礼物是过于贵重了！无忌何德何能，当得起姐姐这般重礼？

夫人好气又好笑：挺痛快的一个人，还没见你这么慌头慌脑、絮絮叨叨呢！你说吧，这礼你到底是受不受？

信陵君长揖到地：无忌拜谢姐姐！无忌一定好好待念奴姑娘，请姐姐放心！……

夫人：这我自然是放心的，你的厚道之名老早就传出去了。要饭的你尚且奉为上宾，何况对我的义女！若是不放心，我也不会将她送你，好了，这件事就这么定了！

念奴的脸上划过一丝笑容。

24. 日。外。赵国城门前

平原君带着百官在城门前送无忌等人回国。无忌与长亭侯在马车前行礼。

无忌上了马车冲众人抱拳示意后，弯腰钻进了马车。

一个魏国军士喊道：启程！

魏国的队伍缓缓地出发了。

队伍里多了一辆马车。

平原君看着远离的车队，脸上露出阴险的笑意。

25. 日。外。赵国驿站外

魏国的队伍走到驿站前面，军士们下马安顿，三辆马车被拉进院里。

26. 晚。外。赵国驿站外

魏国的军士在警卫，赵国的旗帜旁边竖着魏国旗帜。

27. 晚。外。赵国驿站院里

信陵君与长亭侯准备吃晚饭。

信陵君命一军士：将这些饭菜各拿一份给念奴姑娘送过去。

军士：是。

军士将饭菜放进一套盒子里，拿走。

信陵君：长亭侯请了！

长亭侯：公子请了！

信陵君胃口很好地吃饭，忽然发现长亭侯满面愁容，没动筷子。

信陵君：长亭侯怎么不吃？

长亭侯：……唉，没有胃口！

信陵君：长亭侯一路愁眉紧锁，是身体依然不适，还是有什么为难之事，能否说与无忌听听，也好让无忌为你分忧！

长亭侯看看周围的军士。

信陵君屏退左右。

信陵君：长亭侯，现在可以说了吧？

长亭侯长叹一声：……唉！公子有所不知啊！吕齐有一小女名唤如姬，如今已然及笄，其才色姿容，颇说得过去。吕齐早年丧妻，一直视此女为掌上明珠，可……可因为此女太过聪明，琴棋书画，无不精通，所以不免曲高和寡，我一个做父亲的，虽然疼爱，到底不如母亲细致，一直想为她找个百伶百俐的知心女侍，寻遍魏国，也没个着落，自昨日见了念奴……

28. 夜。内。念奴房间

念奴悄悄地伏在房门上聆听着。

29. 夜。外。驿站院里

信陵君：我知道了，你是觉得念奴适合与你的女儿做伴？打算从我这里要走她？

长亭侯起身拜道：吕齐知道念奴是平原君夫人送与公子的，哪敢让公子割爱!

信陵君:就为这事,你就连饭都吃不下去?

长亭侯:正是!吕齐实在不忍看着自己的爱女伤心孤独啊!……

信陵君:这有何难!长亭侯觉得念奴合适!无忌就把念奴转赠给令爱就是了!

长亭侯呆了,不敢相信地看着他:这……这……

信陵君:难道你不信无忌?

吕齐大喜过望,起身抱拳:早知公子秉性仁厚,乃是大情大义之人,此番出行,果不其然啊!只是……只是吕齐不知如何报答公子的大恩大德……

信陵君:这有什么?念奴那里,由我来说!明日到了大梁,你将念奴领走便是!

长亭侯拜倒在地。

30. 夜。内。念奴房间

念奴靠在房门之上。

念奴对镜,狠狠撕去了前额的五朵梅花。

念奴美丽冷酷的脸慢慢转为狞恶。

31. 翌日。外。长亭侯府花园

如姬在花园里和侍女们一起捕蝶。

轻快地奔跑和笑声。

如姬在阳光灿烂的花丛中展开美丽的笑靥。

突然,她灵动的眼睛像是发现了什么。

长亭侯一行出现在花园里。

如姬惊喜地飞奔过去:爹爹!爹爹!

32. 日。内。长亭侯府

如姬与念奴互相久久注视着对方。

长亭侯在一旁慢慢喝茶。

如姬：你真好看！

念奴冷冷地：小姐，你也很好看。

如姬：你叫什么？

念奴：念奴。请问小姐芳名。

如姬天真地：我叫如姬。你的名字真特别，像是胡人的名字。

念奴勃然变色：小姐取笑了！

长亭侯笑：临行前你总吵着让爹爹为你带来些稀罕的物事，怎么样？这个礼物可够稀罕的吧？告诉你，这个念奴会跳编钟舞，还会武艺，百伶百俐的一个丫头，恰好能和你做伴啊！

如姬：太好了太好了！

长亭侯：这都是信陵君高义……（他突然转了话头）爹爹途中忽发疾病，多亏信陵君照顾，都夸公子无忌大情大义，这回我算是领略了！

念奴冷冷地横了他一眼。

如姬的神情中突然出现一丝羞涩，为了掩饰自己，她拉着念奴走进自己的琴房。

如姬：念奴，走，我带你去看看我的琴房！

长亭侯冲她们的背影笑喊了一句。

长亭侯：这就不要为父了，是吧？

外面传来了如姬的声音。

如姬画外音：多谢父亲大人！

吕齐摇了摇头，开心地转身走向屋内。

33. 日。内。如姬琴房

如姬拉着念奴进屋。这是一间宽大的房子，里面几乎什么摆设都没有，只有一个角落有一个条几，上面放着一张古琴。琴身古意盎然。墙上有一幅如姬的画像。

念奴不禁被这架古琴吸引，轻轻地走了上去。她伸手轻拨了一下，古琴发出了悦耳的声音。

如姬：怎么样？这琴声婉转，有如流水之音，是……是我母亲留给我的，说起来，有二百年的历史了！

念奴轻轻点头。

如姬：念奴，你会弹琴吗？

念奴：奴儿一个下人，哪里会弹琴！

如姬：父亲说你的舞跳得很好，要不我弹琴，你舞上一曲如何？这房子很宽大的……

念奴冷冷地：奴儿一路车马劳顿，怕是不能遵命。

如姬：啊……我倒忘记了，我……我只是特别想看你跳舞，可以想象那该有多美！那……你坐在这儿歇息，听我为你抚琴吧？这张琴我谁也没让碰过呢，你若喜欢，我倒愿意教你弹琴。

念奴：既是小姐心爱之物，奴儿不敢造次！

如姬弹琴，其声优美清越，颇似流水之音。

念奴听着，注视着如姬美丽单纯的样子，脸上显出一丝阴险的微笑。

34. 日。外。长亭侯花园

花园里开满了各种鲜花。

如姬向念奴指点着这些花朵。

如姬：看，这些花儿多漂亮啊！母亲曾经亲自撰写过一首花赋，我现在还背得下来：梅标清骨兮，兰庭幽芳，茶呈雅韵兮，李谢浓妆，水仙冰肌玉骨兮，牡丹国色天香，丹桂飘香月窟兮，芙蓉冷艳寒江……念奴，我觉得你就像芙蓉，身上有一种冷艳的气质……

念奴冷冷地：奴儿怎么敢比芙蓉？小姐高看奴儿了！

如姬有些意外地看看她：……你……到底怎么了？是旅途疲倦，还是……不喜欢我？

念奴：奴儿一个下人，怎敢不喜欢小姐！

如姬：那……以后就由咱们俩来照顾这些花，好吗？

念奴毫无表情：好。

如姬：你累了，就先歇息去吧，都怪我，光顾了高兴……

念奴施一礼：那奴儿告退。

如姬迷惘地看着她的背影。

35.夜。内。信陵君府厅堂

信陵君大宴门客。大厅里满满地坐的都是人。大家都是吃得兴高采烈。信陵君不时举杯。

信陵君：来，诸位先生！无忌敬大家一杯！

说着就满饮了此杯。门客们也纷纷举杯。

门客们：主公此次出使赵国可算得上是功德圆满啊！我等敬主公一杯！

门人们乱糟糟喝着酒议论着。一个家人快步走到信陵君身边附耳说道。

家人：大人，外面有一个乞丐模样的人前来，声称要投靠大人！

信陵君：好啊！快快有请！

家人：是！

信陵君继续和门人们饮酒作乐。这时外面传来了一声雄厚的声音。

画外音：果然好兴致！人人都说信陵君好贤重义，今日一见，果不其然啊！真是高朋满座，佩服！佩服！

无忌和门人们安静了下来，向发声处看去。一个中年人随意地站在那里。（孟尝君，原齐国宰相，战国四公子之一）我们看到他五十余岁，个子很矮，乞丐打扮。

信陵君：无忌见过先生！

来人还礼道：在下风尘仆仆，不知信陵君可能赏些酒饭？

信陵君携住来人的手说道：先生快请！

门人甲：我等投靠主公之时，无一不是身怀绝技！你可有一技之长？

门人乙：是啊是啊，如果你有真才实学，不妨露出一二，也好叫我等信服啊！

信陵君：不必多言了，四海之内皆兄弟也！如果先生不嫌弃，就把无忌这里当作家吧！

来人：好一个信陵君！真豪杰也！我如果再隐瞒的话，倒显得不磊落了！也罢，我并无一技之长，只空有一个名字而已！

信陵君：请问先生高姓大名。

来人：我姓田名文！

信陵君大吃一惊：田文！可是齐国的孟尝君！

孟尝君：正是在下。

门人们惊呼：孟尝君！齐国的孟尝君到了！

无忌上前双手携起孟尝君。

信陵君深情地：兄长！小弟仰慕兄长已久了！

两人的手紧紧相握。

36. 夜。内。如姬卧室

如姬床的帐幔前，挂着一把寒光闪闪的宝剑。

如姬和一侍女对弈。

念奴在一旁冷冷观看。

念奴突然替那侍女出了一步棋：再不走这步你就死了！

如姬吃惊地：你会弈棋？

念奴淡淡地点头。

如姬：太好了，来，你来下。

侍女让给念奴，念奴坐下。

拈棋子的纤纤玉手。

黑白棋子一场激战，杀得难解难分。

外面敲更的声音。

侍女：小姐，该睡了！已经四更了！

如姬打了个呵欠直起身：好吧，明天我们再接着下？

念奴冷冷地：悉听尊便。

侍女拿了一块绸布欲擦宝剑。

如姬强睁睡眼拦她：放下，我来！

如姬亲自擦拭宝剑。

念奴不解地看着这一幕。

37. 晨。外。长亭侯院内

如姬来到花园里准备浇水。

她发觉鲜花有些不对，上前仔细看了看。

如姬伸手一摸花朵，花瓣突然全部脱落。吓了如姬一大跳，跟着花园里所有的花朵的花瓣全部脱落。如姬吃惊地转圈看着。跟着她的使女们也惊讶得不知所措。

如姬吃惊地：呵……

远远地，她看见念奴一动不动地站在那里，她把疑惑的目光投向念奴，念奴的眼睛却越过她，看着身后的天空。

38. 晨。内。如姬琴房

如姬快步进来看到古琴好好的，松了一口气。她走上前轻拂了一下琴弦，上面的三根琴弦突然崩断。如姬一下子跌坐在地。

半晌，她抬头四顾，看到墙上自己的画像。

画中人的左眼竟然已经不翼而飞。

如姬又惊又痛，颤声命侍女：把念奴叫来！

如姬闭上眼睛，竭力忍着泪水。

如姬再睁眼时，看见念奴站在自己面前，依然毫无表情。

如姬颤声问道：你！……为什么这么恨我？！

念奴不答。

如姬：我问你呢！我并没有得罪你，你为什么这么恨我？！

念奴冷冷地：小姐没什么别的事，奴儿告退了。

如姬的泪再也忍不住了。

念奴在门口听见如姬伤心的哭声，脚步停留了一下，并没有回头，飞快地走了。

39. 日。外。信陵君府上孟尝君住处

信陵君在孟尝君的住处外面喝着茶。

孟尝君推门而出，已经换上一身整齐的衣服。信陵君迎了上去。

信陵君：兄长休息得可好？

孟尝君：好极了！这一夜酣睡真是解乏啊！……还有这身衣服，就像给我做的一样！

信陵君：合适就好！……来，喝茶！兄长难道是因为此次齐王又把你的相国给罢免了，才离开齐国的？

孟尝君：不错！我对齐王，可以说是仁至义尽！齐王却两次罢相，真真令人寒心哪！我不愿再事齐，早听说公子义薄云天，特地来投，公子待人，果然名不虚传！

信陵君：兄长客气了！怎么能说来投，分明是上苍厚待无忌，让无忌如虎添翼啊！

两人大笑。

孟尝君：哎，我记得公子自前年夫人去世后就一直未娶是吗？

信陵君：无忌的家事，何劳兄长惦念！

孟尝君：这可不是小事，信陵君府上门人食客就数千，加上侍女用人，如此大的家业，焉能没有主妇呢？……不过也是，普天之下，能与信陵君匹配的女子，怕是难寻之至吧！

信陵君：兄长高看无忌了。

孟尝君忽然想起了什么，拍了一下桌子：哎！我倒想起一个人来！啊……只怕这天下女子，只有一个配得上公子！

信陵君：谁？

孟尝君：如姬！

信陵君骤然想起长亭侯那天的话，露出若有所思的神情。

40. 日。外。长亭侯府内

长亭侯回家。

迎面看见念奴穿着如姬的衣服和首饰，对镜起舞。

长亭侯大怒：念奴！

念奴转身冷冷地看着他。

长亭侯：你竟敢穿戴小姐的衣服首饰！反了你了！你不过是个下人，小姐宠你，你还就上脸了！告诉你，小姐宠你，我可宠不得你！你得明白自己的身份！

念奴轻蔑地斜视着长亭侯，她的神情使他更加生气。

长亭侯：来人，给我把她捆起来，家法伺候！

几个家丁将念奴捆在柱子上。

他伸手从家人手里抢过鞭子，挥鞭打出。

旁边突然闪出了如姬，她扑在念奴的身上替她挨了这一鞭。吕齐大惊。

长亭侯：女儿！

如姬强忍着痛说道：爹爹，你就饶了念奴吧！

长亭侯气得扔下鞭子转身走了。

41. 日。内。如姬房间

念奴给趴在床上的如姬受伤的肩头上药。如姬轻轻地皱着眉头。

念奴轻声地：你为什么要为我挡鞭子？

如姬趴在枕头上含泪说道：我喜欢你，想把你留在我身边。

念奴手中的布巾停在了半空。

念奴的眼睛盯在那盘没有下完的残局上。

念奴：你会输的你知道吗？

如姬外柔内刚地：不一定吧，究竟鹿死谁手，还很难说。

念奴一惊。

突然，念奴起身拿起如姬床前的挂剑。

如姬惊愕地：你干什么？

念奴：小姐多心了，奴儿不过是觉得这把剑很美，想细细看看而已！

如姬急忙将剑拿在手里：念奴，满屋的东西，你可以随便拿，随便动，惟独这把剑，不要动。

念奴：为什么？

如姬欲言又止：此剑太过犀利，我怕伤着你。

念奴狂笑：好一个宽仁的小姐！奴儿谢过你了！

42. 夜。外。长亭侯府

念奴一双赤脚走到了院子里，她没有停留，向外走去。

后面如姬躲闪着跟了出来。她小心地用柱子等物遮挡着。

43. 夜。外。长亭侯府门口

念奴赤脚出了无人把守的小旁门，目不斜视地走远了。

如姬在门口躲了一下，跟了上去。

44. 夜。外。魏国街道

一个打更的挑着灯笼打着更走过街道。念奴从他身边走过。更夫一直扭头看着她的背影。

如姬也从更夫的身边走过。更夫索性转过身子看着两人的背影。

45. 夜。外。信陵君府门口

念奴直接走到了府门口，看门的拦住了她。念奴从身上掏出一小块金子递给看门人。看门人咬了一下金子，放念奴进去了。

如姬跟到门口看着这一幕，大为吃惊。她抬起头看了看门楣上的牌匾上面写着"信陵君府"。

如姬大惊失色。

第二集

1. 黎明。内。如姬寝室

如姬窗前的背影。

窗外，念奴赤着脚，借助黎明的微光从旁门进来，匆匆一闪而过，钻进了自己的屋子，她的动作矫捷如一灵鹿。

这一切都没有逃过如姬的眼睛。

如姬显然一夜无眠，此时的她披着晨衣，若有所思，终于她再也坐不住了，起身而去。

2. 晨。内。念奴的屋子

念奴对镜梳妆。

镜中，突然出现如姬的脸。

念奴一惊，旋即镇静下来。

两人在镜中久久对视。

如姬：你，到底是什么人？！

念奴不语。

如姬：你听见没有？我在问你！

念奴从容地：我是赵国的念奴。

如姬：我问你，花园里那些花因何而落，那古琴之弦因何而断，还有那幅绢画的眼睛……

念奴冷冷地：红颜命薄，知音难觅，只落得两眼空空。

如姬怒：还有，你既为我侍女，为何深夜进入别家宅邸？！

念奴冷笑：你终于发怒了，我的小姐。我知道你一直就在我身后，可是你知道吗？我是平原君夫人赏给信陵君的！是你的父亲把我抢到了你家！你们家才是强盗！我自然是早晚要回我主人家的！

如姬吃惊地：你，你是信陵君的人？（她颤声地）那……那你昨夜……

念奴一怔，然后冷笑：……昨夜我和信陵君一夜尽欢，想不到吧，我的小姐！

如姬惊呆。

念奴却充满复仇快感地继续说着：我们……真真是珠联璧合，天造地设的一对儿啊！……男女之事想必小姐也知道一二，奴儿就不必多说了，不如放我早走，以免坏了小姐的名声。

如姬面红耳赤，捂住自己的耳朵：不要说了，我不要听了。

她看见念奴的嘴在动，但听不见她说什么。

如姬再也压抑不住怒火，狠狠地打了念奴一记耳光。

如姬被自己的行为惊呆了。

念奴捂住脸狂笑起来：你什么时候放我走？！

如姬逃也似的奔出了念奴的屋子。

晨衣掉落在地上。

念奴用脚尖勾起晨衣，转了两圈，仰躺在床上，狂笑不止。

3. 晨。内。如姬的内室

如姬呆坐。

念奴的笑隐约还在耳边。

如姬紧紧捂住双耳。

旁边桌上，那盘棋局的残局。

念奴画外音：你会输的你知道吗？

如姬画外音：究竟鹿死谁手，还不一定。

如姬凝视着那盘残局。

4.日。内。魏王宫大殿外廊里

长亭侯吕齐正在殿外焦急地等候魏王的宣召。

他向侍卫甲打听：大王如此急召吕齐，却久久不宣，不知所为何事呀？

侍卫甲欲言又止：……小的不知道。

侍卫乙：大人，刚才大王盛怒，想必，不是什么好事！

侍卫甲：多嘴！

长亭侯出了一身冷汗。

长亭侯还想再问，已听到宣自己进殿，他只得打起精神，整整衣帽进入大殿。

5.日。内。魏王宫大殿

长亭侯行完大礼后，半天才敢抬眼看魏王（字幕：魏安厘王，魏国君主，信陵君之异母兄）。

魏王怒气未消。

长亭侯又把头深深埋下。

魏王严肃地：吕齐，今天寡人宣你进宫，可知所为何事？

长亭侯：微臣不知。

魏王厉声：吕齐，你可知罪？

长亭侯大惊：微臣该死，微臣实在不知。

魏王：当初，寡人派人出使齐国，你向寡人力荐你的门下范雎，说他有经天纬地之才，安邦定国之志，定能不辱使命。结果呢，他居然涉嫌通齐！

长亭侯惊呆：啊？！……微臣失察，微臣该死！

魏王的语气稍有缓和：长亭侯，不是寡人要怪罪于你，想那信陵君有门客三千，也不曾有一人做出如此下作之事，你是如何管教自己门下的，可要好好地反省反省了。

长亭侯：微臣知罪。

魏王：不过好在你的另一门下须贾举报得力，就算你有功有过吧，对你，我也就不深究了。至于范雎，寡人还让你自行处理，该怎么办，你自己定夺吧！

魏王离座而去，长亭侯叩拜。

长亭侯狠狠咬了咬牙：范雎！！

6. 傍晚。外。长亭侯府后花园

满园的鲜花已经凋零，如姬就在这些凋谢的花儿中独自垂泪。

夕阳的余晖斜映着她孤独的身影。

如姬轻抚着花瓣儿：妈妈，女儿知道，这些花儿都是您最喜欢的，可是现在，它们都死了！连您最爱的古琴，也被她弄坏了，妈妈，我到底有什么错？为什么她这么恨我？为什么啊？！可我真的很喜欢她，我希望她能留下来，跟我做个伴儿！……我知道，这已经不可能了。因为……因为我今天打了她，我也不知道为什么，我从来没打过任何侍女，今天是第一次失手，妈妈，是女儿错了！……可是，现在说谁对谁错，都没有用了！

如姬痛哭失声。

隐在一旁的念奴看到了这一切，脸上划过一丝不屑的冷笑。

7. 同上

长亭侯从外面回来，一边不耐烦地脱去朝服，一边声如雷吼：去把须贾和范雎给我叫来！

家人：是！

如姬看见父亲归来，急忙迎上，强作笑脸相迎，一双泪眼却没瞒过父亲。

长亭侯：怎么了，女儿，谁欺负你了？

如姬：没有，只是想妈妈了。

长亭侯仔细端详如姬：不对，你肯定有什么事瞒着我。（对侍女）你们快说，小姐是怎么回事？

侍女吓得发抖：大人，我们真的不知道，小姐……小姐她一直都在伤心……

长亭侯：一直都在伤心？！哼！肯定是那个贱人！念奴呢，念奴上哪儿去了？！

如姬：爹爹，女儿的确是想妈妈了，和念奴没有关系！

长亭侯：我从信陵君那儿把她讨来就是为了让你欢心的，可我看她却是每每让你伤心！这回呢，这回是不是又是因为她？

如姬：爹爹，您是说念奴原本就是信陵君的？

长亭侯：是呀，她原本是平原君夫人送给信陵君的礼物，可我看她乖巧可人，就向信陵君讨了来给你做伴，没想到信陵君真是大方，竟是一口应允。可这小贱人，她……

如姬：爹爹，您可真是糊涂呀。君子不掠人之美，您怎么能……

长亭侯：不过一个丫头而已，如姬，你多虑了！

长亭侯突然看到满园凋零的鲜花，大惊而后大怒。

长亭侯大吼：这些花，这些花到底是怎么了？念奴！快去把念奴给我找回来！！

念奴冷冷地从花丛中现身：不用找了，我在这儿。

众人惊呆。

8. 夜。内。魏王宫

信陵君走进。

内侍喊：信陵君到！

信陵君环顾四周，一片歌舞升平。

信陵君皱起眉头。

9. 夜。内。长亭侯府厅堂

长亭侯对念奴：你！你给我立即滚蛋！我再也不想看到你！！

如姬：爹爹，求您放过念奴吧，她是无心的。

长亭侯更加生气：我看这贱人是个妖精！她对你施了妖法，你才这般苦苦为她求情！近朱者赤，近墨者黑！为父今天是一定要让她走了的，否则还不知道我的女儿将来会变成什么样子！

如姬：爹爹，女儿自小没了母亲，也没有兄弟姐妹为伴，这是女儿福薄，并不能怪别人。念奴既是平原君夫人送给信陵君的，我们礼当完璧归赵，只是要走也要待明日才好。今天天色已晚，月黑风高之夜，让一个女孩如何独行？传出去，岂不让人笑话？

长亭侯似乎有所犹豫。

念奴却决绝地：不，我现在就走！

念奴飞快地褪下身上的首饰和衣物，把水袖长长甩开，又骤然收拢。众人惊呆。

念奴以迅雷不及掩耳的速度将衣物塞给如姬，转身就走。

如姬突然地：念奴！

念奴条件反射般站住。

如姬的泪水在眼眶里转动。

如姬上前把衣服重披回她身上：夜里凉，还是多穿一些吧。这些首饰，是我送给你的，留个念想吧！

念奴没有再推辞，默默地接受了，旋即又走。

当念奴将要跨出长亭侯府的一刹那，她回过头，深深地看了如姬一眼，然后绝尘而去。

月光如水，如姬偎在父亲的肩头，眼泪汪汪。

渐渐地，念奴的背影在如姬眼中竟变成了一个水袖飘飞的仙子。

如姬迷惘的眼神。

长亭侯看着女儿摇头叹气。

10. 夜。内。长亭侯府议事厅

长亭侯余怒未消，坐在案几边。

阶下，范雎和须贾正恭敬地立着。

长亭侯的目光如剑，盯着范雎。

范雎毫无惧色，不卑不亢。（字幕：范雎，魏国人，后为秦国宰相）

长亭侯：范雎，在齐国，你到底做了什么不可告人之事？给我从实招来！

范雎：长亭侯说笑了！范雎奉魏王和长亭侯之命与齐国修好，

所做之事，光明正大，哪有什么不可告人之事？！

长亭侯：这么说你是冤枉的了？须贾，你说说到底是怎么回事？

须贾（字幕：须贾，长亭侯门下，后为魏国中大夫）：是。那日，臣与范雎在齐使命已毕，正欲返回魏国，却有齐王命使者赐范雎黄金百两及美酒数坛，臣想无功者不受禄，如果范雎不是做了什么有利于齐国之事，何敢问赏？

长亭侯勃然大怒：大胆范雎，竟做出这等无耻之事！来人，把他拿下！

几个侍卫齐上，把个范雎绑个结结实实。

范雎：哼，堂堂长亭侯，难道只听一面之词么？

长亭侯：如今证据凿凿，你还有什么可狡辩的？

范雎：齐王确实派人赠范雎黄金美酒，可那是因为齐王想留在下做客卿啊！

长亭侯：齐王为何要留你做客卿？

范雎：在下不知。或许是齐王知道在下是长亭侯的门下，因为敬重您而眷顾我而已！

长亭侯仰天长笑，冷冷地：范雎，你当我是三岁小儿，由你在这里信口雌黄？

范雎：在下是魏国人，大人对在下有知遇之恩，是大人力荐在下作为魏国使臣出使齐国，在下自然要涌泉相报，诚惶诚恐，不辱使命。望大人兼听则明，不要听信他人妄语！

长亭侯：既然如此，那黄金美酒你又怎敢接受？

范雎：因为齐王使者的态度非常坚决，在下惟恐有违齐王美意，坏了我等此次与齐修好的目的，因此也就勉强收下了美酒，但那黄金百两，在下实不曾收。

长亭侯：这么说，你倒是君子不爱财了？（突然咆哮大喝）卖国贼！还要多言！既然会有美酒之赐，又怎会没有来由？！来人，给我重责一百！

几个鲁莽侍卫对范雎一顿乱棍痛打。

长亭侯：你这无耻之徒，如何通齐，还不快快招来！

范雎挣扎着：臣确实没有通齐，又如何招呢？

长亭侯更加气愤：此等卖国求荣之人，不施重刑，岂能开口？给我狠狠地打！

众侍卫得令，打得更加用力，很快范雎就遍体鳞伤，血流满地。

范雎的呻吟声越来越微弱，但还是句句叫着冤枉。

11. 夜。内。如姬闺房

如姬突然从噩梦中醒来。

惨叫之声不绝于耳。

如姬惊愕地：念奴？！是爹爹在惩罚念奴么？！

旁边侍寝的使女：小姐听岔了，那是风声。（侍女关上窗子）再说，念奴早走了，难道小姐忘了？

如姬颓然躺下去。

侍女递上一盏茶，如姬并不接。

侍女收拾桌子，如姬急忙制止：别动！别动那盘棋！我跟你们说，谁也不许动那盘棋！

侍女：难道小姐还在记挂着念奴？奴婢真的不明白，她那样对小姐，小姐为什么还要如此待她？

如姬：连我自己也不明白。……我总觉得，念奴显示出来的，并不是她的本性……难道她有什么难言之隐？还是她恨爹爹半路上把她抢过来了，有意报复？……

侍女：小姐，恕奴婢直言，您对人的心总是太善了，要吃亏的。小姐快睡吧，现在三更还没过呢！我看那念奴厉害得很，您何必要为她担心！说不定，她现在正在……

如姬突然脱口而出：信陵君府！

12. 夜。外。信陵君府

"信陵君府"几个大字的匾额。

念奴果然在信陵君府内徘徊。

府内到处漆黑一片，只有一盏长明灯。

念奴向着那盏长明灯走去。

13. 夜。内。长亭侯府议事厅

范雎已然奄奄一息，一旁的须贾实在不忍再看下去，他小心翼翼地向盛怒中的长亭侯求情：大人，范雎他已经……您看……

长亭侯把眼一瞪：无须多言，我生平最恨卖国贼，今天我定要除之而后快。接着给我打！

一侍卫狠狠地上前一棍。

范雎大叫一声，气绝而亡。

胆小的须贾不敢再看，掩上了眼睛。

侍卫报告长亭侯：大人，范雎已死。

长亭侯亲自下来查看，只见范雎体无完肤，直挺挺地倒在血泊中一动不动。

长亭侯试了试他的鼻息，宣布道：卖国贼确实死了，死得好！要让后人看看卖国的下场！你们随便找一破席把他裹了，派一人将他扔至林子里喂狼就是了！把血给我冲干净！我长亭侯一生光明磊落，岂能让这等人的污血脏了我的大厅！

众侍卫七手八脚地行动。

长亭侯看着须贾惊慌的样子，狠狠瞪了他一眼，转身离去。

14. 夜。外。信陵君府

念奴在长明灯旁边徘徊。

突然，有一侍女来为长明灯添油。

念奴闪在一旁。

侍女发现念奴：……你，你是新来的？

念奴：是啊。

侍女：是哪个房的？

念奴一怔：是……是书房的。

侍女：我也是书房的，怎么从没见过你？

念奴：我是今儿晚上才到的，进来就迷了路……

侍女笑：也难怪你迷路，这府内层层叠叠的几百套房子，连我来了三年，也认不全呢！

念奴：姐姐来了三年了？

侍女：是啊，我原是夫人陪嫁的丫头，夫人去世了，公子便把我派到了书房。你叫什么？

念奴：念奴。姐姐呢？

侍女：岑儿。

念奴乖巧地：那我叫你岑儿姐吧。

岑儿：好，你跟着我回书房吧。

念奴：岑儿姐，今晚可能见到信陵君大人？

岑儿吃惊地看着她：说什么呢？难道带你来的人没告诉你？

念奴：什么？

岑儿：公子被大王宣入宫了，大概过两天才回来呢。你这么着急见他，难道有什么事？

念奴：不，没事。我只是好奇，想见见当今四大公子之首，到底什么样。

岑儿扑哧一笑：哎呀，公子平易近人得很，待他回来，让你见个够！好了，跟我走吧。

念奴的一双眼睛在转动着。

15. 夜。外。林子

一侍卫一边拖着用草席裹着的范雎，一边骂骂咧咧。

侍卫：哼，这些家伙，都拿了赏钱喝酒风流快活去了，独独把这苦差事留给了我，不就欺负我是新来的吗？（他使劲地拽了拽地上的范雎）嘿，这家伙还真够沉的，一会儿可要便宜那些恶狼了。

突然他一个趔趄差点绊一跤，手一抖，拖着的草席也为之一震。

侍卫：嘿，真邪门，没怎么着就差点摔一跤。（他象征性地回了下头）范兄，对不住了！

突然一只手抓住了他的胳膊，他并没有反应过来。

侍卫：别闹了，（终于有反应了，他战战兢兢地回头）啊，范兄?！……

月光下，范雎的眼睛睁开了。

侍卫跪地，拼命向他磕头求饶。

侍卫：祖爷爷，您饶了我吧，不是我，要您命的不是我，是长亭侯，是长亭侯大人呀，您要索命也该去找他呀，小的我也没办法，我上有老、下有小的，您老就饶了我吧……

范雎摆摆手，他拼尽全身的力气对侍卫说：请……请你把我送……送回家，范雎定当重……重谢……

听了这话，侍卫才慢慢缓过些劲来，壮了壮胆子探过身来试着问：这么说，你还是人，你还没死？

范雎重重地点点头，又一把抓住侍卫，好像要抓住一根救命稻草一样。

被抓住的侍卫还是吓得一激灵。

范雎：送……我……回……家。

侍卫总算回过味儿来：那可不行，你是长亭侯亲自处决的，我把你放了，我的小命还要不要？不行，不行。

范雎：……我绝不会让军爷为难。我已伤重至此，现在虽醒，也不过是回光返照，绝不会有生还的可能。现只盼望军爷能把我送回家，让我死在家中，得一全尸罢了。军爷的大恩，我定让家眷重谢。

范雎说到这，又差点晕厥过去。侍卫倒是动心了。

侍卫：你说，怎么个谢法？

范雎：家中还有黄金百两，当尽奉于军爷。

侍卫：此话当真？

范雎：我已命若游丝，又……又怎会欺哄军爷？

侍卫转了转眼珠，背起范雎，在范雎的指点下，向范宅走去。

16. 夜。内。魏王内宫

魏王面南盘坐巨大的矮条案前，背后一幅巨型赭红色壁画，虎踞龙盘图案，又像是龙虎相斗。

魏王喝着美酒，沉浸在翩翩起舞的美色中，和着音乐打着节拍。

在旁边坐着的信陵君显然十分不耐烦，他胡乱地打着拍子，搞得歌舞伎的节奏都有些乱了。

魏王：无忌，不要胡闹。

信陵君：大王，您宣无忌进殿，只是歌舞升平，却只字不提合纵之事，无忌实在是着急了！

魏王毫不在意地：无忌，文武之道，一张一弛嘛，你每天为国事操劳，为兄这也是好意，让你放松放松嘛。

信陵君激动起来：大王，现在天下的局面，不过是虚假的繁荣，暂时的平静，无忌实在没有心情来饮酒作乐！

魏王拍拍手让歌舞伎退下。偌大的宫殿顿时冷清了很多。

魏王不悦地：无忌，你总是这样扫兴。

信陵君：大王，等魏国的隐患统统消灭之时，无忌定陪大王痛饮七日。

魏王：那依你说又当如何消除魏国的隐患呢？

17. 夜。内。范宅

侍卫背着血肉模糊的范雎进宅，举家大小都惊呆了。

范妻抚着惨不忍睹的范雎，伤心落泪：老爷，您这是怎么了，怎么就成这样了？

范雎：……现在还不是伤心的时候，去，把家里的百两黄金拿出来。

范妻不知何故，但仍立即进内屋把钱取出。

范雎让妻子把黄金交给侍卫，从未见过这么多钱的侍卫眼都直了，眉开眼笑地接过金子。

范雎：……多谢军爷把范雎送回家，让我与家人见上最后一面，这是黄金百两，也是军爷该得的。

侍卫一边贪婪地看着手中的金子，一边答道：好说，好说。

范雎：明日若长亭侯问起，就一口咬定是将我抛至林中，不能有任何犹豫。否则，范雎恐军爷有性命之忧。

侍卫一听慌忙点头。

18. 夜。外。范宅门外

侍卫走在范宅的围墙外，正一块一块地用牙试着金子的真伪，突然后面有人叫他等等，他本能地把金子往身后放了放。来人是范雎之子强儿，手上还拿着那卷刚才裹范雎用的草席。

强儿：等等，请留步，我爹爹说了，还劳您大驾，再将这草席扔回刚才那片林子，明天必有大用，切记，切记。

侍卫接过草席，应允照办。

19. 夜。内。魏王宫

魏王与信陵君的谈话渐入高潮。

信陵君：大王，当今魏国形如中原之鹿，西边是强秦，东北边的赵国自赵武灵王胡服骑射后国力大增，南边楚国经吴起变法，虽然时间太短，如今朝政腐败，但终究还是大国。都对魏国虎视眈眈。

魏王若有所思：大国争霸中原，不管谁胜谁败都要割我城池，合纵也好连横也罢都想趁机分我疆土。寡人现在真正明白了什么叫弱国无外交。

信陵君：大王的难处，无忌感同身受。但是绝对不能无所作为，坐以待毙。

魏王不满地：你是在教训寡人。

信陵君：无忌绝无此意。请问大王，当今诸国谁最令人惧怕。

魏王：当然是秦国。

信陵君：谁离秦国最近。

魏王：魏国。

信陵君：秦乃虎狼之邦，魏国紧邻秦国，成为秦国吞并六国的主要障碍，是秦国的心腹大患，必欲除之而后快，秦一定会坚持攻灭魏国的策略，合纵应该是我国的基本国策。

魏王：合纵之策自然有利于我魏国，但如果与其他国家无生命攸关的利害关系，谁会真心实意地与你结盟？！

信陵君：大王所虑极是。但是，当前秦要灭六国，亡国的危机感迫使六国不得不联合起来，以对付强秦。

魏王：你认为这种联合靠得住吗？

信陵君：各国面临的生死压力不同，秦国也不会坐视这种联盟，会极力用各种手段进行破坏，再加上有的国家火中取栗，趁火打劫。这种联合注定是脆弱的，因此这种联合只能利用而不能依靠。

魏王叹了一口气：如今魏国国力弱，还有什么能力利用他国。

信陵君：正因为我国目前弱小，才需要尽量利用他国力量免遭亡国的浩劫。

魏王终于专注地：哦，你说说！

20. 夜。内。范宅

家人哭泣着为范雎擦拭鲜血直淋的伤口，范雎几次昏厥过去，又都在亲人的呼唤中苏醒。

强儿：我去请大夫。

范雎将他拦住：……不许去！而且今晚之事你们对谁都不许说。（缓口气又接着说）你们放心，既然我在林中能够活转回来，必定命不该绝。只是长亭侯向来多疑，明天醒来，在林中找不到我的尸体，他定会到我家来搜查。

范妻一下又慌了神：呀，那可该怎么办呀，老爷，您怎么把他给得罪至此呀？

范雎：说来话长，以后再说。……眼下，你们还是先将我移至他处。

范妻：可又能上哪儿去呢？

范雎：你忘了我的八拜兄弟郑安平？他独居山中，且略通医术。长亭侯绝对料不到我会到他那儿去。（又吩咐儿子）强儿，赶紧备车，我这就去郑家，免得夜长梦多。……我去后，你们便要即刻举丧，如我真死一般，不得有误。

范妻哭着答应：是，老爷。

范雎又对妻子耳语一番。

范妻连连点头。

21. 夜。外。郑安平家的院子

范雎夜半敲门。

听出是范雎的声音，郑安平竟然来不及穿鞋，赤足立即来为范雎开门。

门开了，范雎已经快要支持不住，郑安平一把将他抱住，支撑着他，范雎很快晕了过去。

22. 夜。内。郑安平的家

范雎醒来，看见郑安平正在为其疗伤。

范雎：安平，范雎此次前来，是来避祸的，可能会连累到你，你……

郑安平打断他：雎兄，你我八拜之交，何须多言？

范雎很感动：安平，真兄弟也！我没有看错你。

范雎再次晕倒。

23. 夜。内。魏王宫中

帐幔之外，魏太妃（字幕：魏太妃，信陵君母亲，魏王嗣母）在听着兄弟二人的谈论。

信陵君仍在侃侃而谈：先王在世时，秦军围攻我国都大梁，当时孟尝君正在我国为相，见燕王说，燕国如果不救魏国，魏国就只能向秦国割地并俯首称臣，加上他国趁火打劫，燕国就会遭到四国出兵的局面。燕国起兵八万来救魏国。秦国惧怕周边各国合纵攻秦而退兵，大梁随即解围，此事，大王可还记得？

魏王怒：少跟寡人提孟尝君，他是齐国人，决不会对魏国忠心耿耿，他那只是在玩弄权术罢了。魏惠王时的马陵之战，齐威王派田忌和孙膑率大军十万用诡计全歼我魏军主力，俘虏太子申，是我魏国永远的奇耻大辱，也使我魏国元气大伤，国力越来越弱。我魏国与齐国不共戴天！

信陵君：不共戴天也要合纵抗秦，这便是今日之局势！（他随手拿起一根筷子，啪地折断，又抓起六根筷子让魏王折，魏王怎么折也折不断）

信陵君：现在我们齐、楚、韩、燕、赵、魏六国，单个就如同这一根筷子，轻易便能折断，但一旦合纵就如同这六根筷子一样，任它秦国如何强大也不可能将我们折断！

魏王：一国之力势单力薄，合纵六国则强大无比，这个道理寡人也明白。但是无忌呀，这六国合纵之后也不会群龙无首吧，必会有一个合纵长，如果寡人同意合纵，你能让寡人当上合纵长吗？

信陵君被问得语塞，不知如何回答才好。

信陵君：可是，此等宏图大业，又怎能为了一己之利……

魏王：哼，不会是你那位姐夫想当合纵长，派你来游说寡人的吧？！

信陵君唰地站起：你！

魏太妃突然走进。

魏太妃：大王。

魏王：母后。

信陵君：母亲。

魏太妃：刚才长亭侯派人来说他已把卖国贼范雎给处决了，请大王放心。

魏王：哦，知道了。

信陵君：范雎，哪个范雎？

魏王：就是长亭侯的门下。

信陵君：那我倒是见过一面，他似乎很有见地，当初还想将他收为我的门下，他怎么会卖国？

魏王：正所谓知人知面不知心嘛，无忌，你还是嫩了些。

魏太妃生怕两人又起争端：无忌，夜已深了，大王也要休息了，我看你还是先回府吧。

信陵君：可……

魏太妃：有什么话以后再说嘛，你们两个，一个为王，一个为君，身系国家安危，有事好商量嘛。

魏王：是呀，无忌，你也该回府看看了。你说的事寡人会考虑。不过……无忌，你也该考虑再娶亲了，否则回去也是冷冷清清。你说，看中哪家姑娘了，为兄替你做主提亲。我听说长亭侯的女儿倒是不错，只是没见过，也不知……

信陵君打断他：多谢大王，只是合纵之事一日不成，无忌就一日没心思谈这等儿女之事！

魏王又拉下脸来。

魏太妃赶紧打圆场：无忌，你房中空缺已久，总不是个事，是该考虑娶亲了……还是赶紧回府吧，大家都乏了。

信陵君只得作揖向魏王告辞。

24. 夜。外。魏王宫外

信陵君和魏太妃刚出宫门，就听见内宫里鼓乐齐作，魏王又寻欢作乐起来。

信陵君神情愤然。

魏太妃给他使眼色，让他不要多言：无忌，你先回去吧，改日我再到你府上去。

25. 夜。外。信陵君府花园

府上花园，月朗星稀，花影重重。

信陵君大步流星地走着，还不时重重叹一声气。

这时，只听见花丛中有个很清脆悦耳的女孩声音唤他：信陵君大人。

正陷入沉思的信陵君吓了一跳，四处望望并未发现有人：谁？

隐身百花间的念奴现身：是我，主公，您还记得我吗？

借着皎洁的月光，信陵君终于看清了眼前亭亭玉立的念奴，他也认出她来。

信陵君吃惊地：哦，这不是念奴姑娘么？

念奴百感交集，眼里闪着泪花：主公，您还记得奴儿？

信陵君：可你不是已经跟了长亭侯给他女儿做伴，怎么深夜又来我府中？

念奴：奴儿不愿跟长亭侯，奴儿是平原君夫人亲自送给您的，奴儿死也要跟着主公。

信陵君急了：呀，这可怎么行？我已经把你给了长亭侯，现在又反悔，这岂不是陷我于不仁不义之地吗？这让我今后如何面对长亭侯？不行，现在我就把你送回去。

他抓起念奴的手就要往外走，念奴却动也不动。信陵君回头看她，念奴满脸泪水，楚楚可怜。

信陵君心一下子就软了：念奴，你别哭呀，有什么委屈你就说嘛，我是最见不得人流泪的。

念奴哭着说：主公说奴儿陷你于不仁不义，但当初主公只是听了长亭侯的寥寥数语就把奴儿轻易予人，这对于平原君夫人来说，主公此举可谓"义"？再者，奴儿虽是主公的礼物，但奴儿也是人，主公把奴儿赠予长亭侯的时候丝毫没有念及奴儿的想法，难道此举就可称为"仁"？主公先将自己置于不仁不义之境，又怎能怨奴儿？

信陵君一时竟然无言以对。

念奴：主公，你说话呀，奴儿听着呢！

信陵君竟向她作揖道：念奴姑娘，确是无忌失礼在先，无忌给你赔礼了。这样，你先就住在无忌府上，咱们再从长计议。

念奴这才破涕为笑。

突然，花丛中出现击掌叫好声，孟尝君拍着手现身。

孟尝君：妙，妙，果然是妙，听姑娘一席话，胜读十年书。念奴姑娘果然是平原君夫人调教出来的，有理有利有节，还有泪！田文佩服！佩服！

念奴：你是何人？

信陵君：这便是鼎鼎大名的孟尝君！……没想到兄长还未休息，刚才只是无忌家中琐事，让兄长见笑了。

孟尝君话藏机锋：嗳，能将无忌公子陷于不仁不义的事怎能说是琐事？不知田文可能多几句嘴？

信陵君：兄长请赐教。

孟尝君：念奴姑娘刚才指出是公子不仁不义在先，但正如此，公子才不能一错再错，重蹈覆辙。无忌公子，现在悬崖勒马还来得及。

孟尝君拍了拍信陵君，飘然而去。

信陵君望其背影：真是一语点醒梦中人呀，多谢兄长，无忌知道该怎么做了。……念奴姑娘，孟尝君所言极是，我还是得把你送回长亭侯府，对姑娘我只能来世再报了。

念奴的手狠狠地攥成了拳头。

念奴话里有话地：是呀，孟尝君不愧为当今四公子之一，奴儿领教了。只是现在夜已深了，奴儿再回去定会吵醒长亭侯一家大小，不如奴儿暂居府上一夜，明天一早，奴儿自会回去。

信陵君：好，明天我亲自送你回长亭侯府。

26. 清晨。内。长亭侯府

长亭侯睡眼惺忪地坐在议事厅上：去，把昨晚抛尸的侍卫给我叫来！

家丁传令，侍卫一溜小跑、急急忙忙地面见长亭侯。

长亭侯：昨晚是你去抛的尸？

侍卫：是，正是小人。

长亭侯：那范雎的尸首呢？

侍卫（一惊，又强作镇定）：听大人吩咐，我将他抛至林中喂狼了。

长亭侯眯缝着眼，将信将疑的样子：当真？

侍卫有些游移，正要回答，长亭侯一把抓住他的手，对下吩咐：来人，备马，（又对侍卫）你带我到昨天抛尸的林子，我要去亲自看个究竟。

27. 晨。内。信陵君府

信陵君府内，明暗疏密，错落有致。

念奴如鬼魅一般探询每间屋子的秘密，尤其是藏书的屋子，她更不放过，只是来去杳若无痕。

念奴把岑儿唤醒。

岑儿睡眼蒙眬：念奴？你昨晚上哪儿去了？这么一早又是做什么？

念奴转转眼珠：岑儿，你可认字？

岑儿：从小给人当丫头，怎么会识字？你做什么？

念奴松了口气，故做惋惜状：哟，那这竹简上的字你也不认识了！

岑儿已经完全清醒：什么竹简？

念奴故作轻松地：咳，听说主公回来了，刚才有位姑娘让把这竹简交给主公，说完就离开了。

岑儿：是吗？主公回来了，念奴，你不是想见主公吗，你去送给他吧。

念奴做羞涩状：虽然早就想见主公，可若是真见的话，奴儿还真有些畏惧呢，以后再说吧，机会多得是，你还是赶紧把这竹简送过去吧，也许主公正等着呢。还有，这是刚才那姑娘给的。说是麻烦姐姐了。

念奴掏出一件如姬临走时给她的首饰，岑儿欢天喜地地接过。

岑儿嘲笑道：小丫头，还没见过世面呢。

28. 晨。内。信陵君正房

岑儿送来竹简，信陵君打开一看，是念奴写给他的：主公，恕念奴不告而别，是奴儿太不懂事，自觉无颜再见主公，奴儿会在长亭侯府好好做事，绝不再负主公。念奴泣别。

信陵君感叹：这念奴姑娘还真是善解人意呀。……但愿如姬有她陪伴，会幸福快乐……那么多人提到如姬，到底她是个何等样人啊？也不知无忌此生有没有福分，会她一会？！

信陵君陷入痴想。

29. 晨。内。信陵君府

信陵君府的另一角，念奴却是一副粗使丫头的打扮，在岑儿的指挥下认认真真地干活，只是她的一双眼睛还不安分地在左寻右找。

30. 日。外。林中

长亭侯带着那侍卫和一干人骑马来到林中。

那侍卫指着一块杂草丛生的空地：禀报大人，昨夜小的就是把范雎给扔在这的。……哦，有草席为证！

长亭侯看着血迹斑斑的草席，用马鞭挑落它：再搜搜看，一定要找到尸首？

众人又都四散地去寻找，都未有结果。

旁边的一个随从禀报：这一带林中野狼出没很多，尤其是夜晚，估计范雎早已成了野狼的盘中餐了。

众人皆大笑，长亭侯也信了，他掉转马头，吆喝大家"回府"。

这时，那侍卫才长舒一口气，他小声地嘟囔了句：幸好。

这话却被长亭侯听见了，他逼问那侍卫：幸好什么？

那侍卫急中生智：禀大人，小的是说昨晚我幸好走得早，否则我可能也被野狼给吃了。

众人又是一阵大笑。

长亭侯率众打道回府。

31. 日。内。长亭侯府内宅

回到府中的长亭侯还是觉得心神不宁，没读几卷书简就又放下了。

一个侍从奉上茶水，长亭侯抿了一口，觉得太烫，哐当就把杯子给砸了。

正好如姬进来，吓了一跳。

侍从赶紧收拾了残碴退了出去。

如姬：爹爹，您这是怎么了？是朝中有什么烦心之事吗？

长亭侯：没事，可能只是近日天气炎热，有些心浮气躁罢了。女儿不必担心。

如姬为长亭侯轻轻地捶背：爹爹。

长亭侯：嗯？

如姬：女儿有几句肺腑之言，不知当不当讲？

长亭侯：讲！

如姬：女儿幼时，记得母亲劝过爹爹，说是为臣的要善于忍耐，为官的要学会宽仁，女儿长大了，实在是觉得宽仁与忍耐是为人的立足之本哪！

长亭侯：你是说，为父不够宽仁，也不够忍耐？

如姬：是的爹爹。爹爹对女儿，自然是非常的宽仁和忍耐，可是对别人，特别是对下人，爹爹有时却是过于严苛了！

长亭侯：哦？连你也这么认为？

如姬：是。女儿不孝，竟敢当面指责爹爹，还请爹爹谅解。

长亭侯忽然长叹一声：唉！指责得对！指责得好哇！只怕是，你这一番话说得太晚，大错已经铸成了啊！！

如姬一惊：爹爹，这是何意？

长亭侯抚着如姬的长发，慈爱地看着她：没什么。女儿，你今年已经满十六了吧？

如姬点头。

长亭侯：……你长得……可真像你的母亲啊！……

如姬：爹爹，你这是怎么了？

长亭侯：没什么，没什么……

如姬：爹爹，你是在想，若是母亲在世，你的脾气会好得多？

长亭侯诧异地看了女儿一眼：你怎么和你母亲一样，永远能猜中别人的心事？

32. 傍晚。外。长亭侯府之院内

长亭侯急急地吩咐下人：你，你，还有你，现在就跑一趟范雎的家，看看他们家到底是什么情况，有什么可疑之处，都给我看仔细了，什么都别落下，回来即刻向我禀报。

三人得令，正要跨马出行，突然又被长亭侯叫住。

长亭侯：等等，我与你们一同前行。

他亦跨上马，想了想又跳下马来：不妥，还是你们去，放机灵点，快去快回！

三人即走，长亭侯在焦急地徘徊。

院落的一角，如姬远远地看到了这一切，皱起眉头。

33. 傍晚。内。范宅

长亭侯侍卫三人策马来到范宅，只见范宅上下都披麻戴孝，一片哀哭。

三人假意奉长亭侯之命来吊孝，分头行动。

侍卫甲拉住一个男人：喂，这是谁的丧事？

男人：是范家老爷死了，前几天看着还好好的，不知何故就突然死了！真是令人可叹哪！

侍卫乙：走，我们进去看看！

34. 傍晚。内。范宅灵堂

其中侍卫甲入得灵堂，发现灵堂里不仅有范雎之灵位，还有棺材。

他一惊，询问范雎的家眷：听说范大人死得凄惨，众人皆哀伤，不知可否开棺让我最后瞻仰一下范大人。

范妻抽泣着让儿子打开棺木，侍卫探头一看却只见范雎的衣冠，不见尸身。

侍卫甲：怎么没有尸身？！……

范妻哭着解释：我闻夫君之尸身早已被恶狼叼走，无法，只得殓其平日衣冠入棺，以慰其在天之灵。

范妻言毕，哭得更加伤心。侍卫甲也只得敷衍几句节哀之语。

35. 晚。内。范宅内院

另两个侍卫也以找地方方便为由把范家不大的院子查了个遍，并未发现什么可疑情况，且看见范家大小的确是真正的哀痛。

36. 晚。外。范宅门口

三人会合，返回长亭侯府。

37. 夜。外。长亭侯府院中

长亭侯仍在院中焦急地等待，不时地望着门口。

三侍卫终于归来，长亭侯立即迎上。

三人禀报：报大人，范家举家哀痛非常，没有发现可疑之处。

长亭侯：确实上下都检查过了？

侍卫甲：都检查过了，连棺木我都验过了。

长亭侯：棺木？

侍卫甲：是，范家家眷得不到范雎之尸首，只将其衣冠入殓。其状真是惨不忍睹呀……

其他两侍卫赶紧拽拽他，侍卫甲自知失言，匆忙打住。

长亭侯挥挥手让侍卫们下去了。

长亭侯回身，却惊诧地发现女儿如姬一动不动地站在身后。

如姬一双明亮逼人的眼睛直直地盯着他。

38. 夜。内。长亭侯府

在众侍女的伴奏下，如姬翩翩起舞，她跳的是战国时期贵族的舞蹈——雅乐六和舞。

长亭侯坐在案几后面看着她，一副心事重重的样子。

如姬弯腰将案几上的酒杯叼住，递给长亭侯。

杯中酒一滴未洒。

众人都情不自禁地鼓起掌来。

长亭侯一怔，如梦初醒，也跟着鼓掌，却忘了接杯子。

酒杯砰然粉碎。

众人惊呆。

如姬示意众人退下。

如姬的目光直视父亲：爹爹，到底出了什么事？！

长亭侯：说哪去了？没有！什么事儿也没有！

如姬：爹爹，你不会撒谎！

长亭侯：小孩子家，不要多管闲事！

如姬：妈妈走了，只有你我父女二人相依为命，爹爹的事，我岂有不管之理?!

长亭侯长叹一声:为父说过了,也许大错已经铸成,为父也只好将错就错了!

如姬紧紧拉住长亭侯的手:爹爹!我不是小孩子了!有什么事,说出来给女儿听听,也好为爹爹分忧!

长亭侯感动:好女儿!……唉,可惜,这天下的人并非非黑即白,天下的事也并非非此即彼!不好判断哪!女儿,要是天下人都像你一样透明无瑕,那为父岂不是要省心得多?!

如姬:爹爹,我不愿意长大,大人……太复杂了……

长亭侯把女儿搂在怀里。

39. 晨。外。郑安平家院子

范雎、郑安平二人都在郑安平家的院子里刨地种菜、浇水施肥,挥汗如雨。

范雎直起身子,擦擦额头上的汗,对还在忙得不亦乐乎的郑安平说。

范雎:安平,时间过得真快,不知不觉已半年有余。只是这日子过得倒也惬意,也难怪你不思回城了。

郑安平:脱离世事的纠缠,自然会忘却很多烦恼。

范雎:可是有些事不是说忘就能忘的。安平,想当初我奄奄一息避祸至你家,你却从未问过我所犯何事,难道你真的不想知道?

郑安平一笑:想说,你自会说;不想说,问了你也不会说。我又何必强人所难呢?

范雎:安平,真君子也!滴水之恩尚当涌泉相报,何况救命之恩,范雎不死,他日必报你的大恩!现在我要把我的事告诉你!来,进屋说话!

两人进屋。

40. 晨。内。郑安平的家

郑安平:没想到竟有这等事!雎兄,你受委屈了。

范雎:不要再叫我雎兄!我早已更名改姓,只叫我张禄便是了!安平,你的大恩我自然要报,吕齐老狗的这笔大仇也不能不报!!

郑安平:你预备如何?

范雎:现在机会来了,秦使王稽来魏,我要你再替我办件事。

41. 夜。内。信陵君府内下人的房间

念奴翻来覆去睡不着。

旁边的岑儿打着细细的小鼾。

她起身,打开如姬给她的首饰匣,把首饰一只只地拿出来,在黑暗中,首饰闪闪发亮。

念奴眼前闪过如姬在花丛中灿烂的笑脸。

如姬伤心痛哭和愤怒的样子一一闪过。

突然,平原君夫人冷峻的脸出现,她的一双眼睛逼视着她,越来越近。

念奴在黑暗中轻叹了一声,小心翼翼地把首饰装进匣里。

念奴轻轻起床。

42. 夜。外。信陵君院落

月光下,信陵君正拔剑起舞。周围有门客在观看。

念奴悄悄走进人群。

信陵君娴熟的剑法,优美的舞姿,令所有在场的人倾倒。

院子里不断爆发出一阵阵压低的喝彩声。

信陵君舞到酣畅处,突然对着一个石凳劈去,石凳立即被劈成两半。

众人见状呆若木鸡。

信陵君一个收式,稳如泰山。

突然爆发出一阵欢呼。

念奴旁边的门客甲:简直是削铁如泥啊!

门客乙:是削石如泥。

门客甲:你知道吗,信陵君用的是天下第一宝剑,干将。

门客乙不甘示弱：那是一对宝剑，另一把叫莫邪。

门客甲：听说那宝剑有灵性，主人有危险时剑在剑鞘中会发出响声。

门客乙：哦？

念奴脑海中突然闪过如姬床前那把剑的画面。

念奴内心独白：莫非，它们正是一对？

43. 夜。内。公馆驿站

夜深了，秦使王稽（字幕：王稽，秦国使者）还在挑灯夜读。

郑安平假扮驿卒伺候王稽。

郑安平给王稽递上茶水，感叹道：常听人说秦人个个奋发勤勉，今见大人这般劳累还在挑灯夜读，可见果然名不虚传。

一席话说得很悦耳，王稽不禁与郑安平攀谈起来：魏人也不简单，你只是一小小驿卒，却有如此见识，也实属不易呀。

郑安平：小人这只是小见识罢了。

王稽：不知魏国有无大贤士？

郑安平：大贤士如何易得，过去倒有一个，名叫范雎。可惜被长亭侯杖毙。

王稽叹道：可惜可惜！要是来投秦，我们大王一定会重用。

郑安平：现在有一张禄先生，才智不在范雎之下。不知大人可愿一见？

王稽：好呀，明天此时此地，烦请张禄先生前来。

44. 夜。内。公馆驿站

在郑安平的引见下，王稽见到了乔装改扮的范雎，如今他化名张禄。

王稽上前行大礼：王稽孤陋寡闻，刚刚得知先生大名，望先生谅解。

范雎：不知者不为罪，使者又何必多礼？

王稽：先生果然快人快语，王稽佩服，不知先生对天下大事有何高见?

范雎笑而不答,而是将一根竹简掰成几段,又拿出一根整竹简与之对峙。

王稽不解:还请先生赐教。

范雎:此乃当今天下之局势。(他指着那整根的竹简)这是秦,(又指着那分成六段的竹简)这是齐、楚、韩、燕、赵、魏,六狼对一虎,秦危矣。

王稽一惊:以先生之见,一虎该如何应对六狼?

范雎轻轻地说了句:阻止合纵,各个击破。

王稽恍然大悟:先生果然大贤士也,令王稽如醍醐灌顶,豁然开朗。

范雎微微一笑。

王稽:不知先生可愿随王稽回秦,共事明主?

范雎则反问:不知秦王可像先生一样礼遇不才之人?

王稽:只要先生愿意,我们明天就返秦,王稽定向秦王力荐先生。

范雎:那就一言为定,(他指了指身边的郑安平)我还将带好友安平先生一同前往。

王稽:一言为定。明日午时三亭冈,不见不散。

两人击掌为誓。范雎、郑安平告辞。王稽叫住他。

王稽:先生请留步,请恕王稽冒昧,只是先生为何如此打扮?

范雎一笑,郑安平替他作答。

郑安平:张禄先生因有仇家在魏,所以不得不如此。若无此仇,早已仕魏,不待今日矣。

王稽:明白,那我秦人倒要感谢先生的这位仇家了。

三人皆大笑。

45. 日。外。三亭冈

王稽驱车至三亭冈,左右见无人,正在纳闷,忽见乔装的范、郑二人从旁边林间出来。王稽大喜,赶紧把二人让上车。

范雎:使者已与魏王及众臣道过别?

王稽：正是，长亭侯还要送我过函谷关，被我婉拒了。

范雎、郑安平对望一眼，没有说话。

车子一路疾行，很是顺利，范雎、郑安平却是神情凝重，很是紧张。

王稽看在眼里：先生不用多虑，先生的仇家定想不到先生会随我出关。先生自此可如开笼之鸟展翅翱翔了！

正说着，突然一骑飞至，让王稽的马车停下。范雎、郑安平大吃一惊。

王稽也吓了一跳，他强作镇静，探出身子：何事？

探马禀报：报使者，长亭侯特来送行。

王稽：长亭侯太多礼，不必了。

探马：还请使者暂停前行，我这就去回禀长亭侯大人。

46. 同上

骑在马上的长亭侯得知探马回报，哼了一声。

长亭侯：什么不必多礼，分明是另有隐情！走！管他什么秦国使者，我今天倒是要查上一查！

长亭侯率众侍卫骑马赶到。

长亭侯、王稽以礼相见。

长亭侯寒暄：适才使者离开，吕齐心中惴惴，总觉得礼数未尽，还需再送一程。

王稽：长亭侯多礼了！

长亭侯：礼多人不怪嘛！

两人还在客套，长亭侯的一双眼睛却不断地瞥向车中。

突然，他猛地一撩车帘。

第三集

1. 日。外。三亭冈

长亭侯猛然打开车帘，里面空空如也。

王稽吓了一跳。

长亭侯拉下脸来：恕本官无礼。这几天我国正在缉拿一个要犯，任何出境车骑都要盘查。

王稽：难道我大秦出访贵国的车骑也不放过？

长亭侯抱拳作揖：本官也相信使者绝不会有意藏匿要犯，只是怕要犯钻了使者的空子，趁机出逃。

长亭侯一挥手：给我细细地搜。

一个士兵上车，在车中一通乱翻，掀起后面的箱子盖。

突然，从箱子缝隙伸出一只手，手上托着一个大金元宝。

士兵连忙将金元宝拿过来，掂了一掂，赶忙藏入怀中，慌慌将箱子盖放下，只听一声：哎哟。

士兵看见一只手被压在箱子盖下，也顾不得许多，急忙跳下车。

这个士兵向长亭侯报告：大人，后厢里面没有藏人。

长亭侯狐疑地：我怎么好像听见有人叫唤了一声。

士兵赶紧答道：那是小人的头撞到车顶上了。

周围将士一阵大笑。

长亭侯恼羞成怒：换两个人上去给我再搜。

王稽吓出一身冷汗。

搜车的那个士兵向远处一指：大人，那边又来了几辆车骑。

长亭侯：赶快去给我截住。

长亭侯随即在马上向王稽作揖：使者走好，恕不远送。

长亭侯掉转马头，奔跑而去。

王稽见长亭侯远去，重重地舒了一口气，瘫坐在地上。

2.日。外。同上

范雎和郑安平下车扶起王稽上车。

王稽狼狈不堪地：让二位贤士见笑了，如今长亭侯已远去，还请二位坐进车里。

范雎摆摆手：不，请使者独自前行，我与安平先生走小路穿过去，到前面的乱云冈再见。

王稽很是不解：先生太多虑了！长亭侯连后厢内都盘查过了，不会再回来的，还请先生赶紧上车吧。

范雎：不，你不了解长亭侯，他不是一个善罢甘休的人，就这么办吧。

说罢，他就与郑安平一起钻进了路边的丛林。

王稽无奈，只得边摇头边独自上了车：这个张禄，实在是过于谨慎了！

3.日。外。返秦途中

王稽的车子继续前行，长亭侯的人马果然又赶了上来，这一回他连前来通报的侍卫都没派就亲自追过来了。他又命停下了王稽的车子，命人拿出一些礼品送与王稽。

王稽心中恼怒，但仍以礼相待地下了车。

长亭侯：吕齐刚才行事鲁莽，多有冒犯，还请使者多多包涵，特备区区薄礼，不成敬意，望使者一定收下。

王稽：长亭侯突然如此客气，下官倒糊涂了。

长亭侯却已命手下打开马车装行李的后厢，他的手下翻了翻，确信其中并没有藏着什么，才把礼物装进去。

长亭侯给手下使了个收手的眼色。

长亭侯把王稽送上车厢，这才如释重负。

长亭侯翻身上马，拱手道：山路崎岖，请使者小心走好。

王稽揶揄地：长亭侯三别三送，此等深情厚谊，实属难得，王稽没齿不忘。

长亭侯听出他的讥讽，也只是一笑而过，率一干人驰马离去。

4. 日。外。乱云冈

王稽马车至乱云冈，接到了早已在隐蔽处等他的范雎、郑安平二人。

5. 日。内。车厢里

王稽对范雎作揖，由衷称赞：先生料事如神，真神人也！

范雎：知己知彼，方能百战不殆嘛。

王稽：我回去当立即禀告大王，能得先生，实乃我秦国之大幸啊！

6. 日。内。咸阳附近车厢里

三人一路谈笑风生，车夫禀告马上即到咸阳。

范雎探头遥遥看见秦之大旗。

范雎满含深意的笑容。

7. 夜。外。信陵君府

一身黑衣的念奴如幽灵一般穿梭在信陵君府邸，很显然，她现在已经对信陵君府的地形了如指掌。

她飞快地来到信陵君的独院，从窗外的剪影中可看出信陵君正在挑灯夜读。

8. 夜。内。信陵君正房内

信陵君果然正在灯下阅读书简，他看得那样投入，丝毫没注意到窗外念奴舔破窗纸朝内窥视的眼睛。

9. 夜。外。信陵君正房窗外

念奴把所有的目光都集中在信陵君所看的书简上，却怎么也看不清信陵君在看的到底是什么。念奴急中生智，从身边扔了个石块到另一方发出了声响。

10. 夜。内。信陵君正房

此举果然惊动了信陵君，他惊问：是谁？

自然无人应答。

他警觉地提剑出门。

念奴乘机进屋，弄灭了灯，卷走了信陵君正在阅读的书简。

11. 夜。外。信陵君正房

信陵君四处看看并未发现什么可疑，他悻悻然回屋，却发现灯灭了，一片漆黑，他急忙重新点亮灯，却发现案几上刚刚阅读的书简不翼而飞。

信陵君陷入了深深的沉思中。

12. 日。外。信陵君府的院子

念奴正在岑儿的指挥下打扫着院子，她很有些心不在焉，不时地向信陵君的住处张望，刚才明明已经扫到一起的垃圾又被她扫乱。

岑儿看着有些奇怪：念奴，你这是怎么了？不舒服吗？

念奴这才回过神来，把垃圾归归拢：没有，昨夜没睡好。

岑儿：你这丫头心思总这么重，想嫁人了吧？

念奴没答腔，继续扫地。

13. 日。内。信陵君府上孟尝君住处

孟尝君：你是说昨夜？

信陵君：是啊，无忌昨夜正在看书，听见外面有声响，就出去看看，回来却发现书不见了。

孟尝君大笑：君子呀，君子！此人乃真君子也。

信陵君不解：还请兄长赐教。

孟尝君：一般的蟊贼只会偷人财物，谁会偷书？所以此人不是君子又是什么？除非……

信陵君听到这，眉毛一凛：除非什么？

孟尝君看了他一眼，意味深长地：除非公子有什么奇书，人人都想得到的书。

信陵君看着孟尝君，不动声色。

14. 日。内。信陵君密室

密室里，信陵君翻出一部竹简，上书《周公秘籍》。信陵君掸掸上面的浮灰，匆匆浏览了一下，将它装进一块挖空的砖头里，藏至一个更隐秘的角落。

15. 日。内。秦王宫大殿

出使归来的王稽谒见秦王。

秦王：你此次使魏有何收获？

王稽：魏国正如传闻所说，魏王昏庸无道，只知花天酒地。魏公子信陵君文韬武略样样精通，只有靠他操持国家大事。但依臣之见，信陵君还是年纪太轻，血气方刚，成器恐怕还须时日。

秦王：嗳，信陵君绝不能小觑，你看这四大公子，哪一个不是独领风骚多少年，更何况信陵君最年轻，以后必当大有作为。我们对其更应小心才是。

王稽：是，大王教训得对。不过，大王，此番使魏，臣倒是发现了一位大贤士。

秦王很感兴趣：噢，说来听听。

王稽：魏有张禄先生，智谋出众，天下奇才也。他分析我大秦当前之形势句句在理，臣心服口服。他还有很多真知灼见，想见大王面奏，臣便带他一起回到秦国。现正在驿馆等待大王召见。

秦王听后只是轻描淡写地说了句：哦，知道了。过几日再说吧。

你这些时多有劳顿，先行退下休息吧。

王稽无奈只得退下。

一文官不解，问秦王：既然王稽如此力荐此人，大王何不一见？

秦王：哼，此等人寡人见得多了，诸侯国中多有此等人，语出惊人，却又半遮半掩，故作高深，其实并没有什么真本事。就姑且将他留在驿馆，等寡人什么时候有空再说吧。

众官员：大王圣明！

16. 日。内。长亭侯府如姬闺房

长几上，如姬正在伏案作画。花丛中的一对少女在她的笔下栩栩如生。

侍女端茶进屋，探头看了一眼。

侍女：这画儿画得真漂亮！（又仔细看看）呀，这扑蝴蝶的丫头不是念奴吗？

如姬笑而不答。

侍女：小姐还在想着念奴吧？我看她肯定早把小姐忘了。她都走了好几个月了，还能再回来？

如姬：可我总觉得与她缘分未尽，我们一定还会再见面的。

如姬的目光穿过侍女，看着那张桌子。

桌上，仍然是那盘一动没动过的弈棋残局。

17. 日。内。秦国驿馆

范雎与郑安平在屋子里下棋。

王稽家丁来告之：我家大人已将先生一事面奏大王，请先生就在馆中等待大王接见。

王稽家丁正要告辞，范雎叫住他，递给他一卷竹简，并吩咐道：务必请你家主人将这卷竹简尽快面呈大王，务必，务必！

王稽家丁嘴上称诺，但并不挪步。范雎知他是要好处，可他掏遍全身也不见值钱的东西，还是郑安平给他一小块玉佩，才将那家丁打发走。

范雎：安平，叫我怎样谢你才好？

郑安平：雎兄不必客气，安平只有一事不解，王稽既然已将你的事面奏秦王，兄长耐心等待便是，不知竹简又是何意？

范雎：想来每天等着面见大王的人必定多如牛毛，如果不给他点真材实料，他必定也将我视为那等以惊人之语来骗吃骗喝之人。故我呈书简一份。安平，你看着吧，不出三天，我定能见到秦王。

18. 隔日。内。秦国驿馆

范雎正在与郑安平谈笑饮茶，忽报大王请张禄先生进宫面谈。

范雎与郑安平相视一笑，郑安平朝他拱手做佩服状。

19. 日。内。信陵君正房

信陵君修书一卷，唤下人：来人！

岑儿应声入屋：主公有何吩咐？

信陵君将书简交给她：你去把这书简送到相国府上。

岑儿犯懒：是。……不如让念奴去送吧，她腿脚快……

信陵君：念奴？哪个念奴？

岑儿：是刚来的，难怪主公不知道，不过算算也有好几个月了，还是主公去大王宫中议事的时候来的……

信陵君一惊：她不是早走了吗，怎么还在这里？！……你去把她给我叫来，不，你带我去见她！

20. 日。内。秦内宫

范雎一进内宫，秦王即待之以上客之礼。

范雎逊让。

秦王即屏去左右，长跪于范雎前：不知寡人可否有幸得先生教诲？

范雎似乎早有准备，但也并不让秦王起身，只说：那要看大王是否愿意听张禄进言了。

秦王：寡人屏去左右，跪拜先生，自有此意。寡人得见书简，对先生之才略已是佩服得五体投地，今日得见先生，还请先生知无不言，言无不尽才好。

范雎见秦王确有诚意的样子，这才跪下，拜于秦王。

秦王忙将他扶起：还请先生赐教。

21. 日。内。信陵君府下人房

一身下人打扮的念奴正在缝补衣服，看见岑儿领着信陵君进屋吓了一跳，手上的衣服落地。

信陵君：念奴，果真是你！

旁边的岑儿看得丈二和尚摸不着脑袋。

22. 日。内。秦内宫

范雎与秦王对面而坐。

范雎：以秦地之险，天下莫敌；且秦之甲兵之强，天下亦莫敌。为何却迟迟不能扫平六国统一天下？！

秦王：这正是寡人日夜焦虑之事！

范雎：天下大势，合久必分，分久必合。昔日周武王打败商纣王统一天下，建立了周朝。周幽王被杀后，分封诸侯各自为王，周朝从此名存实亡，周王也徒有天子虚名。各路诸侯混战几百年，形成如今燕韩齐楚赵魏秦七雄争霸，而秦为七雄之首。

秦王：先生的意思是说，久分后的统一大业既合天道，而且非我秦国莫属。

范雎：问题在于如何替天行道，迅速完成秦国统一天下的霸业。

秦王：先生教我。

范雎：战略上为远交近攻。

秦王：何谓远交近攻？

范雎：秦国与六国争斗最惧怕的是什么？

秦王稍带不悦：六国合纵。

范雎：远交就是对远离秦国的国家，用他所追求的利益去诱导他，使他与合纵联盟离心离德，在与秦国交战时徘徊观望。或者为了各自利益相互争斗，两败俱伤，以削弱他们的国力，同时也达到瓦解合纵联盟的目的。

秦王：近攻就是趁机对周边国家进攻，攻城略地直到兼并这些国家。

范雎奉承道：大王英明。首先占领相对弱小的国家，待强国相互残杀削弱后，再将其消灭。

秦王大喜：先生真个是寡人知己！

23. 日。内。信陵君正房

念奴跟着信陵君到了他的屋子。

信陵君怒：念奴，你为什么要骗我？！

念奴面向信陵君慢慢地下跪，满脸泪痕，一言不发。

信陵君见状口气缓了一点：我已将你赠与长亭侯陪伴他家小姐，按道理你应尽心尽力伺候小姐才是。

念奴用袖口擦了一下脸上的眼泪，依然无语。

信陵君哄劝道：长亭侯乃国家重臣，他家小姐知书达理，多好的人家，不要身在福中不知福。

念奴听到此处，不禁抱住信陵君的双腿伤心地大哭起来。

信陵君不知所措：喂，你别哭啊！你别哭了好不好？有什么话你说出来，我们好商量！

念奴依然泪如泉涌。

岑儿从门口探进头来，不无醋意地偷看。

孟尝君不知何时站在信陵君身后，轻轻咳嗽一声。

信陵君回头见是孟尝君，便一脸尴尬地拉开念奴的双手，念奴依然跪在地上。

孟尝君略带讥讽：信陵君真是怜香惜玉啊。

孟尝君神秘地拉一拉信陵君的衣袖：请老弟借一步到书房说话。

24. 日。内。秦内宫

秦王与范雎的谈话已到高潮。

范雎：战术上则是攻城与攻人相互配合。

秦王：孙子说，上兵伐谋，其次伐交，其次伐兵，其下攻城。

范雎：用兵无常法。秦国要兼并六国，统一天下，除了攻城略地没有任何其他办法。哪个诸侯会将自己的城池拱手相送？

秦王：寡人顿开茅塞。

范雎：攻人，一是要攻人心，用重金收买各国掌握实权的重臣，离间君臣关系，涣散人心。再就是攻击人身，在攻城略地的同时大量歼灭敌国的有生力量，使之无法与秦国的军力抗衡。

秦王：攻城与攻人并举，攻下一个城池，我秦国就多一个城池，占领一分土地，寡人就多一分土地。

范雎接着说：消灭一个敌人，就少一分军事抵抗力量。

秦王与范雎相视会心大笑。

秦王鼓掌：妙哉，妙哉，有先生在，寡人霸业成矣。我这就宣布先生为我秦之相国，统领诸臣，还请先生不要推辞。

25. 日。内。信陵君书房

孟尝君随信陵君来到书房坐下，岑儿送上茶水。

孟尝君正色道：此女决不能留在你府上。

信陵君不解：区区一小女子，是走是留，又有何妨。

孟尝君：越是这种小女子越需要提防。

信陵君：此话怎讲？

孟尝君：此女一到府上，我就觉得与众不同，身上有股妖气。我跟踪观察多日，发现她总是有意无意地向你的卧房靠近，极力与你贴身女婢拉近乎，似乎要窥视打探什么东西。

信陵君：此女是我姐姐送给我的礼物，长亭侯看上要去，如此而已。

孟尝君：你姐姐嫁给平原君多年，她的命运已与赵国连在一起。防人之心不可无啊，望你好自为之！

孟尝君说罢便离开信陵君的书房。

信陵君略一思索，对收拾茶具的岑儿：叫念奴到书房来。

念奴显然重新梳洗过，面带娇嗔走进书房。

念奴：念奴见过主公。

信陵君：念奴，我想你是姐姐调教出来的，必是懂大义的女子，你还是……还是回长亭侯府吧！

念奴：奴儿并非要故意让公子难堪，只是自平原君夫人将奴儿赐给公子那天起，奴儿心里便只有公子一人，又岂能侍奉他人？

说罢，念奴含泪拉起信陵君的手，将身子倚在他身上。

念奴：奴儿只愿能一辈子侍奉公子，别无他求！

信陵君摆脱了念奴，站起身来。

信陵君：念奴姑娘请自重，姑娘的好意，无忌心领，但覆水难收，我这就将你送至长亭侯府，亲自向他道歉。

念奴倔强地：念奴是人，不是物件，任人摆布。

突然，念奴飞快地跑过去，一把拔下悬在架子上的剑，架在自己的脖子上。

念奴：公子若定要将念奴送还长亭侯，念奴便死给公子看！

说罢，她就要抹脖子。只听"哐当"一声，剑落在地，是信陵君眼疾手快将剑击落。

信陵君：姑娘这又是何必？

念奴哭：长亭侯将我赶出门外，公子又要将奴儿驱逐，奴儿还怎么活下去？

信陵君：你真是为长亭侯所弃？

念奴含泪点头。

26. 日。内。秦内宫

范雎激动得站起来回踱步：张禄历尽艰辛来秦，也正是为投明君以展我终生抱负。而今大王如此器重张禄，张禄必为统一大业倾心尽力，虽肝脑涂地也在所不惜！

秦王大喜：好！先生果然爽快，寡人这就大宴群臣，以昭告天下，寡人得一贤相。（他又突然将话锋一转）只是将来若是实施先生远交近攻之策，先生毕竟是魏人，寡人恐先生心有不忍。

范雎冷笑道：哼，魏人早已抛弃张禄，张禄又怎会弃明投暗呢？

秦王频频点头：识时务者为俊杰，先生，噢，不，相国乃大贤士也。

秦王执范雎之手一同走出内宫。

27. 日。内。秦王宫大殿

秦王高高在上，文武百官跪拜朝贺。范雎专宠于前。

字幕：秦昭襄王四十一年，拜张禄（范雎）为相国。

28. 夜。外。长亭侯花园

如姬一身素衣，在星光的辉映下练习剑法。

长亭侯悄悄走近，万分怜爱地欣赏着女儿婀娜的身姿。

如姬一边继续舞剑一边问长亭侯：爹爹，您找女儿？

长亭侯只是微笑地看着如姬，并不答话。

如姬被看得不好意思停了下来，娇嗔地叫了声：爹爹！

长亭侯：我女儿如此品貌，又有哪个后生能不动心呢？

如姬害羞地：爹爹！您有何事？再不说，如姬就告辞了。

长亭侯：这正是为父要和你说的事呀。（他执着如姬的手）我的儿，你年已二八，要是你母亲在世，恐怕早就嫁人了。现如今一来为父太忙，二来我也实在舍不得你，女儿啊，为父是觉得谁也配不上你啊！……可我也知道这终非长久之计。

如姬：如姬愿一辈子侍奉父亲，终身不嫁。

长亭侯：什么话？！那岂不是要被人耻笑！今日又安君向我提亲，他家有位公子与你年貌相当……

如姬急切地：难道爹爹答应了？

长亭侯：当然没有，我这不是和你商量的吗？如姬，你跟爹爹说句实话，你心里有没有人？

如姬一惊，只是摇头。

长亭侯看了眼如姬，叹了口气：为父也犯难，到底什么人才能配得上我的宝贝女儿啊？！

这时，下人进来通报：禀长亭侯，信陵君来访。

长亭侯：哦，信陵君这时候来访不知所为何事，如姬，你先回避吧。

如姬退下。

29. 夜。外。长亭侯府的院子

信陵君由仆人领着穿过院子，院子侧面的回廊里，如姬刚刚回避出来由侍女领着回自己的屋子。

夜色中，两人似乎都没有注意到对方。信陵君不经意地向回廊一瞥，如姬的白衣已杳去，只留下空荡荡的回廊。信陵君使劲地嗅了嗅，空气里弥漫着一种迷人的香气。

信陵君一惊：好香啊，是她！

信陵君久久回眸，如姬的白衣在夜幕中一闪，亦真亦幻。

信陵君刚刚收回目光走向长亭侯正房，如姬却在黑暗中转回头来。

如姬远远地瞥着那个身材高大的青年公子：是他？！

如姬匆匆回房。

30. 夜。内。长亭侯府正房

信陵君来到正房，长亭侯正在等待。信陵君似乎又闻到了香气，嗅了嗅鼻子。

长亭侯：公子，好久不见，上回与公子一同出使赵国，一路上多蒙照顾，吕齐至今不忘。

信陵君：长亭侯言重了，些微小事，何足挂齿？无忌深夜来访，还请长亭侯多多包涵。

长亭侯：哪里的话，只要公子愿意，吕齐随时恭候，只是不知公子有何见教？

信陵君：也不是什么大事，只是……只是姐姐来书问及念奴，不知她在府上与小姐做伴可好？

长亭侯没想到信陵君会问这个，一时有些尴尬：说来惭愧，念奴现在不在府中。

信陵君：那是她私自跑出去的？

长亭侯：倒也不是，那天不记得她犯了什么错，我说了她两句，言辞激烈了些，不想她的性子十分刚烈，竟然走了。此事未向公子禀报，还望公子见谅。

信陵君：长亭侯不必介意，我也只是见了姐姐来书，偶然想起。既如此，无忌便告辞了，多有打扰，包涵包涵。

长亭侯送信陵君出门。信陵君又嗅了嗅鼻子。

信陵君突然问道：请恕无忌冒昧，可无忌实在忍不住要问，贵府中这香气煞是好闻，不知从何而来？

长亭侯先是一愣，而后笑道：此乃小女如姬身上的香气，她自小便与百花为伴，所以身上总带着花香。

信陵君：原来如此。

31. 夜。内。长亭侯府如姬闺房

灯下，如姬摊开她所绘的她和念奴的画，要替它润色，只是心有所思地迟迟未下笔。

画面闪回到刚才与信陵君相遇的情景。

一旁替她研墨的侍女唤了她一声：小姐。

如姬这才缓过神来。

侍女：刚才长亭侯所提之事，小姐到底是怎样想呀？

如姬装糊涂：何事？

侍女：当然是小姐的婚事呀。奴婢听说在这些未婚娶的公子里，又安君的公子相貌堂堂，昭雍君的公子骑射一流，景僖君的公子知书达理……（侍女将这些公子如数家珍）小姐，您到底能看上哪一个呀？

如姬却只是笑而不答。

侍女：莫非，莫非……

如姬：莫非什么？

侍女：莫非您想嫁给大王为妃？

如姬直摇头：当王妃有什么意思，大王还不是守着先王留下的

江山？如果没有雄图大志，守住江山都难。那些公子王孙们贪图享受的多，励精图治的能有几人？如姬想要的是天地间真正的伟丈夫！

侍女一惊。

32. 日。内。信陵君府孟尝君之住处

信陵君的特写。他正与孟尝君对酌。

孟尝君：这么说念奴还一直在府中？

信陵君点头。

孟尝君：此女留在府中，终是祸患。

信陵君：那兄长的意思是？

33. 日。外。信陵君府孟尝君屋子窗外

念奴正在外面窃听。

34. 日。内。信陵君府孟尝君之住处

孟尝君：公子下次再去赵国的时候，不妨将念奴带着，送还平原君夫人，完璧归赵。

信陵君点头：是啊，无忌也有此意。

35. 日。外。信陵君府孟尝君屋子窗外

窗外听见此话的念奴恨得直咬牙：这老东西屡屡坏我好事，早晚让你尝尝本姑娘的手段！

36. 日。内。信陵君内房

见四下无人，念奴又飞快地潜入信陵君的内房中搜索。

念奴搜查得十分仔细，案几上，衣柜里，甚至书架上的书她都一卷卷搬出来仔细查看。

她的动作很是轻盈，让人丝毫看不出有被人翻动过的痕迹。

信陵君的内房不大，念奴很快就翻了个遍，但一无所获。念奴很有些丧气了，她颓然地一下子坐在了信陵君的床上。

突然，她看见了信陵君床头的战阵图，上面被信陵君做了密密麻麻的标记。念奴情不自禁地用手去抚摸它。这时，奇迹突然发生了，那战阵图竟翻转成一扇活动门。这正是通向信陵君密室之门。

念奴惊奇地推门而入，门关上后，那战阵图又自动恢复了原状。

37. 日。内。密室里
念奴点亮火烛，小心翼翼地顺着秘道拾级而下。

密室果然别有洞天，里面有各种兵器和阵图。当然也有一卷卷的书简。念奴如获至宝，支起火烛，一卷卷地仔细翻查起来。

这时，查找得正欢的念奴突然听见外面有人传：魏太妃到！

念奴一阵手忙脚乱地收拾，匆匆上梯来到密室门口，只听见外面的声音越来越响，已经出不去了。念奴只得紧贴门口听外面的动静，拔出一把匕首，静待其变。

38. 日。内。信陵君之卧房
信陵君搀扶着母亲魏太妃来到内房。

魏太妃：这里最好，就咱们娘儿俩说说话，我最烦你的那些门客们，就知道吃闲饭，关键时候一点也指望不上。

信陵君：母亲，您这可冤枉他们了，想当年孟尝君亦豢养门客三千，谁又能想到最后居然是鸡鸣狗盗之术救了他一命呢？此之所谓"养兵千日，用兵一时"嘛……

魏太妃：好了，好了。收起你的那些大道理吧，为娘只问你，上次在王宫所提的那件事你想得如何了？

信陵君：无忌也在担心，自上回一别，大王就再也没对我提过，我正要再联合几位大臣一同联名上奏，与大王细论合纵事宜。

魏太妃：我的儿呀，谁跟你说这个呀。我现在说的是你的婚事。（见信陵君不答腔，她又继续说）堂堂信陵君，府中没有主妇，终究也不是个事吧。无忌啊，现在我每天从梦中醒来，一想到你仍独身一人，我就揪心呀。

信陵君：是儿子不孝，儿子让母亲担心了。可无忌现在日日夜夜想的都是如何合纵，共抵秦国。魏国局面现在危若累卵，无忌实在没有心思顾及婚事。

魏太妃：那是你还没遇上。再说，娶一门亲又怎会耽搁你们的合纵大计。无忌，我就你这么一个亲生儿子，现在我最大的心愿就是看着你娶妻生子，你就遂了为娘的心愿吧。

信陵君：母亲放心，无忌自有分晓！

魏太妃：我听人说，上大夫的女儿又漂亮又贤惠，年纪也合适，（她看着信陵君的脸色）不如我们早下聘礼吧。

信陵君挠头不语。

39. 日。内。密室

一直紧贴密室内壁听信陵君母子谈话的念奴听到此话，突然诡秘一笑，胸有成竹的样子，她"噗"地吹灭了火把。

念奴内心独白：哼，我定要阻挠相国女儿的婚事！……有了！信陵君啊信陵君，既然我念奴无法征服你，那我就让如姬来征服你！再通过她掌控你！如此这般，不愁那《周公秘籍》不到手！

密室一片漆黑。

40. 日。外。信陵君府大门口

信陵君恭顺地搀扶母亲上轿。

魏太妃：无忌，刚才我跟你说的话你可一定要放在心上，不要让为娘再忧心了。

信陵君：儿子记住了。

魏太妃起轿回宫。

41. 日。外。信陵君府大院

信陵君若有所思地走在院子里，岑儿突然递给他一块竹简。

岑儿：主公，这是念奴，念奴姑娘给您的。

信陵君看了眼竹简，急问：念奴她人呢？

岑儿：走，走了。

信陵君追出大门，哪儿还有念奴的踪影。

42. 日。外。长亭侯府后院

如姬又提着水到园子要给花儿浇水。

侍女在一边劝她：小姐，别浇了，花儿都死了，再浇水也没用。

如姬不听，还是去浇，突然她发现了鲜艳的色彩，她的早已死去的那些花儿又重新娇艳，一大片一大片旺盛地开着，甚至比从前还要好看。

如姬惊呆了，旁边的侍女们也惊呆了。突然，如姬好像想起了什么，她扔了手中的水瓢，飞奔回屋。不知发生什么事的侍女们也跟着她跑。

43. 日。内。长亭侯府如姬闺房

如姬回屋一眼望见墙上她的那幅画像，那被抠去的眼睛又恢复了原来的样子，闪着灵光。

如姬迫不及待地取出母亲留给她的那架古琴，断了的琴弦果然又续上。如姬试着弹了弹，天籁般的声音便如流水般响了起来。

如姬：念奴——

44. 日。外。长亭侯府后院

如姬叫着念奴的名字来到了后院。

明朗朗的院子里仍没有念奴的踪影。

侍女们都吓坏了，赶紧拦住她：小姐，小姐，你这是怎么了？没有念奴，念奴她早就走了。

如姬：不，你看，花好了，画好了，琴也好了，一定是念奴，只有她，只有她才能让这些奇迹发生。

这时，一只玉色蝴蝶从她眼前飞过，如姬跟随着它来到争奇斗艳的花圃里。蝴蝶停在一朵最美丽的花上。

如姬盯着它出神，忽然，她发现眼前站着一个人，正是念奴。

念奴正在百花丛中冲她微笑。

如姬兴奋地跑过去。

两人对视。

两只手轻轻地拉在一起。

如姬喜极而泣：念奴，真的是你吗？你又回来了是不是？

念奴：是的，小姐，只要您还需要奴儿。

如姬拉着念奴就跑：跟我来！

45. 日。内。如姬卧室

卧室的小桌上，仍然摆着那一盘没有下完的棋局。

念奴动容：小姐！

如姬：今晚我们把这盘棋下完？

念奴：好的！

46. 傍晚。内。长亭侯府正厅

长亭侯外出归来，如姬连忙迎上去，一脸的喜气洋洋。

长亭侯见了也很高兴：女儿，什么事这样高兴，我已经好久没见到你如此开怀的笑脸了。

如姬：爹爹，念奴回来了，她真的回来了，而且她答应我再也不离开了。

这时，念奴也出来了，依旧是不卑不亢地看着长亭侯。

长亭侯把脸一沉：你怎么还敢再回来？

念奴并不答话，如姬挡在她面前。

如姬：爹爹，您就让念奴留下吧，女儿实在是舍不得她呀。

长亭侯无奈，只得警告念奴：难得小姐这么回护你，你要再让她伤心，我定不饶你！

念奴竟认真地点了点头：老爷放心，奴儿一定伺候好小姐。

长亭侯感到有点出乎意料：那就好。

47. 夜。内。长亭侯府如姬卧房

如姬的闺房里又支起了一张床，都用细细的缦纱围着，点着灯的屋子里气氛显得氤氲而温馨。

如姬和念奴就在这屋子里下棋。

念奴的黑棋已经把如姬的白棋密密围住。

念奴观察着如姬，脸色不无得意。

如姬细细地想着。

外面的更声。

侍女在一旁：小姐，该歇息了！

如姬向她轻轻摆了摆手，命她下去。

如姬的白棋突然开始突围。

念奴一惊。

念奴：小姐，你这是螳螂捕蝉，黄雀在后啊！

如姬：难道只许你瞒天过海，声东击西？

两人相视而笑。

黑白棋子再次呈胶着状态。

念奴举起一子，良久，无奈地：和了吧？

如姬：好。

念奴：小姐。

如姬：嗯？

念奴紧紧盯着如姬：奴儿发现，小姐是有大智慧的人，不像奴儿，只有小聪明。

如姬笑：你还发现什么了？

念奴：如果小姐愿意，奴儿愿侍奉小姐一辈子。

如姬兴奋地：真的？

念奴：嗯，只是小姐终归要嫁人，不知未来的姑爷能否容我。

如姬害羞地：说什么呀，你我情同姐妹，又岂有不容之理？

念奴：这么说小姐心里已经有人了？

如姬：不早了，咱们快点歇息吧。

念奴边为如姬铺床边说：我看这天下的男子，能配得上小姐的就没几个人！

如姬不语，若有所思。

念奴：念奴倒是认识一个这样的人，小姐不妨……

如姬：念奴，不早了，睡吧。

念奴只得熄了灯。

月光下，如姬一直在辗转反侧，念奴也睁着眼。

48. 同上

念奴飘然起身，突然她碰落了如姬案几上的一幅画，借着月光，念奴展开端详。那画上画的居然是她和小姐，惟妙惟肖，美不胜收。她将那幅画紧贴着自己的胸口，又来到如姬的床榻边，看着如婴孩般熟睡的如姬，她表情复杂。

如姬一个翻身，被子落下，念奴帮她掖好了被角。

49. 晨。外。长亭侯的花圃

念奴拿着花锄用心地侍弄着如姬的那些漂亮的花，神清气爽的样子。

如姬从回廊过来给念奴披上晨衣。

如姬：你让我找得好苦，这么早，露水还没下去呢，仔细着凉。

念奴微微一笑，指给她看其中一朵最美的花。

如姬由衷地赞道：呀，真漂亮！

念奴：小姐比它更漂亮！

两人相视一笑。

忽然，念奴打着竹节的节奏，翩翩跳起舞来。如姬也情不自禁随着节奏跳起来。

晨曦中，两个美少女舞得忘情而绚丽，引得侍女们都围过来为她们打拍子，用着各种能发出声音的器皿，什么瓦罐、瓷碗，大家都陶醉其中。

渐渐地，念奴停了下来，她看着如姬的舞蹈，带着震惊和赞赏之色。

50. 日。内。长亭侯府的回廊里

如姬找到了正在此歇息的念奴。

如姬：怎么不跳了？你跳得真美！

念奴：不，小姐跳得更美。小姐刚才跳的是雅乐六合舞吧？

如姬：嗯，从小母亲教我的。

念奴：早就听人说过雅乐六合舞，今天见了，果然名不虚传。

如姬：你想学吗？来，我教你吧。

说着就要拉着念奴去院子里跳。

念奴：不，这是贵族才能跳的舞，奴儿不敢僭越。

如姬：不要管什么身份地位，我相信你一定能跳得好。

看着如姬真挚信任的眼睛，念奴也跃跃欲试地答应了。

51. 日。外。长亭侯府的院子里

如姬在很认真地教，念奴也在很认真地学。

如姬在一旁帮念奴打着拍子，念奴已经能跳得很棒了，如姬击掌鼓励。

52. 日。外。长亭侯府的花园里

念奴在花园里支起了五颜六色的瓶子。

如姬看着这些瓶子，不解地问：这是做什么？

念奴把她拉到瓶子中间：你不是一直想学编钟舞吗，我现在就来教你。这儿没有编钟，我们就用这些瓶子代替，将就将就吧。

如姬调皮地行礼：是，念奴老师。

聪慧的如姬在念奴的指导下很快就能边击瓶子边舞了。

瓶子发出清脆的声音和如姬优美的舞姿一起煞是好看，连长亭侯也不禁驻足欣赏。

这时，一个快速旋转，如姬没站稳，差点跌倒，是一旁的念奴飞身过去支撑住她。

看见这一幕的长亭侯微笑颔首。

53. 夜。外。魏国大街

元宵节，魏国的大街小巷热闹非凡，一片灯彩。百姓们也都喜气洋洋地在大街上或观灯，或猜谜，十分喜庆。闹元宵的队伍更是热闹，有舞龙，有喷火，引来了众人一声声的叫好喝彩。

魏太妃也坐在车上来赶热闹。看着百姓过得一片祥和，她也很高兴，随着旁边宫娥的指点，兴致勃勃地看着各种表演。

54. 夜。内。信陵君府

信陵君府里面却并没有什么节日气氛。

信陵君正在大厅里与诸位门客饮酒畅谈。

门客甲：今天是元宵佳节，我魏国能够国泰民安，欣欣向荣，全仰仗主公您的洪福，我代表诸位敬主公一杯。

各位门客都纷纷举杯敬信陵君，而后一饮而尽。只有孟尝君田文没有碰酒杯。

信陵君并不端酒。众门客都很诧异。

信陵君站起来说：先生的这杯酒，我实在不敢接受。无忌还没有为国家尽微薄之力；想我魏国如今内忧外患、战事频繁，又如何谈得上国泰民安，欣欣向荣呢？如果诸位先生都这么想，那我魏国危矣。所以，这杯酒无忌实在是喝不下去呀。

一席话说得诸门客皆汗颜，孟尝君则在一旁颇为赞赏地看着信陵君，自斟自饮起来。

55. 夜。外。魏国大街

闹元宵的表演节目达到高潮时，是一支独舞，跳舞的是一个戴着面具，顶着花冠的少女，她舞得像个落入凡间的精灵，又像个花妖。

舞到妙处，众人欢呼喝彩。

魏太妃也为她吸引，命车停下，驻足观赏。有几名侍从却继续前行，与太妃走散。

那少女跳的是雅乐六合舞，举手投足间皆带着万种风情。结束的一刹那，顺着少女宽大的衣袖飘出许多五彩缤纷的花瓣。

众人惊奇得忘了喝彩，还是魏太妃带头先鼓起掌来。少女朝魏太妃方向看了一眼，便匆匆下台。

魏太妃忙命宫娥上前与她搭话：会跳雅乐六合舞，定是位贵族小姐。快去问问刚才那位姑娘是谁？

56. 夜。外。街角僻静处
宫娥唤住急急前行的少女。

宫娥：姑娘请留步，奉太妃之命，特问小姐芳名。

不想那少女虽然停步，却傲然不答，仍然戴着面具看着魏太妃。

太妃在宫娥的引领下亲自来见那少女。

少女这才把面具摘了，竟是念奴，流光溢彩中她显得格外楚楚动人。

太妃赞道：好一个美貌佳人！敢问姑娘芳龄几何？父亲是哪位大人？家住何处？

念奴却只是看着太妃，并不答话。

太妃自觉有些失态，解释道：噢，我是看姑娘刚才跳得实在是太美了，"此舞只应天上有"啊！

念奴淡淡地：我就算美了？我连我家小姐的一个手指头都不如呢！

太妃大惊：你……你家小姐是谁？

念奴只说了两个字"如姬"便飘然而去。

太妃思忖着念叨着"如姬"的名字，再一抬眼，念奴已不见踪影。太妃忙吩咐马车四处找寻，念奴神秘消失，杳无踪迹。

太妃惊疑不已：莫非刚才的女子不是凡人，竟是仙子？

57. 夜。外。魏国街头
此时已是深夜，大街上看热闹的百姓已走得差不多。几名与太妃走失的侍卫到处寻找太妃。

58. 夜。内。信陵君府

信陵君端起一个酒樽，将酒洒在案几前的地上，动作极为潇洒。

信陵君又斟满一杯酒，庄重地举起酒杯，脸色凝重向众人：我希望诸公共同努力，在六国合纵之日，一同再来痛饮这杯酒！

信陵君遂将这杯酒缓缓洒在地上。

诸门客：主公英明！

大家也纷纷效仿信陵君，洒酒立誓。

这时，太妃的侍卫来报：禀告信陵君，小的无能，刚才护卫太妃去街上看闹元宵，却与太妃走失，到现在也寻不到太妃。小的不敢回宫禀报，特来向信陵君求助。

信陵君一听，立即吩咐备马出门。

59. 夜。外。魏国大街

信陵君带着众侍卫终于寻到了太妃。

信陵君赶紧下马：母亲，您在这儿，让儿子好找。夜已深了，您还是赶紧回宫歇息吧。

太妃还在为刚才所见惊叹不已：无忌，你知道我刚才看到什么了？定是个神仙精灵。

信陵君：母亲，您定是看热闹看花了眼，哪有什么精灵？

太妃：不，一定是。她舞跳得那样好，人又长得那样美，可转眼就不见了。噢，对了，她还说，她家小姐如姬，比她更美！

信陵君一震：如姬？

太妃：怎么，你认识？

信陵君掩饰地：不不……

银色的月光下，隐约可见飘零的花瓣。信陵君过去拾起一片花瓣。

信陵君：母亲，您看，花瓣。

太妃：花瓣？这一定是刚才那姑娘落下的，她头上顶着花冠，袖子里还藏着花瓣。……无忌，你快快去追赶她，这可是千载难逢的机会！

信陵君略一思索，坚定地：好！（吩咐下人）你们护送太妃快快回宫。母亲，您还是早些回宫休息吧！她到底是人是仙，无忌明天再向您禀报！

太妃：你如何寻得到她？

信陵君：无忌自有办法。

60. 夜。外。长亭侯府后门外

月色下，信陵君一路循着少女花冠上遗落的花瓣来到了长亭侯府的后门。

花瓣在此就消失了，信陵君还在奇怪，到处看看仍没有别的发现。他索性趴在长亭侯府的后门上，从门缝往里看，似乎闻到一股香味。

这时，门突然打开，逆着皎洁的月光，信陵君看见如姬如月光女神般拿着剑站在门口，她美丽圣洁得像一座玉雕。

信陵君看呆了，半天没有说话，也没有移步。

如姬却拿着剑指着他：你是何人？！

被如姬的美丽惊呆的信陵君支吾了半天才说：姑娘息怒，我，我是……

如姬把剑向他指得更近了：不必多言，快些离开！否则，别怪我不客气！

信陵君还想解释：可是，我是来找……刚才跳舞的姑娘……

如姬看着狼狈不堪但英气逼人的信陵君，脑子里突然闪过那天邂逅相遇的画面，她认出了信陵君。然而，在这刹那间，念奴那句话一闪而过：昨夜我和信陵君一夜尽欢，想不到吧，我的小姐！

这句话反复在如姬耳边响起。

如姬又羞又怒：你走不走？！你若是再不走，我，我就……

如姬竟把剑对着自己的脖子。

信陵君吓了一跳：姑娘千万不要做傻事，我这就走，这就走。

信陵君只能退了出来。如姬飞快地把门关上。

信陵君在关闭的门前呆立良久。

信陵君唰地拔出干将剑，狠狠地砍向门口的一块怪石：完了！

魏无忌啊魏无忌，你全完了！

61. 夜。外。长亭侯府的后门内

关上门的如姬也半天没缓过来，身子贴着后门待了好久。

如姬内心独白：是他！不错，是他！堂堂信陵君，竟然深更半夜窥探别家后宅！是了！他说了，他是要找那个跳舞的姑娘！

念奴那句话再次在她耳边响起：昨夜我和信陵君一夜尽欢，想不到吧，我的小姐！

如姬唰地挥起那把剑，将后院花园里的藤蔓齐齐斩断。

躲在暗处看着这一切的念奴突然现身：小姐，怎么了？

如姬冷冷地：没怎么。

念奴指着如姬手中的剑：那你这剑？

如姬冷若冰霜：是我刚才听见后门有声音，本以为是贼人行窃，刚才出门儿一看，不过是只吓坏了的猴子而已！

念奴险些笑出声来：没事就好，小姐，时候不早了，回屋休息吧。

如姬旁若无人地走回去，对身旁的念奴毫不理会。

念奴本来忍着笑，这时看着如姬的冷脸，竟第一次有了几分收敛。

62. 日。内。信陵君府议事大厅

诸门客都在大厅里徘徊，议论纷纷。

门客甲：主公不出早朝，这可是没有的事，莫非病了？

门客乙：不会吧，昨天晚上他还好好的呢。

门客丙：是呀，别是去寻太妃的途中出什么事了吧？

众门客都紧张起来。

门客甲：会出什么事？

门客丙：别是被什么东西摄走了魂魄？

说罢，众人皆惊，他自己也吓得赶紧把自己的嘴捂上。

门客乙：你不要骇人听闻了，天下有谁人不知信陵君的英名，鬼神也不能把他怎么样！

众人附和：就是，就是。

众人还在纷纷猜测。孟尝君悄悄退出，来到信陵君的卧房。

63. 日。内。信陵君卧房

孟尝君来到信陵君卧房的时候，正看见信陵君躺在床上，让侍从将一口未动的茶饭拿走。

他甚至连吩咐的话都没有说，只是无力地挥了挥手。

孟尝君走到床边一看也是一惊，仅一个晚上没见，现在的信陵君竟瘦了一圈，脸色苍白。此时的他连眼睛也没有睁开，无力地靠在那儿，轻轻唤他也并不搭理。这与平常意气风发的信陵君判若两人。

孟尝君赶紧把信陵君的一个贴身侍从叫到一边询问：他这样有多久了？

那侍从带着哭腔说：从昨天深夜回来就一直如此。

孟尝君：可知他在外边遇见了什么事？

侍从：不知。

孟尝君：可曾请大夫？

侍从：请了。可大夫也找不到症结，看不出名堂。孟尝君，你说我家主公是不是就这样不行了？

说罢，他竟要大哭起来。孟尝君赶紧将他喝止住。

孟尝君又来到信陵君身边，观察他的脸色，又替他把了把脉。

突然他笑了，侍从都赶紧过来问：大人，是主公有救了吗？他得的什么病，不重吧？

孟尝君故作神秘：不，他病得很重，且无药可医。

众人皆大吃一惊：啊！

孟尝君：他得的病叫作相思病！要说用药嘛，只怕是解铃还须系铃人啊！

说到这，孟尝君看向信陵君，信陵君竟睁开了眼睛。

64. 日。内。如姬闺房

如姬也是一副魂不守舍的样子，手上拿着书简，却半天没有动过。

念奴忍着笑：小姐，您的书简拿反了！

如姬恼羞成怒：偏你的眼尖！

念奴：小姐，从昨夜开始，你就对奴儿拉着脸，奴儿到底做错了什么？！

如姬眼睛看着书简，冷冷地：你何曾有错？错的是我！

念奴：小姐！就算奴儿昨夜跑出去闹了元宵，也是经你允许的！你到底怎么了？

如姬把书简啪的一声扔在桌上，怒道：怎么了怎么了？平常痛痛快快的一个人，怎么今日如此聒噪？！

念奴吓了一跳，急忙跑到一边儿站着。

念奴：哼，平日里说亲道热，说什么情同姐妹，这会儿摆出小姐的款儿来压人了吧？！

如姬抬头瞪她一眼，并不理会，继续看书。

两人谁也不理谁，僵持着。

忽一侍女走进：小姐，老爷请您上前厅，说是又安君来了，想见见您。

如姬头也不抬地摆手：对老爷说，我今儿身子不舒服，不想见人。

侍女：可是，老爷他……

念奴上前：你啰唆什么？让你去回你就去回！平常痛痛快快的一个人，怎么今日如此聒噪！

侍女怏怏而去。

如姬瞪着念奴，念奴做个鬼脸。

如姬最后还是忍不住，扑哧笑了：呸！鬼灵精！

念奴拉着如姬的手：好了好了，今儿我们一起到后院儿水池钓鱼吧？我来教你！……

65. 日。内。信陵君卧房

信陵君躺在床上，满眼全是如姬的影像。

外面报：太妃到！

信陵君吓了一跳，猛然坐起。

第四集

1. 内。信陵君府

信陵君躺在床上，满眼全是如姬的影像。

外面报：太妃到！

魏太妃已来到床前，向着儿子微笑。

太妃：哼，英雄难过美人关，古训真真是一点不错啊！

信陵君撑着起身，他似乎消瘦了许多。

信陵君：母亲！怎么把您老人家也惊动了？！

太妃：堂堂信陵君竟为一女子患病，弄得门下三千食客惶惶不可终日！此事怕是连整个魏国都知道了，为娘我就是再闭目塞耳、孤陋寡闻，也会知道一点风声吧！

信陵君：儿子惭愧！

太妃坐在儿子的床边，一脸慈爱：什么惭愧？不善作假，至情至性，这倒真是我的儿子！

信陵君：母亲！

太妃：说说吧，那个神仙姑娘到底是谁家的千金？我们下聘礼便是了！

信陵君着急地：哎呀！母亲，你弄错了，不是她！

太妃：不是她，那是谁啊？难道那样的姑娘你还看不上？！

2. 外。秦国大街

范雎与郑安平同坐马车上，周围的百姓看见他们的车过来议论纷纷。

百姓甲：知道吗，那车里坐的就是当今相国张禄大人。

百姓乙：是吗，那可了不得，听说他有箕子、比干之才。

百姓丙：那岂不是又一个商鞅再世，我们秦国要强盛啦！

百姓甲：听说，他不仅有文韬，还有武略，大王近日有命，正要派兵去攻打魏国呢……

一个樵夫挑着一担木柴在人群中缓缓地走着，用心地听着人们的对话。

范雎在车里听了这些溢美之词微微一笑。

3. 日。内。魏王宫大殿

大殿里，魏王正与文武百官共商国事，突然有探马来急报。

探马：报——报大王，据可靠密报，秦新拜相国张禄力主攻魏，不日便要开战！

魏王大惊：啊，众爱卿，这，这可如何是好呀？

官员甲：从哪儿冒出的毛头小子，不怕，大不了咱们跟他硬拼。大王，我请带兵与秦决一死战。

魏王不知该说什么。

官员乙：嗳，李大人，切不可盲目应战。大王，微臣听说那张禄有经天纬地之才，万万不可小觑呀。

魏王：那可怎么办呢？

官员丙：要是信陵君在就好了，他必有出奇制胜之策，可他又偏偏卧病在床。唉……

魏王：是啊，无忌怎么偏偏这个时候病了！

长亭侯上前奏报：禀大王，依臣之见，我们大可不必如此慌张。秦国如今也不过只有攻魏的想法，真要组织起兵甲攻打过来怎么也得有月余。到时候，我们也有了相应的准备，而且公子的病也应当能痊愈，以我们的待逸之师来抗秦国远足之兵，谁胜谁负也未可知。

魏王：长亭侯言之有理，这么说，我们也不必着急了？

长亭侯：不，现在的当务之急是要派人出使秦国。秦并未公开伐魏，因此也不会对魏使做什么。我们就应该派一精明能干之人前去探听虚实，知己知彼，方能百战百胜嘛。

魏王：好，那你看该派谁去呢？

长亭侯：臣之门客须贾是最佳人选，他多次出访诸国，且在发现范雎叛国一事中立了头功，相信他出使秦国定能不辱使命。

魏王：好，那就封须贾为上大夫，立即出使秦国。

百官：大王圣明，吾王万岁万岁万万岁！

4. 日。内。秦国郑安平宅邸

郑安平正在修身养性，忽报相国至，随后即见范雎进来，笑容可掬。

郑安平：雎兄，何事如此高兴？

范雎：大喜事啊！你知道谁要来秦了吗？

郑安平：谁？

范雎：须贾！我范雎向来恩怨分明。吕齐、须贾的大仇我没有一天忘记，如今报仇雪恨之时已到！

范雎慢慢把手中杯盏捏碎。

郑安平：你当如何报仇？

范雎也不答话，只是阴险地一笑。

5. 日。外。长亭侯家后花园

一池湖水，沿湖岸边竹木搭建的长廊，接着一个红柱黄瓦的小亭子。

亭子边放着两个木盆。

念奴陪着如姬钓鱼。

念奴一甩鱼竿，一条小鱼落在地上挣扎，念奴将小鱼放进盆里，只见盆里挤满了各色杂鱼，大小参差不齐。

念奴得意地：小姐，琴棋书画奴儿比不上，要是钓个鱼，抓个鸟什么的，我这个野丫头可就比你强多了！

念奴用鱼竿敲一敲另一个木盆，只见盆中几尾金色鲤鱼在盆中游弋。

如姬扭头看看两个盆里的鱼，又看看正在洋洋得意的念奴，不禁噗嗤一笑。

念奴：笑什么，我就是钓得比你多嘛。

如姬还是笑个不停。

念奴突然省悟：哦，原来你只钓金鲤鱼！

念奴将鱼竿往地上一摔，跳出亭子站在水边的石头上，戏谑地：好啊，一心一意钓你的金龟去吧，小姐！恕不奉陪！

如姬满脸羞红，拉起鱼竿做出要打念奴的样子：看你还敢满嘴胡说。

念奴下意识地躲闪了一下，没有站稳，扑通掉进湖里。

念奴不识水性，在水里乱扑腾。

如姬见状急了，将鱼竿向念奴伸过去：抓住鱼竿。

念奴抓住鱼竿，用力过大，将如姬也拉到湖里。

如姬索性游到念奴身边，顺势把念奴的头托起，拉到岸边，家丁们在岸边乱成一团，忙将二人救起。

如姬上岸后连着打了几个喷嚏。

6. 日。内。秦国驿馆

须贾住进驿馆，一驿卒替他搬着行李。

驿卒：大人，行李给您送来了，还有什么您尽管吩咐小人好了。

须贾：好，就搁那儿，我的马车坏了，你找个人去修一下，就这样，你先退下吧。（转念一想）嗳，等等，听说你们大王新拜的相国，有胆有识，才智过人，是不是啊？

驿卒：可不嘛，都说他有经天纬地之才呢。我看呀，您不是要见大王吗，也不必了，您就直接去见相国大人得了，反正大王什么事都听相国大人的。不过好像相国比大王还难见啊！

须贾：哦，那能否麻烦小兄弟为我引荐一下相国。

驿卒：我可没那本事，那些话我也是听人说的，您还是找别人吧。

须贾：知道了，下去吧，不叫你不要来打搅。

驿卒退下。

须贾很是沮丧，打开行李翻了翻又放下，在房间里来回踱步思索。

这时，有人敲门。须贾打开门一看，还是驿卒，他很烦躁。

须贾：我不是说过了吗，没有我的吩咐不要再来打扰。

驿卒：不是的，先生，是外面有个人求见您。

须贾：哦，谁呀？

一身寒酸落魄的范雎出现在门口。

须贾一见他，大吃一惊，本能地向后退，大叫一声。

7. 日。内。如姬的卧房

如姬躺在床上，额上盖着毛巾。

念奴跪在床边的脚踏上，在细心地给如姬喂药。

念奴：老天保佑！小姐的烧可算退了！

如姬：就是一点儿力气都没有。

念奴：烧了好几天，就是铁也烧化了！此事都怪奴儿不小心……

如姬有意引开话题：那些鱼怎么样了。

念奴恨恨地：还惦记那些鱼哪，把它们剁碎了喂猫都不解恨。要不是这些破鱼，小姐哪会生这一场病！

如姬：行了！你到底把那些鱼怎么处置了？

念奴：放心吧我的小姐。我那盆鱼都倒回湖里放了生，你那几条宝贝养在花园的大缸里了。

8. 日。外。长亭侯花园

花园的大陶瓷鱼缸里，几尾金色鲤鱼在游动。

天空的云越积越浓，映在鱼缸里。

9. 日。内。秦国驿馆房间

须贾好不容易从惊吓中缓过来，他为刚才的失态道歉。

须贾：范兄，须贾失礼了，只是实在没想到，太意外了。我……我以为你早就丧命于长亭侯的杖下，怎么会在这呢？

范雎不动声色地：想当初长亭侯派人将我的尸首抛至野林，也是范雎命不该绝，第二日清晨竟渐渐苏醒过来，恰好有秦国商人路过，听见我的呻吟声，可怜我，将我救活。我虽然苟活下来，但家是不敢回了，就与那些商人辗转来到秦国。今天在街头，听说大人您来了，特来拜访。

须贾：范兄预备在秦国找援助，回魏国报仇吗？

范雎冷笑一声：你看我这样子可能吗？想我当初因为得罪魏国，才亡命至此，能够苟且偷生已实属不易，我还敢再开口说别的吗？

须贾看着他衣衫褴褛：也是，但范兄在秦，又靠什么为生呢？

范雎：替人帮佣，糊口罢了。

须贾见他实在可怜，便唤驿卒：替我们准备一桌好酒菜。

酒菜很快上来，范雎故意狼吞虎咽地吃着。

须贾：慢着点，还多。

范雎酒足饭饱，打着饱嗝就要告辞，走到门口，一阵风吹来，衣着单薄的范雎打了个寒战。须贾叫住他。

须贾：等一下。

他从行李里掏出一件大袍给范雎添上，范雎定定地看着他。

须贾：天冷，御御寒吧。

范雎：大人的衣服，范雎怎敢接受。

须贾：大家都是老相识了，你又何必礼让？

范雎穿上袍子：多谢大人，不知大人来秦所为何事？

须贾：哦，大王听说秦国新相张禄很是能干，特让我来拜会他。

范雎：大人可是听说他要攻打魏国？

须贾：怎么，你也知道了？

范雎：此事在秦国早已家喻户晓。

须贾：不瞒你说，我正为此事而来。听说现在秦国是他管事，秦王很信任他。可我又听说要见他很难，我正在为没人引见犯愁呢。

范雎：不如我替大人想想办法吧。

须贾：噢，你有什么法子？

范雎：范雎虽然身份卑微，可我家主人与新相甚熟，我也经常随主人去相府，所以相府的下人我倒是都熟的，我想，替大人引见一下应该没问题。

须贾大喜：好呀，真是踏破铁鞋无觅处，得来全不费工夫。那就有劳范兄，订个日子，我就在此等候你的好消息。

范雎：我听说相国现在正在府中，平日他倒是忙得很，很难见到，不如我们现在就去吧。

须贾：好是好，可我的马车坏了，正叫人修，毕竟代表魏国，我也不能太寒酸了吧。

范雎：这好办，我主人的车就在附近，我把它赶了来，大人借用一下就是。

须贾：这……也好。

10. 日。外。秦国大街

范雎驾来自己的气派马车。

范雎：大人请上车，范雎来为大人驾车。

须贾欣然上车，范雎手执缰绳为其赶车。

马车行走在街上，百姓见马车来了纷纷立在街道两旁以恭敬姿态等候。

百姓甲：哟，是相国的马车来了，快行礼。

百姓乙：那驾车的好像就是咱们相国吧。

百姓甲：可不是，只是那坐车的是谁，好大的面子，相国亲自为他赶车。

须贾自是不知其中缘故，看见众人行礼，很是不解，问范雎：这些百姓何以向此车行大礼？

范雎敷衍他：那是看到大人来了，表示对使者的尊重。

须贾：看来这咸阳还真是礼仪之邦呢。

说罢，他竟向他以为好客的咸阳百姓挥手致意。范雎暗笑。

11. 日。外。秦国相府大门口

马车在一堂皇的大宅前停下，门口悬着的"相国府"大匾很是醒目。

范雎下车，对须贾说：大人在前厅稍候片刻，我进去替您通报一声，若令尹许见，我便立刻来通知您面谒。

须贾也下车：好，有劳范兄。

12. 日。内。秦相府前厅

范雎进府，须贾在此等候他。

须贾一直在厅里来回走动，焦急等待，等了不知多久，只见天色已渐渐暗下。

这时，只听府里有鼓声、钟声大作，有人宣道：令尹升堂！

须贾在前厅门口往里看，只见好些佣仆奔走不绝，却没有范雎的身影。须贾刚要提脚跨进去却又不敢造次，只得返回问守门人。

须贾：有烦老哥。两个时辰之前，我的老乡范雎进府替我通报相国面见，可这么久了还没出来，可否烦请老哥进去把他叫出来？

守门人：你说的那个范雎是什么时候进府的？

须贾：大概两个时辰之前。哦，他就是替我赶马车的人。

守门人：噢，你说的是相国呀，他经常微服出访，体察下情。从哪儿又来了个范雎？没听说过。

须贾震惊：相国？

这时，有人来领须贾进府：相国有请大人。

13. 傍晚。内。秦相府大厅

进得大厅，须贾抬头一看，坐在上面的不是范雎又是哪个？此时的范雎早已脱了寒衣，穿着体面地端坐于上。

须贾大惊失色，吓得魂不附体，跌坐在地。

14. 傍晚。外。长亭侯家花园

如姬和念奴在鱼缸旁边观鱼。

如姬身体依然虚弱，念奴搀扶着她。

念奴：这一缸鱼就数这三条金鱼最大最漂亮。

如姬：哼，那条到处乱窜，最让人伤神的鱼像谁呀？

念奴反击：那条拖着大裙子，游起来一扭一扭跳舞似的，仿佛也像一个人！

如姬瞪她一眼。

念奴故作惊讶：哎呀，小姐，你看那条又大又傻的呆头鱼。

如姬看着那条最大的金鱼，全身金光闪闪，虽然沉在水底，依然引人注目。

如姬：它才不呆！你看它游得多稳健，有王者风范。

念奴：我看它就是呆头呆脑，它呀，只顾自己在水底游来游去，就没注意旁边还有一条那么漂亮的红裙子鱼。

如姬喃喃地：是啊，它怎么就没看见呢？

念奴扑哧一笑。

如姬恼怒地：你笑什么？！

念奴：我笑那条红裙子鱼，它怎么就白长了一副漂亮模样儿！

如姬：呸！

天上刮起了大风。

念奴搀扶起如姬：好了好了，小姐，起风了，快回屋吧。

念奴悄悄窥视着如姬的神情。

15. 傍晚。内。相府

须贾磕头如捣蒜：魏国罪人须贾在此领死！

范雎威风凛凛：须贾，你知罪吗？

须贾：小人知罪。

范雎：说说看，你何罪之有？

须贾：小人罪大恶极，就是拔光小人的头发——来数，也数不清小人的罪过。

范雎：告诉你吧，你罪过有三：当初你不问青红皂白，诬我通齐，妄言于吕齐前，触怒于他，此罪一；当吕齐发怒，以杖责我，及至折齿断骨，你在一旁不进一言，此罪二；最后，我将被拖入丛林喂狼，眼见连全尸亦不保，你仍是一言不发，此罪三！你的心实在太狠了！

须贾：在大人被杖至昏迷之际，小人确实心有不忍，向长亭侯进言，无奈长亭侯当时盛怒之下，哪里听得进去。小人生来胆小，生怕波及小人，再不敢发一言。（他不停地磕头）小人该死，小人该死，请大人饶命，大人饶命呀。

范雎：本来你是该死，就是你当年信口雌黄才把我害得那样惨，我恨不能抽你筋，喝你血，以泄心头之恨！

范雎说到这儿，义愤填膺，随手抓起案上的铜器扔了出去，"哐当"砸在须贾旁边的柱子上，把个须贾吓得魂不附体，全身哆嗦。

范雎看着他这胆小的样，冷笑摇头：你不用害怕了，我不杀你。

须贾听到此话，不住地磕头称谢：大人的大恩大德，小的永志不忘，永志不忘。

范雎：那你可知何故吗？

须贾：大人心胸宽广，大人有大量。

范雎：我范雎向来有恩报恩，有仇报仇。我是念你刚才的袍缕之赠，想你还并非完全不念旧情，这才免你一死。是刚才的袍缕救了你的命呀。

须贾：谢大人，谢大人！

范雎：我虽然饶了你的死罪，但我绝不会饶了吕齐。你赶快给我滚回魏国，跟魏王通报一声，他不是怕我攻打魏国吗，那让他赶紧将吕齐那个老狗的头献来，并且将我和郑安平的家眷在七天之内送入咸阳，这样秦、魏两国方可通好，否则我将亲领大军伐魏，到那时可就悔之晚矣！

须贾吓得诺诺连声：是，是，小人知道。

范雎：那还不快滚！

须贾这才连滚带爬地退下了。

有下人禀报：报大人，地上有一摊水。

范雎看了直皱眉：那定是须贾遗下的尿，赶紧冲刷干净。

说罢，他掩鼻拂袖而去。

16. 傍晚。内。如姬卧房

窗外狂风大作，如姬轻轻拨动琴弦，念奴在一旁侍立。

如姬：念奴，前日钓鱼，今日观鱼，你都话里有话。

念奴：是我的话勾起小姐的心思。

如姬嗔道：胡说，我有什么心思？

念奴：小姐钓上的那条大金鱼就是一只大金龟嘛！

如姬突然回头，双眼直逼念奴：你指的是谁？

念奴好像是早有准备，从容答对：信陵君。

如姬仍然直视念奴：为何是他？

念奴正色道：信陵君的声名小姐不可能没听说过，当今四大公子中，数信陵君最年轻有为，也最英俊潇洒。

如姬：古往今来贵族中从来不缺少英俊少年，更不缺少风流倜傥的公子哥。

念奴：小姐的意思是说，缺少的是君子。

如姬：对，缺的是真君子。

念奴：君子还有真假之分？

如姬：世间万物有真必有假。真君子守德修行，表里如一。而那些言行不一的败类，虽然道貌岸然，也只能叫作伪君子。

念奴：那信陵君，可是真君子！

如姬意味深长：真的假不了，假的真不了。

如姬突然拨动琴弦，宛若急雨。

17. 夜。内。信陵君府正房

信陵君挑灯夜读。

信陵君：唉，真正是"既含睇兮又宜笑"！

孟尝君拎着酒壶出现，对曰："惟郢路之辽远兮，魂一夕而九逝。"

信陵君有些不好意思，拱手拜曰：兄长。

孟尝君：怎么，无忌公子要借屈子来寄托相思吗？

信陵君：兄长见笑了。无忌前些日子晨昏颠倒，茶饭不思，实是不该，大丈夫当以大局为重，志在千里。无忌耽于儿女之情了。

孟尝君：嗳，大丈夫自当有情有义，公子是性情中人，又何必害羞呢？只是不知是谁家小姐如此幸运，能让公子如此忘情？

信陵君：长亭侯之女，如姬。

孟尝君击掌叫好：好眼力！田文一直以为普天之下，惟有如姬才能配得上公子呀。

信陵君：我也不知道是为什么，只要一闭上眼睛，眼前就全是她的身影，这倒是我从未体会过的。

孟尝君：看来公子是真的陷入情网了。

信陵君有些沮丧：可是，可是她好像对无忌有些误会。

孟尝君哈哈一笑，指着旁边水缸里的月亮：无忌，这姑娘的芳心，就如同水中月，镜中花，让人难以捉摸，所以只可智取，不可强夺呀。

信陵君：可，可她不愿见我……无忌愚钝，还请兄长多多指教。

孟尝君：嗳，这种事情只可意会，不可言传，田文是爱莫能助呀。不过，也许机会就会来的。

说罢，他又喝了口壶中的酒，赞道：真是好酒！无忌，你要不要也来一口？

18. 夜。内。秦王寝宫

范雎单独面见秦王。

秦王：爱卿，急见寡人何事？

范雎：自我们放出风声要攻打魏国，魏王已闻风丧胆，特派使者须贾来求和，说是什么条件都能答应，因此我大秦已不需费一兵一卒而屈人之兵。而这正是大王您的威德所致呀。

秦王大喜。

范雎话锋一转：臣另有奏报，只是恐有欺君之罪，求大王饶恕臣，臣才敢直言。

秦王：噢，爱卿但说无妨，寡人不怪罪就是了。

范雎：臣实非张禄，而是魏人范雎！

秦王一惊：噢？

范雎接着说：范雎少时家贫，在长亭侯吕齐府做门客，与须贾同事吕齐。那日与须贾同使齐国，齐王重臣之才，特馈赠臣黄金百两，臣坚决不受。不料，回魏后，竟被须贾诬为有通齐卖国之罪，长亭侯吕齐便不问青红皂白将臣杖责至死。臣大难不死，改名张禄，在好友郑安平的帮助下才逃奔至秦。幸得大王慧眼识才，臣才有今日。如今须贾为使来秦，臣真姓名已露，便当仍唤范雎，还请大王恩准。

秦王：哎呀，张相国，噢，不，范相国受大委屈了，你早该告诉寡人哪。这样，须贾既然来秦，我这就命人砍了他的头，以泄相国心头之恨，如何？来人哪！

范雎：大王且慢！自古两国交战，不斩来使，何况他还是来求和的。臣不敢因为个人私怨，而伤了秦作为大国的公义！更何况，对臣下毒手的乃长亭侯吕齐！

秦王：相国先公后私，可谓大忠；憎爱分明，可谓大义！想我大秦能得相国，大幸也！相国放心，吕齐之仇，寡人定当替卿痛报！至于来使须贾就听相国发落吧。

范雎：谢大王替臣申冤。其实个人冤仇事小，统一天下事大。

秦王：此话怎讲？

范雎：魏国是我大秦东进的主要障碍，必须除之而后快！报仇只是进攻的借口。如今魏国力主合纵抗秦的领袖是信陵君，长亭侯是信陵君坚定的支持者。所谓报仇的真实目的就是清君侧，首先消灭长亭侯，瓦解魏国内部的合纵势力。

秦王：所以相国对魏国造成大兵压境的形势，实际上不费吹灰之力达到给信陵君断臂的目的。

范雎：大王英明。

19. 内。魏王宫内宫

魏王正在花天酒地，与宫女们饮酒作乐。

有宦官进来禀报：报大王，须贾求见。

正玩在兴头上的魏王很不耐烦：这么晚了，见什么见，有什么事明天再说。

说罢，又跟宫女们调笑起来。

宦官：大王，是出使秦国的须贾求见，他有急事要报。

魏王：噢，他从秦国回来了？这样，你就把他叫到这儿来吧。

宦官退下，魏王又对身边的宫女说：宝贝，我们一会儿再接着玩。

宫女们退下，须贾跌跌撞撞地进来，显然还没从惊吓中缓过来。

须贾：禀大王，大事不好了！

魏王一惊：怎么，是秦国就要打过来了吗？

须贾：秦王准和了。

魏王如释重负：既然已准和，那你还大惊小怪什么？

须贾：可那主战的秦国新相您道是谁？

魏王：是谁？

须贾：正是上次因为卖国被长亭侯杖毙的范雎！

魏王又一惊：啊，这怎么可能，不是已经被打死了吗？

须贾：他也是命大，后来竟苏醒过来，逃到秦国，受秦王赏识，对他言听计从。

魏王：这么说，他这次要出兵伐魏就是为了报当日之仇？

须贾：正是。范雎声称如果不答应他的两个条件，他不日将亲自率兵踏平魏国。

魏王：答应，答应，什么条件都答应，快说是什么？

须贾：其一，要立即将他和郑安平的家眷送往秦国。

魏王：这个容易，即刻去办，还有一个呢？

须贾：还有一个微臣不敢说。

魏王：这都什么时候了，还不快说？

须贾：他要我们献上长亭侯之首级。

魏王一听，倒抽一口气。

须贾：范雎对长亭侯至今仍恨得咬牙切齿！

魏王：这个吕齐办事向来倒也稳妥，怎么这回却马失前蹄了呢？种下这样的祸根。……长亭侯乃我魏国重臣，献出他，寡人实在有些不忍，但不献他，魏国就岌岌可危了！

魏王为难地在殿内踱步，突然他好像想到了什么。他对须贾说。

魏王：行了，你退下吧，今日之事，你对谁都不许说，尤其是长亭侯，哦，以免他担心嘛。长亭侯，寡人是不会不管的，寡人自有办法。

须贾：是，大王英明！

须贾退下了，一直在等待的宫女们立即围了上来要与魏王继续玩乐。魏王却将她们喝退，宣了最亲近的宦官米。

魏王在宦官耳边一阵耳语，宦官频频点头。

魏王：就这样，你去办吧。

宦官得令退下，魏王露出一丝狡黠的微笑。

20. 夜。内。如姬书房

长亭侯走进。

宽大的书桌上堆满了书简，如姬站在书桌旁手握一束竹简，神情凝重地吟诵：路漫漫其修远兮，吾将上下而求索……

长亭侯：女儿又在吟诵楚辞？

如姬：这楚辞的意境是那么悠远，简直是美不胜收。

长亭侯：三闾大夫的境遇，有多少人能理解呢？忧国忧民的人往往为世人所不容，为君王所猜忌，为小人所陷害！

如姬：爹爹为何如此伤感？

长亭侯摇头：我也不知是怎么了，近日总是有些心神不宁。

如姬：父亲定是为社稷安危太过操劳了。

长亭侯：宦海沉浮，风云难测。

如姬：爹爹，如姬虽是女儿身，但毕竟出生在仕宦人家。爹爹的艰辛，女儿多少也有些知晓。

长亭侯：你看为父一生，是成功还是失败？

如姬安慰道：当然是成功，父亲官至长亭侯，俨然是宦海之中的一条大船，还能继续乘风破浪。

长亭侯：傻丫头，爹爹我这把年纪已经想靠岸了。

如姬：上岸后女儿愿天天与爹爹为伴。

长亭侯：你应该找自己的伴了。

如姬：念奴不是我的伴吗？

长亭侯：看你近日与念奴相处甚好，为父真是很高兴。只是你的婚事，我实在是放心不下。万一哪一天我突然去了，你一个人怎么过？

如姬一惊：爹爹怎么突然口出此言？

长亭侯掩饰地：没有什么，随便说说。

如姬一噘嘴：女儿嫁出去，爹爹连个伴都没有。要么我出嫁，爹爹陪我去，好不好？

长亭侯无奈地笑了笑：傻孩子，哪有拿爹爹当陪嫁的！……不过，咱们这种人家，招个上门女婿倒是轻而易举的事！

如姬不语。

长亭侯：你心里要是有人，就说出来，不然，为父可就要为你做主了！

如姬仍不语。

长亭侯：为父心里倒有一人！

如姬一惊：谁？

长亭侯正待说出，外面有军士求见。

军士：禀长亭侯，小人有急事求见！

长亭侯匆匆而出。

如姬看着微光中父亲已苍老的脸，有些哽咽：爹爹，天晚了，早些回来！

长亭侯画外音：放心！

21. 夜。外。门外

那名军士：禀长亭侯，小人听说，范雎家已人去屋空！

长亭侯大惊：什么？！

22. 夜。外。魏国往秦国的途中

魏王侍卫替范雎妻、子及其他家眷赶着马车，带着衣帛、黄金数车，浩浩荡荡地向秦进发。

侍卫：范夫人，后面车上有彩帛千匹，黄金百两，都是魏王赐给您的。

范妻被突如其来的变化弄得不知所措，只能唯唯。

侍卫：范夫人，见到范雎大人您可得替我们大王美言美言，当初长亭侯之所为，魏王毫不知情，否则也不会纵容他这样做的。如今，亡羊补牢，为时未晚。您跟范雎大人说，请他放心，魏王一定会替他报仇的。

范妻仍只是点头。

23. 夜。内。如姬卧房

外面的风越来越大，远处有隐隐雷声。

如姬看着念奴为自己铺床。

如姬：念奴，我一直觉得你很神奇，比如那枯萎的花，那断了的琴弦，还有那被毁了的画，你都是怎么使它们死而复生，重焕光彩的呢？

念奴诡谲一笑：这是秘密。

如姬用一块绸布擦自己的那把剑：秘密？早晚我会知道！

念奴：那就要看小姐的修为了！……小姐一天擦拭多少回，烦不烦。我替你擦不就行了吗，偏偏动都不让动，不知是什么宝贝！

如姬：这把宝剑有灵性，认人。

念奴不屑地：你叫它一声，看它答应不答应？

如姬：天地万物皆有灵性，既不能小看，也不能慢待。不信你来看。

　　念奴凑近前来仔细看宝剑。

　　如姬指着靠近剑柄处刻有两个字：莫邪。

　　如姬：当年吴国有一位有名的造剑大师名叫干将，开采铁精和金英，冶炼锻造宝剑，连续干了三个月都没有成功，他的妻子名字叫莫邪，为了表示精诚，剪下自己的一头美发和修长的指甲，投入熊熊的炉火中，才炼造出一对举世无双的宝剑，雄的叫干将，雌的叫莫邪。

　　念奴：这剑也分雄雌？

　　如姬：是啊。你说我这剑是不是宝贝？

　　念奴：这真是无价之宝！以后我会小心保护。

　　如姬玩笑地：是小心伺候！

　　念奴对如姬的玩笑没有反应。她沉浸在回忆之中。

24. 闪回：数月前的那个夜晚。信陵君在院子里练习剑法

　　门客甲乙的画外音对话：你知道吗，信陵君用的是天下第一宝剑，干将。

　　门客乙：那是一对宝剑，另一把叫莫邪。

　　门客甲：听说那宝剑有灵性，主人有危险时，剑在剑鞘中会发出响声。

25. 夜。内。如姬卧房

　　如姬：你在想什么？

　　念奴正想回答，突然，那把宝剑在剑鞘内呜呜呜响起来。

　　仿佛应和着剑鸣，外面突然一个大闪，电光打在宝剑上，发出一道刺目的蓝光。

　　如姬猛然惊起，一把抓住念奴的手。

　　念奴：不好！要出事！

　　念奴手一抖，手里的灯掉落在地，屋子里一片黑暗。

　　这时，外面突然传来了喧闹声。

念奴拔出匕首出门，还不忘回头叮嘱如姬。

念奴：小姐千万待着别动，我出去看看就回来。

念奴跃出门去，如姬急忙趴在窗户上看。这时，突然有一只黑手蒙住了她的嘴巴。

26. 夜。外。长亭侯府的后院
惊雷暴雨。

念奴来到后院一看，只见一群蒙面黑衣马贼绑了家丁奴仆正要往正房里进。只有几个侍卫在抵挡，但显然寡不敌众。

念奴急忙参与了角斗。

27. 夜。内。长亭侯府如姬卧房
一蒙面人（马贼首领：魏单）将如姬捆绑起来，拿刀逼问她。

魏单：说，吕齐藏哪儿了？

如姬惊惧：你们是什么人，想要干什么？！

魏单把刀抵如姬抵得更近了：废话少说，吕齐到底在哪儿？

如姬：他不在家，出远门了！

魏单：不说是吧？我听说长亭侯有个女儿貌美如花，（用手划过她的脸蛋）想必就是你了。（他用一只胳膊抵着如姬的脖子，另一只手拿刀对着她，边将她挟持出屋，边说）有你在，我就不信吕齐不出来！

28. 夜。外。长亭侯府后院
雨越下越大。

魏单挟持着如姬来到后院。

有被抓的使女看到，大叫：小姐！

念奴听到呼唤，回头果然看见有人抓住了如姬。她奋不顾身地冲过去与那人厮杀，想救下如姬。

魏单武功甚是了得，他一手挟持着如姬，一手与念奴拼杀。两人拼杀时，念奴注意到魏单耳后有一状似朱雀的刺青。这时，其他

马贼也来替魏单解困。

如姬大叫一声：念奴，小心！

念奴躲过背后偷袭。

念奴一人独斗几人渐渐力不从心。

挟持如姬的魏单吹了个响哨，众人收手。

魏单叫道：行了！现在我们拿住了吕齐的宝贝女儿，我就不信他不露面！

长亭侯冒雨回来，被眼前的景象惊呆。

长亭侯：你们是什么人？快放了我女儿！

如姬大叫：爹爹，快走，危险！

长亭侯却不顾一切地冲过来要救如姬，很快就被众马贼打倒。他们扔下如姬，以迅雷不及掩耳之速给长亭侯套上黑头套，将长亭侯捆至马背，绝尘而去。

29. 夜。外。长亭侯府大门

大雨之中，如姬、念奴和众奴仆跌跌撞撞地赶到大门，却只见马贼挟着长亭侯已消失在巷尾。

如姬哭喊着"爹爹"，就要奔出去寻找，被念奴拼命拉住。

如姬挣扎着：你放开我，放开我！我要去找爹爹，我要去找他！

念奴吩咐其他使女：你们看护好小姐！

念奴纵身上马消失在黑暗的雨夜里。

30. 夜。内。长亭侯府正房

如姬在风雨声中狂乱地弹琴。

如姬在焦急地等待着念奴和长亭侯的归来，她的琴声里充满了动荡不安。

终于，有马蹄声响起，如姬急不可耐地走出正房。

31. 夜。内。长亭侯府前厅

念奴归来，如姬赶紧迎上去。

如姬：爹爹呢？

念奴摇摇头：……他们已无踪影，我只知道他们是朝着东北赵国方向去的。

如姬强作镇定：我知道你已经尽力了，可念奴，我们现在怎么办？！

念奴：小姐，这些马贼显然不是等闲之辈，他们是有备而来，他们的目标很明确，不是钱财，不是美色，就是长亭侯！

如姬的泪水夺眶而出：那现在该怎么办，得救爹爹呀！

念奴：事到如今，也只有一个人能帮上忙了。

如姬：谁？

念奴：信陵君！

如姬斩钉截铁：不！我是绝不会去求这种人的！他……

念奴：我的小姐，你不会还在对上次奴儿所说与信陵君有染之事耿耿于怀吧？

如姬：他竟能做出这等事，如姬绝不会去求这样的伪君子！

如姬说罢轻装上马，身背莫邪剑，撇下念奴，纵马飞奔而去。

32. 夜。内。信陵君府

信陵君正与孟尝君谈话。

浑身湿透的念奴冲进来。

念奴：求公子救我家小姐！

信陵君和孟尝君都十分惊诧。

信陵君：念奴，这些天你都上哪儿去了，你家小姐是谁？

念奴：念奴听了公子的话，仍回到长亭侯家中与如姬为伴……

信陵君：难道是如姬出什么事了吗？

念奴：小姐的父亲长亭侯今夜突然被一群蒙面马贼挟持而去，下落不明，小姐特遣奴儿来向公子求救。

信陵君：长亭侯？你可知来者何人，所为何事？

念奴：一概不知，但显然他们是只为长亭侯而来。小姐已经独自一人追赶马贼，营救父亲。

信陵君焦急：看来这父女二人危在旦夕！

信陵君一击掌，立即有人来听他吩咐。

信陵君：立即招五十名精干门客全副武装，随我即刻出发。

侍卫得令出门召集。

33. 夜。内。信陵君府前厅

信陵君也在做着准备。

念奴：念奴愿随公子一同前往。

信陵君边做准备边说：不，你还是回去等候小姐。

那把干将宝剑在黑暗中闪闪发光。

念奴注视着那把震动的宝剑。

念奴：这次念奴到长亭侯家，终日与小姐形影不离。为解小姐危难，念奴我愿赴汤蹈火。

信陵君：姑娘如此侠义肝胆，令人感动。

念奴知信陵君已经默许，跨上马，对信陵君：公子，那些马贼走的应该是赵国方向。

信陵君：立即出发！

这时，一直未发一言的孟尝君说话了：且慢！

信陵君：怎么，兄长有何高见？

孟尝君：公子想想此去胜算几何？那些马贼不为财，不为色，显然有备而来，目标就是长亭侯。公子在明处，而贼人在暗处，不知公子如何解救？能救回长亭侯自然好，但若有闪失，如姬对公子的误会岂不是更深！

信陵君：兄长这番言论恕无忌不能苟同，长亭侯乃国家重臣，即使不是如姬的父亲，无忌也当义不容辞地去救他，更何况如姬孤身一人，身历险境！

信陵君翻身上马。旁边跟随着一条狼性十足的大狗黑通。

孟尝君点头：信陵君果然是真君子啊！我田文没有看错人！东北方向有条林间小道是条捷径，也是那个方向的必经之路！

信陵君心领神会，拱拱手：多谢兄长，无忌明白！（又向众人）大家听着，上马，出发！

信陵君一行人疾驰而去，孟尝君看着他的背影赞赏地点了点头，又仰头喝了口酒。

却突然觉得酒味不对，皱了皱眉。

34.夜。外。通向赵国的路上

如姬在夜幕中骑马飞奔。

35.夜。外。长亭侯府院子

一黑衣蒙面人在长亭侯府上下翻跃，动作灵敏矫捷地在寻找什么。

36.夜。外。通往赵国的路上

念奴随信陵君的马队在黑夜中狂奔。

念奴声嘶力竭：如姬！小姐！

37.夜。外。同上

如姬快马加鞭，隐隐看见前面一队人马，更加急追赶。

38.夜。外。同上

魏单见后面有人追赶，吩咐两个马贼：截住那匹马，不留活口。

如姬追赶上来，两个马贼挥刀，如姬连忙用剑抵挡。

如姬：你们为何掳走我的父亲？！

两个马贼听见一惊，随即挥刀凶狠劈杀过来。

如姬抢起宝剑，像黑夜里一道闪电，突然两簇火光，两声巨响，两个马贼手中的刀被齐根斩断。

39.夜。外。同上

信陵君的人马在急驰，突然大狗黑通一阵狂吠。

信陵君挥鞭策马：前面有事！

40. 夜。外。同上

两个马贼见手中刀被砍断，大惊失色，又见后面大队人马追来，落荒而逃。

如姬惊魂未定，信陵君和念奴赶了过来。

信陵君：小姐受惊了！

念奴：幸亏信陵君及时赶到，小姐可要谢谢公子！

如姬沉默。

信陵君：救长亭侯要紧，其他的话以后再说。

信陵君：此地危险，念奴赶快陪如姬回去。小姐的安全你要用性命担保！

信陵君策马带队飞驰而去。

如姬望着信陵君的背影消失在黑夜中，百感交集，在马上发呆。

念奴见马队已经走远，用鞭子抽了一下如姬的坐骑，无奈地：小姐回家吧。

41. 夜。外。返回长亭侯府的路上

如姬和念奴并肩骑马，在回家的路上。

念奴单刀直入：小姐，难道你没看见，信陵君为了你赴汤蹈火，在所不惜？！

如姬：要真正懂一个人太难了！

念奴：小姐……其实，上次的事是奴儿跟你说着玩儿的，哪有那回事儿？无忌公子连碰都没碰过奴儿呢，他是个真君子。

如姬：啊？！你怎么能开这种玩笑？！这可是关系一个人品格德性的大事啊！

念奴：小姐，奴儿从小没有父母，九岁上被平原君夫人买了去，原是缺少调教，以后一切听小姐的便是了。

如姬瞪了她一眼。

念奴：信陵君若真能将长亭侯救回，小姐该有什么表示呢？

如姬：什么？

念奴：譬如以身相许？

如姬：念奴，都什么时候了，你还有心思开这种玩笑？！

念奴：奴儿不敢，奴儿是觉得今日既然小姐对公子的误会消除，心结打开，那么……

如姬：一切等父亲回来再说吧。

念奴：是，相信公子此去定能马到成功！

42. 夜。外。长亭侯府院子

念奴和如姬进门，正好看见一黑衣人翻墙要走，她随手捡起一石块砸去。正中那人后背，但显然并不重，黑衣人还是仓皇逃走了。

43. 夜。内。长亭侯府前厅

念奴回到前厅。

如姬：是什么人？

念奴（摇摇头）：跟马贼好像是一伙的，又好像不是。

如姬：都已经把父亲劫走了，他们还想做什么？

念奴：可能是看看我们这边的反应，好做应对。

如姬失声：呀，那贼人听了我们刚才的话，信陵君岂不是会有危险？

念奴：哼，这回知道担心了？放心吧小姐，您的宝剑厉害，信陵君的宝剑也不是吃素的！

如姬吃惊地：你说什么？

44. 夜。外。林道里

信陵君正骑马带着众门客朝东南方向奋力追赶前行。

45. 夜。外。大道上

掳着长亭侯的一帮马贼在挥鞭前行。

46. 夜。外。另一条大道上

一黑衣人亦在快马加鞭地前行。

47. 夜。外。交叉口处

信陵君率门客恰巧遇上了正在挟长亭侯逃匿的马贼队伍。

马贼首领见有追兵来，立刻又是一个响哨，马贼们立即兵分几路。几个马贼拦住信陵君，格杀起来。

信陵君只得应战，众人打得难解难分。信陵君眼见着马贼挟着长亭侯消失。马贼也即收手，兵分几路逃遁。信陵君亦兵分几路去追。

48. 夜。内。秦王内宫

秦王、范雎对坐饮酒。

秦王见范雎有心事的样子。

秦王：爱卿不必担心，你的家眷及郑安平的家眷不日即抵咸阳，一家人终于团圆，共享天伦之乐呀。

范雎：多谢大王天恩！

秦王神秘地：嗳，先别急着谢，今晚你陪寡人畅饮几杯，深夜还会有好消息呢。

49. 夜。外。秦王宫外

黑衣人策马飞奔至秦王宫门外，迅疾下马。

50. 夜。内。秦王内宫

秦王又与范雎干了一杯，宦官进来对秦王耳语密报。

秦王一听：哦，这么快，快宣！

宦官退出，秦王得意地对范雎说。

秦王：相国，今夜寡人要送你一件礼物。

这时，黑衣人进屋。

秦王：礼物呢？快给相国献上。

黑衣人"扑通"跪倒在地。

黑衣人：小人无能，没能杀了吕齐。

秦王和范雎都吃了一惊。

秦王：怎么回事？

黑衣人：禀大王，小人到长亭侯府的时候，长亭侯已不知被什么人掳走多时。这些还是小人听壁脚听来的。不过他们家奴婢的功夫都好生了得，一个石块就险些将小人打翻下墙，不知那些劫匪是什么人，倒有这样的本事将长亭侯掳走。

秦王：你说的当真？你是听谁说的，其中可有诈？

黑衣人：小人说的句句是实，小人是听长亭侯之女和她奴婢说的。哦，她们还提到现在信陵君正帮她们去寻找长亭侯，她们正在焦急等待！

秦王：你先退下吧。（黑衣人退下）相国，你看是谁会对吕齐先下手，难道是吕齐树敌太多？

范雎思忖道：这个微臣不知，不过现在信陵君也参与进来了，事情将变得更加复杂。此人很是了得，能文能武，且有雄才大略，门客就有三千，其中不乏精明强干之士呀。将来秦国若想统一六国，此人必是一大障碍。

秦王：寡人有相国，何患信陵君？来，喝酒。

两人举杯一饮而尽。

秦王：本来今天寡人要送你的吕齐首级没有送成，相国少待几日，寡人定将此礼物补上。

范雎：大王的心意微臣心领了，但依臣之见，大王暂时还是不要行动，因为不知到底是谁对吕齐下的手。在不知吕齐确切下落前，我们还是静观其变为妙。

秦王：好，就听相国的。一旦让寡人知晓吕齐的下落，哪怕是出兵攻打，我也定将吕齐之首级送给相国。

范雎举杯：大王对范雎的深情厚谊，范雎无以为报，范雎定当尽心辅佐大王，鞠躬尽瘁，死而后已！

两人一笑对饮。

51. 夜。外。林道

信陵君在林间率人奋力追踪，荆棘划破脸颊和衣衫也全然不顾。

这儿一段画面为如姬弹琴和信陵君丛林疾驰追踪的平行蒙太奇，强调音响、节奏和速度。

52. 夜。外。林道

信陵君一行人突然勒马止步。

有门客报：主公，前面就是赵国边界了，您看……

信陵君：追！

门客甲：主公三思，您是魏国重臣，这深更半夜，您率我等这许多人突然闯入赵国境内，可能会引起很多不必要的误会和麻烦。

门客乙：是呀，主公，我们现在尚不能确定长亭侯是否被掳到赵国。我看长亭侯暂时还不会有性命之虞，否则，那些劫匪早就一刀把他结果了，又何必千里迢迢行这么多路呢。所以，不如先回去再做计议。

这时，分开的门客也纷纷归队，毫无所获。

53. 夜。外。赵国空地

那一群马贼挟着蒙着头套的长亭侯来到一块空地集合，远处隐约有宅第。

为首的马贼吹了声响哨，众马贼纷纷勒缰绳下马。

众马贼围成一圈，将首领和长亭侯围在中间。

蒙着头套的长亭侯不知是什么状况，有些茫然，跌跌撞撞地乱摸。

长亭侯终于稳住自己：我吕齐已陷如此境地，要杀要剐悉听尊便。不过，在你们动手前，我只有一个要求，把我的头套拿掉，我吕齐就是死也要死得光明磊落，不愿死在黑暗之中！

说时迟，那时快，长亭侯的头套就被摘了。长亭侯看见一群马贼围在自己和身边的蒙面首领魏单周围。

长亭侯：谢了，动手吧！

长亭侯闭上眼睛，却迟迟没有人有反应，他又重睁开眼，只见众马贼都已散去，只有魏单一人。

长亭侯：你们是什么人，吕齐到底有什么地方开罪各位了？吕齐就是死也想死个明白。

魏单突然一把扯下自己的蒙面，抱拳对长亭侯道：得罪了，长亭侯！我等是奉魏王之命，连夜救你逃离魏国的。

长亭侯不明白：哦，可知为何？

魏单：秦国向大王要你的人头，大王不忍，故想到这个万全之策。刚才长亭侯临危不乱，宁死不屈的英雄气概令小人实在佩服。（他指着不远处的宅第）前面不远便是平原君宅邸，你可去投奔于他，这样才会万无一失。

长亭侯还想再问什么，马贼首领魏单却已翻身上马。

魏单一拱手：小人告辞了，长亭侯，咱们后会有期！

说罢，便又策马飞驰而去。

长亭侯呆若木鸡，不明就里地愣了好长时间，半天才回过神来，朝着不远处的宅第趔趄地走去。

54. 夜。内。魏王内宫

魏王一人在宫里踱步，王后过来。

王后：大王，今日未召舞伎，可是有什么烦心事吗？不如让臣妾来陪大王吧。

魏王不耐烦：去，去，去，没看到寡人正烦着呢吗？

王后不屈不挠，上来替魏王按摩：大王，臣妾替您捏捏，肯定一会儿就神清气爽起来。

魏王又将她推到一边：回你的寝宫去，不要烦寡人。

王后还想说什么，这时，有宦官来给魏王密报。王后只得不情愿地离开。

魏王听到密报：快宣！

魏单进殿，王后藏在殿门的宫帷里，注视着这一切。

魏王：怎样，一切都还顺利吗？

魏单：禀大王，长亭侯已被顺利送入赵国境内。

魏王大喜：好，做得好呀，寡人重重有赏，中间没有什么闪失吧？

魏单：没有，只是信陵君跟着我们追了好长一截，不过已被我们摆脱。

魏王脸色一变：无忌？

55. 夜。外。林道

信陵君面色凝重，旁边的门客们亦不敢发一言。

信陵君：你们先回府吧，我再去看看。

说罢，他一夹双腿，策马疾驰而去。

众门客纷纷叫道：主公，危险啊！

信陵君早已杳无踪迹。

56. 黎明。外。赵魏边境

信陵君纵马在边界仔细搜索。

突然，他发现了落在赵境中的一个头套，急忙把它拾了起来。

终于，眼见着东方泛白，他勒住马，伫立在魏赵交界处。

一抹红霞，信陵君骑马仗剑的姿态成为逆光剪影。

57. 黎明。外。赵国平原君府外

长亭侯跌跌撞撞地走着，抬眼就是"平原君府"的大匾。

长亭侯一个趔趄跌倒在地，他再也没有力气站起来，爬上了平原君府的阶梯。

不远处，马贼首领魏单的一双眼睛在监视着他。

第五集

1. 黎明。内。平原君府正房

天色渐明，曙光已现。

平原君夫人吹灭了灯，平原君伸了个懒腰。

平原君：不觉已是天明了，与夫人畅谈一夜，天下大势已然明了。赵胜能得夫人，无异于如虎添翼啊！（向夫人作揖）夫人真乃女中豪杰！

平原君夫人：夫君过奖了，妾身哪有那么大能耐，能让平原君如虎添翼的恐怕只有一样东西。

平原君：你是说《周公秘籍》？

平原君夫人：正是。

平原君：可它好像仍在无忌处，这么长时间了，念奴怎么没有消息？

平原君夫人：念奴可能是遇到什么麻烦了，隔几日，我便亲自赴魏，弄个明白。

平原君：有劳夫人了。（他打了个哈欠）一夜与夫人纵论天下，精神十足，现在倒有些困了。

平原君夫人：怎么，夫君不打算上早朝了？

平原君：哼，我今日就且称病，让大王和诸臣看看，没了我平原君，他们还能不能办成事？

平原君夫人：夫君是做大事的人，又何必赌那一时之气呢？

平原君：夫人的意思是？

平原君夫人：当然是该怎样就怎样，现在还不是您发威的时候！

平原君还在犹豫，突然有家丁进屋来报。

家丁：报主公，门外有一怪人趴在地上，披头散发，说是一定要见您。

平原君夫妇对视一眼，急忙出门。

2. 黎明。外。赵国平原君府前院

平原君夫妇到达前院一看，只见一人趴在地上，披发跣足。

平原君走上前去，凑近那人：先生，我就是赵胜，不知先生……

这时，来人抬起头来，平原君看清，吓了一跳。

平原君：长亭侯？

平原君夫人听了这话也凑过来，也吓了一跳。

平原君：你可是魏国的长亭侯大人？

长亭侯已无力气答话，只是缓缓点头。

平原君：您，您这是怎么了？怎么落到如此地步？！

长亭侯老泪纵横，还是答不上话来。

平原君：既然来了，那就先到房中稍作歇息再说吧。

他命两个下人将长亭侯扶进屋，平原君夫人一个劲地在后面向平原君使眼色。

平原君夫人压低声音：夫君，吕齐如此模样，其中定有曲折。

平原君：我知道，可他人来了，我也不能把他推出去吧？夫人放心，我自有分晓。

3. 日。内。平原君府正房

长亭侯被扶进内屋，平原君夫妇又命下人将他擦洗干净，换了身衣服。长亭侯这才略略恢复。

长亭侯：平原君的大恩大德，吕齐没齿不忘。

平原君：长亭侯快快请起，赵胜实在担当不起！

平原君扶起长亭侯，两人落座。

平原君：恕我冒昧，只是大人何至如此呀？

长亭侯：我万没有想到，吕齐一生克己敬业，居然在晚年遭此大厄！秦王不知何故，要杀吕齐而后快，幸得魏王派人相救，将我带到赵境。吕齐无路可逃，只得不顾老脸投奔平原君。平原君果然不负天下人称颂，乃真君子也！

平原君夫妇一听，吓得一身冷汗，又意味深长地对望一眼。

平原君急忙掩饰：哪里，哪里，长亭侯过奖了，既来之，则安之，长亭侯若不嫌弃，就在府中住下，再从长计议。

长亭侯泣谢：多谢大人！

平原君命下人带长亭侯到别屋去休息，夫妇商量对策。

平原君：哎呀，夫人，适才我实在不该不听夫人的话呀，眼下惹下了这么大的麻烦。

平原君夫人：夫君现下如何打算？

平原君：我能怎样，他把那么大的帽子都扣在我头上了，事到如今，我要是还把他赶出去，那岂不是要遭天下人耻笑？

平原君夫人：所以趁现在无人知晓，不如一不做，二不休。

平原君：夫人的意思是？

平原君夫人做了个杀头的手势。

平原君：不妥，长亭侯毕竟是魏国重臣，他日真相大白之时岂不会引起两国不必要的纷争吗？

平原君夫人：可现在若是让秦王知道吕齐在平原君府中，那岂不是会引起更大的麻烦？！

平原君：这真是件棘手的事。（他思忖了一下）现下，一方面，我立即去密奏大王，或许他知道吕齐被追杀的原因；另一方面，让吕齐隐姓埋名在门客中，好在刚才天色尚早，门客中尚无人知晓，一定要隐藏吕齐的身份。

平原君夫人：也只能这样了。还是告诉大王要紧，现在之事，已经不只是平原君一个人的事，可能关系到整个赵国。

平原君一凛。

平原君匆匆穿戴出门。

4. 日。内。赵王内宫

平原君与赵王在内宫。

平原君：大王可知秦王和魏国的长亭侯有何过结？

赵王：哦，这个倒是听探子提到过，好像并非是秦王，而是当今秦国的相国。他先前是魏人，在魏国时，不知何故，长亭侯命人将其杖责至死，后来他竟捡了一条命，侥幸脱逃，立誓要报此仇！……

赵王话还没说完，平原君已顿足长叹起来。

平原君：糟了，糟了。

赵王奇怪：平原君何故如此呀？

平原君：大王有所不知，你可知那长亭侯现在何处？

赵王：听说是逃走了。

平原君：正在赵胜府中呀！

赵王一听也吓了一大跳：啊！

平原君：今日凌晨，吕齐突然蓬头垢面造访，我只得将他让进府中，谁知道这背后竟还有这许多曲折呢！

赵王：平原君聪明一世，糊涂一时呀。

平原君：如果将长亭侯献出，不仅臣的一世英名将毁于一旦，而且对赵国的信誉也没好处；可如果将其藏匿下去，躲得了初一躲不了十五，早晚会引得秦军来犯……

赵王一听更是大骇：那来势汹汹的秦国，我们躲都来不及，现在却让他们抓了个大把柄，这可如何是好呀？平原君，你向来足智多谋，你可得想出个万全之策呀。

平原君一脸茫然。

5. 日。内。长亭侯府如姬闺房

如姬坐在案边心事重重。

忽然，门开了，如姬飞快地迎上去，一侍女端着汤水进来。

如姬：有父亲的消息了吗？

侍女摇摇头：还没有，小姐，您还是先吃些东西吧，长亭侯若是知道您这样，也会不放心的。

如姬却焦躁地把手一挥，侍女端着的东西差点被掀翻。

如姬：念奴呢，念奴不是去信陵君府打听消息了吗，怎么到现在还没有人影？

侍女：应该就快到了吧。

这时，念奴风尘仆仆地进来了。

如姬：念奴，怎么样？

念奴：跟无忌公子同去的门客都已回府，只有公子到现在还没归来。

如姬：你是说信陵君也不见了吗，他不会也遇到什么不测了吧？！

说到这，如姬越想越害怕，有些支持不住地坐下。

念奴：小姐少安毋躁，信陵君可能是有了什么新的线索，继续追踪去了。

如姬失态地大喊：究竟怎么样？你不要骗我！！

6. 日。外。大道上

信陵君正在快马加鞭地往回赶，他一手紧握缰绳，一手拿着一个黑头套。

行至一个岔路口的时候，他的一个门客在此迎他。

门客：主公！

信陵君下马：你怎么在这儿，是长亭侯有什么消息了吗？

门客：还没有，是孟尝君不放心主公，特命小人在此守候。主公发现什么新线索吗？

信陵君把黑头套扔给他：只有这个，应该是蒙长亭侯的头套，在赵国境内发现的。

门客接住：这么说，长亭侯真是在赵国？他该不会遇到什么不测了吧？

信陵君面色冷峻。

门客：主公辛苦了，快回府歇息吧。

两人上马，并辔前行。眼看就要到府了，信陵君突然掉转马头吩咐。

信陵君：你先回去吧，告诉孟尝君我安好无恙，我还有事。

说罢便策马而去。

7. 日。内。赵王内宫

赵王渴求地看着平原君，希望他能想出什么好办法。

侍从递上茶水，被他极不耐烦地挥手打发走。

一直在沉思的平原君突然无奈地冷笑一声：难道真的是老天在考验我赵胜，考验赵国吗？（发狠似的）大王，恕赵胜无能，我实在想不出什么两全其美的办法了。现在只能隐瞒长亭侯的身份，挨一天是一天了。

赵王跌坐在宝座上，重重地叹了口气：连相国都没了主意，难道真是老天要灭我赵国吗？

平原君幽幽地：只怕此事其中另有阴谋。

8. 日。外。长亭侯府外

信陵君来到长亭侯府门外飞身下马。

信陵君对门卫：烦请通报，魏无忌造访。

门卫进门，不一会儿念奴就出来接他。

念奴：公子亲自来了？

信陵君：小姐等急了吧？长亭侯他……

念奴微微一笑：嘘，公子有什么消息还是亲口对小姐说吧，她正在后花园等您呢。

9. 日。外。长亭侯府后花园

后花园里一片明媚，花圃里奇花异草，争芳斗艳。

信陵君来到这里恍若来到仙境，目不暇接，却到处没有如姬的身影。

信陵君正在鱼缸边观鱼，突然一阵奇香飘来，信陵君嗅了嗅鼻子，他循着香味转过身，果然看见如姬正在他身后。

与那晚所见的月光女神不同，今日的如姬在阳光下美得十分灿烂，只是眼神里有掩饰不住的悲伤。

信陵君看得忘形，还是如姬先向他行礼。

如姬：信陵君，如姬这厢有礼了。

信陵君赶紧还礼：小姐，无忌不才，昨天追寻了一夜，没有追上！

如姬：连公子都没办法，莫非如姬从此就真的见不到父亲了？

说罢，她不禁悲从中来，潸然泪下。

信陵君慌得不知该如何是好，围着如姬团团转，想劝又怕造次。

信陵君：小姐，如姬姑娘！

如姬仍是梨花带雨，止不住落泪。

信陵君有点发急：我魏无忌对天发誓，一定要将长亭侯找回！

如姬听了这话，这才止住了泪，仍抽泣着问：公子说的可当真？

信陵君依然举着发誓的手：无忌若有一句戏言，天打雷劈！

如姬不禁悄悄看他。信陵君果然与那天在月光下所见的一样英气勃勃，英气中又带着几分大男人的率真和粗犷。

如姬深为感动，竟情不自禁地想用手去放下信陵君一直高高举着发誓的手。两人手指一接触，都吓了一跳，本能地迅速避开。

如姬羞得满脸通红，再也不敢看信陵君。信陵君也如触电一般。

信陵君：还请如姬放宽心，无忌这就再去，告……告辞了！

如姬却羞得不敢答话，信陵君见如姬没有反应也不敢妄动。两人就这样一直僵着，念奴在一边看了暗暗好笑。

念奴：小姐这是怎么了，无忌公子那么不辞辛劳地忙了大半夜，小姐怎么也要留公子吃顿便饭呀！

信陵君：不敢当，无忌告辞了！

如姬轻声地：公子还是留下吧。

信陵君偷眼看看如姬，点了点头：那……无忌就恭敬不如从命了！

10. 日。内。平原君府正房

平原君夫妇正在屋里密谈。

平原君夫人一惊：夫君所言，可是实情？

平原君点头：是大王了解的确切消息。

平原君夫人一声冷笑：哼，这定是我那王兄送给大人的礼物。

平原君：夫人也这么想？

平原君夫人：不然还能怎样，他这是想把火引到赵国，烧到你平原君身上。

平原君：可我们现在也只能这样被迫接受，无计可施。

平原君夫人：不错，魏国肯定要将吕齐潜逃之事弄得人尽皆知，现在吕齐是既杀不得，也撵不得了，哼，魏王的这一招好阴毒呀。

11. 日。内。魏王内宫后院

魏王手握弓箭，似乎在寻找猎物，却显然心不在焉。

这时，有人来密报，魏王吩咐：快传！

一黑衣人来报：报魏王，长亭侯已入平原君府。

魏王：确实？

黑衣人：小人亲眼所见。

魏王：好！想来范雎的家眷也快到咸阳了，我们就等着看好戏吧。

他狞笑着将一支箭向天上射去。

一只大雁应声而落。

不远处的王后看着这一切。

12. 日。内。秦王内宫

范雎面谒秦王。

秦王：寡人听说你和郑安平的家眷都已安全到达了？

范雎：是的，臣正是为此事来叩谢大王的。

说罢，他跪拜秦王。

范雎：臣一家得以团圆全托大王所赐，臣不胜感激，日后定当赴汤蹈火，在所不辞。

秦王：嗳，相国不必多礼，这是寡人早就答应你的。只是吕齐之事，想来相国也已听说了。

范雎：是的，臣已听魏使说了。

秦王：没想到这个吕齐老儿逃命倒逃得挺快，不过相国放心，他现在也不过苟活那么几日，就算他跑到天涯海角，寡人也定要将他抓住替相国报仇。

范雎：多谢大王，不过臣总觉得此事恐怕还要更复杂，其中蹊跷甚多。

秦王：噢，相国说来听听。

范雎：大王应该还记得，当日大王所派刺客回来说吕齐已被不知名人掳走，举家哀恸，吕齐家人并不知有刺客去，他们又何必做出这样的戏码来欺骗来者呢；再有，护送臣家眷之魏使在若干天前就出发了，他们又怎能知道长亭侯的近况？显然是有人安排好的。

秦王频频点头：相国言之有理，言之有理呀。寡人佩服，依相国之见，此事又当如何进展呢？

范雎胸有成竹的样子：如果臣没有估算错的话，不出五日，长亭侯的下落自然会有人向大王通报。

秦王：哦，好，那我们就拭目以待！

13. 夜。内。长亭侯府正厅

如姬设宴款待信陵君。

念奴将一道道菜端上来。

念奴：小姐可要招待好公子啊！

念奴带走了原本想服侍如姬的侍女，轻轻地带上了门。

屋里只有信陵君和如姬两人，分别在主、客的案几边矜持地坐着。两人都十分拘谨。

如姬主动敬了信陵君一杯酒：无忌公子，如姬敬你一杯！

信陵君见如姬美若天仙，又近在咫尺，先有几分醉意，立即将杯中酒一饮而尽：谢小姐，只是前几日无忌差点成了小姐的剑下之鬼！

如姬：如姬的剑从来就识得君子与小人！

信陵君：小姐的宝剑虽未误杀，小姐的芳心可不要误判哟！

如姬：若非以诚相待，如姬也不会将父亲性命托付与公子。

信陵君：好！（他举杯）请姑娘与无忌同饮一杯。

如姬：可有说道？

信陵君：为小姐对无忌的信任，无忌此生，决不负小姐！

如姬起身斟酒两杯，双手端起一杯酒递给信陵君。

信陵君接过酒杯，如姬也举起酒杯，正要对饮。

念奴突然悄悄进来：这交杯酒可真香啊。

如姬和信陵君一愣，酒洒了一桌子。

如姬佯怒：念奴不要胡闹！

念奴做了一个鬼脸，擦干桌面，迅速溜走。

如姬有意打破尴尬局面，斟满两杯酒，举起酒杯：为魏国有信陵君，使我大魏基业永固，如姬先干为敬。

如姬一仰头，饮尽杯中酒。

信陵君有些意外：小姐海量！久闻小姐闺中芳名，只道小姐素好琴棋书画，没想到还是一位巾帼英雄！无忌以此杯酒回敬！

信陵君一饮而尽。

如姬：国兴则家兴，国亡则家不存，如姬虽是女流，也愿为国分忧！

信陵君：如今真正为国分忧的人能有几个，那些王公大臣谁人不知我大魏已然是危若累卵，他们却还依然沉溺于纸醉金迷、酒池肉林！

如姬：大厦之将倾兮巨木相撑。魏国只要有公子在，就会有办法。

信陵君兴奋起来：办法只有一个，就是合纵！

信陵君离开案几，来到堂前，指着画在墙上的魏国地图对如姬讲道：想当年魏文侯用李悝变法，魏国开始强盛，魏惠王进一步改革使国力强大，我魏国拥土千里，兵甲三十六万，北霸邯郸，西围定阳，又挟十二诸侯朝天子，对秦国形成巨大威胁。

如姬：听爹爹讲，公孙衍为魏国相国时，联合赵韩燕楚，五国伐秦，秦军深入到韩国和魏国的边界，魏军突然发起攻击，大败秦军于李帛。当时人们都称公孙衍为伟丈夫，一怒而诸侯惧，安居而天下息。

信陵君大喜：难怪满朝文武中长亭侯对合纵策略最为支持，原来家中还有一个小智囊！

如姬有点不好意思：也是经常受父亲的耳濡目染，略知皮毛而已。哪像公子你，文韬武略，满腹经纶。

信陵君听见如姬的夸奖，飘飘欲仙，正想向如姬凑过去。房门突然打开，念奴端来两杯香茶，每杯茶水面上漂着几朵小兰花蓓蕾，香气扑鼻。

信陵君与如姬相视一笑。

念奴：公子小姐高谈阔论，也该口干舌燥了吧，请喝口茶润润嗓子。

信陵君和如姬向念奴作揖：谢谢念奴姑娘如此操心。

念奴夹枪带棒：以后让本姑娘操心的事儿还多着呢！

念奴叫来小丫头将酒菜撤下去，自己也知趣地走开。

如姬品一口茶：饮兰汤兮沐芳。

信陵君望着如姬：华采衣兮若英。

如姬醉眼朦胧地看着信陵君。

信陵君轻轻握住如姬的手：闻佳人兮召予，将腾驾兮偕逝。

如姬被信陵君拉着手不好意思地扭过头去，但被牵着的手却也没有抽回。

14. 夜。内。平原君府侧厢房

平原君密见穿着一身布衣的长亭侯。

平原君：长亭侯大人，这布衣寒室，您还扮成我的门客，让您受委屈了，但情势所逼，赵胜这也是无奈之举呀。

长亭侯：平原君说哪里话，公子能容吕齐已是救命之恩了，吕齐又哪能提什么条件，更何况公子这样做还是为吕齐好呀。

平原君：长亭侯是否方便告诉我，您和秦王到底有什么过节儿，他非得对你痛下毒手？

长亭侯：不是吕齐要刻意隐瞒公子，可吕齐实在不知，想来吕齐为官几十载，可能不经意间得罪了秦王也未可知。可叹我一生小心谨慎，却还落得这样的下场！

长亭侯不禁又唏嘘起来。

平原君：不过好在大人还算机敏，赶在秦王动手之前躲开了。

长亭侯：我哪有那个本事，还是魏王派人来救我的，投到公子府上也是大王给我指的一条明路呀。

平原君心知肚明地阴险一笑：魏王真是爱护贤臣哪。

还在哀叹的长亭侯没有注意到弦外之音：只怕吕齐余生再也不能为魏国效力了！

平原君话题一转：大人可认识秦国之新相？

长亭侯：早听说此人文武双全甚是了得，但吕齐并不认识。

平原君：那大人可认识范雎？

长亭侯：他是吕齐原先的门客，只是……

平原君：你可知那范雎正是秦国新相？

长亭侯一听，惊骇得半天说不出话来。

15. 夜。外。长亭侯后花园

如姬送别信陵君。

信陵君：小姐请留步吧，无忌告辞了。

可信陵君嘴上说着走，脚却没有移动半步，眼睛还满怀深情地看着如姬。

如姬被看得不好意思，低下了头。信陵君这才觉出失态，赶紧作揖匆匆转身走了。

如姬叫住他：等等，公子！

信陵君赶紧止步。

如姬：信陵君既然将如姬引为知己，如姬也要答谢信陵君才是。

说罢她一击掌，一侍女将古琴送上。如姬就地将琴置于石凳上，盘腿而坐。

如姬：如姬献上一曲，以飨公子。

如姬弹琴。信陵君席地坐于如姬身边，听着如姬行云流水般的弹奏，看着如姬天仙般的面庞，如痴如醉。

一曲终了。两人相视凝望。

如姬：知道这曲名么？

信陵君：《高山流水》。

如姬：原来公子还是知音！

信陵君：小姐请恕无忌冒昧，面对此情此景，无忌不得不说，自从见到姑娘的第一面起，无忌便魂不守舍。如今相逢，姑娘的大智慧、大才情，让无忌再也无法自拔。人生能得小姐这样的知音足矣，夫复何求！还望小姐能接纳无忌这一片真心！

如姬没想到信陵君会如此大胆表白，欲说还休。

信陵君：不知小姐意下如何。

如姬含羞道：还是……还是等爹爹回来再说吧！

信陵君看着如姬含情的眼睛，喜出望外：好，一言为定！等长亭侯一回来我就向他提亲。

他含情脉脉地拉起如姬的手，深情地吻了一下：姑娘请静候佳音，无忌一定不会让姑娘失望的。

如姬完全被信陵君的这一举动弄傻了，直到信陵君已离去好久她才缓过神来，抚摸着被吻过的手，满脸甜蜜。

念奴突然出现：小姐，公子已经走好久了，你还在看什么呢？

如姬的心思被揭穿，不好意思地掩饰道：去，死丫头，胡说什么呢，我是在看那两只雀儿打架打得欢呢。

念奴：那雀儿呢？

如姬：被你这一吓，早就飞跑了！

说罢她抽身离开。

念奴看着她远去的背影狡黠一笑。

念奴内心独白：看来如姬成为信陵君夫人，也就在朝夕之间了！这样一来，奇书到手指日可待，平原君夫人，奴儿很快就要向你交差了！

16.夜。内。平原君府

平原君：大人，大人。

长亭侯半天才缓过来：公子不是戏耍老夫吧？

平原君一张坚毅的脸。

长亭侯仰天长叹：报应，报应呀！我吕齐当有今日。

说罢，他就以头抢地。

平原君一把将他拉住：长亭侯还是要想开些。

长亭侯流泪摇头：悔我当初，听信一面之辞便以为范雎犯了死罪，我当时实在是太冲动了，真是追悔莫及。冤有头，债有主，公子就让吕齐去吧，也免得连累了公子。

平原君：长亭侯是想让赵胜被天下人耻笑吗？长亭侯避难到我府上，那是看得上我平原君，事情并没有到无可挽回的地步，长亭侯这一去，岂不是要陷我于不仁不义之地?!

长亭侯：可我又能怎么办，范雎是不会放过我的，还有我的女儿如姬，这几日她该多焦心呀！（仰天长啸）如姬，为父对不起你呀！

17. 夜。内。如姬闺房

如姬突然惊醒坐起：爹爹！

在旁边打盹的念奴赶紧过来：小姐，念奴在这。

如姬：刚一闭眼就看见爹爹了，他还活着，他要我等他，他就快回来了！

念奴：是的，小姐，你放心吧，长亭侯会回来的。小姐口渴吗，奴儿去给你倒些水。

如姬：马上回来，我一刻也不能离开你！

念奴应声出门。

这时，有黑影进来。

如姬机敏地拔出宝剑自卫：谁?

黑影现身，是一个蒙面的黑衣人：小姐莫怕，我并无恶意。

如姬将宝剑攥得更紧了：你想干什么？我父亲是不是在你们那儿?

黑衣人：我是奉了我们首领之命，特意来告诉小姐一声的，上次让你受惊了，现在长亭侯正在赵国平原君府上，一切安好。其余的我不便说，小姐也不必问了。还请小姐一定守住这个秘密，否则长亭侯将有性命之忧！

如姬：你是说父亲他还活着？

黑衣人：是的，小姐。

如姬：那他什么时候能回来？

黑衣人正在为难，突然念奴回来，夺过如姬的剑就要砍他，黑衣人赶紧抵挡。

念奴：大胆贼人，你们还敢再来，让你尝尝本姑娘的厉害！

黑衣人显然只是防卫，并未反击。

如姬叫住念奴：念奴快住手！他是来告诉父亲下落的。

念奴这才收手：什么？

如姬：父亲现正在平原君府，他安然无恙。

念奴：平原君府？这是他说的？（对着黑衣人）我们凭什么相信你？

黑衣人：哼，首领他见长亭侯临危不惧，倒也算个英雄，怕小姐担心他这才来通报，信不信由你们。不过这事只能你们知道，否则长亭侯出什么事，可别怨我们！

说罢，他一翻身，从窗子走了。

念奴还要追出去，被如姬一把抓住。

如姬：算了，念奴，不要追了，现在最重要的是我们知道爹爹的下落了。（如姬喜极而泣）爹爹他还活着！

念奴：小姐真的信他的话？

如姬很坚定：我信！

看着如姬如此坚定，念奴暗忖：怎么会在平原君府呢？！

如姬：念奴，此事事关重大，只能你知我知，不能告诉第三个人了，否则父亲会有生命危险！

念奴：放心吧，小姐，可信陵君呢，连他也不说吗？

如姬略一踌躇，坚定地：不说！

念奴不解何意，皱起眉头。

18. 日。内。秦王内宫

秦王急召范雎，范雎进殿。

秦王：相国真神人也，寡人有消息要告诉相国。

范雎：噢，可是已知吕齐下落了？

秦王：正是，据探子密报，吕齐现正在赵国。

范雎：赵国？

秦王：平原君府上。

范雎：平原君？（冷笑一声）哼，好啊！

秦王：相国何意？

范雎：我们不妨将计就计，就去攻打赵国。臣正愁没有个好借口来伐赵呢。大王想，赵在魏、韩与齐、楚之间，最是交通要隘，攻下赵的城池就等于深入六国之腹地，到时候六国的合与分，还不是任由我们来掌控。这样的天赐良机又岂可错过？我们应一面派大军以拿吕齐之借口伐赵，一面派使者到平原君家缉拿吕齐。国难当头，我不信他平原君会置国家危亡于不顾，硬要力保吕齐，可当他交出吕齐之时，他们赵国的城池可能已经被攻占大半了，哈哈！

秦王：好呀，既可获赵之城池，又可替相国索取吕齐报仇，一举两得。寡人将亲率兵二十万，白起为大将，即刻伐赵。

字幕：秦昭襄王四十二年，秦国伐赵。

19. 日。内。赵国大殿

群臣正于殿前与赵王商讨御秦大事。

忽又有军士来报：禀大王，秦军锐不可当，又下我一城池，如今已连拔三城了。

赵王一下子跌坐在龙椅上：诸位爱卿，这可如何是好呀？

赵括：依臣之见，现在就应该赶紧将吕齐交出献给秦国。如今的头等要务是国家危亡，个人的信义应该放在其次了。

说罢，他看了眼平原君，平原君不动声色。

上大夫虞卿在一边驳道：赵将军此言差矣。想那秦国要伐赵之企图已不是一日半日，长亭侯不过是个借口，如今就算要将长亭侯献出，也已无法抑制秦国伐赵之野心！再者，平原君作为赵国第一公子，他的信义早已不再只是个人的问题了，而是代表着整个赵国的信义，如若现在贪生怕死、背信弃义，赵国的颜面何在，赵国今后还怎样在诸侯国中立足？

赵王：爱卿言之有理，可眼下又当如何防止秦国的猛烈进攻？

赵王和群臣都把目光转向平原君，但平原君依然不动声色，不发一言。

虞卿继续说：依臣之见，可兵分两路。一面命大将廉颇为帅，抵挡住秦师的挺进；一面要即刻向齐国求援。

赵王：好是好，可齐国会发兵吗？

虞卿：大王忘了他们的少子长安君还在邯郸为质吗？！

赵王：对呀，就按爱卿说的办！

20. 日。内。信陵君府后院

一身戎装的信陵君正在发狠似的练剑，很快额头就沁出了汗，信陵君用手擦了擦，继续练。

这时，孟尝君蹒跚地走过来，边走边咳嗽：公子剑法精熟，那把剑也非寻常之物啊！

信陵君赶紧停下来，搀扶他坐到石凳上，将宝剑呈上。

孟尝君手拂宝剑惊讶地：干将？！没想到此宝在老弟手中。

信陵君：可惜不知莫邪在谁人手里！

孟尝君：这一对剑原来是形影不离，现在虽然咫尺天涯，终归是要相聚的。

信陵君：那就要看缘分了。

孟尝君：有心人终成眷属，何况剑乎！

信陵君心有所动，陷入沉思。

21. 闪回：马贼绑架长亭侯，信陵君追赶解救的画面

信陵君一马当先，突然看见一个女子的身影与两个马贼拼杀，听见刀剑格斗的锵锵声，只见黑夜中闪电飞舞。

发现那女子是如姬时，马贼已经落荒而逃。如姬将剑收入剑鞘。夜黑，没有看清那剑鞘的形貌。

22. 日。内。信陵君府后院

信陵君自语：那剑好像似曾相识！

孟尝君：老弟嘟囔什么呢。

信陵君回过神来，忙答道：兄长一定要当心身体呀，我看你这些时身体可大不如前了。

孟尝君：嗨，田文早就不在乎个人的生死了，我看阎王就快把我召去了。

信陵君：不是这样，阎王爷看见您来了说，我还没让你来，你怎么就自己跑来了，还是回无忌身边去吧！

孟尝君笑笑：好，连阎王都听公子的。公子一身戎装，还在为救长亭侯时刻准备行动吧？

信陵君啪地砍下石桌一角：我答应过如姬姑娘的，不找到长亭侯誓不为人。

孟尝君：英雄救美，天经地义啊！长亭侯看来是有救了。

信陵君：兄长又取笑无忌。

一门客急急来报：报……报主公，长亭侯……长亭侯他有下落了。

信陵君兴奋地一把拉住他：快说！

门客：他正在赵国，平原君府上！

信陵君：可属实？

门客：外面已经传开了。

信陵君大喜：备马！

孟尝君：公子这是要上哪儿去？

信陵君：当然是去接长亭侯了，他就在姐夫家，这不是太容易了吗？！兄长在家稍候，无忌去去就来。

孟尝君：公子请留步……

他还要说什么，突然一阵猛咳。

23. 日。内。秦军帐内

秦王正在对着地图，思考进军路线。大将白起（字幕：白起，秦国大将）求见。

秦王：怎样，卫城攻下了吗？

白起摇头：赵国大将军廉颇作战经验丰富，老谋深算，再加上在本土作战，地形熟悉，白起恐一时难以取胜。不过，如果假以时日，白起定能有破城之法。

秦王：那就慢慢来，设法消灭他的有生力量。

白起：但战局不等人，据探马报，齐国已命大将田单领军十万前来援赵，不日即可抵达。

秦王：什么，齐国也派兵了？他们想要怎样，难道真要合纵吗？

白起：合纵一时倒也难以成功，不过，这样一来，对我军就相当不利了。

秦王：那依将军的意思该怎样？

白起：赵国多良将，廉颇等人都不可小觑，再加上才德都胜人一筹的平原君，赵国城池很难攻下。我军一开始连拔三城是占了先发制人的先机，如今时机已过，赵国已有了充分的准备，更何况十万齐兵将至，到时再与赵军一联手，对我秦军是很大的威胁。依臣之见，不如见好就收，趁现在班师回国。

秦王：可本次战役的借口就是要拿吕齐，如今不得吕齐就班师回朝，如何向众人解释；而且寡人早已答应定要为相国报吕齐之仇，如果现在就回去，又如何向相国交代？

白起：大王不如直接派使者向平原君要人，晓之以厉害。平原君若肯交出吕齐，那不费一兵一卒，秦军即可全身而退，岂不妙哉？

秦王：看来，也只能如此了。

24. 日。外。信陵君府后院

孟尝君：公子万万去不得，公子怎么不想想。那长亭侯现在就在平原君家，如果能回来，他还不早就回来了！而且，如果没什么事，平原君也会将他送回来的呀。这其中必有隐情。（又对那门客）你说说，外面还传了些什么？

门客：那秦国新相正是我们魏国的范雎，当初被长亭侯几乎杖

136

责至死，却又死里逃生，如今在秦国飞黄腾达，一人之下，万人之上，自然是要找长亭侯来报仇的。长亭侯还是被义士相救，才在平原君家避难的呢。

信陵君：还有这许多事，你怎么不一气儿说了呀。

孟尝君：这你可就错怪他了，你急得恨不得立即冲出去，哪容他再说呀！

信陵君不好意思地挠挠头：不行，我还得出去，我得去告诉如姬长亭侯的下落，让她也宽宽心。

说罢，他又一阵风似的走了，孟尝君笑笑，又是一阵猛烈的咳嗽。

25. 日。内。长亭侯府正房

如姬：你说我父亲如今在赵国平原君府？公子是如何知晓的？

如姬、念奴两人对看了一眼。

信陵君：我手下的门客说的。如今长亭侯在平原君家，小姐大可放心了，我姐夫为人宽厚，定不会亏待长亭侯的，隔几日待情况弄清，我便去平原君府上将长亭侯接回，你看好不好？

如姬脱口而出：公子千万别去！

信陵君很是奇怪地看着她：为什么？！

26. 日。内。平原君府正房

平原君夫妇拉着帘子在屋里密谈。

平原君夫人：这么说，夫君在朝上是未发一言咯？

平原君：正是，我觉得此时的任何话语都是多余，在别人听来都是在替自己辩解，我索性什么都不说了。

平原君夫人赞赏地：夫君做得对，以不变应万变，正是兵家之奥妙所在。

平原君：不过也幸得虞卿相助，我才得以解围，而且他欲求助于齐国之法也甚得我心。

平原君夫人：这个虞大人足智多谋，日后不会成为大人平步青云的绊脚石吧？

平原君：夫人过虑了，据我所知，虞卿倒还是个至情至性之人。

平原君夫人：我只是提醒夫君，防人之心不可无呀。

门外，侍从的声音急切地响起：主公，大事不好！

平原君夫妇忙对视一眼，急开门：什么事，如此慌张？

侍从：门外来了好些带着兵器的秦国使者，说是要捉拿什么秦国要犯，魏人长亭侯吕齐。

平原君：夫人稍候，我去看看。

平原君夫人：夫君！

平原君：夫人放心，我自有办法。

27. 日。内。如姬卧房

如姬自知失言，只能和盘托出：其实我已知父亲的下落，只是他处境很危险，所以谁都没说，还请公子暂时不要去接他，以免引来危险。

信陵君：原来小姐早就知道了！

如姬点头。

信陵君委屈地：我将小姐引为知己，没想到，小姐却如此信不过无忌，白白让无忌担心了这些时日，罢罢罢，无忌告辞了！

说罢，他头也不回地要走。

如姬：公子要走，我不拦你，只希望你能听我把话讲完。

信陵君倔强地：大丈夫处世，以信为本，岂容遭人质疑！

念奴上前拦住信陵君：小姐此举，其中必有难言之隐！公子何妨听听！

信陵君：既然以性命相托，还有什么话不能直言！（他面对念奴，却是说给如姬听）形势如此纷乱，稍有不慎就会酿成无可挽回的大错，岂能有半点儿戏！

如姬生气地：公子言重了，如姬绝不敢拿父亲的性命当儿戏！

信陵君生硬地：二位姑娘放心，无忌是承诺重于生命的人，答应的事，我会全力以赴。

信陵君用力拨开挡在旁边的念奴，头也不回地走了。

待到信陵君身影消失，如姬忍不住委屈，哇的一声哭出来。

念奴气得跳起脚来，指着门外大骂：魏无忌！你是一头倔驴！我们小姐是何人，也容你这般抢白！慢说是我们小姐有理，就算是小姐无理，你一个大男人，也该理让三分！哪有你这样的，没说三句话就尥蹶子！……

如姬含泪喝道：行了！！

28. 日。内。平原君府前厅

好多秦兵围住前厅，气势汹汹的样子，平原君的好些门客在与他们对峙。

众门客纷纷与之舌战。

门客甲：真是太过分了，你们以为这是什么地方，能让你们这么随便地闯入？这可是平原君的宅邸，还轮不着你们秦人来撒野！

门客乙：就是，再说，你们又有什么证据证明长亭侯在平原君的府上？

门客丙：我在平原君府已经三四年了，从来就不知道还有个叫作吕齐的魏人在此，你们凭什么血口喷人？！

秦国来使却好像不屑于向他们解释的样子，并不答腔。

这时，有人说：主公来了。

众门客纷纷让开，给平原君让出一条道。

秦使者递给平原君一卷竹简：平原君大人，我们是奉秦王之命，特来府上捉拿秦国要犯吕齐归案的，还望大人交出此人。

平原君看了竹简，哈哈大笑起来，他把竹简猛地一掷。

平原君：真是荒唐，你们要拿魏人，怎么跑到我赵国来要人？

众门客纷纷附和。

秦使：因为据可靠消息，该犯现就藏匿在贵府。

平原君：是你看见了，（他逐一扫过每个秦使）还是你们看见了？

秦使一时语塞：这……反正大王说了，此次伐赵就为吕齐，平原君若能将吕齐献出，即当退兵。

平原君：哼，你们秦国不问青红皂白就已经出兵伐赵了，现在才到我府上拿人，顺序弄反了吧，难道这就是秦作为大国的风范吗？只怕你们是见齐军已至，失了胜算，才出此缓兵之策吧？

秦使：朝廷大事，小人不知，还请大人不要为难小人，赶紧把吕齐交出来。

平原君：我说没有就没有，难道你们还要进来搜查不成？

秦使：如果大人不愿合作，我们也只能这样了。

平原君：大胆！

这时，有些门客已按捺不住拔出剑来，双方剑拔弩张起来。

平原君夫人来了：住手！

门客们见是夫人来了，纷纷停手。

平原君夫人：你们不是想进来搜查吗？请！

她做了个让的姿势，众人皆惊愕地看着平原君夫人，连秦使也有些意外。

平原君夫人话锋一转：不过，如若诸位搜不出来，可就不要怨我们了，虽说两国交战向来不斩来使，可诸位的所为早已超出使者的界限了吧？

秦使一惊，几人耳语商量了一下。

秦使：我们先行告退，不过还请平原君以大局为重，早日交出吕齐才是。

秦使们在门客们的倒彩中离府而去。

平原君：夫人，你这是？

平原君夫人诡异一笑。

29. 日。外。平原君府后院

平原君夫人带着平原君来到后院的一个僻静处，一口枯井边。

平原君：夫人，刚才好险哪，如若刚才那些秦人真进来，后果不堪设想。

平原君夫人却笑而不答，她在枯井边敲了三下。

平原君夫人：长亭侯，出来吧。

只见长亭侯奇迹般地从枯井里出来，平原君惊得目瞪口呆。

平原君夫人得意地：长亭侯，受委屈了。

长亭侯尴尬地摇头：吕齐这几日真是把这一生的屈辱都经历了，吕齐真是生不如死呀！

平原君：哪里，大丈夫能屈能伸嘛，长亭侯还是多想想在家中等候你的女儿吧。

长亭侯：唉，要不是为了小女如姬，我哪还会苟活在这世上。

长亭侯沮丧地走了。

平原君向夫人作揖：夫人真乃巾帼英雄，关键时刻总能助我一臂之力，化险为夷。

平原君夫人：夫君就是太实在了，两军对垒就得出奇兵方可制敌。哼，秦王他这是急了，我又怎会让他这狗急跳墙之策得逞？！

30. 日。内。秦军大帐内

秦王在帐内焦急踱步，秦使来报。

秦王：怎样，平原君愿意把吕齐交出来吗？

秦使：平原君矢口否认家中藏有吕齐，说什么要找魏人就不该到赵国来要人。他的手下门客甚是凶悍，差点要了我等性命。

秦王：一群没用的东西，好了，好了，你们都下去吧。

使者退下，秦王独自思忖。

秦王独白：欲待进兵，恐齐赵合兵，胜负难料；欲待班师，那吕齐如何可得，又如何向相国交代？真是让人头疼呀，难道我秦军真要骑虎难下？嗯，不然，不如这样……

他飞快地修书一卷，吩咐手下：去，把这书简递与赵王。

手下应诺出帐，秦王脸上现出阴险的笑容。

31. 夜。内。赵王内宫

赵王设下酒席，只等平原君进殿。

平原君进殿一看，赵王喜气洋洋，还设下酒宴。

平原君：大王何事如此高兴，可是前方廉将军传来捷报？

赵王：比那个还要好的消息，平原君请看。

他将秦王的书简递给平原君。

平原君念信：寡人与君，兄弟也。寡人误闻道路之言，吕齐在平原君处，是以兴兵索之。不然，岂敢轻涉赵境？所取三城，谨还归于赵。寡人愿复前好，往来无间。

赵王听着频频点头：怎么样，秦军主动退兵，这还不是天大的好事吗？来，我们为此干一杯。

平原君踌躇地举杯饮下。

平原君：大王已经同意了秦王的修好？

赵王：当然，求之不得嘛，寡人亦已遣使答书，谢其退兵还城之意。而且已经通知了前方的将士，他们应该已经班师回朝了。

平原君：那齐国援军呢？

赵王：他们当然归齐。

平原君的脸色一下子沉了下来：大王的动作太快了，臣只恐其中有诈。

赵王不悦地：寡人当然不会莽撞，自然也是了解清楚了才会退兵。那秦师已于我们之前班师回秦了，现在怕是应该到函谷关了吧。

32. 日。外。函谷关

秦军行至此，原地休息。

白起副将上奏秦王曰：大王看我之精锐之师，精兵强将，试问哪一国军队不闻风丧胆。大王又何必在乎区区齐赵合兵呢？

秦王微微一笑：齐赵合兵，固然难以对付，但这还不是寡人最忌惮的。将军应该知道在赵国比赵王更知名的人物吧？

副将：您是说平原君？

秦王：本王用兵之策是攻城攻人。此人一日在赵，就一日是寡人的心头之患，如若要攻下赵国，必先拿住平原君，这样，我大秦才能在赵国所向披靡。

副将：那大王预备如何对付平原君？

秦王：寡人自有妙计。

说罢，他取出一卷早已写好的书简交给下人：去，将这书简亲自交给平原君，就说寡人在等他答复。

33. 日。内。平原君府正厅
平原君接过书简。

平原君问信使：这是你们大王给我的？

信使：正是。

平原君：你们大王现在何处？

信使：大王已带领大军归至函谷关了。

平原君拆书一看，大惊。

信使：大人，我们大王还在等您的答复。

平原君：哦，信使一路劳顿，不妨先事休息，待赵胜修书完毕再说。

34. 日。内。平原君府内室
平原君进到内室，将书简递给一直在等消息的平原君夫人。

平原君夫人念信：寡人闻君之高义，愿与君为布衣之交。当今各国公子中，当以平原君为首，寡人愿与君为十日之饮。（冷笑）好个十日之饮呀，夫君预备如何？

平原君：夫人的意思呢？

平原君夫人：十日之饮，好呀，痛快呀！

平原君：没想到秦王还会来这么个回马枪，让我措手不及。

平原君夫人：早知道秦王不会如此善罢甘休，但没想到会对夫君下手。如今，只能赶紧报告赵王，兵是他要退的，平原君的去留他自然也不能不问。

平原君：我这就上朝面谒赵王。

35. 日。内。赵王内宫
赵王啪地将书简拍在案几上。

赵王：什么十日之饮？！

第六集

1. 日。内。赵王大殿

赵王召群臣商议。

赵王：诸位卿家，眼下秦国虽已退兵，但秦王又派人来请平原君入秦，去与不去，难以定夺，你们的意思呢？

某大臣：臣还是那句话，将吕齐交出，便什么事都没了，否则必然引火上身。

虞卿：可如今秦国退兵，不正是我们坚持长亭侯不在赵的结果吗？！如若现在又出尔反尔，反而会引来秦国的再次进攻。不过臣以为平原君坚决不能入秦。秦，乃虎狼之国也。昔日孟尝君入秦，差点就回不来。况且，秦王仍在怀疑吕齐在赵。平原君若去必凶多吉少，很可能会遭什么不测呀！

赵王：寡人也怕这样呀。

赵括：依赵括之见，当初就该把他秦军打个片甲不留，让秦人知道我们的厉害，现在也不至于提出这样非分的要求。

廉颇：老臣倒认为，昔日蔺相如只身入秦，斗智斗勇，尚能做到完璧归赵，可见秦国也并不那么可怕；但如果不去，恐怕秦王会见疑，后果堪忧呀。

赵王：这……也有道理，平原君，你的意思呢？

平原君：全凭大王定夺。

赵王：秦王盛情邀请，似乎也不好推托，要不，平原君，你还是辛苦一趟吧。

平原君：是，臣遵旨。

虞卿轻声地：平原君，多保重。

平原君冲他点点头。

2. 夜。内。长亭侯府如姬闺房

如姬正在案几上画着什么，念奴进来，她赶紧把画一藏，假装看起书来。念奴眼尖，早已看见，不动声色。

念奴：小姐屋子乱了，念奴帮你打扫打扫吧。

念奴来到案几边。

如姬：念奴，这儿没什么，我自己来吧。

念奴：还是奴儿来吧！

她突然抽出如姬藏起来的画：哟，这是什么？

画幅被展开，那上面是一身戎装、英姿飒爽的信陵君。

念奴：呀，这么英俊，是哪位公子呀，小姐？

如姬夺画：讨厌，明知故问。

念奴：哼，原来是魏无忌啊！什么信陵君，简直就是暴君！他凭什么对我们颐指气使？！我恨这头倔驴！

念奴将帛画抢过来，假意撕扯。

如姬把画夺过去，放在案几上，轻轻地抚平。

念奴：原来小姐心里还是放不下。

如姬的眼泪一下子夺眶而出。

念奴：小姐这眼泪是为长亭侯还是为信陵君？

如姬不睬。

念奴：啊，真是思念父亲兮——又想郎君！

如姬终于破涕为笑：呸！满口胡诌！

3. 夜。内。信陵君正房

镜头一转，如姬渐渐幻化成画中的如姬正在抚琴。

信陵君耳边回响起《高山流水》的琴曲，回忆他与如姬相见的一幕幕，脸上表情复杂。

（闪回）信陵君与如姬的过往镜头。

这时，有下人急急来禀报，打断了信陵君的回忆：主公，您快去看看吧，孟尝君，他，他不好了！

信陵君：什么，你说什么？请医官了吗，走，快带我去看看。

他赶紧随下人匆忙走出去。

一幅帛画被什么人轻轻放在他的案几上。

4. 夜。内。信陵君府孟尝君住处

信陵君匆匆赶到，孟尝君躺在床上，奄奄一息的样子，嘴角还残留着血迹。

信陵君抹去他嘴角的血迹：兄长，兄长，你还好吧，你不能有事呀！

孟尝君慢慢地睁开眼睛，见是信陵君，他用极微弱的声音说：公子放心，我不会有事的，我还没看到公子把如姬姑娘娶进门呢，又怎会先走？

信陵君：兄长一直言而有信，断不可失信于无忌呀！

孟尝君微微地点点头，又闭上了眼睛。

信陵君急切地呼唤他，他没有再说话，只是握紧了信陵君的手。

信陵君：无忌明白了，您好好休息吧。

信陵君将医官拉到僻静的角落。

信陵君：孟尝君得的到底是什么病？

医官：是一种慢性病，慢慢侵蚀他的身体，至于诱导的原因，恕小人无能，还没有找出来。

信陵君：那他到底有没有什么危险？

医官：暂时还没有，不过如果不及时找出诱病原因，他的身体只会每况愈下啊！

信陵君：不管用什么办法，都请您一定要治好孟尝君。

医官吞吞吐吐：恕小人斗胆，病因有可能是一种慢性毒药。

信陵君一惊：毒药？！

5. 夜。内。信陵君正房

信陵君面色凝重地回到自己的屋子。

他坐到自己的案几边，脑子里还在回响着刚才大夫说的"慢性毒药"的话。

忽然，他发现案几上的帛画，大吃一惊。如姬的画像，恰恰就是刚才脑中浮现的幻想，如姬抚琴，画得栩栩如生。

信陵君叫来岑儿：刚才是否有人进过这间屋子？

岑儿：我一直守在这里，除了一个丫头来院子浇花，没有人来过。

信陵君：这幅画是怎么回事？

岑儿看着画发呆：不知道啊。

信陵君挥了挥手。岑儿下去。

这时，一阵风吹来，画被吹得飘了起来，画上的人好像活了，信陵君仿佛听见袅袅琴声。

画中的如姬期待的双眼正注视着他。

如姬画外音：……父亲安然归来，我就答应公子。

信陵君叹了口气：赵国非久留之地，长亭侯应该早日接回来。

6. 夜。内。平原君正房

平原君极不耐烦地脱去朝服，平原君夫人在旁边接住。

平原君：哼，这个大王，当初要不是我力保他，他能登基？现在倒要生生地把我送入虎口。真后悔当初保了他！

平原君夫人：怎么，大王让夫君入秦？

平原君：说什么盛情难却，还不是怕秦国再打过来，他当初不是说秦国是什么友善之邦吗！

平原君夫人：妾身刚才在想，夫君入秦，可能也不是什么坏事。

平原君：夫人的意思是将计就计？

平原君夫人：正是，夫君若真要成就大业，早晚必然要除掉秦国这个最强大的敌人。眼下正好利用这个机会。

平原君：对，我可以堂而皇之地深入秦国内部，详细考察。

平原君夫人：夫君英明。

平原君：可秦国向来不讲信用，恃强凌弱，上回孟尝君入秦，若不是用了鸡鸣狗盗之策，差点就有去无回了。

平原君夫人：这个大人不用担心，我这就去魏国找无忌，请他从外围牵制秦国，相信秦王一定会有所忌惮。你们两大公子内外联手，想他秦王再厉害，也一定不敢轻举妄动。

平原君：还是夫人想得周到。

平原君夫人：正好我还可以去看看念奴到底出了什么问题，一举两得。

7. 夜。内。平原君府长亭侯隐身处

平原君与长亭侯密谈。

平原君：长亭侯这些时受委屈了。

长亭侯：我早已是行尸走肉，又何谈什么委屈不委屈，我只是过一天算一天罢了。

平原君有些不悦：是赵胜怠慢了。不过，过几日我要出趟远门，还请长亭侯自己多保重。

长亭侯：吕齐的性命都是公子给的，又怎敢说怠慢。公子要往何处？

平原君：秦国。

长亭侯一惊：啊，可是为了吕齐？秦乃虎狼之国，平原君万万去不得呀！平原君还是把吕齐交出来吧，吕齐再也不能连累您了。

平原君：长亭侯现如今还要说这种话，岂不是要折煞赵胜吗？

长亭侯：可……唉，吕齐早已是废人一个，也实在是说不上什么了，在赵王和群臣面前，我让您为难了吧？

平原君：都是过去的事了，长亭侯也不用再提，幸好上大夫虞卿帮着说了不少话，真君子呀！

长亭侯：吕齐有罪之人，却要连累这么多人，真是生不如死呀！

平原君：长亭侯千万别这么说，想想您的女儿吧，您可是她惟一的亲人呀。

148

长亭侯：是呀，我的如姬还不知要急成什么样呢，好在还有个念奴，对她也是个安慰。

平原君：念奴？哪个念奴？

长亭侯：噢，说来还要感谢平原君夫人，调教出这么好的丫头来，真真的百伶百俐啊！现在跟如姬就如同姐妹一般。

平原君：你是说念奴在你府上，她不是给了无忌吗？

长亭侯：说来惭愧，当日我见那丫头实在聪明，就忍不住向信陵君要来与小女作伴，信陵君本就宽厚仁义，自是一口答应了。没跟平原君通报一声，失礼了。

平原君很有些不高兴：哦，她原本就是内人送给无忌的小玩意，无忌爱送给谁那是他的自由，长亭侯不必挂心。时候不早了，长亭侯也早些歇息吧。噢，隔几日，内人也要出远门，家中无主，恐有闪失，长亭侯不妨另做打算。

长亭侯十分茫然。

8. 夜。外。平原君府长亭侯隐身处

出了门，平原君恨得直咬牙，拂袖而去。

9. 夜。内。平原君正房

平原君夫人递给平原君一盅茶。

平原君夫人：你是说念奴自到了魏国，就一直待在长亭侯府中？

平原君（一口将茶饮尽）：可不，他在回去的路上就向无忌将念奴要了去。这个吕齐真是成事不足，败事有余。

平原君夫人：按照念奴的手段，理应早就得手，原来是吕齐插了这么一杠子。看来，此次赴魏我还真得到长亭侯府走一趟了。

平原君：嗯，另外，夫人不可对无忌提魏王在长亭侯一事中的所为。

平原君夫人：为何不提？这样也好让无忌看清他这位兄长的嘴脸啊！

平原君：可他们毕竟既是兄弟，又是君臣，不可不防呀。

平原君夫人：夫君提醒得对，倒是我疏忽了！

夫妻俩相视一笑。平原君夫人一击掌，侍女端酒上来。

平原君夫人亲自为平原君和自己斟满酒，她举杯。

平原君夫人：夫君，平安归来！

平原君：夫人，马到成功！

两人碰杯，一饮而尽。

10. 夜。外。大道上

大道上，一辆马车在疾驰，马车里坐的是平原君夫人，一副心神笃定的样子。

11. 夜。外。信陵君府门外

平原君夫人被人搀扶着下了马车，她抬头看见"信陵君府"的横匾，不禁微微一笑。门房见是平原君夫人来了，有的上来迎接，有的赶紧进门通报。一个戴小帽的门客在黑暗中看见这一切，连忙趁乱溜出门去。

12. 夜。内。信陵君正房

信陵君正在端详墙上的画，嘴里嘟嘟囔囔，像是在向画上的如姬倾诉。

有下人进来通报：主公，平原君夫人到！

信陵君：姐姐来了？

13. 夜。外。信陵君府后院

信陵君一下子冲出去，抓住正行至院中的平原君夫人的双手。

信陵君：姐姐要来，怎么也不跟无忌说一声？

平原君夫人：怎么，不欢迎吗？

信陵君：怎么会，我是说要早知道姐姐要来，我就亲自赶最豪华的马车去接您。

平原君夫人：知道你是大忙人，怎么敢劳你大驾？

信陵君：小马车夫而已，哪有什么大驾？

14. 夜。内。信陵君正房

姐弟俩一路欢笑地来到信陵君的房间，平原君夫人屏去左右，拉着信陵君的手好好地上下打量了一番。

平原君夫人：我的好弟弟，怎么这些时日不见，你竟瘦了这许多？为国事太操心了吧？

信陵君有些不好意思：姐姐深夜突然来访，不知找无忌有何要事？

平原君夫人：没事就不能来看你了？姐姐想弟弟了呗。

信陵君：既然如此，姐姐一定要多住几日。（转念一想）不会是长亭侯出什么事了吧，姐夫呢？

平原君夫人：哼，还说呢，出了事就往别人家跑，让别人替他收拾残局，这难道就是魏国贤臣的做派吗？

信陵君：那还不是看姐夫和您宽仁厚义，才投奔的吗？

平原君夫人：你少给我们戴高帽子！无忌，现在长亭侯倒是在我府中待得好好的，但你姐夫有难，你帮还是不帮？

信陵君：姐夫有难，无忌当然义不容辞，姐夫怎么了？

平原君夫人：还不是因为你们的那位长亭侯。前些日子，秦王亲率二十万大军伐赵，想来你也知道，他为的就是长亭侯呀。二十万大军好不容易被我们抵挡过去了，秦王又怎会善罢甘休，如今又要你姐夫入秦一叙，说是要做"布衣之交"，可秦王葫芦里卖什么药大家都太明白了，无非是想挟制住你姐夫，让他交出长亭侯。

信陵君：姐夫万万入秦不得，那是羊入虎口呀！

平原君夫人：怎能不去，秦王只说做"布衣之交"，不去，就表明自己有鬼；去了，你姐夫的为人你是知晓的，他又怎会交出长亭侯？

信陵君：此事甚是棘手，无忌没想到，长亭侯的一时冲动竟然引来了这么大的麻烦，容无忌好好想想。

信陵君思忖良久，平原君夫人也不去打扰他，好好地观察起无忌的房间，她看见了信陵君挂在墙上的如姬肖像。帛画上的如姬浅笑盈盈，容色照人。平原君夫人不禁多看了两眼。

信陵君：姐姐请放心，不管秦王做什么，如若秦王敢对姐夫有任何失礼，无忌绝不等闲视之！

平原君夫人：好！我就要弟弟的这一句话！（她话锋一转，指着如姬肖像）这是哪家小姐，如此美丽动人！

信陵君：姐姐也觉得她美？其实她本人还要比这美丽得多。

平原君夫人：哦，我说无忌怎么消瘦了这许多，原来是得了相思病！

信陵君羞红了脸：姐姐又拿无忌打趣。姐姐，你道她是谁？她就是长亭侯的女儿如姬。

平原君夫人：如姬？她就是如姬？（她又仔细地看了看这幅画）我那念奴就是去服侍这位小姐咯？

信陵君摸摸头：姐姐已经知道了，我还正愁不知该如何说呢。姐姐，你不生气吧？

平原君夫人（故作大度地）：这有什么，人已给了你，要卖要送，还不是你说了算？送你念奴原就是要让你高兴的嘛。

信陵君：姐姐如此大度，无忌该怎样谢你呢？

平原君夫人（一点无忌的额头）：又来卖乖，这样，你替我引见一下如姬，我一定要亲眼见一见这位能打动我弟弟的大美人！

信陵君情绪低落下来：以后再说吧。

平原君夫人：好不容易回来一趟，还不让我见见弟媳妇？

信陵君：谁说她就是你弟媳妇啦！

平原君夫人：你们是不是闹别扭啦？

信陵君不置一词。

平原君夫人：我不管你们是凤求凰还是凰求凤，你堂堂七尺男儿，胸襟要开阔，遇事要忍让！

信陵君不语。

平原君夫人：而且，也不能得理不让人。侯门千金娇气一点是有的，你那大公子哥儿的脾气，姐姐自然也是知道的！

信陵君嗫嚅地：反……反正大丈夫不能对女人低头……

平原君夫人生气地：姐姐我就是女人，你姐夫对我从来言听计从，难道他不是大丈夫吗?!

信陵君：姐姐息怒，无忌听姐姐的就是了!

信陵君说罢拉起平原君夫人的手就往外走。

平原君夫人：你这是干吗?

信陵君：姐姐不是要见如姬吗，我们现在就去吧。杀人不过头点地。她还能把我吃了不成!

平原君夫人扑哧笑出来。

15. 夜。外。信陵君府后院

俩人才刚走到院子，忽见有人来报：大王听说平原君夫人来魏，特宣信陵君和平原君夫人入宫一叙。

信陵君：哟，大王的消息倒是挺灵通的，姐姐，看来我们只能改日再去如姬家了。

平原君夫人脸阴阴的：平原君没来，我一个人进宫不合礼数，无忌，还是你替我说一声吧。

信陵君：嗨，都是自家人，还讲究那些礼数干吗，再说，姐姐，你不想见母亲了吗，她可常常跟我念叨你呀。

平原君夫人：无忌，我累了，你还是独自进宫吧。母亲那里，不如请她老人家来此一叙。

信陵君：也好。

16. 夜。内。魏王内宫

信陵君来到魏王宫，只见魏王已经设下了丰盛的酒宴。

信陵君：喔，好丰盛呀，无忌今天有口福了。

魏王：平原君夫人呢?

信陵君：姐姐车马劳顿，已经歇息了。

魏王：哦?……那——咱们喝。

两人举杯一饮而尽。

这时，王后进来，她看见了信陵君，有些惊喜。

王后：信陵君来了，前些天听说您病了，现在可大好了?

信陵君：多谢王后，已好了。

王后：那就好，几日不见，信陵君越发精神了。（又转向魏王）大王，让臣妾陪信陵君喝一杯吧。

魏王：去去，这儿有你什么事，快退下，寡人和无忌还有正事要谈呢！

王后：可，大王……

看着魏王极不耐烦的样子，王后只得快快地离开，走出门口还不忘意味深长地看了信陵君一眼。

魏王：这个女人真是麻烦，迟早要将她废掉！（好似不经意地提起）算来平原君夫人也有多年没回大梁了，今夜突然来访不知所为何事？

信陵君看着魏王，回答得也好似很漫不经心：叙叙亲情嘛，还能做什么？

魏王：哦，她没说别的什么？长亭侯在她府上怎样了？

信陵君一惊：怎么，大王知道长亭侯的下落？

魏王：噢，前些日子秦国攻赵，借的不就是这个名义吗？

信陵君：这个姐姐倒没提，大王要是关心，我问问姐姐就是了。

魏王：这个嘛，倒不用了，也就随便一说。无忌，来，咱们再喝。

信陵君：时候不早了，明日还要上朝，无忌该告辞了，大王也早些休息吧。

17. 夜。外。魏王宫后花园

信陵君穿过花园，王后早已等候多时。

王后：信陵君。

信陵君：哦，王后娘娘。

王后上去拉住信陵君的手就要带他走：信陵君随我来。

信陵君有些吃惊，立住不动：王后娘娘这是要带无忌上哪儿呀？

王后：到我的宫里去，我听说信陵君近日身体不适，特意熬了些补汤。

信陵君：多谢王后娘娘的美意，可现在夜已深，无忌过去恐怕不妥，还请娘娘见谅。

说罢，他向王后作了个揖，转身就要走。

王后：无忌！

信陵君听见王后这样唤他有些吃惊，赶紧转过身来，只见王后满眼含泪。

信陵君：娘娘？！

王后：公子难道真不知我的心吗？大王他每日只知饮酒作乐，哪儿还把我当作王后，刚才你也看到了，对大王我已不存任何幻想，我在宫中过的日子生不如死。我仰慕的是公子的品貌才情，我愿与公子……

信陵君赶紧将她的话打住：娘娘累了，还是早些歇息吧。

王后：公子难道……难道一点也不……

信陵君：娘娘应该了解无忌的为人，该知道有些事是无忌决不会做的。娘娘放心，今日无忌未曾再见到娘娘，更不曾听见娘娘说什么。无忌告辞了。

信陵君再次转身而去，王后看着他的背影，痛苦地闭上双眼，泪流满面。

18. 夜。外。魏太妃宫外

魏太妃正在挑花。

信陵君：母亲，姐姐来了！

魏太妃的手一抖，针不小心扎在手指上：哎哟，这可是稀客！快快备车！

信陵君上去捏住太妃的手指：母亲，你在流血！

太妃：没关系，流一点血是去火的！

信陵君边笑边摇头：没听说过！是啊，我们两个在母亲心里孰重孰轻，不是很清楚了吗？

太妃笑着戳一下信陵君的脑门：连你姐姐的醋都吃！

19. 夜。内。信陵君府

信陵君扶着太妃：母亲，我们悄悄地，吓姐姐一跳好不好？

太妃点点头，两人悄然走进正房，却空无一人，二人相视大惊。

20. 夜。内。秦王宫

秦王与平原君对饮，歌舞升平。

突然，秦王一击掌，舞女退下。

秦王：平原君，寡人待你如何？

平原君：十日来，大王日日款待赵胜，果然有"布衣之交"的诚意。

秦王端起酒杯：好！寡人有事想请平原君帮忙，平原君如若答应，就请喝下这杯酒。

平原君：大王之命，怎敢不从？

说罢，将杯中酒一饮而尽。

秦王：昔日周文王得吕尚为太公，齐桓公得管夷吾为仲父。今范君亦是寡人之太公仲父也！范君之仇家乃吕齐，现在吕齐在公子家，公子若能将其交给秦国，以了却范君之恨，那么寡人也受君之益啊。

平原君微微一笑：臣闻"贵而为友者，为贱时也；富而为友者，为贫时也"。吕齐，乃臣之友，即使他真在臣家中，臣也不忍将他献出，更何况他压根就不在我家中。

秦王一听，变色道：公子是敬酒不吃，吃罚酒咯。如果你不将吕齐交出，就不要怪寡人不放你出关了。

平原君：赵胜能不能出关，全在大王您。当初秦王以十日之饮召我，如今又以武力相挟，我相信是非曲直天下人自有公论！而且，大王难道只会这一招数吗，想当年孟尝君入秦之后大王就已用过啦，哈哈！

秦王气急：你！来人，把平原君带到驿馆，给我好生照应！

他说得恶狠狠的，平原君仰天长笑而去。

秦王飞快地修书一卷，吩咐：快，把这信以最快的速度交给赵王。

下人得令退下，秦王将手狠狠地在宝座的椅把上砸了一下，迸出鲜血。

21. 夜。内。信陵君书房

平原君夫人摸黑在信陵君书房里寻找着什么，突然听见下人在喊：太妃到！赶紧停止了动作。

太妃母女相见，不免一番歔欷。平原君夫人急从带的箱笼中拿出一份礼物献上。

平原君夫人：母亲，您老人家腰不好，这是女儿亲手为你绣的护腰，您系系试试？

太妃大喜：还是有女儿好哇！

信陵君在一旁：哼，我就知道，女儿来了，就没儿子什么事了！

太妃和平原君夫人几乎同时开口。

太妃：你随时可以见到母亲，可你姐姐她……

平原君夫人：你随时可以见到母亲，可姐姐我……

三人相顾大笑起来。

平原君夫人：无忌，你怎么去了这么久，大王不曾为难你吧？他说我什么了吗？

信陵君：倒也没别的什么，只是问长亭侯在你府上可好？

平原君夫人冷笑：哼，亏他还好意思问。

信陵君：姐姐什么意思？

平原君夫人：哦，没什么。无忌你是怎么说的？

信陵君：我只说姐姐没提，搪塞过去，大王倒也没再追问。

平原君夫人：做得好，无忌。宫中，我是不会去了，省得大王问些让我为难的问题。明日，还是上长亭侯府吧，我已备了厚礼，正好给你们两个冤家说合说合。

太妃在一旁：好啊，还是你姐姐善解人意！你可不知道，无忌前些时是不吃不喝地害相思病呀！依我看哪，我们还是早些下聘，免得横生枝节！

信陵君：……好了母亲！长亭侯没回来，什么都谈不到！

魏太妃：也是，那长亭侯在你姐姐家应该不会受什么委屈的，等他一回来，就赶紧办。这事倒也奇了，你未来的老丈人倒先在你姐姐家待了那么些天，真是有缘哪。

信陵君：怎么，母亲也知道长亭侯的下落？

魏太妃：你别看我在深宫里，可什么事都别想瞒过我呀。无忌，如姬这么好的姑娘，你可得抓紧，千万不能错失了，否则后悔终生。

平原君夫人：无忌，你就别绷着啦！你那点小心思我还猜不出来？明天是你去也得去，不去也得去！姐姐我千里迢迢给你们劝和，你可别得便宜卖乖！

信陵君：好！你们厉害！无忌遵命便是！

22. 日。外。长亭侯府院子

画面渐显，亭亭玉立的如姬出现。

平原君夫人上前拉住她的手，上下打量，啧啧称赞：哎呀，真是沉鱼落雁、闭月羞花啊！难怪无忌如此动心！

一句话说得信陵君和如姬都不好意思起来。

这时，念奴从后面飞奔着过来，见到平原君夫人跪下。

念奴：夫人，念奴来迟，请夫人恕罪。

平原君夫人盯着她：起来吧，念奴。一别已有数月，乐不思蜀啊！

念奴：奴儿岂能忘记夫人？！

平原君夫人突然仰头大笑：我倒是想让你忘记我，一心一意地侍奉如姬姑娘呢！

如姬在一旁：夫人说哪里话？念奴虽与如姬情同姐妹，却时时不敢忘本，如若没有父亲这事，念奴本来是要回去省亲呢！

平原君夫人拉着如姬的手：长亭侯在我家，请姑娘放心。

如姬突然跪倒在她面前。

如姬：平原君和夫人的大仁大义，如姬没齿不忘，夫人请受如姬一拜。

23. 日。内。赵王宫

赵王读信。

信上写道：现平原君在秦，秦令尹范君之仇敌吕齐在平原君府上。吕齐首级朝至秦，平原君夕返赵。否则，寡人定将举兵攻赵，亲讨吕齐，且再不让平原君出关，望赵王谅之！

赵王读完信一惊，掩卷暗忖：寡人岂能为他国之罪臣，损我赵国之镇国公子？不行！

他手一挥：来人，传寡人令，现速到平原君府上搜出吕齐，带来见我！

24. 日。内。平原君府长亭侯隐身处

长亭侯正在独自临窗哀叹：想我吕齐一生为国操劳，兢兢业业，不敢有丝毫懈怠，没想到竟是这样的结局。如姬呀，要不是为了你，父亲早就去了。如今看来，平原君对我亦有不满，此处亦非久留之地，可我又能上哪儿呢？

这时，只听见院中一阵喧闹声，有人在高声喝问：吕齐在哪儿呢？

长亭侯一听，一惊，思索了一下，赶紧从后门逃出。

25. 日。内。长亭侯府

如姬拜下身去，平原君夫人赶紧将她扶起。

平原君夫人：姑娘快请起，姑娘礼重了，平原君本就是个仗义之人，何况是为了长亭侯！平原君素来仰慕长亭侯的学问人品，如今有难，自当鼎力相助。长亭侯现在在我家一切均好，他还让我捎话给姑娘，让姑娘放心，等到避过此劫，他将立即回家。

如姬听到这儿已是泪流满面：真的吗，父亲真是这样说的吗，他就快回来了是不是？

平原君夫人：姑娘放心吧！来啊，把给如姬姑娘的礼品呈上来。

使女呈上一个漆器圆盒子，将它轻轻放在桌子上。众人眼睛一亮，纷纷聚过来，欣赏这个精美的漆器首饰盒。

平原君夫人：这可是楚王新近送给平原君的礼物，稀世珍品。

念奴：这盒子上描着的是一对鸳鸯呀！

平原君夫人故意装听错了：什么？一对冤家？

念奴：好像是一对冤家鸳鸯，瞪着眼睛谁也不看谁。

平原君夫人忍不住笑了：死丫头，偏你看得清楚！

一直互不理睬的如姬和信陵君这时才互相看了一眼。两人目光一碰，立即再次避开。

看到如姬脸上的泪，信陵君心有不忍，终于开口：等这风头一过，我立即到姐姐家亲自接长亭侯归来，你们不日就能团聚。

如姬热泪盈眶：谢公子，谢夫人！……只是好久没有父亲的消息，如姬实在心焦。不知夫人可知到底是何人要将父亲置于死地，他的仇家到底是谁？！

26. 日。内。平原君府

长亭侯来到院中一看，只见远处已有很多兵甲进入，他灵机一动，再次钻进以前平原君夫人让他待过的枯井里。

待在枯井里的长亭侯只听见外面的声音越来越响，显然是就在附近。

一门客的声音：各位官爷，我们主公和夫人都不在家，青天白日的，你们这样搜查恐怕不好吧？

领头人：少废话，我们是奉大王之命，特来拿犯人吕齐的。搜，继续给我搜。

这时一兵士搜出吕齐的东西献上：报告，这些好像都是吕齐的东西。

领头人翻看着：他人呢？

兵士：恐怕是听了风声逃走了。

领头人：把这些东西带着，我们走！（又对众门客）吕齐若是回来，赶紧把他交出来，否则不要怪我们不客气！

众兵士走了，众门客也渐渐散去。

藏在井中的长亭侯这才松了口气，他一屁股坐在井底，老泪纵横：吕齐呀，吕齐，你怎落到这步田地，如今你又能到哪儿去呢？

这时，平原君临行前说的话响起：幸好令尹虞卿帮着说了不少话，真君子呀！

长亭侯心有所动。

27．日。内。信陵君府

平原君夫人正要回答，信陵君一阵咳嗽，平原君夫人会意。

平原君夫人：姑娘不必多想了，想那长亭侯一身清廉，自然会有小人怀恨在心，伺机报复。

这时，信陵君的下人来报：主公，令尹、还有好些大臣都在府中等您呢，说是早就约好的。

信陵君：哎呀，今日与令尹等众臣约好要共商合纵大计，我倒给忘了。（向如姬）小姐，无忌得先行告退了，改日再来拜访。

他又转向平原君夫人：姐姐是……

平原君夫人：去去，你走你的，你走了，我正好跟如姬说说体己话。

信陵君笑：姐姐可不许说我坏话呀。

平原君夫人：那有什么好话可以说吗？好了，快走吧，人家该等急了。

信陵君告辞，平原君夫人笑着对如姬说：姑娘不要见怪，别看无忌在外面很有气势，可在我面前还总像个长不大的孩子。

如姬：夫人说哪里话，像夫人和信陵君这样姐弟情深，让如姬好生羡慕呢。如姬是独女，从小就希望有个兄弟姐妹可以说说话，不过好在现在有了念奴，还得多感谢夫人呢。

平原君夫人：姑娘客气，你只要不讨厌念奴就是她的福气了。

如姬：夫人若肯赏光，如姬备下薄酒，略表谢意。

平原君夫人：姑娘不必客气。

如姬：还请夫人一定赏光。

念奴在旁边忙不迭地：小姐，我这就去准备。

平原君夫人：瞧这丫头一点规矩也不懂，小姐还没说话呢，哪就轮到你了。

如姬：夫人不用怪念奴，我们早就情同姐妹，不在乎这些礼数的。（又对念奴）你和夫人也多日不见，现在夫人好不容易来了，你就多陪陪夫人吧，我去准备。

如姬刚一出去，平原君夫人就立即把脸沉了下来。

28. 傍晚。内。虞卿家正房

虞卿回屋，却发现长亭侯在他屋里，吃了一惊。

虞卿：你是谁？你想干什么？

长亭侯跪地：我是魏人吕齐，正在逃难，请上大夫救我一命。

虞卿很意外，赶紧将长亭侯扶起：原来是长亭侯，快快请起，虞卿刚才不知，怠慢了。可你不是在平原君府上吗，怎么跑出来了？

长亭侯：吕齐是一直藏身平原君府上，可今日不知为何，赵王突然派人来抓我，吕齐幸得逃脱，可又无处藏身，想起平原君曾赞大夫仁义，这才斗胆来投。令尹若觉得不方便，吕齐这就告辞。

虞卿：长亭侯说哪里话，你只管在这就是。（又一思索）赵王既然会派人抓你，定是平原君在秦国出事了。这样，你就在我的房间安心待着，不会有人来的。待我明日早朝去探个究竟。

29. 傍晚。内。长亭侯府

平原君夫人板着脸：出了这么大的事，你怎么也不向我通报？

念奴：夫人恕罪！奴儿也没想到信陵君会将我送与长亭侯，奴儿想了好些方法重回信陵君身边，但都失败了，这其中，奴儿还险些被送还给夫人，哼，都是那个衰人孟尝君使的坏。不过，夫人请放心，念奴已有得到秘籍的办法了！

平原君夫人冷冷地：如今你人都不在信陵府了，还有什么办法？

念奴趴在平原君夫人身边一阵耳语。

30. 傍晚。外。长亭侯府院子里

吩咐完下人准备酒宴的如姬正要回正厅，在虚掩的门中正看见

念奴与平原君夫人耳语，她很有礼貌地退了出来，旁边的使女不服气了。

使女：小姐真是好性子！自己亲自安排酒宴，倒让个丫头坐着聊天，你看她们那么神秘兮兮的样子还不知道怎样编派小姐呢！

如姬：胡说！念奴从小由平原君夫人带大，情同母女，再加上多日不见，自然有很多体己话要说，这又有何好猜忌的呢？你呀！走，咱们回屋吧，让她们多聊聊。

使女无奈，只得跟着如姬走了。

31. 傍晚。内。长亭侯府正厅
平原君夫人与念奴在窃窃私语。

平原君夫人：这么说，无忌和如姬能走到现在这一步，也是你当初安排的咯？

念奴：正是，通过如姬接近信陵君，直至拿到秘籍，我想如今没有比这更好的办法了。

平原君夫人：放长线钓大鱼，亏你想得出来！

念奴：奴儿多亏夫人调教。

平原君夫人阴险一笑：噢，是吗，我只怕你有了姐妹就忘了义母了！

念奴：夫人将奴儿从小养大，对奴儿恩重如山，奴儿又怎敢忘本？就算有姐妹，又怎及母女情，奴儿心中只有夫人一个！

平原君夫人：好一个母女情！如今你又怎样证明，我才能相信你？

念奴：奴儿曾经查到信陵君房间床边有一密室，奴儿确信秘籍就在那密室里。

平原君夫人：你是说无忌床边的那幅战阵图后就是密室？

念奴：千真万确。

平原君夫人这才将念奴扶起：好孩子，别怪我不信任你，实在是此事关系重大，来不得半点马虎。

念奴：奴儿明白。

平原君夫人：你刚才提到孟尝君是怎么回事？

念奴：孟尝君一直客居信陵君处，想来夫人也知道。偏偏信陵君对他又极为信任。好几次奴儿眼见就能说服信陵君留在他府中，可几次都是他巧言令色地让信陵君改了主意。

平原君夫人：这个老东西！早在齐国的时候就与你主公争谁是天下第一公子，现在有国不能归，有家不能回，落魄至此，还来坏我大事，真是个老不死的。

念奴：夫人放心，他很快就对我们构不成威胁了！

平原君夫人：你是说，你对他动了些手脚？

念奴压低声音：我在他每日必喝的酒里下了慢性毒药。

平原君夫人呵呵大笑：念奴，你真不愧是我的义女呀！

32. 傍晚。内。虞卿正房

长亭侯正在焦急等待虞卿的归来。

虞卿终于回来，他关上门，长亭侯赶紧迎上。

长亭侯：怎样？

虞卿：果不出我所料，平原君被扣在了秦国，说是不交出长亭侯，就不放他回来，赵王这才着急了！

长亭侯听了这话，立即就要开门出去，虞卿抵住门。

虞卿：长亭侯想要做什么？

长亭侯：吕齐就是再苟且偷生也不能让平原君代我受过。我这就去秦国将平原君换回，错是我犯下的，我一人承担！

虞卿：我丝毫不怀疑长亭侯的为人，只是现在您实在不宜冲动。您且听我说，秦王之所以会将平原君扣留，自是他坚决不肯承认藏匿长亭侯在家的事实，如今，长亭侯若去，那岂不是在打平原君的耳光吗？！而且平原君坚持了这么久，他也决不想看到长亭侯自己去秦国送死的结果呀。所以，长亭侯的性命已不再是你自己的，更是那些保护你的人的呀，还请长亭侯一定珍惜！

长亭侯：可如今又能怎么办呢？平原君还被扣在秦国呀。

虞卿：我想，以平原君名闻天下的声誉，秦王也不敢拿他怎样，隔不了多久，自会将他放了。倒是赵王，他畏秦如畏虎，现在定会全力以赴地搜查您。我这儿暂时没有什么危险，可也不一定。我再观察几日看看，不行，我就……

33. 傍晚。内。长亭侯府门口

平原君夫人与如姬和念奴道别。

平原君夫人：酒宴甚是丰富，让姑娘费心了。

如姬：夫人说哪里话，小小便宴又怎能报答夫人对如姬的大恩呢？

平原君夫人：其实没什么，不过姑娘一定要报答的话，我倒是有个主意。

如姬：夫人请说，如姬赴汤蹈火，在所不辞。

平原君夫人：那我就倚老卖老了，你呀，只要嫁给我们家无忌，做我的弟媳，就算是对我们最大的报答了！怎么样，不难吧？

如姬羞红了脸，只是不答话。

念奴：夫人，小姐说了，只等长亭侯回来做主就行了！

如姬：呸，要你多嘴！

平原君夫人：好，那我们就盼着长亭侯早日回家吧。

34. 傍晚。内。信陵君府

平原君夫人刚一进门，信陵君就很快迎了上去。

信陵君：姐姐怎么才回来，让无忌等得好着急。

平原君夫人脱去外面的披风：我看你呀，是身在这里，心却飞到了长亭侯府，什么合纵，眼下你只想着成亲了吧？

信陵君：姐姐又笑话无忌，我是担心您路上是否安全！

平原君夫人：没事，是如姬姑娘摆了酒席宴请我而已。

信陵君：姐姐觉得她到底如何？

平原君夫人：真要我说？

信陵君一下子有些紧张了：您不满意？

平原君夫人：我觉得她和无忌是天造地设的一对！

信陵君：吓了我一跳。今日还多亏了姐姐。

平原君夫人：何事？

信陵君：没把长亭侯藏匿的真相说出来。

平原君夫人：我知道你是怕如姬担心，怕她对父亲的所作所为有怀疑。

信陵君：正是，我怕伤害到她的单纯。（向平原君夫人作长揖）知无忌者，姐姐也。

平原君夫人：你恨不得把嗓子都咳破了，我还不知道你的想法吗？（话题一转）无忌，听说孟尝君在你府上，我倒是久仰他的大名啊。

信陵君：正要为姐姐引见呢，前些日子他身体不太好，不过近日有好转。

平原君夫人：噢？

35. 夜。内。信陵君府孟尝君住处

孟尝君正在一人面对棋盘上的残局思索。

信陵君：兄长。

孟尝君也并不理会，自语：只有打劫，才可死里逃生。

平原君夫人听着，脸色阴沉。

信陵君又唤了一声：兄长！

孟尝君这才好像如梦初醒：哦，公子来了。来来来，帮我看看这黑棋该怎样突破重围？

信陵君：兄长，这位是我姐姐平原君夫人。

孟尝君：夫人来了，久仰久仰。

平原君夫人皮笑肉不笑地：孟尝君见笑了，小女子今日终于得见孟尝君，真是三生有幸。孟尝君好雅兴呀。

孟尝君：什么雅兴，苟且偷生罢了，如今郎中将我的酒也停了，我活在这世上还有什么乐趣，过一天算一天罢了！

平原君夫人：孟尝君又何必自谦呢，说起孟尝君天下谁人不知？

孟尝君摇头：老了，不行了，不像平原君，正是大好时候，再加上有夫人这样能干的贤内助，如虎添翼呀。

平原君夫人跟着干笑。这时，一直在思索残局的信陵君突然叫

起来。

信陵君：有了！

他替黑棋动了一个位置，果然黑棋又有了另一番的天地。

孟尝君：妙，双活！妙呀！

平原君夫人被冷落在一边，有下人前来送药。

下人：孟尝君，该吃药了。

孟尝君仰起脖子，一饮而尽。平原君夫人看着那药碗，脸上露出不易察觉的阴险笑容。

36. 夜。内。虞卿正房

虞卿一身布衣打扮出现在长亭侯面前。

长亭侯奇怪：大人，您这是？

虞卿：现在赵王对你的搜查一日紧似一日，好几个大臣家都已搜过了，我想不日就会到我家，所以，我们还是早做打算为妙。今夜就是最好的时候，值班的守卫与我相识，很容易过关的。

长亭侯：那吕齐就在此与您告别吧，多谢大夫关照。

虞卿：什么话，你这样离开我怎么放心，我定要将你送到安全地才好。

长亭侯：可您身为一国之上大夫，又怎能跟我一起亡命呢？

虞卿：哦，这个你不用担心，今日我已向赵王交了官印。

长亭侯吃惊得半天说不出话来：你是说你为了吕齐辞了官？

虞卿：官职算得了什么，人生大义才是紧要。

长亭侯“扑通”跪地。

长亭侯：大人的高义，吕齐何以为报？

虞卿：长亭侯不必如此，我们还是赶紧来商量商量去向问题吧。依我看，现在最佳的去处就是信陵君的府上。一来，信陵君最是大情大义之人，他绝做不出背信弃义之事；二来嘛，最危险的地方往往是最安全的，秦王怎么也想不到您还会回到魏国。

长亭侯：你是说，我们去魏国？真的吗？吕齐实在不敢想我还能活着回魏国。

虞卿：这么说，长亭侯也同意了？

长亭侯哽咽着点头：魏国，信陵君，太好了，我，我又能见到我朝思暮想的女儿了。

虞卿把早已准备好的小包袱递给长亭侯：那我们现在就出发去魏国吧。

长亭侯：可大人您……

虞卿：不要再多说了，我虞卿从不做后悔事！

37. 日。内。信陵君府

平原君夫人正在收拾行装，信陵君匆匆进来。

信陵君：姐姐真的现在就走吗，为何如此匆忙？

平原君夫人：我昨夜做了个梦，梦见你姐夫遭遇不测，我不放心，得赶紧回家看看。

信陵君：姐姐放心，姐夫吉人自有天相，他不会有麻烦的。

平原君夫人：无忌，姐姐还是那句话，只要你肯帮你姐夫，我就真放心了。

信陵君：姐姐，无忌什么时候食言过？

平原君夫人点点头，继续收拾。

信陵君：姐姐不等母亲了吗，母亲还说要来送姐姐呢。

平原君夫人：时间紧迫，下次吧，反正来日方长。无忌，其实母亲最挂心的还是你，你赶紧与如姬成婚，也算了了母亲的一桩心事。

信陵君摸摸头。

平原君夫人：我希望下次我再到大梁来是来吃你的喜酒！

信陵君：姐姐总是把最艰难的任务交给我——

平原君夫人：怎么？你不愿接受？

信陵君：接受！接受！

38. 夜。外。赵国关卡

虞卿和长亭侯皆布衣打扮，混在人群中。

虞卿表情从容，长亭侯则显得很有些紧张。

一守卫看见虞卿，虞卿冲他略一点头，守卫会意，统统放行。

过了赵境的长亭侯长舒一口气。

39. 夜。外。魏国信陵君府附近

虞卿和长亭侯两人遥遥看见信陵君家的灯火。

长亭侯激动地扑倒在地：魏国，我又回到魏国了，我吕齐还有今天！

说罢，他哆哆嗦嗦地爬起来，就要跟跄地向信陵君府奔去。

虞卿赶紧拦住他：长亭侯，且慢！现在你还不宜这么快出现，为了小心起见，您先在这等候，待我先去信陵君处通报，看看形势为妙。

长亭侯：大人说得对，我实在是太激动了。我在这儿等待大人的消息！

40. 夜。外。信陵君府门厅

虞卿敲门，门房开门。

虞卿：烦请您向信陵君通报一声，就说赵国虞卿，有要事来访。

旁边的灯突然亮了，几个门客探出头来。

41. 同上

那个戴小帽的门客悄悄从旁门溜了出去。

戴帽门客在小旁门外又仔细地看虞卿一眼，然后在黑暗中消失。

第七集

1. 夜。外。信陵君府门厅

虞卿敲门，门房开门。

虞卿：烦请您向信陵君通报一声，就说赵国虞卿，有要事来访。

门房打着哈欠：什么事呀，明天再来吧，这么晚了，我们家主公已经睡下了。

说罢，就要把门关上，虞卿赶紧挡住。

虞卿：等等，真是有要事，还请您务必通报。

门房：到底什么事呀，你不说，我怎么替你通报呢？

虞卿思忖了一下：你就说长亭侯来了。

门房一惊，他直直地盯了虞卿半天，二话没说，转头向院中通报去了。

2. 夜。外。信陵君府院中

门房急急地往屋里走，被几个门客拦住。

门客甲：干什么去？

门房：有客要见主公，我赶着去通报。

门客乙：这么晚了，主公正在沐浴，马上就要就寝了，能有什么事，明天再说吧。

门房：可门口的人说是长亭侯来了，让我务必通知主公。

几个门客一听也都一惊，互相看了一眼。树丛中那个戴帽门客听了这话匆匆地从后门溜走了。

门客丙：他不是在赵国吗，他怎么来了？门口求见的是他吗？

门房：不是，好像是一个叫作虞卿的人。

门客甲：对了，前几日就听赵国的探子说他们的上大夫虞卿交了官印，莫非就是为了帮助长亭侯出逃？

门房乙：一定是，这个吕齐害了赵国，害了平原君还不够，眼下又来祸害魏国，祸害信陵君，真是个害群之马啊！

门房却还继续往前行。

门客丙：你干什么去？

门房：我得去通报主公呀，人家还在门厅里等着呢。

几个门客一起拦住他：不，你不能去，不能让主公知道此事。

门房：那怎么行，日后若是主公知道了，非得拿我问罪不可。

门客们硬是拦着不让他去，门房给逼急了。

门房高声叫道：主公，主公，长亭侯来了，长亭侯来了呀！

他这一叫不打紧，几乎所有的门客都听见了纷纷出来。

3. 夜。内。信陵君正房

信陵君刚沐浴出来，仆人正在帮他擦湿漉漉的长发。他仿佛听到了外面的喧闹，还有人在高声喊叫着什么。

信陵君：外面怎么了，你去看看是怎么回事？

仆人得令出门。

4. 夜。外。信陵君正房外

仆人出来只看见外面闹哄哄的，聚集了好多门客，还听见门房在高声喊着：主公，长亭侯来了！

5. 夜。内。信陵君正房

他赶紧回来禀报。

仆人：主公，好像，好像是长亭侯来了。

信陵君一听，吃了一惊，擦拭头发的布也落在了地上。

信陵君急切地：长亭侯来了，真的吗，你没听错？

仆人：好像听外面是这么说的。

信陵君赶紧胡乱地套上衣服，披着湿漉漉的头发就出了门。

6. 夜。外。信陵君府的院子

众门客看见信陵君出来了，也都停下不吵了。

信陵君：是长亭侯来了？他人在哪儿呢？

众门客皆不答话，门房挣脱开众门客回禀。

门房：禀主公，是一个叫虞卿的赵国人来说的，他说长亭侯来了。

信陵君：虞卿？那正是赵国的上大夫啊！人呢，我要立即见他。

信陵君就要往外走，这时却见门客们全都跪了下来，黑压压地跪了一地，挡住了信陵君的去路。

信陵君：干什么，你们这是要干什么？

门客甲：还请主公三思而后行。前些时秦军二十万伐赵便是为了捉拿长亭侯，如今长亭侯回返魏国，必然给魏国带来灾难，求主公以国家利益为重，婉言谢绝此事。

众门客一起：请主公谢绝此事！

信陵君怒道：见危不救，就不是我信陵君！难道你们就为了害怕一个秦国，而眼睁睁把人交出去宰杀么？！那岂不是将我陷于不仁不义之地？！

门客乙：可现在情形确实危险，先有秦军二十万伐赵，后又有平原君被扣押在秦生死未卜，现如今虞卿又为了长亭侯而交了官印，这长亭侯必是祸患，信陵君一定要慎行呀。

众门客又一起：请主公慎行！

信陵君：真真可笑了，人家虞卿与长亭侯并无交情，尚能为他交了官印，远离故土，深夜来投，如此厚义！那长亭侯乃我魏国重臣，你们却连见都不让我见他。（他接过仆人递过来的干将剑，一剑劈下去，石凳被削去一角）谁要是再敢拦我，如这石凳一般！

众门客都不敢再说了，慢慢地让出一条路，信陵君信步走过去。

这时，有人用微弱的声音唤他：公子，请留步。

信陵君回头一看，竟是孟尝君。

7. 夜。内。魏王内宫

戴帽门客慌忙进来向魏王通报，他趴在魏王身边耳语。

魏王一听：什么？你是说他到无忌府上了？

正要进门的王后听到了"无忌"二字，便不再前行，而是躲在帷帐后面静静地听着。

门客点头。

魏王：这还了得，以无忌的性子，定会将他收留，那我们以前所做的一切岂不都付诸东流！不行，你赶紧把魏单给我宣进来，我有要事。

门客下去，魏王焦急踱步，在帷帐后的王后也很是紧张。

不一会儿，宦官宣"魏单进殿"。只见一人走了进来，孔武有力，十分强壮的样子，来人正是上次挟持长亭侯至赵的马贼首领，他的耳根处有个很特别的朱雀刺青。

魏单：不知大王急召魏单有何要事？

魏王：确是有紧要大事要你去办。

说罢，就对魏单小声吩咐。王后努力地想听，无奈声音太小，听不见。

魏王：都听清楚了吧，见机行事，快去吧，记住，一定要干净利落！

魏单：魏单遵旨！

魏单退下，王后也急忙走出。

8. 夜。外。信陵君府院子

孟尝君的身体还是不太好，被几个门客搀扶，勉强支撑着。

信陵君赶紧过去，扶着孟尝君坐下。

信陵君：兄长身体不好，谁让你们去惊扰他的？

孟尝君一阵猛烈的咳嗽：不要怨他们，是我听见外面的响动，让他们带我来的。我已听说了情况，公子能不能听我说几句？

信陵君：兄长请赐教。

孟尝君：公子的高义，田文我是最清楚不过的了，但也应就事而论。如今很明显，公子如若接纳长亭侯便是引火上身，秦国决不会善罢甘休。请公子为魏国，为百姓想想吧。

信陵君：想那平原君和虞卿与长亭侯无亲无故，尚能不顾个人生死鼎力相救，兄长你说无忌能因为贪生怕死，而置魏国重臣于不顾吗？！

孟尝君：公子千万不能因为如姬姑娘而感情用事呀。

信陵君气得拿剑一下子就指向了孟尝君，孟尝君闭上了眼睛，愿意赴死的表情。

众门客：主公，手下留情呀，不要冲动，这可是孟尝君大人哪！

信陵君慢慢地将剑放下：兄长，没想到你会这样理解无忌，无忌白白将您引为知己了！

说罢，他猛然转身，拎着剑向大门走去，众门客再也不敢阻拦。孟尝君也只是眼睁睁地看着他走远。

9. 夜。内。王后寝宫

王后回到自己的寝宫，急得团团转，她飞快地换了套小厮打扮的衣服，可又觉得不妥，情急中她唤来一个宫女。

宫女（看见王后这样打扮很是奇怪）：王后，您这是？

王后：哦，穿着玩儿的。芬儿，你现在立即去趟信陵君府。

芬儿：现在？这么晚了？芬儿不敢。

王后：怕什么呀，我又没让你去杀人放火。我就是让你去看看信陵君府上有没有什么事，如果有，快些回来通报！

芬儿"噢"了一声，却还没有动。

王后：还愣在这干吗，还不赶快去？

芬儿赶紧走了。

10. 夜。内。信陵君府的门厅

虞卿正在翘首企盼着信陵君的到来，他一会儿看看信陵君的内院，一会儿又不放心地向长亭侯藏身的方向望望。这时，一阵寒风吹来，他打了个寒噤。

11. 夜。外。长亭侯藏身处

树林里，长亭侯一直在朝着信陵君府的方向张望。信陵君府上的长明灯一直在风中摇曳，长亭侯也冷得在打哆嗦。

12. 夜。内。平原君府

平原君夫人来到长亭侯藏身处却发现已人去屋空，她的脸色立即阴沉下来。

她急召来一个亲信门客。

门客：哎呀，夫人，您可总算回来了。平原君，平原君他被秦王给扣下来了。

平原君夫人似乎早已料到：哼，秦王到底还是走了这一步，那大王呢，他难道还不赶紧营救平原君？

门客：秦王还是让赵王赶紧交出长亭侯，否则不放平原君。这些天，大王正在到处搜捕长亭侯，咱们府上已经给搜了三四遍了。

平原君夫人：一无所获？

门客：没听说，不过这两天外面都在传，长亭侯应该是随虞卿大人逃到别处去了，因为就在大王开始四处搜捕长亭侯的时候，虞卿大人便交了官印，从此失踪了。

平原君夫人：噢，果真如此，这个虞卿倒也还是个重义之人。好，你退下吧，平原君那儿我自有打算。

门客退下，平原君夫人暗忖：这个长亭侯到底藏哪儿去了呢？

突然，她好像有了目标，信步来到后院的枯井处，探头一望，井里黑黢黢的，这时，她在井边捡到了一个玉佩，正是长亭侯常戴的。她微微一笑。

平原君夫人内心独白：看来长亭侯是真的走了，不行，我一定得把他找回来，他是交换平原君的人质，没了他，平原君也就没了保障。他和虞卿一起逃的，他们能上哪儿去呢？

她看着长亭侯遗留下的玉佩，耳边响起了长亭侯常说的话。

长亭侯：要不是为了小女如姬，我又怎会苟活在这世上呢？

平原君夫人有了主意，她命人唤来侍卫首领。

侍卫首领：夫人，有何吩咐？

平原君夫人：现在你带着几个精兵，乔装打扮，去把长亭侯给我带来！

侍卫首领：不知长亭侯现在在何处？

平原君夫人：一定在魏国，记住，我要活口！

侍卫首领：是！

平原君夫人攥住手中的玉佩，脸上露出笃定的笑容。

13. 夜。内。信陵君府门厅

向魏王密报的戴帽门客从侧门溜回，来到门厅里，见到了在焦急等待的虞卿。

门客：大人可是虞卿？

虞卿：正是，是不是信陵君要见我了？

门客：这个嘛，信陵君已经睡下了，他说有什么事明天再说吧。

虞卿大惊：信陵君难道不知道是谁来投吗？

门客故意轻描淡写地：知道，不就是长亭侯吗，你们还是等一宿吧，明天如果信陵君不忙的话自然会见你们的。现在，大人还是先回吧。

虞卿简直不敢相信自己的耳朵，他摇摇头，长叹而去。

14. 夜。外。长亭侯藏身处

正在翘首等待的长亭侯看见虞卿来了，赶紧迎上去。

长亭侯：怎么样，是信陵君让我们进去吗？他人呢？

长亭侯就要向信陵君府走去，虞卿赶紧拦住他。

虞卿：怪虞卿看走了眼，信错了人，我万没想到声名赫赫的信陵君竟是这样的人。到现在我连他的面都没见着，他避而不见我，只派个门客让我们耐心等待，也许明天有空。他明明知道事情有多紧急，他这是在敷衍！长亭侯，我们走，我就不信天下之大，还没有你我的容身之地！

他拉着长亭侯就要走，长亭侯却不肯接受这个现实。

长亭侯：不，公子他不是这样的人，一定是弄错了，一定是弄错了！你知道，信陵君是极好的人，本来我还想把女儿……

虞卿：你可千万别做这个白日梦了！他让你我在寒风中伫立了这么长时间，还不敢出来相见，他就是个贪生怕死的懦夫！哪配得上你的女儿！

长亭侯却还不甘心：难道连信陵君都如此吗，那我魏国还有什么指望？！我不信，我一定要亲自去问问信陵君！

他还想往信陵君府去，被虞卿硬拉住。

虞卿：你那是去送死！

长亭侯不甘地被虞卿拖着离开。

长亭侯突然甩开虞卿的手，坚定地说：既然无处可逃，不如回家。即使是死路一条吧，临死也要和我的女儿见一面！

虞卿：……是啊，以后四处漂泊，父女团聚机会就更少了。

长亭侯：那……我们立即就去！

虞卿：侯门虽好，终非久留之地，去了再筹划如何安身吧！

15. 夜。内。长亭侯家

长亭侯带领虞卿悄悄进入长亭侯的卧房。长亭侯摸索着点亮一盏小油灯。

长亭侯与虞卿互相看了看。

长亭侯：你我二人如此狼狈不堪，还不将如姬吓坏了？

虞卿：你我二人都须重整衣冠。

两人迅速地整理衣帽。

突然，一阵古琴声悠然传入，长亭侯激动万分。

长亭侯老泪纵横：又听见小女的琴声了！

16. 夜。内。如姬卧房

如姬在抚琴。

琴声苍凉而悲怆。

念奴在一旁：小姐，太悲了，不如换一首曲子。

突然，有人轻轻敲门，念奴与如姬对视一眼。

念奴开了一个门缝，见是粗使丫头。

念奴：这么晚了，什么事？

丫头慌慌张张地：刚才我到前院取东西，发现老爷屋里有亮光，好像还有人影。

如姬和念奴一惊。

念奴马上回过神来对丫头：别一惊一乍，准是你看走了眼。赶快回去睡觉，别到处胡说八道，小心揭你的皮。

念奴说完立刻关上门。

如姬：莫非是爹爹回来了？

念奴：我先去看看。

如姬：还是一起去，以防万一。

如姬顺手抽出莫邪剑，与念奴一起悄悄出了房门。

17. 夜。内。长亭侯卧房

长亭侯和虞卿刚刚换完衣服，就听见门闩被轻轻拨动的声音。

长亭侯一愣，如姬已经冲了进来。

如姬激动万分：爹爹！果然是你！

长亭侯抚摸着如姬的头发，老泪纵横：女儿！女儿！我的小如姬！

如姬抬起泪眼凝视着长亭侯：爹爹受苦了！

念奴轻轻带上门，守在门外。

虞卿：大人，现在不宜动静太大，要防隔墙有耳。

长亭侯：女儿，赶快拜见虞卿大人。他是为父的救命恩人！

如姬向虞卿叩头：小女叩谢虞卿大人！

虞卿立刻扶起如姬：我与长亭侯已是生死之交，何谈谢字！

长亭侯感慨道：虞卿与我萍水之交，为救我于危难，竟交出赵国上大夫大印。而另一些人，不过是以小恩小惠博取了君子虚名，却在别人危难之时，见死不救！如姬啊！为父我真是饱尝了人情冷暖、世态炎凉！他日若能躲过这一劫，为父有一肚子的话要对你说啊！！

如姬：爹爹，我们可以求救于信陵君！

虞卿愤怒地：你父亲说的就是信陵君！

如姬：信陵君绝不是这种人！一定是误会了！

长亭侯：虞卿大人在信陵君府门口等候许久，他只是让下人和门客推三阻四，自己却避而不见。

如姬听罢如堕云雾之中：信陵君曾经对天盟誓，一定要救爹爹回来！

虞卿：那只不过是为了讨得姑娘的一时欢心罢了！

念奴突然闯进屋内，用剑指着虞卿：君子一诺千金，信陵君绝不是这种小人！

虞卿用手轻轻拨开剑头：看来此处也非久留之地。

院子外面突然吼声大震。

18.夜。内。信陵君府门厅

信陵君匆匆赶至门厅，却空无一人。

信陵君问门房：人呢？

门房：不知道呀，刚才就是在这儿，他让我通报的。

信陵君猛地一转身，愤愤地看着跟着他过来的门客们。

信陵君：都是你们干的好事！来人，立即召侍卫，即刻出发寻找长亭侯，他们应该还没有走远。

还有门客劝阻：主公，我看他们也是不想给您添麻烦才离开的，你又何必……

他的话还没说完，信陵君的眼神就像两道利剑般狠狠地射向他，他赶紧噤声。

这时，侍卫们都已准备好，信陵君也一跃上马。

信陵君扬起鞭子，指着众门客：蝼蚁之徒，不足与谋！

说罢，一抽马屁股，领着侍卫绝尘而去，留下门客们面面相觑。

19. 夜。内。长亭侯府正房

房门被撞开。一队人马闯入。为首的正是魏单，这次他没有蒙面。

如姬强装镇定缓缓地坐在椅子上。

念奴站在如姬身边，用剑指着众人：你们是什么人，敢上侯府撒野！

魏单：小姐受惊了！我们是奉命来请长亭侯。

念奴：你们是奉谁人之命，难道不知长亭侯在赵国平原君府上？！

魏单冷笑道：这层窗户纸还是不要捅破的好！

如姬：念奴，让他们搜好了。

魏单：想必小姐已经安排妥当，搜也无用。想来信陵君的门客决不会捕风捉影——他是亲眼看见，长亭侯回来了！

魏单向如姬和念奴一拱手：打扰了。

魏单向随从一挥手：撤！

众人撤离侯府。

如姬呆若木鸡，半晌，突然抽出莫邪剑，愤怒地大叫一声：信陵君，你！你这伪君子！

她猛地劈向平原君夫人送的漆器盒，手起剑落，漆器盒立即被劈成两半，一边一个鸳鸯，首饰撒了一地。

念奴满脸惊疑，突然，她像想起什么似的：小姐，你注意到刚才那人耳根后面有什么吗？

20. 夜。外。路上

魏单率众出长亭侯府，一出来，便齐刷刷戴上了头套，跨上马。

21. 同上

天上忽然飘起了雪花，虞卿与长亭侯相携，在风雪交加中踉跄前行。

虞卿：多亏了你家有条暗道，不然咱们正好被堵住。

长亭侯痛苦地摇头：唉，你说那些家伙会放过如姬吗？

虞卿：如姬小姐大概要费些唇舌，不过，他们不敢把她怎么样的！

长亭侯叹了口气，继续前行。

22. 同上

一队马贼在疾驰前行。

23. 夜。外。另一条路上

另一队人马也在奋力急赶。

24. 夜。内。魏王宫里

魏王焦急等待消息的脸。

25. 夜。内。平原君府

平原君夫人不安地来回踱步。

26. 夜。外。大道上

信陵君领着众侍卫追踪。

27. 夜。外。路上

虞卿和长亭侯正在艰难前行，突然被一群蒙面客挡住去路，虞卿与长亭侯拔剑相搏，勉强抵挡了一阵，但到底寡不敌众，正在招架不住之时，突然另一队人马又至，与先前的马贼双方好一阵混战厮杀。

混战中，虞卿向长亭侯使了个眼色，两人趁乱偷偷溜走。

两队人马还在拼命厮杀。

28. 夜。外。旷地里

虞卿拉着长亭侯一路狂奔，他们离马贼争斗的地方越来越远了。长亭侯实在跑不动了，两人停了下来，稍作休息，气喘吁吁。

这时，几个马贼好似从天而降地来到他们面前，举刀逼来，杀气腾腾。

虞卿护住长亭侯：你们是什么人，到底是谁派你们来的？

马贼们也并不答话，而是对他们越逼越近。其中一个显然是首领的马贼将长亭侯掳起就钻进了旁边的林间小道。虞卿奔过去想拦住他，却被其他几个马贼挡住，虞卿奋力反击，其中一个马贼向他砍杀过去，手起刀落间，虞卿应声倒地，受了重伤，昏迷过去。

29. 夜。外。林间小道里

在一僻静处，马贼首领魏单将长亭侯放下。

长亭侯视死如归地看着他。

长亭侯：要杀就痛快些吧！

魏单：你还有什么话说吗？

长亭侯：我……我只求你们……放过我的女儿！

魏单：长亭侯放心，我们绝不会动你女儿一根毫毛！

长亭侯：那就多谢壮士了！

魏单：长亭侯，我敬您是个汉子，但无奈君命难违。魏单对不住了！

魏单举刀。

长亭侯突然：且慢，你说什么，君命难违？

魏单：事到如今，干脆让你做个明白鬼吧！是大王让我送你上西天，你可听明白了，将来千万别向我索命——

长亭侯全身发抖：什么？！

魏单手起刀落，将他一刀毙命。

鲜血如泉喷射出来！

魏单跪倒在已经倒在雪地里的长亭侯身边，摘了自己的蒙面，他慢慢地替长亭侯合上未瞑的双目，向他郑重致礼。

他割下长亭侯的一绺头发藏于胸口，接着，他吹了声响亮的口哨，一队马贼皆至，一马贼让出一匹马，将长亭侯尸体绑在马身上，加了一鞭，马奔驰而去。

马贼如同听到口令，一起戴上头套，跨马扬长而去。

王后的宫女芬儿路过，恰巧看见这一幕，吓得魂不附体，险些晕了过去，好容易缓过神来，她连滚带爬地逃走了。

30. 夜。内。长亭侯府如姬闺房

如姬在床上辗转反侧。

如姬突然觉得有个黑影站在身后，她回头一看，惊叫一声——

长亭侯一动不动地站在那儿，全身是血。

阴风惨惨。长亭侯空蒙的声音：女儿，为父死得好惨哪！

如姬突然惊醒，全身大汗。

念奴摇着她：小姐！小姐！你怎么了?！

如姬：我……我……我刚才看见父亲了，他浑身是血，来向我告别，他说他死得好惨，让我一定替他报仇！……

说着，她吓得一下子捂住了眼睛，再也说不下去。

念奴也惊呆了。

如姬紧紧抓住念奴的手：念奴，你说，你说，这到底是怎么了？爹爹是不是在给我托梦……

念奴言不由衷地安慰：小姐，你不过是做了个噩梦，长亭侯熟悉魏国的道路，大概已经走得很远了，如果一直往东走，很快就能到齐国了……

如姬：是真的吗？

念奴：小姐，放宽心，睡个好觉吧！

如姬疑惑地：信陵君不是也老让我放心吗？

念奴：难道小姐觉得奴儿与信陵君串通一气在骗你？

莫邪剑发出了轻微的鸣鸣声。

如姬：我现在谁都不信，只信它！

如姬拔出剑，把自己的帐幔劈成两半。突然，有殷红的血从帐幔中慢慢流出来。

念奴也大吃一惊。

如姬目光犀利地看着念奴：看见了吗？我的莫邪剑是从不骗我的！

31. 夜。外。旷地里

信陵君带着侍卫匆匆赶到。

只见血流遍地,雪地上横七竖八地躺了几具尸体,信陵君等翻开来看,都是些戴着蒙面的马贼。

信陵君循着血迹,一路追寻,终于发现了奄奄一息的虞卿。他大惊失色,赶紧上前救助虞卿。

在信陵君的紧急救助下,虞卿渐渐清醒,他见是信陵君,立即破口大骂。

虞卿:好你个贪生怕死的伪君子!你还来做什么,是不是想来替我们收尸的?……长亭侯,虞卿对不起你呀!

信陵君:大人,情况紧急,待无忌日后再解释,长亭侯现在何处?

虞卿用手指指林间小道,信陵君立即率人拍马赶去。

32. 夜。外。林间旷地

信陵君率众赶到丛林间,只见旷地上大摊的血浸染着白雪,却不见人的踪影。信陵君正在纳闷,更有侍卫开始呼唤"长亭侯大人"。

这时,一队蒙面客至,为首的手中还赫然拎着长亭侯的首级。

信陵君看见大骇,上去就要与蒙面人拼命,却不料一队的蒙面人摘下蒙帕,纷纷跪了下来。

33. 夜。内。王后寝宫

宫女芬儿跌跌撞撞地回来,王后赶紧迎上去。

王后:你怎么了?怎么成这样了?!

芬儿语无伦次地:杀人啦,杀人啦!

王后吓了一大跳:怎么了,是信陵君出什么事了吗?

芬儿并不回答,只是不断地重复:杀人啦,血流满地呀!

王后急得抱着芬儿直摇她:快说呀,芬儿,到底出什么事了,谁杀人了,谁又被杀了?

芬儿哭着说:我也不知道,我只看见一个全身黑衣的人把一个满脸胡子的人，只这么一下就杀了，他倒在地上，眼睛还睁着，太吓人啦！

王后：那你看清没有，到底是信陵君不是？

芬儿：不是信陵君，不是信陵君。呀，杀人啦，芬儿好怕呀。

王后捂住她的嘴：不要再喊了，芬儿，再喊，你的小命可就没了！

王后命人将她带下去，自己又悄悄地溜出了寝宫。

34. 夜。内。魏王内宫

王后又潜入魏王内宫，依然躲在帷帐的后面，静静地等待。

果然，不一会儿，一身黑衣的魏单就回来密奏魏王。

魏王：怎么样，都利落了吗？

魏单从怀中掏出一绺长亭侯的须发送上。

魏单：魏单一切按大王的计划行事。

魏王接过须发，十分满意：好，干得漂亮，你先回去休息吧，后面的事寡人自有安排。

魏单退下，魏王还在得意地欣赏那绺须发。

躲在帷帐后的王后皱起眉头：他们杀的到底是谁？！

35. 夜。外。林间旷地

为首的蒙面客将长亭侯的首级放下，对信陵君跪拜。

信陵君：你们是什么人？是何人派你们来的？

头目：禀信陵君，我等乃平原君夫人亲自派来的侍卫，因平原君现在秦国为质，夫人寝食不安，故派我们捉拿长亭侯以牵制秦国，夫人是要我们活捉长亭侯的，谁知半路杀出一队马帮，与我们好一场恶战！等我们赶到这里的时候，长亭侯已被他们所害，我们也不知道杀死长亭侯的凶手是谁。眼下我们只能将长亭侯的首级割下，回去向夫人交差，也好早日换平原君返赵。如有得罪，还请信陵君多多海涵！

信陵君再也说不出什么了，他无力地挥了挥手，为首的蒙面客会意。

他们一队人跃身上马，冲信陵君一拱手：多谢信陵君，在下告辞了。

他们带着长亭侯的首级策马而去。

信陵君半天没缓过来。等赵国侍卫离开好久，他的侍卫才敢提醒他。

侍卫轻声地：主公，我们也该回去了吧？

信陵君这才恍然大悟，突然，他也不骑马，而是发足狂奔出林。

36. 夜。外。虞卿受伤处

信陵君狂奔至此，不明就里的侍卫们也跟着过来。只见原先虞卿重伤跌倒处，只有一摊鲜红的血迹，虞卿已杳无踪迹。

信陵君大叫：虞卿，虞卿大人！

他又突然跪倒在地，仰望苍天大叫。

信陵君：如姬，我魏无忌食言，我对不起你呀！长亭侯，我对不起你呀！

信陵君痛苦的声音在空林中一声声地回响着，只有被风吹的树枝簌簌的声音与之附和。旁边的侍卫也被吓坏了，也纷纷跪倒在地。

哀号的信陵君好像想起什么，他吩咐：长亭侯的尸身呢，你们快去找！

侍卫们得令，四处搜索。

37. 夜。内。平原君府正房

平原君夫人正襟危坐，等候消息。

这时，黑衣侍卫们来报。

平原君夫人：怎样，抓到吕齐了吗？

侍卫将用黑布包裹好的长亭侯首级打开，平原君夫人一怔。

平原君夫人：不是让你们抓活的回来吗，这是什么意思？

侍卫们跪倒在地：请恕小的们无能，我们去抓长亭侯，谁知他和虞卿大人奋力反抗，我们正要得手的时候，有一群马贼突然来到，与我们好一番恶斗，等我们好不容易摆脱，却发现长亭侯已被他们杀害，我们无奈，只得割下长亭侯首级回来。还望夫人恕罪。

平原君夫人不动声色：算了，你们也辛苦了，下去吧。

侍卫们退下。

平原君夫人对着长亭侯的首级：吕齐，你有今日，可也怨不得我！原本碍于信陵君和如姬的关系，我是想留你个活口的，孰料，人算不如天算，你命该如此，我也无能为力了。眼下只好有请你辛苦一趟，去趟秦国，换回平原君，这样，你的使命也就可以完成了。

她啪地将长亭侯的首级覆上黑布。

画面一片漆黑。

38. 夜。内。长亭侯府如姬闺房

如姬提剑不顾念奴的劝阻，冲出闺房。

如姬：你不必管我，睡你的觉吧！

念奴跟出。

39. 夜。外。长亭侯府后院

念奴跟着如姬走到后院门口，刚打开门，就看见漫天大雪之中，一匹马驮着什么由远而近，狂奔至如姬家花园的后门。

念奴冲上前一看，竟是具无头的尸首。

念奴一惊，赶紧回身掩住如姬的眼睛。

念奴：小姐别看，不知从哪儿来的东西，难看得很！

如姬却摆开念奴的手：让开，我现在什么都不怕！

如姬近前一看，一下子惊呆了！

突然，两人都好像想到了什么，惊恐地对视了一眼。

如姬声音已经有些颤抖：念奴，你帮我看看，他，他的左手掌心，掌心上可有颗黑痣？

念奴慢慢地将手搭在那具无头尸的左手上，猛地一翻过来，一颗黑痣赫然在掌心上。

念奴惊得"啊"了一声，如姬也看见了那颗黑痣，她大叫了一声"爹爹"，就趴在尸身上昏厥了过去。

念奴：小姐，小姐……

念奴看见那匹马越走越远，突然捡起如姬扔在一旁的剑，发力冲上前去，企图拦住那匹马。

眼看着拦不住，念奴一剑砍了过去，马受伤倒地。

马仰头向天，嘶鸣不已。

40. 夜。外。丛林旷野中

侍卫们四处搜索却一无所获。

一侍卫来报：主公，实在是找不着，可能已经被人运走了。

信陵君突然想到什么：如姬！

他立刻跳上马，飞奔而去，等侍卫们反应过来，他已无踪影。

41. 夜。内。长亭侯府正房

如姬鼻息微弱，念奴掐她人中，对她实行紧急救助。

念奴：小姐，你怎么了？快醒醒啊！别吓唬奴儿好不好？！

这时，信陵君狂奔进来。

念奴看见信陵君如同看见救星一般，赶紧迎过去。

念奴：公子，您快来救救小姐吧，她，她……

信陵君：难道她已经知道长亭侯被……

念奴含泪点头。

信陵君过去握紧如姬的手：如姬，我是无忌呀，你快醒醒！念奴，快去请郎中，快去呀！

念奴不动：长亭侯死得不明白，若有外人知道，会对小姐不利！近来发生的事情，已经让小姐对公子误会很深了，连奴儿也受到牵连呢！……小姐，快醒过来，奴儿还要与你一起为长亭侯报仇呢，你怎么能不醒过来呢？！

任凭念奴如何呼唤，如姬却纹丝未动。

信陵君痛苦的神情。

42. 夜。内。信陵君府

众侍卫回到府中，众门客和孟尝君都迎上去。

侍卫：怎么，主公还没回府吗？

门客：什么话，他不是和你们在一起吗？

侍卫：可，可……

孟尝君：不着急，慢慢说。

侍卫：等主公和我们赶到的时候，长亭侯已身首分离，好像是有两批人马都想要长亭侯的命。其中一批是平原君夫人派来的，据他们说他们也不知道到底是谁杀了长亭侯，只能割了长亭侯的首级回去向平原君夫人交差。另一批人马应当是杀人凶手，可我们始终未见。就在我们四处寻找长亭侯的尸身的时候，主公好像突然想起什么，撇下我们一个人先离开了……

孟尝君略一思索，吩咐道：你们几个把我送到长亭侯府。

侍卫：大人，您这是要……

孟尝君：如果我猜得不错，信陵君现在定在长亭侯府。

43. 夜。内。长亭侯府正房

信陵君和念奴正守在如姬身边，孟尝君至。

念奴看见孟尝君似乎吃了一惊。

孟尝君走得很缓慢，信陵君赶紧上前搀扶他。

信陵君：兄长，您怎么来这儿了？

孟尝君：听侍卫一说，我就猜到你会到长亭侯府上。怎么，如姬姑娘不太好？

信陵君：兄长，您懂医道，您快给看看吧，如姬她……

信陵君的泪水在眼眶里打转，竟再也说不下去。

孟尝君拍拍他，让他冷静些。他来到如姬身边，只见如姬双目紧闭，脸色惨白。

孟尝君紧皱眉头：姑娘这是急火攻心所致。

信陵君：兄长，有什么办法没有，您快救救她！

孟尝君不说话，而是运了运气，然后飞快地点了如姬的几个穴道，用足力道。

这样往返几次，如姬好像竟有了些知觉，嘴唇微微动了动。

念奴眼尖，立即叫了起来：小姐，小姐她活过来了！

不一会儿，果然看见如姬慢慢地睁开了眼睛。

信陵君兴奋地大叫：兄长，太好了，如姬，她活过来了！

这时，他才发现孟尝君由于身带重病而用力过度，就要倒下去。信陵君赶紧稳住他。

信陵君：兄长！

孟尝君冲他摆摆手：不碍事，缓一缓就好，你还是去看看如姬姑娘吧。

说罢，孟尝君坐下大口喘气。念奴给他递上一杯茶。

信陵君抓住如姬的手：如姬，你可把我给吓坏了！

如姬看了他一眼，立即抽出手：不要碰我！

信陵君迷惘地：……怎么了，如姬？

如姬再不理他，转过头去：……念奴……

念奴赶紧过来：小姐，我在这儿呢。

如姬用微弱但很坚定的声音说：念奴，我要你给我作证，我要你们在场的所有人为我作证。谁能替如姬报杀父之仇，我便嫁给谁！

说罢，她又晕了过去。

信陵君赶紧叫孟尝君。

孟尝君看了如姬一眼：没事，她太虚弱了，让她好好睡一觉，休息休息吧。

信陵君：念奴，你好生照顾姑娘，我这就去寻找仇家！

孟尝君：公子且慢！公子现如今一点线索没有，您又上哪儿去拿凶手呢？

信陵君：念奴，把那匹驮尸体的马拉过来！

44. 夜。内。秦王内宫

范睢求见秦王。

范雎：臣深夜拜见，还请大王原谅。

秦王：令尹说哪里话，只是到现在寡人也没从平原君处获知吕齐的消息，实在有些愧对令尹。

范雎：大王这样说，着实折煞范雎。不过范雎也正是为此事而来。臣知道大王一直不让臣面对平原君是为臣着想，怕平原君因恨臣而公报私仇，不愿说出实话，但如今这些顾虑都可解除。臣恳请大王让范雎见见平原君，吕齐的事小，臣是想会会这位闻名遐迩的公子，探探虚实。

秦王：也好，那就有劳令尹了。

45. 夜。内。秦国驿馆

范雎一身布衣来到软禁平原君的驿馆。

平原君正在挑灯夜读。范雎叩门入内。

范雎：我素来景仰公子，不知可有荣幸与平原君一叙。

平原君看了他一眼：范令尹，请进吧。

范雎颇有些讶异：公子见过范雎？

平原君：不曾。

范雎：但公子……

平原君：深夜能来此重地的，秦国能有几人？更何况令尹气质不凡，我想，我赵胜还是能看出个十之八九的！

范雎作揖：平原君果然名公子也，范雎佩服。

平原君：令尹的大名，赵胜亦是久仰。

两人一阵干笑。

平原君：赵胜今日得见令尹，也全仗长亭侯吧？

范雎：平原君既然如此爽快，范雎也就不卖关子了，长亭侯既然在贵府，平原君不妨将其交出，您也好早日返赵与家人团聚呀。

平原君：令尹考虑得甚是周到，可巧妇难为无米之炊呀，赵胜没见过长亭侯，又怎将他交出呢。更何况，赵胜以为，令尹的欲求应该不只长亭侯这么简单吧？

范雎：噢？这个范雎倒不知了，除了长亭侯，我还想要什么，还请平原君不吝赐教。

平原君：只怕令尹所要的也正是赵胜所要的！

范雎、平原君两人假意地大笑。

46. 夜。外。长亭侯府后院

信陵君、孟尝君和念奴来到后院。

一具用白布包裹好的尸身静静地躺在院中。

信陵君强忍悲痛，仔细端详院中拴着的那匹伤马。

信陵君：可是这马将长亭侯送回？

念奴：正是。

信陵君又绕着那马仔细地查看，他抬起一只马腿，只见上面打着个印记。

信陵君：孟尝君，你快来看看这是什么标记？

孟尝君与信陵君相顾大惊。

孟尝君：这不是宫印吗？难道……

信陵君：我想我已经知道是谁干的了！来人，把我的剑拿来！

孟尝君急忙抱住他：公子不可鲁莽行事！

信陵君脸色苍白地甩脱他，披发仗剑匆匆离去。

孟尝君一阵猛咳：拦住他！拦住他！

信陵君突然回头：谁敢拦我，如同这些草芥！

说罢，他一剑挥出，将园子里的野草齐刷刷斩断！

众人都吓得向后退了一步。

念奴的眼珠转了几转。

47. 夜。内。魏王内宫

魏王正沉浸在淫曲艳舞中，边饮酒边作乐。

忽宦官来报：大王，信陵君有要事求见！

魏王：不见不见，这都多晚了，就跟他说寡人已然睡下。

宦官：大王，信陵君这回来非同小可，他满脸怒气，还带着剑，一副要找人拼命的样子！

魏王大惊：如此，就更不能让他进来了！

信陵君突然闯进：你没做亏心事，为什么不敢让我进来？！

魏王缩成一团：无……无忌，你不要胡来啊！……

48. 夜。外。长亭侯后院

孟尝君激烈地咳嗽：无忌这一去，凶多吉少！

念奴：那怎么办？

孟尝君：你放心，有太妃在，公子倒还不至于有性命之忧，只是……这一下打草惊蛇，以后怕是更不好查证了！好了，我也该告辞了，你家小姐身体虚弱，不过并无性命危险，你放心好了。

他又掏出酒葫芦喝了一口，然后是一阵咳嗽，还咳出了血。

念奴见状，突然上去抢下他的酒葫芦，大叫：孟尝君，你别喝了！

孟尝君吓了一跳：怎么？

念奴恼怒地：本姑娘叫你别喝你就别喝！

孟尝君笑起来：好啊好啊，真是近朱者赤近墨者黑，我们的念奴姑娘自从跟了如姬小姐，的确改变了许多！

念奴：少废话！

念奴突然出手，将那酒葫芦掷出墙外。

孟尝君呆住。

49. 夜。内。王后寝宫

王后已经睡下，正躺在床上辗转反侧。

忽然有宫女轻轻地呼唤她：娘娘，娘娘。

王后：什么事？

宫女：娘娘睡了吗，我是听人说信陵君进宫了，我想娘娘可能……

王后一骨碌爬起来：你没听错？是信陵君？这么晚了，他来干吗？一定是出大事了吧？！

王后立即穿戴整齐出了门，宫女狡黠地笑。

50. 夜。内。魏王内宫

信陵君持剑立于魏王前，怒发冲冠。

魏王：无忌……你……你干什么？！

信陵君：大王今晚做的好事！

魏王还在假装：嗳，不过是几个舞伎嘛，无忌不必大惊小怪，天下哪个王侯不以此为乐呢？

信陵君已经怒不可遏了：大王还要掩藏到什么时候？今晚长亭侯被人暗杀了，身首异处，大王难道毫不知情？！

魏王做大惊状：什么？你说吕齐死了？他不是在平原君府上吗，这是怎么回事？寡人确实毫不知情，无忌，你不是要怀疑寡人吧？

信陵君：现在已经铁证如山了，大王还想怎样抵赖？

魏王有些心虚了：无忌，你可不能血口喷人，你说说看，有何证据？

信陵君：哼，将长亭侯驮回家的马的马掌上分明打着宫中的符印。若不是大王派人去杀的长亭侯，谁还能用宫中的马匹？

51. 夜。内。帷帐后面

王后招手叫一宫女近前，附身向她耳语。

宫女匆匆而去。

52. 夜。内。魏王内宫

魏王松了口气：就凭这个你就怀疑你的王兄？无忌，你太让寡人失望了。你说，寡人为何定要杀了长亭侯，他可是魏国重臣呀。

信陵君：因为你忌惮秦国，你害怕秦国借口长亭侯来攻打魏国，所以才做出不仁不义之事。我现在甚至怀疑当初将长亭侯挟持到平原君府的就是你！

魏王：够了，魏无忌！寡人因看你与寡人是同父所生，平日对你也多忍让，没想到你竟得寸进尺，将一些莫名其妙的罪名扣在寡人头上。你可知以你做的犯上之举，我现在就可以把你杀了！

这时，帷帐里却突然有了响动，原来是王后听了这话，大惊失色，不慎将旁边的花盆打翻。

魏王大惊：什么人？

王后无法，只得从帷帐里走了出来。

魏王：你？！

53. 夜。内。魏太妃寝宫

王后派去的宫女匆匆来到太妃寝宫。

宫女对太妃宫女盼儿：姐姐，烦你进去通报一声，有急事请太妃速进大王内宫！

盼儿：太妃都睡了……

太妃在里面：是谁啊？

宫女在外面：太妃，大事不好了，信陵君进宫跟大王吵了起来，大王还说要杀信陵君的头呢！是王后娘娘特命我来请您的！……

魏太妃吓了一大跳：啊？！这是怎么回事？快帮我更衣，我现在就去大王内宫，咱们边走边说。

54. 夜。内。魏王宫的回廊里

魏太妃也不坐轿子了，她由几个宫女搀扶着，一个宫女在不断地跟她说着事情的经过，魏太妃频频点头。

55. 夜。内。魏王内宫

魏王瞪眼看着王后。

魏王怒气冲冲地：你在这做什么？！

王后：臣妾是想来陪陪大王的，可刚走到回廊就听说信陵君来了，臣妾是进也不是，退也不是，只好隐身在帷幕之后，大王，您不会真要那样对信陵君吧？他可是你的弟弟，是魏国的重臣哪！

魏王见有台阶可下，这才缓和下来：你看，连王后都知道你们这些贤臣对魏国的重要，寡人堂堂一国之君，又怎能随便将长亭侯杀了呢？哦，对了，无忌，你不是想知道今晚寡人在做什么吗，王后可以作证，寡人一个晚上都跟她在一起。

信陵君：是这样吗，娘娘？

王后胆怯地：……是的……是这样。

魏王：怎么样？你不信我，难道连娘娘也不信吗？！

信陵君：即使你真的一直和娘娘在一起，也不能说明什么！你完全可以派你的手下去干——

魏王恼羞成怒，拍案而起：魏无忌！你不要太过分了！你不要以为寡人是你的长兄便可一味迁就你，告诉你，寡人首先是魏国的君主！你今天犯了三条大罪，每一条都足够死罪！无凭无据咆哮内宫，此罪一也！犯上作乱带剑进宫，此罪二也！血口喷人不听劝阻，此罪三也！如此大逆不道，魏无忌，我杀得你了！

魏王拔出腰刀砍向信陵君，信陵君用干将剑一挡，立即迸出蓝色火花！

周围的侍从宫女全部惊呆。

魏王被一股强劲的力道打得重重地坐在地上。

魏王大怒：来人！把魏无忌给我拿下！

魏太妃突然出现：且慢！

第八集

1. 夜。内。魏王内宫

魏王与信陵君正在争执，魏太妃出现，喝住了他们。

魏王：母后？！

信陵君：母亲！

魏太妃：你们都给我住手！……看看你们两个，竟然当着下人，全然不顾君王和君侯的尊严，既无君臣之道，又不讲兄弟之情，若是传出去，岂不是让他人笑死！还不快快把刀剑给我收了！

魏王与信陵君慢慢将刀剑收起。

魏太妃严厉地：到底为什么事？

魏王：让母后受惊了，其实也没什么事，刚才有些误会……

信陵君：什么误会？人命关天哪！

魏太妃：我听说，长亭侯被人暗杀了，可有此事？！

魏王：我也是刚听无忌说的。

魏太妃：大王，长亭侯可是我魏国重臣，对魏国功勋卓著！与合纵各国关系极好，如今他流落他国，又不明不白惨死，肯定会引起各国关注。大王可不能坐视不管哪。就是他的家眷也应好好抚慰才是。

魏王：这个当然，母后放心，寡人定当将杀害长亭侯的凶手查出，以谢长亭侯在天之灵。当然，也要给合纵各国一个交代，这个道理寡人也明白。

魏太妃：那就好，无忌，时候不早了，我们也该走了。

信陵君还有些不甘心，他又看向王后，王后被他看得发毛，想说又不敢说，只得将目光移开，看向别处。

魏太妃：无忌，走吧！

信陵君狠狠瞪了魏王一眼：事情总有水落石出的一天！

说罢，仗剑而去。

2. 夜。外。魏太妃寝宫外

已经到了魏太妃寝宫的门口。

魏太妃：你随我来。

信陵君跟着魏太妃进了太妃寝宫。

3. 夜。内。魏王内宫

魏王待他们一走，立即张扬起来。

魏王：哈哈，真是大快吾心哪，寡人还真没见过无忌无话可说的样子！哈哈哈……今天还多亏了王后帮忙，寡人要奖励你，今夜，到你的寝宫去！

王后一惊，急忙掩饰：谢大王临幸之恩！

王后挽着魏王，两人一起走出。

4. 夜。内。魏太妃寝宫

母子坐定，屏去左右。

魏太妃：无忌，你今日还是太莽撞了！

信陵君：儿子也觉得刚才有些不妥，可那马分明是宫中的马匹，如果不是大王，又怎会是宫中的马将长亭侯的尸身送回家呢？！

魏太妃：这种事得从长计议，你现在指证的可是一国之君呀！

信陵君：无忌答应过如姬，一定要把长亭侯找回，现在只能是找她的杀父仇人了！如今却连这惟一的线索都断了，儿子不甘心哪！

魏太妃：我知道你是为了如姬，为了长亭侯，为了魏国。无忌放心，虽然为娘平日最怕别人说我偏心，只偏爱自己的亲儿子，所以你们兄弟相争，我都会护着大王，可是这一次，我一定会站在你这一边，定要将此事查个水落石出。这不仅是长亭侯一家人的事，也关系到整个魏国，魏国绝不能让一个不讲礼义廉耻的猥琐之人做大王！

信陵君叩头：儿子替如姬，替魏国百姓叩谢母亲！

魏太妃：快起来吧，这几日，如姬的心绪肯定不佳，你得多陪陪她。

信陵君：长亭侯被杀，我已经自毁誓言，如今连凶手都找不到，我还有什么颜面去见如姬？！她对我……只怕是误会很深哪！

魏太妃：男子汉大丈夫，不怕别人误解，何况，她是你心爱之人！

信陵君抽出宝剑：干将啊干将，在我手中白白辱没了你的英名！

5. 夜。内。长亭侯府正房

如姬趴在古琴旁边睡着了，念奴守在一旁。

念奴内心独白：长亭侯遭遇不测，如姬和信陵君的婚事必然受到影响。现在小姐又发誓只嫁给替她报仇的人，若是别人替她报了杀父之仇，那念奴先前的努力岂不都白费了？不行，我还得助信陵君一臂之力。如今看来，孟尝君还真是个足智多谋之人，我先前对他的所为是不是太狠了？亡羊补牢，犹为未晚，不如……

6. 夜。内。王后寝宫

魏王随王后回寝宫。王后殷勤地替他宽衣。

王后：大王，您说，今夜入眠之后，长亭侯的魂灵会不会来找您？

魏王给她说得一激灵，立即沉下脸来：你胡说什么，寡人又没对他做什么，他怎么会来找寡人？你这贱人就是这样让寡人不痛快。快给寡人换上衣服，寡人在你这一刻也待不下去！

王后赶紧跪下：大王请息怒，是臣妾说错话了，臣妾也是被刚才说的长亭侯身首分离给吓的。

魏王：还说！

王后：臣妾不敢了，臣妾再也不提长亭侯三个字了。大王今晚辛苦，不如臣妾给您温壶酒好好睡一觉？

魏王：这还差不多。

王后：大王先歇会儿，臣妾温好酒就来。

魏王躺在榻上，王后在一边预备酒。她趁大王不注意，悄悄地往酒里撒了些药粉。

7. 夜。内。魏王后寝宫

王后服侍魏王喝下酒，还在说着话的魏王很快就迷迷瞪瞪起来。

王后试探地问他：大王，大王，魏无忌已经走了。

魏王迷糊着与之应答：哦，走了，他早该走了，还想抓我的把柄，没那么容易！

王后：还是大王聪明，做得滴水不漏，想那魏无忌就是再有能耐也没办法。

魏王：哼，那是，光靠他信陵君行吗？秦国咄咄逼人，吕齐在一日便是一日之隐患，我不除掉他行吗？他魏无忌懂什么？

王后心思一动：大王果然英明，但不知大王是如何除了长亭侯的？

魏王：这还不容易吗，找帮人把他杀了不就得了，告诉你吧，当初送他到平原君府上的也是我，这就叫借刀杀人，一举两得！

王后一听，吓得瘫坐在一边，半天动弹不得。

这时，魏王突然抓住她的手。

王后吓得哆哆嗦嗦：大王，我什么都没听见，什么都不知道呀。

魏王却并未睁眼：无忌，你学着点吧。

说完，他翻了个身又睡过去。

王后抚着自己狂跳的心脏，惊魂未定的样子。

8. 黎明。内。信陵君府后院

信陵君满腔愤怒地回到自己的府上，忽然听见庭院里传来的琴声，铿锵有力，十分激昂。

信陵君循声而去，只见孟尝君坐在院中，正在全神贯注地抚着琴，心无旁骛。

信陵君被琴曲激起强烈共鸣，拔出宝剑随着乐声左劈右砍，发泄心中的忿懑，突然琴声戛然而止。

信陵君仍然在剧烈劈杀。

孟尝君：公子在与谁厮杀？如此激烈？！

信陵君宝剑横扫竹林，竹子倒下一片：无忌要除尽天下邪恶！

孟尝君：天下邪恶就如春天的竹笋，砍之不尽。

信陵君恨恨地：那就连根铲除！

孟尝君：谈何容易？！

信陵君：兄长有如此高超的琴艺，无忌怎么都不知道呢？

孟尝君意味深长地：公子不知道的还多着呢。

信陵君看了他一眼：是啊，平原君医道也高明，那日多亏兄长救助如姬！

孟尝君：我这也不过是亡羊补牢罢了——在长亭侯一事上，是我疑虑过多了，以致贻误时机，送了他的性命。

信陵君：智者千虑，必有一失。无忌适才对兄长也过于莽撞了，还请兄长原谅。

孟尝君摇着头：只怕我对长亭侯的歉意只能到地下再还了，好在时日不久矣。

信陵君：兄长怎么又这么说了呢，这些天您不是好多了吗？

孟尝君只是微微一笑。

潜入信陵君府，掩在树丛中的念奴听了这些话，噌地溜走了。

9. 黎明。内。信陵君府孟尝君住处

念奴灵敏地闪进孟尝君的屋子，屋子的墙边摆了几个小酒罐，念奴逐一打开，使劲嗅了嗅，香气扑鼻。

念奴却狠下心来，一个个将其砸烂，酒汩汩地流出，满地都是。

念奴看着满地碎片，冷冷地：孟尝君，你还是好好地活着，多多辅佐信陵君吧！

她很快消失在晨雾中。

10. 黎明。外。信陵君府后院

信陵君上来搀扶孟尝君。

信陵君：兄长，凉气太重，我还是扶您回屋歇息吧。

两人边走边说。

孟尝君：公子刚才好像有了些凶手的眉目，查得如何了？

信陵君：我原本以为有十足把握，可当事人矢口否认。

孟尝君：公子说的可是魏王？

信陵君：兄长如何知晓？！

孟尝君：小儿伎俩，路人皆知！

两人来到孟尝君的住处，只闻见扑鼻的酒香迎面而来。

两人对视了一眼，赶忙奔进屋去。

11. 黎明。内。信陵君府孟尝君住处

两人进屋一看，只见所有的酒罐皆被砸烂，酒流得满地都是。

信陵君很是奇怪：这是怎么回事？看看还有什么东西少了？

孟尝君也皱眉思索了半天，了然一笑：大概是谁与我的酒有仇吧？还请公子破费，再给田文置备一些美酒吧。

信陵君一脸的茫然：可是大夫说是不让您再饮酒了！

孟尝君一笑：只怕现在就是我喝再多的酒也不要紧了！

信陵君更加茫然。

12. 黎明。内。魏王后寝宫

王后在宫中徘徊，一脸惊惶，她的耳畔又响起当日芬儿的声音。

芬儿：杀人了，娘娘，我看见杀人了！

王后仿佛有了主意，看着魏王熟睡的样子，暗暗吩咐下人：去，把芬儿给我叫来。

芬儿来，王后将她拉到外室，低声吩咐。

芬儿叫了起来：娘娘，您饶了芬儿吧，我可再不敢去信陵君府了！万一再看见什么，芬儿的小命可就没了！

王后呵斥：小声点！你要是不去的话，你的小命可就真没了！

芬儿吓得不敢再多说什么。

王后：你放心，这回你不会再遇见什么了，你只要告诉信陵君那件事确实是那个人做的，你再把那日你去信陵君府看到的情形告诉他即可。记住，一定要亲口告诉信陵君，一定不能让他人知晓！快去快回！

芬儿还想说什么，被王后严厉的目光吓退，赶紧出去了。

13. 日。外。魏王宫外

芬儿走到宫门边，被宫廷侍卫拦住。

侍卫：干什么去？

芬儿：奉王后娘娘的令出门有事，你敢拦我？你要违抗王后娘娘不成？

侍卫放行。

芬儿出了宫门。

两侍卫互相一使眼色。

侍卫甲低声地：你立即去报告大王。

侍卫乙：是！

14. 日。内。魏王后寝宫

魏王一觉醒来，发现身边王后的枕头并无睡过的痕迹，他立即警觉起来，仔细地回忆昨夜发生的一切。

镜头快速闪回：信陵君的质问、王后从帷幔中走出、魏太妃的出现、魏王随王后来到寝宫、王后倒酒的动作、王后坐在床边的问话……

一切那么清晰又是那么模糊，魏王狠命地甩了甩脑袋，他连唤两声。

魏王：来人，来人！

侍卫乙进来：大王！

魏王：你是庭外侍卫，进内宫何干？

侍卫乙附在魏王耳边悄悄耳语了几句。

魏王勃然色变。

魏王拔出随身佩剑，冲出屋子。

只见王后正在帷幔外翘首迎盼着什么，惴惴不安的样子。

王后一转头，看见魏王拎着剑，吓得脸立即变了颜色。

王后扑通一下就跪倒在地：大、大王，这、这是干什么？

魏王一把抓住王后的头发：你这个贱人，你派贴身侍女出宫去干什么？！

王后吓得浑身如筛糠一般哆嗦，说话更是支吾：臣、臣妾不、不曾派……派人出宫啊！……

魏王：还想抵赖！（狞笑着抓住她的头发在地上拖）是不是要寡人把那小贱人的脑袋给你看，你才相信啊？！

王后大惊：大王，大王啊，都是臣妾的不是！都是臣妾的不是！和芬儿没有关系，芬儿她……她什么都不知道！……大王千万刀下留人哪！……

宦官听见动静纷纷走进，见魏王拔剑逼着王后，全都吓傻了，纷纷跪下。

宦官：大王请息怒，大王请息怒呀。

魏王突然一把将王后推倒在地，脸色变得无比地阴狠毒辣：寡人再也不想见到你了！

他猛地起身，吩咐：来人，把这不识进退的贱人拖出去，立即斩首！

王后听了这话，一下子就晕了过去。

宦官们赶紧围过来：娘娘、娘娘！（又都跪求魏王）大王请三思，娘娘毕竟是一国之母，怎能说杀就杀？再说，后宫也不可一日无主。大王这样做，恐难给天下人一个交代！

魏王：寡人不管什么交代不交代，就是再也不要见到这个贱人了！拖出去，斩了！你们要是再啰唆，连你们一起拿下。

宦官们不敢再多言，只得架起还在昏迷的王后出去。

魏王突然地：等等！还是先将这个贱人打入冷宫吧，不要让寡人再见到她，让她永世不得翻身！

宦官们赶紧答应：是。

宦官们架着王后。

魏王自语：也不知这贱人到底知道多少，真真让人心烦。总之，这辈子，她休想再出来了！让她烂在冷宫里！

15. 日。内。秦王宫

范雎觐见秦王。

范雎：大王急召下臣，不知何事？

秦王只是哈哈大笑，并不答言。

范雎：大王如此高兴，可是平原君答应合作了？

秦王：比这还要痛快呢，令尹，寡人早先许给你的礼物终于可以兑现了。

秦王一击掌，宦官呈上一只大锦盒。秦王示意范雎打开锦盒，范雎打开锦盒，只见吕齐的头颅赫然在其中。

范雎：妙啊！大王从何处得来的？

秦王递给他一卷书简。

范雎念信：秦王台鉴：兹有长亭侯首级奉上，望验明正身。因知大王与令尹索之迫切，故成人之美。大王既得首级，还望能遵守诺言，立即送平原君返赵，赵王与妾身等翘首迎盼。平原君夫人敬上。

范雎合卷冷冷一笑：范雎早就耳闻平原君夫人甚是了得，韬略不让须眉啊！

秦王：令尹有何打算，我们真要放人吗？

范雎：现在，只能放了平原君。以臣之见，妇人的阴毒最是难料。我们现在已经没有任何借口可以羁扣住平原君，而且只怕平原君夫人已经备好了兵马，信陵君肯定也在其中！

秦王：你是说魏国的信陵君？

范雎：正是，他是平原君夫人的胞弟，岂有袖手旁观之理？！到时候只怕两大公子联手，对秦国很是不利啊！

秦王：说得对！来人！

侍卫走进。

秦王：备车马，放平原君！

16. 日。内。信陵君府孟尝君住处

信陵君亲自端着一碗药进来，孟尝君正在兴致勃勃地擦拭自己的宝剑。

孟尝君：公子来得正好，田文好长时间不摸剑了，手痒痒，公子与我比试比试？田文可未必会输给你哟！

信陵君也来了兴致：好，咱们就比试比试，您把这药给喝了，我去拿剑。

孟尝君：嗳，无忌，你看我精神这样好，你这不是多此一举吗？

信陵君：兄长，练剑归练剑，可这药您还是得喝的，否则，无忌不陪您练了。

孟尝君：好好好，就听公子的。

孟尝君一仰脖子将药喝完。

信陵君：以后您每天喝完药，我才陪您练剑。

孟尝君：知道了，快去取剑。

17. 日。外。信陵君府后院

信陵君和孟尝君在院子里比试剑法。两人你来我往，看起来打得似乎很是激烈。其实信陵君顺着孟尝君的剑路舞动，孟尝君舞得高兴，一剑直劈下去，信陵君躲避不及，只能抵挡，两剑猛地撞到了一起，激起闪光。孟尝君反倒被震得后退了好几步，好不容易站立，却抑制不住地吐出了鲜血。

信陵君大惊，赶紧过去搀扶：兄长，您还好吧，都是无忌用力太大，伤着您了吗？

孟尝君捂住胸口：不碍事，也是我太急于求成了！

信陵君：兄长，您还没有大好，那药可是万万停不得呀。

孟尝君点头。

这时，门房领着芬儿过来。

门房：主公，这位芬儿姑娘是王后娘娘派来的，说有事找您。

芬儿看见孟尝君满口鲜血的样子，立即吓得尖叫一声晕了过去。

18. 日。内。信陵君府内屋

芬儿渐渐醒来，信陵君在屋子里来回踱步，孟尝君虚弱地倚在一边。

信陵君：你终于醒过来了，快说，王后都跟你说什么了？！

芬儿：血，血！

孟尝君：哦，那只是我不小心弄破了手，不碍事。

信陵君：王后到底让你说什么？！

芬儿：可，王后让我亲口告诉信陵君……

孟尝君：是呀，这位就是鼎鼎大名的信陵君，你快告诉他啊！……哦，好，我回避！

孟尝君转身进屋。

信陵君：现在你可以说了吧？

芬儿显然受了惊吓，神志不清：信陵君？你就是信陵君？我告诉你，我看见杀人了，那天晚上，我看见一个长胡子的人被一个黑衣人杀了，血流了满地！啊！杀人啦！好可怕啊！

信陵君急切地：你说清楚，谁被谁杀了？！

芬儿神经质地：啊不！我不知道！别问我，我不知道！……信陵君大人，我要回去了，王后命我快去快回！

芬儿说罢跌跌撞撞地冲了出去。

信陵君陷入深思之中。

19. 日。内。信陵君府正房

信陵君回房，郑重地摘下干将剑，被孟尝君挡在门里。

孟尝君：公子这是要去哪儿？

信陵君：兄长不要拦我。

孟尝君：公子要是非走不可，就踏着田文的尸体走过去！

信陵君：兄长这又是何必？！

孟尝君：我问你，你可有人证、物证？

信陵君：王后和那宫女都可作证。

孟尝君：王后要是能作证，早就做了，还等到现在？至于那个宫女，早就给吓得神志不清，谁能信她的话？

信陵君：这也不行，那也不行，那依兄长的意思，长亭侯就这样平白死了？

孟尝君：魏王毕竟是一国之君，君要臣死，臣不得不死。臣要弑君，则是犯上作乱，这历史的骂名你背得起吗？！

信陵君：就因为他是君王，他犯了罪，难道就不能追究了吗？天理何在？！

孟尝君：不，我的意思是我们得小心行事，但并非不行事，公子想想在这一国之内，还有谁可以对大王说上话？

信陵君略一沉思：你是说太妃？

孟尝君：正是，现在最好的办法莫过于让魏太妃出面，劝诫魏王，让魏王交出凶手！

信陵君半晌无语，最后，抬起头来：现在，也只能是试试看了！……（他突然像是想起了什么，大叫一声）来人！

一家丁进入：公子有何吩咐？

信陵君：你快去追赶刚才的那个宫女，一路保护她回宫！

孟尝君跺了一下脚：该死，是田文疏忽了！此时怕是已经晚了！

家丁得令而去。

20. 夜。内。魏王内宫

魏单觐见魏王。

魏王：怎么到这会儿才来？

魏单：魏单一接到圣旨就快马加鞭地往这里赶，离京城太远了。

魏王：你们还得走得更远，最好能离开魏国。

魏单：魏单向来行事谨慎，应该不会留下什么蛛丝马迹，莫非我们暴露了？

魏王：现在京城里有些风声，这些小动静不算什么，寡人会将这事摆平。但为了安全起见，你们还是趁早离开为妙。你们是寡人的得力干将，不想让你们出事。

魏单：多谢大王关心，我这就带弟兄们离开魏国。

魏王：好，我就欣赏你这种爽快劲。你们可以到楚国去投奔春申君，他最是热情好客，门客中有人会接应你们，投奔他肯定没问题。

魏单：一切听从大王安排。

魏王：记住，你们所做的事是为了整个魏国的安危，将来百姓会知道我们的良苦用心的。

魏单：魏单明白，我这就召集弟兄，即刻启程。

魏王：越快越好！

魏单退下。

21. 夜。内。魏王宫回廊

魏单离开却与魏太妃擦身而过，魏单深埋着头走了过去。

魏太妃看着他的背影：这是谁呀，从哪儿来的，怎么这么不懂规矩？

宫女：没见过，好像是刚从大王宫里出来的。

魏太妃若有所思。

22. 夜。内。魏王内宫

魏王刚松一口气，宦官传：太妃到！

魏王只得迎上去：母后还没休息？

魏太妃：心里有事，睡不着呀，不知大王缉拿凶手的事情进行得如何了？

魏王装傻：凶手，什么凶手？

魏太妃：杀长亭侯的罪犯。

魏王：对于长亭侯死于非命，寡人也很痛心，这几日一直在派人追踪，母后突然问起，寡人倒有些蒙了。

魏太妃：可有什么线索了？

魏王：千头万绪，一下子很难理出个头绪来。母后不要着急，有些案子十年八年才找出线索也是有的。

魏太妃：那大王是要等个十年八年？

魏王：嗳，寡人就是这样一说，断不会这么长的，请母后放心。

魏太妃：那么到底要多久？

两人对视良久，魏王突然哈哈大笑起来。

魏王：太妃虽然身处深宫，却心怀天下嘛！

魏太妃：笑话！我只是想给冤死者一个说法！

魏王：好了，太妃不用多说了，明天寡人就派人宣长亭侯的家人进宫，他们不是说长亭侯是被一帮马贼挟持走的吗，寡人要把事情的由头当面问个明白！

23. 夜。外。小道上

魏单带着一帮黑衣人星夜赶路，马不停蹄。

突然，眼前出现一个狂奔的宫女。后面有人追赶。

我们看到那正是宫女芬儿。

芬儿见了魏单等人，大叫：壮士，救小女子一命！

魏单勒马站住：你是何人？

芬儿：我是王后娘娘的贴身侍女，有人要杀我，求壮士救我！

追杀者已经出现。魏单以迅雷不及掩耳之势将芬儿抱到马背上，用自己的黑色斗篷将她裹住。

追杀者近前：请问好汉，可曾看见一女子从这里经过？

魏单：哦，适才的确有一女子，往林间小道跑了！

追杀者追赶而去。

魏单皱起眉头，自语：看他们倒像是大王的人！

魏单刚要把芬儿放出，突然又出现两个家丁模样的人。

家丁：请问好汉，可曾看见一女子从这里经过？

魏单上下打量他：敢问足下是何人？

家丁：小的是信陵君的家仆。

魏单：为何要追赶那女子？

家丁：小的也不知为何，只是公子命我等保护她而已！

魏单突然冷笑：如此，竟不必了！

他一撩黑衣，让家丁们看了一下藏在里面的芬儿，纵马飞驰而去。

两家丁呆若木鸡。

24. 夜。内。信陵君府正房

信陵君正要出门，跟孟尝君撞个满怀。

孟尝君：公子什么事这么火急火燎的，来来来，陪我弈一局。

信陵君：改日吧，兄长，我现在赶着出门！刚才家丁报告，王后侍女已被一帮马贼劫持而去！

孟尝君皱眉：哦？看来事情越来越复杂了！……我总觉得长亭侯这局棋，你我对棋局的把握不稳，魏王处于强势。

信陵君：是啊，都怪无忌乱了方寸！

孟尝君：咱们绝不能让魏王牵着鼻子走！

信陵君：我也觉得要改变思路，凶手要想办法自己去抓！无忌想去寻找王后侍女，或许，那会是个突破口！

孟尝君：不过在此之前，有些情况必须尽快与如姬念奴核实！

信陵君犹豫地：兄长去就行了……

孟尝君正色道：人命关天，而且事关合纵，怎能让儿女私事误了大局？！

信陵君：那……兄长必须与我同行！

孟尝君忍不住笑了：哼！原来信陵君也有英雄气短的时候！

25. 夜。内。长亭侯府长亭侯的书房

如姬在摩挲着莫邪剑，眼泪扑簌簌地落下。

突然她意识到身后有人。她转过身来，泪眼蒙眬中她发现是孟尝君，孟尝君身后站着信陵君。

如姬很意外，起身向孟尝君行礼：孟尝君大驾光临，有失远迎。

孟尝君将身后的信陵君拉到如姬面前：我们是想请你们把长亭侯被绑架的经过详细说一说，也好早日抓住凶手！

如姬悲愤交加。

信陵君趁势安慰道：小姐想哭，就痛痛快快地哭出来吧！

如姬却抹去眼泪，摇头：如姬惟一想做的就是找到杀父仇人！

信陵君：小姐放心，我们一定会找出凶手！

如姬冷笑：爹爹放心地住在平原君家，被人赶了出来。爹爹放心地去向号称君子的人求救，却身首异处！

信陵君：小姐听我解释……

如姬愤怒地：解释，解释，你能把死人解释活吗？！

孟尝君打圆场：如姬息怒！信陵君绝不是那种言而无信的小人！只是……

如姬：哼，我这才明白自称君子的人，其实是徒有虚名，误国误家！

信陵君：小姐，无忌确有委屈！如果小姐不听无忌申辩，无忌只有一死以谢小姐！

信陵君猛地抽出干将剑，向自己的脖子挥去。

只听当啷一声，干将剑被另一只剑拨开，两只宝剑僵持地架在一起，一只写着干将，另一只写着莫邪。

两只宝剑撞出明亮的火光！

众人都被这场面惊呆了。

信陵君两眼死死地盯着如姬手中的莫邪剑，如姬惊异万分地凝视着信陵君手中的干将剑。时间好像凝固了一般。

如姬：那你倒是说说，那天我爹爹和虞卿投奔于你，你为何拒他们于门外？让他们于风雪之中，饱受饥寒之苦？！

信陵君大惊：小姐说什么？！我何曾拒他们于门外？无忌听说长亭侯到此，连头发还没擦干便出外相迎，哪曾有一刻的犹豫？！

孟尝君：如姬，田文对此可以作证。倒是田文，因想得太多，曾阻止公子，延误了时间，如姬要恨，就恨田文吧！

念奴在一旁突然地：奴儿以为，不能怪二位公子，一定是信陵君门客之中有内奸！

信陵君和孟尝君猛地一惊。

如姬由悲愤转为疑惑。

如姬和信陵君收回各自的宝剑，相互意味深长地看了一眼。

如姬：此话怎讲？

念奴：长亭侯刚刚返魏，大王那里便已知晓，此其一也！无忌公子并未见到长亭侯二人，二人如何知道公子拒绝接纳他们？此其二也！长亭侯刚刚返家，便有人跟踪追寻，此其三也！定是公子的门客走漏了风声，又讹传了公子之意，致使长亭侯毙命，虞卿不明生死！

孟尝君捋须点头：有理！十分有理！看来此事还须从门客中查起！

信陵君：走，事不宜迟！

26. 夜。内。如姬闺房

念奴看着如姬：难道小姐还不相信无忌公子？

如姬：除非我亲眼见他履誓！

念奴突然从房中拿来自己的换洗衣裳：小姐，这么着吧，你可扮作侍女，随奴儿一起去趟信陵君府，看看他到底是人是鬼。若是鬼，奴儿和你同仇敌忾，若是人，是好人，是好男人，你就须与他解除误会，相信他，靠他的力量为长亭侯报仇！

如姬：我这样的身份，怎能去他的府上，传出去，岂不是让人……

念奴着急地：好了我的千金小姐，现在不能再想这么多了！你换上衣裳，我们马上去！

27. 夜。外。信陵君府

念奴显然与门房已混得厮熟，门房一见她便满脸堆笑。

如姬站在念奴身后，穿着下人的衣裳。

门房：念奴姑娘，您来了？

念奴照例掏出一小块金子塞给他：今儿我带来一个小姐妹，是岑儿姐那里缺个帮手，特让我带来的！

门房：此事可禀明了信陵君？

念奴一怔，立即说：那你说呢？

门房：该死该死，是我多嘴了！您二位，快请！

28. 夜。内。信陵君府正房

信陵君正在低声盘查门客甲。

信陵君：……那天你是何时听见门房叫喊的？

门客甲：大概是子时了，在下正要与胡公对弈，忽见门房匆匆而入，便拦住他，问他何事。门房说有客要见主公，在下与胡公便一起拦他，告诉他天色已晚，主公正在洗浴，有事明天再说，门房这才告诉在下，是长亭侯来了！倒把在下吓了一跳！

信陵君怒：那你为何不快快放他进来通报？

门客甲：在下实在是为国家利益考虑！

信陵君啪地一拍桌子：什么国家利益！不过是害怕强秦、甘当犬儒而已！来人，给我把他赶出门去，永不录用！

如姬突然现身：慢！

信陵君与门客呆住。

半响，信陵君才敢相信自己的眼睛，嗫嚅着：怎……怎么，小姐你……

念奴跟在后面幽幽地：怎么，我家小姐光临，难道公子不欢迎？

信陵君亲自拿来绸缎坐垫：岂敢岂敢，小姐快快请坐。

如姬深深地看了他一眼：坐就不坐了，请公子明日来我处，我给你看一件东西。

29. 黄昏。内。如姬正房

昏黄光中，如姬的古琴声如泣如诉，信陵君在一旁听得如痴如醉。

恍惚中，他仿佛看见如姬穿着嫁衣，冲着他笑盈盈的脸。

突然间，如姬架上的宝剑发出响亮的呜呜声，琴声戛然而止，念奴警觉地护卫在如姬身边。

信陵君看见这架势，也拔出佩剑，警惕着四周。

念奴看见信陵君拔出的剑，突然笑了出来。

信陵君：怎么？

念奴：小姐，你这莫邪剑这么不安分，原来不是有什么危险，而是见到自己的如意郎君干将了。

念奴帮如姬取下莫邪剑，和信陵君的干将剑放在一起。双剑合璧，发出耀眼的光芒。

信陵君很激动：常听人说此剑是一对，没想到另一只居然在小姐这儿。

如姬深情地：公子，这正是我要给你看的东西！

信陵君激动地接过剑，放在手中把玩：你听说过吗？这莫邪剑只有找到了干将剑，才能展示出天地间最大的力量！

如姬故意问：什么是天地间最大的力量？

信陵君：当然是爱情！是真挚的爱情！

如姬面带娇羞泪光盈盈，却没有丝毫怯阵。

念奴：小姐，这可真是天造地设的一对呀！

如姬：念奴！

念奴娇嗔地：哦，我是说剑，我是说剑呀！

念奴边说边悄悄地退了出来。

屋子里，在双剑光芒的映射下，信陵君和如姬慢慢拉紧了手。

两把剑交叉在一起。

干将到了如姬手上，而莫邪到了信陵君手中。

30. 次日。内。如姬卧房

念奴帮如姬把剑放回剑架上，突然，她好像觉得有些不对劲，仔细地看了看，原来那把剑是信陵君的干将剑。

念奴：呀，这不是信陵君的干将剑吗，小姐的莫邪剑呢？

如姬笑而不答。

念奴：哦，原来你们两人已经交换了定情信物？！

如姬一把夺过剑：小心点儿，别那么重手重脚的！

如姬小心翼翼地自己将剑放好。

念奴：哎哟！还说什么情同姐妹呢，真真重色轻友啊！

两人正调笑间，有侍女进来通报：小姐，宫里来人了，要传大王的旨意。

如姬和念奴赶紧来到正厅。

31. 日。内。正厅

宦官在宣旨，如姬、念奴跪拜于前。

宦官：传大王令，宣长亭侯吕齐之女如姬即刻进宫，接旨。

如姬接过圣旨。

宦官：如姬姑娘，你这就跟我走吧。

念奴：念奴陪小姐一块儿去。

宦官：嗯？

如姬：这是我的贴身丫头，与我形影不离的。如姬请带念奴一起进宫。

宦官看了念奴一眼：那就一起走吧。

32. 日。内。魏王内宫

有宦官向魏王通报。

宦官：禀大王，长亭侯之独女如姬已从府中出发，即刻便到。

魏王：哦，好啊。都说长亭侯的女儿貌美如仙，今日寡人倒要见识见识。你听着，你现在就去把太妃给请到这儿来，一同问话。

魏王脸上露出阴险的笑容。

33. 日。内。秦王内宫

秦王、范雎设宴款待平原君。

秦王：这些日子让平原君受委屈了，好在如今一切都已过去，平原君赶紧回赵与家人团聚吧。

平原君：怎么，大王和令尹如此通融？

范雎：哦，平原君大概还不知道，你家夫人已将吕齐的首级送来，大仇已报，自当送公子回去，秦国向来是言而有信的。

平原君眉间一凛，不动声色地说：秦国果然是言必信，行必果。

范雎：哪里，这还多亏了你家夫人帮忙，替我范雎报了这血海深仇。夫人的大恩范雎来日再谢,平原君真是好福气,有这样的一位贤内助。

平原君虚应着,言语间显然占了下风:大人过奖了,既然如此,赵胜不知何日能够返赵?

范雎:公子不用着急,我已通知了你家夫人,即刻就请公子返赵。范雎能见公子,也算是三生有幸,我们干了这一杯吧。

平原君无奈地举杯,一饮而尽。

34. 日。内。魏王内宫

如姬进殿面见魏王,念奴跟在身后,魏太妃也在。

魏王一见到如姬,立即骨软筋麻,上前就要抓住如姬的手,被魏太妃在一边制止。念奴在一边冷冷地看着。

魏太妃:大王!

魏王这才回过神来:你就是长亭侯的女儿如姬?

如姬:正是小女。

魏王围着她转,上下打量:果然,果然,(突然狂笑)哈哈……真真是天生丽质啊!……

如姬不屑地瞥了魏王一眼,扭过头去。

魏太妃:大王,你不是要问长亭侯被掳的经过吗?

没想到魏王大手一挥:不用问了,寡人已将杀害长亭侯的凶手缉拿在手,只等如姬姑娘来,寡人要当着姑娘的面为长亭侯申冤,为姑娘雪恨。

一席话说得在场三人都很惊讶,直直地盯着魏王。

魏王击掌传来亲信宦官,在他耳边好一番耳语。

宦官面有难色:这……

魏王:还不快去,如姬姑娘还等着见她的杀父仇人呢。

宦官只得退下,魏王依旧色眯眯地看着如姬。

35. 日。内。平原君宅邸

平原君夫人修书一封,交给侍从。

平原君夫人：你今天务必给我把它亲手交给无忌！

侍从：夫人放心！

平原君夫人：好，另外，你要等着他看完信，用最快的速度把他接到函谷关，懂吗？

侍从：在下明白，夫人是怕秦王有诈，平原君独木难撑……

平原君夫人：既然明白，还怔着干什么？！给我快去！

侍从：是！

36. 日。内。魏王内宫

很快，几个侍卫就领着一个满口鲜血，马倌打扮的人进殿，其状惨不忍睹，连太妃都忍不住皱眉。魏王却很是得意。

侍卫将马倌推倒在地，马倌已奄奄一息。

魏王：马倌，你可知罪？

马倌此时更是昏死过去，哪还说得出话来。

侍卫：禀大王，马倌已畏罪咬舌。

魏王：那就将昨天夜里罪犯口供禀报一下，别太啰唆。

侍卫：禀大王和太妃，此犯人名叫孙三，乃秦国奸细，受秦王和范雎的指使，潜入我王宫，杀死马倌宋六后冒名顶替，目的就是找机会谋杀主张合纵的大臣，长亭侯是首选目标。

魏太妃：长亭侯在何处被杀？

侍卫：孙三得知长亭侯返回大梁，伙同潜伏在大梁城内的马贼，骑上王宫的马，追杀长亭侯！

魏太妃冷笑：故事编得太别扭了吧！

魏王：这是事实嘛。人证物证俱在，如姬啊，寡人这就替你做主，将这凶手就地正法，以慰长亭侯在天之灵！

说罢，他拔出侍卫的佩剑，手起剑落间，将本就濒死的马倌一剑毙命。

如姬惊恐地闭上了眼睛，念奴则直直盯着魏王。

魏王：快将这奸人拖下去，不要脏了如姬姑娘的眼睛！

马倌的尸体被侍卫们拖走了，地上还留着长长的血印子。

魏太妃：大王果然聪颖过人，案子查得滴水不漏呀。

魏王：太妃过奖了，寡人只是略施小计，这奸人便招架不住，全都招了。

如姬半信半疑地皱着眉：可是，我见这人身量似乎比那天晚上的马贼矮小……

魏王：如姬姑娘真是聪明一世糊涂一时！那天乃是月黑风高之夜，伸手不见五指，又怎能辨得清高矮胖瘦？你放心，昨夜查明正是此人！

念奴突然冷冷地：大王怎么知道那天是月黑风高之夜？！

魏王突然一怔，恼羞成怒：你是何人？也敢诘问本王？！

如姬：她是小女的结义姐妹念奴。

魏王：什么？什么时候又跑出来一个什么结义姐妹？如姬啊，本王为你父报了仇，你总该谢谢本王啊！

如姬不情愿地：小女如姬叩谢大王！

魏王赶紧将如姬扶起，还是色眯眯的样子：嗳，谢就不必了嘛，倒是寡人听说了姑娘的誓言，还望姑娘不要失信才好！

如姬的脸一下子白了。

魏太妃一惊：是何誓言？！

魏王：谁帮她找出杀父仇人她就嫁给谁！如姬小姐，我没说错吧？

魏太妃大惊：啊？！

念奴：没有的事，我天天跟着小姐，怎么从未听说过？

如姬咬紧牙关：不错，如姬的确说过！

念奴失声叫道：小姐！

魏王大喜：好！如姬姑娘不愧是长亭侯的女儿。如今寡人帮姑娘找出了凶手，就请姑娘兑现自己的誓言。姑娘放心，以你的聪明和美貌，寡人是决不会亏待你的。

魏王上来就要拉如姬，念奴挡在前面。

念奴：大王且慢！

魏王大怒：你这贱奴！竟敢几次三番地与寡人作对！

念奴冷冷地：请大王说话客气点！念奴曾与凶手交过手，知道他的相貌体征。请大王让念奴查验罪犯，验明正身后，我家小姐才可履誓，否则……

魏王：何方刁奴，竟敢到王宫里来撒野！来人，给我关起来！

几个侍卫上来捆绑念奴。

如姬：大王！念奴虽然说话莽撞，却甚是有理！大王为何不让她去辨辨那凶手的体征呢？！

魏太妃：是啊，如今有证人在，这正是一个将此案大白于天下的好机会，大王又为何不让这丫头去认认呢？

魏王思索了一下，唤来侍卫，耳语了几句。

魏王：好啊，去认吧！现在凶手的尸体就在马厩，寡人陪你们去看吧！

37. 夜。内。信陵君府正房

平原君夫人派来的侍卫下马，信陵君赶紧迎上去。

侍卫将书简奉于信陵君。

信陵君匆匆浏览。

信陵君：姐姐的意思是怕秦王有诈，要无忌亲自带人去函谷关接应姐夫？！

侍从：正是！请信陵君上马！

信陵君犹豫了一下，侧身上马。

两人奔驰而去。

38. 夜。内。魏王宫马厩

魏王、如姬、念奴及魏太妃等一干人来到马厩。

魏王：那奸细的尸首呢，让这位姑娘过去好好地看看，认个仔细。

念奴过去一看，吓得叫出声来：啊！

众人皆围过来，只见地上躺着的哪是什么尸体，根本就是肉酱，血肉模糊，不成人形。

魏王佯怒：这是怎么回事？

侍卫：禀大王，小人们将尸体拖到此处，一不留神，马厩里的那些马居然都出来践踏尸体，这不，就成这样了，是小的们疏忽，请大王恕罪。

魏王：算了，看来此人平日实在作恶多端，连寡人的这些马儿都对他恨之入骨。如姬姑娘，这可是天意啊！

念奴：什么天意，明明是有人做了手脚！

魏王大怒：寡人看在如姬小姐的面子上，才一而再再而三地容忍你，你要是再敢胡言乱语，寡人定不轻饶！

如姬向念奴使眼色。

魏王：如姬姑娘，寡人已经令人备下薄酒为姑娘压惊，如何？（又正色道）今日你的侍女一再地顶撞寡人，寡人看在你的面子上都容忍了，寡人为你报了大仇，你可不能驳了寡人的面子啊！

如姬无奈：如姬遵命便是。

念奴：小姐！

魏王大喜：好啊，如姬姑娘请了！怎么，太妃也一同请？

魏太妃一看这阵势：算了，我先回宫了。如姬姑娘，保重！

如姬向太妃发出求救的眼色。

从太妃的表情中已经明白。

39. 夜。内。魏太妃寝宫

魏太妃一回到自己的寝宫就赶紧吩咐宫女：快，快去信陵君府，让无忌速速进宫！

宫女得令退下。

40. 夜。外。大道上

信陵君正策马奔向函谷关。

41. 夜。内。魏太妃寝宫

宫女回来，魏太妃赶紧询问。

魏太妃：信陵君呢，是不是马上就到？

宫女跑得气喘吁吁：信陵君不在府中，他家门客说他被平原君夫人派来的人接走了！

魏太妃一下子跌坐在坐榻上，长叹道：我的儿呀，难道你与如姬姑娘就真的没缘吗？！

42. 夜。内。魏王内宫

魏王在宫内大摆筵席，款待如姬。念奴如影随形在如姬左右。

魏王很是厌烦：好了，你下去吧，如姬这里不用你侍候。

念奴：不行，小姐在哪儿，我就在哪儿。

如姬怕魏王再发怒：如姬与念奴情同姐妹，请大王顾念我们的姐妹之情！

魏王：嗳，美人发话了，那，那好吧。哼，真是，好好的一个大家闺秀，怎么跟这么个野丫头做了姐妹！……来人，给如姬姑娘斟满酒，我们来干一杯。

如姬正要举杯，没想到念奴一把将杯子夺过去，一饮而尽。

念奴：小姐不胜酒力，我替小姐喝了。

魏王：嗳，你……来人，再满上。如姬小姐……

没想到念奴又一饮而尽：我替小姐谢大王美意。

如此这般，念奴接连替如姬挡了好几杯。

魏王无法，只好亲自来替如姬倒酒：如姬小姐，这可是寡人亲自斟的酒，你可一定要干了呀！

念奴还要劝阻，被如姬挡住。

如姬：念奴，这杯酒我不能再推辞了！

如姬一饮而尽。

如姬眼前的景象模糊起来，眼中的魏王时而大，时而小，时而远，时而近，终于她倒了下去。旁边的念奴也支持不住，倒在了地上。

魏王急忙搂住如姬，喜不自禁：美人，你是寡人的了，哈哈！

他抱着如姬要入寝宫，侍卫们问他：大王，这丫头如何处置？

魏王：这丫头还真能扛，喝了四五杯才倒下，那迷药放得太少了吧。你们就随便把她扔在什么地方吧！这丫头虽然貌美，却是个惹祸的根！绝对不能留在身边！……

魏王抱着如姬进了内宫，侍卫们把念奴拖了出来，昏睡在宫女的房里。

43. 夜。内。冷宫

也在昏睡中的王后突然醒来，在黑黢黢的屋子里她团团乱转，使劲地砸门，紧闭的大门纹丝未动。

她声嘶力竭地喊叫起来：放我出去，放我出去！魏王，你不放我出去，我就把你的老底全部揭出来，让天下人知道你是个什么样的人！放我出去，放我出去呀！

王后喊累了，停了下来，四周围却依然静悄悄的，如在死窖中一般寂静。

王后又突然仰天长啸起来，一道闪电划过，她靠在窗边披头散发的样子，显得格外狰狞。

44. 夜。内。冷宫看守处

几个看守在喝着小酒，聊着天，王后的叫喊声不绝于耳。

看守甲：这是谁呀，每天都这么叫唤吗，怪吓人的。

看守乙：你是新来的不知道，这是当今的王后，也不知道犯了什么事，触怒了大王，就被弄到这儿来了。这儿可真不是人待的地方，来的时候还好好的，没几天就变成这样了。

看守甲：你是说她疯了？

看守乙：差不离吧，成天被关在这个鬼地方，都得给逼疯了不可。

45. 夜。内。魏太妃寝宫

魏太妃在卧榻上辗转反侧，这时，王后凄惨的叫声隐约地也传到了她这儿。

魏太妃：这是谁呀，这么惨的声音，这几夜天天都能听到。

宫女：听人说好像是王后。

魏太妃：王后？她怎么了？

宫女：她被大王打入冷宫了。

魏太妃：怪道有几日没见她了，她犯了什么事呀？

宫女：这个奴婢也不知晓，只知道当时大王是气极了，差点要将她处死呢！

魏太妃：王后乃六宫之首，怎能如此草率行事？！昏君！昏君！可怜好好的一个如姬，落到他手中了！

魏太妃老泪纵横。

46. 日。内。魏王寝宫

如姬蒙眬醒来，发现自己躺在魏王内侧，魏王正目不转睛地盯着她看。

如姬惊得立刻坐起：啊？！大王？

这时她才发现自己身上只着薄纱，立刻明白了是怎么回事，掩面痛哭起来。

魏王在一边抚慰她：美人儿，别伤心了，从今往后你就是我的人了，放心，寡人不会亏待你的！

如姬止了泪，突然，她一头重重撞向床柱，鲜血四溅！

第九集

1. 夜。内。魏王内宫

如姬一头撞在床柱，鲜血四溅。

魏王大惊，急召太医。

太医在对如姬抢救包扎。

魏王：怎么样？

太医：万幸，还算没有生命危险，不过需要静养些时日了。

魏王看着昏迷的如姬，冲到外间：去，把念奴那个死丫头给我找来！

2. 日。外。函谷关

秦将白起护送平原君到函谷关，信陵君早已领着门客在此等候多时。

信陵君拱手相迎：白将军辛苦了，我奉平原君夫人之命特来此接平原君回赵，白将军就此留步吧。

白起见信陵君带了不少人，冷笑道：平原君夫人真是煞费苦心啊！如此，就有劳信陵君了，白起告辞，平原君、信陵君，后会有期！

白起率兵士掉转马头而去。

平原君与信陵君默默相视。

信陵君：姐夫别来无恙！

平原君：无忌，谢了！

3. 日。内。魏王内宫外室

念奴被侍卫们带进来，念奴冷冷地斜视着魏王。

魏王：寡人让你来是让你劝小姐的，识时务者为俊杰，如今生米已经煮成了熟饭，就让她不要再做傻事了！否则，对你们都没有好处！去吧，跟小姐好好说说。

4. 日。内。魏王寝宫

念奴迫不及待地进来，如姬额头裹着白布，血从其中渗出，她已睁开了眼睛，满眼含泪。

念奴赶紧过去抓住她的手：小姐，你怎么这么傻呀？！

如姬摇头不语。

念奴：我知道你心里有多苦。事情还没有真正查清楚，就是天塌下来，你也不能走这一步！

如姬依然含泪不语。

念奴将干将剑呈上：小姐，你就是为了它，也该好好活下去啊！

念奴话音未落，如姬突然抓起干将，往自己颈上抹去，哭叫了一声：信陵君，如姬对不起你了！

念奴以迅雷不及掩耳的速度抢过了剑，仓促间斩断了自己的水袖。

飞起的染血的水袖。

两人惊愕地望着对方，一时呆住。

如姬：念奴，你受伤了？

念奴用水袖把伤裹好：老天爷，你总算开金口了！……一点小伤，不碍事的。

如姬突然泪如泉涌，泣不成声。

5. 日。内。魏王内宫外室

念奴出去对魏王冷冷地：放心，小姐已经答应了。

魏王：好呀，念奴，还是你有办法，放心，只要你好好地为寡人办事，寡人绝不会亏待你！

念奴：可是小姐有个要求。

魏王：讲！别说一个，就是十个百个，寡人也会答应！

念奴：小姐说了，要您大摆筵席三天三夜，要让天下人皆知。

魏王大笑：好啊，正合吾意！

魏王边说边欢天喜地地进屋了。

念奴阴险地微笑。

6.日。内。平原君府正房

热闹散尽，屋里只剩下平原君夫妇和信陵君三人。

平原君：这么说，杀害长亭侯的凶手仍然逍遥法外！那么，门客的事你查清了么？

信陵君：依然没有头绪。

平原君夫人：我倒有个主意：那天，不是虞卿和长亭侯一起去的你家么？找到了虞卿，岂不便找到了那个门客？！

信陵君与平原君同时拍掌：对呀！

信陵君：可是，上哪去找虞卿呢？

平原君夫人：只要他还活着，就一定找得到！对于他来说，最危险的地方就是最安全的地方，说不定，他就在魏国，就在你信陵君的府上！

信陵君二人都惊呆了。

7.日。内。信陵君府

一个弯腰扫地的老仆抬起头来，我们看到他正是虞卿。

虞卿自语：这信陵君府，出入也太容易了些！怎么一待数月也不见那天传话的门客，莫非此中有诈？无忌公子真的是冤枉了？

旁边的门房：喂，老头，你快点！那边还没扫呢！

虞卿：是是，我这就去！

8.日。外。大梁城的大街

大街到处张灯结彩，一派喜庆的气氛。信陵君乘着马车行走在大街上。

信陵君自言自语：今日非年非节，为何如此热闹。

大街上一个男子敲着破锣，扯着嗓子声嘶力竭：大王今日迎娶新王妃，普天同庆！每家领一份酒肉！

信陵君听到后，大惊失色，命令车夫：去长亭侯府，越快越好。

9. 日。内。长亭侯府

信陵君匆匆来到长亭侯府，后面跟着侍卫。

只见门口挂着一对贴着喜字的灯笼，一只灯笼在风中已经摇摇欲坠。大门紧闭着，信陵君上前用力拍着门环，也没人应答。正在纳闷，那门居然"吱呀"地自己开了。

府内一片萧瑟景象，人去楼空。

信陵君大惊，大叫着：如姬！！

却只有空空的回响。

这时，一个侍卫提溜着一个糟老头过来：主公，搜遍了整个宅院，只看见这个老头儿。

信陵君像抓到救命稻草一般一把抓住老头：长亭侯府上的人呢，如姬小姐上哪儿去了？

老头直打哆嗦，话都说不全：不，不知道，小的，小的什么都不知道……

信陵君无奈地挥挥手，让人将他带走。信陵君独自一人徜徉在空荡荡的长亭侯府。他来到如姬的闺房，房间里乱糟糟的，只有原本放莫邪剑的剑架还在老地方。

信陵君扫视房间，猛然看到墙角有一幅帛画，拾起来拂去画上的尘土，发现是如姬亲笔画的信陵君的画像。

信陵君猛地冲出房间，站在庭院中，仰天长啸：如姬，你在哪里？！

10. 日。内。如姬寝宫

镜子前，接过念奴递来的首饰正要往发髻上插的如姬，好似听见信陵君的呼唤般，心灵感应地手一抖，锋利的簪子正好扎在手上，雪白的肌肤上渗出了鲜红的血。

如姬一副华贵的新娘打扮。

念奴：呀，小姐，您这是怎么了，还是奴儿来替您戴。

念奴一支支地替如姬戴首饰，如姬却一把攥住念奴的手。

如姬：念奴，你听，是不是有人在叫我？

念奴仔细地侧耳听了听，外面满是敲锣打鼓的喜庆声音。

念奴：没有呀，外面这么热闹，哪有什么人叫您？小姐是不是希望有人叫您？希望有人来救您？！

如姬的泪水又涌了出来：现在还谈得到什么希望？我已经没有希望了！

念奴恨恨地：这个魏无忌，关键时刻，他到底上哪去了？

镜子里突然出现了魏王笑眯眯、色迷迷的脸。

魏王：我的美人儿，你可真是梨花一枝春带雨啊！！寡人，寡人简直要醉了。那么多的嫔妃，没有一个比得上你……寡人的心肝宝贝啊！……

魏王上来就要抱如姬，如姬厌恶地将红绫盖在头上。念奴将魏王挡住。

念奴冷冷地：大王还是耐心点吧，小姐已经是你的人了，你又何必这么急呢？若是把小姐的妆弄坏了，还要再花两个时辰！

魏王悻悻地：那你们快着点，文武百官可都来了。

魏王走了，如姬一把扯去了红绫。

如姬：念奴，你真的没听说他的消息吗？

念奴：我只听别的宫女说，他接到平原君夫人的急信，到赵国去迎接平原君了。可按说，应当回来了呀！

如姬：但愿他还不曾回来。

念奴：我倒是盼着他快快回来。

如姬：回来又有什么用？我已经是这个样子，大家还不是徒增烦恼？我……我今生今世是不想再见他的了！

念奴：小姐又哭，这妆还得重化！

念奴再次拿起青黛为如姬描眉。

11. 日。内。信陵君府正房

信陵君郁闷地回到自己的府上，孟尝君已经等候多时。

孟尝君：公子这是怎么了？平原君顺利返回赵国了吧，秦国没刁难你们？

信陵君：姐夫平安回家了。兄长，您可听说如姬的消息了吗？

孟尝君：如姬姑娘怎么了？

信陵君：大王要办喜事！

孟尝君略一沉吟：公子不在家的时候，太妃倒是打发人来找过公子，还挺着急的样子，不知是否与此事有关。

信陵君正要说什么，忽然门房来报。

门房送上请柬：主公，宫里来人说，请您去宫里喝喜酒，今天大王要娶新妃子。

信陵君反复看着请柬，突然恨恨地：这喜酒我是一定要去喝，就是毒药我也要去喝！

孟尝君见状将他拦住：依田文之见，公子还是回避一下。上次你当面指摘大王，闹得关系已经非常紧张。今天是他大喜的日子，你这样怒气冲冲地去，必然要惹恼他，恐怕性命难保；再说，若是新娘果然是如姬，这种场合下你又如何见她？！生米已经做成夹生饭，你如何下咽哪？！

信陵君：兄长之言虽然有理，可无忌不能不去，这夹生饭，不好吃也得吃！

12. 日。内。魏王宫

信陵君来到王宫，只见宫里到处张灯结彩，鼓乐喧天。

信陵君来到正殿时，只看见魏王正在与盖着喜帕的新娘子拜堂，文武百官都在跪地庆贺。

信陵君进门的时候，宦官报道：信陵君大人到！

新娘子听了这话，突然全身一颤，喜帕落地，她抬眼正好越过跪地的百官看见门口的信陵君。信陵君也看见了她，震惊得半天动弹不得。两人就这样四目相对着良久，眼中有爱、有怨、有惊、有喜，仿佛天地万物都不存在。

魏王：无忌，来，来，你回来得真巧，我还怕你赶不上了呢，快来见见你的新王嫂。你可能也听说过，就是长亭侯的千金如姬啊！

信陵君这才好像回过神来，他越过百官，一个箭步冲上去，直接质问如姬。

信陵君：你怎么会嫁给他？！

魏王及众人莫名其妙，异常惊讶。

如姬毫无表情：因为如姬早就立下誓言，我将嫁给替我父亲报仇的人！

魏王回过神来：无忌，你这是什么意思？如姬姑娘的誓言是全天下都知道的，如今寡人替如姬姑娘报了仇，姑娘当然是嫁给寡人了。

信陵君：你胡说！你是如何为如姬报的仇，你自己明白！

文武百官一片哗然，有人小声议论：喔，这下有好戏看了。

魏王吓得赶紧命令：护驾，快护驾！

侍卫们牢牢地围在了魏王和如姬的周围。如姬看见了信陵君腰中佩带的莫邪剑，泪水一下子就涌了出来。

魏王在卫士的保护圈中又得意起来：魏无忌，你好大胆，怎敢对寡人如此无礼？

信陵君：你欺骗如姬，欺骗满朝文武，欺骗天下人。你杀的根本就不是真正的凶手！

魏王：你有何证据证明寡人杀的不是真正的凶手？

百官们议论的声音更响了，信陵君看着如姬伤心欲绝的样子，终于斩钉截铁地说出。

信陵君：杀害长亭侯的主谋就是你！

众人听了这话，都噤声不敢再言。如姬也睁大了眼睛，眼里还噙满了泪水。

魏王冷笑道：魏无忌，寡人警告你，没有证据就不要血口喷人。今日是寡人的大喜日子，也念在与你的兄弟情分，不与你多做计较，否则，必然杀无赦！

信陵君：今天我信陵君当着文武百官的面发誓，证据很快就会有的！

魏王气急败坏：你处处与寡人作对，我岂能容你？！来人！

侍卫们趁信陵君不备，将其死死地围在中间，虽然拼命挣扎，还是眼看就要被绑缚，莫邪剑也掉到地上。

念奴在大家不注意的时候悄悄拾起剑。

信陵君边挣扎边叫道：我一定要找到真正的凶手，为长亭侯报仇，还我清白！

如姬看见信陵君寡不敌众，赶紧喝道：住手！

侍卫们都停了手，信陵君也停止挣扎，两人定定地看着。

如姬走到信陵君面前，接过念奴手中的宝剑，交给他，一字一句地说：公子，走吧！多多保重，好自为之！

信陵君：如姬！

如姬闭上了眼睛，不敢再看信陵君，只有眼泪顺着脸颊慢慢流下。

魏王更加得意：无忌，你听到没有，如姬亲口让你走，你还不快走？！

信陵君不言，只是定定地盯着如姬。

魏王：无论怎样，如姬已经是我的爱妃了！

信陵君听了这话，竟一下子喷出一口鲜血来。百官们惊呼的声音，有人上前扶住信陵君。

魏王幸灾乐祸地：无忌，看在新王妃的面子上，寡人再饶你一次。你还是好自为之吧！

如姬突然昏倒在地。

13. 日。内。信陵君府院子

孟尝君正在焦急等待着信陵君。

突然有门客大喊：不好了，不好了！主公出事了！

忽喇喇门客都围过去，孟尝君也赶紧过去，拨开众人，只看见，信陵君被人抬着，没精打采的样子，嘴角还残留着血迹。

门客：主公，您怎么了，怎么了，是谁伤您了？我们替您算账去！

门客们纷纷：就是，这还了得！

信陵君皱皱眉头，却也说不出话。孟尝君会意。

孟尝君：大家听我说，还是让公子先休息，有什么事情等公子精神好了再说。

信陵君微微点点头，众人将信陵君抬进了他的卧房。

14. 日。内。信陵君正房

人已散尽，信陵君躺在床上，闭着眼睛。孟尝君轻轻地掩上门，正要出去，被信陵君唤住。

信陵君：兄长。

孟尝君过来：公子好好休息吧。

信陵君：我怎么休息得了？

孟尝君：公子可见到了如姬姑娘？

信陵君微微点头：她嫁给了大王。

孟尝君：大王迎娶的新人就是如姬？

信陵君：大王欺骗如姬，找了个替罪羊作为凶手给处死了，如姬为守誓言，只得嫁与大王。

孟尝君：真没想到大王竟然用如此卑劣的手段！

信陵君听了这话，又是急火攻心，又一口鲜血喷出。

孟尝君赶紧给他按了穴道，信陵君才渐渐缓和下来。

孟尝君劝道：公子，事已至此，你还是想开些，大丈夫能屈能伸，还要以国家大事为重。

信陵君：兄长，我真是寒心，想我无忌为了魏国殚精竭虑，到头来却连自己心爱的姑娘都保护不了，为这样的君王，这样的国家操心又有什么意思？

孟尝君：公子千万不要这样想，如今魏王昏庸，整个魏国还得靠公子支撑，我知道信陵君心系魏国的百姓！

信陵君重重地叹了口气。

15. 晨。内。如姬寝宫

脸色苍白的如姬坐在梳妆铜镜边发愣。

念奴悄悄地进来：小姐，把这碗参汤喝了吧。

如姬摇头。

念奴：你已经昏睡了两天，什么东西也没吃，这么下去，身体非垮了不可！

如姬的泪又涌出来：我的身子，已经不干净了，又要它何用？

念奴：话可不能这么说！身体发肤受之父母，哪能随便糟蹋？快，喝一口！

念奴喂如姬一小勺参汤。

如姬：他怎么样？

念奴：听说还在吐血！

如姬着急地：那怎么行？！求求你，想法子去看看他！

念奴：那小姐这里怎么办？

如姬：我已经没事了，是装给他们看的。

念奴：你躲得过初一，躲不了十五，还得想个根本的法子！

如姬：……这样吧，太妃是信陵君的亲娘，她应该心疼儿子，不会不管。她出宫肯定要容易些。念奴，你这就去禀告她。

念奴：这个念奴早就想到了，可太妃不想参加魏王的婚礼，早几日就到齐国她外甥家了，还不知什么时候回来。

如姬又要落泪：难道真的就没有办法了吗？

念奴：办法总会有的！奴儿这就去探探虚实！

如姬还要说什么，念奴已经一转身闪走了。

16. 日。外。宫门口

念奴装做若无其事的样子，大摇大摆地想出门，被守门的卫士拦住。

卫士：你是什么人？要去哪儿？

念奴：哦，我是大王新娶王妃的贴身侍女，王妃让我出去帮她买些东西，怎么，这也不行吗？

卫士：大王知道吗？

念奴眼睛一转：当然知道啦，就是他让我来这儿的嘛，你想，大王对新娶的王妃还不是百依百顺？

卫士：那可能是大王忘了给你令牌。（他扬了扬手中的一个牌子）大王早就有令，任何人必须得有这个令牌才能进出后宫，否则按规矩办！

念奴：什么规矩？

卫士用手划了一下脖子：当然是砍头了！所以姑娘还是去向大王要令牌吧，否则也让我们为难。

念奴：好呀，不就是个令牌吗，我这就去向大王讨了给你看。

说罢，念奴闪到一边，果然看见进出的人，手上都拿着令牌。

念奴自语：魏王这个老狐狸，心虚得厉害，我念奴定要与你好好地斗一斗！这么大的宫廷，还能没有缺口？！

17. 日。外。魏王宫

念奴循着宫墙越走越远，王宫戒备甚是严密，念奴找了一圈也没发现什么明显的缺口。她背靠着宫墙，有些泄气，正想回去，却发现自己迷了路。

眼前是一排低矮的房屋，阴森森的，好像透着寒气。这时，还隐约地传来女人的哭号声、叫骂声。

念奴有些好奇地刚要上前，突然被侍卫挡住了去路。

侍卫：你是什么人？在这儿做什么？

念奴：我是新来的，走迷了路，不知该怎样回去了。

侍卫：你住在什么地方，我送你回去。

念奴眼珠一转：奴儿是太妃的侍女！

侍卫：太妃的侍女？那你怎么跑到这儿来了？也难怪你不认路，行了，跟着我走吧！

念奴：谢大哥！大哥，刚才那是什么地方呀？

侍卫：那是冷宫！

念奴：冷宫？

侍卫：对，就是关押那些不听话的后妃的地方。

念奴：刚才就是她们在闹？

侍卫点点头。

念奴还要问什么，侍卫却一指前方的宫殿：那里便是太妃的寝宫了！以后不要再擅自乱跑。

念奴：是，谢谢大哥！

念奴转着眼珠想起心事来。

18.日。外。秦国街头

范雎带着几个侍从微服私访在街头。

只见人群熙熙攘攘，一片繁荣景象，范雎很是满意。

这时，突然从街的尽头蹿出一个人来，（字幕：楚国太子，熊完）手里拿着两个热气腾腾的馒头，边跑还边不忘啃馒头，一副饿极的样子。后面一个卖馒头的人边追边喊。

追的人：抓小偷，抓小偷，他偷了我的馒头！

当偷馒头的人经过范雎等人身边的时候，一个侍从略施小计，就把那人绊倒在地，正好跌在范雎脚边。就这样，他还在狼吞虎咽地吃着，当人家把他拽起来的时候，手上的馒头已经下肚了，只是给噎得喘不过气来。

一个侍从看见那偷馒头人的脸一惊，低声对范雎说：大人，他，他是楚国太子熊完！

19.日。内。令尹府

范雎家的侍者们又是给熊完倒茶，又是给他喂点心，好一顿胡吃海塞，熊完这才好容易缓过来。

范雎看着他这样，一直皱着眉头：你确实是楚国太子熊完？

熊完先是点头，后又摇头。

范雎：到底是不是？

熊完害怕得立即跪倒在地：是，是，我就是熊完，还请大人饶命，以后我再也不偷人东西了。

范雎摆摆手，让人将他带下去。

范雎对侍从：他好歹是楚国的太子，何至于落魄于此？

侍从：令尹有所不知，这些在别国当人质的王子皇孙，都是些姥姥不疼，舅舅不爱的角色，更别说熊完已经在秦国羁押了十三年，他带来的那些银两早就被他挥霍光了，现在沦落成这样也不足为奇。我听说我们秦国在赵国的人质子楚比他也好不到哪儿去。

范雎：不管怎么说，你们还是好好待他吧，万一他将来是楚国国君呢，回想起在秦国的这一段经历，别给他留下太多怨恨，我们得把眼光看得远一些。

侍从：是，大人教训得是，我这就去替他安排妥当。

范雎：不，也不必太铺张，万一他不是呢？只要保证他正常的衣食即可，他已然会对我们感激不尽了。

门客：大人英明。

范雎：楚国，要警惕的不是楚王，而是春申君黄歇！

20. 日。内。楚国春申君府

春申君（字幕：春申君黄歇，战国四公子之一，楚国太傅）正在家中把玩玉器。他年纪三十余岁，显得风流倜傥。

齐国有使者来访。

齐国使者：齐王向来仰慕公子的才情，特命小人送来公子最爱的两样宝物。

春申君：哦，说来听听，我最爱什么？

使者一击掌，只见两个美女端着两个盛有玉器的漆盒进来。

春申君一见，大喜：美女与玉器，果然都是黄歇的最爱。齐王知我甚深。那我就一一笑纳了。

齐国使者：公子且慢！我们大王说，公子的才智也是天下第一流的，如果公子能解开这个难题，那么这两件宝物就都归春申君。

春申君：原来是要我帮齐王解难题呀，我说怎么天上突然掉馅饼了，说吧，什么难题？

齐国使者取出一个玉连环献给春申君：大王说，公子若能解开此环，他将甘拜下风！

春申君接过玉连环：好，容我考虑考虑，隔日给你答复。

21. 夜。内。春申君府正厅

春申君还在研究玉连环的解法，有门房来报。

门房：禀主公，门口有魏人魏单带着一干人马要求见您。

春申君：魏单，这是何许人也，也不知什么来头。你让他一个人进来见我吧。

魏单进见。

魏单：在下魏单拜见春申君！

春申君：你是魏国人？

魏单：正是。

春申君：你在魏国事过何人？你为何要弃魏来楚？你们魏国的信陵君也很负盛名，你为什么不投奔他，却来投奔我？

魏单：英雄不问出处，魏单仰慕公子而来，公子如果一定要问个水落石出，魏单告辞就是。

说罢，魏单就起身要出门。

春申君：等等，（他走近仔细端详魏单）你的脾气倒不小。我可以不问你的过去，不过你也总得有些什么本事，我才好将你留下。这有个玉连环，你如果能将它解开，就可以留下做我的门客。

他把齐国使者带来的玉连环递给魏单。魏单接过玉连环二话没说，拿起春申君案几上的金锤轻轻一击，玉连环即时断了，连环自然也就解开了。

魏单向春申君拱手：禀公子，魏单已将此环解开！

春申君看得目瞪口呆，随即拍案叫绝：妙呀，这果然是解开此玉连环的最佳方法。壮士的聪明才智可见一斑。壮士请留下，黄歇将奉壮士为上宾。

魏单：多谢春申君，可魏单不止一人，府外还有许多等候我的兄弟，我不能……

春申君：无须多言，一并留下。

魏单跪地叩谢：魏单替众弟兄谢主公收留之恩，吾等必将殚精竭虑、赴汤蹈火替主公效力！

春申君将魏单扶起，开怀大笑。

22. 日。内。齐王内宫

齐使回报。

齐王：怎么样，黄歇将玉连环解开了吗？

齐使献上已被魏单砸碎的玉连环。

齐王一看一惊：看来春申君心狠手辣，不可小觑。只要有春申君在，我们大齐就要与楚国修好！

23. 日。内。春申君府院中

魏单正在院中练剑，动作矫捷，身手不凡。

一段终了，春申君从树丛中鼓掌现身。

春申君边鼓掌边说：魏卿的智慧我是早已领教，没想到武艺也如此高超。黄歇得魏卿，夫复何求！

魏单：主公过奖了。主公刚从宫中回来吧，楚王的病情如何了？

春申君：不妙，大王的病势已危，恐时日不多矣。

魏单：主公意欲如何？

春申君：魏卿有何高见吗？

魏单：魏单在魏国的时候就听人说，楚国的太子熊完被当作人质已经在秦国羁押了十余年。

春申君：十三年了。

魏单：这十三年来，难道楚王都没有派人去看过他？

春申君：大王的子孙甚多，哪顾得过来。

魏单：可他毕竟是太子。

春申君：魏卿的意思是？

魏单：楚王病笃，诸公子必起纷争，但是谁都没有太子熊完的名分。所以，现在如果主公将熊完接回，那熊完登基之时，也将是主公掌握楚国大权之日。

春申君：这个我自然也想到过，可秦，乃虎狼之国，他们又怎肯将羁押了十三年的楚国人质轻易放行？

魏单：魏单愿率手下兄弟随主公出行。

春申君大喜：魏卿此举深合吾意！

24. 日。外。楚往秦的大道上

大道上，魏单领着自己马帮兄弟打扮成的门客队伍跟随在春申君左右。队伍的最前方旗帜飘扬，分别写着"楚"和"黄"的字样。

春申君与魏单并辔而行，踌躇满志的样子。

25. 日。外。另一条大道上

焦急不安的魏太妃正在急切地催促着马夫。

魏太妃：快些，再快些！

旁边宫女的劝慰：太妃，您坐稳了，您放心，过了这条河，就到信陵君府了。

魏太妃重重地叹了口气。

26. 日。内。信陵君府

信陵君在床上刚喝下汤药，就有下人来报：太妃到！

只见魏太妃跌跌撞撞地进来。

魏太妃看见信陵君憔悴的样子，伤心哭泣：我的儿，你吃苦了！

信陵君赶忙就要坐起下地，魏太妃将他拦住。

魏太妃：你不要动。

信陵君：母亲不用担心，无忌其实没什么大碍。

魏太妃：青年吐血，还说没什么大碍！你还是躺下说话。那天的事我都知道了。

信陵君：那是无忌一时激愤！

魏太妃：我在外面，就怕你出什么乱子，果不其然，还是给我猜着了。无忌，事已至此，你再着急上火还有什么用？

信陵君：母亲，您怎么能这样说，那只是个替罪羊。我一定要查出真相，要让天下人和如姬知晓谁是真正的凶手，否则我就枉担了信陵君的名分！

魏太妃：无忌，为娘是怕你以卵击石哇！他是一国之君，你这次吃的亏还不够吗？

信陵君：无忌只要有母亲的支持，就什么都不怕了。

魏太妃：上次，为娘来探你就是因为如姬姑娘，这次又是为了她，无忌，这真是你们前世的孽缘啊！

信陵君：母亲怎么知道无忌的事？我已吩咐众门客保密，大王更不会将此事外扬，难道……

魏太妃有些吞吞吐吐：这个……咳，就对你说了吧！是……是如姬打发念奴来告诉为娘的！

信陵君腾地坐起来：是如姬？如姬她……

魏太妃把他按下去：是，是如姬，她自然还在爱着你，可是有一点，为娘一定要提醒你，不管怎样，如姬现在都是你的王嫂了，不可对她再有别的想法，切记，切记！

信陵君的泪一下子涌出：苍天！苍天！你待我无忌不公啊！！

魏太妃老泪纵横。

27. 日。内。如姬寝宫

如姬也在对着留在自己身边的那把干将剑出神：信陵君，信陵君，你可明白如姬的心？

外面侍女报：魏太妃驾到！

念奴搀扶魏太妃走进。

如姬挣扎着想下床。

魏太妃将她按在床上：哎哟，如姬姑娘，不过数月工夫，你怎么瘦成这样？！……无忌也是病在床上，你们这一对冤家，可把老身我害苦了！

如姬拼命忍着泪水。

念奴端茶给太妃。

魏太妃：还好有念奴为你分忧。

如姬：太妃，不知公子他……可好些了没有？

魏太妃：他……咳，好多了，孟尝君已为他点了穴道，止了血。我今天来，一是看你，二也是有话要说。

如姬：太妃请讲。

魏太妃：虽然你们感情深厚，且交换了信物，可到底现在你的身份不同了，你已是无忌的王嫂……我是说，从此以后，无论如何，你们要彼此断了念想，千万别坏了理法纲常啊！这个话，我也对无忌讲过了！……

如姬的眼泪夺眶而出。

魏太妃含泪：我也知道你心里难过，可魏王毕竟是一国之君，你成了王妃，便要有母仪风范，万不可一时感情用事，造成万劫不复的后果啊！

如姬：……那……公子怎么说？

魏太妃犹豫了一下：他自然是答应的。古来圣贤之书想必你也读得不少：江山社稷为重，儿女之事为轻啊！

如姬再也忍不住，痛哭失声！

魏太妃念奴劝抚。

如姬抬起头，决绝地：太妃在上，我如姬为了魏国，为了公子，可以断了这份念想，可是让我再侍奉大王，却是万万不能！事情没有查清，大王他有重大嫌疑，让我跟一个杀害父亲的嫌疑犯同床共枕，那如姬只有一死！

魏太妃再也无法控制，泪流满面：我的儿！难为你这般刚烈！可大王我是了解的，你只能与他周旋，千万不可硬来，否则，便是王后那般下场，到那时弄得人不人鬼不鬼，莫说报杀父之仇，就连你自己都小命难保，孩子，听我的，留得青山在，不怕没柴烧！事情总会查清的，你和无忌若是真有缘分，依然会走到一起，到那时，我给你们证婚！

如姬激动地：太妃！母亲！

两人紧紧拥抱在一起。

念奴赶紧去把门关严了。

28. 日。内。楚太子熊完在秦的陋室

春申君、魏单等一行人来到熊完的住所，这里简陋之至，还布满了灰尘和蜘蛛网。

众人拨开蜘蛛网，春申君找到了躲在角落里正瑟瑟发抖的熊完。

熊完颤抖着说：不要杀我，不要杀我！

春申君：太子，您可还认识我呀？

熊完这才战战兢兢地看着春申君：太傅！

春申君点头：太子，您在这儿过得如何呀？

熊完一下子哭了出来：太傅，求你带我回楚国，带我回楚国，我也不要做什么太子了，我只要能回家就好。

春申君：如果我既让您回楚，还让您当上大王呢？

熊完一下子睁大了眼睛，好像不敢相信自己所听到的话。

29. 日。内。驿馆里

驿馆的房间，春申君叫了一桌好菜，熊完如饿鬼投胎般拼命地吃着，有侍者在偷着乐。

熊完终于酒足饭饱。

熊完：多谢太傅，熊完已经好久没有吃到这样丰盛的晚餐了。

春申君：太子听好，现在大王病重，您的兄弟现在都守在病榻前，就是为了万一大王升天，就马上能取而代之。到时候如果太子不在大王身边，则楚国将不再是太子您的了，您可能就要一辈子待在秦国，过这种人质的日子了。

熊完：不，我不要，太傅救我。

春申君：好，只要您听我的，我一定助您登基。

熊完：熊完若真能当上楚王，必不忘太傅厚德，拜太傅为相国。

春申君：好，一言为定！我这就去说服秦王。

魏单：主公且慢！主公要想找秦王交涉，不如先找秦国令尹范雎。据我所知此人心思缜密，秦王对他言听计从。先知会范雎，晓之以利害，才是捷径。

熊完:范雎大人，我知道，是他，熊完才有了一日三餐，否则……

春申君:果然，看来，范雎已经走在我们前面了。

30.日。内。范雎府

范雎正在与老友郑安平对弈，他的棋局陷于困境。

范雎推枰认输:不行，不行，贤弟实在是太厉害了，我认输。

郑安平:我是山野中人，整日弈棋弹琴为乐，自是精通些，兄长忙于国事，当然有些生疏了。

范雎:还是你的日子舒服呀，我回想起当年为了躲避吕齐的搜查在你家中度过的几个月，虽然无权无势，却是何等的潇洒惬意呀。

郑安平:兄长要是还想过那样的日子，随时可与安平一起隐居于山中。

范雎:但愿将来可以吧，可是现在，我也实在是身不由己。

正说着，下人来报:令尹，楚国太傅春申君求见。

范雎:你看，这不又来了？

郑安平笑着回避了。

范雎:春申君远道而来，范雎失敬了。

春申君:哪里，是黄歇不速来访，造次了。

两人落座。

春申君:黄歇知道相国百事繁忙，也就开门见山了。

范雎:好，痛快，春申君果然名不虚传。

春申君:我们楚王病危，想来相国应该听说了吧？

范雎:我有所耳闻。

春申君:楚太子熊完羁留秦国十余年，想来相国也已知晓，现在太子逢人便夸相国待他仁厚。

范雎:嗳，我只是尽了绵薄之力而已。

春申君:可如果熊完能够登基，那您的恩德他将铭记在心，对秦国、对您自是恭敬不二。放熊完回楚国，他会感激您对他的救命之恩；倘若硬是把他留下来，楚国将立其他公子为王，则熊完在咸阳与一普通布衣无异，毫无价值。更何况，楚国将以你们滞留熊完为借口，不再对秦听命。这种得不偿失的赔钱买卖想来相国是不会做的，是吧？

范雎：春申君言之凿凿，句句在理，好像不容范雎有任何异议，不过，范雎也不过是一个臣子，凡事我还得请示大王呀。

春申君：这个自然，不过相信秦王听了相国的话后也就知道该怎样做了！

两人一齐大笑。

31. 日。内。如姬寝宫

如姬念奴正在对弈，魏王走进，有些气急败坏的样子。

魏王抱怨道：这些大国真是要命，还让不让我们活了，秦国刚消停了几日，齐国又来人了，出的什么难题，寡人想了一下午也没想出来，这个大王我不当也罢。

如姬淡淡道：大王何必赌气呢，什么难题说来听听，也许我们能帮上忙呢。

魏王拿出一个与给春申君一样的玉连环出来：就是这个劳什子，偏偏要让解开，这，这都封得好好的，哪里解得开嘛。

念奴一把将它夺过去：让我看看，（她一下子就明白了）哦，这有何难？

魏王：噢，你有办法，快帮帮寡人。

念奴拿起玉连环就要往地上摔。

魏王：山穷水尽时，破釜沉舟也许就是最好的办法。

如姬连忙抓住念奴的手：住手。

念奴的手举在半空停了下来，眼睛充满疑问。

魏王惊愕地看着如姬。

如姬：解环不等于拆环，而是要解开齐国送这个玉连环的用意。

魏王大惑不解：齐王跟我玩什么连环套？

如姬：是合纵。齐王是在试探我们对合纵的诚意。大王，你看这六个玉环套在一起，不就是象征六国合纵吗。

魏王如梦初醒：哈，我说，这合纵不就是连环套吗。

念奴讽刺：大王从来英明。

魏王得意：小丫头这回说了一句寡人爱听的话。

魏王拿着玉连环急急地向齐使解释去了。

如姬不屑地看着他的背影。

念奴：小姐，奴儿想起一事，必须想办法立即告诉信陵君。……你还记得凶手的耳根后有什么标记吗？

如姬：你是说那只朱雀？

念奴：正是，奴儿清清楚楚地记得凶手的左耳根后有朱雀的刺青，我们这就告诉太妃去，让她把这个线索告诉信陵君。

如姬：好，你把这个给太妃带去，也好有个说法。（她把床边的一棵人参递给念奴）就说是我孝敬她老人家的。

念奴拿了人参而去。

32. 日。内。太妃寝宫

魏太妃：你是说凶手的左耳根后有朱雀图案的刺青？

念奴：是的，奴儿两次亲眼所见，千真万确，而且、而且小姐也看到了。

魏太妃：难怪大王要对那马倌下毒手，原来如此。

念奴：是呀，这不也证明大王心里有鬼吗？

魏太妃陷入深思：马蹄上有宫中印迹，耳后还有刺青，这会是谁呢？！

太妃的脑海里突然掠过那日见到魏单的情景。

闪回：魏单帽子遮脸，从太妃身边匆匆而过。

太妃：这是谁啊，这么没规矩！

闪回完。

魏太妃自语：莫非是他？！

念奴惊问：谁？

魏太妃：……好像就是在长亭侯被害的那两天，我去大王宫中，迎面见到一个人……

念奴：那个人，可是身材高大？

魏太妃：没错儿！那人高高大大的，在宫里我从没见过他，与我擦肩而过竟然不施礼！当时我就觉得蹊跷……

念奴：您进去，他出来？有了！说不定，那人便是凶手，大王得了风声，约他在内宫密谈，之后，放他出去，让他暂避一时，或者去了别的国家！

魏太妃嘘了一声，两人紧张四顾。

魏太妃低声：念奴，今日之事，不可与任何人提起！

念奴：奴儿知道。

33. 日。内。信陵君府孟尝君住处

孟尝君正在独自摆棋阵，身体还是很虚弱。

信陵君兴冲冲地跑了进来，手里还拿着酒壶。

孟尝君：公子身体还没大好怎么就起来了？（看见酒壶）公子有什么喜事？

信陵君替孟尝君和自己斟满酒：无忌心头真是好多天没有如此这般地畅快过了，兄长，干！

孟尝君与之碰杯：干！

信陵君：太妃告诉我，如姬打发念奴去她那里，说了一个重要线索，那个劫持长亭侯的马贼左耳根上有朱雀刺青。我这就让手下分头去找，相信不久便可为长亭侯报仇雪恨！

两人碰杯。

34. 夜。内。驿馆

魏单的脸。（镜头可从他耳后的刺青拍起，直至脸部正面）

春申君正在焦急踱步。

魏单：主公放心。不管秦国提出什么条件，兵来将挡，水来土掩，总有办法应对的。

看着魏单坚定的脸，春申君亦点点头。

35. 与此同时。内。秦王内宫

范雎正在面见秦王，禀报此事。

秦王：以相国之见，此事当如何处理？

范雎：不如让太傅先回楚探望，若果然楚王病危，再还太子也不迟。

秦王：相国说得对，这样最稳妥，就这样向春申君传达寡人的旨意。

36. 夜。内。驿馆

春申君终于等来了范雎派来的人。

范雎使者：相国让我告诉春申君大人，我们大王让您先回去探探楚王病情，若楚王果然病危，那再遣太子回去也不迟。

春申君大急：那就为时晚矣！

魏单在一边一个劲地咳嗽。

春申君看着魏单说话：好，还是一切都听秦王的安排！

使者回去复命。

春申君：魏单，你可知这样做的后果？

魏单：主公不用着急，你只需……

魏单附在春申君身边耳语，春申君频频点头：好，就这样办！

37. 夜。内。熊完的住处

月色中，春申君与熊完在互换行头。

两人换好一看，不仔细看，还真看不出两人调了包。

熊完：太傅，这样行吗？我害怕！

春申君：太子想想，秦王留住你，就是为了日后他以此为理由让楚国割地。楚国如果答应，则中了秦国的计，如果不答应，那太子就将终身在秦国为质了。

熊完：我不要当人质！我一切听太傅的！

春申君：好，我们现在换了衣服，你就是我，我就是你，一会儿过关口的时候，千万不要紧张，别露了马脚，有魏单他们在你身边，你会没事的。

熊完：哦，我知道了。

魏单：主公一人在此行吗，要不，魏单留下陪您。

春申君：不用，你是我此行的重要侍卫，你要留下就会露出破绽。魏卿放心，有你的锦囊妙计在，我定会平安归楚。

魏单：到时魏单一定到函谷关接您！

春申君：一言为定！

熊完泣曰：事情若成功，熊完一定不忘太傅大恩，楚国当与太傅共享楚国！

春申君：有太子的这句话，黄歇死而无憾了！

38. 黎明。外。函谷关外

魏单领着熊完星夜赶路，终于在拂晓时分过了函谷关。

众人皆欣喜，熊完更是喜极而泣。

39. 日。内。秦王宫

春申君要求面见秦王。

秦王大惊：公子不是已经返回楚国了吗？

春申君：已经返回楚国的是太子熊完，不是黄歇。

秦王：这是怎么回事？

春申君：黄歇怕楚王一旦升天，太子远在秦国，楚王的位子就是他人的了。所以遣太子迅速赶回楚国，现已出了函谷关了！黄歇自知此乃欺君之举，故来请罪。

秦王气极：你，你……楚人果然多狡诈。来人，来人，把黄歇先押入大牢，不日斩首！

春申君被侍卫带下，他的脸上却浮出不易察觉的微笑。

40. 夜。内。秦王内宫

范雎连夜面谒秦王。

秦王：相国来得正好，寡人正要命人告诉你，明日春申君黄歇就将被寡人斩首示众。

范雎：臣正是为春申君之事而来，大王千万谨慎为之。

秦王：不要再替黄歇说情了，这个楚人实在可恶，竟然在寡人的眼皮底下做了调包计，这让寡人的颜面何在？

范雎：臣不是要替黄歇说情，而是为了大秦的将来着想。大王想想，现在杀了黄歇，也只能是逞一时之快。熊完已经回楚国成了名副其实的太子，不日也许就是楚王，他对春申君的牺牲当然是感恩戴德，如果将他的救命恩人杀了，只能伤了两国的和气。楚国毕竟是个大国，在现在七国形势不明朗的时候，还是不要与之交恶为妙，远交近攻嘛，不如送个顺水人情！

秦王：难道将黄歇就这么放了？

范雎：不仅放，而且还要褒奖其对熊完的忠心。日后，熊完继位，黄歇必为相国，这楚国的君臣都感恩于秦，就可能支持秦国，有了楚国的支持，秦国就能以连横之势破解合纵之网。

秦王：呀，相国说得极为有理！是寡人欲逞一时之快。来人，立即放了春申君，还要送上厚礼，护送春申君返回楚国！

41. 日。外。函谷关外

春申君过关的时候，魏单果然在那儿守候。

魏单：主公受惊了。

春申君：好在有惊无险。秦王刚把我押入大牢，我就买通了狱吏，修书给了范雎，果然，第二日，秦王就将我放了，还送了我这许多的礼物。魏卿果然神算哪！

魏单：魏单佩服主公的胆识。

两人执手大笑。

两人并辔骑马走远。

字幕：公元前年，楚顷襄王薨，太子熊完立，是为楚考烈王。拜太傅春申君黄歇为相国。

42. 夜。内。齐王内宫

齐使回报。齐使献上完整的玉连环。

齐王：魏王也将玉连环解开了吗？

齐使：这是魏王交给臣的，同时魏王还跟臣说了一句话。他说，解环还须系环人！

齐王大惊：哦，魏王真是这样对你说的？看来魏王对合纵还是很认真的。

齐使：这是魏公子信陵君无忌的一贯主张，魏王之所以能接受，据魏王身边的人说，还是受了新纳王妃如姬的影响。

齐王灵机一动：那不如就将这玉连环作为贺礼送给如姬夫人。

齐使：好让如姬经常给魏王吹吹合纵的耳边风？

齐王：魏国就是我齐国的挡箭牌！

二人会心地大笑。

齐使：这种礼最好让跟魏王家里沾亲带故的人去送比较合适。

齐王：言之有理，你看谁合适？

齐使：魏太妃的外甥，鲁仲连。

齐王摇摇头：此人少年才俊，但是恃才傲物，放荡不羁，寡人多次叫他入朝为官，他理都不理，就知道在各国瞎逛，听说近两年一直在赵国待着，简直都要把赵国看作祖宗香火之地了！

齐使：据我所知，此人游历各国，见多识广。齐国是他的故乡，他会知道此事的轻重！

齐王：那此事就由你去找鲁仲连办，不要说是寡人的意思。

齐使：小人明白。

43. 夜。内。魏王禁宫

念奴趁人不备，又转悠到了那天她到过的冷宫。

念奴不停地在冷宫附近徘徊。

念奴自语：这冷宫里，好像有什么不可告人的秘密，也许，就是解开长亭侯被杀之谜的关键之地！今日我定要查个明白！

念奴正欲寻机走入，却突然被后面的一只手抓住肩头。

念奴大惊。

第十集

1. 夜。内。魏王禁宫

念奴回身一看，原来是一宫女。

宫女：你在这干什么？

念奴：不干什么，我是新来的，好奇，看看，听说这是冷宫，专门关不听话的后妃的，是不是？

宫女：可不，你可别进去，那里面关着王后，她已经疯了，很危险。

念奴听了，半信半疑：王后疯了？

这时，一阵阵恐怖的笑声从里面传来，好像在回答念奴的疑问似的，让人不由得不寒而栗。

2. 夜。外。如姬寝宫的后花园

大病初愈的如姬正独自在花丛旁抚琴，琴声哀婉清越，诉不尽的相思。

念奴如同一个影子来到如姬身旁。

如姬停止弹琴，看着她。

念奴低声：小姐，你猜奴儿刚才上哪儿去了？

如姬：不知道。你这两天神出鬼没的，谁知你上哪儿了？

念奴：告诉你，冷宫。

如姬吃惊地：什么？

念奴：冷宫。

如姬弹琴的手停下来：走，到里面说。

3. 夜。内。如姬寝宫

念奴：你知道现在冷宫里关着疯王后吗？

如姬吓了一激灵：疯王后？

念奴：凭奴儿的直觉，王后被关押定与长亭侯之事有关。

如姬：难怪我几次提出想见王后，都被大王支吾过去，你发现什么了？

念奴：那里把守很严，很难混进去，得想个什么办法才好。

如姬：嘘——小声点！

门突然开了，两人吓得呆若木鸡。

一个苍老的声音响起：你们两个，私下议论大王，该当何罪？

只见太妃走进。

两人赶紧行礼：臣妾、奴婢叩见太妃。

魏太妃扶起她们：都起来吧。（小声地）在宫里你们一定要当心，隔墙有耳！

如姬：多谢太妃提醒，是如姬太莽撞了！

魏太妃一使眼色，身边的几个宫女都分散到了各个窗口把守着。

魏太妃慈爱地看着如姬：脸色还是不好，这是进贡的燕窝，你吃些试试吧。

如姬：谢太妃！

魏太妃：如姬，你要记住，这宫里不比别处，人多口杂的，最要当心自己的言行。……你们刚才说到王后的事情，到底是怎么回事？

念奴：那日您还未回宫，奴儿急得要出宫去探探信陵君的情况，可被守门的卫士拦住了，我没有办法，想到别处去寻找机会，却无意中发现了冷宫，听见里面凄惨的呼喊声，我刚想去探个究竟，就被人带走了。刚才我又凑过去，一个宫女告诉我说，其中那个叫得最惨的就是王后，说她已经疯了。太妃，您说，王后怎么会疯了呢？

魏太妃：此事果然蹊跷，那日无忌逼问大王长亭侯事情真相的时候，我记得当时王后就在场，她说话很是闪烁其词，表情也极不自然。

画面闪过当日王后面对信陵君质问的情景。

魏太妃：听你今日这么一说，我倒是想起来了，王后可能是那天晚上之后被打入冷宫的。

念奴：定是王后知晓长亭侯被人暗害的真相，这是魏王最为忌讳的，他不得不将王后打入冷宫，让她从此与世隔绝。我想，王后也许根本就没有疯，她肯定想为自己申冤。我还要去冷宫，设法让王后说出真相。

如姬：念奴别去，你接近冷宫几次都没有成功，如今，大王更有了防备，你去只能是打草惊蛇。

魏太妃：如姬说得对。还是待我先去试探试探他再说。

两人点头。

4. 日。外。信陵君府

信陵君正在修书。

孟尝君走进。

信陵君：兄长，坐。无忌正在准备辞章，准备明日早朝时进谏。

孟尝君：是该进谏了！大王近日，越发荒唐！听说近日秦国正在设法与齐楚连横，其远交近攻的计划正在一步步逼近，魏国眼看就要落入水深火热的境地了！

信陵君：是啊！诸多头绪弄得无忌寝食难安。各国合纵连横变化无常，如果秦与齐楚结了联盟，那便是我们魏国的一大威胁，若不及早防御，祸患无穷！还有，查找凶手的线索有了，人也都派出去了，可是到现在什么回音也没有！

孟尝君：如今田文的身体每况愈下，多蒙公子照顾。公子的难处田文也帮不上什么忙。不过对有些事情我倒是可以提供一点思路，供你参考。

信陵君：兄长请赐教。

孟尝君：运筹帷幄之中，决胜千里之外。魏国现在潜伏在各国的线人大多受魏王的控制，对追查长亭侯的案子没有用处。好在你有门客三千！

信陵君：这次问题就出在门客身上！

孟尝君：据我观察，绝大多数门客对公子都是忠心耿耿，而且都是有用之才。

信陵君：兄长真这样认为？

孟尝君颔首：是的。门客来自各国，可以利用他们的关系编织成一个致密而无形的网，尽量把这个网撒得大一些，不仅是此次利用这个网抓凶手，而且在各国角逐中还会起到更大的作用。

信陵君：兄长深谋远虑！

孟尝君：至于瓦解秦与齐楚的联盟，要靠谋略，听说有一《周公秘籍》，总结几百年权谋机变和用兵之道，乃奇书也！

信陵君：兄长如何得知？

孟尝君：昔日周文王将往渭阳打猎，史官占卜得吉兆，将要遇到玉皇大帝派遣的太师。文王果然在渭水边遇见钓鱼的姜太公，姜太公遵周文王之托编写出《周公秘籍》。周文王和武王依照《周公秘籍》的计谋推翻殷商而取得了天下！最最重要的是，里面还有关于奇门遁甲方位的测算，若果然得此书，岂不连凶手的方位都能找出来了？

信陵君惊喜地：果然如此？

孟尝君：果然如此。不过，即使找到，也需修炼些时日才行！

5. 夜。内。信陵君正房

夜深人静之时，信陵君悄悄掌灯，转动墙上的战阵图，打开了密室。

6. 夜。内。密室里

信陵君从隐秘处翻出了《周公秘籍》，借着光如饥似渴地看了起来。

书中的阵形图。

信陵君自语：啊，原来《周公秘籍》分八韬和八略，合成八八六十四韬略，与易经六十四卦对应出千变万化的谋略和阵形。……八韬为，文韬，武韬，龙韬，虎韬，豹韬，犬韬，阳韬，阴韬，八略就是，战略，策略，谋略，胆略……

突然密室外有响动，信陵君立刻吹熄了灯，室内一片黑暗。

7. 夜。内。正房

我们看到门客打扮的虞卿，进得信陵君房中，左顾右盼，然后，从衣袋里掏出一封书简。

虞卿把书简放在桌上。

又四顾了一下，返身而去。

8. 夜。内。魏王宫

魏王正被几个美女围在中间，得意忘形的样子。一边有人喂食，一边有人倒酒，左拥右抱，忙个不停。

宦官通报：太妃到！

魏王看见太妃来了，有所收敛。

魏王：母后这么晚来找寡人不知有何事？

魏太妃：大王娶了新王妃，我还没有恭喜大王呢。不过，（她看了看大王身边拥着的美女们）好像也没这必要了。

魏王屏退了那些美女：太妃见笑了，可这是各地进贡的礼物，寡人也总得应付一下呀。

魏太妃：那把王后关入冷宫，大王是不是也只是应付一下呢？

魏王：这……

魏太妃：按理说，王后毕竟是一国之母，这于家于国，大王是不是都应该有个交代。我听说当时大王差点将王后斩首，她到底做错了什么事情，如此触怒大王？

魏太妃直视魏王，魏王竟不敢看她的眼睛，只是虚应着。

魏王：其实连寡人都忘了是为了什么事，只是当时寡人正在气头上，所以做出了这样的惩罚，后来寡人想将她放出来，可没想到王后已经疯癫了。这样的王后若是放出来岂不是让国人笑话？

魏太妃：那大王是打算就这样让王后之位虚着呢，还是废了她再立新王后？

魏王：这个……寡人倒还没有想过。

魏太妃：不知大王是否准我去冷宫看看她，她现在毕竟还是王后。

魏王：不必了，母后，那地方不是您该去的地方。至于王后的事情，寡人自会有安排。时候不早了，母后也该回去休息了，寡人不送。

魏太妃严厉地瞪了他一眼，走了。

魏王自语：哼，这个老东西，又用王后来找茬。不行，寡人得先下手为强。王后，你我夫妻一场，可谁叫你知道得太多呢？知深水鱼者不祥啊！哼哼哼……

9. 夜。外。冷宫附近

一个黑影上翻下跃，很是灵巧，很快就来到关押王后的屋子附近。这时候一道电光闪过，可以看清来人正是一身黑衣的念奴。

她凑近王后的窗口，低声地呼唤：王后，王后！

里面没有反应，念奴从门缝望进去，只见王后蜷缩在屋子的一角。念奴轻轻拍门。王后好像有了反应，她朝门口看了看。

这时候，有侍卫在不远处喝道：什么人？！

念奴赶紧一闪而过。

10. 夜。内。信陵君正房

信陵君正在看放在桌上的书简。

信陵君念：君之府中，确有奸细，头戴蓝帽，名为魏毕。我本老朽，在此月余，曾经昏聩，竟对君疑，真相大白，感君情义，从此辞君，莫问归期。

信陵君大惊，放下书简深思片刻：来人！传魏毕！

11. 夜。内。秦王宫

秦王夜召范雎。

秦王：相国，这么晚了把你召进宫是有好消息要告诉你。白起已经攻下了野王城，上党往来交通已经被我军阻断，我们只要攻下上党附近的城池，韩国就是我大秦的啦。

范雎：恭喜大王，贺喜大王！

秦王：嗳，应该感谢相国才是，你让军队从渭水运粮，大大解决了军队粮草匮乏的问题，如今我大秦军队想走多远便走多远，物资供给确有保障。更重要的是你那远交近攻的策略。我们很快就要跟寡人先前最为头疼的齐楚两国结下联盟，暂时他们是不会与秦国为敌。剩下的韩、魏、赵就等着寡人将其各个击破。

范雎：大王必能成就统一六国的丰功伟业！

秦王：那也是相国的妙策。

范雎：大王统一中原之日，便是范雎告老还乡之时。

秦王：那怎么行，相国还要辅佐寡人稳坐江山呢！

两人大笑。

一个侍从鬼祟地盯着他们。

12. 夜。内。信陵君正房

一家丁走进：主公，那魏毕不见了！

信陵君：不见了？！什么时候不见的？

家丁：有门客说，他前几天就不见影了！

信陵君拍着桌子怒吼：你们都是干什么吃的？仗着我对你们宽厚，简直就没章法了！快去五个人，给我把魏毕拿住！

家丁回头就走。

13. 日。外。大船上

韩王正在湖上泛舟，怡然自得。忽有人在他耳边通报。

韩王大惊：啊，是吗，这还了得，这还了得？掉转船头，我们回宫，回宫！

旁边一谋士问：何事如此惊慌？

韩王：秦国已经攻下了野王，不日还要攻上党，这、这、我们韩国不就完了吗？

谋士略一沉思：大王不必惊慌。微臣倒有一法，可以暂时解困。

韩王：什么方法，说，你快说，寡人重重有赏。

谋士：同样是丢失上党，给秦国就不如给赵国。

韩王：你出的什么馊主意呀，那是寡人的疆土，为什么要给人？谁都不给，谁都不给！

谋士：大王且听我说。七国之中秦国最为强大，如今又要与齐楚结盟，他们的势头锐不可当。单凭我韩国的实力根本就不是他们的对手，要设法把赵国拉进来，一起蹚这个浑水。

韩王：韩国曾经借秦国的力量打败过赵魏联军，赵王与寡人结下深仇大恨。幸灾乐祸还来不及呢，还能帮我？！

谋士：大王言之有理。但是各国政治角力，只有永恒的利益，没有永恒的敌人。今天打得不可开交，明天就可以握手言和，这已经是家常便饭，屡见不鲜。

韩王：惟一的办法就是利益诱导？

谋士：不错，唾手可得的好处，赵国当然乐于接受，而秦王得知他本来势在必得的上党被赵国占了，当然会迁怒于赵国，必然移兵于赵国。秦国这股祸水自然就得由赵国去挡，大王您就隔山观虎斗吧！

韩王感叹：争的还不是上党这块肉！

谋士：不只是上党，还得加上上党附近的十七城！

韩王：什么，再加上十七城？

谋士：不是块肥肉，赵国又岂会轻易上钩？

韩王：哎哟，十七城哪，就十七城吧。哎哟，寡人的心好痛呀，美人，快帮寡人摸摸胸口。

妃子上来与韩王一阵缠绵。

侍从：大王，我们还转向回宫吗？

韩王：还回什么宫呀，十七城都给人家了，寡人实在肉痛，美人，再摸摸，再摸摸，这里，还有这里。

大船渐行渐远。

14. 日。外。魏王王宫后花园

鲁仲连陪着魏太妃在后花园散步。

魏太妃：今天是什么日子，跑来看我？

鲁仲连：外甥看望舅妈还要挑日子吗。

魏太妃笑道：哼，你从来都是无事不登三宝殿。

鲁仲连：要说有事嘛，也不是什么大事。

魏太妃：有话直说，少给我绕弯子。

鲁仲连：前些日齐王给魏王送来玉连环的事，太妃可知道？

魏太妃：魏王不是已经还回去了吗。

鲁仲连：齐王非常佩服魏王的智慧。我猜想这背后定有高人。

魏太妃：不瞒你说，那是魏王宠妃如姬的主意。

鲁仲连：如姬夫人？那可是女中翘楚啊！

突然传来念奴的声音：谁这么肉麻夸我们小姐？

魏太妃和鲁仲连一愣。

魏太妃：你都快成姜子牙了，说招什么神上就来什么神！

花园小径走过来两个人，如姬端庄秀丽，念奴英姿飒爽，二人见到魏太妃立刻请安。

魏太妃假装生气：刚才谁在园子里大呼小叫？

念奴：是念奴惊了太妃的驾！

魏太妃：行了，我知道就是你！……你们两个不必拘谨，这是我的外甥鲁仲连，齐国人。仲连啊，这就是你想要见的如姬。

鲁仲连深深地看了如姬一眼，脸有些红：仲连给如姬夫人请安。

如姬：早闻高士大名，如雷贯耳。

鲁仲连：仲连不敢。……仲连见过念奴姑娘。

念奴：你怎么知道我的名字？

鲁仲连：你刚才不是已经自报家门了吗？

念奴调侃：想不到鲁公子竟有耳听八方的本事！

鲁仲连：耳听八方的本事倒没有，只是一阵儿风把话送到我耳朵里而已！

260

念奴不依不饶：风从何来？

鲁仲连：风起于青萍之末，难道姑娘不知道？

魏太妃：好了好了，念奴，他是有名的辩士，你和他辩，要吃亏的！……今天我请客，给外甥接风，你们二位可愿意作陪？

如姬：既然太妃有雅兴，我们遵命便是。

念奴斜睨着鲁仲连，一副不服气的样子。

15. 日。内。信陵君府

四五个家丁悄悄走进，垂头站在信陵君面前。

信陵君：怎么？还是没找到？

众家丁：是。

信陵君：好了，你们都退下吧，从今日起，我要出去远游，数月方归，若有人问起，便说我不在府中，听见了么？

家丁甲壮着胆：若……若是大王问起呢？

信陵君：自然也是同样说法！好，下去吧！

众家丁退下后，信陵君悄悄拿起虞卿的竹简，又看了一遍，叹一口气：看来事情越来越复杂了！

16. 日。内。魏太妃寝宫

魏太妃设便宴，魏太妃上座，鲁仲连和如姬左右对坐，念奴下坐偏向如姬。

魏太妃：今天是家庭便宴，没有外人。

魏太妃故意把没有外人说得很重。

如姬会意：按照老太妃的意思，大家都随便一点。

如姬将念奴向鲁仲连那边推了推：你能不能坐开点，别挤得我这么紧。

念奴不露声色地把椅子向鲁仲连这边挪了挪。念奴在桌下故意碰鲁仲连的腿，后者却把腿挪开了，念奴大不悦。

魏太妃：为我这浪迹天涯的外甥来看望老舅母，干一杯。

鲁仲连连忙举杯：为舅母健康长寿。

如姬举杯：祝魏太妃福如东海。

念奴举杯接道：寿比南山。

大家一饮而尽。

如姬看了一眼念奴，对鲁仲连举杯：为我们与仲连公子相识。

鲁仲连深情地：今日得见如姬夫人，真是三生有幸。在下先干为敬！

鲁仲连喝下这杯酒后继续说：早在齐国时就得知如姬夫人胆识过人！

念奴：公子是指玉连环一事？

鲁仲连：怎么讲？

念奴：那玉连环本是齐王试探之意，奴儿本以为公子乃浪迹天涯不问政事之人，今日才知，原来公子是肩负使命而来，看来像公子这样的人也并不能脱俗啊！

如姬瞪她一眼：念奴！你今日的话怎么这么多！

念奴：见到高人了嘛！奴儿孤陋寡闻，才疏学浅，急需高人点拨！

鲁仲连：姑娘说得对，仲连果然是肩负使命而来！仲连以为，脱不脱俗，并不能以此论之，出世入世，仅一念间而已，人生不过百年，又何须自我羁绊之？！

鲁仲连从怀中取出那串乳白色晶莹剔透的六连玉环，双手捧着送到魏太妃面前。

鲁仲连：舅母，这就是那串玉连环。齐王说既然是如姬夫人保护了它，就请笑纳，以见证齐国与魏国合纵的诚意。

如姬举起酒杯：就请公子替我谢谢齐王，愿两国永远友好。

四人举杯，念奴悄悄地盯着鲁仲连。

鲁仲连感到念奴死盯着的目光，站起身来：这屋里有些热，仲连去宽衣，去去就来！

念奴飞快地在桌子下面踩住他的脚，鲁仲连不防，一下子被绊了一跤。

念奴忍不住捂着嘴咯咯笑起来。

如姬瞪了她一眼，急忙站起：呀！鲁公子怎么样？

鲁仲连头也不回地往外奔：没事没事，是仲连走得急了！走得急了！

鲁仲连走出后，念奴哈哈大笑。

太妃忍不住笑戳一下她的额头：这个坏丫头！

念奴：哼，看来千里驹也有马失前蹄的时候！

17. 日。内。信陵君府门厅

有客来访信陵君，被门房挡住。

门房：对不起，我家主公出外寻访散心去了，请您改日再来吧。

客人：信陵君何时能归？

门房：那可说不准，也许十天半个月，也许一年半载也未可知。

18. 夜。内。魏王宫

戴小帽的信陵君门客在禀告魏王。

魏王：无忌寻访散心去了，千真万确？

门客：绝对错不了。

魏王：他肯定是不甘心，去找所谓的凶手去了，谅他找到天涯海角也是枉然。哼，魏无忌，咱们走着瞧！

门客：还有，大王……

魏王：讲！

门客：在下……在下以为，信陵君府近日有些异样！

魏王：哦？

门客：似乎……似乎有人对在下有所怀疑……

魏王一下子站起：嗯？！

门客：所以，在下斗胆请求大王，在下已无法返回信陵君府，大王不如将答应的赏银给了在下，在下也好……

魏王阴险地一笑：好啊，去，带魏毕去领赏银！

一宦官体会到魏王的眼色，带魏毕下去。

魏毕：谢大王！

19. 夜。外。后花园

魏毕正拿了银子兴冲冲地走着，忽然宦官在身后给他一刀。

魏毕没有来得及叫出来就一命呜呼了。

宦官掏去了他的银子。

20. 日。内。如姬寝宫

如姬还在编剑穗，魏王进来，她赶紧把穗子藏起来。

魏王一副心情很好的样子。

魏王见如姬淡淡的样子，并不在意：信陵君外出寻访了，估计得有些日子才会回来。他在这里一天到晚就要向寡人喋喋不休地说什么合纵，什么联盟，指手画脚的。烦死了，现在他走了，寡人岂不是乐得耳根清净？

如姬黯然地：他走了？

魏王：是啊，怎么，你不高兴？你还在惦着他？！

如姬冷冷地：如姬只是觉得信陵君所作所为是为了魏国……

魏王：住口，别走了个真无忌，又来了个假无忌，而且寡人最讨厌女人参与国事了。美人儿，你只要好好地伺候寡人就得了！

魏王向如姬拥扑过来，如姬一闪身，魏王扑空。

如姬正色道：大王，恕如姬现有重孝在身，不能服侍大王。

魏王恼怒地：今天也不行，明天也不行，原来你是中看不中用的，枉费了寡人一番心力！也罢，你就先守你的孝吧，什么时候守不住了，告诉寡人一声！

魏王拂袖而去！

如姬憎恶地盯着他的背影，拿出剑穗重新编起来。

21. 日。内。信陵君密室

信陵君仍在潜心研究《周公秘籍》。

信陵君自言自语：姜太公为何用无饵直钩离水面三尺，在渭水边钓鱼？！

信陵君好像听到一个老者的声音：太公不是在钓鱼，而是在钓天下。流水无形而透百川，穷变天下而归大海。

信陵君忙向西方向跪下，作揖：无忌感谢神人指点。

22. 日。内。平原君府正房

平原君夫妇正在商议事情。

平原君：听说无忌外出了。

平原君夫人：噢，是吗，那一定又是打探谋杀长亭侯的凶手去了。无忌这孩子做事就是这么执着。

平原君：是呀，原本人家好好的姻缘，却被你那位王兄横刀夺爱，他能甘心吗？

平原君夫人：只是念奴原本的计划又要搁浅，也不知道她干得怎么样了。趁无忌不在家，倒是个好机会。

平原君：她还能怎么样？信陵君府也是戒备森严，哪能那样轻松进出，更何况她现在与如姬同在深宫，只怕更是连出宫的机会都不多。

23. 日。内。太妃寝宫

如姬、念奴和太妃正在太妃的寝宫里密谈。

太妃：无忌出府了。

如姬：如姬已经听说了。

太妃：噢，大王也已经知晓了？

如姬：正是。

念奴：信陵君一定是去帮小姐找凶手去了。公子一向就是这样的仁义。

太妃听了这话很满意：是啊，说起来也不是我要夸自己的亲生子，他们兄弟俩虽然同父，可品行差得太远。因为大王不是我亲生，所以在人前我总是替他说话，原来先王在世的时候就是这个样子，如今他是大王，我更要维护他一国之君的威信。可他实在是让人太失望！连王后都容不得！而且死活不让我去探视王后，这其中肯定大有蹊跷。

念奴：我已经去冷宫好多次了，可谓是戒备森严，有几次差点就和王后说上话了，但结果都没有成功。

如姬：我觉得此事还得从长计议。

念奴阴阴地：时间不容人，我估计魏王一定发现了什么苗头，估计王后的时日也不多了。

太妃和如姬听了这话都吃了一惊。

24. 日。内。平原君府正房

平原君夫妇还在屋里商议，有门客进来。

平原君：有事吗？

门客：齐人鲁仲连又游历到了我们邯郸城。

平原君：噢，是吗，好呀。

平原君夫人：一个鲁仲连，怎么令夫君如此兴奋？

平原君：夫人不记得了，大王的登基仪式上就是他帮我说了些话，才好歹挽回我一些面子。

平原君夫人：咳，我怎么会不记得，说起来，他还是我远房的亲戚呢。

平原君：怎么讲？

平原君夫人：他是我母后的远房外甥，算起来，该算是我的远房表弟吧。

平原君喜道：如此更好了！他在哪儿，快快把他请来，我平原君就是愿意结交他这样的朋友。

25. 夜。内。平原君府正厅

平原君设了很丰盛的酒席在等待鲁仲连的到来。

平原君和夫人端坐在案边。许多门客、名士也都悉数到齐。

平原君夫人悄声地与平原君说话。

平原君夫人：这小表弟怎么架子这么大，已经请了三次了，难道还非要你平原君亲自出马不可？

平原君有些尴尬：青年才俊嘛，小小年纪就名扬天下，难免有些架子。他总是四处云游，来去无踪，现在好不容易知道他的行踪，就再耐心等一下吧。夫人息怒，我替他向你赔罪。

平原君夫人：我倒没什么，只是已经来了这许多人，他万一不来，我怕你平原君的面子上过不去。

平原君只得赔笑。

这时候，去接鲁仲连的人都回来了。

其中一人凑近平原君耳语。

平原君的脸色大变。平原君夫人看在眼里。

平原君（压低声音）：一群没用的东西，你们下去吧。

那些人赶紧都下去了。

平原君只能强作精神：鲁公子临时有要事，实在是抽不开身。烦大家也都久等，我们现在就开始喝酒吧。

众人端起酒杯，却都在底下窃窃私语。

26. 夜。内。平原君正房

平原君铁青着脸回到房间，一脚踢掉鞋子。

平原君：这个鲁仲连实在是太狂妄了，他以为他是谁呀，他把我平原君当作什么人了？！

平原君夫人：仲连都说什么了，把大人气成这样？

平原君：我这么三番五次地派人去请他，他竟嫌我多事，说我办事与老妇人无异。这，这不是明明在羞辱我吗？他实在是太不知好歹了！

平原君夫人：大人快别生气了，为一个小毛孩子的话气坏了身子，那可就不值当了。再说他也不过一个齐国平民，夫君就更用不着跟他一般见识。

平原君恶狠狠地：这等狂徒，自以为清高飘逸，只不过是个绣花枕头。他可别犯在我手上，否则……

27. 夜。内。信陵君密室隔间

竹简堆满了书案，另有一张非常大的围棋专用桌，信陵君正一边读竹简，一边用特制的大围棋子在偌大的棋盘上推演。

信陵君画外音：阳为壮，益之刚，坚兵利器，攻无不克，战无不胜。

阴其谋，密其机，深沟壁垒，伏其锐士，寂若无声。

阴胜则阳衰，阳刚则阴弱，阴阳互动，变换无穷。

老者的声音：万变不离其宗，道，存之于天，得之于心。

信陵君手中最后一颗黑子落入棋盘，形成阴阳八卦图，那颗黑子正好是白鱼的眼睛。

信陵君大惊，忙向西方膜拜：感谢神人指点。

28. 夜。内。赵王寝宫

一条庞大的飞龙从天而降，又杳然而去。（可剪辑其他影视作品的画面而成）

赵王猛然惊醒，腾地坐起，两眼发直，一言不发。

旁边的妃子吓了一跳，赶紧呼唤他：大王，大王，您这是怎么了，可是梦魇住了，大王，您醒醒呀，醒醒呀。

赵王突然传道：来人，快去把平原君宣进宫来。

29. 夜。内。赵王宫

平原君急急进殿。

平原君很焦急：大王，有何要事？

赵王：爱卿快来，寡人知道你善解梦，寡人刚才做了个特别奇怪的梦，实在是太奇怪了，所以才特意把你召进宫来。

平原君：赵胜愿闻其详。

赵王：爱卿，刚才梦见寡人穿着半身龙服，正在朝上，突然有一条巨龙从天而降，就落在寡人的眼前，寡人便顺势坐了上去，一坐上去，那巨龙便腾空飞起，将寡人一起带入云霄。可还没到天

268

上，它就突然一个翻身将寡人坠下。正落在两座山的中间，一座金山，一座玉山，光彩夺目，真是美呀，寡人都从来没有见过。那两座山那样耀眼，在寡人眼前一亮，寡人就醒了。爱卿，你说这梦是凶还是吉？

平原君：当然是吉兆。大王穿着龙服，那是您将要君临天下；乘龙上天，升腾之象；坠地者，得地也；金玉成山者，货财充溢也。大王目下必有广地增财之庆，此乃大吉之兆。

赵王大喜：是吗，太好了。但愿能托君吉言。

平原君：应该是托大王吉梦才对。

君臣均大乐。

平原君：大王若没有其他事，赵胜便告辞了。

赵王：等等，寡人总觉得不踏实。要不再找个人来解解。

平原君脸上已经很不高兴了。

赵王却没注意到，他还在思索：找谁好呢，对了，寡人听说那个齐国名士鲁仲连正在邯郸，他解梦也很有一套。这就把他请来。

平原君鼻子一哼：哼，他可是难请得很呢。

赵王却已经吩咐宦官去请了。

不一会儿，鲁仲连竟然来了。一身白衣的他果然是个玉树临风的翩翩公子。

平原君铁青着脸站在大王身后。鲁仲连却好像什么事都没有发生过一样，热情地向他打招呼。

赵王：一些时日不见，公子愈发地精神了。

鲁仲连：大王有何指教？

赵王：哪里，只是寡人刚刚做了个梦，不知何意，还请公子帮着解一解。

平原君一直在注意鲁仲连的表情，他听说只是解梦，并未显出不屑，而是兴趣很浓的样子：是个什么样的梦，大王说来听听。

赵王又把刚才的梦复述了一遍。

赵王：怎样，此梦是凶是吉？

鲁仲连：大王可能就要面临灭顶之灾，有人布置下圈套诱惑贪欲者上当，大王不可不防。

赵王一下子慌了神，一会儿看看平原君，一会儿看看鲁仲连。平原君则一直不动声色。

赵王：公子为何如此解释？

鲁仲连：半身龙服者，残也；乘龙上天，不至而坠者，事多中变，有名无实也；金玉成山，却只可观而不可用。此梦不吉，大王还是要小心才是。

赵王：平原君，你说呢，你刚才不是说此梦大吉吗？

平原君：现在多说无益，我看还是看事实吧！

30. 日。内。鲁仲连所在驿馆

驿馆的舍友看见鲁仲连回来了，赶紧迎上去。

舍友：大王这么着急地把你给宣进宫有何要事？

鲁仲连：大王做了个梦，让我帮他测测凶吉。

舍友：就这事呀，我还以为是平原君参了你一本，要找你麻烦呢。

鲁仲连：我与平原君并无过节，他为什么要找我麻烦？

舍友：你还不知道呢，那天平原君请你去府上做客，你没去，使他颜面扫地，平原君很是恼恨。

鲁仲连：就为这事吗？那日我恰巧没心情，他却几次三番派人来烦我，像个老妇人一般地婆婆妈妈。我只是有点不耐烦，并非对他本人有什么不敬的意思。就像刚才赵王宣我，我正巧毫无睡意，想找人说说话，自然就去了。如果平原君就为这事恼我，我真是有口难辩。道不同不能与之为谋啊！

舍友：快别说了，这话要是再传到平原君的耳朵里，又得生出些是非来。

鲁仲连却毫不在意：世上的烦恼皆是庸人自扰罢了。

31. 日。内。平原君府正房

平原君回到正房，平原君夫人正在焦急地等待着他。

平原君夫人：大王这么深夜急召你，可是出了什么大事？

平原君打着哈欠说：什么大事，他做了个梦，让我替他解梦。

平原君夫人：就为这个？

平原君：可不，不过，你猜猜大王还把谁召去解梦了？

平原君夫人：谁？

平原君：鲁仲连！

平原君夫人：仲连？是啊，他的确是个卜筮高手。

平原君：我还当他真是什么清高人士，不过是狗眼看人罢了，大王一叫，就是深更半夜，他还不是乖乖地去了，而且毫无怨色，兴趣颇浓的样子。

平原君夫人淡淡一笑。

平原君：我倒要看看我和他解的梦到底谁的准！

平原君夫人：大人累了，现在天还没亮，你还是先躺一会儿吧。

平原君正要躺下，突然下人又来急报：主公，大王宣您速速进宫，有大事！

平原君夫妇对视。

32. 日。内。赵王宫

平原君进来的时候，赵王正对着案几上的地图喜不自禁。

平原君：大王，又有何事？

赵王乐着说：平原君，你真不愧是赵国第一才子，实在是太厉害了，刚才你帮寡人释的梦，现在全都应验了！你看看……

他把书简递给平原君。

平原君读信：秦攻韩急，上党将入于秦矣！其吏民不愿附秦，而愿附赵，韩不敢违吏民之心，谨将上党所辖十七城，拜献之于大王。惟愿大王收之！

赵王听着频频点头，志得意满。

赵王：爱卿，你来看，好大一片地方啊！

赵王指着案几上，韩国献来的地图，指着一大片的地方，圈给平原君看。

赵王：你看，你看，这地方很丰饶，真是意外之喜啊！

平原君笑：赵国的领土一下子扩张这么多，以后赵国的子孙一定会记住大王的丰功伟绩！

赵王十分得意：寡人只是想日后也好面对先王和列祖列宗。这么说，你是赞成寡人收这上党十七城咯？

平原君正要回答，忽报鲁仲连到！

33. 日。内。信陵君府孟尝君住处

孟尝君病重躺在床上，突然他一阵猛咳，咳出了好些鲜血。

旁边的侍从急得团团转：哎呀，这可如何是好呀，主公又不在家，这让我怎么办哪。

孟尝君向他摆摆手，表示不碍事。

侍从出去取药了。

孟尝君拭去嘴角的鲜血：无忌呀，只怕为兄等不到你回来的那一天了。

说罢，便晕了过去，侍从们又是一阵手忙脚乱的抢救。

34. 日。内。赵王宫

赵王：是寡人把他宣来的，寡人倒要看看他现在又做何解释。

鲁仲连看过韩国送来的书简，直面赵王，却连看都不看平原君一眼。

赵王：鲁公子，你刚才谓寡人的梦是大凶，现在却有广地增财之事，你做何解释？

鲁仲连：仲连闻无故之利，谓之祸殃，所以大王万万不可收之。

赵王很有些不悦了，平原君看在眼里。

赵王：韩国畏秦而亲赵，是以来归，何谓无故？

鲁仲连：大王怎么就不想想现在是什么局势？秦国蚕食韩国，攻下野王，断了上党之道，不令相通，秦国自是以为将韩国掌握手中，取韩如探囊取物，志在必得。一旦上党等地突然归赵所有，秦国岂能善罢甘休？这就好比春天秦国播下了种子，到了秋天却由赵国来收获，这就是刚才仲连所说的"无故之利"。

赵王鼻子一哼，鲁仲连继续说。

鲁仲连：现在韩国以吏民不愿附秦，而愿附赵的借口归赵，其实就是想嫁祸于赵国，以解韩国的燃眉之急，还望大王三思而行。

赵王向平原君：平原君，你的意思呢？

平原君：以十万的兵力去攻一国，历时数年而未得城池一座，土地一寸。现在不费一兵一卒，却能得到十七个城池，此机不可失，时不再来。

赵王：正是，正是，这正合寡人之意。

平原君：至于韩王的用意，大王心知肚明，自有对策，就不劳鲁公子费心了。

鲁仲连摇头叹息：上党，上党，上当也！……

说罢，便转身飘然而去。

赵王：嗳……

平原君：大王就随他去吧，年少轻狂嘛。

赵王：不过是个齐人，却来赵国指手画脚。平原君，这上党的十七城，还要劳烦你去接受，别人去寡人也不放心。你看，给你带五万兵马去如何？

平原君：臣领命。

35. 日。内。信陵君密室

信陵君看着棋盘上的八卦图，棋盘上虽然有空，却无法再落一子。

信陵君读竹简：满则溢，盈则亏。太强必折，太张必缺。

信陵君：破解强势的方法就是使之过犹不及。

老者声音：过犹不及，皆因欲火过旺所致。

信陵君在白棋空中再强落一颗白子，使之气短。

信陵君感悟：利欲熏心，急功近利，必引火烧身。

36. 日。外。上党城池

平原君率兵士来到城里，韩王亲自在此等候，还有上次出主意的谋士也在此。

平原君向韩王行礼：赵国平原君赵胜受赵王之命特来接受韩国所赠上党十七城池。

韩王：早就听说平原君的大名，今日得见，果然相貌堂堂，名不虚传。不知平原君婚配否？

这话问得平原君很尴尬：多谢大王关心，赵胜已有夫人。

谋士赶紧来解释：我们大王最爱开玩笑，他是想夸平原君年轻。众人赶紧赔笑。

平原君：大王现在就可将上党十七城的封印交予赵胜，赵胜也好回去向赵王复命。

谋士：不着急嘛，平原君一路劳顿，歇息歇息再说也不迟。

平原君：事不宜迟，赵胜还需抓紧时间布防，以防秦国突然袭击。

谋士：既然如此，我们也就开门见山了，请平原君先安顿所带五万兵马，这个封印暂时还不能给平原君。

平原君一惊：莫非堂堂韩国想出尔反尔？

谋士：非也非也，平原君也是聪明人，相信早也想到了。上党所以归赵，是因为仅靠韩国一己之力实在难以抵抗秦国。如今十七城池即将归赵，韩赵就是一家，还请公子奏闻赵王，将军队所需粮草尽快调来，准备长期共御秦国才是上策。

平原君：打着赠地的幌子却是想迫人参战，恐怕不是君子所为吧？

谋士：我们这也是万不得已，望平原君体谅韩国的苦衷。

平原君：我现在有军士五万人，你们看够吗？

韩王：五万人怎么行，起码也得二十万。

谋士：大王，平原君一片诚意，我们也不能失言，这就将封印交给平原君好了！

谋士话中有话地看了韩王一眼，韩王不再说话，点了点头。

37.夜。内。韩王宫

韩王：你怎么这么糊涂？区区五万人怎么够？这城池不是白给赵国了吗？

谋士：大王想，赵国现在既已得了城池，自然是把它看作是自己的领土，秦军若是来犯，他们岂有袖手旁观之理，更何况他们现在还有五万将士在此，赵国就算不要这城池了，也绝不会让这五万士兵白白送命，到时自然会增兵啊！

韩王点头：哼，这个圈套钻进来就休想再钻出去！

38. 夜。内。赵王宫

赵王正在大宴群臣，拿着封印得意地向群臣炫耀。

赵括：大王为赵国立下的丰功伟绩，赵国的子孙后代将永志不忘。

廉颇：将我赵国版图一下子扩张了这么多，就是先王在世也望尘莫及啊！

赵王听着奉承的话，饮酒更酣。

忽然有军士来报：禀大王，秦军攻打上党，请您赶紧增兵。

赵王有些紧张：秦军到了哪里？

军士：已经将上党包围。

赵王松了口气：哦，没事，先让韩国他们扛着吧，我们看看再说。来，我们接着喝酒。

大家继续饮酒作乐。

39. 夜。内。信陵君密室隔间

信陵君边推演棋盘，边念口诀：大成若缺，其用不弊。大盈若冲，其用不穷。

他两眼盯着棋盘，陷入冥思苦想。

信陵君突然大惊失色：西边方向有肃杀之气，恐有血光之灾。

信陵君下意识地抽出身旁的莫邪剑，顿时四壁生辉。

他如梦初醒般地：哦，无忌将自己闭于密室已有数日，可凶手的方位还不曾查找出来啊！如姬，无忌对不住你！

40. 夜。内。如姬寝宫

如姬一人点着灯在编剑穗，她编得很是用心，猛一抬头，仿佛看见信陵君高大的身影正被光映在雪白的墙上。

如姬情不自禁地叫了声：公子！

她赶紧回头，却并没有人。只有风将门窗吹得呼呼作响。

如姬赶紧来到门口，四处看看也都没有人。

如姬颓然地倚在门上，一道闪电划过，如姬痛苦的脸。

突然，她看见干将剑闪出奇亮的光。

如姬含泪：是公子在想念如姬！公子啊，你在何处？难道有什么灾祸又要临头了么？！念奴！念奴！……

41. 夜。外。冷宫王后关押处

一道闪电划过的时候，念奴看见了传说中已经疯癫的王后。她的面容甚是憔悴，但两眼炯炯有神。

这时，倾盆大雨从天而降，所有的守卫都躲在了屋子里，而所有的声音也都被这轰鸣的雨声遮盖。

隔着窗户，念奴与王后对上了话。

念奴：王后，你真是王后吗？

王后：富贵荣华千般好，不过浮云皆成空。我是不是王后与你有什么关系？

念奴：你是被大王贬到这儿来的，就是因为你知道杀害长亭侯的真相！

王后大惊：你是何人？

念奴：我是长亭侯的独生女儿如姬的贴身侍女。大王为了获取我家小姐的欢心，虽然硬拉了个替罪羊当作杀害长亭侯的凶手，将他处死了，但留下诸多疑点。如今信陵君正在追查杀害长亭侯的真凶。王后，希望您能说出真相。

王后：信陵君？魏王，哈哈，信陵君。他们兄弟都是一样的，他们都不爱我，都不爱我。他们甚至都不正眼瞧我一眼，他们都是一样的呀！呜呜……

念奴：不，他们不一样，他们一个是暴君，一个是君子。王后，你是一国之母，与大王多年伉俪，大王对您怎能这样残酷无情？！

王后仿佛又回到了那个夜晚，她深陷其中，用着魏王当日的语言说话。

王后：秦国那么厉害，吕齐在一日便是一日之隐患……找帮人把他杀了不就得了……当初送他到平原君府上的也是寡人，这就叫借刀杀人，一举两得……

王后着魔似的念叨着，念奴听后大骇。

又是一道电光闪过，窗边，念奴和王后两张惊恐的脸。

42. 夜。外。冷宫附近

雨夜中，念奴急匆匆地走着，雨水顺着她的斗篷流下，突然一只黑手从后面将她脖子勒住，毫无防备的念奴在挣扎中斗篷掉落，那人一拳将她击晕，迅速将黑布蒙住了她的头。昏迷的念奴被那人不知带向了什么地方。

只留下那个斗篷仰面朝天。

43. 夜。内。如姬寝宫

趴在古琴边上睡着的如姬猛地惊醒，她唤道。

如姬：念奴！念奴！

只有隐隐的风雨声，并没有人答应。

如姬来到门口问守门的侍卫。

如姬：看见念奴了吗？

侍卫：没有，夫人。

望着外面的雷电交加，如姬不禁皱起了眉头。

44. 日。内。魏太妃寝宫

一早起来，太妃正在宫女的服侍下梳妆。

如姬匆匆进来，施礼：如姬惊扰太妃了！只是有一急事，只有对太妃说。

太妃：何事，但说无妨！

如姬：太妃，念奴上您这儿来了吗？

太妃：没有呀，（问宫女）你们看见她了吗？

宫女皆说没有。

如姬焦急地：可她昨天一整夜都没回来，在这宫里她还能去哪儿呢?!

太妃:如姬,你也别太着急了,兴许这孩子昨天在哪儿玩累了,就在那儿睡着了。也许呀,她这会儿已经在你的寝宫等你了。花儿朵儿,你们快去帮如姬夫人寻找念奴,我这里不需伺候!

如姬:谢太妃!

如姬率众侍女匆匆走出。

45. 日。内。魏王宫里

如姬还在四处焦急地寻找着念奴。

不经意间,她走到了一排低矮的屋子附近。她正想过去,突然有人喝住她,她转身一看,一个侍卫手上拿了个斗篷。

侍卫:你是什么人?这里是冷宫禁地,闲杂人等不许靠近,你知不知道?

如姬:冷宫?这里就是冷宫?

侍卫:对呀,你赶紧离这儿远一点。

另一侍卫过来:什么事呀?

侍卫:哦,没什么,刚才在那边捡到个斗篷。

另一侍卫:嗨,我当是什么稀罕东西,这种斗篷宫里多得是。

侍卫:我就是奇怪怎么会在这里。

他把斗篷随手一扔。这时,有好些侍卫急匆匆地过来,赶到冷宫禁区,围住一处屋子。

侍卫拉住正在赶去的其中一人:怎么了,出什么事了?

那侍卫:你还不知道,出大事了,王后娘娘薨了!

悄悄地已把那斗篷捡起的如姬听了这话浑身一颤,她偷偷地回头看了一眼,所有的侍卫都朝那间屋子奔去。

46. 日。内。如姬寝宫

如姬拿着斗篷回到自己的寝宫,关上门,拉上帘子,惊魂甫定的样子。

魏王突然出现:美人儿。

如姬大惊,斗篷掉落在地。

第十一集

1. 日。内。如姬寝宫

魏王捡起斗篷：这是什么，从哪儿来的？

如姬：哦，我看着有趣，找她们讨来的。

魏王：美人儿，夜里你孤身一人，寂不寂寞呀，刮风下雨的，你不害怕吧？

如姬：昨夜下雨了吗？我睡得熟，没听见。

魏王阴险地：难道你没听说宫里出了大事么？

如姬装作茫然不知地摇头。

魏王：告诉你，王后犯了急症，突然暴毙！哼，那个贱人早该死了。（他笑眯眯地将脸凑向如姬）不过，我的美人儿，这下好了，你有希望做寡人的王后了。

如姬被魏王那张笑着却显得狰狞的脸吓得倒退，魏王则步步逼近。

2. 日。内。魏太妃寝宫

一个宫女急匆匆来报。

宫女：太后，大事不好了，王后娘娘她，她薨了！

太妃也被这消息惊呆了。

3. 日。内。赵王宫

赵王领着众臣依然在饮酒作乐。

赵王：喝，我们一定要痛快个七天七夜，来呀，给我们换大盅。

这时又有军士来报：禀大王，秦国又增派兵士攻打上党，韩王请您速速派兵，他们快撑不下去了。

赵王：嗳，知道了，你下去吧。

宦官来报：大王，平原君到！

赵王：噢，他怎么来了，不是说不能参加吗？

平原君进来。

赵王：平原君，你来得正好，前几次请你，你都没来，今天一定要陪寡人多喝两杯，你可是得到上党的大功臣哪。

平原君：多谢大王，这酒还是以后再喝吧，我听说大王到现在还没向上党派兵。

赵王：嗳，急什么，有韩国在那儿，你还怕他们不扛着，咱们先乐呵几天再说。

平原君：可大王难道忘了赵国也有五万大军在那儿呀。如果秦国进犯，我们也得损兵折将呀。

赵王：这个寡人倒是疏忽了。

平原君：更何况一旦韩国抵挡不住秦国，秦国占领了上党，那上党就不属于韩国，更不属于我们赵国。那现在的庆贺又有什么意义呢？所以，大王，我们还是尽早派兵与韩国共同抵御秦国才是呀。

赵王：平原君说得对，寡人这就派兵，以平原君之见，寡人应该拜谁为帅？

平原君：老将廉颇的体力可能不佳，但经验还是最为丰富。此番去别国作战，不占地利，还是要靠经验取胜呀。

赵王：好，寡人就拜廉颇为上将，率兵二十万，驻守上党，抵御秦国！

4. 日。外。长平关外

廉颇骑马在队伍的最前端，白发白髯，却老当益壮、意气风发的样子。旁边的大旗上赫然打着"赵"和"廉"。

5. 日。外。长平关内

廉颇率领大部队来到关内，有前锋来报。

前锋：廉将军，大事不好！三天前，我赵韩联军不敌秦军，上党已然失守！

将士听了这话都嚷了起来：啊，上党都已经被攻下了，那我们来还有什么意义。……是呀，反正上党本来就不是我们赵国的，丢了也不心疼，我们还是趁早回赵国吧，省得去跟秦军硬碰硬。

廉将军只"嗯"了一下，众人便都住口了。

廉颇看了看四周，下了马，向城墙上走去。

6. 日。外。长平关的城墙上

廉颇来到城墙上，远眺四周。

廉颇捋着白色长髯：好，有办法了！

7. 日。内。孟尝君住所

信陵君急急忙忙推门走进来。

孟尝君躺在床上。

信陵君：无忌近来忙于琐事，对兄长照顾不周，请兄长恕罪。

孟尝君会意地一笑：我这身子骨还能熬些日子，别耽误了信陵君操劳天下大事。

信陵君：门客报告，赵王应韩国的请求，派平原君带兵五万去接收上党十七城。

孟尝君叹了一口气：只怕是进去容易出来难哪！

信陵君：姐夫怎么会犯这种低级错误？

孟尝君：利令智昏。有谁能禁得起欲望的驱使，抵抗住那朝思暮想的利益诱惑？！赵国此次恐怕将要陷入危险的境地！

信陵君顺口说道：根据我的推演结果，如果赵王用人得当，形势也可能有缓。

孟尝君：推演？

信陵君自知说话走嘴，连忙掩饰：也就是在地图上比划了一下，不见得准确。

孟尝君也故意显得不经意：那就让事实来验证你的推演。

孟尝君故意把推演二字说得很重。

信陵君若有所思：我必须马上赴赵看望姐姐！

孟尝君：也好，探一探赵国的实情，给你那姐夫点拨一下，算是亡羊补牢吧。

8. 日。外。长平关的城墙上

廉颇来到城墙上，指着周边地形对众将官说：诸位将军，沿山涧的西边五十里为秦军营垒，从地势来看西高东低，不利于我军防守，好在沟长涧深，趁秦军立足未稳，立刻令上党军民沿着陡壁悬崖筑造壁垒，沿壁垒堆足可用做武器的石头，以防不测。

将官甲：大将军英明，扬长避短，坚壁御敌。

廉颇：什么英明，迫不得已而为之。

将军乙：这样可能不利于我军进攻。

廉颇：诸位切记，在敌强我弱的形势下，避其锋芒，保存我军的有生力量。待到消耗尽秦军的锐气，我军才能反守为攻。

廉颇对另一个将领：你现在赶紧在城边低洼地，靠近取水方便的地方挖五十丈见方五丈深的大坑，坑底砸实，不能漏水。

众将官面面相觑，不知何故。

廉颇：还愣着干什么，赶快去办哪！还有，把城门关严，没有我的命令，任何人都不许出城门！违者，军法处置。

众将官唯唯退下。

廉颇胸有成竹的样子。

9. 日。内。廉颇帐内

廉颇正在研究地形图，副将来报。

副将：廉将军，将士们掘地挖坑已有五丈深，昨晚下了场大雨，里面已经注了些水，您看要不要把水清干？

廉颇满意地：这水不但不能清干，而且要将水保护好，此外你还要让那些军士组织百姓设法引山涧之水注入坑中，越多越好。

这时又有一个军士来报：外面秦兵又来攻城。

将军乙经不住秦军的挑衅和谩骂，急躁万分：气煞我也，末将和众位弟兄坚决请战。自从来到长平，我们至今没痛痛快快地打上一仗，整天听秦军的叫骂声，将士们都憋坏了。

说罢，他就要披了盔甲出战。

廉颇：站住！谁都不许出城应战。传我的命令，出战者，虽胜亦斩！

将军乙急了：大将军，难道我们赵国军队就甘当这缩头乌龟吗？与秦军拼他个你死我活，也比总窝在城里强。

廉颇：逞一时之快乃匹夫之勇。轻率出击，死路一条！

10. 日。外。长平城外

一队秦兵在城下挑战。

秦兵：赵国的兄弟，你们从大老远来，这么些日子，风景也看够了，快回家搂老婆睡觉去吧，我们去了可就没有你们的份了。哈哈！

赵兵在城墙上回应：米脂婆姨更有味，哥哥我过些日子就去访一访大妹子。要不把你们家的姐妹都请过来，赵军保证个个威猛。

秦兵没有占到便宜，自觉无趣地走了。

11. 日。内。秦军帐内

秦将正在帐内焦急徘徊，有军士来报。

秦将：怎么样？

军士：整天斗嘴皮子，就是无人出来应战。

秦将：这个廉颇最是老奸巨猾。眼看他来上党也有好几个月，却一直按兵不动，他这是想拖垮我们。得想个什么法子逼他出来才好。

有谋士在旁献策：山下有水涧，名曰杨谷，秦赵之军，共饮水于此涧。但水势自西向东，我们在上游，而赵兵在下游，若从中这么一截断，使水不再下流，赵兵就没有水喝了。一旦无水，不过数日，赵军必乱。我军趁机出击，胜算在握。

秦将大喜：好计策，即刻切断水源，我倒要看看他廉颇能挺到什么时候！

12. 日。内。如姬寝宫

魏太妃在劝慰如姬：我看不会有什么大事，念奴那个丫头，百伶百俐，即使是有什么事，她也有绝处逢生的本领！别担心了，说不定明儿个这丫头自己就跑回来了！

如姬含泪：我只觉得自己命苦，从小死了娘，爹爹又惨遭杀害，到如今没有抓到凶手，信陵君，已经咫尺天涯，好不容易有个贴心的丫头，又莫名其妙地失踪了！为什么我爱的人一个个离我而去，是不是我的命太硬，克了他们？！太妃啊，我只有你一个亲人了，我把你当作自己的亲娘，你千万要护着我些！

太妃一把搂过如姬，两人大哭。

13. 日。内。廉颇帐内

廉颇正在精心地擦拭他的盔甲，每一片都不放过。

副将慌张来报：廉将军，大事不好了，我们一直饮用的杨谷的水源被秦军断流了，没有水，这可如何是好？

廉颇：哼，秦军终于想到了这一步，倒也还不算太笨。我问你，那些深坑里的水注得如何了？

副将：前些天下的好几场雨，这些天我们又日夜不停引山涧的水灌到坑里，水都蓄满了。（说到这，他好像突然想起了什么）将军英明，这下我们就不怕没水用了。

廉颇：秦军早晚会用切断水源来逼我们，我们有了足够的蓄水就一定能坚守住。秦军远道而来，拖不起，想速战速决，我们就是要反其道而行之，将他们拖垮。两军对垒，斗勇更是斗智。未必非得短兵相接才能决出胜负。能利用天时，地利，人和，以弱胜强，那才是大赢家！

14. 日。内。赵王宫

赵王与平原君正在对弈。

赵王：这廉颇到上党去已经有一年多了，却丝毫没有动静，这可如何是好？

平原君：廉颇将军身经百战，经验丰富，大王不必太着急了。

赵王：寡人听探报说，这一年多来，廉颇就没出城门一步，没与秦军交过一次手。这倒奇怪了，寡人还没听说，有哪一场战役是不用交战便可获胜的。

这时，宦官来报：赵括将军求见。

赵王宣进。

赵王：怎么，赵将军想请战了？

赵括：赵括不才，想自请为廉老将军副将！

赵王：你父亲马服君赵奢是个难得的将才呀，可惜已去世了，寡人现在连个调兵遣将的余地都没有。赵括，听说你从小就熟读兵书，廉颇将军在长平的战略想来你也有所耳闻，你怎么看？

赵括侃侃而谈：兵书上说，兵贵神速。不战则已，要战就要出奇兵、出快兵，方能出奇制胜。廉颇将军这样的做法，可能是因为他老了，没有斗志了吧。

赵括很不屑的样子，赵王很不以为然地看着平原君，平原君看着棋盘，不动声色。

15. 日。内。平原君府

信陵君来到平原君的书房。

平原君高兴地：我正想你，你就来了。看过你姐姐了？

信陵君：姐姐催我过来见你，说姐夫又碰到了难题。

平原君苦笑：这难题是我自找的，万恶贪为首啊。

信陵君连忙打断道：最终决策是赵王做的，哪个国家不是在处心积虑地扩大疆土？

平原君：问题是要量力而行！

信陵君：如果用人得当，还有一半的胜算！

平原君：这宝就压在廉颇老将军身上了。

信陵君：老将军身经百战，正好担此重任！

平原君叹了一口气：赵王好像嫌老将军保守，不能主动出击。

信陵君：请转告赵王，不能急于求成，更不能中途换将。

16. 日。内。如姬寝宫

魏王走到如姬寝宫外，只见一个玉壶砰地扔出，吓了他一跳。

魏王定睛一看，满地狼藉。

里面的东西还在不断往外扔。

侍女们跪了一地。

魏王：怎么回事？！

一侍女壮着胆子：如姬夫人找不到念奴姑娘，不吃不喝，正发脾气呢！

魏王转了转眼珠，故意大声地：传我的旨意，立即派众侍卫前去寻找，活要见人，死要见尸！找不到，谁也不准回来！

随侍在一旁弯腰：是！大王！

魏王这才走进，亲手将桌上的参汤递给如姬：爱妃，快喝些养养身子吧，怎么你近来越发瘦了？

如姬一扬手把汤碗打得粉碎：找不到念奴，我绝不吃饭！

魏王：好好，寡人这就去找，亲自去找！

17. 日。内。洞穴里

昏迷中的念奴渐渐醒来，她发现自己在一个黑黢黢的洞穴里。

念奴自言自语：这是什么地方，唉，连我自己都记不起被辗转了多少地方，也算不清被抓了多少日子，小姐肯定要急疯了。

她大声叫着：喂，有人吗？

只有空空的回声应答她。

她借着远处隐隐的光亮，在洞穴里转来转去，昏暗中，她竟然摸到了一扇门。

18. 日。内。**秦王宫**

秦王正在气急败坏地对着下人们大吼大叫。

秦王：一帮没用的东西，下去，统统都下去！

这时，范雎进来：大王可是为长平之战焦急？

秦王：寡人能不焦急吗？这仗眼看打了这么久了，赵军却是养精蓄锐，让我秦国国力耗尽，军心涣散。

范雎：听说我军已切断了赵军的杨谷水源。断了水源，赵军就如同瓮中之鳖，渴也得渴死，还不乖乖地投降。

秦王：可廉颇那个老家伙更加厉害，他好像早算到了我们有这一招，早早地就在城内掘地蓄水了。我们断了杨谷水，却奈何不了他。

范雎：廉将军果然是一代名将，名不虚传，他知道我军强，所以不轻举妄动，又看准我军远道而来，必不能持久，所以想拖垮我军，待我军疲惫之时再来袭击。如此看来，我们也只有一个办法了。

秦王：相国有妙计，快快说来。

范雎：换将！

秦王：换将？

范雎：廉颇若守长平，赵军很难被攻破，所以必须去除廉颇。

秦王：相国如何去除廉颇？

范雎：恐怕大王得费些银两了。

秦王：费些银两不怕，只要能达到目的。

范雎凑近秦王：我们就用"反间计"！

19. 日。外。**赵邯郸街头**

赵括坐在马车上，趾高气扬的样子。

街头有秦国间谍夹杂在人群中议论。

间谍甲：那人就是马服君赵奢之子赵括吗？果然仪表堂堂，气度不凡。

间谍乙：是呀，我听秦国的人说，廉颇将军老迈年高，不敢出战，秦军根本就不把廉颇放在眼里；他们最担心的是赵括，赵将军。

他若是当了主将，秦军必败无疑！

有百姓听见了：那我们为什么不拜赵括为主将，白白地让秦国人占了便宜。

百姓纷纷议论：就是，就是！

赵括听了这些议论，更加得意，头昂得更高。

20. 日。内。廉颇帐内

有刺探来报廉颇。

刺探：廉将军，秦兵已经耐不住思乡，好些人都开了小差。

廉颇大喜：好，我们再熬他们几个月，我倒要看看那些得了思乡病的士兵怎样与我们作战！

21. 日。内。赵王宫

平原君进宫的时候，赵王正在独自摆弄棋子。

赵王：平原君，你来，上次咱们的棋还没有下完，寡人倒是想出了个新招。

赵王动了其中的一个子：你看，这样黑棋的局面是不是豁然开朗了起来？

平原君：还是大王有韬略。

赵王：寡人只是移动了一子的位置而已。（他一击掌，有宦官上）你说说看，最近市井中都在议论什么，说与寡人和平原君听听。

宦官：最近的市井百姓都在议论说廉将军已老，带兵保守，而赵括正当年，秦兵又怕他，如果拜他为主将，赵军一定能打败秦军。

赵王显然是早就准备好的：哦，有这种议论。（他屏去宦官）平原君，你怎么看哪？

平原君：这种议论，赵胜也有所耳闻，但是，大王，用人不疑，疑人不用，如今您既然拜了廉颇为主将，廉将军又没有打败仗，凭什么临场换将？

赵王：可他也没有打胜仗，寡人给他的时间已经足够长了，寡人已经失去了耐心。本来长平之战，寡人就预备速战速决拿下，否则就失去了当初得上党十七城的意义。如今却一拖再拖。赵括乃青年才俊，是名将赵奢之子，虎父无犬子嘛，他从小耳濡目染，自己又熟读兵书，他上次所言之韬略，与寡人不谋而合。寡人决定撤了廉颇，拜赵括为主将，将上党十七城速速拿下。

平原君一听，赶紧说：大王万万不可，临阵换将，乃兵家大忌，大王一定要三思。

赵王：事到如今，寡人也顾不了那许多了。

平原君：大王就算要换将也不能换上赵括，他虽然熟读兵书，可只会纸上谈兵，没有丝毫的作战经验，而且，用兵是极凶险的事，他却说得那样容易，只是夸夸其谈而已。

赵王：可秦军怕他呀，秦国的人都在说，他们最畏惧的就是赵括。

平原君：大王，小心有诈！

赵王：不会吧，秦王身边的大臣也这么说。平原君，寡人先前听说你与赵奢有过不和，你不会是因为这个原因，才百般阻挠寡人封赵括为将吧？身为国家重臣可不能为了自己的私利，而置赵国的前途于不顾。

平原君冷笑一声：如果大王这样想赵胜，赵胜便无话可说了。

说罢，他拂袖而去。

22. 日。外。魏王宫后花园

信陵君匆匆而入，不经意碰到如姬，差点撞在一起。突然相见，二人都呆住了。

两人不顾一切地拥抱在了一起。

如姬泪如雨下。信陵君的泪也在眼眶里转。

信陵君：如姬！如姬！

如姬：公子！公子啊！

良久，两人好像同时意识到了什么，推拒开了对方。默默互相注视着。

如姬强忍泪水打破沉默：信陵君别来无恙？

信陵君：无忌给如姬夫人请安。

如姬：公子可是来见大王么？

信陵君：我刚从赵国回来，情况紧急，想向大王禀报。

如姬：传闻不少，不知实情如何？

信陵君：赵国与秦国陈兵百万，在长平对垒，赵军相对势弱。

如姬：如若赵国兵败，必然会关系到魏国的安危。

信陵君：王妃说得极是，城门失火，殃及池鱼啊！

突然山石后面传出魏王的声音：城门失火不怕，后院起火可要伤及寡人！

信陵君和如姬吓了一跳。

信陵君向魏王拱手：无忌拜见大王。

魏王敷衍地：罢了，无忌从来是无事不登三宝殿。是不是又有重要情况禀报啊？

信陵君：正是。赵国与秦国的两军对峙，大战一触即发。

魏王不以为然：我当什么大事，不必惊慌，寡人自有主张。

信陵君：无忌洗耳恭听。

魏王不无得意：秦国和赵国是当今最为强大的两个大国，他们两国仗打得越大，国力消耗就越多，对魏国的压力就越小，寡人的日子就越好过。

如姬冷冷地：事情可能没有那么简单，还是早做准备为好，否则大王的日子恐怕没那么好过。

魏王：你们两个的腔调怎么这么像啊？！

信陵君：请大王不要误会，如姬夫人也是在为大王着想。

魏王愤愤地：哼，你们两个别总是一个鼻孔出气，寡人我的日子就最好过！

23. 日。内。赵王宫大殿

赵王宣赵括入殿。

赵王：赵括，你能为寡人击败秦军吗？

赵括：如果秦军主将是武安君白起，赵括还得费些思量，但如果是其他人，皆不在话下。

赵王：说来听听。

赵括：想当年白起灭韩军二十四万在先；后攻魏，取大小六十一城；接着连攻下楚国两重城；又复攻魏，斩首十三万；又攻韩，拔五城，斩首五万。白起战必胜，攻必取，可以说如今秦国的半壁江山都是他打下来的。其威名远播，军士皆望风而栗，臣若与之对垒，胜负难料。但如今秦军主将并非白起，廉颇过分迟疑，一再贻误战机，秦军才敢如此狂妄。如果臣为赵军主将，将率兵主动出击，如秋风扫落叶，歼敌于长平！

赵王大悦：那寡人立即拜你为大将军，顶替廉颇如何？

赵括亦大喜：赵括决不辜负大王信任，定不辱使命。

赵王：好！寡人再给你军马二十万，加上先前廉颇带去的二十万，共四十万军马，希望你能速战速决，速传捷报。

赵括受命。

赵王：今日寡人能得君为主将，实在高兴，再赐你黄金千两，丝绸百匹，等君凯旋之日，寡人还有重奖！

赵括：赵括谢大王恩赐。

24. 日。内。赵括府

赵括领着赵王所赐之物，雄赳赳气昂昂地回府，向母亲炫耀。

赵母看见搬东西进来的人络绎不绝，很奇怪：你从哪儿来这么些个东西？

赵括：大王赏的呀，他拜我为大将军，将接替廉颇去收复上党。（他又吩咐下人）去帮我打听打听哪里有便宜的田地房产，能够买的，统统给我买下来。

赵母：赵王拜你为大将军？你答应了？难道你父亲临终前的叮嘱你都忘了吗，他让你切勿做将军带兵打仗。大王拜你为将，你为何不拒绝？

赵括：孩儿没有忘，只是赵国上下实在没有比孩儿更能担当此任的人了，国难当头岂能推脱。母亲放心，孩儿一定打个大胜仗归来，像爹爹一样为我赵家光宗耀祖。

说罢，他又忙着清点他的赏赐去了：这些，这些，统统给我收在库里，等我凯旋再一一点查。

赵母看着他这得意忘形的样子，很是忧心忡忡：一点也不像你爹爹。

25. 日。内。平原君府正房

平原君夫人正在与侍女们挑花，平原君一脸阴沉地回来，把侍女们都粗声赶走。

平原君夫人看出了他的不快，亲自将一杯茶放在他手中。

平原君：哼，看来我平原君在大王眼里还不如一个乳臭未干的毛孩子！

平原君夫人：此话怎讲？

平原君：大王嫌廉颇不得力，想要换上赵括为主将。可那赵括是个什么东西，他只会死背兵书，夸夸其谈。当个随军幕僚还凑合，可是带兵打仗，把几十万军队让他统领，还不如将上党拱手送予秦国算了。

平原君夫人：夫君言之有理。

平原君委屈地：想我一片良苦用心，大王竟以为我这是为了报复赵奢！我真是百口莫辩哪！

平原君夫人：也是，想当年大人与赵奢结下的梁子可是人尽皆知呀。

平原君：是啊，当年因为赋税的事我是曾经与赵奢闹得不愉快，可我还是以国家为重，觉得赵奢是个可用之才，并向大王鼎力推荐了他。更何况，就算我不能释怀，也还不至于要将此账算在他的子孙身上吧?! 我向来将夫人引为知己，谁知连你也不理解我。

平原君夫人：我只是想，让赵括当主将也好呀，到时候，他吃了败仗回来，赵王自会对大人言听计从。

平原君：只怕到时候赵国元气大伤，已非我之力所能挽回，这将毁了我之大计啊！

平原君夫人一惊：有这么严重？那还是得尽快拿到《周公秘籍》，

也许能破解目前僵局。

26. 夜。内。信陵君府密室

信陵君长久地端详着如姬的画像：如姬啊，如姬，你等着，无忌这就帮你找出真正的杀人凶手，真凶就擒，指日可待也！

信陵君一边念念有词，一边用剑在地图上推演。

好几次，剑头最后都指南方偏西的位置。

信陵君：这是什么意思，难道说杀害长亭侯的凶手在南方？那是楚国啊！

信陵君抓起剑走到庭院。

27. 夜。外。信陵君府庭院

信陵君仰望满天星斗。北斗七星特别醒目，北极星闪闪发光。

信陵君用宝剑直指南方，宝剑反映出北斗七星。

突然，一颗流星从北极星方向划过夜空，直奔信陵君而来，宝剑映出流星的轨迹，流星好像落到剑头。

信陵君好像得到神明的启示：这颗流星对应的方向是南方，是楚国，却好像坠落到这庭院之中，落到这宝剑的尖端。

（闪回）画面闪过长亭侯被杀雪夜的一幕幕：信陵君带人的追寻，黑衣人的集体跪倒，黑衣人手上的长亭侯首级，带着重伤的悲愤的虞卿……

想到这儿，信陵君痛苦地闭上了眼睛。

信陵君抚摩宝剑，剑尖闪亮的星光映入眼帘，突然，一个马贼打扮的黑衣人的影子不停地在眼前晃动，挥之不去。

28. 日。外。邯郸城门口

赵王率众臣亲自在此送赵括出征。

赵王郑重地将将印交给赵括，并亲自给他斟上一杯酒。

赵王：祝愿赵将军马到成功，胜利凯旋！

赵括踌躇满志，接过酒正要喝，突然有声音喝止他。

原来是赵母在侍女的搀扶下来到这里。

赵母：且慢！

赵括见是母亲很诧异：母亲，您怎么上这儿来了？

赵母却直接面叩赵王：大王，万万不可遣赵括为将带兵打仗。赵括从小虽熟读兵书，却不知变通，实非将才。我赵家不想成为赵国的千古罪人！请大王明鉴。

众大臣轰地议论开了。

赵王：赵夫人此话言重了吧？

赵母：哪一个做母亲的不希望自己的儿子能够为国建立功勋，可赵括实非这样的人才，他比起他的父亲实在是差太远了！他的父亲赵奢为将之时，所得的大王赏赐全部都分给各位将士，自己不留分毫；自受命之日起便睡在军中，不问及家事，与士卒同甘共苦；遇到事情也总能听取其他人的意见，从不擅自做主。可赵括呢，自打被拜将之后便谁的话都听不进了，他所得的赏赐也都自己收着，不肯与人分享。为将岂能如此？

赵王听了这话，皱起了眉头：这只是个人的行事方式不同嘛，不能抹杀他的用兵的才能。用人不拘一格嘛。

赵母：我虽女流之辈，不懂用兵之道，可赵括之父在临终前再三告诉老妇，"括若为将，赵兵必败"。还请大王听听赵奢遗言，另选良才为将，切不可用赵括！

赵王：赵括，你说呢？

赵括：大王若能给赵括打仗的机会，赵括定不辱王命！

赵母：括儿！

赵王：好！赵夫人无须多言了，寡人主意已定！

赵母无奈：大王既然不听老妇进言，他日赵括倘若兵败，老妇一家请大王能赦免连坐。

赵王：寡人许你就是。

赵母含泪看着赵括，赵括却志得意满。

赵括：母亲放心，儿子一定胜利归来！

说完，他把杯中酒一饮而尽，跨上战马与赵王及众臣告别，率着浩浩荡荡的二十万兵马向长平方向开拨而去。

29. 夜。内。秦王宫

秦王睡眼蒙眬地对着精神矍铄的范雎。

秦王：令尹如此兴奋，可是赵国有什么好消息了？

范雎：正是，大王，我们的反间计成功了。臣派去赵国的细作回来报告，赵王撤了廉颇，拜赵括为大将军，赵括已于今日启程去上党。

秦王：除去了廉颇这个眼中钉，可实在是太好了。可我们对赵括并不了解，他一定就不如廉颇？

范雎：这个大王放心，赵括不过是个读过几页兵书的毛孩子，说到运筹帷幄他还嫩了点。连他的母亲赵夫人都力劝赵王不要用赵括。更何况他这么年轻就被委以重任，难免心浮气傲，犯下轻敌的错误。这是我们秦国消灭赵军的大好机会。

秦王：这么说夺下上党的十七城，寡人指日可待了。

范雎：是的，不过还得有一人，非此人不能担此大任。

秦王：哪一个？

范雎：武安君白起。据臣派去的细作回来报告，赵括亲口所言，他最怕武安君。

秦王：这其中不会也有诈吧？

范雎：大王请放心，此消息绝对可靠，是赵括与赵王密谈中吐露的。而且武安君战功赫赫，令人望而生畏。

秦王：那就赶快拜白起为大将军，统领二十万的人马与赵军决战于长平。寡人定要拿下那上党十七城。

范雎：为谨慎起见，拜白起为大将军还是秘密进行，这样方能杀赵括个措手不及。

秦王：好！有泄露武安君为将者，格杀勿论！

30. 日。内。魏王宫

如姬唤来一个宫女霖儿，悄悄地把出入魏宫的令牌塞给她。

如姬：霖儿，这是我从太妃那儿要来的令牌，你现在就马上出宫到信陵君府上去，询问念奴是不是在他府上，如果不在，就请信陵君帮着找念奴，失踪了这么长时间，我怕她有什么意外。你要快去快回，出宫的时候小心些，千万别让大王的人发现。

霖儿：夫人放心，霖儿知道该怎么做。

霖儿拿了令牌出去了，如姬坐立不安地焦急等待。

31. 日。内。**魏王宫**

霖儿拿了令牌却直接来找魏王。

霖儿：大王，这是如姬夫人从太妃那儿要来给我的，她让我到信陵君府上看看念奴是否在那儿，我辞了夫人就来找您了。

魏王：做得好，霖儿，寡人一定不会亏待你的。哼，如姬、念奴、太妃还有无忌他们果然是一伙的，但是他们无论如何也逃不出寡人的手掌心！

霖儿：大王，我要怎么跟夫人说？

魏王：你告诉她，念奴正是在信陵君府上，你还要暗示她，让她知道念奴那个丫头和信陵君……懂吗？

霖儿：霖儿明白。

魏王阴险一笑：哼，如姬啊如姬，只怕你是再也见不到你的念奴了！

32. 夜。内。**长亭侯墓室**

那道门紧闭着，任念奴如何用劲也打不开。

念奴无奈，只能在黑暗中继续摸索，她擦亮了随身带着的火石。

她就靠着那不断熄灭的一点光亮在摸索。

突然她好像摸到了什么，四四方方的，一个小牌子似的东西立在上面，更让她高兴的是还有小半截的蜡，她赶紧点亮了它，借着微弱的光，念奴看清了牌子上的字：长亭侯吕齐之位。

念奴大吃一惊。

33. 日。内。廉颇帐内

廉颇验过赵王亲授的符节。

廉颇：既然是大王亲派的，廉颇遵命就是。只是秦兵正在城外设下陷阱，少将军千万不可轻易出兵，否则后果不堪设想。

赵括傲慢地：老将军，赵括自有赵括的领兵之道，就不劳大人费心了。

廉颇忧心忡忡地向外走去，赵括并不起身，只是拱了拱手：恕不远送。

34. 日。外。赵军帐外

廉颇无奈地出得将军府。副将从后面赶上他。

廉颇：可惜呀，再熬一熬，秦国人就会退兵滚回咸阳去了，上党十七城眼看就要为我赵国所有了。

副将：大人放心，末将明白大人的战略部署，我一定会极力劝说赵将军按既定战略方针办。

廉颇：难呐，但愿他能听你的劝吧，多保重！

廉颇跨上马，带着一小队人马离开了军营。

廉颇等人的背影已模糊，副将还在朝着那个方向望着。

这时，副将发现身边的军士整装待发，准备出战。

副将问：你们这是要做什么？

一士卒：秦军又来挑衅了，赵将军让我们准备迎战。

35. 日。内。赵括帐内

赵括也正在穿戴盔甲。

副将：末将听说将军要与秦兵决战。

赵括：是的，你赶紧去清点人马，我们这就准备出发。

副将：将军万万不可轻易出兵，那秦军强势未减，我们只可智取，不可硬拼。廉将军……

赵括：够了，那是廉颇老了，总是疑神疑鬼，我就不信秦兵有那么可怕。再说，我可没见哪一本兵书上说，打仗有不战而胜的。传我的命令，不听从指挥者斩！动摇军心者斩！

副将只得下去准备。

赵括拿起兵器，郑重地对诸将领说：身为主将，我亲自出战，各位也要身先士卒，与秦军决一死战。

众将官：惟大将军马首是瞻。

36. 日。内。信陵君府

信陵君兴奋地走向孟尝君的住所，迎面遇上了孟尝君。

信陵君屏退左右，正要开口，却被对方抢了话头。

孟尝君：公子这些天来潜心研究《周公秘籍》可有什么收获？

信陵君：兄长你……

孟尝君：当初田文就一直在给《秘籍》寻个好去处，后来有高人说到了公子，所以……

信陵君：所以《秘籍》才会到无忌这儿来。

信陵君向孟尝君长作揖：兄长，大恩不言谢，无忌现在只希望能够借《秘籍》多为天下百姓做些事。

孟尝君点头：我果然没有看错人。公子现在又推演出什么新的结果。

信陵君：追查杀害长亭侯凶手的线索，可能在南方。

孟尝君：楚国？

信陵君：是的，兄长还记得赵国的虞卿大人吗？

孟尝君：就是为了长亭侯弃了官印，并差点儿被一同杀害的赵人虞卿？

信陵君：正是，当日虞卿大人虽身受重伤，但我确信他尚在人世。而且我推测他可能就在咱们周围。

孟尝君：他会不会为了追查凶手，来往于赵国和楚国之间？

信陵君脑子里闪现那条流星明亮的轨迹。

信陵君：也有这个可能。但无论如何，我要先找到虞卿，他肯定能有重要的线索，而且寻找虞卿相对还是要简单多了。

孟尝君颇为赞同：公子这就要启程去楚国？

信陵君摇头：不，我会让门客们去探察，在兄长重病之际，无忌哪儿都不会去了。

孟尝君：嗳，公子不必为我这个半身入土的人浪费时间。

信陵君：兄长无须多言，无忌主意已定！

37. 日。内。如姬寝宫

如姬把霖儿拉进屋子，屏退其他人，关上大门。

如姬：怎么样？你找到念奴了吗？

霖儿：找到了，她在信陵君府。不过……

如姬：不过什么？

霖儿：霖儿不敢说。

如姬着急地：你说啊！

霖儿：她……她和信陵君……

如姬：什么？！

如姬痛苦而紧张地思索了一会儿，脸色慢慢沉静下来。

霖儿不无得意地观察着她。

霖儿正准备悄悄离开。

如姬突然大喝一声：霖儿，你给我站住！

霖儿呆住。

如姬直逼霖儿的眼睛：说！是谁让你这么说的？！

霖儿慌了手脚：……是……不是……我……我……

如姬：哼，你不说我也知道！告诉你，我比谁都更了解信陵君，谁想离间我们，简直就是蚍蜉撼树！

霖儿扑通跪倒在地：霖、霖儿该死！

如姬厌恶地：行了，你起来吧！大王那里，你一个字儿也不准露，只说我信了便是，从今以后，你若是再敢在我这儿撒一句谎，别怪我不客气！

霖儿：霖儿记住了！记住了！

38. 夜。同上

如姬一人枯坐抚琴。

魏王悄悄进来，站在如姬的身后。

魏王：爱妃又在抚琴，是不是又想什么人了？

如姬头也不回地：自然是想我的父亲。

魏王笑：哼，恐怕不只你父亲吧？

如姬：什么意思？

魏王：什么意思你心知肚明。那天在后花园，你和无忌眉来眼去，卿卿我我，你当我没看见？

如姬：我们两个清清白白。

魏王怪笑：你跟我倒是清清白白，碰都不让碰。

如姬：大王恕我热孝在身。

魏王：什么热孝，你见到寡人从来就是一脸冷笑。过去仗着念奴那个丫头，可是她现在没了……

魏王一把抱住如姬：寡人今天要让你当一回真正的爱妃。

魏王将如姬按到美人榻上，在如姬的奋力挣扎中，魏王扒下如姬的上衣，露出玉肩，正当危急之时，如姬拼命拔出干将剑，横在她和魏王之间。

如姬：恕如姬无礼，大王再进一步，不是你死，就是我亡！

干将剑在两人中间闪着森森冷光。

魏王怒而起身：哼，原来寡人娶了个中看不中用的摆设！好，不就是守孝三年吗？寡人成全你！

魏王拂袖而去。

39. 日。内。秦军瞭望台上

白起站在台上瞭望。

只见秦军区区几队人马，赵兵却大军出动。

40. 日。外。战场上

赵括亲率部队，一马当先。

赵括挥动手中利剑：我赵国将士，个个要奋勇争先。一旦胜利，更要乘胜追击，不要让秦军跑掉！

军士们在他的带动下果然奋勇拼杀。

再加上双方人马数量悬殊。很快，秦军便招架不住，大败而逃。

41. 日。外。秦军瞭望台上

站在台上的白起露出了满意的笑容。

42. 日。内。白起帐内

一个小将领身上带着伤进来向白起请罪。

小将领：末将向将军领罪。我带着一拨人马去城外挑战，只是平日必做的演练，万没想到今日赵军竟会前来应战，我们措手不及，再加上赵军人多势大，我们实在招架不住，伤亡惨重。末将特来请罪，一切听凭将军发落。

白起笑眯眯地：你不仅没过，反而有功。我正怕赵军依然不出兵，现在赵括既然出兵，那就好办了。你好好下去养伤吧，我会替你请功的。

小将领还有些莫名其妙，就被人搀扶走了。

这时，有军士来报：将军，赵括送了战书来。

白起看了战书：好个赵括，乘胜追击，一点都不带含糊的。果然熟读兵书，他的招数与兵书上分毫不差，是个好学生，哈哈！传我的令，明日之战一定要先输后赢，不得有误！

43. 夜。外。信陵君府附近

如姬坐在马车里，旁边两列魏王的侍卫骑马紧随。

如姬在询问：现在到哪儿了，快到了吧？

侍卫：夫人不要着急，前面才是信陵君府，还得有一阵才能到呢。

如姬听见"信陵君"三个字，顿时愣住了，她悄悄地掀了车帘的一角。

只看见果然是信陵君府，"信陵君府"的横匾在长明灯的照映下，很醒目。

马车很快就经过信陵君府的大门了，如姬还在依依不舍地向它张望。

终于，信陵君府消失在夜色中，如姬轻轻地放下了帘子。

44. 夜。外。长亭侯墓

如姬在一众侍卫的陪同下来到了长亭侯的墓前。

侍卫们一字排开，守在两旁。

如姬：你们可以离远一点，让我单独和父亲待一会儿。

侍卫头领有些为难的样子。

如姬：怎么，你们这么多人还怕我逃掉吗？

侍卫头领：我们是担心夫人的安全。

如姬：这么晚了，不会有人来的，而且你们就在这附近，有什么事我会立即叫你们的。

侍卫头领：那好吧，夫人。

侍卫们在稍远处守候。

如姬跪倒在坟前，她抚摩着石碑，眼泪终于忍不住地流了下来。

如姬边烧纸钱边倾诉：父亲，父亲。如姬来看您了。原谅如姬到现在才来看您，父亲，您能听见女儿的话吗，您能知晓女儿的苦衷吗？我已经嫁入王宫，念奴也不在身边。如姬只有一个人了。父亲，您应该知道谁是杀害您的凶手，您告诉如姬，到底是谁？

如姬趴在长亭侯坟头嘤嘤哭泣，哀声阵阵，一阵风吹来，连附近的侍卫都不禁打了个寒战。

侍卫头领打了个响指，侍卫们都整齐地跑步围拢到如姬的身边来。

45. 夜。内。长亭侯墓穴里

捧着长亭侯灵牌的念奴隐约听见上面的声音，她不断地拍打墓顶。

302

念奴：喂，上面有人吗，快来救我呀，快来救我！

46. 夜。外。长亭侯坟头

上面的如姬哪里听得见。

侍卫头领将风衣给如姬披上：夫人，时候不早了，我们该回宫了。

如姬擦干眼泪：知道了。

她缓缓地走过守灵人的小屋，守灵人向她行礼。

如姬拿出一些银两给他：这里就拜托给你了。

守灵人看见银子眉开眼笑：夫人请放心，小人决不会让人侵犯长亭侯的陵墓。

如姬在众侍卫的护拥下上了马车，渐渐远去了。

守灵人目送如姬等人远去，捧着银子很满意，他转身进了小屋，熄灭了灯。

47. 日。内。赵括大营

征战归来的赵括，摘了头盔，喜出望外。

赵括：哈哈，秦军算什么神勇之师，不过如此，被我赵括杀得溃不成军。现在就算是白起来，我也是不怕的。长平之战，将是我赵括名扬天下的战役。赶快传报给大王，三日后我们将与秦军决战！

48. 日。内。赵王宫

赵王正在宫里与嫔妃们赏鱼，宦官来报。

宦官：禀大王，赵括将军再传捷报，他于今日再次大败秦军，并将在三日后与秦军决战！

赵王大喜：很好，赵括没有辜负寡人的信任。告诉他，等他凯旋之日，寡人一定亲自出城迎接，那时倒要看看赵胜还有什么话说。三日后，便可见分晓了。

49. 日。内。白起帐内

白起：什么？三日后？好，我们兵分四路，一路将赵括引来攻我军营；一路从后面过去，将赵军拦腰截断；再有两路从两边夹击。我们安排个天罗地网，只等赵括往里面钻，到时候定能杀他个片甲不留。

属下得令。

白起：立即将我大营向后撤十里，要把网布好，严严实实，不要让赵军的一兵一卒漏网。

50. 夜。内。长亭侯墓室里

念奴侧耳听着上面渐渐没了动静，也只得放弃求救，她又开始别的行动：她搜寻了墓室里的每块砖瓦，想看看有没有机关可以出去，但依然一无所获。

念奴累得一下子坐到了地上。

念奴：长亭侯大人，您可一定要保佑念奴出去呀，小姐她还等着我呢，现在也不知道她得急成什么样了。念奴出去就会与信陵君一起为您报仇，我知道一定是魏王将我关到这儿来的，因为我知道了他谋害您的事实。您一定得保佑念奴，我可不能给困在这儿，我要出去让天下人知道真相。

她的目光落在了墓穴正中的棺木周围。

念奴围着棺木转来转去，发现了许多陶罐，撬开了一些，立即有股灵光射了出来，念奴伸手进去一摸，竟摸出了好些金银珠宝。

51. 日。外。长平关的城墙上

站在城墙上眺望的赵括看见秦兵在向后撤大营，不禁手舞足蹈起来。

赵括：秦兵准备逃跑。来日决战，我定能生擒秦军主将，给诸侯做个榜样。哈哈！

52. 日。外。长平关外的战场

赵括亲率军士与秦军作战。

赵括与秦将在马上交锋，没几个回合，秦将便败下阵来，纷纷向秦军大本营后撤。赵括拍马便追，赵国的军士们也在后面跟着。

眼看就要到秦军大营，副将在旁边拦住赵括。

副将：秦人多诈，其败不可信也，眼看就要到秦营，离我们的驻地太远，只怕到时候想回撤都撤不了，将军不要再盲目追击。

赵括哪里听得进去：你说的是什么话，胜利就在眼前。一鼓作气，再而衰，三而竭，你懂不懂？你赶紧给我闪到一边，否则不要怪我不客气！（他振臂高呼）将士们，向秦军大营前进！

将士们于是在他的带领下奋勇向前。

53. 夜。内。长亭侯墓室里

念奴攥着满手的珠宝却有些泄气了。

念奴：看来魏王待您这个老丈人还真不薄，给了这些个好东西，可这些又有什么用呢，这些珠宝又不能让念奴出去。

她恨恨地将那些宝物一扔，珠碧满地。

这时，念奴突然听见上面传来一声紧似一声的铁锹声音，越来越响，也越来越急。

念奴警惕起来，她紧握匕首贴在墓壁。

墓室坚硬的上壁竟被锹得有些松动了，不停地有土"哗哗"地落下。

盗墓人的说话声念奴也能隐约听见了。

（画外音）

盗墓人甲：嚯，真他妈的费劲，这墓砌得比你家的房结实多了。

盗墓人乙：废话，像你们家的破棚子一踹就塌，这活儿还轮得上咱们干？

盗墓人甲：小心点儿，那守灵人要诈尸可就麻烦了。

盗墓人乙：别说得那么瘆人，我胆子小。你说这里面有好东西吗？

盗墓人甲：胆子小就别干这黑心活儿。你知道这是谁的墓吗？这是长亭侯的墓，他的闺女可是大王现在最宠爱的如姬夫人。这里面的货还能差了？

盗墓人乙：但愿阎王爷手下留情，给咱们多留一点儿。

盗墓人甲：你他妈胆小个屁，连阎王爷的财都敢要。

念奴听见这些话，有了主意，她把刚刚那些抛在地上的宝贝都收拾起来，塞了好些在怀里，只拿了一点放在了棺顶上。

她吹灭了蜡烛，墓室里重归黑暗。

第十二集

1. 夜。内。长亭侯墓室里

墓室内如阴曹地府，阴森恐怖。

突然现出了一丝亮光，正是两个盗墓贼将墓顶撬开了。念奴紧贴墓壁，在黑暗中看着两个盗墓贼一个个跳下。

盗墓贼乙大叫：哎哟！

盗墓贼甲捂住他的嘴：小声一些，你非把鬼招来不可。

盗墓贼乙：我的脚让你小子给砸瘸了。

两人好不容易消停下来。

盗墓贼乙：这里这么黑，我什么也看不见。

盗墓贼甲：我让你带来的蜡烛呢，快点上！

盗墓贼乙：蜡烛在这儿呢，哎呀，我把火石丢了，我这就上去找。

说完，他就要向上爬，被盗墓贼甲一把扯下来。

盗墓贼甲：找个屁，你不要命了？

盗墓贼乙：那现在怎么办？

盗墓贼甲：摸黑干吧，带你出来算是倒了霉了。

盗墓贼乙：哼，我才倒霉呢，往后瘸着脚可怎么找媳妇。

盗墓贼甲：傻小子，有了钱，你就能天天过年，夜夜娶亲。

盗墓贼乙傻笑：那不成神仙了。

黑暗中的念奴忍住笑，看着两个笨贼在嘟囔着到处摸索。突然，盗墓贼甲给什么绊了一跤，正好又踩在盗墓贼乙的伤脚上。

盗墓贼乙：哎哟，你又踩我，我不干了。

就在盗墓贼甲要爬起来的时候，他摸到了刚才念奴特意放在棺盖上的珠宝，他顺手抓到眼前这么一看。

盗墓贼甲：呀，宝贝，宝贝，我找到宝贝了。

盗墓贼乙听了这话，也赶紧循声过来。

盗墓贼乙也狂喜地大叫起来：咱们媳妇有了，房子也有了！

念奴趁此机会赶紧来到他们刚才撬开的缝下，正要钻出去的时候，两个笨贼终于发现了她。

盗墓贼乙惊叫：有鬼。

只见黑影一晃，盗墓贼甲伸手一抓，只抓到了念奴的香罗带，念奴人已经飞也似的逃了出去。

盗墓贼甲抓着香罗带半天没缓过来。

盗墓贼乙胆战心惊：刚才那是鬼，肯定是鬼。妈呀！

2. 夜。外。长亭侯坟头

守灵人听到动静，披着衣服拿着木杖出来，小心翼翼地向长亭侯的墓室一步步逼近。他来到墓边，发现墓室已被撬开，大惊，他握紧了手中的木杖，探头向被撬开的口子看，正好看见那两个盗墓贼正互相帮着要往上爬。

守灵人二话不说，立即合上了墓室的石板，任凭两个盗墓贼在里面发出很闷的呼救的声音。

守灵人还不放心，又在那被撬的石板上加了好些石头，压了个结实。这些都做好后，守灵人这才掸掸身上的土。

守灵人：哼，你们就在里面老老实实地待着吧。

守灵人刚回头，却看见一个美丽的少女站在他的眼前，他一下子呆住了。那美少女正是念奴。

守灵人吓了一跳：你，你是天上的仙女，还是阴间的女鬼？

念奴莞尔一笑：大叔，我既不是仙也不是鬼，我是外乡人，与父母一起来此处走亲戚，不想，白天就走散了，现在又迷了路。我又冷又饿，还请大叔行行好，暂时给我个落脚处。

念奴从怀里掏出刚才在墓室里发现的金子递过去。

念奴：我现在身上只有这么多，等找到父母后，一定再重重感谢大叔。

守灵人看见这么大的金子立刻眉开眼笑了。

3. 夜。内。守灵人的屋子

念奴喝着守灵人递过来的热水。

念奴：大叔，您守的这是何人之墓？

守灵人：长亭侯。今日他的女儿，当今的王妃如姬夫人还来过给他上坟呢。

念奴很激动：你是说小姐，哦，我是说今天如姬夫人来过？

守灵人：对呀，嗬，好大的派头，有那么多的侍卫，要不是我老张见多识广，今天肯定就被那阵势给吓住了……

守灵人还在喋喋不休。

念奴却在自语：小姐呀，小姐，念奴已经无法回宫，也不知什么时候才能与你再见面！

4. 日。外。长平

赵括一路冲向秦营，本来败走的秦军却突然杀了个回马枪，掉转马头向赵军冲杀过来。赵军猝不及防，仓促应战。这时候，秦军箭楼上又开始万箭齐发，赵军还来不及反应便纷纷倒下。

赵括这才意识到事态的严重，他高呼：将士们，撤，往大本营撤！

众赵国将士正要往回撤退，却发现后路已被包抄过来的秦军截断。赵军顿时乱作一团，到处乱撞。

赵括强作镇定：大家不要乱，听我的命令，从两边突围。

两边的路也被早已在此等候的秦军封堵。

赵括也慌了神，左杀一刀，右砍一剑，全然没了章法。

这时，秦军的塔楼上有人高呼：赵括！你中了我武安君之计，还不投降！

赵括抬眼望去，分明是白起端坐于阵前，一个大大的写有"白"字的大旗迎风飘扬。

赵括愣愣地说：兵不厌诈，我怎么忘了这一条呢？

他突然双腿夹紧战马，一人冲锋于前，大叫着：白起，我赵括要与你同归于尽！

他高高地挥起手上的剑，这时，箭楼上多箭并发，一齐射向赵括。赵括身中数箭，倒地身亡，眼睛却始终没有闭上。

赵军将士眼看自己的主将已死，更是群龙无首，乱作一团。

这时，秦军塔楼上有人喊话：赵军将士，只有缴械降秦，方可免一死！

此话喊出，赵军大部分将士都将兵械高举过头顶，跪地求降，还有人甚至举起了白旗。

副将看见此情此景，大叫一声：天亡我赵军。

说罢，他拔剑自刎而死。

赵国将士抬着赵括和副将的尸体，举着白旗向秦军投降。其情景甚是悲壮。

大战过后，甲胄器械，堆积如山，还有阵亡的赵国将士亦堆在了一起。

5. 日。内。白起帐内

白起在与众副将商议。

副将甲：全歼赵军四十万人，武安君此次长平之战的功勋简直可叫天地为之震动，其实，秦国的半壁江山都应该归功于将军。

白起却并不为奉承所动：王将军过奖了，白起不过做了为人臣、为人将所该做的事。现在的问题是赵国这四十万人马该如何处置？

有人提议：白捡的军马为何不要，四十万人呢，依末将之见，将他们打乱，充到我军各营，也是很大的一股力量呢。

白起：正是因为四十万人，我有些担心。先前我军拔了野王城，上党已握在掌中，无奈其吏民不愿归秦，而愿归赵，才有了这么一场长平之战。现在赵国将士降秦者，有将近四十万之众，倘若一旦生变，如何防范？

副将乙：将军所言极是，以末将之见，不如统统……

他做了个杀头的动作，白起若有所思。

6. 夜。外。秦营外的校场上

缴了械的赵国军士被聚集在一起，副将在前面向他们喊话，白起威严地端坐在中央位置。

副将：各位赵国将士听着，明日武安君将挑选尔等，凡上等精锐能战者，给以器械，带回秦国，充入秦军，随军听用，今后将与秦兵一视同仁；其老弱不堪，或乏力胆怯者，皆遣送回赵国。今晚，武安君特赐各位以牛酒，各位当痛饮之。

众赵国军士听到这个消息皆很兴奋，欢呼雀跃，他们举杯畅饮，大呼：武安君万岁！

暗地里，白起给副将使了个眼色，副将会意。

7. 夜。内。秦营里

副将给每个秦兵发一块白布，他宣布道。

副将：传武安君白起将军令，起更时分，凡是秦兵，全要用白布裹住头。凡是头上无白布者，都是赵国将士，全部杀光，一个不留！

秦兵奉令。

8. 起更时分。外。校场上

月光下，头裹白布的秦兵向熟睡中的赵国俘虏发起了杀戮。

好些人在睡梦中，便被杀死，还有些人虽然警醒，但不曾准备，又手无器械，也只得束手被戮。

有些人仓皇逃向营门口，也被早已守在那儿的秦兵无情地砍倒在地。

一时间，哭喊声、叫骂声震天，但又很快散尽了。

待天蒙蒙亮之时，赵国四十万人，一夜俱尽，校场上，重重叠叠躺着的都是赵人的尸首，血流成河，尸横遍野，甚是悲壮！

9. 黎明。外。秦军塔楼上

裹着军袍端坐在塔楼上的白起，冷冷地看着这一切。

10. 日。内。信陵君孟尝君住处

信陵君匆匆进屋。孟尝君躺在床上，十分虚弱。

信陵君：长平之战，赵国全军覆没！

孟尝君：惨那，就怕秦国仍然不肯善罢甘休！

信陵君：那将是赵国的灭顶之灾！

孟尝君：天下大势，尽占天时地利人和三个优势的很少，但是最好也要占两个优势。

信陵君：是啊，赵国收上党是与势头强劲的秦国争地，不得天时。长平是韩国地盘，不得地利。

孟尝君：打仗要靠万众一心，人和是最要紧的。

信陵君：是啊，为此无忌曾专程去赵国拜访平原君，叮嘱姐夫切不可临阵换将，涣散军心！可他……

孟尝君：这也怪不得他，赵王一意孤行，平原君也无力回天。

信陵君：赵国和韩国岌岌可危，使合纵形势更加复杂。

孟尝君拉着信陵君的手：无忌，我虽然不久于人世，但是给你请了一个终生陪伴的老师，你要经常请教。

信陵君：无忌明白。阅读《周公秘籍》，就如聆听兄长教诲。只是赵国危机已到，我们怕是不能等闲视之啊！

孟尝君：这个自然，只是目前还要静观其变！

11. 日。内。赵括家

赵母刚从赵奢的灵堂出来，就碰见家丁慌慌张张地从大门进来，口里还嚷着：大事不好了，大事不好了！

赵母：赵福，什么事，慌慌张张的？

赵福：是、是、大、大事。

赵母：但说无妨。

赵福：长平之战大败，赵将军他战死沙场……

周围哭声一片。

赵母却很镇定：哦，平原君已经派人来告诉我了。

赵女搀扶着赵母，含泪说：母亲，你不要太过悲伤了。

赵母却淡然一笑：自括儿被拜为将军之日起，我已经不把他作为活人看了。

听了这话，大家哭得更伤心了。

赵母遣走他人，把自己独自关在先夫赵奢的灵堂里，她抚摸着赵奢的灵位，终于无声地落下泪来。

12. 日。内。赵国邯郸大街

邯郸街头，一片素裹，家家户户的门头都挂着挽幛、麻布，哭泣声更是不绝入耳，其状惨不忍睹。

平原君坐在马车上，面色凝重。

竟有人扑到平原君的车前哀号：你还我儿子，还我丈夫！

一时间，有好多人都围了过来，讨要自己的父亲、兄弟、丈夫。

平原君不得前行，平原君的侍卫呵斥他们。

侍卫：去去，要人找大王要去，这是平原君，你们搞错了。

平原君却制止他，和声对民众说：大家的心情，赵胜很能理解，我这就入宫，跟大王商量个妥善的处理办法，请大家相信我。

有人说：是呀，平原君当初是反对任命赵括的，我们现在放他走，让他帮我们去向大王讨个说法。

人群这才渐渐散去。平原君的马车继续前行，悲哭声不绝于耳。

13. 日。内。赵王内宫

平原君觐见赵王的时候，赵王正躺着，额头上绑着布，一副病恹恹的样子。

平原君：赵胜拜见大王！

赵王：……平原君，寡人无颜见你。悔不听你的忠告，将四十万大军交给赵括，寡人悔呀。四十万大军，我们赵国元气大伤，祖宗立下的家业就这样毁在了我的手里！

赵王不禁潸然泪下。

平原君：大王，现在还不是伤心的时候，全国上下四十万阵亡将士的家人还等着您的抚慰，秦国的军队对赵国的威胁也越来越紧迫！

赵王一把抓住平原君：你一向最是足智多谋，寡人只有靠你了。你有什么办法，快快告诉寡人，寡人一定照办。

平原君表情复杂：依赵胜之见，首先要做的事，是抚慰阵亡的将士家属以稳定全国人心，而且首先得抚慰两个人。

赵王：你说哪两个人？

平原君：一是赵括的母亲，她战前极力反对拜赵括为将，现在对她的安抚，正表明了大王知错即改的态度，暂时平息一下众怒。

赵王：好，好，这就吩咐下去重赏赵老夫人，要寡人亲自登门谢罪都行。还有一人呢？

平原君：还有一人就是廉颇，廉颇老将军。如果是廉颇用兵，绝不至于惨败到如此地步。

赵王：是寡人一时鬼迷了心窍，听信了谣言。

这时，又有兵士来报：秦兵攻下上党，十七城均已降秦。

赵王：这已是预料之中的事了！

兵士继续：可白起依然率大军进攻，声言要围邯郸，直到赵国俯首称臣。

赵王跌落在地，宦官赶紧上前搀扶。

赵王失声：天哪，这不是要亡我赵国吗？

平原君：大王不必惊慌，赵胜倒觉得这绝处未尝就不能逢生。

赵王简直不敢相信自己的耳朵：平原君，你在说什么？

平原君：赵胜觉得现在最棘手的不是秦兵围困，而是如何使全国上下团结一心。秦兵来犯我邯郸，正好用生存危机来凝聚人心，使全国百姓将仇恨集中在秦国和秦军身上，军民同仇敌忾，一致抗秦，我们就一定会打赢这场邯郸保卫战，保住赵国的根基。大王您又会得到百姓的信任，赵国也就能渡过当前这最大的难关。

赵王哭笑不得：这，寡人总觉得没那么容易，秦军斗志正旺，如何抵挡得住。

平原君：赵胜就是要与那战无不胜的秦兵好好地斗一斗，看看谁才是真正的赢家。

赵王：还是不要以卵击石，寡人害怕。

平原君：置于死地才能后生！现在的问题是：怕，他秦军会打来，不怕也会打来，我们不妨拼尽全力应战。

赵王：只要能够得胜，赵国不被消灭，今后无论大小国事，寡人皆以平原君之见为准，君无戏言。

平原君露出不易察觉的笑容：大王首先要拜廉颇为上将军，廉将军到底作战经验丰富，对付秦军他自有一套成功经验，就连白起也不敢小觑他，必然会有所顾忌，不会像现在这般狂妄。

赵王：好是好，寡人只担心现在廉将军不肯再领兵出战。

平原君：廉颇是从先王起便率兵打仗的老将，几十年来对赵国忠心不二，在这国家危机的时刻，赵胜相信廉将军还是会以赵国利益为重的。这是正面与秦兵对抗的战场，还有一个战场可能更为关键。

赵王：什么战场？

平原君：那就是如何使秦国不战而退。

赵王：怎么讲？

平原君：派一位智勇双全，能说会道之人出使秦国，利用秦国内部的矛盾，以利诱之，以害惧之，方能解此围。

赵王：谁能担此重任呢？

平原君：赵胜手下有门客三千，必定会有能担此重任之人才。

赵王：好好好，还请平原君调兵遣将。

平原君告辞，赵王叹息。

宦官：大王，小人见平原君胸有成竹，大王还是不要过于担心，龙体要紧哪。

赵王：寡人只怕从此便要彻底被赵胜牵着鼻子走了！

14. 日。内。平原君府正房

平原君大笑着回到正房，平原君夫人迎上前去。

平原君夫人：大人，何事如此开怀？

平原君：哈哈，真没想到，那个赵括倒是我的贵人。长平之战大败，赵王已经全然乱了方寸，他只有倚赖我了，只要我能把秦兵进攻瓦解，赵王的权力就会更加削弱。虽然长平之战使赵国元气大伤，但根基还在。如果我赵胜执掌大权，定能让赵国复兴到以往的强盛。

平原君夫人：好啊，若是再得到那本《周公秘籍》，那天下岂不是……

夫妇两人大笑。

平原君：现在事态正朝我们希望的方向发展，但当务之急还是得找一个能够劝退秦兵的门客，这样才能使赵王对我死心塌地。因为没有我，他连一步都动不了。

15. 夜。内。长亭侯墓守灵人小屋

守灵人鼾声不断，念奴准备好行装预备离开。

念奴自忖：待了这些天也不见小姐再来，我不能在这儿耽搁下去，又无法回宫，得去看看平原君夫人了！这么久，她一定生我的气了！

她向守灵人一拱手，转身从窗子翻了出去。

守灵人还在鼾睡中。

16. 夜。外。丛林中

丛林中，念奴在运用轻功向前急奔。

17. 夜。外。大路上

另一条路上，信陵君正骑马疾驰而来。

18. 夜。外。长亭侯坟前

信陵君纵马来到长亭侯墓碑前，下马跪拜。

信陵君：长亭侯，请受无忌一拜。

信陵君深深拜下。

信陵君起来时已是泪流满面：长亭侯，无忌此次是来向你谢罪。当初您求救于无忌，却被无忌误事，直到今天才来祭奠您；无忌最对不起的是没有照顾好如姬，让她……如姬，无忌对不起你，请求长亭侯在天之灵保佑你！

信陵君倒下一杯酒洒在坟前，又倒满一杯酒端着。

信陵君：不过，长亭侯，现在我已经找到了一些线索，待抓到凶手之后，无忌定将带着凶手的首级前来拜祭！

信陵君将杯中酒一饮而尽，猛地将杯子扔了。

信陵君：长亭侯好生安歇，无忌告辞了！

信陵君起身正要上马。守灵人赶到。

19. 夜。内。平原君正厅

平原君在议事厅中召集众门客。

平原君：天下人都知道我赵胜所养门客中藏龙卧虎，国家有难，正是给各位施展才能，实现抱负的大好时机。现在正有一个使你们名垂千古的机会。

诸位门客个个群情激昂，跃跃欲试。

门客们纷纷：主公，到底是什么事，您就说吧，我等定当尽绵薄之力。

平原君很欣慰：秦兵趁长平战役之威，长驱直入，现已兵临我邯郸城下，形势岌岌可危，有哪一位先生能担当说客劝退秦国之兵？事成之后官拜上大夫，赏黄金百镒。

诸位门客却都没了声音，本来冲在最前面的几个门客也都偃旗息鼓地悄悄地躲到了后面。平原君扫视着各个门客半天却无一人挺身而出，人人都低着头不敢与平原君对视。

平原君极为愤慨：养兵千日，用兵一时，现在正是诸君为我赵国，为我相府尽力之时，可你们……

终于有一个人怯生生地说：主公，不是我们不愿为主公分忧，实在是那秦国它太、太凶残了。如今秦国胜利后更加骄横跋扈，正欲以武力踏平天下，战败之人就凭一张嘴能说动谁？去了也是白白送死……

平原君"啪"地一拍桌子：够了，一群贪生怕死的鼠辈，统统给我滚下去！

平原君气得连头冠都歪了，众门客赶紧逃出屋子。

平原君夫人从里屋出来替平原君将头冠戴好：大人，气坏了自己的身子，不值当。

平原君：可你看看他们那些酒囊饭袋，关键时刻一个都指不上，我还养他们干什么？

平原君夫人：是该整治整治他们了，不过，这还是后话，现在最紧要的还是寻找入秦的人选，如若不是大人的人将秦兵劝退，大王今后还是不会轻易就范。

平原君：这我又何尝不知？可现在，（平原君咬牙说）现在只有一条路可走了。

平原君夫人：大人的意思是？

平原君：我亲自出马去说服秦国！

平原君夫人：不可，万万不可！上次平原君使秦就极为凶险，能够回来，已是万幸，我到现在还心有余悸，这次比上次更加危险，大人可万万使不得。

平原君：那又能怎样，我也实在是想不出什么更好的办法了。

这时，有下人进来通报：主公，大王急召您入宫。

平原君夫人看了平原君一眼：大人，不论怎样，都请您千万顾惜自己。

平原君：夫人放心，不到万不得已，我不会亲自出马的。

说罢，平原君就大步地走了。一向心里很有谱的平原君夫人今日看来也不免有些惶恐的表情。

20. 夜。内。赵王宫

平原君拜见赵王，赵王急切地询问。

赵王：平原君，可找到说秦之人？

平原君一脸尴尬：赵胜还在寻觅，不过，别人去，赵胜还真不放心，不行，我就亲自去一趟秦国。

赵王：这怎么行，若是像上次那样有惊无险也就罢了，若不是，那……唉，难道就找不出一个可以担当说客的人吗？

这时，宦官报：齐国公子鲁仲连求见。

赵王：这个时候，他来干什么？

平原君：他可能是来看大王笑话的吧。

赵王：不见，不见，寡人正在商量要事，让他先等着吧。

宦官：可鲁公子说，他正是为大王所焦虑之事而来。

赵王：噢，那，还是快请吧。

平原君在一旁想阻拦也来不及了，鲁仲连进来。

赵王：鲁公子，好久不见，别来无恙呀？

鲁仲连：仲连还是老样子，只是猜测大王的日子应该不大自在。

赵王：你！公子要是想来看我们赵国笑话的话，那公子就请回吧！

鲁仲连好像并不在意：我知道大王的心思，当初未听仲连释梦，又不听仲连的劝诫，硬要收下上党十七城，弄得骑虎难下，导致现今长平之战的惨败。大王是不好意思再见仲连了吧？

21. 夜。外。长亭侯墓室

守灵人赶来：这是长亭侯墓地，一般人不得闯入，你是何人？

信陵君：在下信陵君魏无忌。

守灵人赶紧叩头：原来是信陵君大人，小人失敬！

信陵君将他扶起：照看长亭侯之墓尽职尽责，你辛苦了！

守灵人：其实也没什么，这里清闲得很，就是前几日如姬夫人来的那个晚上来了两个盗墓贼，被小人狠狠地惩治了一下，那叫一个惊险哪，那日……

信陵君：你是说如姬，哦，我是说，如姬夫人她来过？

守灵人：是呀，她是长亭侯的女儿嘛。

信陵君：她有没有说什么？她，她还好吗？

守灵人有些被信陵君的急切样子吓坏了，说话也支吾起来：这个小人……小人记不清了……我也，我也不知道……

信陵君也意识到了自己的失态：你先下去吧，我再在这儿坐坐。

守灵人赶紧退下。

信陵君重又坐回长亭侯的墓碑前，一个人喃喃地说：如姬，你在宫中还好吗？我真是放心不下。（他摩挲着长亭侯墓碑上的字）如姬，我是循着你的指痕在摸索吧。（画面可叠化为当日如姬摸着墓碑上刻字的情景）我们什么时候才能再见面呢，不，其实，每天你都会在我的梦中出现，但愿你的梦里，也会有我……

22. 夜。内。如姬寝宫

如姬躺在床上睡熟。

神秘诡异的音乐响起，一身白纱的她的影子慢慢飘出厅堂。

大门自动开启。

门外，夜色怡人，星月齐辉。

信陵君手持莫邪剑站在那里。他的周围是一圈星光。

如姬：信陵君！（处理成空蒙的声音）

信陵君：如姬！

两人向对方跑去，突然之间，他们中间出现一只巨大的黑虎，咆哮着，张牙舞爪，二人大惊，同时挥动干将莫邪，斩向黑虎。

黑虎突然缩成一片"虎符"。

虎符把他们两人隔断了。

如姬惊醒，叫着：念奴！念奴！快来瞧瞧这是什么东西？

霖儿走进：念奴早已走了，王妃有何事跟奴婢说吧！

如姬这才清醒过来，冷冷地看着霖儿：没什么事，你去吧。

23. 夜。内。赵王宫

赵王"哼"地一掀袍子坐到一边，平原君在一旁冷眼看着鲁仲连。

鲁仲连微笑：大王大可不必如此，仲连要是想看赵国的笑话，今天我也就不会来了。

赵王：那公子此番是为了……

鲁仲连：解邯郸之围！仲连愿为赵国说客，前去劝退秦兵。

赵王大喜：公子真的愿为赵国去说服秦国？那可真是太好了，助寡人于危难之中。鲁公子，寡人这就封你为上大夫，前去替赵国出使秦国。平原君，你看呢？

鲁仲连：上大夫也就不必封了，只要大王同意我代表赵国出使秦国就行。

说完，便抽身而去。

平原君：公子是齐国人，这样为赵国竭尽心力，不知所为何故？

鲁仲连头也不回：仲连只为天下百姓太平！

鲁仲连飘然而去，平原君皱起了眉头。

24. 夜。内。平原君府正房

平原君忿忿地回到家，平原君夫人赶紧过来。

平原君恶狠狠地：鲁仲连，我与你誓不两立！夫人，我知道仲连是你的表弟，可上次我与他结下的梁子，不但没有解开，现在他又来搅局！

平原君夫人：仲连他又怎样了？

平原君：他愿为赵说秦，他若成功，赵王也就不会那么轻易地听我摆布了，这样的一个大好机会又给这家伙给毁了。

平原君夫人：虽是如此，可只要夫君不去说秦，我还是要感谢他。

平原君：夫人向来见识长远，此番怎么也如此短视起来？

平原君夫人：无论怎样，我都不希望夫君您有危险。

平原君将夫人搂入怀中。

平原君夫人：夫君，千秋大业不在一时，我们来日方长，再说，我们还有《秘籍》，还有念奴。

平原君：可赵王分明是在利用鲁仲连来排挤我。

平原君夫人突然打断了平原君的话头：有人。

平原君惊讶：是谁？！

平原君夫人：死丫头，你给我出来！

念奴像幽灵一般，飘了进来。

25. 夜。内。如姬寝宫

如姬不安地来回踱步。

如姬自语：……看来，这是不祥之兆！难道是公子他有难了？……备车！

侍女答应：小姐去哪里？

如姬：我要去太妃处！

26. 夜。内。平原君府

念奴：请大人和夫人恕罪。

平原君夫人故意淡淡地：我倒不知道，你何罪之有啊？

念奴：奴儿不曾完成使命，让大人和夫人白白等了这许多时日！

平原君夫人猛地一拍桌子：原来你还记得你的使命，我还以为你被野狗叼走了呢！

念奴甚怒，却又忍住：夫人说话怎么这么难听！

平原君夫人：难听，哼！你九岁进府，不过是野丫头一个，我把你视同亲女，抚养至今，莫说是说你两句，就是骂你打你，难道不是应该的？！

念奴悄悄瞪了她一眼。

平原君：好了好了，这么久没见面，怎么一见面就动肝火？！念奴啊，夫人也是想你想的，爱之深，责之切嘛，还不快说两句？

念奴嘟囔着：奴儿又不是故意拖延，明明是有难处嘛！

平原君夫人缓和下来：谁说你故意拖延？若是没有难处，难道我会轻易让你出手？……行了，还不快把你那身脏衣裳换了，到这里来喝茶？

平原君感叹：可惜念奴是个女孩子，否则我也不会这么难。

念奴：大人遇到难事了？

平原君夫人：要派一个能说会道的人去秦国，说服秦国撤兵。门客一大群，没有一个敢去。

平原君：倒是让鲁仲连那小子钻了空子，真真气煞我也！

念奴听到他们提到鲁仲连，心里涌出一股莫名的激动。

念奴：大人说的可是齐国公子鲁仲连？

平原君夫人看到念奴脸上表情的变化，反问道：是啊，你认识他？

念奴的脸上突然微微泛红：不过是在魏太妃宫里见过罢了，难道他现在邯郸？

平原君气哼哼地：为了抢头功，拿着鸡毛当令箭，已经去秦国了。但愿秦王……

平原君夫人连忙打断：但愿秦王能听进鲁仲连的劝告。

平原君突然明白夫人的用意：啊，啊，是，是，能从赵国撤兵！

念奴突然地：大人，夫人，奴儿突然想起来，还有一件急事，过几天立即回来，请大人、夫人恕罪！

说罢，念奴向平原君夫妇拜了一拜，风一般飘出。

平原君奇怪：这丫头怎么了？怎么跟着了魔似的？！

平原君夫人阴险一笑：她呀，一定是急着去找鲁仲连！这个丫头，心比天高，她相中鲁仲连了！好眼力！

平原君失态：哎呀！

平原君夫人见夫君半天才回过神来，意味深长地：你们两个撞在一起了吧？

27. 夜。内。魏王宫太妃寝宫

如姬走入帷幔，正遇见信陵君向魏太妃告辞，要走出帷幔。

两人久久凝视。

如姬细细打量了信陵君：公子，你没事就好。

信陵君：怎么？

如姬：如姬做了一个噩梦，梦见……

信陵君：梦见什么了？

如姬只是流泪，没有回答。

信陵君想拭去如姬脸上的泪水，手已经举了起来，但终于还是什么都没做，轻轻地放了下来。

魏太妃很紧张地看着他们，看着信陵君的手放下，她刚刚放下心来，却又见如姬像个小女孩一般死死拉住了信陵君的袖子。

霖儿在帷幔后面细细观察。

信陵君强抑着自己的感情：如姬夫人，自从后花园一别，你还好吗？

如姬泪如泉涌：一言难尽。

信陵君：你怎么了？！

如姬强抑泪水：如姬在宫中度日如年。念奴又不在身边，连个说话的伴都没有……

信陵君惊讶地：念奴上哪儿去了？

如姬突然发现了霖儿，故意高声地：听说，是在你那里。

信陵君：这是谁造的谣言？！

如姬：霖儿，你也不必鬼鬼祟祟在那儿偷听，你给我出来吧！

霖儿只好溜出来，浑身发抖。

如姬愤怒地：当着信陵君的面儿，你给我说清楚！到底是你造的谣呢？还是别人让你造的谣！

霖儿跪着发抖：是……是大王，不，不……是霖儿，不……

如姬厉声地：这回我暂且饶了你，若是再让我发现一回，你别怪我翻脸无情！！说！念奴到底被你们弄到哪儿去了？！

霖儿哭：这个……霖儿不知道，霖儿真的不知道啊！

太妃在一旁：那你从今天起就留着点儿神，若是你帮忙找到了念奴，我这里自有重赏！王妃这里，你要好好伺候，若是有个一差二错，仔细你的皮！听明白了吗？

霖儿：霖儿……霖儿明白了……

太妃：明白就好。无忌，如姬，你们也该走了！

324

如姬依然死死拉着信陵君的衣袖。

信陵君强抑情感：请如姬夫人先回寝宫。

如姬依然不放手。

魏太妃：如姬，快回去吧，其他的事，你就不用再操心了。

如姬这才撒开手，含泪而去。霖儿紧随其后。

信陵君还要说什么却被魏太妃扯住了。

魏太妃：无忌！

信陵君：母亲，念奴的事你为何不早告诉儿子？

太妃：大道理我已与你讲过多次，我可不想让我大魏闹出宫闱之乱！如姬那里，自有为娘照顾她，你就不必多问了！

信陵君怒：母亲，那你有没有想过，如姬有多苦？！我要立即去找念奴，请恕儿子不孝之罪！

信陵君说罢头也不回大步离去。

魏太妃着急地：无忌！无忌！

28. 日。外。大街上

女扮男装的念奴坐在小摊上吃东西。一抬袖子，钱袋不小心滑出，被旁边一个戴斗篷的人拾起扔给她。

念奴：多谢大人！

那戴斗篷的人略一抬头，正被念奴看清他的脸。

念奴惊声道：虞卿大人！

那人也一惊，随即正色道：你认错人了。

念奴压低声音：大人不认识我了？我是念奴，是如姬小姐的贴身侍女……

那人赶紧做了个让念奴噤声的动作，低声说：姑娘跟我来。

29. 日。内。一破茅草屋

念奴跟着那人来到此屋。

那人摘下斗笠，果然正是赵国的虞卿。

念奴：念奴早就听信陵君说了大人的高义，在此请受小女子一拜。

念奴正要拜下，却被虞卿拦住。

念奴：怎么，大人还对信陵君有误会吗？他确确实实是想救长亭侯的，连小姐都已然释疑……

虞卿：不，我不是这个意思，信陵君的为人虞卿已经很清楚了，也不瞒你说，我曾在他府中隐匿了多日，就是想看看他到底是个怎样的人。我发现我和长亭侯的确都搞错了，信陵君真的是当世难得的诚实君子！

念奴：大人现在欲往何方？

虞卿：这些日子我打探出了凶手的一些线索，我这就要去探个究竟。

念奴略一思索：念奴愿随大人一同前往。

虞卿：不行，不行，你一个姑娘家，实在不方便。

念奴转念一想：也好，过几天我再回来找你！

念奴盯着虞卿的背影，若有所思。

30. 日。外。春申君府外院
一个黑衣人正与魏单密谈。

黑衣人：帮主，我在街上看见了虞卿。

魏单吃惊地：没有看错？

黑衣人：绝对没有。

魏单：来者不善，善者不来。叫几个人给我紧盯着，随时向我报告他的行踪。

黑衣人做了一个砍头的动作：小人明白，实在不行就……

春申君出书房门，远远看见两人交头接耳，用疑惑的眼光看了一看，扭头向后院走去。

31. 日。内。信陵君府正房
信陵君在小心地擦拭他的莫邪剑。孟尝君进来了。

信陵君：兄长。

孟尝君：刚刚我听说你训斥门客，我说今日公子火气这么旺，莫非你近日见到莫邪剑的主人了？

信陵君点点头。

孟尝君：出什么事了吗？

信陵君：念奴失踪了。

孟尝君听了这话也是一惊。

信陵君：现在宫里除了我母亲，如姬连个贴身保护的人都没有了，我能不焦心吗？

孟尝君：公子先别着急，一急就容易乱套。公子想想，那念奴是何等精明能干，她若失踪，无非两个原因。一是自己出去办事，一是被胁迫而失踪。

信陵君：兄长，你的意思是……

孟尝君点点头：如果是被绑架，恐怕我们是再也见不到念奴了；但如果是她自己要走的，那么，一定……

信陵君：一定是她为了查出凶手，从宫里逃出来的。

孟尝君：对，所以公子找到凶手之日，可能也就是找到念奴之时！

信陵君：可如姬这样孤零零地在宫里又怎能让人放心呢？

32. 夜。内。如姬寝宫

如姬正在宫里上上下下地翻找什么。

正在东翻西找的如姬全然没有觉察到魏王来了。

魏王：如姬，你在找什么呢，让寡人帮你一起找。

如姬吓了一跳，冷冷地：大王不是到夏宫避暑去了么？何时回宫了？

魏王淫亵地：你不在，夏宫又有何趣？近日寡人不在宫里，你都做了些什么，有没有想寡人？

如姬不睬。

魏王：有没有去向太妃请安哪？……无忌他还好吧？

如姬一惊。

魏王：你不是见着无忌了吗？……你借口说不舒服，不愿与寡人同行，是不是就是在等着与无忌见面？

如姬：大王这是何意？

魏王突然取出两条打成同心结的剑穗：何意？你说寡人是何意？！寡人不过是不想戴绿帽子而已！你刚才要找的，是不是这个呀？！

如姬一惊，随即平静：是又怎么样？

魏王大怒：自你进宫后，寡人待你恩宠有加，寡人还从未对哪个嫔妃如此上心过，可你，却一而再、再而三地让寡人失望。如姬，不要得寸进尺！

如姬突然决绝地：大王，放我走吧，如姬会感激你一辈子的！

魏王狞笑：放你走？你别做梦了！你如姬此生此世只能是寡人的女人，寡人是绝不可能放你走的！如姬，寡人说过要让你心甘情愿，你就等着吧！

魏王愤恨地扔了剑穗，怒不可遏地走了，大门重重地关上。

如姬慢慢地走过去，捡起地上的剑穗，满脸是愤怒与决绝的泪水。

33. 夜。外。如姬寝宫外

霖儿一直贴在门边偷听，魏王猛地出来，把她吓了一跳。

魏王怒气冲冲地走在前面，霖儿在后面跟着。

魏王突然驻足，霖儿差点撞在他身上。

魏王：从今往后，你要时时刻刻看好夫人，不许你离开她一步，告诉侍卫不许踏出她的寝宫一步！

霖儿：是，霖儿明白。

魏王走了，霖儿转过身，正好见到如姬愤怒的脸。

如姬用尽全身之力抽了她一个耳光。

霖儿重重倒在地上，眼前一片漆黑。

34. 夜。内。长亭侯府

萧瑟的长亭侯府，虞卿悄悄地走进来，后面有一个黑影尾随。

虞卿来到如姬的房间，房间里已空荡荡，他从角落中拾起一点什么东西，塞进怀里，又匆匆离开。

那黑影一直如影随形。

35. 夜。外。长亭侯墓室

戴着斗篷的虞卿悄然来到长亭侯墓前，后面仍有一个黑影尾随。

虞卿：长亭侯，虞卿这就要告辞了，我已找到了杀害你凶手的线索，你就等着我替你报仇雪恨的那一天吧。还有，虞卿发现信陵君是个真君子，你我当初都错怪他了。虞卿就此别过，让你的爱女如姬陪伴着你吧。

虞卿想掀动墓上的石块，将如姬绢像放进去，他才开始搬，就听见后面有刀棒相击的声音。

虞卿赶紧回头看，却是守灵人向他举起的大棒被一黑衣人的刀拦下。

守灵人怒向黑衣人：你是何人，竟帮着盗墓贼一伙？

黑衣人揭开蒙面：大叔不认识我了，我是念奴呀。

守灵人和虞卿都吃惊地看着念奴。

念奴将虞卿搀扶起来：父亲，您也真是的，我让您带念奴来，您偏要自己来，您看，被人误会了吧。

她接过虞卿手中的绢像给守灵人看：大叔，真的是一场误会，这是我父亲，他是长亭侯的旧友，想送些东西给长亭侯，却……

守灵人：哦，原来是这样，大人，对不住了！

念奴：大叔，我父亲年老力衰，还要赶路，请借马匹一用，数日之内，念奴定当还你！

守灵人：姑娘用便是了，说什么还不还，姑娘给小人的赏钱，足够买十匹马的了！

守灵人去牵马。

虞卿：念奴，你怎么会？

念奴却并没答话，帮他把如姬的画像埋进墓里。

守灵人将马牵来。

念奴挽着虞卿的胳膊：请父亲大人上马。

虞卿无可奈何地笑着上了马，念奴在前面牵着马。

两人一起消失在夜色里。

36. 日。内。春申君府正厅

画面从魏单耳根的朱雀图案起至魏单的正面。

魏单：相国，不知传魏单有何事？

春申君：自大王继位以来，楚国上下一片欣欣向荣，这里面有先生的大功劳呀。

魏单：相国这样说，魏单实在惶恐，魏单只是听相国吩咐办事罢了。

春申君：你也不必过谦，先生的胆识我是早有领略，我待先生如何，相信先生心中也有数。我有先生这样的左膀右臂，相信今后楚国还会更好。但有一事，今日还想请教先生。

魏单：魏单愿闻其详！

春申君：先生对合纵之事怎么看？

魏单：合纵对六国都有利，这是毋庸置疑的，但现在的关键问题是谁能做合纵长，如果楚王能当上合纵长，那么合纵对于楚国来说则有百利而无一害。

春申君点头：先生所言正是黄歇所想，如果要推选六国联军统帅的话，先生又认为谁最合适呢，举荐先生你怎样？

魏单：相国笑话了，魏单怎能担当此重任？

春申君：那你觉得谁合适呢？

魏单：相国心中应该已有合适人选了吧？

春申君：什么都瞒不过先生呀，你觉得临安君如何？

魏单略一思索：魏单喜欢射箭，我想用射箭来作个比喻，行吗？

春申君：当然可以。

魏单：相国随我到外面来。

37. 日。外。高台上

两人来到高台，他们抬头仰望，看见天空不时有飞鸟掠空而过。

魏单命人拿来一张弓，却并不接一同递过来的箭。

魏单：我可以只拉弓，不放箭，就把飞鸟射落下来。

春申君：先生能有这般神力？

魏单自信地点点头。众人皆仰望天空，等着魏单说的奇迹发生。

一只鸟飞来，飞得缓慢，叫声凄厉。

魏单拉弓满弦，猛一纵手，只听"崩"的一声，那只鸟好像被箭射中一样，戛然落地。

众人皆拍手称奇。

春申君：先生真乃奇人也，这其中是何奥妙？

魏单：这只鸟是有箭伤在身的呀。

春申君：先生又如何知晓呢？

魏单：相国你看，它飞得那样缓慢是因为旧箭伤还在作痛；鸣声凄厉是因为失群已久。它的旧创伤还未痊愈，所以听到了弓弦的声音，便急忙振翅高飞，想躲过利箭，结果却使得旧伤破裂，痛得支持不了，终于坠落。

春申君：先生是说临安君曾被秦军大败过，慑于秦兵威力，就像那受伤的鸟儿一样，他是不宜再当抗秦的统帅了。

魏单：魏单正是此意，临安君面对秦兵就如同那惊弓之鸟，心中必有忌惮。

春申君：先生的比喻极是。那么依先生看来……

魏单：人选倒是有一个，正在小人的故国，可惜……

春申君：你说的是信陵君？

魏单不置一词地看着他，二人对视。

38. 日。外。三岔路口

虞卿下马。

念奴：虞卿大人，此去便是康庄大道，奴儿就此别过了！

虞卿：不可，我一个大男人骑着马，却让你徒步行走，不可不可！

念奴已然蹿出好远：有什么不可的？！请大人一路保重，后会有期！

虞卿远眺念奴，深深鞠了一躬。

39. 日。内。赵王宫

军士：大王，大事不好，武安君白起的军队距邯郸城已经只有十里之遥了。

赵王：啊？！这，鲁仲连呢？他不是已经去说秦了吗？

军士：想来鲁公子可能还在路上呢。

赵王：哎呀，这可如何是好呀！

旁边的宦官：大王，小人倒有个办法。

赵王：说，你快说！

宦官：大王可记得秦国在邯郸的人质王孙子楚？

赵王：是呀，是呀，这个寡人一时倒忘了，他秦军若敢继续向邯郸前进，寡人就将子楚一刀杀了以谢国人，倒要看看秦王是不是还是这样肆无忌惮？这个法子提得好！现在就把子楚给带进宫来，寡人要好好地招待他；还有，你多派些人放出风去，让秦人也知道寡人正在亲自招待子楚！

40. 夜。内。赵王宫

子楚被人带上来，已吓得簌簌发抖。

赵王看了他一眼：子楚，你可知道寡人为何要深夜召你入宫？

子楚战战兢兢地：子、子楚不知。

赵王一拍案儿：你父王正命令白起带着秦兵要围攻邯郸呢！

子楚吓得坐到了地上。

赵王：你父王如此厚待赵国，寡人当然要好好招待招待你了。来人，将子楚带下押监候斩！

子楚被人架着拖下，不住地哀求：大王饶命呀，大王饶命！

子楚凄厉的叫声在黑暗的宫中令人发瘆。

第十三集

1. 夜。内。平原君府正房

平原君一拍桌子：什么？！杀子楚？！多亏他想得出来！

平原君夫人：抓住子楚，让秦王有所忌惮，也算是一个法子呀。

平原君：可他竟要将子楚押监候斩！将一个不得宠的王孙处死有何用，大王这样做，是要将赵国最后的一点元气耗尽哪！

平原君夫人：妾曾听说当今的楚王当年在秦国也与现在的子楚一样的境地，差点就回不了楚国了，秦相范雎好像从中帮了不少忙，所以现在楚王仍对秦国、对范雎心存感激。难道大人是要做范雎？

平原君一笑：熊完能登基都多亏了春申君，我只怕子楚没有这样的命，所以也不奢望他能报答我，我只是不想让赵国全毁在大王的这一时之快上，那我苦心经营这么多年的事业岂不是要付诸东流？！

平原君穿好朝服：夫人先睡吧，我去去就来！

平原君夫人欲言又止，眼睛在烛光里闪烁不定。

2. 夜。外。通向函谷关之路

鲁仲连快马飞奔，离函谷关越来越近。

突然从路边的树林里飞出暗箭，鲁仲连立刻将身子贴在马背上，乱箭从上方擦背而过。

鲁仲连刚要舒一口气，突然从树林里杀出一伙强人，将他围住。他奋力抵抗，正在危急关头，突然一蒙面人从树上跳下，用刀将强人隔开，叫一声"鲁公子快走！"

蒙面人一人勇斗数人，十分骁勇。

3. 夜。内。赵王宫

平原君急匆匆来到王宫，被门口的宦官拦住。

宦官：平原君，这么晚了进宫有何贵干哪？

平原君：我有要事面见大王。

宦官：您是为了秦王孙子楚而来吧，大王说了，不管谁来求情都没用，他意已决，平原君还是请回吧。

平原君就要往里闯：大王，大王，请您一定听听赵胜之言哪！

宦官将他拦下：平原君大人，已经这么晚了，打扰了大王休息，这恐怕不太好吧？

平原君看了宦官一眼，猛地解开朝服脱下：请你转告大王，赵胜请辞官面谒大王。

宦官一惊。

4. 夜。内。赵王内宫

赵王：什么？他竟把朝服脱了？

宦官：是呀，把小人也吓了一跳。

赵王：这个赵胜，他难道就这么拿得住寡人？

宦官：那小人这就让平原君回去？

赵王摇头：你还是宣他进来吧。

宦官：这……是。

平原君果然手捧朝服走了进来。

赵王：平原君，有话好好说嘛，你这又是何必呢？

平原君：赵胜愿以身家保子楚之性命。

赵王：平原君，你的意思寡人全都明白，可这秦国实在是欺人太甚，寡人咽不下这口气。

平原君：大王，所谓君子报仇，十年不晚。来日方长，子楚本来在秦国就不受宠，所以才会被送来当人质，若此时将他杀了，不但于事无补，反而给了秦国借口，只会激起他们更大的疯狂。

赵王：好吧，看在平原君的面子上，寡人就暂且饶过子楚，不过再也不能像过去那般待他了。来人，传寡人令，暂赦子楚死罪，将他押在茅屋里，每日只能给他一升粗粮，不让他饿死已经是仁至义尽了。

下人得令而去。

平原君：谢大王！

赵王下座亲自将朝服给平原君披上：平原君，你可是寡人最信任最得力的朝廷重臣，以后可千万别这样了！

两人意味深长地对视着。

平原君：是，赵胜知道了。

5. 夜。外。通向函谷关之路

强人已被打散，蒙面人负伤倒下。

鲁仲连扶起蒙面人，蒙面人拉下头套——竟是念奴！

鲁仲连一愣：是你！

念奴向着鲁仲连无力地一笑，晕了过去。

鲁仲连拉下自己雪白的汗巾为她将伤口包扎好，用大腰带把念奴捆在背上，骑上马向一处村庄跑去。

6. 夜。内。平原君府正房

平原君气急败坏地脱朝服，平原君夫人在一旁。

平原君：哼，他心里明明打算放人，却还偏偏要我低三下四地来这一出，给我个下马威。我倒要看看那个鲁仲连无法说服秦王退兵，他再怎么来求我！

平原君恶狠狠的眼神。

7. 夜。内。乡村小店。草棚房间

一盏昏暗的油灯下，念奴靠躺在草床上，鲁仲连喂念奴喝汤水。

鲁仲连将碗放在旁边的木桌子上，好奇地：念奴姑娘怎么到这

里来了？

念奴：鲁公子怎么也会在这里？

鲁仲连：受人之托，终人之事而已！

念奴叹了一口气：这人世间，惟独好人难当。所以我决定要当坏人！

鲁仲连忍不住扑哧一笑：虽然那次你绊我一跤，可我觉得你是个大大的好人！

念奴喜出望外：你真的这么觉得？

鲁仲连：是啊，如姬夫人和你都是大大的好人！

念奴撇嘴：我和小姐，根本就不一样，难道你能指望小姐单枪匹马地来救你？

鲁仲连低头喃喃地：看她现在情景，有如身陷囹圄，我倒是想救她呢！

念奴死盯了他一眼：呵，别是你迷上我家小姐了吧？告诉你啊，趁早灭了这个念头！我家小姐她早就名花有主了！

鲁仲连：可我觉得魏王根本就配不上她！

念奴：那信陵君魏无忌……难道也配不上她？！

鲁仲连一怔：……哦，原来……

念奴：好了，本姑娘没空说这些闲话了！告诉你，今天截你的这些人决不会善罢甘休，会处处设置障碍，目的是让你无功而返。

鲁仲连：事情紧急，别说是重重障碍，就是刀山火海也要闯过去！

念奴：我就知道你会这么想，但是也不必硬闯！

鲁仲连询问：姑娘可有良策？

念奴：你不妨用重金请村中牧羊人带路，绕过埋伏！

鲁仲连大喜：果然妙计！多谢姑娘指点！……可你有伤在身……

念奴：行了，别假惺惺了！这点小伤算什么？我可以即刻便好给你看！你到外面去拿一支大叶槐的叶子来！

鲁仲连刚刚出去，念奴便从怀中掏出一盒红色药粉，拉开伤口，用指甲将药粉弹入。

鲁仲连拿着大叶槐的叶子进来。

念奴迅速用衣服将伤处掩住：请公子将叶子放在这里。

鲁仲连惊奇地看着她。

念奴口中念念有词。突然，她掀开大叶槐，然后拉开衣裳，里面的伤口竟然好了，就像从来不曾受伤一样。

鲁仲连大惊。

念奴：公子勿疑，小女子略通法术而已！

鲁仲连作揖：姑娘真神人也！

念奴：公子，你记住，这世上能伤害奴儿的只有一人！

鲁仲连：谁？

念奴微微一笑：就是教我这套法术之人！

8. 夜。外。通向函谷关之路

（以下只有画面没有声音）

一牧羊人指点鲁仲连二人。

二人快马加鞭。

9. 夜。外。函谷关

石刻的函谷关三个大字呈现在眼前。

念奴：请公子下马。

鲁仲连：大恩不言谢！仲连会记住姑娘的！

念奴努力忍住突然涌出的泪水：公子快走吧，如果还能记得念奴，请于事成之后，回到那间乡村小店找我！

念奴转身飞快离去，她的背影很快被黑暗淹没了。

鲁仲连若有所思，好像突然明白了什么。

10. 夜。内。秦国范雎府

范雎要出门的样子。

范夫人：大人这是要上哪儿去？

范雎：哦，好久没见安平了，我这手也痒痒了，找他比试两盘去。

这时，有门房来报。

门房：大人，门外有齐人鲁仲连求见。

范雎：鲁仲连？莫非是十四岁便辩过天下名士的"千里驹"？他来做什么？有请！

鲁仲连翩然而至。

虽然是风尘仆仆，但范雎依然被他不凡的气势镇住，赶紧稳住自己。

范雎：公子仪表堂堂，风度翩翩，果然是青年才俊，名不虚传哪。

鲁仲连也并不谦逊，只是拱了拱手。

范雎：范雎素来景仰公子，今日能得一见，幸会，幸会，不知公子此次前来，所为何事？

鲁仲连：为君而来。

范雎大惊，向鲁仲连作揖：还请公子不吝赐教。

鲁仲连：武安君已经杀了赵括吧？

范雎应曰：是的。

鲁仲连：现在正在围攻邯郸？

范雎：是呀。

鲁仲连一笑：武安君用兵如神，早已是尽人皆知的。他身为秦将，为秦国攻夺七十余城，斩首敌人近百万人，即使是伊尹吕望再世也不过如此。如今，他又举兵围攻邯郸，赵国必亡矣！赵若亡，则秦不日即可成就帝业。只可惜成就秦王帝业之功并非令尹的功劳！武安君作为成就帝业之元勋，如伊尹之于商，吕望之于周。令尹现在即使再位高权重，到时也不得不屈居武安君之下。

范雎愕然：那……依公子看，应当如何？

鲁仲连：令尹不如让韩、赵割地更为实惠。如若割地，秦王当拜令尹为首功，并且此举又能解除武安君的军权，一举两得，君在秦国的地位，则稳如泰山矣！

范雎听罢，微微一笑：范雎与公子素昧平生，公子倒是挺为范雎着想啊！现在天色已晚，公子也该休息了。来人，带公子到驿馆，好生安置。

鲁仲连：多谢令尹，相信令尹定会三思而行。

鲁仲连走了，范雎若有所思的样子。

下人：大人，马车已经备好了，您还去郑府吗？

范雎：去！

11. 夜。内。郑安平家

范雎来到郑安平家，郑安平已摆好了棋子等着他。

范雎：安平，还是你最了解我呀。

郑安平只是一笑，两人你来我往地对弈起来。

很快，范雎便弃子认输了。

范雎：我越来越不是你的对手了。

郑安平：今日兄长之棋很是急躁，莫非是有什么烦心之事？

范雎看了他一眼：安平，你在秦国住得惯吗？你，想家吗？

郑安平：在秦国的令尹前我也许不该说，但，你我同是魏人又是兄弟，我郑安平不妨直说，想。我无时无刻不在想着家乡的山山水水。经常回忆起我们小时候一起爬过的枣树，一起摸鱼的小河。

范雎：嘿，爬树和摸鱼，你可都没我在行哪。

郑安平：是呀，只是再也回不去了吧？

范雎：可是不管再过多少年，那些小时候的事，我们怕是永不会忘记啊！

郑安平：真想再回去看看哪。兄长是怎么了，怎么突然生发怀乡之情了？

范雎递过人参：只是偶然想起来罢了。这是上等的人参，你试着服用，据说连大王也只得这么一支而已呢，这可是我们家乡的人参啊！

郑安平：多谢兄长。

范雎：等到武安君从邯郸凯旋的时候，我们恐怕就能回家乡看看了。

郑安平显然已经明白：能不能回故乡不能知晓，只是恐怕这样的上好人参是再也没有了。

范雎轻轻一笑：来，我们再来杀上一局。

12. 日。内。秦王宫
范雎面谒秦王。

范雎不再犹豫，坚定的样子：大王，这仗已经快将国力耗尽，秦兵在外作战已久，劳苦疲惫，更有怀乡之情，斗志会越来越弱。况且，兵书说，哀兵必胜，赵兵在长平遭到重创，此时必定上下一心，同心协力，只怕一时很难攻破。

秦王：寡人也听到不少怨言，那依令尹的意思呢？

范雎：不如使人告诉韩国和赵国，让他们割地求和。这样，既得土地扩大疆土，又能休生养息。

秦王：寡人也该歇口气了，你就去照这个意思办吧。

范雎不易察觉的笑容。

13. 日。内。秦国驿馆
范雎的管家领着家丁送重礼到鲁仲连所在驿馆的房间。

管家指挥着：搁这，搁这，轻点，轻点……

鲁仲连放下正在看的书简：你们是何人？

管家：鲁公子，小人是令尹府的管家，这些是令尹命小人送来的礼物，令尹说多谢公子的进言，还请公子到令尹府一聚。

鲁仲连微微一笑：请你转告令尹，仲连果然没有看错人，仲连这就告辞了。

说罢，鲁仲连便收起书简翩然而去。

管家半天才缓过来：公子，这些东西……

已经看不见鲁仲连的身影，只有声音还飘过来：留给你们享用吧！

管家带着众家丁就地跪下，对着鲁仲连离开的方向称谢。

14. 日。内。乡村小店
鲁仲连推门进来，发现人去房空。

鲁仲连在房内仔细巡视，发现自己那条用来给念奴裹伤的白丝汗巾，叠得整整齐齐地放在床上。

鲁仲连打开汗巾，上面赫然出现念奴的印迹：五出梅花，只是变成五出血染的梅花。

鲁仲连全身一震。

15. 日。内。冷宫

潮湿阴暗的小黑屋，子楚简直是被两个侍卫给扔进去的。

侍卫：你就乖乖地在里面待着吧。

说罢，两人关上了门。公孙乾（字幕：公孙乾，子楚专职看守）来到他们跟前。

侍卫：大王吩咐了，不许子楚迈出去一步，否则有任何闪失都将拿你是问！

公孙乾：是，公孙乾明白。

两个侍卫走了，公孙乾从窗子里探头看子楚。戴着玉佩的子楚自被带进来就始终连一步都没敢移动过，只是蜷缩成一团，发出"嘤嘤"的哭声。

公孙乾摇摇头进了旁边的小屋。

16. 日。内。赵王宫

赵王在宫里坐立不安的样子。

赵王：这个鲁仲连，真真急坏寡人了，怎么去了咸阳这么多天，连个消息都没有呢，唉，当初还真不如让平原君亲自去，也不至于让寡人这样地心焦。

这时有侍卫来报：大王，鲁公子让小人来禀报，大王只要答应割六城之地，白起不日便班师回秦。

赵王大喜：割，割，割，寡人答应割地，只要白起撤兵就行。那鲁公子他人呢？

侍卫：鲁公子他与小人说完这些便走了。

赵王：这个鲁仲连真是个人物哪。好！立即命使者带着地图入秦！寡人的这颗心总算可以踏实些了！

17. 日。内。白起帐内

白起正在帐内与众将士对着地图指点江山。

白起指着地图上的某一位置：只要把这高地拿下，那邯郸不日便是我囊中之物了。

众将士纷纷点头称是，还有人主动请缨作战。

这时，有人挟大王密旨到。

密使：大王有令，（白起领着众将士跪地听令）武安君白起之师即刻归秦，不得有误！

大家听了皆愕然。

白起：我大军离邯郸只有一步之遥，不日便可攻克，请使者禀告大王，白起将把邯郸收入囊中再归秦。

密使：怎么，难道武安君想违抗君令吗？

白起：这……

将士：将军，我们先将邯郸攻下再回秦国，到时候大王见占领了邯郸，便不再会怪罪我们了。

白起摇头，叹了口气：军令如山，即刻班师回秦！

将士纷纷：将军，将军……

白起用手制止住他们：求密使告知白起，让我等班师到底是谁的主意？

密使：还能有谁，当然是令尹！

白起长叹一声，狠狠地将手中的佩剑扔出好远，钉在赵国的地图上。

18. 日。内。魏王宫如姬寝宫门口

如姬就要出门，却被门口的侍卫拦住。

侍卫：如姬夫人这是要上哪儿去？

如姬：怎么？

侍卫：大王有令，夫人不许踏出寝宫半步！

如姬：你们这是什么意思，莫非要将我软禁？

侍卫：小人不敢，小人只知道照大王的命令办事。

如姬：难道我去向太妃请安也不许吗？

侍卫：还请夫人不要难为小人。

如姬：大王呢，我要面见大王！

侍卫：大王去又安君府赏花去了，这会儿可见不着。

如姬大怒：你们给我让开！

这时，一直躲在一旁的霖儿出来了。

霖儿：夫人消消气，您又何必跟他们一般见识呢？要不，霖儿现在就去请大王回来？

如姬：不必了！那你们听好，我也有话：从今以后不许大王踏入我的寝宫半步！

众人大愕。有的侍卫竟全身抖起来。

19. 日。内。如姬寝宫

如姬在古琴前坐下，轻轻拂去琴上的浮尘，将剑穗放在手边，慢慢地拨动着琴弦，旋律一会儿行云流水，一会儿又如暴风骤雨。

魏太妃在她的身后出现。

如姬还沉浸在琴声中，浑然不觉魏太妃的到来。霖儿想叫她，被魏太妃拦住。

魏太妃：这琴声，太过郁闷了！

如姬慌忙起身：太妃，快请，如姬失礼了！

霖儿看茶上来。

如姬：你退下吧。

霖儿并不挪步，只是看着如姬。

魏太妃：怎么，如姬夫人的话你没听见吗？

霖儿只得怏怏离去。

魏太妃抚着古琴赞道：这琴可是用千年枯桐制造而成！

如姬：太妃好眼力。这是我母亲留下的遗物，据说当年我家庄园的这棵古桐树华盖十亩，一天夜里突然从树心燃出大火，大火之后仅剩下被烧焦了的一块木头，形状就像凤尾。

魏太妃即兴弹了几下琴：当时的制琴大师天韵把它造成了这张凤尾琴！

如姬吃惊地：太妃也知道？！

魏太妃：此琴音域宽厚，与编钟合奏，可谓是天籁之音。

如姬目瞪口呆。

魏太妃微微一笑，又看到了琴边的两条同心剑穗。

魏太妃话锋一转：孩子，你的心思我都明白，真是难为你了。

如姬微微地摇摇头：母亲送我古琴的时候，就跟我说过清欲而志坚，没有什么过多的想法，也就不会觉得难过了。

魏太妃：可你还太年轻啊！

如姬：不知念奴可有什么消息了？

魏太妃：暂时还没有，一旦有任何消息，无忌都会立即通报的！

如姬点头：如果念奴能在身边就好了，太后还记得吗？念奴，就是在王后暴卒的前一天突然失踪的，如姬以为，念奴的失踪与王后之死，一定有着某种关联！

魏太妃：孩子，别多想了！知深水鱼者不祥啊！

如姬：你是怕我和念奴一样失踪吧？

魏太妃：再为我弹一曲吧，不过，我老了，可听不得太悲的曲子了。

如姬：是。

如姬弹了首听似轻松的曲子，但其中依然透着些伤感。

霖儿依然隐身在一隐蔽处关注着这一切。

20. 夜。内。如姬寝宫

魏王来到如姬寝宫，霖儿对他一阵耳语，魏王脸色阴沉。

魏王：好，寡人知道了。夫人她人呢？

霖儿指了指里面：在沐浴呢。

21. 夜。内。如姬寝宫浴池

雾气缭绕中，如姬独自一人在巨大的浴池中沐浴。

水面上撒满了鲜花花瓣，如姬裸露着美丽的身体，慢慢地洗着。

魏王的声音突然在雾气中出现：啊……好一幅美人沐浴图啊！……别动，让寡人好好欣赏欣赏这出水芙蓉的美景。寡人就知道这些花儿是最配你的，所以特地让又安君采了好些叫人送过来。如姬，你欢喜吗？

如姬背对着他：再美的花儿也只有在花枝上才是有生命力的，这些花瓣不过只是残花而已，早已没有了花魂。没有魂的东西又怎能叫人欢喜呢？！

魏王（有些气愤）：你……（但他看到如姬毫不在意、冷漠的样子，他又缓和了些）好，寡人知道了，以后不再摘花瓣了，以后赏花，寡人也一定带你一起去，好不好？寡人好久没有陪你了，如姬，寡人陪你一起沐浴，好不好？

说罢，魏王便自行宽衣解带，就要下水。

如姬却先他一步，飞快地披上纱衣上了岸。

魏王：如姬，你这是干什么？

如姬：大王，你答应过如姬，允许我守孝三年，现在还不够时日。君无戏言，大王不会出尔反尔吧？

魏王被气得半天说不出话来：你，你……

如姬：还望大王能体察如姬的一片孝心。

如姬正要离开，已在水中的魏王气得弄得水花四溅，歇斯底里地喊起来。

魏王：如姬，你以为这样，寡人就会放了你吗，你休想！你就给我在这宫里耗着吧，寡人倒要看看谁耗得过谁！

如姬转身：大王，你这又是何必呢？如姬就是这池中的花瓣，早已没了自己的魂，大王又何必强留呢？

魏王：花朵也好，花瓣也罢，只要是属于寡人的，寡人就决不会轻易撒手，我要把这花瓣晒干，碾成末当香点，把香气全吸到肚子里，也决不让她跑掉！

如姬的背影离去。

魏王盯着如姬离去的背影，狠狠地抓起一把花瓣，狠命一揉：

寡人得不到的，任何人也休想得到。如姬，寡人要提醒你，你守孝的期限只剩了一百天，到时候，你可不要言而无信哪！

如姬听了浑身一震，纱衣脱落，缈然而去。

22. 夜。内。平原君府正厅

平原君：哼，没想到白起还真退兵了。

平原君夫人：哦，看来这仲连还真有些能耐呢，难怪从前母亲老是夸他的这个外甥，什么四岁会做文章，十四岁便舌战天下名士……

平原君不屑地"哼"了一声。

平原君夫人：我知道，大人对他……可是不管怎样，他替您深入虎穴，解了赵国的燃眉之急，让赵国避免了亡国之灾。而且，我还是那句话，只要能不用大人再亲自深入秦国，我便谢天谢地了。

平原君还是很不高兴的样子。

这时，有下人来报：主公，信陵君大人让人捎来信笺。

平原君：快快呈上。

平原君展开竹简一看：啊？

平原君夫人连忙问：怎么了，无忌说什么了？

平原君：说是念奴失踪了！

平原君夫人接过竹简：看来无忌和如姬与念奴失去联系，已经很长时间了！

平原君：念奴上次来得匆忙走得鬼祟，到底是为了什么？！

平原君夫人：我不是告诉你，她是看上了鲁仲连吗！

平原君：虽说如此，那她到底是为何离开如姬的呢？难道此中另有隐情？

夫妇二人对视一眼，忧心忡忡。

23. 日。外。楚国大街

熙熙攘攘的人群里有个戴着斗篷看不清脸的人，他正是虞卿。

他留心地观察街上的每一个人，不轻易放过任何一个。

突然背后一人拍拍虞卿的背，回头一看是女扮男装的念奴。

虞卿：你怎么也来了？

念奴故作神秘：我是来为你帮忙的。

虞卿不解地：为我帮忙？我要你帮什么忙？

念奴：抓凶手。

虞卿拍了一下念奴的头：鬼丫头，还真的甩不掉你。

念奴对虞卿窃窃私语：你说，那个人真会在楚国吗？

虞卿：在不在我不知道，反正无非是齐楚燕韩赵魏秦，就挨着找吧，我就不信找不着！

念奴：大人，我真服了你了！为朋友两肋插刀，还真像是我爹！

24. 日。内。楚国的酒肆

虞卿和念奴落座，简单地要了些吃的。

正在等待的时候，有几个人闯了进来，骄横跋扈、不可一世的样子。一进门就掀翻了一张桌子，嚷嚷着要让那张桌子的客人还钱。

那客人"扑通"一下就跪在了地上。

客人：求你们再宽限几日，我女儿还在病着，我可真拿不出那么多钱哪。

那几个骄横的人根本不听：废话少说，赶紧还钱！

这时，一个瘸腿的人进来了，显然他是他们的头。那些人赶紧闪出了一条道。

虞卿看见那瘸腿有些意外，眼睛死死地盯住他。

瘸腿：怎么回事呀？

手下：大爷，他还是赖账不给钱。

瘸腿俯身对着欠债人。

欠债人：求求你了，再宽限几天吧。

瘸腿拍拍那人的脸，又猛地给了他一巴掌。

念奴早已看不下去，就要上前帮助，却被虞卿按住了，示意她不要轻举妄动。虞卿死死地盯着那个瘸腿看。

这时，那些手下已经开始对那欠债人拳打脚踢起来了。

念奴不动声色地挑起桌上的豆子一个个用力拨了出去，正打在那几个手下的脑袋上，他们直喊疼。

手下摸着头：谁，是谁干的？

他们环顾四周，好像谁都没有做过什么，念奴更是悠闲地吃起东西来。

那些人正要发作，忽然有人进来对瘸腿一阵耳语。

瘸腿手一挥：撤！（又用手点着欠债人的脑袋）今天算你走运，要是再让我看见你，你就死定了。

手下们簇拥着瘸腿离开了。虞卿也对念奴轻轻耳语，念奴会意，也悄悄地尾随那些人离开了酒肆。

那欠债人看见那些人走了，才一下子瘫坐在了地上。

虞卿过去将他扶起来，店小二们也赶紧去收拾那些人留下的残局。

虞卿掏出些钱给那欠债人：这里也不多，你先拿去应应急吧。

欠债人自是千恩万谢。

虞卿：他们是些什么人，怎么光天化日下便如此嚣张？

欠债人：唉，也怨我当时病急乱投医，他们可是春申君的红人魏大人的喽啰。

虞卿警觉地：哪个魏大人？

欠债人：听说叫魏单。

虞卿：魏单。

25. 日。外。楚国魏单大宅门口

念奴一路尾随着瘸腿那一拨人来到了一所大宅前。

门房见是瘸腿等人赶紧吆喝：哟，您来了，里面请！

瘸腿：大哥找我们有什么事呀？

门房：好像是昨儿个有人上贡了些上好的麂子肉，大人就请各位尝个鲜来了。

瘸腿：我大哥就这么仗义，什么好东西都忘不了弟兄。（他嚷着）大哥，我来了。

大宅的门给关上了，念奴停了一会儿，凑到门口，只见上面赫然写着"魏府"二字。

念奴一回头，见有一人在后面，闪了一下便走了。

念奴思忖：这张脸好像见过……是了，信陵君的门客！

26. 夜。内。信陵君府正厅

信陵君匆匆走进，却正看见孟尝君坐在中央。

信陵君：兄长有何见教？

孟尝君：唉，老了，觉也少了，本是想来找公子说说话的，没想到一直等到现在！

信陵君：唉，凶手还没抓到，念奴又失踪了！我这几天，宫里宫外都找遍了，也没她的影子，本来以为她会去姐姐那里，结果今日收到姐姐回函，连他们也不知念奴的去向，这倒是真让无忌心焦了！

孟尝君：哼，没那么简单吧，田文在公子家也有不少时日了，有些事可能是当局者迷，可我这个外人却可以看得很清楚。公子有没有想过，念奴这丫头实在不简单哪！

信陵君：是呀，她聪明伶俐，很有些见识。如姬都离不开她了，正因如此，我才这么着急找她，兄长想想看，如姬身在深宫，身边再没个说体己话的人，让她如何度日啊！

孟尝君冷峻地：依我看，正是公子把念奴送给了长亭侯，才成为这一切祸事的起源！

信陵君全身一震：兄长，怎么讲？

孟尝君：来，你坐下。

孟尝君掏出酒葫芦喝了一口。

27. 夜。内。楚国客栈

念奴在客栈房间里与虞卿密谈。

念奴：那瘸腿真的是那天参与谋害长亭侯的，你没有看差？

虞卿：应该不会，当时就是他瘸着腿，一步步走向我，给了我一刀，我才不省人事的。

念奴：大人……

这时，有人敲门，念奴很警觉地侧到门边。

虞卿：谁呀？

小二：客官，我给您送水来了。

虞卿：进来吧。

小二进来，冷不防看见在门边的念奴，吓了一跳。

小二：这位姑娘怎么站这儿，怪吓人的。

虞卿：闺女呀，你还在那儿干啥，这些个行李该打开的打开，该拿出来的拿出来，别愣着啦。

念奴听话地按吩咐去做：是，父亲。

小二倒好茶水退出去了。

虞卿：不管怎样，这瘸腿和这姓魏的线索一定不能断，说不定，用不了多久就能找到凶手了！

念奴：还有一件事。

虞卿：什么？

念奴：我今天在魏府门口见到了信陵君的门客！

虞卿：当真？

念奴：真真切切！

虞卿捋须：这说明，信陵君也在此地撒了网！如果能与他们联手，胜算就会大得多！

28. 夜。内。信陵君府

信陵君：你是说姐姐送我念奴是有企图的？不会不会，她是堂堂平原君夫人，要什么没有，何须如此呢？

孟尝君：可公子有一样宝物是世人皆想得到的呀。

信陵君：兄长指的是……

孟尝君：正是。

信陵君：可姐姐从来没提起过此事啊！如果她说要的话，无忌也是会借给她的，她又何必如此呢？不对不对，是兄长多心了！

孟尝君：这就是公子和平原君夫妇心地之不同了。他们是以小人之心度君子之腹，觉得这是稀世之物，欲占为己有，就觉得公子也定不会与他们分享，所以他们才会这般颇费周折呢！

信陵君：兄长还是多虑了，姐姐不是这样的人，从小有什么好东西她总是会让给无忌的，又怎会……

孟尝君：反正无论如何，当初我之所以把秘籍给公子就是信得过公子的为人，《周公秘籍》乃稀世之珍，决不可落入有着非分野心的人手中，那样，天下便要大乱了！百姓遭殃，生灵涂炭的局面，公子恐怕不想看到吧？

信陵君：兄长……

孟尝君严厉地：公子不必多言，这件事你听我的，你要向我保证，人在秘籍在，绝不能落入他人之手！公子可听明白了？

孟尝君一阵剧咳。

信陵君拍着他的背：兄长放心，无忌明白了！

29. 日。内。秦王宫大殿

白起领着一众将士入殿，文武百官都在，秦王亲自下阶迎接。

秦王：武安君辛苦了，此次长平之战真是大快人心哪。武安君乃当今秦国第一大功臣！

范雎在一旁有些不屑的样子。

白起并不领秦王之情，向着文武百官宣言：长平之战，我军大获全胜，邯郸百姓闻我大军到来闻风丧胆，如若乘胜追击，不过一月，邯郸城必可拿下，那样赵国便整个归秦国，又何必在乎现在那区区几个城池？我听说大王听信了谗言，才命白起班师归秦，白白丧失了大好机会。

此言一出，文武百官皆哗然，范雎脸上更是青一阵白一阵的很不自然。

秦王听了此言，也看出了范雎的尴尬，打了圆场：武安君不要轻信外面的传言，命你班师归来正是寡人自己的主意，寡人是看你等众将士连年征战，太过疲劳了。你刚回来也辛苦了，你先回府休息吧，论功行赏之事咱们择日再行。

白起看了范雎一眼：谢大王体恤。

说罢，便头也不回地走了。

范雎依然不动声色。

30. 日。内。秦王内宫

秦王召范雎单独会见。

范雎一进宫就向秦王长跪不起。

秦王：令尹，你这是做什么，快快起来，快起来！

范雎：范雎愿辞官向大王请罪，是我耽误了大秦攻下赵国的大好战机。

秦王：智者千虑，必有一失嘛，令尹为大秦的昌明盛事立下了汗马功劳，这一点点小小的疏忽不要太放在心上。也怪那白起，他当时既知不久便可拿下邯郸就该早早奏报嘛，寡人还会不准吗？尔等在后方到底不甚了解前线的情况。如果现在再派白起出征邯郸，也不知道时机还赶不赶得上，也不知他还愿不愿出征。

范雎：范雎愿前往说服武安君再次出战，将功补过。

秦王：令尹，你真的愿意屈尊去请白起吗？

范雎坚定地点点头。

秦王大喜：将相和睦乃国家大幸。今日武安君虽对令尹出言不逊，但令尹却宽宏大量，并不计较，实属难得呀。昔日赵国有蔺相如和廉颇的将相和，赵国才成了诸侯强国之一，如今，我秦国若有了令尹和武安君二人的和睦，还愁一个小小的赵国吗，天下亦唾手可得矣！

范雎表面唯唯，却有内心独白：还想让我负荆请罪，哼！

31. 夜。内。魏王寝宫

魏王左拥右抱，身边美女如云。

一群舞伎在跳舞。

魏王：怎么又是这老一套，换个新鲜的好不好？寡人早就想看雅乐六和舞，你们怎么迟迟不献？！

领舞：哎呀大王，这整个的魏国，除了如姬夫人，谁又会跳雅乐六和舞呢?!

话音一落,整个寝宫突然寂静无声!

魏王的脸阴沉下来:给我滚!统统都给我滚!

美女们一下子四散而逃。

魏王:霖儿。

躲在帷幕后的霖儿急忙走出:大王,霖儿在。

魏王:夫人她这几天怎么样?

霖儿:还是老样子。

魏王:寡人要你想个法子,要她就范!寡人真是一天也不能再等下去了,寡人的耐心是有限的!

霖儿眼珠一转:法子倒有一个,只不知大王……

魏王不耐烦地:快说快说!

霖儿俯身耳语。

魏王点头,脸上露出喜色。

32. 夜。内。如姬寝宫

如姬正在对剑出神,突然,有一队队宫娥端着一箱箱的礼盒进来,一个个喜笑颜开,礼盒上还都覆着喜庆的红绫。

如姬:你、你们这是干什么?

这时比平日打扮得光鲜很多的霖儿也跟了过来。

她向如姬行大礼:恭喜夫人,贺喜夫人,大王就要封您为王后了,夫人,您就要做娘娘了。

如姬:什么?王后?

霖儿:是呀,大王说后宫之位空缺已久,只有像夫人这样有母仪风范的王妃才能扶正。大王命我们带来了好些礼物,明日就要在早朝上宣布了!夫人,哦,瞧我,应该叫娘娘了,娘娘,您看大王多疼您呀!

如姬:我要见大王,霖儿,你带我去见他。

魏王进来了:这么急着要见寡人,是不是要当面向寡人拜谢呀?

如姬:大王,请您放了如姬吧,我不要当王后,不要!

魏王觉得很没面子，赶紧把宫娥们都打发走了。

魏王：你到底想怎样？你问问这后宫里有多少女人梦寐以求想要当王后，你却告诉寡人你不要？你让寡人颜面何在？

如姬：我知道大王是为了留下我，让我死心塌地才这样做的，可是……自从父亲不明不白去世之后，如姬的心也就随他去了，所以，还请大王撤了封后之令，否则明日到朝上宣布了，大王会更加难堪。

魏王：你的杀父之仇，寡人不是替你报了吗？！

如姬冷冷地：可是有许多疑团并没解开，我一直怀疑，真正的凶手另有其人！

魏王一凛：那你说，真正的凶手是谁？！

如姬双目直逼魏王，话里有话地：连大王都不知道，如姬就更不知道了！不过，我相信事情总有真相大白的一天！

魏王呵呵冷笑：呵呵……好啊，我等着这一天，你也等着！

魏王拂袖而去。

如姬把那些礼盒上的红绫一一扯开，踩在脚下。

如姬一阵狂踩之后，突然静了下来，看着桌上的花瓶若有所思。

如姬：霖儿。

霖儿：夫人有何吩咐？

如姬：我的花已经干掉了，你快去又安君府上去寻些来！

霖儿：夫人，这大晚上的，不如上后花园……

如姬：叫你去你就快去，后花园若是有这种花，还要你去干什么？

霖儿无奈地：是。

见霖儿走出，如姬立即将另一宫女小娥唤来，如此这般地吩咐一番。

33. 夜。内。魏王寝宫

魏王已经喝得酩酊大醉，却还在不断地要酒。

宦官在一边相劝：大王，少喝些吧，明日还要上朝呢。

魏王：上朝，上什么朝？

宦官：大王怎么忘了，要宣布新娘娘的事呀。

魏王：新娘娘，寡人没忘，可是人家不稀罕哪，她，她不愿做寡人的王后！你说，自打她进宫以来，寡人有哪一点对不起她了？寡人还从未对哪个女人如此在意过呢，可她，她……

说罢，魏王便醉倒在案几上了。

34. 夜。内。如姬寝宫

一支令牌放在如姬的镜前。

如姬对镜化妆。在小娥的帮助下，梳成宫女的发式。

如姬穿上小娥的服装。

小娥有些害怕地：这行吗？如姬夫人？

如姬坚定地：有什么不行的？（自己前后左右地照了番镜子）你看，和普通宫女没什么两样，到时候，你只说你不知道便是了，或者说是我打发你去太妃那里了！

小娥：小娥明白。

如姬拿起令牌，义无反顾地向外走去。

刚一开门，一个人站在外面，如姬惊呆。

35. 夜。内。白起府正厅

范雎在徘徊等待。白起的家丁过来。

范雎：怎样，武安君可能见我？

家丁：我家大人身患重疾，不能见客，请令尹回吧。

范雎：那就请武安君好好养病，我过几日再来。

家丁：大人说了，让令尹不要白费心思了。此时攻下邯郸最好的时机已过，再说，赵国已换了老将廉颇，非赵括所能比也，因此，即使去了也无胜算。请大人耐心等待时机。

范雎冷笑一声：多谢武安君指教，范雎告辞了。

36. 夜。内。白起府正厅侧房

白起正在侧房里看着这一切，待范雎走了，白起露出得意的笑容。白夫人过来。

白夫人：大人，这样不好吧，再怎么说，他也是当今的令尹，他亲自来府上拜会大人，大人却……

白起：哼，令尹，他算什么，不过是会在大王面前耍耍嘴皮，说说好话罢了，我就要让他知道这世界上也有他办不了的事。

白夫人：得罪了他事小，就怕他在大王面前说大人的不是可就不好了。

白起：我白起的功劳满朝文武无人可比，我就不信秦王能把我怎样！

37. 夜。外。如姬寝宫外

如姬出门见一人立于门外，不由怔住。一看却是太妃。

太妃严厉地：如姬，到哪里去？！

如姬跪下：太妃，如姬复仇心切，实在是不愿在宫中空耗岁月了！

太妃：你把令牌给我。

如姬不给。

太妃：听见没有，我让你把令牌给我！

如姬无奈地交出令牌，哇的一声哭起来。

太妃扶她起来：孩子，跟我来。

38. 清晨。内。孟尝君住所

信陵君兴冲冲地走进：兄长，好消息！派到楚国去的门客，有消息了！

孟尝君：哦？

39. 清晨。内。太妃寝宫

太妃与如姬显然已谈了一夜。

太妃命人端上金盆命如姬洗脸。

如姬洗了一把脸，目光清澈地看着太妃：多谢母亲教诲，如姬知道该如何做了。

太妃微笑：知道就好，回去吧，我和你说的这些，只记住两个字便可。

如姬一字一顿：等待。

太妃点头：还有两个字——忍耐。

40. 清晨。内。孟尝君住处

孟尝君：如此说来，公子是要亲自到楚国去了？

信陵君：对，我快去快回！

孟尝君：可是我昨天夜观天象，赵国将有灭顶之灾，不日便将危及魏国，公子若不在，只怕是……

信陵君：不是秦军已被齐人鲁仲连说退？

孟尝君：哼，秦王可不是魏王，可惜啊，白起将军一世英雄，怕是要被自己的战功湮灭了！

信陵君：兄长的意思是……

孟尝君意味深长：天意难违。只怕好戏还在后头！

41. 日。内。秦王内宫

秦王正在等待着范雎访白起归来的消息。

秦王：怎样，白起答应再起兵了吗？

范雎：请恕范雎无能。

秦王：白起他怎么说？

范雎：我根本就没有见到武安君，武安君称病，一律不见客。

秦王：怎么，令尹去他都不见，难道他真的病了？

范雎：病没病未可知晓，不过武安君不肯再次带兵出征，其志甚是坚定。他让家丁告诉我，让大王死了这条心，现在进攻邯郸只是白费心思。

秦王：什么，他竟这样说，他实在是太狂妄了，功高盖主啊！他以为我秦国除了他，便再无其他会打仗的将军了吗？

范雎：范雎没有负荆请罪，没能将武安君请动，请大王降罪。

秦王：这不是你的错，令尹大人大量，已经做得够好了，寡人将再派人去命令白起出战，他若还不识好歹，就休怪寡人无情了！

范雎阴险的笑容。

42. 日。内。秦王殿

秦王坐于殿上，文武百官立在阶下。

一宦官来报。

秦王：白起答应领兵出征了吗？

宦官：禀大王，武安君自称病笃，拒领王命。

秦王：大胆！白起他是怎样回话的？

宦官：武安君说，诸侯各国见秦国方与赵国交和，又复攻之，皆会认为秦国不可信，必将"合纵"来救，秦将必败。

秦王：他竟然长他人志气，灭自己威风，扰乱军心，大逆不道！来人，传寡人令，削武安君爵位，贬为庶人，迁于阴密，永远不许再回咸阳城。立即执行，不得有误！

文武百官都惊呆了，有官员想为白起求情，范雎也假惺惺地想请奏，皆被盛怒中的秦王制止。

秦王：寡人主意已决，任何人不得求情，否则一般处置！

众官员只得噤声。

43. 日。内。秦王内宫

秦王还独自在内宫生闷气，范雎求见。

秦王：令尹若是为白起求情就不必多说了，寡人是不会改变主意的。

范雎：大王既然主意已定，范雎本不该再说什么了。我只有一言提醒大王，做事若做不彻底，必然后患无穷。

秦王：令尹的意思是？

范雎：大王如此旨意，白起必觉委屈，心中怏怏不服，且白起这些年来南北征战，战功卓著，也必有不少人心向往之。白起此番被贬边域，若是出逃他国，或是与他国勾结里应外合，都将是秦国之大祸患也。

秦王：所以……

范雎：所以大王当一不做，二不休，当机立断，避免今后之大患！

秦王：令尹提醒得极是，寡人险些酿成日后之大隐患呀。（秦王随手拿起利剑）来人！

一侍卫上。

秦王将剑扔给他：你将此利剑赐予白起，令其自裁，今日即行，不得延误！

侍卫得令而下，范雎得意的笑容。

44.日。内。白起府

白起接过侍卫手里大王所赐的利剑，全家人皆哀号不已。

白起持剑在手，仰天叹道：我白起不顾生死，为秦国征战几十年，没有功劳，还有苦劳，我何罪于天，何至于此？！天呀，你告诉我，我白起到底犯了什么罪，非得对我斩尽杀绝才肯罢休？

这时，白起家人哭得更凶了，纷纷要靠近白起，但都被随去的侍卫们死死地拦住了。

白起看了他们一眼，突然大笑起来：哈哈哈哈，是呀，我不该死，谁该死呢？昔日范蠡说，"狡兔死，走狗烹"。我已为秦国攻下诸侯各国城池七十余座，狡兔已得，我当然是该到了被烹的时候了。想想长平之战，赵卒四十余万转而降我，我却施计将四十余万人一夜坑之，他们又何罪之有呢？是我当时太过狂妄，杀人如麻，我忘了他们也是有父母妻儿的。（白起流下泪来，他仰天长啸）老天，这是赵国的冤魂在向我索命吗？我白起定当承受之，绝不逃避！

叹罢，他飞快地拔剑，向颈上抹去，顿时鲜血四溅。

定格

徐小斌经典书系 | 第十四卷 影视剧本

虎符传奇

（下）

徐小斌　著

作家出版社

第十四集

1. 日。内。武安君府内

白起入殓，家中亲人戴着重孝，无不哀号痛哭，其状亦甚是悲惨。

2. 日。内。秦王内宫

秦王正在与范雎对弈，秦王却显得有些心不在焉的样子，拿错了棋子。

范雎：大王，这是臣的白棋呀。

秦王却如梦初醒的样子：白起，白起有消息了吗？

范雎：大王是不是后悔自己下的命令呀？

秦王：哦，不是，寡人只是关心他们是如何办事的，怕有什么闪失。

这时，派去赐死白起的侍卫回来复命。

侍卫：禀大王，武安君白起已受命自刎身亡。

秦王若有所失的样子：哦……武安君他，最后说什么了吗？

侍卫：武安君最后只说，这是赵国那四十多万的冤魂在向他索命。

秦王：传寡人的旨意，追封白起为战胜大将军，并树碑铭刻他的卓著战功，以激励军心！

侍卫：是。

3. 日。内。赵王宫

赵王正与满朝文武议事。

探马直接向赵王呈上密报。

赵王得意地：各位爱卿，秦国不但撤了兵，解了邯郸之围，而且秦王为了洗清滥杀无辜的罪责，逼迫白起自裁了。

满朝文武山呼万岁。

赵王志得意满：秦王替寡人去掉心腹大患！

众大臣：全赖大王运筹帷幄，英明决策！

大臣甲：大王是商汤再世，功盖华夏！

大臣乙：有大王的英明，我赵国不日就可以重振雄风。

满朝文武：大王万岁，万万岁。

大臣甲：大王，白起已经死了，秦国对我国就没有威胁，那六座城池就没有必要割让给秦国。

大臣乙：就怕要担失信于秦国的名声啊。

赵王颐指气使地：他秦国对我赵国从来就没有讲过信用。这次不但六座城池不给秦国，还要将过去被秦国霸占的城池索要回来。

满朝文武：大王万岁，万万岁。

惟独平原君沉默不语。

4. 日。内。秦王宫

秦王正与满朝文武议事。

大臣甲：大王，据说赵国拒绝履行割让城池的承诺！

大臣乙：赵国还想向大王索要过去割让的土地，简直是狂妄至极。

大臣丙：他是以为白起死了，对他赵国就没有威胁了。

大臣甲：分明是欺我朝中无人。

秦王：可恨白起不愿带兵攻打邯郸，贻误战机！

范雎：看来白起早有叛逆之心，幸亏大王及时发现，才稳定了军心，人心。

秦王：传寡人的旨意，将白起家满门抄斩，诛灭九族。

满朝文武：大王英明。

范雎：大王，对赵国的失信必须认真对待，否则其他各国争相仿效，秦国权威将不存！

秦王：爱卿言之有理，立即派大军讨伐赵国！

范雎：大王可令王稽为主将，郑安平为副将，带兵攻打邯郸。邯郸攻破，赵国就必然归属我秦国！

秦王眯起眼睛：王稽？郑安平？这可都是爱卿的大恩人哪！

范雎一怔，忙说：古人云：内举不避亲哪！

秦王的脸上掠过一丝意味深长的笑意：哦！好啊，本王准奏，即刻出兵。

5. 日。外。函谷关

秦王亲自来到函谷关为王稽和郑安平率领的大军送行。

范雎也来了，他端着酒盅来到郑安平面前。

范雎：安平，战场上刀箭无情，你一定要多加小心。

郑安平：幸好攻打的还是邯郸，若是大梁，让我郑安平还有何颜面立于世？

范雎：你也不要多想了，我也是想为你创造一个飞黄腾达的机会。

郑安平：多谢兄长提携。此去命运不卜，若是有什么不测，安平的老小您还得多费心哪。

范雎：不可说这样不吉利的话，你一定会安然归来的，我们还有一起终老的约定，你忘了？安平，你是一个守信的人，就一定要践约。兄弟，来，干了这杯，哥哥我等着你凯旋，我还在这儿迎接你！

范雎说得很动情，郑安平却把他递过来的酒盅推开。

郑安平：这酒先存在兄长那儿，还是等我归来之时再喝吧。

这时，开拔的军号已经吹响，王陵、郑安平向来为他们送行的君臣拱手，跃马而去。

范雎望着郑安平远去的背影久久不愿离开。

秦王突然地：令尹，你与郑将军真是亲如手足啊！

范雎感到秦王话中有话，心情更加沉重，随着秦王打道回府。

6. 日。内。赵王宫大殿

赵王正在殿上与众位大臣查看地图。

大臣甲：大王请看，这就是从半路追回要献给秦国的地图。

大臣乙：这六座城池分布在多大一块地面哪！

赵王：这不是在割寡人的肉吗？！

平原君：割肉是为了保命！

赵王不满地瞪了平原君一眼，正要发火。

探马：大，大王，大事不好了，秦军他们又打过来了！

赵王：什么，你说什么，白起不都自杀了吗，秦军怎么又来了？

探马：秦王拜了王稽为主将、郑安平为副将，带了比上次多好几倍的人马正向邯郸杀过来。

这时，又有一前线的军士来报。

军士：禀大王，秦军势不可当，离邯郸城仅二十里，廉将军请求紧急支援。

赵王：怎么这么快就来了，诸位爱卿，这可怎么办，怎么办哪？来人，传鲁仲连，快传鲁仲连！

宦官：大王，那鲁公子向来是来去无踪影。小人听说，他早已离开赵国，至于去向何方，就无人知晓了。

赵王看着平原君：他也不在，那该如何是好？

平原君却故意不看赵王，赵王只得明说了。

赵王：平原君，你倒是替寡人拿个主意哇！

平原君这才开口：依臣之见，秦王会在赐死武安君之后再派重兵，必然是下了更大的决心，肯定不是靠什么三寸不烂之舌，说说便可退兵的。

赵王：平原君的意思是说，这次就算是再善辩的说客也没有用了？秦王必定攻克邯郸，灭我赵国无疑？

平原君：正是。

赵王：难道赵国真要亡在我的手里了吗？

平原君：臣不是这个意思，臣以为说客已没有意义，但并不表示就没有办法解邯郸之围了。

赵王：平原君，你就不要再折磨寡人了，有什么办法赶紧说吧。

平原君：赵胜绝没有隐瞒之意，只是我也没有十分的把握。

赵王：什么办法？

平原君：合纵！

赵王及众大臣皆：合纵？

平原君：是的，现在唯有联合相邻各国的力量，才能抵抗来势更加凶猛的秦军。

赵王：可自苏秦以来，多少年了，多少人提过合纵，齐国公子孟尝君、魏国公子信陵君，包括齐国的鲁仲连都在积极倡导，可总也不成功呀。

平原君：那是情势还没到最危急之处，而现在已经到了这个时刻。臣不敢说有绝对的把握，但臣愿意设法集合起当今四公子的力量，做最后的努力。

赵王：当今四公子？好！寡人怎么没想到呢。如果你们四人能够联手，那将是被载入青史的一段盛事，相信秦王也一定会有所忌惮。真不愧是平原君，寡人就将赵国的存亡托付给公子了。

平原君：以廉将军的实力，他应该还能抵挡秦军一阵。臣这就出发拜访信陵君、孟尝君和春申君。

赵王：好，但愿你能马到成功！

7. 夜。内。平原君府正房

平原君夫人在为平原君准备着行装。

平原君：我每次出门都是夫人亲自安排。

平原君夫人：下人们做事我总是不放心，再说这次时间也是太仓促了。

平原君：是呀，但愿能有好的结果吧。

平原君夫人：无忌那儿应该没什么问题，他向来是最倡导合纵的，至于其他两位嘛，有无忌在，应该也能成功。

平原君：四公子联手只是一个冠冕堂皇的由头罢了，我希望的是集合我们四人的力量能说服魏、楚等国，集中最多的兵力来攻打秦军，以解邯郸之围。而且更重要的是我能趁此机会编织更大的关系网络，为今后我们的宏图大业打下牢固基础。

平原君夫人听了这话，不禁两眼放光：大人真是高瞻远瞩，大丈夫就该放眼天下！您说得太对了，大人因势利导在诸侯中扩大影响。另外，既然合纵，就必有合纵长……

平原君：夫人。咱们又想到一块去了！

8. 日。内。信陵君府正房

孟尝君被人搀扶着进了屋，信陵君赶紧将他安坐下来。

信陵君：兄长，我才听说，秦军又重兵围攻邯郸，秦王和赵王都是见利忘义，翻手为云覆手为雨之徒。如今这局面你我早已有所预料。只是没有想到秦国会反应如此迅速，来势如此凶猛！正好赵王提供了一个出兵的借口，只管有恃无恐地派兵出征就是了。他们夺下邯郸，就会吞下整个赵国，接着就是韩、魏了。秦国的狼子野心是路人皆知，再不合纵，各诸侯国迟早是要被秦一点一点地吞噬光的。真是令人不寒而栗啊！

孟尝君：人人都知道唇亡齿寒的道理，可是谁都不愿意面对现实！

信陵君：我这就进宫跪求大王，直到他答应出兵援赵为止。

孟尝君：公子，等等。

信陵君：兄长，都到这千钧一发的时候了，您怎么劝我都没用了，我一定要让大王出兵！

孟尝君：我并不是想拦住公子，我是要跟公子一起去！

信陵君：兄长！

孟尝君：魏王的秉性，我想你我都很清楚，他绝对是一个自私的人，而且目光短浅。现在潜伏的危机他不是一点也觉察不到，但是，他想得最多的还是如何保全他的王位。再说，因为如姬之事，魏王已经嫉恨于你，公子跪谏于他，他也只会是表面应付。还是让田文与你同行，或许还能有些作用！

信陵君：兄长言之有理！

两人正要出去，却有下人来报：平原君大人到！

9. 日。外。楚国魏单府

虞卿挑着菜筐一副农夫打扮地进了魏府，念奴也做村姑状跟在后面打下手。看得出来他们跟魏府的人已经很熟了，不断地跟下人们打着招呼。

下人：哟，今儿个你们爷俩又给我们大人送什么好菜来了？

虞卿应承着：听说魏大人爱吃那茄子和黄瓜，这不，我们摘了好些个最新鲜的，保准大人爱吃。

那下人一撩菜筐上的盖布，露出水灵灵的新鲜瓜果蔬菜，他顺手拿起一根黄瓜就咬。

下人：嗯，还真脆。

虞卿：您再多拿些。

虞卿还在一个劲儿地往那下人的怀里塞瓜果。突然那个下人不敢接纳了，低声道。

下人：别，快别，我们魏大人来了。

虞卿和念奴赶紧循着他看的方向看去，只见魏单走在一干人之首，一副凛然的样子，后面的人都唯唯相随。

念奴死死地盯住魏单，尤其是他的耳根，但他的耳根被头上的方巾挡着，根本看不到。

念奴暗地里猛地一运气，竟猛然间刮起了一阵风。魏单的方巾被风吹起，但从念奴方向却看不见他耳根后面，待他过去，方巾却又已经放下了。

念奴就这样眼睁睁地看着魏单走出了大门。

那下人握着咬了半口的黄瓜，又"嘎嘣"一咬，叹道：哎呀，妈呀，吓死我了！

虞卿问那下人：怎么，这就是魏大人？真是壮士啊！

下人：可不，他可是春申君面前的红人，他手下那帮弟兄武艺高强得很哪！

念奴眯着眼睛一直盯着魏单的背影。

10. 日。内。信陵君府

平原君走进，信陵君赶紧迎上去。

信陵君：姐夫，邯郸的情况我们已经知道了，正在为此事商量办法。我和孟尝君现在就进宫去奏请大王，一定要出兵援赵！

平原君：不，无忌，现在还不要去。

信陵君和孟尝君都愣住了。

信陵君：姐夫这是怎么了，火都烧到眉毛了，而且这不也正是姐夫特地赶来的目的吗？

平原君：不错，我是来请二位公子的，但我是来请二位随我一起到楚国去找春申君。

信陵君：春申君？（信陵君好像想到了什么）好办法，姐夫，当今四公子联手抗秦，我怎么没想到呢？

平原君：不错，我们四人联手必能获得更多人的信任和支持，能争取到更多的援助。我们可以先请楚国出兵，听说自从春申君将楚王从秦国救出来并登上王位之后，楚王对他一向是言听计从，出兵应该不是问题！

孟尝君：楚国若出了兵，那么魏王这样喜欢跟大国风的就会很容易被说动了。平原君此计大妙！

平原君：孟尝君过奖了。

信陵君：事不宜迟，我们最好立即动身。可是，兄长，你……

孟尝君：不碍事的，田文就是死，也要死在四公子聚首之后！

11. 夜。外。魏府大门外

扮成侍女模样的念奴隐蔽在阴暗处。

念奴大模大样地走进，被守门人拦住。

念奴按照以前的惯技拿出银两，却被守门人拒绝。

守门人：姑娘，你是干什么的？

念奴：我原是大户人家的使女，因主母去世，只好出来谋些生计，求大叔帮帮忙，帮我谋个差事，家中老父还在等米下锅呢！

守门人：姑娘，不是我不帮你，是我家大人门户极严，你还是等他回来与他当面讲吧！

说罢，把门紧紧关上。

念奴在寒风中冻得瑟瑟发抖。

念奴自语：到底是不是他？我该不该杀他？！

突然，魏单等人坐着马车回府。

念奴离开的时候发出了轻微的响声，魏单立即警觉。

魏单：什么人？

手下听了这话，立即四散搜索，并无所获。

手下：禀大人，没有发现什么。

魏单却阴沉下了脸：从今往后要多派些人驻守。

手下：是！

魏单从马车上下来，然后伸出一只手把一青年女子扶下来，我们看到那正是王后的贴身侍女芬儿。

这一切都被躲在暗处的念奴看见了。

12. 夜。内。小茅屋

念奴轻手轻脚地回到她与虞卿暂时栖身的小茅屋。

虞卿却还没有睡，他掌起灯。

虞卿：念奴，怎么这么晚才回来，你不会又去找魏单了吧？

念奴：没有，只是出去走了走，大人，您放心吧，我想通了，不会轻举妄动的。

虞卿点点头：君子报仇，不在一朝一夕，最关键的，还是不能错杀无辜！……锅里还有些粥，我给你热热喝了，早些休息吧。

虞卿起身去给念奴热粥，念奴看着他的背影，不禁有些感动。

念奴：大人。

虞卿：怎么了？

念奴：哦，我自己来吧，您别累着了。

虞卿：没事，一会儿就热好。

热粥端上来了，念奴喝着粥，昏黄的灯光下，她觉得很温暖。

13.日。外。楚国都城
城中街道繁华，人群熙熙攘攘。

一队马车进城，每辆车风格不同，但都极尽豪华。

人们急忙分站在街道两边，注目观看装饰华丽的车队。

14.日。内。春申君府正房
春申君正在午间休息，忽有下人来报。

下人：主公，魏国的信陵君、赵国的平原君，还有齐国的孟尝君他们一起都来了，说是有要事要与主公商量。

春申君兴奋地：他们三个一起来了，那倒是十分难得呀，快请到大厅去，好生伺候，说我立刻就来。（又吩咐侍女）快帮我更衣。

侍女拿来外衣，春申君却不满意。

春申君：不行，不行，给我换那套新做的！还有，让人去把魏单给我叫来。

15.日。内。春申君府大厅
下人们给三位公子上茶，孟尝君还有些咳嗽。

春申君盛装走出。

春申君：不知三位公子到来，黄歇有失远迎，失敬失敬。

信陵君：兄长不必客气，是我们不请自到，实在是因为事情紧急，才当了回不速之客！

春申君：不知是何要事，需要三位公子亲自出马？！

平原君：是天下大事！我们此次来就是为了和春申君一起共商大计。

春申君：各位公子所言的大计无非是要我们楚国出兵打援。

信陵君：不仅如此，出兵解围只是解得一时之难，但毕竟不是长久之计，我们要的是合纵的大计，以保天下长治久安！

春申君轻轻一笑：自楚王熊完登基以来，秦与楚通好，平原君欲要楚国"合纵"救赵，秦必迁怒于楚，我们楚国将代赵国而受怨。而且自苏秦倡导所谓合纵之议以来，向来只是雷声大，雨点小，到现在也不见真正合纵联盟。更何况，我要说句公子们不爱听的话了，这合纵，说穿了也不过是赵、魏、韩这样的小国怕事，想依附于我们楚国这样的大国，背靠大树好乘凉罢了！

平原君：没想到堂堂春申君居然这样目光短浅，算赵胜看错人了，无忌，我们走！

信陵君：等等，让无忌再说一句！合纵的功用其实非常简单明了。春申君，楚国地域广博，方圆五千余里，自周朝文王和武王以后，雄视天下已经几百年，号为盟主。但自从秦国崛起以来，楚国与秦国交战，屡战屡败，楚怀王甚至还被囚禁于秦国，落得死无葬身之地。武安君白起，更是几度起兵攻楚，几度得胜而归，楚国连郢都都被攻克，被逼迁都。唇亡齿寒的道理路人皆知，赵魏韩如果被秦吞并，楚国还能存在吗?！今日我等"合纵"之议，既是为赵国和魏国，也是为楚国啊！请春申君细察！

一直沉默的孟尝君听了这些话频频颔首。

春申君大笑起来：信陵君果然名不虚传，气度、口才非凡，真有我当年之风范哪！

孟尝君：春申君，在我和平原君面前，你就不要卖老了！

春申君：啊，黄歇被信陵君的气度折服，忘了兄长在此，不该在兄长面前倚老卖老，还请二位兄长见谅。二位兄长，信陵君，今日难得我四公子聚首，此乃当今之盛事，我们应该做些什么以作纪念?！

信陵君：我们应当歃血为盟！既为我们四人之友谊天长地久，更为合纵抗秦矢志不移！

春申君：好主意，来人，取歃血盘来！

16. 夜。内。虞卿、念奴栖身的小茅屋

念奴：大人，大人，好消息，好消息。信陵君大人到魏国来了！

虞卿：噢，公子来所为何事？

念奴：听外面的人传，好像是为了合纵抗秦之事。

虞卿：是了，秦军正在进攻邯郸，危及魏国的安全，公子一定是为此事操劳。但愿此次合纵能成功，也能让我这个远离故土多时之人心里好受些。

念奴：大人不必太焦心了，听说现在四大公子都在这儿呢。信陵君、平原君他们一定会有办法的。我这就去落实证据，然后再把我们看到的疑犯情况告诉信陵君！

念奴说罢，已经飞身走出，身后传来虞卿的声音。

虞卿：念奴，要小心一点！那个魏单，可不是个省油的灯啊！

念奴头也不回地：大人放心，念奴自有分晓！

17. 夜。外。魏单府附近

芬儿坐马车而归。

守在暗处的念奴发现芬儿仅带一侍女，走上前去。

芬儿吓了一跳。

念奴：夫人！念奴拜见夫人！

芬儿往后一闪，旁边的侍女上前挡住。

侍女：你是何人？

念奴仍然向着芬儿说话：夫人，念奴是魏国人，原是大户人家的使女，因主母去世，只好出来谋些生计，听说魏大人也是魏国人，求您看在同乡的分上，在贵府中帮我谋个差事，家中老父还在等米下锅呢！

芬儿点头：原来是这样。姑娘请进，我也是魏国人，自从离了魏国，天天思念家乡……

芬儿边说，边携了念奴，走进府中。

18. 日。内。春申君府

下人报：主公，魏单大人来了。

春申君：来得正好，快让他进来。

魏单入大厅，信陵君见到他，吃了一惊。

信陵君内心独白：此人是谁，怎么好像似曾相识？

魏单看见信陵君也有些意外，但不动声色。

春申君：这是我手下最得力的干将，魏单，能文能武，深得我倚重。

魏单：令尹过奖了。

春申君替魏单一一引见：这位是齐国的孟尝君大人，这位是赵国的平原君大人，这位是……

信陵君抢先道：我是魏国的信陵君，不知魏单大人的老家是哪里？

魏单：魏单正是魏国人，亦久仰公子大名。

信陵君：哦。

两人对视着，信陵君从魏单的脸上看不出丝毫的端倪。

孟尝君看着信陵君异样的表现，也盯着魏单看。

春申君：魏单，你替我们主持这个歃血盟会吧。

魏单：是。

魏单立于大堂中央的位置，他左手持盘，右手招四位公子于两旁。

魏单：公等宜共歃于堂下！公等为共议之"合纵"歃血为盟，此志不渝！

魏单捧盘于孟尝君面前：孟尝君大人年长为先。

孟尝君刺血为歃于盘中，后平原君、春申君、信陵君一一为之。

堂内气氛庄重威严。

魏单将盛有四公子鲜血的歃血盘敬于案上。

四人发誓：合纵之后，合纵诸国，一荣皆荣，一损俱损。

春申君：难得我们四人今日相聚，一定要一醉方休。来人，上好酒！

平原君：春申君，楚王那儿……

春申君：这个你放心，明日我就去面见大王，一定说服他答应合纵之事！

众公子欢欣：好，今日定要一醉方休！

19. 夜。内。春申君府客房

一盏灯幽幽地亮着，信陵君独自思索。

信陵君耳边响起《周公秘籍》中的预言：凶手正在西南方向。

孟尝君进来：公子还没休息吗？

信陵君：多日车马劳顿，兄长的身体还顶得住吧？

孟尝君：不打紧，我田文是决不会死在这儿的。今日公子对那个魏单多加留意，难道是对他有什么怀疑？

信陵君：据我的推测，杀害长亭侯的凶手应该就在西南方。魏国的西南方正是楚国，我从魏单的表情上虽未看出什么惊慌之色，可打他一进门我就觉得他很面熟——

孟尝君：魏单在春申君前十分得势，在没有获得确凿证据前，还是先不要打草惊蛇为妙！

信陵君：是呀，如果能有什么证据就好了。对了，如姬念奴曾经托母后告诉我，凶手的耳根后面有一刺青朱雀！

孟尝君：哦？如此，倒简单了！

20. 夜。内。楚王内宫

楚王正在与后妃们玩闹嬉戏，宦官报：春申君求见。

楚王立刻停了下来，将后妃们驱散，等待着春申君，显然有些怕他的样子。

春申君觐见。

楚王：令尹，有何事要告诉寡人？

春申君：今日，信陵君、孟尝君和平原君一同来到我的府上。

楚王：噢，四大公子齐聚我楚国？那都是令尹之凝聚力啊！

春申君：我们四人已经歃血为盟。

楚王：所为何事？

春申君：合纵抗秦！

楚王：合纵抗秦？那要寡人做些什么呢？

春申君：出兵援赵。

楚王：可秦国刚与我们通好，我们就……

春申君：秦与我们通好只是为了稳住我们，先将赵、魏这样的弱国灭了，再来讨伐楚国、齐国。现在他们对我们虽有些忌惮，但到时候他们吞并了那些国家，就该向我们下手了。到那时我们的实力与壮大的秦国相比，相差就更加悬殊了。合纵就是将大家的力量汇合在一起，合力抵抗秦国。

楚王：那寡人这就出兵，二十万怎样？

春申君：不用那么多，九万足矣，但大王你一定要表示，必须当合纵长才愿出兵！

楚王：一切按令尹的意思办。

21. 日。内。如姬寝宫

如姬与魏太妃在交谈。

如姬激动地：歃血为盟？呵，这么说，合纵抗秦一事终于有望了！

魏太妃：是啊，此事若成了，实在是了了无忌的一个夙愿！

如姬抽出干将剑细察：母亲，你看看这剑今天是不是格外地亮，亮得晃眼？

魏太妃笑着把如姬揽过来：好孩子，这是你的心理作用啊！

如姬：不，不是，母亲，这是无忌公子在对我笑哪，这剑真的很灵的……您笑什么？难道不信？

魏太妃：信！好孩子，我信！

22. 日。内。魏王内宫

魏王将信简摔在地上。

魏王：什么歃血为盟，他魏无忌难道就能代表魏国吗？寡人看他这不是想合纵，他是想篡权夺王位。这信是谁送来的？

宦官：是信陵君的使者。

魏王：推出去砍了！

宦官惊呆。

突然内宫霖儿来报：大王，如姬夫人邀大王去后花园赏花！

魏王呆住：什么？

霖儿：如姬夫人邀大王去后花园赏花！

魏王仍然难以相信似的，半晌，一副受宠若惊的模样：哦……

寡人这就去！这就去！

宦官：大王，那信陵君的使者……

魏王边走边说：请去休息！以礼待之！唉，这都不懂！

宦官哭笑不得。

23. 日。外。魏王后花园

不施粉黛的如姬依然楚楚动人，她在花间徘徊，手里拿着一卷书简。

魏王走进：爱妃在看什么书？

如姬：是屈原的《离骚》。

魏王：原来爱妃欢喜三闾大夫！这还不好办，我这就命人铸一屈原金像予爱妃收藏！……不知爱妃唤寡人何事？

如姬：大王，如姬记得一月之后便是大王寿诞，想与大王商议庆典之事！

魏王张开嘴半天没合拢：爱妃！呵，连寡人也不曾想到此事哩！（对着外面的太阳作揖）老天老天！铁树终于开花了！……

如姬微微一笑。

魏王：哦，爱妃，我的美人，寡人还想起一事！

如姬：何事？

魏王：寡人想起，寡人生日的那一天，恰恰是你三年守孝期满的那一天！

如姬全身一震，但随即冷静下来：哦？好啊。

魏王大喜：看来，是天从寡人愿啊！哈哈哈……

魏王去搂如姬，如姬巧妙地摆脱他：大王，你看这些花多美，不如我们在此喝酒赏花如何？

魏王：好好！来人，拿酒来！！

24. 日。内。楚国大殿

楚王亲自召见四位公子。

楚王：四位公子能够齐聚楚国，实乃楚国一大幸事。

信陵君：多谢大王，合纵……

楚王：合纵抗秦之事乃天下有识之士之共识，一向也为我楚国所力主，现在又有四位公子歃血为盟，寡人必定鼎力支持。

平原君：大王果然一代明君哪，那就请大王尽快出兵，速解邯郸之围。

楚王：这个自然，寡人这就派兵援赵。

平原君、信陵君都很高兴，楚王在春申君的眼神授意下又话锋一转。

楚王：不过，寡人有个条件，如果各位公子答应，寡人即刻派兵。寡人要做合纵长。

平原君、信陵君、孟尝君互相看看，好长时间都没人搭话。

终于，信陵君说话了：楚国乃广域大国，楚王做合纵长也是理所应当，但合纵盟国必须紧密团结，在抗秦问题上决不可以各自为政。为抵御秦国，还请大王答应我们不论何时都不放弃合纵，只有这样，才能担任合纵长。

楚王拿不定主意了：这个嘛，寡人……

他看向春申君，春申君微微点头。

楚王：寡人答应。

信陵君：好，我们四公子一致同意，楚王为合纵盟国之合纵长！大家同心协力，共同抵御秦国！

平原君面有怨色。

楚王：寡人这就宣布，出兵九万，援助赵国击退秦兵！

25. 夜。内。春申君府正厅

四位公子又坐在一起商议。

平原君：楚王虽然派兵九万，但是就战斗力来说，与秦军比起来，还是相差很远，我们还得再集合其他的力量。

信陵君：我已派人发函给魏王，告之我们歃血为盟，楚王已决定派兵救赵，希望他也能够派兵。

孟尝君：只怕仅仅是发函，魏王是不会为之所动的。

平原君：是呀，魏王的性情你还不了解吗？

信陵君：那我们四人就一同去拜见魏王，魏王见我们四人同去，总会有所顾虑。

孟尝君：这样还是不够，我们要齐聚魏国宗庙，以先王先祖对他施压。

信陵君：有理，我们准备准备就出发吧。

这时，魏单被春申君叫进来。

再次看到魏单，信陵君的眉头拧得更紧。

春申君：现在我们四人要去魏国，你随我一同前往。

魏单有些迟疑。

信陵君：怎么，你不是魏国人吗，难道不想回去看看吗？

魏单微微一笑，并不面对信陵君，只是对春申君：魏单愿随主公同行！

说罢，便退下了。信陵君望着他离开的背影，看着他头上的方巾，将后脑盖得严严实实的，突然想起念奴说的话：凶手的左耳根后有朱雀的刺青！

26. 夜。内。信陵君所住客栈

信陵君派往楚国的门客在与信陵君交谈。

信陵君：这么说，魏单确系春申君的红人，轻易动不得的？

门客：是啊，魏单的确可疑，可是，一旦动了魏单，就等于惹了春申君，定会影响到合纵大计！

信陵君焦急地踱步，突然停住：你可看到他耳根后有一刺青朱雀？！

门客一怔：那倒没有，不过在下亲眼见到那个被掳走的王后使女就在魏府！

信陵君呆住：你说的是那个来报信的王后使女芬儿？

门客：对！那天，我记得主公您命我等去保护她，我们迟到一步，她竟被那个马帮匪首掳去！

信陵君紧张地思忖：原来如此！……好，我们这就去魏单府上，查他个措手不及!

两人正欲开门,门却被推开了——竟是念奴!

念奴:公子不必查证,芬儿的确正在魏府!

信陵君大惊:念奴?!

27. 夜。外。魏单府

信陵君、门客及念奴均躲在府外的一棵大树后面,一动不动地等待着。

魏单的马车回来,却只有魏单一人下来。

信陵君:怎么? 就他一个?

念奴迷惑地摇头。

28. 夜。内。魏单府

魏单进入,两侧侍从为他宽衣。

魏单长驱直入。

我们看到芬儿被绑在椅子上,嘴里塞着布,满脸泪水。

魏单凑近她,抬起她的下巴:宝贝儿,你受委屈了! 但是没办法,谁让你违反了咱们的规矩呢? 从咱们在一起的那一天起,我就对你说,不许你和外人来往,可你,你违约了,你和外人来往了,而且还是一个来路不明的野丫头!

魏单突然狠狠地拍了一下桌子。

芬儿流着泪使劲摇头。

魏单再次凑近她:听我说,宝贝儿,本来我是想和你过一辈子的,可你犯了规矩,没办法。在我这儿,犯了规矩,就得死! ……可我真不忍心哪,瞧你这小脸蛋儿,又年轻又漂亮,我可不愿意,它转瞬之间就变成一摊血!

魏单抽出刀,在芬儿的颈子上轻轻地划来划去。

突然,芬儿的脑子里闪过那天看见杀人的情形。

芬儿瞪大了眼睛,显然,她已经从动作中认出了魏单。

芬儿吓晕了过去。

魏单收刀冷冷地哼了一声：来人！给我把她扔到地窖里去！

下人们七手八脚地把芬儿抬下去。

魏单皱眉沉思。

29. 日。外。路途上

四公子坐在马车里，信陵君在照顾着身体不适的孟尝君。

车外，各公子的随从们都骑马护卫在两边，魏单骑着高头大马亦在其中。

离他们百步之遥，有两个黑衣人戴着斗笠，亦骑马紧紧跟随，他们正是虞卿和念奴。

30. 日。外。野外

四公子驻扎处。四公子围坐进餐，侍卫们守在旁边，魏单紧紧跟随在春申君左右。

突然，树上有一松果落下，正砸在魏单的脑袋上，魏单警惕起身，寻遍了大树也不见什么可疑，只得揉了揉脑袋。

春申君：怎么了？

魏单：没什么，一个松果。

躲在一旁的念奴十分懊恼，把手中剩下的松果都扔了。

突然，她好像又想出了什么好主意，一闪身就不见了。

远处有一只受惊的兔子飞奔而出，引得侍卫们各个跃跃欲试，拔箭射去，但都没有成功。眼看着那只兔子越奔越远，信陵君和魏单几乎同时飞奔上马，拉弓就要放箭。

疾驰在马上的魏单，头上的方巾被风吹起，耳根后的朱雀刺青正被他旁边的信陵君不经意间看在眼里。

信陵君惊呆了，勒马愣在原地。魏单则"嗖"地飞出一箭，正射中兔子。

魏单将兔子捡起来，献给春申君，春申君自然十分得意。

春申君：信陵君，看来还得先下手为强啊！

信陵君冲着魏单就要脱口而出：你……

这时候，他脑子突然响起练秘籍时的声音：魏无忌，不可莽撞！

信陵君换了口气：你果然很厉害，难怪春申君这样器重你。

春申君：信陵君对魏单这样赏识，我可要警惕了。魏单虽是魏国人，但对我是很忠心的，信陵君可别想打他的主意！

信陵君：唉，既然是春申君的红人，无忌又怎好掠人之美呢，我只是由衷赞叹而已！

信陵君死死地盯着魏单看，话里有话地赞叹着他，魏单仍然镇定自若。

隐蔽处看着这一幕的念奴很高兴，脸上露出得意的笑容。

31. 日。外。魏国宗庙

四公子一行终于来到魏国宗庙，以信陵君为首向魏国的列祖列宗祭祀。

信陵君：先皇在上，我魏无忌为魏国百姓、为天下太平，盼望大王加入合纵联盟，并有楚、齐、赵三国公子，与无忌共同请愿，我等决无私心，上苍可以明鉴！

四人在宗庙前，跪坐请愿。

32. 日。内。如姬寝宫

如姬突然听见外面叫嚷着：四公子在宗庙前跪地请愿了！

如姬听了这话，赶紧放下书，急奔到门口。

侍卫们不再拦她，向两旁闪开。

侍卫长：夫人有何吩咐？

如姬：四公子请愿一事，大王可曾知道？

侍卫长：请夫人放心，早已派人进宫禀报！

如姬：你速去请大王到后花园，就说我要请他喝酒！

侍卫长一怔：是！

33. 日。外。魏王后花园

如姬在与魏王饮酒。

如姬亲自把盏：大王，如姬敬您一杯！

魏王受宠若惊地：爱妃所为何事啊？

如姬：如姬向来不问政事，只是偶然听说，四大公子齐集我国宗庙请愿，看起来，大王在合纵各国的心目中，分量还是很重啊！

魏王：爱妃有所不知，他们这是给寡人挖坑儿呢！无非是想逼迫寡人出兵救赵而已！

魏王一抬袖子，突然掉出来一个物件。

见如姬弯腰，魏王急忙自己去拾。

如姬：大王，什么好东西，竟连如姬也不准看？

魏王：爱妃不必多心，这……不过是个兵符而已！……也罢，你看看也罢……小心些……

如姬把那物件放在手心里细细看。

魏王：这个也叫虎符，你看看，是个老虎的形状，但是你看，是可以分开的。

魏王把虎符分开：如若寡人真的出兵，便将此符的一半交给带兵的将军，另一半在寡人手中，这便犹如一根风筝的线，牢牢牵在寡人手中，无论它飞去多远，寡人一拉，还得回来！

如姬的脑海里突然闪过那个关于黑虎的噩梦，那个黑虎变的虎符竟与眼前的一模一样。

魏王注意到如姬突然脸色煞白：爱妃，你怎么了？

如姬：哦，没什么，我是说，出兵救赵有何不好？如姬听说，楚国这次出兵九万救赵，已经占尽风光，大王若是出兵，应当比他更多才好！这样一来，岂不是让天下人都敬重大王吗？何况楚国那么远，而我们是赵国的邻国！

魏王：爱妃，秦国惹不得啊！

如姬噘嘴：原来大王怕秦国！如姬本来以为，嫁的是个谁都不怕的真英雄呢！原来……

魏王：爱妃，你容寡人再想想！

如姬起身离席，将杯中酒泼掉，扭身就走：算了！大王也不必想了！如姬告退！

魏王：爱妃！爱妃！

如姬头也不回地走了。

34. 日。内。魏王宫

魏王火冒三丈：他们这是想造反！不就是想让寡人答应出兵援赵吗，他们休想！寡人倒要看看他们这样能撑到几时！

宦官：可大王，现在有好些百姓也跟着他们在宗庙前请愿，要求大王答应四公子的请求呢！

魏王：这些无知百姓，他们懂什么，就会在后面跟着凑热闹！他们爱跟着后面瞎闹就随他们闹好了，他们还能翻得了天不成！

一会儿又有侍卫来报：禀大王，现在宗庙聚集的百姓越来越多，他们说如果大王还不答应，他们将到宫前请愿！

魏王：胡闹！来人，派御林军去，若是谁还敢在宗庙闹事，就统统给抓起来！

宦官：大王，宗庙乃大王祖上的神圣之地，要是在那儿有双方的冲突，将有伤国家元气！

御林军就要出发了，魏王突然想起什么，将他们唤回。

魏王：告诉魏无忌，寡人将派大将晋鄙领兵十万去援救赵国！

御林军首领一怔，得令而去。

魏王恨得咬牙切齿：魏无忌你真可恨！

35. 日。内。如姬寝宫

如姬在问侍卫：什么？你再说一遍！

侍卫：禀如姬夫人，大王说，魏无忌你真可恨！

如姬哈哈大笑。

侍卫惊讶地抬头看她一眼，倒退着出去了。

如姬自语：魏无忌你真可恨？……他这是答应出兵了，没错儿！

如姬笑着抽出干将剑舞起来。

36. 日。外。如姬寝宫外

受了惊吓似的侍卫低声叫着：哎哎，如姬夫人笑了！

众侍卫都吃惊地：什么？如姬夫人笑了？哎呀，这可是太阳打西边出来了！

37. 日。内。信陵君府

信陵君等四大公子归来，信陵君的门客们欢呼迎接。

平原君：无忌，孟尝君、春申君，这次多谢各位公子的鼎力相助，赵胜没齿难忘。现在援兵皆已请到，赵胜得赶紧回赵国等候各国出兵救援的佳音。各位公子，咱们后会有期！

平原君走了，孟尝君一阵猛咳，吐出两口血，晕厥过去。

大家赶紧手忙脚乱地把他抬上床。

38. 日。内。魏王宫

魏王收到秦王急信。

秦王信曰：秦攻邯郸，旦暮且下。诸侯各国有胆敢救赵者，必移兵先击之！

魏王：这个魏无忌，就是要置寡人于死地嘛，说什么合纵，若是秦军真的打过来，那寡人可该怎么办哪？来人，现在晋鄙的大军已经到哪儿了？

宦官：禀大王，已将至魏赵边界，就要到邺下了。

魏王：噢，那就快快派人追赶晋鄙大军，传寡人的命令，就在邺下驻扎下来。按兵不动，以观变化，不见虎符的另一半，绝不可参战。赶快去！

宦官得令而去。

魏王看了一眼捏在手里的半个虎符，长长地舒了口气：好险哪。

39. 夜。内。信陵君府孟尝君住处

孟尝君躺在床上，已是病入膏肓的样子，信陵君一直守候在身边。

信陵君一直眉头紧锁，孟尝君看在眼里。

孟尝君用极虚弱的声音问道：公子有什么烦心事呀？

信陵君正要倒出，看见孟尝君的样子又忍住了：没有，等兄长的病好了再说吧。

孟尝君：不碍事的，只愿我还能为公子出最后一个主意。

信陵君：兄长。

孟尝君：说吧。

信陵君：我看见那朱雀的刺青了！

孟尝君原本已无神的眼睛有些亮光了：魏单？

信陵君点头：正是，就是那天我与他一起猎兔子的时候发现的，兄长，你说我该怎么办，现在正是合纵的关键时刻，可他又是春申君的心腹，我投鼠忌器呀。

孟尝君拼尽最后一些力气说道：去找侯嬴！

说罢，孟尝君溘然长逝。

信陵君大恸，伏在孟尝君身上痛哭失声。

40. 夜。内。平原君府正房

平原君安全归来，平原君夫人大喜，赶紧迎接。

平原君夫人：大人一路辛苦了。

平原君：好在还有收获，秦军已经打到哪儿了？

平原君夫人：听廉将军打发回来的军士说，秦军得知楚、魏两支军队将要来援赵，好几天都未出兵，原地驻扎，大概正在观望局势。

平原君：邯郸之围看来暂时可以缓解了，只可惜合纵长的位置却白白地让给了楚王。要说这事啊，还得怪无忌。

平原君夫人：怎么了？

平原君：那个楚王就是春申君的傀儡，明明就是黄歇想做这合纵长嘛，无忌却代表我们都答应了，那种情势下，让我驳都不好再驳。

平原君夫人：无忌还是太年轻呀。

平原君：可不是，再加上那个孟尝君又始终与他一个鼻孔出气，让我一个人怎么辩过他们三个嘛，白白坏了我的大事。

平原君夫人正要说什么，忽有探马来报。

探马：禀主公，一直客居在信陵君府上的孟尝君已于昨夜去世了。

平原君：此消息当真？

探马：千真万确。今日，信陵君府已到处挂起了挽幛。

平原君打发了探马，对夫人道：在路上的时候我就看他快不行了，没想到这么快就……

平原君夫人诡秘一笑：已经够慢的了，这个老家伙早该死了。

平原君：夫人话里有话？

平原君夫人：早些时日，我去看念奴的时候，她就对我说过，孟尝君经常坏了她的计划，于是，她便向他酒里下了些慢性毒药。我也深感这个老家伙是个碍事的，就在无忌为他配制的药里也放了些毒药，希望能够双管齐下，让他早日归天。可没想到他居然能活到现在，大人，你说是不是已经够慢的了。

平原君：夫人做事总是能先人一步，厉害，厉害呀。

平原君夫人：只要能助夫君成就大业，我可什么都做得出来！

41. 日。内。侯赢家

信陵君带着重孝来到侯赢（字幕：侯赢，魏国高士，后为信陵君首席门客）家，侯赢很穷，家徒四壁。

信陵君命人奉上黄金百两。

侯赢拒绝：侯赢安贫自守，不枉受他人一钱，今已老矣，难道要我为公子而失去晚节吗？

信陵君作长揖：请恕无忌冒昧，无忌不敢，只是遵照孟尝君的遗愿，来接先生到鄙府一谈。

侯赢：孟尝君还是把我卖给了你，他对你真是关爱有加啊！只可惜公子来晚了，侯赢已七十有三，太老了，心有余而力不足啦！

信陵君：无忌不敢奢求先生常在无忌左右，只希望先生能于明日到鄙府一坐，共同缅怀孟尝君，以慰他在天之灵。

侯赢：知道了，公子还是带着这些钱请回吧。

信陵君又是拜大礼：是，无忌造次了。

信陵君带着随从离开侯嬴家。

42. 日。内。信陵君府正厅

全府上下皆披麻戴孝，众宾客此时已端坐于堂前，独有贵宾席之座空虚。

众人久等贵宾不来，已经有人小声议论了。

宾客甲：这贵宾到底是谁呀，不会是春申君吧？

宾客乙：怎么会，你没看见春申君正坐在信陵君的另一侧吗？

宾客甲：那这人到底是谁呀，好大的架子，让两位大公子等他一人。

宾客乙：就是。

信陵君：春申君，抱歉得很，我将亲自去接这位贵客，稍后就来。

春申君：公子如此重视此人，一定非等闲之辈，对于有才德之人自当敬重，你去吧。

一直空着的贵宾座位显得十分神秘。

定格

第十五集

1. 日。外。侯赢家门口

信陵君恭请侯赢坐上马车。

信陵君：无忌来迟，还请先生见谅。

侯赢也并不谦逊，就坐上了车。信陵君亲自执辔在旁，意甚恭敬。

侍卫们十分惊讶，只得跟在后面。

2. 日。外。集市上

信陵君亲自为侯赢赶着车路过集市。

侯赢：我有个熟人叫朱亥，就在这集市上卖狗肉，我现在想去探望他，公子能驾车带我去吗？

信陵君没有丝毫的犹疑：当然，无忌愿与先生同往。

信陵君驾车行走在街市中，路人皆惊奇之色，独信陵君毫不在意。

路过一个肉摊的时候，侯赢唤停。

侯赢：就是这儿，公子且在车中等候，我下车看看我的朋友。

侯赢下车就与肉摊后的人坐着交谈起来，信陵君就坐在车上等候。

太阳渐渐西下，侯赢一直与那人交谈甚欢。

门客们有些人急了，在偷偷抱怨：这老头想干吗，这么长时间了，还没说完，他把主公当什么了，主公就是对下人也从未这样过。这老头真是老糊涂了！

侯嬴听见了这些议论，悄悄地偷眼看信陵君，信陵君却丝毫没有不高兴的样子，脸色还是很平和。

终于，侯嬴上车了。信陵君仍然尽责地替他赶车，一句话也没有多问。

倒是侯嬴先开口说话了：我倒真有些饿了，公子快快赶车吧。

信陵君加快了速度。

3. 日。内。信陵君府正厅

宾客们皆已等得不耐烦了，都翘首渴盼，更有人在骂骂咧咧了。春申君也面呈焦急之色。

忽闻报：主公迎客到！

信陵君携着侯嬴之手，随着他的步伐缓缓地走了进来。宾客们都睁大眼睛，看着这位尊贵的客人。见那侯嬴不过是个白须老者，且衣衫简陋，无不惊骇。

信陵君恭请侯嬴坐首席，侯嬴亦不谦让，坐下便狼吞虎咽起来。宾客多嗤之以鼻。

信陵君亲自到侯嬴案几前敬酒，全场皆屏气看着。侯嬴毫不推辞地接过酒盅，朗声说道。

侯嬴：我侯嬴只是村中的一山野农夫，公子却亲自为老夫执辔驾车并久立集市肮脏处等待，毫无怠色。现公子又尊我于众宾客之上，向我敬酒。我不得不说，孟尝君很有眼光，公子乃当世难得的仁贤之士，侯嬴愿为公子效犬马之力。

说罢，将信陵君所敬之酒一饮而尽。

信陵君大喜，朝孟尝君的牌位拜三拜：多谢兄长举荐，让无忌识得贤人。（又对着侯嬴作揖）无忌拜先生为师，请先生千万不要推辞。

侯嬴又自斟了一杯酒：好。

众宾客皆不屑的样子，还有人在窃笑。

只有春申君在一旁颇为赞许地看着信陵君。

4. 傍晚。内。信陵君府侯嬴住处

信陵君来到侯嬴住处探望。

信陵君：先生在这儿住得惯吗？有任何要求，都请您尽管提出。

侯嬴：侯嬴一个老头子，能有什么要求，只要有床就行。侯嬴倒是还想向公子举荐一贤人。

信陵君：先生快快请讲。

侯嬴：朱亥。

信陵君：就是今日在集市与先生交谈之人？

侯嬴：那是他的肉铺，可惜今天他并不在，那只是帮他看摊子的人，他近日又去四方游历了。待他日归来，公子若能拜他为师，必能帮助公子成就大事。

信陵君：无忌记住了。时候不早了，今日先生许多劳累，早些歇息吧。

侯嬴：看着公子吞吞吐吐的样子，有什么事你就说吧。

信陵君：什么事都瞒不过先生。是这样的……

5. 傍晚。外。邯郸城外秦军大营

秦兵休整期间，将士们三三两两的，有的在擦拭佩剑，有的在聊着闲天，还有人吹起了笛子。

士兵甲：行了，别再吹这么让人伤心的曲子了，听着叫人怪想家的。

士兵乙：是想你那干妹子了吧。

士兵甲：我是想你那亲妹子。

士兵乙发火：你放屁，我操你个先人。

士兵甲回骂：我骗了你这头野驴。

二人抄起家伙就要打架。

伍长进来：放下家伙，靠墙站着。别他妈给我惹事，我他妈正有火没地方发呢。

士兵丙停止了吹笛子：可在这儿已经这么长时间了，不进也不退，谁心里都憋了一股火。

士兵甲借机下台：兄弟别介意，还不是因为楚国和魏国都派了大军援赵，将军才不敢轻举妄动的吗？

士兵乙也软了下来：也不全怪你。现在三方的军队都互相牵动着，互相观望着，谁也不敢轻易出兵，心里发急呀。

士兵丙：我们在这儿驻守着，邯郸城里谁也出不来，谁也进不去，那它还不是座死城哪。

士兵甲远远地看着一个人牵着马车过来，说：谁说没人可以进出，看，那人不就过来了吗？

来人正是吕不韦（字幕：吕不韦，赵国商人，后为秦国宰相），士兵们看见他来了，都纷纷地围了上去。

6. 傍晚。内。侯嬴房内

侯嬴慢腾腾地：我想，现在公子应该有了主意，你找我，只不过是帮你坚定想法而已，说出来吧。

信陵君：无忌向来认为君子不做暗事，我想索性找到春申君，向他和盘托出魏单杀长亭侯的一切，再做计较。

侯嬴点头赞许：这正是正人义士的做法！

7. 傍晚。外。秦军大营

士兵甲：吕先生，今天你又给我们带什么新鲜玩意儿来了？

吕不韦一脸商人的精明模样，他周旋在士兵中如鱼得水：当然是军爷们喜欢什么，我就带什么来咯，你们看！

他掏了好些个布老虎出来，那老虎正是秦国的特产。

一些士兵看见那老虎，立即就哭了。

士兵乙攥着一个布老虎，伤心地说：小时候，奶奶就给我做这布老虎，我出征的时候奶奶伤心得背过气去，这么久了，也没有一点儿消息，奶奶现在是死是活我都不知道。

士兵甲拿着布老虎问：一个多少钱？

吕不韦做满不在乎的样子：嗨，谈什么钱哪，我进这些就是为了让军爷高兴高兴的，这个袋子里还有一些，你们拿去玩吧。

士兵们把剩下的布老虎一哄抢光了。

一个军士拍了拍吕不韦：行了，天色也不早了，你赶紧进城吧。

吕不韦：谢谢军爷。

军士：吕先生，你可是这秦国和赵国最会做生意的人了，连邯郸这样一座死城都不放过。你可是现在唯一可以自由出入邯郸城的人了！

吕不韦：正是死城才更需要我们这些生意流通嘛。军爷们，你们还想要什么，说句话，下次我一定给你们捎过来。

军士：你先进城吧，我们想要什么，你回来的时候我们自然会告诉你。

吕不韦：好咧，吕不韦就先告辞了。（吕不韦上马）驾！

8. 夜。外。春申君住处附近

信陵君正若有所思地向春申君驻地走着，忽然听见有两个低低的声音在说话。信陵君连忙屏气聆听。

那声音：记住，今日后半夜，四湾坟地，不见不散！

另一个声音：知道了。

那声音分明是魏单的。

信陵君略一犹豫，然后加快脚步走到春申君住处，敲响大门。

9. 夜。外。四湾坟地

信陵君、春申君潜伏在一隐秘处，他们不远的地方，正是魏单和一人在接头。而另一隐蔽处，念奴亦在窥视着这一切。

那人：魏单，你胆子怎么那么大，没有得到大王的指令就返回魏国？

魏单：请转告大王，魏单此次回魏国也是万般无奈，春申君视我为心腹，凡是办理重大事情，必然带我陪伴左右，我若不来，反而会引起他的怀疑。魏单虽然身在楚国，大王对我的知遇之恩，没齿难忘。我绝不甘心长久流落异乡做他人鹰犬，只等大王一声召唤就立即回来，为大王效犬马之劳！我魏单这一生，唯大王马首是瞻！

那人：哦？那假如大王命你杀春申君……你也能受命？

魏单：这个……

那人：嗯？

魏单：这个自然！

那人向魏单一抱拳：我这就去禀报大王，请大人多保重。

那人迅速消失。

春申君听了这番对话，为之惊骇。

信陵君：看来世间所谓的心腹，往往都是心腹大患！

春申君阴冷着脸对信陵君说：此人由你裁夺吧！

10. 夜。外。坟场边的大树下

魏单鬼鬼祟祟地经过大树边的小路，突然从大树后面伸出一柄利剑，魏单还没有来得及抽刀，剑刃已经架在脖子上了。

魏单定了定神，见是一个衣着不俗的武士，脸上蒙着黑巾，两只眼睛在黑暗中仍然炯炯有神。

魏单镇定下来，挺着脖子：在下敢断定壮士决非凡夫俗子，也不会是为图财害命而夜半劫道！

蒙面人：你可是魏单？

魏单气壮了一点：正是春申君贴身侍卫魏单，请壮士不要与魏单为难，魏单也放壮士一马。

蒙面人：你恐怕还是魏王的贴身侍卫吧？！

魏单一惊：你到底是何人？

蒙面人拉下黑巾：魏无忌。

魏单大惊失色，假装愤怒：大胆蟊贼竟敢冒充信陵君！

魏单趁势拔出大刀，向信陵君猛劈过去。

信陵君早有防范，用娴熟剑法与魏单搏斗。

魏单渐渐不支，难以招架信陵君的进攻，想找机会逃跑。信陵君看出魏单用意，用莫邪剑奋力一劈，魏单的大刀断为两截。

魏单扔掉半截刀，扭头就跑，信陵君骁勇异常，猛扑过去。

信陵君一只脚踩着魏单后背，剑刃紧贴魏单的脖子。

信陵君：你真的不知我魏无忌？

魏单：小人在魏王那里见过公子。

信陵君：那你为何装着不认识？

魏单：小人想借机杀掉公子以灭口！

信陵君：长亭侯可是被你谋害？

魏单：我只是奉命行事。

信陵君：主谋是谁？

魏单：想必公子早已知晓，何必再问小人？

信陵君松开踏在魏单背上的脚：看你还有一份护主之心，暂且饶你不死，但必须为我作证！

刹那间，魏单起身将一柄短剑插入自己腹中。

魏单跪在地上，镇定地对信陵君：一人做事一人当。我不能再给魏国添乱！请用我的首级向长亭侯谢罪！

11. 夜。内。如姬寝宫

如姬还在夜读，魏太妃手下的宦官送来了一只锦盒。

宦官：夫人还没睡吧，太妃让小的送来一份礼物。

如姬：有劳公公，就放在桌上吧，这么晚，辛苦你了。

宦官走了，如姬打开锦盒一看，大惊失色，那锦盒里装的正是魏单的人头，那耳根后念奴所说的朱雀刺青清晰可见。锦盒里还有一枚竹简，如姬急忙拿出来看，只见上面用血写着"魏无忌履誓"五个大字。如姬一下子跌坐在地，泪水无声地涌出，肝胆俱裂。

与信陵君相处时的一幕幕在她眼前出现。

12. 夜。外。如姬寝宫门口

如姬一身要出门的打扮，脸色很平静，但也很坚定。

门口侍卫：夫人，您就别为难我们了，您要是出去了，大王一定会把我们砍了的。

如姬：今天我是走定了，谁拦我都没有用。

正在争执中，霖儿早已去把魏王找来了。侍卫们识趣地退下了。

魏王看见如姬这个样子大惊：如姬，你这是要去哪儿？

如姬冷冷地瞥了魏王一眼，用同样冷冷的声音说：我要去祭祀我的父亲。真正的杀人凶手找到，无忌公子为我报了杀父之仇！

魏王听了，全身大抖。

如姬却连看都不看魏王一眼，便头也不回地走了。

侍卫们见魏王这样也不敢再阻拦。

13. 夜。内。如姬寝宫

魏王有些跌跌撞撞地来到如姬的屋子，只见桌上的锦盒里赫然是魏单的人头，还有竹简上的信陵君写的字。

魏王一下子把竹简扔得老远，把屋子里的好些东西都砸到了地上。

半天，魏王才缓过劲来，唤来了侍卫。

魏王把锦盒交给那侍卫：你们多派些人到长亭侯的墓去，保护如姬夫人，并把这个交给她。

侍卫得令出去。魏王一张看不出表情的脸。

14. 夜。外。长亭侯的墓园

如姬独自驾车来到长亭侯的墓园，守灵人看见如姬赶紧迎上来。

守灵人：夫人，到墓室去吧，有人在那儿等着您。

如姬：多谢。

便赶着车径直来到了墓地。

15. 夜。内。长亭侯墓室

如姬看见一个人背对着他，正对着长亭侯的棺木悼念。如姬走过去，那人也转过身来，正是信陵君。

多日不见，两人眼中都满含深情。如姬突然向信陵君跪拜下来，信陵君赶紧将她扶住。

如姬：公子替如姬报了杀父之仇，您的大恩大德，如姬永远铭记在心！

信陵君深情地唤了声：如姬——

这时，一个黑影突然从信陵君身后闪了出来，如姬看到立即就要用自己的身体去替信陵君抵挡。

不料，那黑影居然是失踪多时的念奴。

念奴：小姐，是我呀！

如姬这才看清：念奴！念奴，真的是你！你上哪儿去了，让我找得好苦啊！

三人紧紧拥抱在一起。

16. 夜。外。长亭侯墓地

守灵人领着虞卿拾级而下。

17. 夜。内。长亭侯墓室

三人正在叙别后离情。

信陵君对念奴：我一猜，那些什么松果啊，兔子啊，就都是你搞的鬼！

念奴诡谲地一笑：虞卿大人说，公子现在正在办关系天下安危之事，等公子办成了大事再解决也不迟，可念奴心里又着急，怕错过辨认凶手的大好时机，所以……

信陵君：虞卿大人果然智勇过人。

这时，墓室顶口突然有了声响，三人都很警觉，信陵君和念奴更是持剑将如姬护在中间。

只见是守灵人探出头来低声地：一个叫虞卿的人来了，说要进来。

念奴：快，快让他进来，哎呀，我这一急，倒把他扔在后面了！都是念奴的不是！

虞卿进来，如姬立即向他跪拜。

如姬：大人对父亲的义举感天动地，令如姬永世难忘！

虞卿将如姬扶起：如姬起来吧，虞卿只是兑现对长亭侯的承诺而已。

他抚着长亭侯的棺木，老泪纵横：长亭侯，如今你可以瞑目了，虞卿对这世间已经无所牵挂，年轻人，前面的路还长，可我已经没有路了！长亭侯，虞卿今日就此别过，从此隐居山林，再不入世了！老朋友，安歇吧！

说罢，他起身离去。

三人都静静地、呆呆地看着他的背影。

18. 夜。外。长亭侯墓地

念奴追出来，看见虞卿苍老的背影渐行渐远。

念奴咬着嘴唇，流下两行热泪。

19. 夜。内。长亭侯墓室

信陵君：虞卿大人为了履行自己的誓言，不惜抛家舍业，隐姓埋名，虞卿大人不愧是真君子，伟丈夫！

如姬含着眼泪：如姬的运气好，总能于逆境之中，遇上好人！

两人互相凝视。

如姬和信陵君相对无言，墓室出奇地寂静，令人窒息。仿佛听见两个人的心跳。（特技处理）

信陵君首先打破沉默：念奴是个好姑娘。

如姬流泪：可是，如姬不好。如姬辜负了公子。

信陵君：无忌不怪如姬夫人，错在大王！

如姬：可是，如姬发过誓，要嫁给为我报父仇之人，现在父仇已报，如姬却轻信他人，铸成大错！……

信陵君：如姬夫人……

如姬：不过，公子也有错！

信陵君一怔。

如姬：公子面对你那卑鄙无耻的兄长，总是忍辱负重，一让再让！公子明明知道，只要你一个眼神，一句暗示，如姬就会不顾一切，跟着你上刀山下火海！如姬一直盼望着，盼望着，可等到的是什么？是爹爹被人谋杀，虞卿为友挂印，念奴下落不明，如姬……如姬在宫中忍受煎熬！

信陵君不知所措地：如姬夫人受委屈了！自打夫人进宫之后，无忌无时无刻不在想着为长亭侯报仇！

如姬摇头：父亲死后，你知道我最需要什么，我最需要的是亲人的爱，在如姬心中，公子你就是我唯一的亲人，唯一的爱人，公子啊，难道你真的不知道么？！……

信陵君：无忌此生，决不辜负如姬夫人！

如姬：如姬夫人，我是谁的夫人？！我不是夫人，我是如姬，我是你的如姬呀！

如姬再也无法克制，她投入信陵君的怀抱，紧紧地抱住他，好像生怕再失去心爱的人。

信陵君情不自禁地将她揽入怀中，含着泪水：不要再说了，你的心我自然明白，我又何尝不是这样想的呢？！……可如姬，长亭侯虽是魏单杀害，但始作俑者，却是秦国，是秦王听信了范雎之言，为报范雎之仇，才犯赵国，赵魏惧秦，才令魏单杀害了长亭侯，后来也才有了惨绝人寰的长平之战。这一切都源于秦国的狼子野心和魏赵的自私怯懦。现在虽然魏单已死，但始作俑者还在！魏、赵的局势已经危若累卵，如果再这样发展下去，必将被秦国吞并。到时候皮之不存，毛将焉附？难道如姬不想报国仇么？秦国，才是真正的杀害长亭侯的刽子手啊！

如姬哽咽地：如姬懂得。

信陵君：我们身处乱世，身不由己，而且无忌又不是一个可以置天下百姓于不顾、只管自己去逍遥自在的人，如姬啊，目前天下局势大乱，牵一发而动全身，无忌如果在此时与魏王摊牌，必然要造成更大的混乱，我想你肯定会跟我一样，绝不愿为了一己之利，而对国家造成更大的伤害吧？！所以……

如姬：我又何尝不知公子的苦衷。大丈夫当以天下为先，当今诸侯割据，群雄逐鹿，正是天下英雄建功立业的大好时机。如姬明白公子素怀宏图大志，当此乱世，自然应该倚天仗剑平天下！

信陵君深深感动：其实，无忌几乎每时每刻都在想你！如姬，我们还要等待，相信我，肯定会有那么一天，我们会永远在一起，永不分离！

如姬的泪水夺眶而出：真的会有那么一天吗？如果真的有那么一天，如姬就是立时死了，也不枉此生了！

信陵君：如姬何出如此不吉之言？！

如姬：如姬说的，是真心话！

如姬离开信陵君的怀抱，两眼含情脉脉，直视信陵君。

如姬：从今天起，不，从此时此刻起，公子身边就多了一个愿为你赴汤蹈火，就是粉身碎骨也在所不惜的知己！

信陵君：不，应当说，从我们相识的那一天起，我一直就视你为知己！

信陵君激动万分，用莫邪剑在墓室的石头上刻下：无忌永不负如姬！

如姬用干将剑在无忌二字下面刻上如姬，在后边如姬二字下面刻上无忌（如姬永不负无忌）！

信陵君猛地将如姬紧紧地抱在怀里。两把剑交叉着静静地躺在地上。

20. 夜。外。长亭侯墓室外

念奴守候在外，听着信陵君和如姬的对话。

念奴深受震撼的表情。

念奴的眼前浮现出平原君夫妇的身影，接着又是信陵君和如姬的，两组人物不断交错，念奴有些恍惚了。

念奴自语：信陵君，真君子啊！

21. 夜。内。墓室内

如姬和信陵君相依相偎，坐在长亭侯的棺木旁。

信陵君：可惜孟尝君去世了，过去，我有很多事情都是与他商量的……

如姬吃了一惊：怎么，孟尝君他不在了吗？什么时候的事？

信陵君：刚从楚国回来就不行了，我的兄长……

信陵君的眼睛里噙满了泪水。

如姬轻轻地替他拭去。

信陵君攥住如姬的手：现在六国合纵之事，才刚刚开始，往后的路还长，任重而道远。

如姬：如姬愿为公子分忧。

信陵君若有所思：大王那里有什么事情随时通报给我。

如姬点点头：如姬明白。

信陵君：无论如何，毕竟你现在还是王妃身份，与大王最好不要闹僵。

如姬揩干眼泪，调皮地：如姬遵旨，为了信陵君的合纵大计，我一定要当好我的如姬夫人！

信陵君抚着她的头发，将她搂得更紧了。

22. 夜。外。长亭侯墓地

这时，魏王派的侍卫们到了，念奴拦住他们。

念奴：你们是谁，到这儿来做什么？

侍卫：我们是大王派来的，专门保护如姬夫人。

念奴：夫人正在里面悼念长亭侯，她说了，现在谁也不能打扰她，你们就在外面候着吧。

侍卫：是，请夫人放心，我们一定尽力守卫。（奉上锦盒）这是大王让我们带给夫人的，请姑娘转交。

念奴接过锦盒：知道了，你们就在这儿等着吧，夫人祭拜好了，自然就会出来的。

侍卫们列队守在墓园里。

23. 夜。内。长亭侯墓室

念奴托着锦盒下来的时候正看见两人深情相拥。

如姬、信陵君急忙分开，念奴献上锦盒。

念奴：小姐，大王派了好些侍卫来，这锦盒也是大王让他们带来的。

如姬将锦盒献在长亭侯的棺木上，向棺木磕头跪拜。

如姬：父亲，这就是杀害你的凶手，信陵君履行了他的誓言，您在九泉之下也可以瞑目了！……女儿还有一事要请父亲作证。

如姬将念奴也拉下跪倒在长亭侯的棺木灵牌前。

如姬：念奴是您从信陵君那儿请来与女儿做伴的，如姬与念奴朝夕相处，情同姐妹。今天我们就在您面前正式结为姐妹，请父亲和信陵君作证！念奴，你愿意和我结为姐妹吗？

念奴点头：姐姐如姬、妹妹念奴，不求同年同月同日生，但求同年同月同日死！

两人手拉着手向长亭侯的灵牌磕头跪拜。

信陵君见状悲喜交集。

24. 夜。外。长亭侯墓室顶口

守候的侍卫在敲墓室顶砖催促。

侍卫：如姬夫人，时候不早了，该回去了。

念奴的声音传出来：知道了，催什么催，跟催命鬼似的。

25. 夜。内。长亭侯墓室

信陵君将如姬和念奴一一扶起。

信陵君：如姬，该走了，念奴就先住在我家中。

如姬恋恋不舍：公子，你要多保重。

信陵君点头：我会的。如姬，你一定要快乐一点，对大王，也不要……

如姬：我知道。公子，如姬虽为女流，亦知大义，且蒙公子报了父仇，此恩必报，公子如有所求，如姬虽万死而不辞！

如姬说罢，深深地看了信陵君一眼，转身离去。

信陵君的眼中充满泪水，他遥望着自己心爱的人，长揖到地。

26. 日。外。邯郸城门下

吕不韦赶着马车来到城门下，守门的赵国军士看到吕不韦也是笑逐颜开的。

赵士：吕先生来了，快开城门。

城门很顺利地开了，吕不韦赶着车进了城，临了还不忘塞给守门的军士一包东西。

吕不韦：军爷们辛苦了，一些点心，吃着玩吧。

军士们也毫不推辞地收下了。

27. 日。内。邯郸城里

吕不韦刚把车停在街边，里面的货物还没有一一拿出来，就被好些人围了过来。

周围还有好些人也在呼朋引伴地吆喝着：吕先生来了，快去看看他又带来些什么好东西，去迟了可就没有了。

大家争先恐后地挑选着吕不韦带来的货物，吕不韦不紧不慢地周旋在他们中间，游刃有余。

很快，带来的货物便全都卖空了，那些没赶上的人意兴阑珊。

顾客：吕先生，您什么时候再来呀？

吕不韦总是笑眯眯地对待每一位客人：很快，很快，我再去多进些货，隔几天就给各位送来。

还有人问：吕先生，你每天跑的路，经过的事多，人缘也好，你知不知道这仗什么时候能打完哪，再这样下去，邯郸非得成一座死城不可。

周围的人纷纷附和。

吕不韦依然笑眯眯地：哟，这我就不清楚了，我是个做买卖的，打仗的事我可一窍不通。

有人：就是，这事你问吕先生干吗？你应该问平原君，问廉将军哪。

人们议论着纷纷散了。

28. 日。内。如姬寝宫

如姬坐在古琴边，若有所思的样子。

魏王进来，半天也不知该说什么。

魏王：如、如姬呀，捉拿杀害长亭侯的凶手之事是寡人失察了，可如姬，当初既然错了，现在生米已经做成熟饭，后悔也无益，再说我对你……

如姬打断他：大王不必解释，如姬明白大王的一片苦心。

魏王欣喜：明白就好，明白就好。

如姬：大王，我们对弈一局如何？

魏王有些受宠若惊：你……你是说和寡人……

如姬点了下头。

魏王喜出望外地：来人，给我们拿棋来！

霖儿忙拿棋进来。如姬一见她便皱起眉头。魏王看在眼里。

魏王：去，这里不需要你！换个丫头进来！

如姬：大王！

魏王：什么？

如姬：大王，不必换人了，念奴找到了！

魏王勃然变色：你说什么？

如姬：我是说，念奴找到了，而且，我们还结拜了姐妹。如姬怕惊了大王的驾，故先请示大王，是不是能让她再回到如姬身边呢？

魏王假笑着：这……这个自然，这个自然。让她回来好了！

如姬盯着他：大王，你的棋子掉了一只。

魏王满头大汗：是啊是啊，寡人的棋子，它总是不听话！……

29. 日。外。邯郸郊外乡下

吕不韦赶着马车，在一个地方转了几圈，也不知该往哪儿走了。他四处望望，周围只有一处简单的茅草屋。屋门口有个人正无所事事地坐着。

吕不韦跳下马车，走了过去。

吕不韦：劳驾，劳驾。

吕不韦呼喊了几声，那人也丝毫没有反应的样子。

吕不韦提高了嗓门：公子，请问……

那人这才注意到有人在跟他说话，看见吕不韦却是很受惊的样子，也不说话，立即就钻进茅草屋了。

吕不韦很是惊讶，这时，茅草屋里又走出一个人，正是赵国大夫公孙乾。

公孙乾：你是何人，有何事？

吕不韦作揖：我是阳翟的商人吕不韦，到这儿来探访朋友，不料却迷了方向，请先生指点。

公孙乾：你要去何处？

吕不韦：漳渠。

公孙乾：过了那座山，再向右一拐就到了。

说罢，他也就要进屋，却被吕不韦唤住。

吕不韦：先生请留步。

公孙乾：还有什么事？

吕不韦：吕不韦斗胆请问，刚才进去的那位公子是何人？

公孙乾立即警觉起来：你究竟是什么人，问那么多干吗？

吕不韦：先生不要误会，我是看在这山村野户，先生的气度却如此不凡，有些好奇。那位公子也是，生得面如傅粉，唇若涂朱，虽好像有些落寞，却不失贵者之气。

说着，吕不韦便从怀中掏出一颗珍珠赠予公孙乾。

吕不韦：不韦与先生初次见面，小小礼物，不成敬意。

公孙乾收了珠子，脸色也缓和了许多。

公孙乾：吕先生还真是慧眼识珠，刚才那位公子乃秦王太子安国君之子。

吕不韦一惊，公孙乾很得意地继续说：他名唤子楚，是秦国压在赵国的人质，因秦兵屡次进犯我赵境，赵王几次要杀了他解恨。所以说，他说起来是个王孙，却是个姥姥不疼，舅舅不爱的主，谁都不待见他。现在赵王又把他囚禁在此，我负责看守，这可真是个苦差事。

吕不韦恍然：哦，原来如此，先生辛苦了。我还有事，就此告辞，下次再聚。

吕不韦驾车走了,公孙乾掏出那颗珍珠,捧在手上看了个仔细。

30. 日。内。软禁子楚的茅草屋

子楚蜷缩在稻草炕上,捧着自己的玉佩看。

公孙乾进来,抢过那玉佩"啪"地摔在地上。

公孙乾:看,看,我让你成天就知道看那玉佩,你那破玩意儿能值几个钱?(将一碗糙米饭塞给子楚)吃饭!真倒霉,害得我也要跟你一起吃这糙饭,吃点肉还得自掏腰包。

公孙乾骂骂咧咧地走了。

子楚哆哆嗦嗦地拾起地上的玉佩,玉佩给公孙乾摔得有些残缺了,子楚抚摸着残缺的地方,禁不住呜咽起来。他一边哽咽着,还一边咽下那糙米饭。

31. 日。内。信陵君府正房

信陵君还在对着莫邪剑出神,侯嬴进来。

侯嬴在旁边说话,信陵君才注意到他。

信陵君:先生来了,快请坐。

侯嬴拿起剑仔细端详:这剑原本应是一对的吧?

信陵君:先生真是见多识广。

侯嬴又仔细看了看剑柄:这是莫邪剑,公子怎么用了坤剑?那乾剑干将呢?

信陵君有些尴尬:哦,在一友人处。先生找无忌有事?

侯嬴:我是来向公子辞行的。

信陵君有些吃惊,连忙作揖:无忌若有照顾不周、怠慢的地方请先生尽管提出,无忌注意就是,可千万不能舍无忌而去啊!

侯嬴:不是,不是,公子招待得已经很周到了,只是老夫我没这福气呀,几十年来粗茶淡饭、硬枕凉榻已经睡惯了,换了新地方还真是浑身不自在。也是我老了,不容易适应了。所以,我还想回我的老窝去,虽然鄙陋,但倒也舒服。

信陵君:可先生……

侯嬴：公子的为人侯嬴是甚为赞赏的，所以公子无论遇到什么，只要去找老夫，老夫一定竭尽全力，在所不辞。

信陵君见侯嬴很坚决的样子，便道：既然先生心意已决，无忌也就不再强求，我送送先生吧。

侯嬴：不必了，就此告辞吧，老夫的寒舍随时欢迎信陵君。

信陵君：无忌会经常拜望先生。

信陵君若有所失地呆立着：如姬嫁给了大王，兄长去世了，好不容易请来侯嬴老先生，又非走不可！魏无忌，难道你就是这么个孤独之命吗？！

念奴走上：公子，念奴也要走了。

信陵君：你走？你走到哪去？

念奴：刚才宫里宣我，命我仍回去陪伴如姬夫人。……不过，公子这里若是离不开人，奴儿也可以……

信陵君忙不迭地：你去你去！如姬那里有你在，我就放心了！

念奴见他那副样子，忍不住扑哧一笑：哎呀，说的并非今日，今日奴儿就是想去，还去不了呢！

32. 夜。内。吕不韦家

吕不韦欢天喜地地回到家中，赵女（赵女，赵国美女，后为秦始皇之母）赶紧迎上去。

赵女：我的爷，怎么到现在才回来，可让我担心死了。

吕不韦一把将她抱起，赵女在他怀里撒娇。吕不韦把她放倒在床上，赵女就势搂住他。

赵女：爷，什么事这么高兴？可是我那颗珍珠卖了个好价钱？

吕不韦喜不自禁地微笑着：那珍珠啊，我把它送人了。

赵女一听就急了，一下子坐了起来：你疯了？爷什么时候变得这样大方了？哼，就会拿我的东西做人情，说，你是不是把那珠子又送给哪个狐狸精了？

吕不韦还是笑眯眯地把她搂住：除了你，我还能看上谁呀？你别急，你也不想想我吕不韦什么时候做过亏本买卖呀，你听我说呀。

赵女还是不悦，挣脱开他：有话你就说，搂搂抱抱的干吗，我又不是你老婆。

吕不韦：可你比我老婆还要亲呀！（见赵女还是不为所动）怎么，真生气了？你也是个精明人，听我说了，你就会明白。我且问你，耕田之利几倍？

赵女没好气地说：十倍。

吕不韦：贩卖珠玉之利几倍？

赵女：百倍。

吕不韦：如果扶立一人为王，掌握江山社稷，其利几倍？

赵女：做你的春秋大梦吧，你还有完没完？

吕不韦：我是说真的，其利几倍？

赵女看着吕不韦认真的样子，一字一顿地答道：若真是这样，那么其利千万倍，不可计数啊！

吕不韦又高兴地搂住她：果然是我的红颜知己，和我想到一块儿去了。

赵女：你是说，你认识这样的人？

吕不韦：现在还不认识，但很快就能认识。此奇货可居也，我吕不韦势在必得！（吕不韦握紧她的手）你得帮我。

赵女看着吕不韦，也握紧了他的手，郑重地点了点头。

吕不韦和赵女一起躺在了床上，吕不韦吹灭了蜡烛。

33. 日。内。秦王宫大殿

秦王在召集众臣商议前方军队之事。

秦王：邯郸城外的秦军由于楚军和魏军的牵制，到现在无法攻城，陷入进退两难的境地，将士们思乡心切，怨声载道，你们看，这该如何是好？

半天没有一人搭腔，秦王很是恼火。

秦王：怎么，都没了主意？

有一人小声嘀咕：若是武安君还在就好办了。

秦王：说什么呢，说大声一点！

那臣子：回大王，臣是说若是武安君还在就好了。

范雎一凛，秦王看了他一眼。

秦王双眉紧锁：难道这是寡人的错吗？（缓了缓）看来你们一时也想不出良策，还是走一步看一步吧。退朝！……安国君，你留一下，寡人有话要对你说。

安国君（字幕：秦国太子）受宠若惊的样子。

范雎一脸失意。

34.日。内。秦王内宫

秦王正在批阅奏简。安国君进来。

安国君：父王，您找儿臣？

秦王：坐。上次寡人让你留意的令尹人选，你考虑得怎样了？

安国君：儿臣已有中意人选。

秦王：谁？

安国君：蔡泽。

秦王：燕人蔡泽？

安国君：正是，儿臣已对他考察过了，他的经韬纬略绝对不亚于范令尹。

秦王：可他毕竟是燕人哪。在任用范雎为相的事情上，寡人得到了一些经验和教训。那就是无论如何，魏人总是魏人、燕人也总是燕人，他们是不会尽心尽力为秦国做事的！

安国君：这个嘛……

秦王：这事再议吧。总之，范雎这把宰相的交椅是坐不长了，这要怪他自己！

35.日。内。秦太子安国君府

安国君回到自己府中。

安国君：美人儿，美人儿。

没人应声。

安国君问下人：华阳夫人呢？

下人：刚刚华阳夫人的姐姐来过，华阳夫人陪了她一会儿，这会子去哪儿了，小的就不知道了。

36. 日。内。安国君府华阳夫人的屋子

安国君进来，来到换衣服的帷幔前。

安国君：美人儿，出来吧，别跟我藏猫猫了，我知道你肯定在里面。

帷幔里还是无人作声，安国君一把抓住帷幔下的一双玉足。

安国君：脚都让我抓住了，看你还往哪儿跑？

华阳夫人（华阳夫人，安国君之宠妃）只得从帷幔里现身，娇嗔地：哎呀，你弄疼人家了。

安国君：那谁叫你躲着我，害得我到处找。

华阳夫人：人家没有衣服见你嘛。

安国君：怎么，又想要新衣服了？那一柜子的衣服都穿腻了？

华阳夫人：根本就没几件嘛，人家每天穿得漂漂亮亮的，还不都为了给太子看，逗太子开心吗？

安国君：美人儿，你的这张嘴可真甜哪。说吧，看中什么了，我给你买就是了。

华阳夫人：我听说这衣服可不是想买就能买到的。

安国君：噢，还有什么衣服是用钱买不到的，你说说看。

华阳夫人：眼看天气越来越冷了，人家要一件白狐裘。

安国君：白狐裘？你怎么想到要这个了，你可知道它的典故？

华阳夫人：知道，那白狐裘毛深二寸，洁白如雪，价值千金，天下无双。太子，我穿上它再好看不过了。你不会舍不得钱吧？

安国君：我是说，你可知道它的来历？

华阳夫人：我也知道呀，不就是当年孟尝君献给大王的礼物，后为了能逃生，用了鸡鸣狗盗之术将白狐裘盗出，又献给了燕姬吗？

安国君：你既然知道得这样清楚，又何必为难我呢？

华阳夫人：可我听说前些日子燕姬失宠，被打入了冷宫，搜她寝宫的时候却并未发现那件白狐裘，可见那裘已经传出宫外，流落

民间了。太子，你倒是帮我找找呀。

安国君：既然如此，好吧！谁叫你是我最爱的美人呢？

华阳夫人：太子，刚才大王唤你去是为了什么？

安国君喜形于色：自从大王对范雎有嫌隙以来，他是越来越信任我了，有什么事都找我商量，凡是大事也都找我办。而且，大王的年纪也越来越大，看来我做大王的日子不远了。

华阳夫人却并不见得多高兴。

安国君：美人，难道你不高兴吗，我要当了大王，那你可就是王后了！

华阳夫人：我有什么可高兴的，我又没有儿子，王后哪能轮得着我来当哪？

安国君：那你就赶紧替我生一个呀。

华阳夫人：太子说得容易，孩子难道是想生就生的吗？再说，我要真生了孩子，我的身材就没有现在这么好了，到时候太子一定就嫌弃我了，别说做王后了，打入冷宫连丫头都不如。

安国君：怎么会？我只爱你一个。要不这样吧，反正我的儿子多，你过继一个，当作你的儿子，不就行了？

华阳夫人：太子说得容易，他们都是有娘的孩子，怎么还会认我这个娘，我不要。

安国君有些急了：这样也不行，那样也不行，你到底要怎样嘛？

华阳夫人见安国君面色不对，赶紧撒娇：太子，是我错了还不行吗，我不当王后可以，可那件白狐裘您可一定要帮我弄到。

安国君也有所缓和了：知道了，我的小冤家！

华阳夫人自语：我上哪儿去弄一个没妈的儿子呢？

37. 夜。内。子楚的茅草屋

子楚翻腾着从噩梦中惊醒，一脸的汗。

公孙乾看了他一眼：好端端的又做什么噩梦。你呀，一定是前世造孽太多，才投胎到王侯家来遭这份罪！

子楚呻吟地叫着：水，水……

公孙乾：什么，你还想让我帮你倒水，我看你发烧了吧？

没想到子楚"咚"地就倒在了床边。

公孙乾用手往他额头这么一摸：嗬，滚烫的，还真发烧了，哎，我说，你醒醒，醒醒呀。

子楚已经晕了过去，动都不动。

公孙乾也慌了神：哎，你可不能死呀，要不，我可怎么向大王交代呀。这前不着村，后不着店的，我上哪儿给你请大夫去呀。

公孙乾急得团团转。

38. 日。内。子楚的茅草屋

迷迷糊糊中子楚就觉得有一个人在为他忙前忙后，熬药喂药。（此画面可为虚焦处理）子楚想开口说话，却什么也说不了，又沉沉睡去。

那忙前忙后的人正是吕不韦，他把手放在昏睡的子楚的额头上试了试，对一旁的公孙乾说：已经退烧了，应该是不会有什么危险了。

公孙乾这才长舒一口气：太感谢吕先生了，幸好您来了，否则我都不知道该怎么办才好。

吕不韦：哪里，还是公子的命大，赶巧了今天我又到这附近来办事。时候不早了，我也该走了，这些汤药您给他按时服下，就不会有什么大事了。

公孙乾：好的，以后吕先生若是没事，就常上这儿来坐坐吧，这穷乡僻壤的也没人说个话。

吕不韦：一定一定。

吕不韦出门，脸上挂着不易察觉的笑容。

39. 日。内。吕不韦家

吕不韦端着一只锦盒进来，十分谨慎小心的样子。

赵女斜了他一眼：什么好东西，至于你宝贝成这样？

吕不韦：还真是世上稀罕的大宝贝呢。

赵女也来了兴致，凑过去：我倒要看看是什么东西，能让爷都稀罕成这样？

吕不韦轻轻地揭开锦盒盖，里面正是那全白的白狐裘。

赵女看得眼都直了：真是好东西，爷送给我的？

吕不韦却把盒盖盖上：原本是打算送给你的，可现在我改主意了。

赵女：你果然看上别的女人了。

吕不韦：你们女人哪，就知道这点事。我不送你，是因为这东西还有更重要的用处。

赵女很机灵：是爷上回说的事？

吕不韦点点头。

赵女：那事情有眉目了？

吕不韦胸有成竹的样子：正一步步地照我的计划进行。

赵女：我能帮爷什么忙？

吕不韦：到时候你自然会有大用处。

赵女倚在吕不韦怀中，吕不韦好似已经看到了美妙的前景，踌躇满志地微笑。

赵女：爷，我知道要以大事为重，可那白狐裘能不能让我试一试？一会儿就行。

吕不韦看着赵女楚楚动人的样子：好吧。

赵女欢天喜地地穿上了那白狐裘，果然立即光彩照人了许多，显得雍容华贵。

赵女上下左右地比划着：爷，好看吗？

吕不韦也看傻了：好看。赵女，我答应你，总会有一天，这白狐裘一定真正属于你。

赵女眼睛亮亮的。

40. 日。内。子楚的茅草屋

子楚一人在摩挲着他胸前挂着的那块玉。

公孙乾进来，他赶紧把那块玉塞进怀里，慌乱中却并未塞好，从外面可以看得很清楚。

公孙乾看了他一眼，也没再计较：你小子要交好运了，有人要请你吃饭。

子楚先是很疑惑地看着公孙乾，后又立即反应过来：我不要死，我不要死，求求你，跟大王说说放了我吧。

公孙乾有些哭笑不得：大王没要杀你，我说的是真的，有好心人要请你吃饭。

子楚这才半信半疑地问：谁？

这时吕不韦从外面进来了：我。

子楚本能地又要躲。

吕不韦：公子不必惊慌，在下是赵国商人吕不韦。我知道前些日子公子得了重病，想请公子吃饭压压惊，不成敬意。

子楚看看吕不韦，又看看公孙乾。

公孙乾：还不快谢谢吕先生，你那次生病正是吕先生帮着请大夫抓药，你才能活下来的。

子楚记起那次生病他恍惚中看到忙碌的身影。（画面可重放）

子楚就要跪地拜谢，吕不韦忙将他扶起。

吕不韦：不敢当，不敢当，举手之劳而已。怎么样，随我一起去吧。

子楚乖乖地跟在他后面，很信任的样子。

41. 日。外。子楚的茅草屋外

外面停着一驾马车，吕不韦做了个邀请的动作，将子楚和公孙乾让上了车，他亲自替二人驾车，向着城里驶去。

42. 日。内。酒肆的包厢里

吕不韦叫了满满一大桌子的好酒好菜，子楚狼吞虎咽地吃着，公孙乾也吃得很尽兴。

吕不韦不断地向公孙乾敬酒：先生真是辛苦，来来来，我再敬您一杯。

公孙乾也不断地喝酒，很快他就有些犯迷糊了。

公孙乾刚要说什么，突然一阵恶心上来就要吐，他也来不及说话，踉踉跄跄地就往厕所奔去。

　　吕不韦见他走了，低声对子楚说：听说您是秦国的王孙？

　　子楚边点头还边在吃。

　　吕不韦：现在秦王已经老了，您的父亲安国君眼看就能当上大王了，你为什么不想法回到秦国呢？

　　子楚全身一震。

第十六集

1. 日。内。酒肆包厢

子楚听了吕不韦的话，全身一震：实不相瞒，我又何曾不想尽快回到秦国呢？你看我每天过的这是什么日子？我连做梦都想回去呀！不过，话又说回来了，回不回秦，我看也没什么区别，我母亲早逝，我父亲又子嗣众多，我看祖父和父亲最不喜欢的就是我了，否则又怎会独独把我送来当人质，受这份罪。我呀，还是过一天算一天吧！

说罢，子楚便拿起酒盅喝起来。吕不韦制止他。

吕不韦：公子，事在人为，你看那楚国公子熊完当初在秦国也跟你一样的境地，可他现在不是已经是楚国国君了吗？

子楚：那是有春申君鼎力支持他，我哪有那样好的运气呢？

吕不韦：如果我愿意助公子一臂之力呢？

子楚睁大了眼睛看着他，半天才反应过来，立即向吕不韦跪拜。

子楚：那先生就是子楚的贵人了，请受子楚一拜。

吕不韦：只要公子按我说的做，我保证公子也能像公子熊完一样成为一国之君。

子楚两眼放光：若果有那样一天，先生在秦国便是春申君的位置。

吕不韦与他碰杯：干！

子楚：干！

两人一饮而尽。

子楚：先生有什么办法可以帮我？

吕不韦：此乃大事，急不得，得一步一步地做。首先要取信于华阳夫人！

子楚：华阳夫人？

吕不韦：正是，华阳夫人是你父亲安国君最宠爱的夫人，可她到现在都没有子嗣，为了自己的将来考虑，她总是要过继一个儿子的，你就争取做她的嗣子，侍奉她，那么将来就有望立储继位！

子楚：可我现在人在赵国，又怎么可能去侍奉她呢？

吕不韦：我虽不算豪富，但愿掷千金帮公子办成此事！

子楚遂又拜倒在地：如果真是这样，那您便是我的再生父母了！

吕不韦微微一笑。

2. 日。内。酒肆的厕所外

公孙乾刚吐完出来，走路还摇摇晃晃的，他刚要往里走，正看见平原君跟他的几个门客从里面出来。公孙乾见是平原君，吓得酒也醒了大半，赶紧上前请安。

公孙乾：平原君大人。

平原君见到公孙乾也有些意外：这不是公孙乾吗，你不好好地看着子楚，怎么跑到这儿来了？

公孙乾瞎编：是龚大人找我有些事，我谈完了就走，您放心，子楚他老实得很，绝对不会逃跑的。

平原君：你也知道邯郸现在是什么局势，子楚那儿万一出了什么差错，就当心你的小命吧。

公孙乾吓了一跳：是，是，小的明白。

公孙乾恭候着平原君走了，这才直起身长长地舒了口气。

3. 日。内。酒肆的包厢里

公孙乾进来的时候，正看见子楚向吕不韦跪拜在地。

公孙乾质问：你们在干什么？！

子楚有些慌张，吕不韦却十分沉着，他将子楚扶起，顺势握住子楚胸口的那块玉佩。

吕不韦：我就说公子不必如此多礼嘛，您还偏要这样客气，倒引来了公孙先生的误会。（他又指着那块玉对公孙乾说）我略略懂玉，刚才看到公子胸前的这个玉佩便稍稍给他讲解了一番，没想到公子十分敬服，竟跪倒在地非让我帮他把这玉佩上的残缺修好不可。

公孙乾将信将疑：先生这样懂玉，也说与我听听，让我也见识见识。

吕不韦不紧不慢：那就献丑了。世人都知晓所谓白玉无瑕，和氏璧更是因为它通体的洁白而成为玉之极品，还差点引发了赵、秦两国的战争。但以不韦之见却并非仅此，（他指着子楚的玉佩）先生请看这玉佩，它乍看虽通体洁白，绝无瑕疵，但你再仔细看看，（公孙乾凑近仔细看）先生可看到其中的血丝？

公孙乾：看到了，有的，有的。

吕不韦：这血丝的形成非一日之功，而是公子二十年来整天贴身带着吸收人体的灵气才能有的。所以，玉之最高境界并非其外表的无瑕，而是能通灵气。现在这玉佩里都有了公子的血脉，这才是玉中极品，更何况公子的血缘高贵，则此玉更是极品中的极品了。

一席话说得公孙乾频频点头：有道理，有道理，先生真是博学多才。

说得子楚也很高兴。

吕不韦：如果我没有猜错的话，这块玉佩应该是夫人送给公子的。

子楚有些伤心：正是，这是母亲留给我的唯一的东西了，自我出生起母亲就给我带上了。

吕不韦：可惜了，这么好的玉却有了些残缺。

子楚看向公孙乾，公孙乾也有些不好意思了，只得看向别处。

吕不韦：如果公子信得过我，我将拿去修补，一定还给公子一块完璧。

吕不韦向子楚使眼色，子楚立即将玉摘下交给吕不韦。

子楚：那就有劳先生了。

4. 日。外。子楚的茅草屋外

屋外的空地上，子楚在满怀兴致地看着树上。

公孙乾：那树上有什么，你看得那样专心？

子楚的声音也很有生气，不像平时般有气无力：我在看鸟儿搭窝。

公孙乾：你这两日是怎么了，兴致这样好，有什么好事吗？

子楚笑而不答，不住地摇头，眼睛看向路上张望。

路上，并无一人。

5. 日。外。秦国某大臣宅邸

吕不韦给门口的门房塞了些银子，门房很爽快地让他进去。

6. 日。外。秦国都城大街

吕不韦颓然地从那宅邸里出来。

吕不韦咒骂道：这些秦国人实在太是奸诈了，收了钱却不给办事。此事不能再拖了，万一华阳夫人立了嗣子可就麻烦了。不如直接上门去！

7. 日。外。安国君府门外

吕不韦抬头望了望"安国君府"的匾额，伸手拍了拍门环。

门开了，吕不韦又塞给门房许多钱，门房看了看吕不韦，接过钱，将他让进门。门又重重地关上了。

8. 日。外。子楚的茅草屋外

子楚还在伸头看着来人的方向。

公孙乾：我知道你在等什么，你在等吕不韦是不是，你在等他把你的玉佩补好了带过来，是不是？

子楚不吭声。

公孙乾嘲笑道：别做梦了，你知道那吕不韦是什么人？他是商人，最是重利忘义的了！玉佩是那样好的东西，他会再还给你？这都多少天了，就是重新做一个也该做好了。你呀，真是太傻，怎么能那么相信他呢?

子楚第一次急：够了，别说了!

说罢，他抽身便回屋了，重重地摔上门。

公孙乾也没想到他会这样，倒被他给弄愣住了，半天没缓过劲来。

9.日。内。子楚的茅草屋

子楚关上门，一屁股坐在茅草堆上，无声地哭泣起来，他越哭越伤心，像个孩子一样。

10.傍晚。外。邯郸城内

城内到处乱糟糟。

一个骨瘦如柴的孩子对他娘：娘，我饿。

孩子娘：孩子，院子里榆树皮都剥光了，还上哪里去找吃的。

孩子望着旁边的深宅大院，使劲吸着鼻子。

孩子：娘，我怎么闻到墙那边有肉香。

孩子娘：那是平原君家，人家是大官。

孩子爹不耐烦：什么他妈狗屁大官，都是一帮吃人肉喝人血的虎狼。隔壁王二家倒是也吃肉，那是把他家小妮子跟别人换着吃了。

孩子吓得扑到娘的怀里：娘，我再也不要肉吃了!

11.傍晚。内。平原君府正房

平原君正在看战略图，平原君夫人端来参茶。

平原君接过茶：夫人，你来看看，魏国晋鄙所占据的位置多么有利，可他就是不进军，真正急煞人也!再这样下去，邯郸真要成为一座死城了。你那位王兄实在是太顽固自私了，他的眼光就不能长远一些?赵国如被吞并，下一个就肯定会轮到魏的!

平原君夫人冷笑：从小便鼠目寸光之人，又怎能指望他突然开窍呢?看来我还得到魏国一趟，让无忌想想办法。

平原君：不行，现在局势太凶险，我不能让夫人这样冒险!

平原君夫人：有大人这番话，我已经心满意足了。你我夫妻多年，难道还不了解，我想办的事就没有办不成的。你放心，我自有办法。

平原君：夫人虽是女中豪杰，但此次非同平常，还是小心为妙。

平原君夫人：我会的。这期间，平原君不妨握紧另一张牌。

平原君：你是说秦王孙子楚？夫人真是与我想到一处去了，我正预备多派些侍卫去看守住他。那天，在酒肆我居然看见派去看守他的公孙乾了！对子楚的防范实在太过疏忽，万一给他逃了，可是对我们大大不利呀。

平原君夫人：正是。子楚在秦虽然不受重视，可他毕竟是秦国王孙，秦王就算要堵住天下人的嘴，也不会轻易放弃他的。如果他逃回秦国，则后果不堪设想！

平原君：夫人，那我们就双管齐下！

平原君夫人：好，而且念奴现在也正在无忌家，我此去正好也可与她会会。《秘籍》之事应该有些眉目了，除非这丫头跟我们有了二心！……不过，谅她也不敢！

12. 日。外。关押子楚的茅草屋

早晨起来打着呵欠，伸着懒腰的子楚打开门一看，只见两队全副武装的侍卫正跑步列于茅草屋的两侧。子楚吓了一跳，呵欠也只打了一半，便赶紧将公孙乾拉过来。

睡眼迷蒙的公孙乾看到这架势也不知是出了什么事。

侍卫首领走上前来。

侍卫首领递上文书：我等奉平原君大人之命，特来加强保护子楚安全。从即日起，子楚不得离开此处半步，希望公子好好配合，不要让我们做出为难之事。还有，公孙乾，平原君大人说了，如果公子有任何闪失，第一个拿来问罪的就是你！

公孙乾赶紧赔笑：知道，知道，小人看护公子向来是忠于职守，不敢有半点疏忽的。

子楚见这阵势只得在一旁暗暗叫苦，内心独白：眼下这阵势就是吕不韦也回天无力了！功亏一篑，我的命可真苦呀！……

13. 日。内。信陵君府密室

念奴又在密室里到处翻找。信陵君在此练功留下的痕迹依稀可见。

念奴在墙上东摸西拍，想找到什么可以藏东西的地方。这时，外面隐约有了人声，她赶紧迅速地撤了出来。

14. 日。内。信陵君的正房

念奴刚从密室里出来，信陵君就回到了屋子，念奴赶紧来到信陵君的剑架前。

信陵君看到念奴在这儿很意外。

信陵君：念奴，你怎么在这儿？

念奴装作很深情地抚摸着那把莫邪剑：想小姐了，来看看她的东西。

信陵君：还叫小姐，你该叫姐姐才是。

念奴：那你就是姐夫。

信陵君微微一笑：瞎说。

家丁报：齐国公子鲁仲连拜见信陵君！

信陵君和念奴都吃了一惊，还没有回过神来，鲁仲连已经飘然而来。

鲁仲连向信陵君拱了拱手：兄长近来可好？（看见念奴，十分惊异）念奴姑娘？你怎么也在这儿？

念奴：我怎么就不能在这儿，别忘了，我是平原君夫人赏给信陵君的！

信陵君：念奴！……仲连，你这个满世界乱跑的大才子，怎么突然关心起我这个碌碌无为的表兄来了？走，到我书房说话。念奴，你就在这儿，守住门口，别让外人进来！

15. 日。内。秦王宫。正殿

秦王与太子安国君和范雎议事。

安国君：父王，邯郸之战不能再拖下去了，恐怕日久生变。

秦王：我儿说得极是。四公子联手合纵，十分令人头疼，我们要抢在合纵形成之前攻下邯郸，以武力击破合纵。

安国君：父王英明，我秦国地处西陲，要称霸天下，靠的就是强大的军队！

秦王：我儿越来越有见识，父王我深感欣慰。我大秦自立国以来一直走的是精兵强国之路，历经十几代，形成这强悍尚武的国粹民风！

范雎小心翼翼地：这可是我大秦的法宝，要代代相传，发扬光大啊！

安国君：白起将军就是这精神的杰出代表，可惜不在了！

范雎：他罪在违抗大王旨意！

安国君：忠言逆耳。

秦王：现在看来，白起对当时战局机会的判断没有错。

范雎：为臣当时主要是担心士气低落。

秦王看着范雎冷冷地：恐怕是担心大权旁落吧？

秦王对安国君：你立刻按寡人旨意撰写一道命令，增兵两万迅速攻下邯郸，违令者斩。

安国君：遵命。

范雎脸色煞白。

16. 日。外。邯郸外，秦军紧紧包围邯郸城

秦国的旗帜在风中慢慢飘。

一个秦国士兵吹奏笛子，乐声激昂。

士兵甲：你今天吃错药了吧？这些日子你那笛子吹得跟吊丧的似的，让人想哭。今天怎么这么高兴？

士兵乙：大王又增兵两万，援兵一到，立刻攻城，这苦日子就熬到头了。

士兵甲：是啊，痛痛快快打他一仗，是死是活就都回家了！

17. 日。内。信陵君书房

鲁仲连：听说，碌碌无为的表兄刚刚办了件惊天动地的大事？

信陵君装傻：有这等事？

鲁仲连：当今四公子齐集魏国宗庙。犹如金木水火四星连线，举世瞩目啊！

信陵君反讥：我也听说有人独闯龙潭虎穴，智退秦兵，解了赵国一时之急。这不成了金木水火土五星连线吗？！

鲁仲连自嘲：此乃仲连即兴之作，无补于大局，否则怎么会惊动赫赫有名的四大公子呢？

信陵君：没有你的游说，哪能轻易除掉威震天下的白起将军？让岌岌可危的局势大大地缓了一口气啊！

鲁仲连：可是秦兵又卷土重来，局势更加险恶。

信陵君：看来，如今各国除了合纵，已经没有其他任何选择了。

鲁仲连：只是齐国在东部，秦国远在西方，中间隔着燕赵魏韩几国，没有直接面对秦国的威胁，所以，对合纵兴趣不大。

信陵君：齐国只有孟尝君高瞻远瞩，力主合纵，只可惜他已经……

鲁仲连：过去仲连对合纵也是半信半疑，所以才演出了一出虎穴探险，可现在……

信陵君：死了白起并不能改变秦国吞并天下的野心，而且秦国朝野上下人人以白起为榜样，对各国的态度越来越强硬，战争节奏会越来越加快！

鲁仲连：现在各国应该明白，秦国的威胁并无远近之分。仲连回到齐国后，会不厌其烦地向齐王讲述唇亡齿寒的故事！

信陵君：孟尝君走了，鲁仲连来了！上天待无忌甚厚啊！

鲁仲连：仲连最佩服兄长的是胸怀天下，不沉溺于一时一事的成败得失！

信陵君：无忌最欣赏的是老弟特立独行，有勇有谋！

鲁仲连打趣地：你我兄弟二人还有一个共同特点。

信陵君认真地：什么？

鲁仲连：就是脸皮厚，极尽互相吹捧之能事啊！

二人相视哈哈大笑。

外面也有笑声，信陵君开门，见念奴在门口捂着嘴笑。

信陵君：念奴？你在偷听我们的谈话？

念奴：无忌公子怎么说得这么难听？什么叫偷听啊？难道我就不能参加你们的谈话？莫非你还把我看作下人？告诉你，现在我和如姬夫人已经是姐妹了！（念奴眼睛睐向鲁仲连）

信陵君：好好好，今日难得清闲，不如我等三人一起到后花园饮酒赏花如何？

鲁仲连：那我就随表兄附庸风雅一回！

18。日。内。华阳夫人住处

华阳夫人正在侍女的帮助下对镜梳妆，很是用心。

有下人来报：夫人，外面有赵国商人吕不韦求见。

华阳夫人很傲慢：这是个什么东西就想见我，不见！

下人：夫人，他说有宝物要献给夫人。

华阳夫人：噢，有宝物？那让他把宝物留下，人可以走了。

下人出去回话了，一会儿又回来了。

下人：那吕不韦说夫人若是不见他，必然会后悔的，所以，他还在恭候夫人。

华阳夫人：好大的口气！那……让他在厅里等着吧。

19。日。外。后花园亭子里

鲁仲连问念奴：刚才你说与谁结成姐妹？

念奴：如——姬——夫——人！

鲁仲连怅然地：呵，如姬夫人！我已经很久没见到她了！

信陵君见状一怔：……听老太妃讲，你将齐国国宝玉连环送给了她？

鲁仲连：那是齐王委托仲连送给如姬夫人的，不过我想，天下的女子能配得上这套玉连环的，也只有她！

念奴：什么？！难道念奴不配？

鲁仲连笑：念奴姑娘不必多心，仲连并非忘恩负义之人，前次蒙你搭救，仲连还未曾相谢哩！（掏出那条汗巾）仲连找过你，不知姑娘因何杳然而去？

念奴一把抢过汗巾，冷冷地：本姑娘从小无爹无娘，少调失教，因此想来就来，想走就走，谁也管不着！

念奴几下将汗巾撕碎，扔掉，回头便走。

鲁仲连与信陵君面面相觑，都吃了一惊。

20. 日。内。华阳夫人客厅

吕不韦手捧锦盒在客厅里恭候着。

华阳夫人打扮得珠光宝气地出来了。

吕不韦故作惊艳状，华阳夫人看见他的表情很是受用。

华阳夫人：吕不韦，你有什么宝物要献给本夫人？

吕不韦故意装作没有缓过神来的样子。

华阳夫人又提高嗓门叫了一声：吕不韦！

吕不韦这才开口说话：夫人，刚才不韦有些恍然，以为是仙女下凡，失礼了。

华阳夫人十分得意：你有什么宝物要献上呀？

吕不韦还不回答：夫人的声音也跟夫人一样迷人。

华阳夫人更加陶醉：听说你是个商人，到底见多识广。

吕不韦：不韦要送上的宝物，全天下只有夫人您才配享用。

说罢，他掀开锦盒，白狐裘现了出来。

华阳夫人惊叫道：白狐裘！

吕不韦从锦盒里取出白狐裘，亲自替华阳夫人披上。

华阳夫人喜形于色：这真的是送给我的？

吕不韦：我说过，全天下只有夫人才配得上这独一无二的白狐裘。

华阳夫人披着白狐裘情不自禁地转起圈来：我漂亮吗？

吕不韦：我都要醉了。

华阳夫人转圈乐了好一阵子才想起问话：吕不韦，你是赵人，为什么要送我这么贵重的礼物？

吕不韦：千金难买一笑，今天得见夫人这样的绝色佳人展笑颜，不韦真是三生有幸呀，我就是花再多的钱也是心甘情愿。

华阳夫人：吕不韦，你的嘴可真甜。

吕不韦：谁让我仰慕夫人呢，夫人，我还有一样更好的礼物要送给您。

华阳夫人一听，眼睛更加亮了：什么，还有什么好东西？

吕不韦：儿子！

华阳夫人：你什么意思？

吕不韦不慌不忙：不韦知道作为太子最宠爱的夫人，您应有尽有，但只缺两件，一样，不韦刚刚已经献上了，还有一样……

华阳夫人：你是什么人，怎么对我这样了解？

吕不韦：这都是源于一位公子对夫人的关心。

华阳夫人：谁？

吕不韦：王孙子楚。

21. 日。外。魏国都城郊外

广阔的平原上，两匹骏马飞驰而来，停在丹水河畔。

天高云淡，一马平川，河流纵横交错，远山与天际相连。

信陵君与鲁仲连放慢速度，信马由缰地走着。

信陵君：看来，念奴她是钟情于你了！

鲁仲连：我对她也颇有好感。不过……仲连另有所爱！

信陵君警觉地：是谁？

鲁仲连：……其实我不说，兄长心里也明白，恐怕和兄长爱的是同一个人！

信陵君猛地勒住马。

鲁仲连突然地：信陵君，你怕吗？

信陵君：我怕什么？

鲁仲连：你放心，我知道如姬的芳心所属，仲连绝不会掠人之美，不过，我倒是要提醒你，如姬在魏王宫中无异于身陷囹圄，你应当救她于水火之中，才是大丈夫的本色！

信陵君：无忌无时无刻不想救她，可那岂不乱了大局？！

鲁仲连：可你不能因为只想保全自己的名节而误了她的青春！兄长，恕仲连直言，若论文韬武略，仲连甘拜下风，若论解风情，辨芳心，兄长实实地不如仲连！明人不做暗事，仲连今日对兄长明言，若是兄长迟迟犹豫，仲连可就要出手相救了！

信陵君严肃地：仲连！当此危局，牵一发而动全身，我是不会搅局的！希望你亦如此！

鲁仲连：仲连虽为齐人，其实天下为家也！天马行空，独往独来，我可不像你，满脑子的理法纲常、江山社稷，仲连只知大真大伪，大爱大恨而已！兄长，前面就是丹水河了，恕兄弟先行一步！

鲁仲连正要打马前行，突然一箭射来，将他所戴头冠射落。

仲连一怔，回头看却是念奴。

远远地，念奴骑马执弓，一副怒不可遏的样子。

念奴：鲁仲连，你听着！你欠我的！你得还！！

念奴再次张弓，鲁仲连快马加鞭落荒而逃。

念奴见他这副狼狈样，忍不住扑哧一笑：呸！再练十年武艺跟本姑娘比试比试，再谈什么大真大伪，大爱大恨！

信陵君在一旁也忍不住笑了。

22. 日。内。华阳夫人客厅

华阳夫人：你说什么？子楚？就是那个羁押在赵的人质？

吕不韦：正是。也是机缘巧合，不韦偶然间与公子成了好友，平日里无话不谈，尽知其心事。公子日夜思念秦国，思念太子，尤其思念夫人。（说到这里，他看了华阳夫人一眼，华阳夫人很感兴趣的样子）他说他自小就失去母亲，是夫人待他最好，他也当夫人如亲生母亲一般。现在他虽然人在赵国，但最想做的就是能回国侍奉夫人，以尽孝道。就是那件白狐裘，也是公子向我多次提起说是全天下只有夫人您才配享用，不韦才千方百计地为夫人得来的。在他的眼里，夫人就如同天上的仙女一般，他经常向我讲述夫人是如何美丽，如何善待他，今日不韦有幸得见，公子所言不虚也。

华阳夫人心有所动：也难为子楚这样惦念我，他在赵国还好吗？

吕不韦摇摇头：秦兵屡次伐赵，赵王便每每欲将公子拿来问斩，幸得臣民保奏，才幸存一命，所以公子思归的念头更加迫切。

华阳夫人：在别国当人质总是要受罪的，赵国臣民何故保他？

吕不韦：实因公子贤孝无比，每遇到秦王、太子和夫人的寿诞，必会清斋沐浴，焚香西望拜祝，赵国百姓无人不知。且公子又好学重贤，结交诸侯宾客，遍于天下，天下皆称其贤孝。故此，臣民皆尽行保奏。

华阳夫人：真是个好孩子。

吕不韦眼看火候差不多了，又献上子楚的玉佩：夫人可见过这玉佩？

华阳夫人接过看了看：这正是子楚的玉佩。

她将玉佩翻过来看看，上面赫然刻着"吾身尽孝"四个字。

华阳夫人带着疑问的眼神看着吕不韦。

吕不韦：公子常说，虽然他的亲母不在人世了，可他把夫人就当作自己的母亲一样，一定会终身尽孝的，所以他特意请人在他带着的玉佩上刻下了这几个字，以表孝心。

华阳夫人将玉佩紧紧地攥在手中。

吕不韦：夫人风华绝代，太子自然爱不释手，但我听说"以色事人者，色衰而爱弛"。现在夫人尽心侍奉太子，太子宠爱夫人，但夫人无子，他日一旦色衰，则会无依无靠。如果夫人在太子的诸位公子中择贤孝者为嗣子，太子百年之后，立此子为王，终生享用荣华富贵。但话又说回来，其他公子皆有母亲在世，侍奉夫人自然会有所懈怠，不能全心全意，那也是人之常情。但子楚就不同，他自幼丧母，倾心于夫人，夫人若在他危难时择他为世子，则他必然会对夫人感恩戴德，死心塌地。夫人，这岂不是两全其美吗？

华阳夫人用心地听着，内心独白：早就想找个没娘的孩子，怎么独独把子楚给忘了，这果然是两全其美呀。

华阳夫人：你的意思我明白了，回去告诉子楚，让他做好准备，太子和我必然会让他早日归秦，然后再……当然这其中也必然少不了吕先生的帮助。

吕不韦听了这话大喜：不韦定当竭尽犬马之力。

华阳夫人：好的，那你就两头都跑着点，一有什么消息我就立即告诉你。

吕不韦一脸的笑容。

23. 夜。内。信陵君府

念奴进来端茶倒水。

信陵君：时候不早了，念奴，你去歇着吧。

念奴冷冷地：如姬姐姐在就好了，免得念奴总是对公子照顾不周。不过，念奴虽然愚钝，但对公子、对小姐都是忠心不二，现在时局如此之乱，公子如有何贵重物品就交我保管吧，奴儿一定不会懈怠。

信陵君倒是笑了：念奴平时聪明，今天怎么倒说起糊涂话来了。你也知道我对钱物向来是不在意的，哪来的什么贵重物品？我虽有个密室，可里面都是些兵书、地图，而且都在我的脑子里了，别人就是想偷也是偷不去的。

念奴：哦？公子再想想，难道就没有别的了？咱们别都是被那个鲁仲连气糊涂了吧？！

这时，忽报平原君夫人来访。信陵君和念奴都很是诧异。

24. 夜。内。信陵君府正厅

信陵君和念奴上前迎平原君夫人。

信陵君：姐姐每次都是这样夜间来访，倒要成了夜行侠了！邯郸城外有秦军的重兵把守，姐姐是怎样出得城来？没有遇到什么危险吧？

平原君夫人：为了赵、魏两国的安危，我也顾不得那许多了。无忌，我之所以冒着危险来找你，相信你也知道我的目的吧？

信陵君：我也正要去面见大王，千钧一发，不能再犹豫不决。如果魏军出动，楚国自然会出兵，对秦军形成两面夹击。

平原君夫人：那你还等什么？

念奴赶紧为信陵君解释：夫人，信陵君正要去劝谏大王！

平原君夫人一个巴掌扇过去：主人说话，哪有你插嘴的份？真是越来越不懂规矩了！

信陵君吓了一跳：姐姐息怒，我知道姐姐肯定是很焦心了，相信无忌一定能将此事办成！

平原君夫人：无忌，你从小便言而有信，相信你此次亦不会食言。

25. 夜。内。信陵君府念奴房间

念奴正在对着墙上自己的影子沉思，突然又多了一个人的影子，念奴回头，正是平原君夫人。

平原君夫人：你是不是还在怨我刚才不该打你。

念奴冷冷地：念奴不敢。

平原君夫人：我打你是恨铁不成钢，又有多少时日了？叫你办的事，到现在连一点影儿都没有。孟尝君这样的障碍我都替你清除了，还有什么说道？

念奴大惊：孟尝君？原来是夫人……

平原君夫人微微点一点头。

念奴一时说不出话来。

平原君夫人：你有什么好惊讶的，我这样做不是为了让你能顺利地把事情办成吗？你实在是让我太失望了！

念奴：可是……恐怕《秘籍》已经不在信陵君的府上了。

平原君夫人：何出此言？

念奴：我把那个密室已经搜了个遍，毫无所获，今日我还试探信陵君，他称所有该记得的东西都在他脑子里，所以恐怕……

平原君夫人：如此重要的东西他应该不会毁掉，如果不在他府上，那最有可能的就在如姬那儿。

念奴：难道在宫里？

平原君夫人：至少应该去查一下。还有，宣你入宫一定是如姬之意，而非魏王本意，所以你进宫一定要多加小心。

念奴：奴儿明白。

平原君夫人死死地盯住念奴的眼睛：看着我，我还能再相信你吗？

念奴冷冷地：信不信，让事实说话吧！

26. 夜。内。华阳夫人的卧房

安国君来到华阳夫人的卧房，一路叫着"美人、美人"。华阳夫人却躺在床上并不理会他。

安国君：夫人，怎么了，不舒服吗？

华阳夫人却把手一伸。

安国君：要什么？

华阳夫人：我要的白狐裘呢？

安国君：那东西实在是个稀罕物，我已经派人去找了，可到现在还没有找到。

华阳夫人：你根本就没有用心。

安国君：怎么会呢，你要办的事我什么时候不上心过？

华阳夫人：好吧，我也就不难为你了。

华阳夫人从帷幔里将白狐裘取出。

安国君抚摩着那软软的毛，赞道：果然名不虚传。我找了那么久都没找到，夫人是从哪儿得来的？

华阳夫人：因为我有个孝顺的儿子呀。

安国君有些不解。

华阳夫人：太子可还记得早年被大王送去赵国当人质的子楚？

安国君：子楚，是呀，我倒是有很多年没见过他了。这几年秦、赵的关系紧张，他受了不少罪吧？

华阳夫人：可不，听说赵王几次想拿他问斩呢。

安国君：这苦命的孩子，也不知他哪一天才能回家。

华阳夫人：当然能回家，只要太子想办。难得这孩子身陷困境，还记挂着我们，听说每年我们俩的生日他都会清斋沐浴、焚香西拜呢。这不，听说我想要这白狐裘，他千方百计地弄到，就巴巴地托人赶紧给我送过来了。这样的孝顺儿子上哪儿去找，我可是要定了。

安国君：马上就要进攻邯郸，一定想法子将他尽快弄回来。

华阳夫人：如今兵荒马乱的，这事可得赶紧办了，省得夜长梦多。你现在有什么现成的法子没有？

安国君：我的好夫人，你也总得容我想一个稳妥的办法，眼下秦国和赵国正在打仗，这可不是简单的事情。总之，我答应你一定让子楚平安回来就是。

华阳夫人：光是让他回来可不行，你还得立他为嗣子。

安国君有些犹豫：这个……

华阳夫人撒娇：太子，他可是我的儿子呀。

安国君：好好好。不过，说好了，有了好儿子，可不许不理我呀。

华阳夫人：怎么会？

27. 夜。内。吕不韦家

深夜，吕不韦回到家，赵女依然在掌灯守候着他。

吕不韦看见赵女一把就将她抱住，高兴地转了好些圈。

赵女欣喜地问：事办成了？

吕不韦：一切都在我的掌握之中。

赵女：那件白狐裘起作用了？

吕不韦：嗯，华阳夫人非常欢喜。

赵女有些醋意：她很漂亮吧，穿上那白狐裘是不是更美了？

吕不韦：百闻不如一见，那华阳夫人倒真是个大美人，尤其是穿上那白狐……（吕不韦这才注意到赵女的脸色）不过，她就是再美，也比不过你啊！

赵女：穿上白狐裘也比不过？

吕不韦：你什么都不穿更好看。

赵女：呸！

28.晨。外。信陵君府院子

一大早，平原君夫人便整装待发。信陵君前来送行。

信陵君：我立即进宫面谏大王，姐姐不听听结果再走吗？

平原君夫人：结果是要看的，听是听不来的，我希望不久便能看到邯郸解除围禁，秦军撤退。无忌，不要让我失望。（说这话的时候，她又看向念奴，念奴心领神会地点头）

29.晨。内。华阳夫人卧房

华阳夫人将安国君摇醒：喂，天亮了！该起来了！

安国君睡得蒙蒙眬眬地：你又想起什么了？再睡一会儿吧！

华阳夫人：那件事口说无凭，你还得发函昭告天下。

安国君：哎呀，我不是已经答应你了吗？

华阳夫人：你今天是答应我了，可明天你又答应别的夫人怎么办？

安国君已经被弄醒，索性与她讨论此事：我对你的一片心，难道你还不知道吗？

华阳夫人：就怕你的耳根子软，要是有人也吹吹枕边风，那可怎么办？

安国君：发函昭告是万万不可的，不然大王还以为我急着立嗣子是想逼他退位呢。

华阳夫人点点头：这倒也是。

安国君：这样吧，夫人若不相信，我便刻符为誓！

华阳夫人：刻符为誓？

安国君：今日我就让工匠在玉符上刻"适嗣子楚"怎样？

华阳夫人很欢喜：好呀，适嗣子楚，明日可就得刻好！

安国君：知道，讨夫人的欢心可不容易呀。

华阳夫人撒娇地搂着安国君：太子对华阳好，华阳会对太子更好的。太子若觉得救子楚回秦有些难度，我倒想起了一个人，应该可以做好这件事。

安国君：谁？

华阳夫人：赵国商人吕不韦。就是将白狐裘献上来的那个人，我看他为人机智伶俐，更重要的是他对子楚忠心耿耿，可以担此大任。

安国君：既然是夫人看中的人应该不会有错，夫人明日便可将他传来，我亲自嘱咐他。

30. 晨。内。魏王内宫

信陵君进见魏王，魏王穿着睡袍就来见他。

魏王打着呵欠：无忌，这么一大早来干吗？

信陵君：事情刻不容缓！

魏王故意说：……哦，你的如姬王嫂，真是寡人的前世冤家！寡人本来以为，因为魏单之事她会记恨寡人，谁知她待寡人却比以前更好了！无忌啊，你说这女人的芳心还真难琢磨！

信陵君强抑怒火：大王，晋鄙已经在屯下驻扎了好些时日了，我不知道大王还在等什么？！

魏王：寡人就知道你是为了此事。你那所谓的联军，楚国的军队不也在等着吗？

信陵君：这个我们已经商议好了，只要魏军一出击，他们也会立即援助的。

魏王：你在糊弄三岁的孩子吗？！魏无忌，你到底是哪国人？

31. 日。内。安国君府

吕不韦被传来，安国君、华阳夫人都在座。

安国君：你就是吕不韦？

吕不韦：回安国君，正是在下。

安国君：那你可知今日传你来所为何事？

吕不韦：太子和夫人爱子心切，应该是为子楚公子。

安国君：倒也机灵，不枉夫人这样大力举荐你。子楚现在已经是华阳夫人的儿子了，而且只要他能平安回到秦国，那么我将立他为嗣子。

华阳夫人将刻有"适嗣子楚"的玉符给吕不韦看了，吕不韦心中狂喜，表面不动声色。

安国君又命人拿上黄金赐予吕不韦：你是赵人，又是子楚的挚友，相信没有比你更适合将子楚救回秦国的人了。这是黄金千两，供你上下打点之用。待事成之后，我还将有重谢。

吕不韦接过黄金：多谢太子、多谢夫人，我一定竭尽全力，不辜负二位的重托，将子楚公子平安送回秦国。

吕不韦走出安国君府的内心独白：哼，我吕不韦要的可不只是一点点黄金而已。

32. 日。内。魏王内宫

信陵君：无忌对魏国有无二心，大王应当知道！

魏王：寡人也知道你对魏国的忠心，可你却常为了所谓的天下而忘了魏国的利益。告诉你吧，寡人刚派晋鄙出兵，便接到了秦国的通牒，说要是寡人还继续出兵援赵，他们将先攻打魏国。你说寡人能置魏国的利益于不顾悍然出兵吗？

信陵君：那是秦国的故意恐吓，以我们现在的防御部署，秦国不会舍近求远对魏出兵的，再说，联军也会援助我们。

魏王：寡人只知道不要惹火上身，坐山观虎斗是件更惬意的事情。

信陵君：大王，难道你到现在还不明白，秦国一心想的是称霸天下。占领赵国只是他们战略中的一步，接着就是荡平诸侯各国。如果我们现在不立即出兵，到那时候则悔之晚矣！

魏王：无忌，你不要再耸人听闻，寡人绝不会听你的蛊惑！

信陵君忍无可忍：好！既然你如此胆怯，那就休怪无忌有违君命了！

信陵君怒极冲出。

魏王：魏无忌，你要干什么？

如姬冲出来挡住无忌：公子！你这是……

盛怒中的信陵君连看也不看她，绝尘而去。

33. 日。内。清晨。平原君书房

平原君夫人带着风尘和疲倦匆匆进屋。

平原君立刻起身替平原君夫人解下披风。

平原君夫人未等平原君开口便急忙说：看来魏王不买无忌的账。

平原君焦急地：那该怎么办？

平原君夫人恨恨地：熬，看谁熬得过谁。

平原君：城中粮食所剩无几，难以为继。

平原君夫人：夫君，我们也不能再养尊处优。将门客，用人和家丁统统组织起来，跟百姓一起巡逻护城。库里的粮食大部分拿出来，精打细算，煮成粥，给老弱病残每天一顿，以安定人心。

平原君：让天下人都知道，我平原君全家与全城百姓同生死共患难。

34. 日。外。信陵君府的大院子

信陵君一回到府中，便立即传令召集府中所有门客。

门客们听说信陵君召集，立即整装列队。

门客：主公，有何吩咐？

信陵君：大丈夫幸则生于乱世，如今正是多事之秋，也正是各位青史留名的时候。秦军围困邯郸多时，邯郸已成为一座死城。赵国与我魏国是唇齿相依的关系，大王虽答应出兵救援却一直按兵不动，他是忌惮秦国。但照这样下去，一旦赵国被攻破，魏国将自身难保，我们绝不能坐以待毙。我魏无忌将亲自到邯郸与秦军决斗，你们如若愿意随我前往的，则现在就领兵器，准备行装，明日出发；不愿意打仗的也不勉强，从哪里来就回哪里去，不要再来见我。

众门客纷纷响应：养兵千日，用兵一时，现在正是我们效力的时候，我们将随主公一起到邯郸和秦军决一死战，决不退缩！

信陵君感动地：多谢各位！

信陵君将兵器一件件郑重地送到各位门客的手中，门客接兵器时表情亦很庄严。

念奴看到此情此景，转着眼珠在盘算着什么。

35. 夜。内。如姬寝宫

如姬在寝宫里坐立不安。

如姬突然听见有人进来的声音。

如姬：不是说不用了吗，退下，都退下。

如姬一转身看见的却是念奴，又惊又喜。

念奴：天哪，小姐比以前可厉害多了！

如姬：应该叫姐姐，懂吗？你是听宣而来？不会是信陵君出什么事了吧？

念奴：奴儿正是为信陵君而来。大王仍然不同意出兵，信陵君竟要亲率他的三千门客到邯郸去与秦军决战！

如姬惊呆了：天哪，他不要命了吗？不行，一定得阻止他。

念奴：可我看信陵君那样，除非是大王立即派兵，否则是谁都劝不住他的了！

如姬心急如焚：他准备什么时候出发？

念奴：就是明晨。

如姬下了决心：妹妹，你在这儿等我，我去去就来。

念奴：姐姐是要去劝大王出兵？大王喜怒无常，你可要多加小心哪！

如姬点头，抽身而去。

36. 夜。内。魏王寝宫

魏王寝宫与往常一般歌舞升平。如姬看到这样的景象，灵机一动，悄悄地跟乐师耳语了几句，乐师会意。

雅乐六和舞的音乐渐起，在乐师的伴奏下，翩翩起舞的居然是如姬，如姬舞得如同仙子一般。把个魏王看得呆住了。

魏王：呵，雅乐六和舞！寡人终于见识到了雅乐六和舞！

一曲终了，如姬浅笑盈盈地向魏王谢幕，魏王半天才回过神来，击掌赞叹。

魏王：早就听说夫人舞技超凡，今日总算得见，果然，刚才寡人恍然以为自己是在仙宫了呢。

如姬：大王过奖了。

魏王：今日爱妃怎有如此雅兴，愿为寡人起舞？

如姬：如姬只是想让大王高兴。

魏王：高兴，寡人当然高兴，平时只要能看到夫人的笑颜，寡人就已经很开心了，今日夫人还能为寡人跳如此美妙的舞蹈，寡人实在是太高兴了！只是寡人的寿诞未到，爱妃怎么就……

如姬：待大王寿诞那天，如姬会再度献舞的！

37. 夜。内。如姬寝宫

念奴在如姬寝宫内一通翻找。

念奴翻出了如姬画的信陵君像。

慢慢地，念奴不再找了。

鲁仲连的形象叠印地信陵君画像上。

念奴的泪水在眼眶里转动。

念奴内心独白：姐姐，为什么有这么多人爱你，却无人给奴儿一点点真爱？……哼，大真大伪，大爱大恨？呸！

38. 夜。内。魏王寝宫

魏王哈哈大笑，把如姬揽入怀中：爱妃，你真是寡人的宝贝！他信陵君瞎忙活半天，也无法把你从寡人手中夺走！哈哈……

如姬：其实，信陵君也是一番好意，他请求出兵，可是为了大王你能够坐稳江山哪！

魏王脸色一变：我说今日你怎会这样，原来还是为无忌做说客！

如姬突然跪下：大王，为了魏国百姓，也为了你自己，你就出兵吧！否则信陵君明日将带着他的门客去邯郸与秦军决战了。他的门客不过区区几千人，这无异于以卵击石，大王，信陵君及三千门客的性命，就在您一句话了！如姬自打进宫之后，从未求过大王，今日请您看在如姬第一次求你的分上，就答应了吧！

魏王看着跪在地上的如姬却更加冷漠：什么为了百姓，为了寡人。今日你是为了那魏无忌才屈尊来求寡人！如姬，你不要以为寡人不知道你与无忌藕断丝连。你进宫前就与他勾勾搭搭，进宫后还与他不清不楚，你……

魏王还要说下去，没想到如姬已站起拂袖而去，她临走前抛下一句话。

如姬愤怒地：请大王自重！

魏王看着如姬远去，愣了半天，才又歇斯底里地叫道：你别走，我还没说完呢。魏无忌就是个伪君子，成天仁义道德，背地里却与你偷欢！寡人什么没看在眼里?！你们都是骗子！枉费了寡人对你的恩泽!! 寡人是决不会让你们得逞的!! ……

魏王疯狂地叫嚷着，走出魏王寝宫的如姬泪流满面。

魏王骂累了，终于跌坐下来，他又将案几上的所有东西掀翻在地。

所有宦官宫女都吓得面白如纸。

39. 夜。内。如姬寝宫

如姬如同大病一场，筋疲力尽地回到自己的寝宫。

寝宫里一片漆黑，躲在暗处的念奴见是如姬才迎了上去。

念奴：姐姐，怎样？

如姬只是摇头，无力地躺在床上。

待掌起灯，念奴才看清如姬脸上的泪痕。

念奴：姐姐，你哭了？

如姬突然撑起身：念奴，给我一支竹简。

念奴递给她，只见如姬在上面写道：要缓行，找侯嬴！

第十七集

1. 夜。内。信陵君府正房
信陵君正在做出战前的准备，念奴突然出现了。

信陵君：念奴，你怎么总是这么来无影去无踪的？

念奴将如姬的竹简递给他：公子，你还是先看看这个再说吧。

信陵君接过竹简，只见上面是如姬熟悉的笔迹写着：要缓行，找侯嬴！

2. 夜。外。魏国街市
大街上空无一人。

信陵君亲自驾车，虚出左位，快马加鞭地前往大梁夷门，就像他当初请侯嬴做门客时一样虔诚。

3. 夜。内。侯嬴的住处
侯嬴正微闭双眼，席地而坐。听到急促的敲门声，他的眼睛缓缓张开，微微点头。

门打开了，正是信陵君。

信陵君急促地：侯先生，无忌有重要的事情向您请教。

侯嬴微微笑道：请吧。我已经等你大半夜了，你终于来了。

4. 同上

信陵君把侯嬴奉在上位，自己坐在右偏位，激动地向侯嬴说着自己的想法。

信陵君：依眼下的情形，情势已经十分危急，大王拒绝了出兵救赵，如果再不想办法，合纵大业将毁于一旦！

侯嬴镇静自若，反问：不知公子有何打算？

信陵君表情坚毅：惟有破釜沉舟，拼它个鱼死网破！无忌已经召集门下诸位门客，准备即日出发，前往邯郸为赵国解困。

侯嬴依然面无表情：依公子之见，您的三千门客，能与秦国的十万大军抗衡么？

信陵君大义凛然：秦王侵略别国，实属大逆不道，天怒人怨，人人得而诛之，吾辈堂堂七尺男儿，自当义不容辞。即使一死，又何足惜！

看着眼前这个大义凛然的年轻人，侯嬴眼光中流露出赞许的神色。

他微微一笑：公子意气风发，确令老夫敬佩。只是用兵之道，贵乎巧而不贵乎勇，凡事应三思而后行！

信陵君的眼睛里流露出期待的目光：先生但说无妨，无忌洗耳恭听。

5. 夜。内。吕不韦的家

吕不韦满载而归地回到家，给赵女带了好些礼物。

吕不韦搂着赵女，赵女在他的怀里一件件地看吕不韦送给她的礼物。

吕不韦：欢喜吗？

赵女：嗯。爷，那件白狐裘，你可是答应我的。

吕不韦：放心吧，我答应过的事什么时候没有兑现过。

吕不韦掏出安国君交给他的"适嗣子楚"的玉符给赵女看。

赵女：这是什么？

吕不韦：是我们后半生的荣华富贵。

赵女：我虽然不知道爷的计划，可赵女知道爷是个真丈夫，爷必能成就一番伟业。

吕不韦看着赵女发亮的眸子，深情地说：你这样理解我，不枉我将你引为红颜知己。

赵女：我愿一辈子伴随着爷。

吕不韦吻着赵女美丽的脸，暗忖：美人，你可还有大用处呢。

两人倒在床上翻云覆雨。

6. 夜。外。赵国都市邯郸

众百姓正纷纷放下粥碗，对平原君夫妇表示感谢。

人群渐渐走散。

平原君：夫人，我们也该回家歇息了。

平原君扶夫人上了马车，两人并肩而坐，马车辘辘而行。

平原君：不知为什么，这回夫人出去，我格外担心，觉得这一切不过是过眼烟云，只有我们在一起的时候，才是真实的。

平原君夫人：大人这是怎么了，怎么突然儿女情长起来？大人不是老了吧？

平原君：我真的是累了。

平原君夫人：大人不要这样说，大人的抱负，大人的斗志呢？眼下正在最关键的时刻！

平原君：我知道，我只是偶发感慨而已。有魏国出兵的消息吗？

平原君夫人：相信这一两天，几方的军队都会有所动作。……我现在最担心的，倒不是这些……

平原君：那是什么？

平原君夫人：是念奴！此次赴魏，我明显感到这丫头有变化！她似乎对如姬和信陵君都挺不错……

平原君笑：莫不是这丫头的烟幕弹把你也迷住了？

平原君夫人：不！我相信我的眼睛！再观察一段，不行就只能……

平原君夫人做了个"杀"的动作，平原君默认了。

平原君夫人：还有，那个鲁仲连，看来还是可用之材，大人还是以大局为重，不要跟年轻人计较为好。

平原君：可我不知道他还愿不愿意与我交往。

平原君夫人：他毕竟是我的表弟，这个我来安排吧。……到家了。

平原君下了马车伸出手，平原君夫人突然发现平原君的后背有些驼了，显得很苍老。

7. 夜。内。邯郸城外。秦军将军帐内

将军王稽将一片黄色绢帛递给副将郑安平。郑安平阅读。

郑安平：增援的军队刚到几天，大王就催促攻城！

王稽：晚饭每个士兵多加半斤肉，准备半夜攻城！

郑安平：攻城的长梯早已经准备好了，再增加一些火把好了。

王稽：请郑将军速去安排，不得有误！

8. 夜。外。邯郸城门和城墙上下火把通明，鼓声和呐喊声震天

战斗激烈残酷，城上和城下尸横遍地。

受伤的士兵野兽般地嚎叫。

军官模样的人，浑身血迹：弟兄们，秦军是虎狼，坑杀我们四十万亲人，要报仇啊！

士兵甲搬起石头恨恨地往下砸：为惨死的哥哥，我砸死你狗日的。

士兵乙带着射中的箭，抱着刚爬上来的秦兵，跳了下去：老子跟你同归于尽！

9. 日。内。赵王宫

赵王如热锅上的蚂蚁，焦躁地在王宫内走来走去。

平原君匆匆走进来，神色紧张。

平原君：大王，情况紧急，守城将士伤亡惨重，秦军进攻一次比一次猛烈，照此下去坚持不了几天！

赵王愤怒地：什么合纵！关键时候都见死不救！

平原君：魏国和楚国都陈兵边界，作壁上观。受到秦国的警告，谁也不敢轻举妄动。

赵王：赵国灭亡了，对他们有什么好处？！

平原君：对他们谁都没有好处，这一点谁都明白，所以魏国和楚国才勉强答应出兵，但是又害怕秦国的报复！

赵王：都是见利忘义，贪生怕死！

平原君冷笑道：人家都为各自的利益，无可厚非。大王您不也是为自己的利益整日盘算吗？现在要做的是对魏国和楚国作出承诺，这两国受到任何国家的进攻，赵国无条件出兵救援！

赵王：无条件出兵，寡人太亏了吧。

平原君急了：大王，这都什么时候了，还在斤斤计较。

赵王假装大度：好吧，寡人就不与他们计较了。

平原君一脸无奈：再就是设法全力催促魏国和楚国尽快出兵。现在关键是魏国，只要魏国动了，楚国立即就会动！

赵王：国家生死存亡之际，全靠平原君运筹帷幄，爱卿不愧是我赵国的栋梁！

10. 日。内。平原君府

平原君：我刚刚见过赵王，此人既胆小如鼠，而且心胸狭窄，赵国恐怕难以度过危机！

平原君夫人：什么叫危机，是危险中蕴藏着巨大机会。正是赵王无能，我们才有机可乘！

平原君：夫人高见！

平原君夫人：我打算用家丁和门客为骨干，组织敢死队，关键时刻冲锋陷阵，使平原君您立威望于赵国，扬美名于诸侯。

平原君感动地：夫人保重，为了我们的大业，赵胜一定不负使命。

11. 日。内。信陵君正房

信陵君也在房间里踱步，万般焦虑。与平日胸有成竹的信陵君判若两人。

他在回忆刚才侯嬴与他的谈话。

12.（闪回）夜。内。侯嬴住处

信陵君大惊失色的表情：这……这……万万不可！万万不可！

侯嬴冷静地：侯嬴知道公子宅心仁厚，不愿利用如姬夫人去窃取虎符，但是依眼前的情形，这是唯一的办法了！

信陵君在侯嬴的冷静注视下乱了阵脚，满头大汗。

侯嬴：以公子的区区三千门客去对抗秦王十万大军，无异于以卵击石，非但帮助不了赵国，反而会害得门客们跟信陵君您去白白送死。即使您为了国家大义视死如归，可您那些门客们呢？他们还有着妻儿家室啊！

信陵君痛苦地皱起眉头：赵国危在旦夕，不得不救。可窃取虎符是欺君大罪，要灭门九族，如姬……如姬她将陷入万劫不复的深渊啊！！

侯嬴冷静地：可是，窃得魏王的调兵"虎符"，就能号令三军，击退秦兵，就能救赵国黎民于水深火热之中。而且保魏国平安。牺牲一人而利天下，将流芳千古！

信陵君痛苦地：难道不能找别人去做这件事么？

侯嬴果断地：她是唯一能走进魏王寝宫的人，而且公子您帮她报了杀父之仇，她一定会竭尽全力帮助您！

信陵君更加痛苦地：可是魏王已经对她产生了怀疑，恐怕会严加防范，万一败露，将有多少人会遭杀身之祸！

侯嬴叹了一口气：关于公子与如姬夫人的事，侯嬴也曾略有所闻。只是现在国难当头，别无选择。自古英雄难过美人关，公子之虑，也是人之常情。是侯嬴不好，让公子陷入两难之境！

信陵君：是无忌无能，解不开这国情和亲情的死扣！

侯嬴：小不忍则乱大谋，相信公子会有决断！

说完，侯嬴向信陵君深深地拱手作揖。

信陵君急忙还礼，说：容无忌再想想！

闪回完。

13. 日。内。信陵君正房

信陵君闭目盘腿而坐，双手握莫邪剑，剑指向天。

莫邪剑寒光闪闪。

信陵君再次听见练秘籍时那个老者的声音。

老者：……信陵君，当断不断，兵家大忌也！……

14. 夜。内。如姬寝宫

如姬激扬的琴声传出。

一个侍女打扮的人托着茶盘走入。

侍女打扮的人轻轻按住了琴弦：琴为心声，如姬夫人为何如此焦虑？

如姬大吃一惊。

只见来人掀开假头套——竟是鲁仲连！

如姬：鲁公子？！怎么是你？

鲁仲连：仲连拜见如姬夫人！

如姬：鲁公子来得不是时候，如姬现在心乱如麻！

鲁仲连：我正是来为你梳理的。据说干将莫邪二剑互通灵性，正是莫邪现在主人的焦躁不安传递给了你！

如姬：难道信陵君陷入困境？

鲁仲连：不是困境，是绝境！而且这绝境与如姬夫人有关。

如姬惊异地：此话怎讲？

鲁仲连：听舅母讲，莫邪剑过去的主人是你？

如姬脸有点红：是的，那又怎样？

鲁仲连：如姬夫人从此铸下大错！乾坤倒置，焉能无祸？你自以为得计，满朝文武的眼睛如何瞒得过去。你身为魏王的爱妃，却在内心深爱无忌，魏王脸面丢尽，肯定嫉恨于他。魏王所以按兵不动，其中一个重要原因，就是要利用这次危机让信陵君威信扫地，以解心中之恨，彻底割断你与无忌的关系！

如姬：难道说，我爱他却害了他？

鲁仲连：爱恨情仇，夫人已经陷得太深！

446

如姬紧张得不知所措：鲁公子帮我！

鲁仲连：夫人，解铃还须系铃人！

15. 夜。外。如姬卧房外

念奴在窗外偷听如姬和鲁仲连的谈话。

念奴咬牙自语：好你个鲁仲连！明明告诉你如姬夫人名花有主，你还贼心不死！竟敢深更半夜潜入魏王宠妃寝宫之中，光这一条就够你死罪！也罢，今儿吓唬吓唬你，让你见识见识本姑娘的手段！

16. 夜。内。信陵君正房

信陵君还在房间踱步，浓眉紧锁。

有人敲门，信陵君不耐烦地：下去，下去，现在我谁都不见。

那人还继续敲门。信陵君把门打开，竟是侯嬴。

信陵君有些窘，作揖道：侯老先生，无忌失礼了。

侯嬴：公子向来行事果断，这可不像你呀。

信陵君：实在是情势太过凶险！

侯嬴拉着信陵君的手：公子随我来。

信陵君：去哪儿？

侯嬴：我带你去见一个人。

17. 夜。内。朱亥家

侯嬴领着信陵君来到朱亥家，朱亥（字幕：朱亥，魏国勇士）早已在家等候。

侯嬴介绍：这就是我跟你提过的壮士朱亥，公子有什么事尽可让他去办，日后必能帮您大忙！

信陵君向朱亥行礼：早就听侯老先生说过您，到您家去拜访了几次，壮士都在云游四方，今日终于见到，幸会幸会！

朱亥：我朱亥仅是卖肉的市井小人，承蒙公子不弃，数次来我家中，我所以没有与公子联系，是因为朱亥觉得那些礼节太过烦琐。现在听侯老先生说您有要紧的大事，那正是朱亥为公子效力之时。您有什么事就尽管吩咐，朱亥定当万死不辞。

信陵君：你我一见如故，还要多谢侯老先生的引见。

侯嬴：公子身边有朱亥，我也就放心多了。只是请如姬夫人帮忙的事，公子难道还是下不了决心吗？

信陵君还是有些犹疑：这个……

侯嬴突然拔出信陵君所佩的莫邪剑，引向自己的脖子。

信陵君大骇：先生，您这是做什么？

侯嬴：侯嬴已经老了，肯定是不能随公子出征赵国的了，我愿用我的一死来进谏公子，帮公子下决心。公子，如果没有虎符，邯郸之役必败！到时死的远不止侯嬴一人！不如现在，侯嬴请以魂送公子！

信陵君扑上去抢剑，但已来不及。

侯嬴引颈自尽，信陵君大恸。

朱亥在一旁也号哭起来。

18. 夜。日。外。侯嬴的坟

信陵君亲自葬了侯嬴。

信陵君抚坟痛哭：侯先生，大事未定，先生为何离我而去？先生放心，无忌决不会辜负先生的期望！国难当头，无忌也只好斩却儿女情缘了！

朱亥扶起信陵君：公子，时候不早了，还有大事要办哪。

信陵君：朱亥，你说我该怎么办？

朱亥：我朱亥是个粗人，但我知道先生的话是从来没有错的！先生以死相谏，望公子及早明断！

信陵君痛苦地闭上了眼睛。

19. 夜。外。如姬寝宫外

一蒙面人秉烛而行。

20. 夜。内。信陵君正房

信陵君小心地擦拭着莫邪剑。

信陵君内心独白：为了虎符，这莫邪剑上居然沾上了侯老先生的鲜血。如姬啊如姬，可我又怎忍心让你去冒这样的危险？真是骑虎难下啊！

21. 夜。外。信陵君府庭院

信陵君宝剑指向正北方，北斗七星逐渐显现，随后发出晕光，现出老虎的形状。

信陵君似乎听到老者的声音在空中回响：勇于驭虎者，伏虎。善于擒虎者，虎服。

信陵君向北方顶礼膜拜：无忌明白，伏虎者惟有虎符也。

老者的声音：乾者坤之阳，坤者乾之阴，乾坤倒置，祸不单行。

这时，院子里忽然传来一阵喧闹声：着火了！着火了！

信陵君起身向门口走去，刚打开门，只见王宫的方向火光冲天。

家丁跌跌撞撞地跑过来报告：主公，不好了，王宫着火了！

信陵君旋即命令：快！赶快集合，立刻随我前往王宫救火！

22. 夜。外。魏王宫内

火光熊熊，一片混乱。

宫女们惊声尖叫、四处逃散，侍卫们来来往往地抬水扑火。

信陵君命令手下：火势很大，你们分成两队，一队赶去抬水，一队去那边泼水救火。

门客们齐齐答应一声，迅速地分成两组，投入混乱的人群中。

信陵君抓住一个宫女，焦急地问道：大王、太妃，还有如姬夫人怎么样了？

宫女惊恐地回答：太妃已经转移没事了，大王正在寝宫里大发脾气呢，如姬夫人不知道去了哪里。

信陵君一听，十分担心，开始在人群中寻找如姬的影子。

院子里人影幢幢，却始终不见如姬的踪影，信陵君更加焦急。

正在手足无措之时，他忽然被一蒙面人拉住。

蒙面人低声地：无忌公子请跟我来！

23. 夜。外。后花园

鲁仲连拉着如姬避开熊熊火势。

如姬突然停住脚步：鲁公子，你快去照顾老太妃，不要管我！

鲁仲连松开手：你往池塘那边去，念奴肯定会来找你。

如姬一怔：难道鲁公子能料事如神？

鲁仲连：不是料事如神，是仲连略懂卜筮之术，知道这火因何而起！如姬夫人！仲连告辞了！

24. 夜。外。后花园池塘边

信陵君被蒙面人拉到此处：你是何人，为何带我来这里？

蒙面人没有说话，拿下了面罩。

看清了对方面孔的信陵君大吃一惊——竟是念奴！

念奴信手一指：公子你看，那边，便是你朝思暮想的人儿，还不快谢过念奴？！

信陵君疑惑地看去，只见水池岸边花草掩映处，有一个白色的身影。信陵君信步走去，离那白色身影越近，信陵君的呼吸在不断加重。

终于来到面前，熟悉的淡淡清香使信陵君激动不已。

信陵君激动地低声叫道：如姬！

如姬抬起头。

月色中，他们只听到对方的呼吸声，以及不知名的夜虫鸣叫声。

远处救火的声音逐渐消失了。

信陵君：月出皎兮。佼人僚兮。

如姬：舒窈纠兮。劳心悄兮。

信陵君轻轻拉住如姬的手。

如姬：如姬希望公子明白，虽然我只是一弱女子，但也懂得知恩图报，扶危济困。公子大恩没齿难忘，如若公子有需要我之处，万望明言相告，又何必暗自心焦！

信陵君：如姬……

如姬：公子，如姬一心想为你分忧。侯先生见识过人，他为你出了什么妙策？

信陵君想到侯嬴自刎，痛苦地闭上了眼睛。

信陵君：没有，没有，什么都没有，如姬，你就不要再问了！

如姬：公子有事瞒不过如姬。为公子、为魏国出力，我如姬都义不容辞，即使丢了性命……也是如姬心甘情愿！

信陵君：无忌实在不愿让你冒险！

如姬：公子你就直说吧，如姬认识公子这么久，还是头一次见你如此犹疑！

信陵君的耳边响起老者的话：伏虎，惟有虎符。

信陵君终于下了决心，问道：你可知是谁调动魏国的兵权？

如姬：当然是大王。

信陵君轻轻摇头：不，是虎符！

25. 夜。外。子楚的茅草屋

吕不韦又来到了子楚的茅草屋，远远地就看见茅草屋的院子里驻守了好些侍卫，吕不韦脸色一沉，但还是不动声色地来到了茅草屋边，想要进来。

侍卫拦住他：你是什么人，去去去，一边去，这里是禁地，一般人不许进入。

吕不韦：我是公孙先生的老朋友，是来找他聊聊。怎么，公孙先生犯什么事了？

正说着，公孙乾和子楚出来了。子楚明显比前一段消瘦了不少，脸色也不好。看见吕不韦，子楚很激动的样子，吕不韦悄悄地给他做了个手势，子楚会意，不再有动作。

公孙乾：哎呀，你又跑到哪儿去了，咱们可好长时间没见了。（他悄悄地使了使眼色，吕不韦明白）大人，我和朋友说说话？

侍卫默许了。

公孙乾将吕不韦拉到一边。

吕不韦：这是怎么了，这样兴师动众？

公孙乾：估计就是上次你请我们去酒肆被平原君看见了，所以才加派了这些人看守。现在可好，不仅子楚没了自由，连我都被囚在这儿了，真正晦气。对了，那个玉佩，你给子楚带来了没有，他一直在惦记着呢。

吕不韦：带是带来了，给你我也带了不少好东西，可戒备成这样，我这岂不是有了行贿之嫌，他们还不得以为我有什么企图。

公孙乾：嗐，这些当兵的你还不清楚，下次来，多带些姑娘不就得了？

吕不韦坏笑。

26. 夜。外。魏王后花园

如姬：虎符？哦……我见过……

信陵君：对，虎符。见符如见君，如果没有虎符，即使是一军统帅也无权调动军队。相反，如果拿到了虎符，就可以传达大王的命令，指挥军队！

如姬：也就是说，只要我们拿到了虎符，就可以调动军队前去解救赵国了，对吗？

信陵君点头道：是的。

如姬焦急地：那还等什么呢，赶快拿虎符啊。

信陵君直盯着如姬：这就是需要你去做的事，也是我觉得最为难之事！

如姬：让我去拿虎符？

信陵君点头：虎符这样重要的军事凭证，大王一定日夜带在身边，所以一般人根本就不可能沾到虎符的边，更何况其他人我又怎能信得过？

如姬：感谢公子的信任，我正是那唯一能够拿到虎符之人！……

信陵君忍不住打断她的话：可是这实在是太危险了，万一有什么疏漏，大王绝不会饶你！

如姬两眼放光，伸出纤纤玉手握住了信陵君的手：我愿意。如姬愿为此事去死，死而无憾！

信陵君的泪水夺眶而出：我不要你死，我要你活着，好好地活着。

如姬：公子放心，如姬一定会好好活着！好，明日此时公子请到我父亲的墓室中等我，我会将虎符亲自交给您。

信陵君一时哽咽无语，只是把自己的另一只手握在如姬的手上，紧紧地。

两人这样紧握着手默默地站立了一会儿，外面传来大火被扑灭的喊声：快去禀报大王，火灭了！火灭了！

27. 夜。外。魏王宫外

魏王正在大发脾气：一定要查清失火原因！……那个刁奴呢？前几日宣她回宫，别又是她使了什么妖术！快去！找如姬夫人，说不定，那个刁奴正跟她在一起！

魏太妃在侍女的搀扶下走来：大王息怒！如姬我已派人去找了，想来不会有何大事！

魏王哼了一声：母后，只要你老人家无事，寡人就踏实了！

28. 夜。外。后花园

念奴匆匆而来：二位，快些吧，火一灭，大王就要找姐姐了！

两个沉浸在爱意里的年轻人被念奴的声音惊醒，赶紧分开了手，脸上都有些发烧。

如姬：念奴果然在这里！

信陵君：她是在暗中保护你。

如姬：侯老先生那儿你替我向他问候，多谢他出了这么好的主意！

信陵君：……可是……他已经……

如姬：他怎么了？！

信陵君哽咽地：他以死相谏，已经辞世了！

如姬：啊！……

园外传来宫女的寻唤声：夫人！夫人！

念奴催促如姬：姐姐，赶快些吧。要是让他们发现可就麻烦了。

如姬：……侯老先生死谏，如姬自知其中利害！公子放心，如姬自有分晓！

信陵君：千万小心！

如姬边走边回头：你也保重，在没有拿到虎符前，答应我，千万不要行动！

信陵君：我答应你。

如姬独自向着王宫的方向走去。

信陵君目送着她，心里波涛汹涌。

念奴向另一个方向看着，自语：鲁公子，念奴对你的惩罚是不是太重了？你没事儿吧？

29. 夜。外。魏王寝宫

魏王、魏太妃都在等着如姬。看见如姬回来，魏王上前急问。

魏王：爱妃，可把寡人急死了！你去哪了？

如姬：大王，刚才那场火把如姬吓坏了！我想出来找太妃，可当时慌得连平时走熟的路都不认识了！我也不知走到了什么地方。刚才还是隐约听到宫女们的呼唤才循声回来的……

魏太妃：是呀，她小小年纪哪经过这些事，可真受了惊吓了！好在人没事，回来就好，大王也就别责备她了！时候不早了，大家都该歇息了……如姬，咱们走？

如姬：太妃先请回宫吧，如姬还有些事与大王商量。

魏王大喜：是啊是啊，母后，还是请您先回宫吧！

魏太妃怔了一下：好。

魏太妃疑惑地看着如姬。

30. 夜。外。平原君府外院

平原君与夫人正在亲自操练敢死队。

平原君夫人一身戎装，面色严肃：从今日始，你们要严格训练，与赵国百姓同吃一锅饭，有福同享，有难同当！随时准备以身殉国，你们听清楚了吗？！

众人：听清楚了！

平原君：是啊，我们不能寄希望于援兵了！要做最坏的准备！

忽来探马报：报！大人，夫人，有可靠消息说，信陵君准备带领三千门客前来救援！

平原君夫人的眉毛拧起来：无忌带三千门客？那就说明，魏王出兵一事已经无望了！

平原君：这真是糟透了！怎么办？！

夫妻面面相觑。

31. 夜。内。魏王寝宫

魏王亲热地执着如姬的手：不知爱妃有何见教？

如姬嘟起嘴，撒娇地：大王难道忘了，明日是什么日子？

魏王如梦初醒：哎呀，刚才这场火，还真是把寡人的心思都搅乱了！寡人怎么就忘了呢！明日是寡人寿诞，更妙的是，还恰恰是夫人守孝三年的期满之日啊！哈哈……

如姬：大王忘了，如姬可没忘！如姬留下来，就是想与大王商量此事。如姬答应过，为大王献歌献舞，只是那雅乐六和舞大王已经看过了，如姬想为大王表演新的舞蹈，不知大王意下如何？

魏王大喜：爱妃，我的美人儿！随你随你！只要是你跳的，在寡人看来都是仙女下凡哪！

如姬一笑：那么，如姬准备为大王表演编钟舞！

魏王半张了口：原来爱妃还会跳编钟舞！

如姬：只是，此舞如姬新学，还不熟悉，须与我师共舞之！

魏王：谁是爱妃之师？

如姬：就是念奴啊！正好明日也是宣她进宫之日啊！

魏王一下子冷下来：寡人当是谁！原来是那个野丫头！寡人就是不愿爱妃与她在一起，那个刁奴，就是个祸害！

如姬不悦地：大王差矣，如姬与她，新近已结拜了姐妹，大王若嫌弃她，便是嫌弃如姬！如姬告辞了！

魏王立即软下来：爱妃，好了好了，随便你就是，看在你的面子上，寡人允许那个丫头与你同跳编钟舞就是！

如姬这才转怒为喜。

魏王搂着她：爱妃，今天就不要回去了，我们同去沐浴吧？

如姬娇嗔地：大王，明日便解禁了，难道这一晚你都等不得了？

魏王：哦……好好！寡人怎么糊涂了？爱妃，一切听你安排，寡人这就去更衣，送你回寝宫，你可一定等寡人哟！

如姬点了点头。

32. 夜。内。吕不韦家

吕不韦在灯下夜读，赵女端来夜宵。

赵女：爷，这么晚了还不歇息，吃些东西吧，可别熬坏了身体。

吕不韦：哼，这些史书写得颠倒黑白，狗屁不通，我若成就大事，也要编一部书，把这些狗屁书都压下去！

赵女：您行的，总会有那一天的。

吕不韦：宝贝，不管什么时候你总是站在我这一边的是不是？

赵女：小女今生若能伴爷一辈子，便是小女的福分了。

吕不韦：真乖，来，（他端起夜宵来喂赵女）吃一口。

赵女吃了一口却很快吐了出来，很恶心的样子。

吕不韦：怎么了，身体不舒服吗，着凉了吧？

赵女：也不知是怎么回事，这些天吃什么东西都没有胃口，总想吐。

吕不韦眼前一亮：宝贝，你该不会是有了吧？

吕不韦把赵女抱起来转了好几个圈：我吕家有后了。宝贝，我吕家几代单传，你可得为我生个儿子呀，一定一定呀。

赵女：爷说生什么就能生什么，爷说的总是对的。

吕不韦狂喜过后，定下神来：是呀，我说什么就能成什么，我要让我们的儿子成为真正大富大贵的人，赵女，你就等着享不尽的福吧。不论发生什么事情，你都一定要相信我，我所做的一切都是为我们的将来。

赵女坚定地点点头。

33. 夜。内。魏王寝宫

魏王一到里间去更衣,如姬就立即行动起来。她开始在梳妆台上翻看着,不时拿起一件东西。她看到了一只烛台,它的外表很硕大,她以为一定很沉重,于是用了很大的力气去拿,没想到实际的重量却很轻的,险些失了手。她不由得"哎哟"了一声。

她的哎哟声引起了魏王的注意,尚未更衣结束的魏王迅速地跑过来,抢走了烛台。

魏王:这个烛台太难看了,寡人正想把它换掉呢,爱妃拿它做什么。来,你来替寡人把衣服系上。

如姬只得帮魏王穿衣。

她穿衣的时候眼睛在不断地观察魏王寝宫,看看哪儿是藏东西的最好去处。

34. 翌日。内。如姬寝宫

念奴走进:姐姐!

如姬:我正在等你!今晚你要与我密切配合,方能完成大计!

念奴:奴儿一切听姐姐吩咐!

如姬:窃符之后,如何交予信陵君?

念奴:他在长亭侯墓室等你!

如姬皱眉:只是,我们窃符之后的退却之路……今天大王寿诞,各个路口定有重兵把守!

念奴取出一个包裹:放心吧,我都准备好了,这是出入的令牌,这是更鼓,这是小厮的衣服……这是……迷药!

如姬:念奴!

两人的目光拧绞在一起。

35. 夜。内。魏王宫

士兵们装备着武器,守卫在王宫的各个角落和通道。

宫女们来来往往,不断地端着各种各样的食物进去、出来,进去、出来。

从宫殿内传出悦耳的音乐声和魏王放荡的大笑声。

36.夜。内。魏王大殿

几位舞女正在和着优美的音乐翩翩起舞，她们宽袍窄带，貌美如花，身上佩戴的玉饰品不时发出叮当之声，甚为动听。

魏王斜躺在王位上，脸上满是淫亵的笑容，他的目光始终盯着舞女们半裸的身体。

突然，几个乐工架起编钟。

盛装的如姬与念奴出场，二人均身着薄纱，曼妙无比。众人惊呆。

魏王探起身子鼓掌：好哇！

37.夜。外。信陵君庭院

信陵君一身便装骑在马上，独自前行。

信陵君对前来送行的门客：现在是什么时辰了？

门客：刚过子时。

信陵君有点着急：刚才不就说已子时了么？怎么过得这么慢？

门客有些害怕，不敢再说话。

信陵君：若有人找我，只说我一直不曾回来！别的一概不必多言！

众门客：是！

38.夜。内。魏王大殿

如姬与念奴合跳编钟舞，水袖飘飘，倩影浮动，配合极为默契。把个魏王喜得如醉如痴。

魏王：原来那野丫头还有这一手，难怪爱妃离不开她！如今寡人也离不开她了！传寡人旨意，命念奴即日起为寡人与如姬夫人侍寝！

旁边的宦官答应一声就去宣旨。

身着纱衣的念奴如风一般飘过来谢恩：谢大王恩典！

魏王色眯眯地双手扶她起来：念奴，寡人过去亏待了你，你不生寡人的气吧？

念奴：大王说哪里话，奴儿一个下人，哪敢生大王的气？！大王若喜欢看奴儿跳舞，以后奴儿天天给你跳就是了！

魏王哈哈大笑：好一个解风情的丫头！看赏！

宦官立即托来一大盘金锭玉器，让念奴挑选。

念奴：大王的东西都是好的，奴儿倒挑花眼了！

魏王大笑，解下自己身上的玉佩：这个你看可行？

念奴装作惊喜地拜谢：谢大王！

如姬过来：什么好东西，也让如姬瞧瞧！

魏王：爱妃，念奴果然如你所说，是个宝贝，寡人为了过去待她不公，特将贴身玉佩赏赐予她！

如姬装作吃醋：大王将贴身玉佩都赏给念奴了，那赏如姬什么？

魏王：真的呢，寡人该赏爱妃什么？就是金山银山也不为过，爱妃，凡是这宫里有的东西，你就挑吧！

如姬：哼，金银珠宝，不过是身外之物！我如姬要的是大王的一颗真心！

魏王一把把如姬搂在怀里：爱妃，你说，只要我能做到的——

如姬装作万般委屈的样子：今日大王寿诞，如姬可是从一个月前便开始忙活，连这酒席宴上的琼浆玉液，都是如姬精心挑选的，原以为大王为体恤如姬苦心，多喝上几杯，不枉费如姬这些时日的辛苦，没想到大王竟然滴酒不沾，实在太让人伤心了！大王的真心，到底在哪儿？

说着，如姬做出委屈的样子，眼睛里已经泪光盈盈，几乎要哭出来。

魏王连忙安慰：寡人还以为是什么事呢，原来是这样。寡人是看爱妃的舞姿看得入迷了，才忘记了饮酒的。来，来，来，寡人连饮三杯，向爱妃请罪。如姬，平日里你总对寡人那样一本正经，没想到你撒起娇来竟让寡人如此受用！寡人真是爽死了！！来啊，拿最大的酒爵，今日寡人要与如姬夫人尽欢！

身旁的念奴立即起身：奴儿亲自为大王与如姬夫人斟酒！

魏王开怀大笑。

念奴半掩水袖地斟酒，我们可以看见她悄悄地把袖中的迷药倒进了酒爵。

39. 夜。外。长亭侯墓地

信陵君下马，守灵人赶到。

守灵人提着一盏灯：大人，这里走，念奴姑娘已经吩咐小人在此等候多时了！

信陵君：什么时辰了？

守灵人：快到寅时了。

信陵君：进墓室等候吧。

守灵人举灯带信陵君走进墓室。

40. 夜。内。魏王宫

酒已喝到半酣，如姬如月宫仙子一般，率众舞姬边舞边唱：此心可鉴，听其自然。松间石上，高歌沉醉，月下风前。玉女吹箫，金童舞袖，送我醺醺入太玄。玄中理，尽浮尘浩浩，阴阳升降，已占逍遥陆地仙！

念奴则索性躺在魏王的怀里，一杯杯给魏王斟酒。

魏王迷糊地：寡、寡人总算等到这一天了！

魏王的手不老实地在念奴背后的纱衣上游走。

念奴一边假装着娇嗔："大王，你好讨厌啊……"一边为他又斟满了酒爵。

41. 夜。外。长亭侯墓地

信陵君的马儿在默默地啃着墓室周围的青草。

42. 长亭侯墓室内

信陵君仗剑而立，在心里一遍一遍地为如姬祈祷：无忌祈求上苍，保佑如姬安然无恙，保佑她顺利拿到虎符！

43. 夜。内。魏王大殿

魏王已经喝得酩酊大醉，开始胡言乱语了：念奴，念奴，再为我满上一杯！

念奴心中暗喜，又为魏王斟了一杯酒，送到他嘴边，几乎是硬灌了下去，一边灌，一边说。

念奴：大王，再来一杯，再来一杯，这一杯，是庆祝大王与如姬夫人合卺！……

魏王已经喝不进了，酒顺着他的嘴角流下来。

念奴向如姬使了个眼色。

如姬过来将魏王手中的酒爵放下，对一旁服侍的宦官说：大王喝得有点儿醉意了，你们帮我把他送回寝宫去。

宦官们领旨，一起动手把魏王抬了起来。魏王还在模糊不清地喊着：再……再……再来一杯！

44. 夜。内。魏王寝宫

太监们把魏王抬到龙榻上。

念奴：行了，大王有旨，从今日起，由我来为大王与如姬夫人侍寝！你们都下去吧！

宦官们应声告退。

如姬拿出干将剑递给念奴。

念奴在门外守候。

如姬开始行动。

如姬趴在魏王耳边大声地喊了几声：大王，大王，大王！

喝了迷药的魏王没有丝毫反应。

如姬开始在魏王的龙榻上搜索虎符。

45. 夜。外。魏王寝宫外

念奴一动不动地手持干将剑守候在外干将剑闪出奇光。

念奴：信陵君，你再耐心点，姐姐马上就要得手了！

46. 夜。内。魏王寝宫

魏王已然呼呼大睡，鼾声震天。如姬则在魏王的身上焦急地摸索着，寻找虎符。首先寻找的是两只衣袖，但是没有虎符的影子；接着她把手探进他的衣襟里，轻轻摸索，依然没有虎符的影子。她开始摸索魏王身上的其他部分，领口、上衣、腰带、裤管，甚至锦缎织成的鞋子，可是依然空无一物。

如姬有点着急起来，她的额头冒出了细密的汗珠，心里嘀咕着：到底在哪里呢？怎么到处也找不到？

身上没有找到，如姬开始在床铺上四处摸索，从床头的被褥一直摸到床脚。

当她正埋头在床脚下仔细搜索时，忽然听到"呼"的一声，她条件反射似的抬头，不由大吃一惊，原来，魏王正直愣愣地坐在龙榻上，一双眼睛张得大大的，死死地盯着如姬。

如姬在巨大的震惊和恐惧之下险些叫出声来，她用手捂住了自己的嘴巴，脑子飞快地运转着，盘算着如何向他解释自己正在进行的动作。

如姬横下心来正准备向魏王解释。

如姬：大王，如姬是在……

如姬还在吞吞吐吐中，魏王突然又直愣愣地倒了下去，再次发出震天的鼾声。如姬长长地出了一口气，拍拍狂跳的胸口，继续在床脚摸索。

47. 夜。外。长亭侯墓室外

信陵君已经焦灼不堪，他再也站不住，跪在长亭侯的墓碑前祈求。

信陵君：长亭侯，您地下有灵，一定要保佑如姬能够安全地出来！

48. 夜。内。魏王寝宫

还在搜索的如姬依然没有找到虎符。

房间里可能的地方都寻遍了，就是不见虎符的影子。如姬站在梳妆台前，焦急地思考着。

忽然，她的目光触及梳妆台上的一只远大于一般烛台的硕大银烛台，脑海里浮现出当时的一幕情景：那个当时她以为很重，实际却很轻的烛台；魏王当时紧张的动作。

如姬赶紧拿起了烛台，轻轻一晃，听到轻微的撞击声，看来里面是空心的，而且可能放有东西。如姬拔开烛台的盖子，往梳妆台上倒去——出来的，正是那半只生动的虎符！

如姬欣喜若狂，又不敢出声，勉强地压制着自己的兴奋，抓起虎符紧紧攥在手里。

49. 夜。外。魏王寝宫外
贴在门上的念奴听见里面传来如姬的击掌声。

念奴推门而进。

50. 夜。内。魏太妃寝宫
魏太妃夜不能寐，卧立不安。

魏太妃：刚才那鼓乐声呢，怎么停了？

宫女：听说大王喝醉了，回寝宫安歇了。

魏太妃：今日是大王的寿诞，是谁陪他回的寝宫？

宫女：是如姬夫人。听说，今日也是如姬夫人守孝三年期满，与大王合卺之日。

魏太妃皱起了眉头：哦？怎么这么安静？宫里没出什么事吧？

宫女：没有，自从失火之后大王便加强了防范，大王怀疑那天有人故意纵火！

魏太妃：这种话可不能瞎说的。去，给我弄碗安神汤来，我怎么总觉得心神不宁呀！

宫女得令而去。

魏太妃自忖：不对！好像是要出什么大事！

51. 夜。外。魏王寝宫外

念奴搀着如姬走出来。

在外面守卫的侍卫长：如姬夫人这是……

念奴：让开，这不是你们软禁夫人的时候了！

如姬和颜悦色地：侍卫长，大王喝醉了，睡得很熟，为了不打扰大王休息，今日我还是回我的寝宫歇息吧。明日一早再过来伺候。

侍卫长：那大王……

念奴：你废什么话？大王鼾声如雷，夫人根本就没法睡！你若是不放心，你进去侍寝啊！

侍卫们只好躬身相送。

52. 夜。外。魏王宫的花园

如姬二人朝着自己寝宫的方向走了一会儿，到了侍卫看不见的地方，改变了方向，进入花园。念奴迅速打开早已藏在一株花下的包袱，取出里面小厮的衣服，二人快速穿上，拿出令牌，敲着更鼓，低头向院子门口走去。

53. 夜。外。魏王宫门口

守卫的四个侍卫正在打瞌睡，看到两名打更的小厮过来。

侍卫：怎么着兄弟，该你们出城了？

念奴粗声粗气地回答：可不是嘛！睡得正香呢！真是倒霉透了。

四个睡眼蒙眬的人充满同情地唏嘘了一番：还不都一样，我们都在这熬了半宿了。

边说着边把宫门打开了。

两人似乎极不情愿地迈出了门槛。

四个人一边把大门关上，一边说：哎，早去早回，回来好好睡！

54. 夜。外。王宫城墙外

在不远处的一棵树上，早已经有念奴准备的马拴在那里，如姬、念奴共骑一匹马朝着长亭侯墓室疾驰而去。

55. 夜。内。长亭侯墓室
信陵君还在长亭侯的牌位前长跪不起，忽然听到"嘚嘚"的马蹄声传来。

信陵君激动地站起身来。

一丝光亮晃照着他的脸。

在他还没有看清来者之前，他已经看见虎符在他的眼前出现了。

他双手接过虎符，拿着虎符的手忍不住颤抖起来。

56. 夜。外。长亭侯墓地
念奴盘腿坐在石碑旁边，一动不动。

守灵人用盘子托了三块馍馍走来。

念奴：放那儿吧大叔，现在他们不饿。

57. 夜。内。长亭侯墓室
信陵君将墓室的鲜花一朵朵摘下来，铺成一张鲜花的床，然后将如姬轻轻抱在上面。

昏黄的光把他们的身影投射到墓室的墙壁上，可以看到两个紧紧地缠绵在一起的身影……

58. 夜。外。长亭侯墓地
念奴遥望着天空。

明月长星，天空是那样高远。

念奴喃喃地：鲁公子，你在哪里？

念奴拿起一个馍馍，咬了一口：想你，就咬一口！

念奴狠狠地又咬一口：想你，就再咬一口！

59. 夜。内。长亭侯墓室
信陵君和如姬向长亭侯之墓碑跪拜。

信陵君牵着如姬的手对着长亭侯之墓发誓：从今以后，我将用我的生命去爱如姬，去疼惜她，保护她！您若地下有知，请保佑我们吧！

　　如姬流着幸福的泪：父亲，女儿今夜凤愿已偿，女儿今夜……是最最幸福的人了！父亲，有了今夜，明日即死，如姬也不枉此一生了！

　　信陵君急忙捂住如姬的嘴：快别说这些不吉利的话！

　　如姬：信陵君，你要在父亲墓前向我保证，此去援赵，一定要保护好自己！

　　信陵君：我保证，可你也要向我保证，不管多久，等着我！我一定会回来接你的！

　　如姬的泪夺眶而出：公子，我等着。

　　信陵君：宫里，你是回不去了，这里也并不安全，我会派人来保护你，照顾你！如姬，答应我，无论怎样，你都要好好活下去！

　　两人再度拥抱在一起。

60. 曙光初现。外。长亭侯墓园

　　信陵君和如姬走出墓室。

　　念奴讽刺地：英雄爱美女天经地义，美女爱英雄其乐无穷。吃馍馍吧，英雄美女，可惜有点儿凉了。

　　如姬和信陵君大口吃馍。

　　信陵君：念奴听令，我命你从今以后不得欺负你姐姐！

　　念奴：常言道一日夫妻百日恩，我这姐夫怎么才一个晚上就被收拾得服服帖帖的了？

　　如姬：死丫头！太过厉害，小心吓跑了如意郎君！

　　念奴：姐姐历来重色轻友，有了男人就嫌弃念奴，若是再得一子，心里就更没有我这个妹妹了！

　　如姬：你这丫头胡说什么！

　　信陵君：念奴永远是我们俩的好妹妹。说不定，有一天还能亲上加亲呢！

念奴：你什么意思？

信陵君：好了，没工夫说话了，我必须立即出发，尽早赶到邺城，以免夜长梦多！

信陵君翻身上马。

如姬：且慢！

信陵君一惊：怎么？

如姬把系好同心剑穗的干将剑捧上：公子，完璧归赵！

信陵君一怔，下马：如姬，为魏国百姓，请受魏无忌一拜！

然后把莫邪剑还给如姬：可惜，我不会编同心结！

信陵君快马加鞭而去。

如姬泪如泉涌：干将莫邪，什么时候再相会？

黎明的曙光中，念奴搀扶着如姬，两人的逆光剪影犹如两尊绝美的石像，她们的长发和衣袂在晨风中慢慢地飘。

第十八集

1. 清晨。外。魏国大道

信陵君一骑绝尘，在黎明的曙色中，怀揣虎符向夷门奔去。

2. 日。外。邯郸城。夷门

（以下只有画面没有声音）

信陵君向众门客说着什么，众门客欢欣鼓舞，纷纷上马。

3. 日。外。通往魏赵边境之路

信陵君带着三千门客，浩浩荡荡出城。

4. 日。外。侯嬴坟前

信陵君把如姬窃得的虎符敬奉在侯嬴的坟前，朱亥在旁边斟满了酒。信陵君端起酒樽洒了下去。

信陵君向侯嬴的坟头拱手而去，朱亥也对侯嬴之坟拱了拱手，追随信陵君而去。

5. 日。外。子楚茅草屋的院子

子楚的屋外依然是重兵把守，但屋里传来了一阵阵朗朗的欢笑声。

6. 日。内。**子楚的茅草屋**

这朗朗的笑声正来自屋里的吕不韦、公孙乾和看守子楚的侍卫首领刘总管。子楚也在一边赔着笑。

刘总管：不韦兄，你说的可都是真的？那里的姑娘都那么带劲？

吕不韦：刘总管若是还不相信，晚上小弟做东，你们都随我去瞧瞧不就知道了？

刘总管：若果然这样，那当然好，可我这还当差呢，如何能随处走动？万一出了事，大家岂不是都要掉脑袋？

吕不韦：咱们兄弟都这样地熟了，能出什么事？大不了把子楚也一同带着，你们时刻看着他还不行吗？

公孙乾在一旁帮腔：就是，我们都在，不会出什么岔子的。你想，不韦兄还会害咱们吗？

刘总管已经有些松动了：好是好，可万一要是给平原君知道了，即使没出什么事，也总是不好的。

吕不韦：这种事，没人报告给他，他在那深宅大院里又怎会知晓呢？

刘总管：说得也是，要不晚上我们就去乐呵乐呵？

公孙乾：这就对了，不韦这实际也是代平原君大人犒劳犒劳大伙呀。

吕不韦暗笑，他趁二人不备，偷偷地塞给了子楚一样东西。子楚心领神会地不动声色。

7. 日。内。**魏太妃寝宫**

鲁仲连拜见魏太妃。

魏太妃很意外：仲连，你怎么来了？有事吗？

鲁仲连：我……我做了一个很不吉利的梦，我担心如姬会出事！

魏太妃：怪道我这心里总是有些不安，难道真是她要出什么事吗？！……我这就去她寝宫看看。

鲁仲连：我陪你去。

魏太妃：等等，仲连，你……好像非常关心如姬，我还不记得你这么关心过什么别人呢！

鲁仲连：舅母不必多虑，仲连只是钦佩如姬夫人而已！

魏太妃：钦佩？不对吧？我说你们这是怎么了，难道世上只有如姬一个女人吗？为什么你们兄弟三人独独都看中了一个女人呢？！这可叫老身怎生是好？！

鲁仲连：舅母，你应当了解仲连，仲连如闲云野鹤天马行空，何况深知如姬夫人只可远观不可亵玩，因此仲连绝不会锦上添花，不过是出于侠义雪中送炭而已！

魏太妃：好啊好啊，你是有名的辩士，我哪说得过你，你随我去就是了！

魏太妃领着鲁仲连急急忙忙地向如姬寝宫走去。

8. 日。外。子楚的茅草屋门口

吕不韦拱手告辞。

吕不韦：那就这么说定了，小弟现在还有些事情要办，晚上将亲自来接二位大人。

刘总管：客气客气。

吕不韦走到院子里，很显然其他的守卫也与他很熟稔了，亲昵地与他打招呼。

守卫：吕先生，这就走呀，不再多坐会儿？

吕不韦：不了，下次再来。对了，那日，你让我捎的上好的缎子我给忘车上了，这就给取来。

吕不韦将缎子交给那守卫，那守卫抚摸着那柔滑的缎子十分喜悦。

守卫：多少银子？

吕不韦：嘻，要是再跟我谈钱，我可真跟你们急了，不就是办这点小事吗，你们每天这样守着多辛苦呀，我这算什么？

守卫们都很感动：吕先生，还是您最体恤我们哪。

吕不韦富有深意的笑容。

9. 日。内。如姬寝宫

魏太妃、鲁仲连来到如姬寝宫，寝宫里空无一人，如姬、念奴都不在，床铺整齐干净，显然没人睡过。

魏太妃赶紧来到剑架边，上面的干将剑果然也不在了，原先一直放在案几上的古琴也没了踪影。

魏太妃与鲁仲连面面相觑。

魏太妃：走，去魏王寝宫！

10. 日。内。子楚的茅草屋

趁没人在屋子里，子楚取出吕不韦刚才悄悄塞给他的玉符仔细端详。只见玉符上赫然刻着"适嗣子楚"四个大字，看得子楚是欣喜若狂。

这时，刘总管和公孙乾走了进来，他赶紧将玉符藏入怀中收好。

刘总管在与公孙乾议论：你说这吕不韦这么殷勤，不会是动什么心眼吧？

子楚听了这话一惊。

公孙乾却很肯定地说：不会，以我对他的了解，他不会做出什么的。

刘总管：那他为什么对我们这么好？

公孙乾：商人嘛，不过想攀附一下权贵，附庸风雅罢了。

刘总管：有道理，那咱们就给他个面子，晚上赴约？

公孙乾：那当然，白给的，干吗不去？

两人哈哈大笑，子楚听了这些话亦在偷笑。

11. 日。外。魏王宫

魏太妃和鲁仲连正朝着魏王寝宫的方向走，迎面碰见了服侍魏王的宦官，唤住他。

魏太妃：大王起来了吗？

宦官：昨晚大王高兴，喝多了些，到现在还睡着呢。

魏太妃：那如姬夫人呢？听说昨晚是她与大王合卺之日……

宦官：是啊，可听值夜班的侍卫说，如姬夫人昨晚将大王扶回寝宫后不久就走了，现在应该在自己的寝宫吧。

魏太妃和鲁仲连对望了一眼，知道大事不妙。

鲁仲连：如果我没猜错的话，一定是出大事了！

12. 日。内。晋鄙帐内

信陵君领着朱亥和一众门客星夜兼程地赶路，终于来到了晋鄙驻扎的营帐，他来不及休息就带着众人来到了晋鄙的大帐。

晋鄙见是信陵君来了，拱手致意：不知信陵君驾到，军务在身，有失远迎，请见谅。

信陵君：将军不必多礼，我这么匆忙赶来实在是有大事。

晋鄙也严肃起来：信陵君请讲。

信陵君：大王体恤将军在外多时，特遣无忌来为将军代劳。

说罢，他命朱亥捧上虎符与晋鄙验之，虎背上有十一个错金篆书：甲兵之符右在王左在晋鄙。

两个半块虎符凑在一起很快就"啪"地合上了，天衣无缝。

信陵君：见符如见君，将军，这虎符已经合上了，还请将军遵旨返魏！

晋鄙：信陵君，大王当初信任末将，将十万人马托付于我，我虽不才，但事事亦以王命是从，不敢造次，更未犯下渎职之错。现在信陵君突然带领这么几个人马过来，要替末将之位，末将不敢阻拦。不过掌握兵符时定下的规矩是，兵符加大王手令才能说明调兵意图。可这次无忌公子并未带来大王尺寸之书，让我心中不免疑惑！

13. 日。内。魏太妃寝宫

魏太妃一回到寝宫就赶紧屏去左右。

魏太妃忧心忡忡：如姬若果真出宫，只有一种可能！

鲁仲连：您是说，私奔？

魏太妃面色沉重地点点头。

鲁仲连:我猜想,是比这更可怕的事!

魏太妃大惊:你说什么?!

鲁仲连:舅母,我告辞了,你现在立即去大王寝宫,将大王稳住!

魏太妃的手不由自主地发起抖来。

14.日。内。晋鄙帐内

信陵君:将军果然是细心之人,大王之所以没有亲自下旨,实因情势紧急,邯郸已危在旦夕,所以才命我等连夜赶来。大王就怕将军生疑,所以才命我带来了虎符。将军既然已经验过了虎符,还有什么不信的呢?

晋鄙:晋鄙不敢,但此事乃军机大事,非同小可,我还是希望能即刻发函给大王,亲自看到大王的书函,末将才能放心交出兵权。

这边的朱亥早已按捺不住,厉声喝道。

朱亥:将军不奉王命,就是反叛了!

晋鄙:你是何人?

朱亥:我是信陵君帐下朱亥!虎符都已经合上了,救人如救火,谁跟你在这儿磨时间?

晋鄙的卫兵将信陵君和朱亥等人紧紧地围在中间,双方剑拔弩张,气氛顿时紧张起来。

晋鄙冷笑:末将临出发时,大王特别叮嘱,军权决不能交给信陵君!

15.日。外。信陵君府大门

鲁仲连敲门,门房开门。

门房还没待鲁仲连开口就说道:我家主公不在家,有任何事等他回来再说。

说罢,便要关门,鲁仲连拦住。

鲁仲连:我乃齐国鲁仲连,是信陵君的表弟,是魏太妃让我来的,有要事,我就在里面等他,你让我进去。

门房:对不住,鲁公子,是主公吩咐的,我们做下人的也没有办法，有什么事你还是等他回来再来吧。

不由分说，又将门关上了。鲁仲连在外面叫门，门房是再也不理了，大门紧闭，再也没有打开的迹象。

16。日。内。晋鄙帐内

信陵君：望将军识大体，顾大局！救赵便是救魏，再不出兵就是坐以待毙！

晋鄙冷笑着拿出一张帛书：公子，难道非要末将出示大王手谕吗？

晋鄙念道：任何仅持虎符而无寡人手令调兵者，斩立决。

晋鄙念完，将书信递给信陵君，同时将军帐里三层、外三层围得像铁桶一般。

晋鄙：公子带来的三千门客，末将已妥当处置，请公子放心。公子和这几位手上的家伙，也交给末将保管吧，动起手来，就不好看了！

信陵君接过绢帛仔细阅读，一股绝望的神情流露在脸上。

信陵君突然大声喊道：这书信绝非魏王手迹！

所有的人都被信陵君的喊声惊呆了。

朱亥趁机抢起一柄大锤，向旁边的晋鄙当头一击，晋鄙当即气绝身亡。

晋鄙的手下军士无不骇然。

信陵君没料到朱亥配合如此默契，立刻掌握了主动权。

信陵君握着虎符命令诸将：大王有令，使我代替晋鄙将军救赵，晋鄙不听王命，现已诛杀。三军将士须听我号令，不得违命！

朱亥亦气势汹汹地威严地站在一旁，全军肃然。

17。日。外。信陵君府的围墙边

鲁仲连正要攀上墙头，想翻进府里，却被人一拍肩膀，险些栽到地上。鲁仲连抬头一看，竟是念奴，有些欣喜。

念奴讥讽地：鲁公子这样恐怕有些不雅吧？光天化日的，就想翻人家的墙头，这可是有失公子身份的行为呀！

鲁仲连：念奴，是你，我正要找你呢！

念奴一喜：公子要找我？

鲁仲连：对，如姬是与你在一起吧，你现在立刻就带我去见她！

念奴脸一下子就沉了下来：我没见过她，不知道她在哪儿。

鲁仲连：念奴，现在不是使小性子的时候！情况十分危急，你以为你们待在信陵君府就没有危险了，只怕到时候想逃都逃不了！

18. 日。内。赵国酒肆

侍卫们列队在酒肆的门口守着。

吕不韦：我们吃喝，让这些兄弟们守着，这像什么话，不如一起上去吧。

刘总管：唉，还是这样的好，以防万一嘛。

侍卫们都很愤恨的样子。

吕不韦也无法，只得说：那官爷们就辛苦了，一会儿我再给几位送些吃的下来。

吕不韦只得领着公孙乾、刘总管和子楚来到包厢，早有姑娘们在里面等待。公孙乾、刘总管一看立即眉飞色舞起来。

吕不韦命人上了一桌子的好酒好菜，几人很快就胡吃海塞起来。旁边的姑娘在陪酒。

刘总管：自从接到这倒霉的看守任务以来，还真没这么痛快过。

公孙乾：这可是都托了不韦兄的福呀。听说就是平原君家的饭桌上也见不到大鱼大肉了！

刘总管：那我们岂不是要比平原君过得还要快活，哈哈！来来来，不韦兄，我敬你一杯，咱们这朋友就算交上了，以后有什么事，你尽管说话。

吕不韦：承蒙刘总管看得起，这杯酒我是一定要喝的。

说罢，吕不韦一饮而尽。

刘总管：好，痛快，痛快，我就喜欢这样痛快的人。再喝！

他们好一阵推杯换盏，子楚则在一边闷头吃。

吕不韦看着公孙乾和刘总管喝得差不多了，便让那些陪酒的姑娘把他们带到旁边的厢房去休息。

姑娘搀着不省人事的他们到了另一间厢房。

19. 日。外。信陵君府围墙边

念奴冷冷地：你不要危言耸听，本姑娘见得多了！

鲁仲连怒从心起：念奴，你不要太过分！

念奴冷笑：奴儿怎么过分了，愿闻其详！

鲁仲连：你要仲连一一道来？那好！仲连并未招惹姑娘，第一次见面，姑娘便伸脚绊了我一跤，可有此事？

念奴假装想了半天：对，有！还有呢？

鲁仲连：第二次，你又射我一箭，几乎将我头冠射落，可有此事？

念奴：好像……有这么回事儿吧？！

鲁仲连越说越气：第三次，哼，你自己说吧！

念奴忍着笑：第三次怎么了？说啊！

鲁仲连：那魏王宫的大火，不是自己烧的吧？纵火犯就是你！

念奴：就是我就是我！你怎么样？告啊！快到魏王那里去告我个株连九族！可惜，奴儿无亲无友，让你失望了！

鲁仲连气极：你！

念奴狂笑：哈哈……说不过了吧？什么著名辩士千里驹，原来不过是个银样蜡枪头！哈哈哈……我可知道了，原来你这人是筷子夹肉记不住，筷子打一下儿就记住了！你怎么不说，我还救过你的命哪？

鲁仲连哭笑不得：姑娘救命之恩仲连自然不曾忘记，你说吧，你要如何报答，仲连立即就照你吩咐去做，两下扯平了，也省得以后总被人当成话把儿！

念奴：呸！说得好听！扯平了？那么容易扯平？我就不让它扯平了，我就让你欠着我！永远欠着我！……得了，你也别皱着眉头不高兴了，不就是要见我姐姐吗？那还不容易，过来……

念奴抽出一块黑布不由分说把他的眼睛蒙上：走吧！

20. 日。内。酒肆厢房

现在此厢房里只剩下吕不韦和子楚两人了。

子楚：现在是个好机会，我们现在就走吧，这样的日子我一天也过不下去了。

吕不韦则把他带到窗口，让他看下面，侍卫们还在把几个出口都看得死死的。

吕不韦：怎么走？

子楚很泄气：这样的日子到底还要到什么时候？

吕不韦：公子少安毋躁，你不觉得现在的形势已经对我们大大有利了吗？今天公子就什么都别想了，还是痛痛快快地乐一乐吧。

吕不韦一拍掌，赵女应声而入。

吕不韦向子楚介绍：这是我的使女，你就叫她赵女好了，她颇会唱曲，待会儿，让她唱两曲助助兴，公子也可多饮两杯，破破坏心情。赵女，还不快拜见子楚贵公子。

赵女遂轻移莲步来到子楚面前：小女拜见公子。

子楚见到赵女都看傻了，只见她云鬓、蛾眉、朱唇、皓齿，真正的尤物。子楚慌忙起身作揖还礼。

吕不韦见他这种情状不禁在一旁偷笑。

赵女又为子楚把盏斟酒，子楚受宠若惊，看着她半天没动。

吕不韦：赵女，公子不饮酒是因为你没有诚意，你不唱一曲，他又怎么会喝呢？

弄得子楚一时是喝也不是，不喝也不是。

好在赵女很大方，很快就唱起了一曲，歌声果然婉转动听。子楚更是听得入迷了。

一曲终了，吕不韦劝道：公子，这曲唱得如何？

子楚：天籁之音。

吕不韦：那公子还不快些把这酒饮了？

子楚：喝，喝，我喝。

说罢，子楚一仰脖子一饮而尽。在吕不韦的示意下，赵女又很快斟满了一杯。

子楚光是看着赵女就已经醉了，哪还管那许多，咕嘟又是一杯。就这样又很快喝下了三五杯。子楚看人已很是迷离了。

吕不韦见火候已差不多了，便道：行了，公子这儿不用你伺候了，你下去吧。

赵女盈盈而去，临走还冲子楚微微一笑，千娇百媚地，撩拨得子楚不知怎样才好。赵女已离开，子楚却还向着她走的方向抓着什么，好像很不舍她离开的样子。

21。日。内。信陵君的密室

待念奴将鲁仲连眼前的黑布揭开，鲁仲连觉得眼前还是很黑的一片。

鲁仲连好不容易看清了自己所在的密室，却没有如姬的踪影，他大叫：念奴，这是哪里？如姬夫人到底在哪儿？

却没有一人答应他，鲁仲连想拉开门出去，却怎么也出不去。

鲁仲连：这个丫头，我是不是又上当了？！

可无论鲁仲连怎样叫喊都不管用，鲁仲连筋疲力尽地坐在了地上。

也不知过了多久，好像终于有人在开那密室的锁了。鲁仲连赶紧来到门边，待门一打开，还没看清来人是谁，鲁仲连便冲了过去，猛地摇晃那个人。

鲁仲连：念奴，你太过分了！！

还没说完，鲁仲连就傻了，原来进来的竟是如姬。两人都很尴尬。

鲁仲连竟结巴起来：如，如姬夫人，我，我还以为是……

如姬：刚才都是念奴胡闹，委屈公子了！

鲁仲连：不，是仲连失礼了。夫人，现在情势凶险，这里也不是久留之地，你和念奴还是快快离开魏国吧！

如姬警惕地：公子何出此言？

鲁仲连：我说过我略通卜筮之术，夜来做梦，十分不吉！今日特为此事到宫中告知舅母，谁知，那梦，已经开始应验了！

如姬：公子做的到底是什么梦？

鲁仲连：……仲连梦见……一只黑虎咆哮不已，将信陵君隔开，扑向夫人……

如姬想起自己做过的那个梦，全身一颤：那后来呢？

鲁仲连：后来，我就醒了！

如姬站起身沉吟着：你既是懂得卜筮之术，可能解梦？

鲁仲连也站起来，靠近如姬，压低声音：如姬夫人久居深宫，恐怕一定见过虎符的形状吧？！

如姬大惊。

22. 日。内。赵国酒肆

吕不韦：使女不懂规矩，让公子见笑了。

子楚：先生家连使女都如此的天姿国色，先生真是好福气呀。

吕不韦：公子不是喝醉了吧，怎么说出了这样的醉话，您可是秦国的公子王孙哪，什么样的姿色没见过，倒说出这样的话来。

子楚索性借酒说出来：先生是我的救命恩人，我对先生也实不相瞒，自从我孤身被当作人质囚禁在赵国以来，就没有再碰女人了。人人都对我唯恐躲之不及，连个好脸色都不给我，更别说美丽的姑娘了。今天看见赵女，真天人也，对子楚亦是和蔼可亲。我就斗胆向先生提出，子楚愿求此女为妻，这样即可满足我平生之愿了！还请先生帮忙！

吕不韦听了佯装大怒，把酒盅扔得老远，把个已微醉的子楚吓得一激灵，酒也醒了大半。

23. 日。内。信陵君密室

如姬突然拔剑，将剑顶在鲁仲连的咽喉：你到底是什么人？

藏在一边的念奴吓了一跳，欲出又止。

鲁仲连面不改色：齐国辩士鲁仲连！

如姬：那你如何知道虎符之事？！

鲁仲连：仲连上知天文，下知地理，卜筮之术，无非缘于伏羲氏仰则观象于天，俯则观法于地，近取诸身，远取诸物，以通神明之德，以类万物之情而已！如姬夫人博古通今，难道未曾听过此说？

如姬这才把剑抽回：非是如姬无礼，实在是情势所迫，公子既已知晓，如姬也就不瞒你了！窃符救赵，乃天下大义，并非是儿女私情所使，还请公子细察！

鲁仲连：窃符救赵，乃唯一救赵之法，仲连自然明白，只是……如姬夫人你，从此将堕入深渊，与无忌公子的一段情缘，只怕也只能落得一场空而已！

如姬：为信陵君与天下百姓，如姬甘入地狱！

鲁仲连：仲连占得，今夜子时三刻，此地必有灾祸，还请如姬夫人另择他处避之为好！

念奴走出来：不知鲁公子是否言之有据？此处乃信陵君之密室，除了我们，恐怕连魏太妃都不知道，若是此地不行，恐怕整个魏国都不行了！人命关天，鲁公子可不能捕风捉影，害了我们，害了奴儿事小，若是害了如姬夫人，即使我不动手，也有人将你碎尸万段！

鲁仲连怔住了，显然被念奴之语所伤害，冷笑起来：仲连从来不怕恐吓，就连秦国虎狼之邦，仲连也敢独来独往！好吧，既然念奴姑娘口出此言，仲连告辞了，如若有事，不要谓我言之不预！

鲁仲连仰天长啸而出门。

远远地，传来鲁仲连的歌声：七返还丹，在我先须，炼己待时。正一阳初动，中宵漏永，光透兰芝。龙虎交媾，造化争知！望山中，见月华一片，神鹰飞驰。

当时自饮自食，又谁知，辨水源清浊，木金间隔，不因师指。天机深远，道行玄微，此事几心知？蓬莱路，待三千行满，独步云迟！

如姬与念奴面面相觑，呆若木鸡。

24。日。内。酒肆厢房

吕不韦指着子楚大骂。

吕不韦：好你个子楚，堂堂秦国贵公子，我平时敬你是王孙国戚，对你已很是恭敬。吕不韦自问对待公子确是尽心尽力，不敢有丝毫懈怠。你摸摸你身上的那块玉符，它可还是滚烫的？我为了公子之事，出生入死，在所不辞。没想到公子还不够，竟提出这样的非分之想，实在是太过分了！你居然还口口声声说我是你的恩人，你就是这样对待恩人的吗？

子楚没料到吕不韦反应如此过激，吓得扑通跪到地上。

子楚：子楚不敢，子楚不敢，请先生息怒，子楚是因为做人质的日子实在孤苦，再加上今日又多喝了几杯，只是醉后狂言，请先生不要放在心上，当我什么都没说，先生千万不要动怒呀。

25. 日。内。信陵君大帐
信陵君替躺着的晋鄙盖上了黄色绫帛。

信陵君：对不住了晋鄙将军，无忌知道你是个好将军，希望你地下有知，能够明白无忌的一片苦心。

他遂命令门客：来人！将晋鄙将军送入棺木，妥善保管好，待我们从邯郸凯旋的那一天，再将晋鄙将军送回大梁厚葬。

门客得令抬着晋鄙的尸首出帐。

信陵君疾笔书简后又宣朱亥入帐。

朱亥：主公，您有何吩咐？

信陵君将书简给他：你带着这书简速到离这儿不远的楚国大营，我们明日凌晨将一起行动攻秦！

朱亥得简：是。

朱亥转身就要走，信陵君叫住他。

信陵君：朱亥，我知道你是位义士，还有要事相托。

26. 日。内。赵国酒肆
吕不韦拿捏着火候，又做体恤状，慌忙地将子楚扶起。

吕不韦将子楚扶到座位上坐定，对他说：公子快快请起！吕不韦为了能让公子重回秦国，可谓殚精竭虑，即使散尽千金家产亦不足惜，现在又怎会为了一个女子与公子斤斤计较呢？

子楚这才颜色稍缓。

吕不韦接着说：只是此女生性害羞，又从未见过世面，恐不能好好地服侍公子，万一怠慢了公子，那不韦可吃罪不起。

子楚忙道：不会的，不会的，我看她很是大方可人，一定不会的。

吕不韦：那好，我回去就与她说说看，其实赵女乃我从前一至交的小女，因家道中落我才将其接到府中，公子如果真想要她，将来就一定要娶她为妻，否则我就对不起这位至交了。

子楚：那是一定的，你放心好了，我一定会给她个名分，断不会亏待她的。

吕不韦心满意足：这我就放心了，她若愿意，不韦即当奉送。

子楚大喜。

吕不韦：时候不早了，公子也该回去了。赵女之事，公子放心，不韦会办得妥帖的。

子楚：我就知道先生是处处为我着想的，他日我若真能成事，定当厚报！

吕不韦嘴上谦逊着，心里却在暗乐：哼，你就等着戴绿帽子吧。

27. 日。内。信陵君府密室

如姬与念奴完全被鲁仲连镇住，良久，念奴才叫起来。

念奴：这个鲁仲连，太狂傲了！好像他是天下第一高人似的！

如姬默默地：不要说了，念奴，鲁公子是对的。

念奴：姐姐，那我们怎么办？

如姬：在今夜子时三刻前，离开此地！

念奴：姐姐，那我们去哪儿啊？

如姬一把抱住念奴：我也不知道，普天之下，莫非王土！哪里是我们姐妹的立锥之地啊？

念奴：姐姐莫慌，待奴儿出去探探虚实，再做定夺如何？

如姬：你要到哪里去？

念奴说着已经一步蹿了出去：回宫找太妃，她老人家一定知道内情！

如姬大叫：回来！回宫太危险了！

念奴已无影无踪。

28. 日。内。魏王寝宫

魏王已经醒来，嚷嚷着口渴。

魏王：如姬，如姬，给寡人倒杯水来，寡人口渴得厉害。

宫女赶紧把水递上。

魏王喝了水，还在要如姬：如姬呢？如姬上哪里去了？

宦官正要回答，魏太妃进来，打发走了宦官、宫女们。

魏王急忙起身：母后，寡人昨日多喝了些，母后请勿怪罪！

魏太妃：大王说哪里话？昨日大王寿诞，老身因偶感风寒，不曾亲来祝贺，还要大王体察！

魏王：母后何须如此客气？

魏太妃：听说大王昨日寿诞过得很好？

魏王：母后，不瞒你老人家说，昨日寡人实在是太高兴了！如姬率舞，如月里嫦娥下凡，还有念奴，会跳最好的编钟舞！过去我倒小瞧了她！这丫头不但舞跳得好，还解风情，识进退！又与如姬结拜了姐妹，寡人想，如此这般，不如快些将如姬扶了正，也好给念奴一个名分，不知母后意下如何？

魏太妃忍住内心的厌恶：好啊，一切全凭大王裁夺！

魏王得意地大笑起来：如姬原有统率六宫、母仪天下之风范，念奴又妖媚可人，深知寡人心意，这样一来，后宫定然太平无事，寡人也好专心治理国家大事了！

魏太妃赶紧说：所以我让如姬念奴去宗庙祈福，一来为她们有这样的好命，能得到大王的青睐；二来为大王，愿大王能身体安康，福寿绵延；三来，也为我大魏太平，蒸蒸日上！

魏王更加欢喜：哈哈哈……还是母后想得周到！这么说，如姬她们是去宗庙了？

魏太妃有些心虚，不敢看魏王：是啊。

魏王：那寡人也去宗庙看看，寡人好像很久没去祭拜过先祖了！

魏太妃脱口而出：大王不要去！

魏王：怎么了？

魏太妃：……此时已近酉时，她们已经去了好久了，也该回来了，大王若去，岂不是要与她们走岔了？

魏王一下子站起：啊！此时已近酉时了？！寡人怎么这么能睡？寡人的头也在痛，啊……昨日实在是喝得太多了！太多了！（目光里有些疑惑）那就改日再去吧。（吩咐宦官）如姬夫人一回来就让她们立即来见寡人！（对魏太妃）母后不要笑话，寡人现在一时一刻也离不开她们了呢！

魏太妃勉强挤出一个微笑。

29. 傍晚。内。楚春申君大帐

春申君接过朱亥送上的书简，大喜。

春申君：魏无忌终于动手了，我就等着这一天呢。告诉你的主公，我定将按他所说，于今夜子时三刻，与他一起赴平原君府共商大计！

朱亥瓮声瓮气地应了声便要告辞，门口一根很重的戟叉挡住了他的路，他抓起轻轻一扔就是老远，很轻松的样子。春申君知道此人不凡，颇有兴味地叫住他。

春申君：你是何人，是信陵君的门客吗？从前没有见过你。

朱亥：我叫朱亥。

春申君：你也是跟信陵君不久的吧，我看你孔武有力，很精干的样子，自从魏单死后，我正需要一个像你这样的人，你不如跟随我吧，我决不会亏待你的，如何？

春申君上前想来拍拍他以示友好，却被朱亥一挡便弹得老远，险些摔倒。

朱亥：大人多保重，朱亥此生只会做信陵君让我做的事，朱亥告辞了。

说罢，朱亥便消失在夜色中，春申君无可奈何地摇摇头。

春申君：这个魏无忌也不知从哪儿得来的这样一个人物，忠心倒是够忠心，只是迂了点。还是从前的魏单机灵，可是又不够忠心，唉。

30. 傍晚。内。魏太妃寝宫

魏太妃忧心忡忡地回到寝宫，正看见念奴端坐在案边。魏太妃一惊，赶紧屏去了左右。

魏太妃：念奴，你从哪里来？出了何事？！如姬在哪儿？大王正到处找她！

念奴：太妃，我来是和您道别的！我和姐姐都无法回宫了！

魏太妃大惊：你说什么，发生什么事了，到底为什么？

念奴：……大王一定不会饶了我们的，我们昨夜用迷药将大王弄倒，窃了虎符……

魏太妃：什么，窃了虎符？你们这是要做什么，不要命了吗？无忌呢，难道无忌就让你们这样冒险吗？

念奴：信陵君也是没有办法，只有拿到了虎符，信陵君才有兵力与秦军抗衡！

魏太妃：你们应该与我商量呀，现在这样可如何是好。你们现在栖身何处，又预备怎样？

念奴：我们现在信陵君府，下一步，也许将会离开魏国！太妃，今日你见到大王了吗？

魏太妃：见到了！今日一早仲连便来找我，说是做了一个不吉之梦，心里不放心，他似乎知道出了什么事，却又不与我说破，只是让我去稳住大王。这不，大王一醒我就过去了，我对他说，你们都去宗庙祭祖去了，他似乎并未起疑。

念奴舒了口气。

魏太妃：不过，此事瞒得了一时，瞒不了一世！不如你们趁大王尚未察觉，快些做打算吧！

念奴：太妃放心，我们自有分晓。大王问起时，您就装着什么都不知道就不会有事了。当初我们不告诉您就是怕您受牵连！

魏太妃：我知道你们也是箭在弦上不得不发了，我会用我最大的努力来保护你们。这里已非久留之地，你还是快些走吧！

念奴扑进太妃的怀里：老太妃，好自为之！念奴告辞了！

魏太妃老泪横流：念奴，请你转告无忌和如姬，你们做得对！窃符救赵，乃流芳千古之事！老身以病弱之躯，能够帮上你们，乃是老身这一生之荣耀，姑娘，走吧！好好地照顾如姬！

太妃已泣不成声。

念奴：老太妃，请受奴儿一拜！

念奴起身，跃出门去。

31. 夜。外。赵国酒肆门口

几人搀扶着喝醉的公孙乾、刘总管和子楚随着吕不韦来到门口，侍卫们赶紧迎上去。

吕不韦：各位官爷辛苦了。（命人奉上锦盒）这是些酒菜，你们带回去吃吧，这三位还有劳各位送回去了。

侍卫们：吕先生客气了，还是您最想着我们，对我们最好。

侍卫们带着喝醉的三人，赶着车回去了。

32. 夜。内。魏王寝宫

魏王在宫里焦急等待。

魏王：如姬怎么祭祖到现在还没回来，该不是出什么事了吧？（吩咐身边的宦官）你速去宗庙看看，若是看到如姬夫人与念奴，立即将她们带到寡人这儿来。

宦官得令而下。

33. 夜。内。吕不韦家

吕不韦哼着曲子回到家，赵女迎过去。

赵女：爷，我今天的表现您还满意吧？

吕不韦：还说呢，你为何对子楚那样地殷勤？

赵女：是您说让我把他伺候得好好的，怎么现在倒怨起我来了？

吕不韦：可我也没让你那样地去撩拨他，现在可好，他被你弄得魂不守舍了，非要娶你为妻，你看怎么办？

赵女慌了：啊，怎么会这样，我不，赵女说过，这辈子我只跟爷。更何况我已有了爷的骨肉，又怎能再跟别人呢？

吕不韦：我知你对我的一片真心，其实我又怎么舍得你呢。但你若随我终身，也不过是个商人的老婆罢了，而子楚就不同，他将来也许就是秦国的大王，你若得宠，那也就是将来秦国的王后！

34.夜。外。信陵君大营

朱亥回来禀报信陵君。

朱亥：主公，春申君他说一定按你所说，于今夜子时三刻赴平原君府一聚！

信陵君大喜：好，明日我们便去攻秦帐，好好地与他们打上一仗。我们是正义之师，必将打败秦军凯旋！

一席话说得众军士群情激动，恨不得立即就开仗，一同欢呼：打败秦军凯旋！

朱亥也不多言，而是到一边取了盔甲开始穿戴。

信陵君看着他，问他：朱亥，你做什么？

朱亥：随主公一同出征。

信陵君却示意让他进帐，要与他单独说话。

35.夜。内。吕不韦家

赵女：我不要做王后，我只要一辈子侍奉爷就心满意足，我只要做个商人的老婆。

吕不韦：我把你引为知己，你怎么还不明白我的心呢？你愿做商人妇，可我吕不韦绝不是只做个商人就能满足的。我现在所做的一切都是为了我们的将来，（他摸着赵女的肚子）为了我们孩子的将来呀。你想，如果有幸你腹中的胎儿是个男孩，那将来就是太子，我与你便是未来秦王的父母，那时将有多少的荣华富贵能够享用？又岂是做一辈子商人所能得到的？别说是荣华富贵了，就是天下都是我们的了，你说那样好不好？

赵女：好。爷，那时我们还能在一起吗？

吕不韦：当然能，到时候你就是国母，那还不是想做什么就做什么？所以，你若真对我好，就听我的，跟子楚好，记住，这是为了我们和我们孩子的未来。

赵女：我知道了，爷是做大事的人，赵女就是再舍不得也不敢不从命。只是跟爷这么长时间，您让我又怎能说断就断了呢？

说罢，赵女伤心地落下泪来。

吕不韦捧着赵女的脸说：记住，我们不是断了，只是暂时地分开，以后我们一定还会在一起的。你忘了，我还答应要送你白狐裘的呢。

赵女含泪点头。

吕不韦搂着赵女，看着赵女的肚子暗忖：这事还得快，等到赵女的肚子显了怀，这暗度陈仓的法子可就行不通了！

36. 夜。内。信陵君大帐内

信陵君将朱亥单独带到帐内。

信陵君：朱亥，你不要随我们一同出征了，因为我有更重要的任务给你，没有人比你更令我信任了。

朱亥：可我要在主公身边保护主公。

信陵君：不，现在我要你去做的事是比我的生命更重要的，所以你一定要答应我。

朱亥：主公请讲。

信陵君：你速回魏，找到如姬念奴，把她们带到安全之处。保护她们，直至我凯旋！切记，切记！她们的安全是比我的生命更重要的事！

朱亥：是，主公，朱亥在，她们在！

说罢，朱亥就要启程，信陵君又唤住他，在他耳边耳语了几句。

信陵君：那是本十分重要的书，关系到国计民生，所以你也一定要将它拿到手里！

朱亥郑重地点头而去。

37. 夜。内。魏王寝宫

宦官回来，魏王赶紧询问。

魏王：怎么？如姬夫人她们没随你们一同回宫？

宦官战战兢兢地报告着：报，报大王，小的没看见，没看见夫人。

魏王：没看见？会不会是你们走岔了？

宦官说得更加支吾了：报大王，听看守宗庙的侍卫说，今天夫人根本就没去过宗庙！

魏王脸色大变：胡说！明明是太妃让她去的，她怎么可能没去？（转念一想）难道她们都在骗我？（又吩咐道）你速到信陵君府把无忌给我宣来，就说我有要事找他！

宦官得令赶紧去找。

魏王又吩咐其他的宦官和宫女。

魏王：去，到宫里的各个地方去找如姬夫人，一个角落都不许放过！还有，把昨夜和今天守宫门的侍卫统统给我叫来。

这些宦官和宫女也纷纷去找。

38. 日。内。子楚的茅草屋

公孙乾和刘总管都在酒后酣睡，鼾声大作，唯有子楚没有睡着，他摸着刻过字的玉符，眼前掠过的都是赵女浅笑低吟的样子，他想着这些便不由自主地笑起来。

子楚心中暗想：我一定要回到秦国当上嗣子，这样我才能得到我想得到的一切！

39. 夜。内。魏王寝宫

这两日当值的侍卫都被传了来。

魏王：你们可曾见到如姬夫人出宫？

侍卫们都说没有。

魏王：今日没有，昨夜也没有？

侍卫们还是咬定就是没有。

这时，到宫里各处搜查的宦官宫女们也都纷纷回来了。

众人报告都没有找到如姬夫人。

魏王：这倒奇了，一个大活人难道就这样不见了？

到信陵君府上的宦官也回来了。

宦官：禀大王，信陵君出门去了，要过几日才能回来。

魏王转着眼珠，眼前闪过前两日信陵君与他冲突之事。

闪回：信陵君忍无可忍：好！既然你如此胆怯，那就休怪无忌有违君命了！

信陵君怒极冲出。

魏王：魏无忌，你要干什么？

如姬冲出来挡住无忌：公子！你这是……

盛怒中的信陵君连看也不看她，绝尘而去。（闪回完）

魏王眉头紧锁：难道，她是趁寡人熟睡之时，与魏无忌私奔了？！

魏王大吼：（他又吩咐诸位侍卫、宦官、宫女们）你们听着，现在就在宫中各处亮起火把，给我一个地方一个地方仔细地找，各个路口都派重兵把守，信陵君府，也要派去一队人马！找不到夫人，你们一个都别想逃！

众人吓得赶紧纷纷去找。

40. 夜。内。子楚的茅草屋

吕不韦又来了，上到刘主管、公孙乾，下到每一个侍卫显然都很欢迎吕不韦的到来。他们对吕不韦也少了戒备，现在这茅草屋里就只剩下子楚和吕不韦两人了。

子楚问道：先生，怎样，赵女同意了吗？

吕不韦故意做为难状：赵女很害羞，她怕将来公子若是显贵了，又会跟别的女人，就会嫌弃她了。

子楚急了：怎么会，我子楚发誓我今生就只爱她赵女一人。我恨不得将这心掏出来给她看呢。

吕不韦这才道：我也是这样劝她的，她总算是同意了。

子楚欣喜的样子：真的吗，她真的同意了吗？太好了，若果真能得了赵女，夫复何求呀！

吕不韦：你们倒是心心相印了，可这戒备森严的，又如何见面相欢呢？

子楚：那还请先生费心，再像上次那样给我们个见面的机会如何？

吕不韦：好吧，我就好事做到底，也是成人之美的善事嘛。公子，这事可不比其他的事，你可怎么谢我呀？

子楚：大恩不言谢，这么说吧，我若能当上秦王，那便是先生当上了秦王！

吕不韦：哦？这话可不能随便乱说哟！

41. 夜。内。魏王宫

魏王宫各处都亮起了火光，大家都在忧心忡忡地呼唤着如姬夫人。魏王宫简直成了一座不夜城。

有人边找还边念叨：如姬夫人，您在哪儿，快出来吧，您平时最体恤我们了，您要是再不出来，小的们的命可就都难保了。

可依然没有如姬的踪迹。

42. 夜。内。信陵君府密室

如姬与念奴在化农妇装。

念奴：姐姐，即使我们化了这样的装，可是一点也不像农妇！

如姬焦躁地：行了，别啰唆了！脸上再抹些灰不就行了？

如姬自己抹了一把灶灰，又给念奴抹。

念奴：不过，奴儿寻来的这两套衣服倒是很像农女啊！

如姬拉着念奴：走吧，子时三刻已经快到了！

两人出门呆住，只见远外一队人马正向这里走来。

43. 夜。内。魏太妃寝宫

忧心忡忡的魏太妃听见外面的喧闹，询问宫女。

魏太妃：外面这是怎么了，怎么这样乱？

宫女：好像是如姬夫人丢了，大王正命令大家四处找呢。要我说，这么大个人怎么会丢呢？

魏王侍卫走进。

侍卫：太妃请恕小的无礼，大王命我们在宫中各处找如姬夫人，一处都不能放过，所以太妃您这儿……

魏太妃很镇定：你找吧。

侍卫很仔细地搜查了一番：没有，太妃您请休息吧。

这时，魏王走了进来，恶狠狠的表情。

魏王：没有，如姬当然不会在这儿。太妃，你说，如姬到底上哪儿去了？

魏太妃故意地：怎么，她还没有从宗庙回来吗，这孩子上哪儿去了，该不会是迷路了吧？

魏王却也不再与她多饶舌，突然挥起一剑就把旁边的侍卫杀了。旁边的宫女一声尖叫，魏太妃也面如土色。

魏王：太妃，你要是还不说真话，我就要以玩忽职守的罪名将他们一个一个都杀了。

说完，他又挥手一剑杀了一个。

旁边已经有宫女吓晕过去了。

魏太妃厉声道：好了，够了。大王不要再滥杀无辜了，如姬她是走了，而且再也不会回来了。她跟你这样残暴的君王在一起又怎么会幸福呢？！

魏王此时已经被彻底激怒了，他竟用剑指向了魏太妃，吓得旁边的人目瞪口呆。

魏王：她是不是跟魏无忌一起走的？他们早就想私奔了，是不是？

众下人听见这样的言语更加骇然。

魏太妃倒是出奇地镇定：哼，好一个孝顺儿子，你竟然用剑指向你的母后？

魏王：你从来没把寡人当作你的儿子，你的眼里只有无忌，他才是你的亲生儿子，不是吗？

此时的魏太妃已彻底将生死置之度外：是的，我的确更加疼爱无忌，但并不是因为他是我的亲生儿子，而是因为无论是品行还

492

是才华，他都比你要好得多！这也是如姬会选择他的缘故！可惜的是，现在如姬并没有跟他在一起！这也是老身为他们遗憾之处！

魏王：你胡说！他们现在肯定是在一起，他们一定是私奔了！快说，他们到底去哪儿了？

魏太妃：我只能说，大王，你太不了解他们了。他们确实没在一起，你还是杀了老身吧！

魏王：你不说出来，寡人是不会让你死的。来人，好好地看住她。在她没有说出真话之前，绝不允许她死。

下人们已经吓得快要晕厥过去。

44. 夜。内。平原君府

平原君夫妇正在焦急不安，忽有下人来报。

下人：大人、夫人，信陵君、春申君到！

夫妇二人对视一眼，两人同时双目放光，异口同声地：快请！

信陵君二人走进。

平原君夫妇迎上，四人激动地把手交叠在一起。

45. 夜。内。魏王寝宫

魏王前面跪着昨夜值夜的侍卫。

魏王：这么说，如姬这个贱人待寡人睡熟之后便回了寝宫。

侍卫：是……

魏王转着眼珠：一定是如姬这个贱人伙同刁奴，有意将寡人灌醉，然后……来人哪！给我派人到长亭侯墓室去搜！

宦官：大王，这恐怕不吉利吧。

魏王：什么吉利不吉利的，如姬这贱人就是变成鬼，躲到坟里也要给我揪出来！还有……刚才你们去魏无忌那里，可看见他的门客？

宦官：……公子府上，只有两个守门的，空无一人！

魏王：空无一人？敢情是魏无忌带着他们去救赵了？不对，区区三千门客，魏无忌就是疯了，也不可能做出这等事来，那么……

一探马急报：大王，急报！信陵君已于今日杀了晋鄙，做了十万大军之统帅！

魏王惊呆，接着疯了似的扑向那个烛台，打开盖，里面空空如也。

魏王：虎符被窃？一定是如姬那个贱人干的，她把虎符交给了魏无忌！魏无忌，寡人要杀了你全家，烧了你的宅邸！让你有家不能归，变成孤魂野鬼！如姬贱人，寡人要亲手将你碎尸万段！！

烛台被重重地砸在地上。

第十九集

1.夜。内。魏王寝宫

魏王带着受伤的表情愤愤地将他身边的一切都掀翻在地，案几上的，架子上的，他目力所及的一切。

魏王怒吼：如姬，你这个贱人！你这样地处心积虑，居然是为了虎符！你和魏无忌都别想逃出寡人的手掌心，寡人一定要抓到你们，寡人会让你们生不如死！

魏王提剑怒气冲冲地来到了魏太妃的寝宫。

2.夜。内。魏太妃寝宫

魏王拎着剑，怒不可遏的样子。

魏王：那个贱人，现在到底在哪里，她是不是跟魏无忌在一起？

魏太妃很镇定：我不知道！

魏王：好，你不说，来人，传寡人圣旨，即刻杀了信陵君全家，一个也不许留下！

魏太妃愤怒地：大王又何必如此滥杀无辜？！

魏王：哼，那你就看好吧，来人，再传寡人之令，把信陵君的房子也给烧个干净。别让寡人抓住他们俩，否则也让他们死无葬身之地！

魏太妃忍无可忍：大王，凡事都不要做得太绝！

魏王：是寡人做得绝吗？那他们将虎符盗走的时候有没有想过

将寡人置于何地，让寡人的颜面何在？让魏国的颜面何在？！

魏太妃：如果大王非要杀什么人才能解心头之恨的话，就请大王杀了我吧，我愿替他们顶罪！

周围的宫女侍卫全都呆了。

魏王并不为所动，只是冷冷地说：那就请太妃自便吧。

说罢，扬长而去。

3. 夜。外。魏王宫

贴身宦官在小心翼翼地问魏王。

宦官：大王真的要烧了信陵君的房子，杀了他全家吗？

魏王瞪起了眼睛：你们还在磨蹭什么，寡人说的话什么时候不算数过？！

宦官：小的不敢，小的是怕这样做会引起民愤，大王也知道那信陵君的人缘极好！

魏王：是魏无忌不义在先，难道还要怪寡人不仁吗？子时三刻动手，来个突然袭击，让信陵君府上的人一个也跑不了！

宦官：是，小的明白了。小的一定照大王的意思办妥就是！

4. 夜。内。秦王宫

秦王和安国君议事，范雎作陪。

探子来报：大王，信陵君拿到如姬夫人窃得的虎符，到邺城击杀晋鄙，夺得魏军的指挥权。

秦王大惊失色：魏军出兵，楚军就会跟进，秦军三面受敌，形势可就危险了。

范雎：马上撤兵，让联军扑空，等联军瓦解后再进攻！

秦王怀疑地看着范雎：王、郑二位将军没有得罪你吧？

范雎低下头，不敢再说话。

安国君：父王，我们不如给他们来个釜底抽薪。给赵王去函，就说赵国答应割让的六城，秦国不要了。如果魏国和楚国撤兵，秦国立即撤兵，与赵国永远和好。

秦王白了范雎一眼：上次撤兵，已经铸成大错，太子又何出此言？

安国君：我们并不是真撤兵，而只是藏兵于邯郸附近的山林，等魏国和楚国的军队撤退后，我军杀他个回马枪，迅速拿下邯郸城。

秦王大喜：上阵还得靠父子兵啊。

范雎一脸落寞。

5. 夜。内。魏太妃寝宫

魏太妃命人取来白绫，魏太妃手下的宫女们早已都是泣不成声，一个都没动。

魏太妃严厉地：快去呀！

一个宫女哭着说：您真要这样做吗？大王他也就是一时的气愤，过几天他就会后悔的！

魏太妃威严地：不必多言！快去把白绫拿来吧。

众人无法，哭哭啼啼地捧着白绫出来了。魏太妃又命人将它悬在房梁上，魏太妃亲自攀上凳子打了个死结。

魏太妃就要将自己的脖子伸进白绫结里，底下的宫女们已经哭成一片，那个宫女还哭着抱住了魏太妃的腿，说什么也不肯放。

宫女哭着：太妃，不要呀，不要！

魏太妃：快放开！今生我能有无忌和如姬这样的好孩子，已经不枉此生了！他们为了魏国百姓，为了天下大义，窃符救赵，已经垂名青史！老身亦死而无憾了！（她叫了声）先王，我来了！

魏太妃将脖子伸进了白绫圈，闭上了眼睛，踢开了凳子，悬在了半空。

魏太妃寝宫里顿时一片号啕。

6. 夜。内。魏王寝宫

宦官进来报告：大王，太妃已经薨了！

魏王恶狠狠地说：太妃欠寡人的已经还了，魏无忌、如姬，你们也要统统地还给寡人！你们立即与抄家的人马会合，子时三刻烧他的房子、杀了他全家，不得有误！

魏王说得咬牙切齿，宦官们唯唯。

7. 夜。内。赵国酒肆包厢

刘总管和公孙乾又是酒醉被人扶进了别间。

子楚着急地问吕不韦：赵女她人呢？

吕不韦笑而不答，而是吹灭了蜡烛，屋子里一片漆黑。

子楚害怕得不知所措地大叫起来：吕先生，吕先生。

这时，赵女悦耳的声音传来：公子，我来了。

子楚听出了赵女的声音：美人，我的心肝，是你吗？

子楚说着就想将蜡烛点亮，蜡烛刚亮起来，就被赵女吹灭了。

赵女：公子，不要嘛，人家害羞。

子楚会意，既惊且喜的声音：美人，那我们就……

两人滚到了卧榻上。

8. 夜。内。包厢门外

吕不韦伏在门上听里面的动静，有小厮送来果碟，吕不韦将他挡走了。吕不韦继续伏在门上偷听，脸上露出阴险的笑容。

9. 夜。内。平原君府

三公子与平原君夫人在商议破秦之策。

平原君：我看上策还是先动用我们的敢死队！

平原君夫人：对，这是一箭三雕之事！首先，在秦军认为邯郸已经变为死城的时候，我们出其不意偷袭秦军大营，打击他们的嚣张气焰，扰乱他们的军心，再就是牵制秦军，迷惑敌人，为联军正式开战做准备，最重要的是鼓舞全城军民的士气，也给犹豫不定的赵王一点信心！

春申君二人：平原君夫人真不愧是女中丈夫！

平原君：此战只能成功，不能失败！我已经让工匠造好三千支铁弩，十万支箭。让秦军先尝尝我赵家军的厉害！

10. 夜。外。邯郸城外

秦军大营，各帐篷外点着火把，士兵在通道上来回巡逻。

守在军营门口的士兵呵欠连天。

士兵甲：咱们是跟邯郸城干上了，刚回去几天就又回来了。

士兵乙：可不是，要是当初听白起将军的，这邯郸城早就拿下来了，还用受这二茬儿罪？

士兵甲：嘘，小声点，你不要命了。

士兵乙哼了一声，突然中箭倒下了，士兵甲一惊，刚想叫喊，也中箭倒下。

接着，通道上巡逻的秦兵都被突然出现的黑衣蒙面人制服，蒙面人分头将秦军的各个帐篷点着。

秦军大营立刻大乱，秦兵抱头鼠窜，赵家军趁机用铁弩射杀秦军无数。

秦军大营火光冲天，呐喊声惨叫声乱成一片。

11. 夜。内。平原君府

平原君家丁向平原君：报告大人，赵家军突袭秦军大营成功，射杀秦军无数，秦军被迫后退三十里。

信陵君、平原君、春申君在为战斗胜利激动不已。

信陵君：兄长真是出手不凡！

平原君：还是凭借二位公子的虎威啊！

平原君夫人：这不过是献给二位公子的小小见面礼罢了！

春申君突然地：不是给我们两个人下马威吧？

平原君夫妇一怔。

信陵君：这个捷报来得太及时了，咱们先得了一个头彩，鼓舞了我军的士气，灭了敌人的威风！

春申：平原君，这样的时刻，咱们应当先喝一杯祝捷酒才是！

平原君：对！等到彻底击溃秦军，咱们再喝庆功酒！

平原君夫人：是呀，反正你们男人找着借口就喝酒！

春申君：到嫂子这里就是要喝酒，还找什么借口？

平原君夫人一挥手，下人们鱼贯而上，上了好些好酒好菜。

春申君：早就听说平原君夫人是贤内助，果然很善解人意呀。

平原君夫人：春申君取笑了。

信陵君看着一壶壶的好酒，触景生情。

信陵君喝了一大口酒：唉，要是孟尝君在就好了，上次我们还是四个人，现在就独独少了他了。

平原君夫人：可我们的大事不是照样做成了吗？预祝我们成功！

平原君：是呀，是呀，待到打败秦军，再去祭拜孟尝君，相信他也会含笑九泉的。

春申君：好酒有了，好菜也有了，如果再有些美女，那，可就十全十美了。

平原君一怔：这个，还是等凯旋之日，春申君再慢慢享用吧。

平原君夫人暗忖：看春申君这副德行，要是念奴在就好了，这丫头定能将他制服……念奴这死丫头也不知道上哪儿去了？会不会有什么危险？

12. 夜。内。信陵君府密室

抹着锅灰的如姬和念奴正要出去，外面已经闹哄哄，魏王的大批人马已经派过来了。

念奴与如姬两人从后院出去，在黑暗中摸索着前行。

念奴：姐姐，你别说那个鲁仲连还真是挺准的！他说子时三刻出事儿，还真是差不多！

如姬把手指放在嘴边，示意她不要说话。

两人钻入后院的竹林，匆忙出逃。

13. 夜。外。酒肆门口

侍卫们又把喝得烂醉的刘总管和公孙乾搀扶进了马车。

吕不韦和子楚在后面。

吕不韦：公子觉得如何呀？

子楚满足地：子楚真如堕入温柔乡里！多谢先生成全，子楚没齿不忘！

侍卫们上来亦把子楚带走了，侍卫们对吕不韦拱手远去。

吕不韦看着他们离去，这时，赵女来到了吕不韦的身边，两人相视，心知肚明。

14. 夜。外。邯郸城远郊，秦军大营

王稽和郑安平指挥撤退下来的军队重新安营扎寨。

王稽：此处山不太高，却可以居高临下。

郑安平：后面不远处就是大森林，有利于军队的隐蔽和撤退。

王稽：撤退，往哪里退，再退你我的人头就保不住了！

传令兵：将军，大王送来紧急信函。

王稽接过信函，读道：命尔等迅速隐蔽山林待命！

郑安平：大王英明啊！

15. 夜。外。信陵君府附近

外面已经乱成了一片，魏王派来的人有的正在点火烧屋子，有的举起大刀向信陵君的家丁们砍下来。

院子里，哭闹声、叫喊声响成一片。

如姬和念奴在穿行竹林时走散了。

如姬走出竹林，沿小路而行，这时才突然发现念奴失踪了。

如姬焦急地：念奴！念奴！

突然一队军马在眼前出现：喂，那妇人！信陵君府可在前面？

如姬点点头，低头匆匆而过。

如姬钻入小路边的荆棘丛中。

如姬自语：不，我不能没有她！不能没有念奴！我要回去找她！我一定要找到她！

16. 夜。外。信陵君府

如姬匆匆回到前院，眼看着门口还有一队士兵的把守，她当机

立断，藏进了已经被砍杀的信陵君府的家丁的尸体里。也不知过了多少时间，如姬听见有士兵在吆喝。

士兵：人都杀光了，这火也越烧越旺了，就是没死利索，也会被烧成灰的。咱们也快走吧，万一火起来了，可就逃不了了。

又是乱哄哄的一片，接着便安静下来了，只听见噼噼啪啪火烧火燎的声音。

如姬小心地探出头来，周围已没有人了，门口的士兵也都撤了，但火势汹汹。

如姬推开了压在她身上的尸体，小心地爬了起来，到处都是横七竖八的尸体。

如姬惊慌地大叫：念奴，念奴！

根本就没有人回答，如姬跌跌撞撞地在火中摸索着前行，边走边叫着念奴的名字，她还时不时地拨开看似念奴的尸体看看，但都不是。

突然，如姬想到了什么事，她来到了信陵君的正房，想进到他的密室里，但一根横梁被烧断砸了下来，阻住了如姬的去路。如姬还想进去，但火势太凶，如姬只得作罢。

如姬给火逼得一直后退，终于退到了信陵君府的门口，如姬想再进去已经是不可能。如姬含泪望望燃烧中的信陵君府，门上的匾额也被烧着了，摇摇欲坠。

如姬大叫一声：念奴！你在哪里？！

其实有一个人一直在后面注视着她，那人就是念奴。

17. 同上

念奴眼睛的特写。

念奴的眼里含着泪。

念奴一身的士兵打扮，显然是从她杀了的士兵身上扒下来的，松松垮垮很不合体。她目送着如姬远去。

念奴心里默念：姐姐，对不起了！千万别怪我不再陪你，实在是念奴还有更重要的事去做！

说罢，她脱下那不合身的士兵衣服，掏出那衣袖里的一卷书简，小心翼翼地塞进了自己的前襟，仔细地放好。

念奴：夫人，您让奴儿做的事，奴儿终于做完了，从今日起，奴儿就不再欠你的了！

念奴朝着赵国的方向走去。

"信陵君府"的匾额终于"哄"地坍塌了，信陵君府被烧了个精光。显赫一时的信陵君府毁于一旦。

18. 夜。外。小路上

如姬还穿着农妇的衣裳，只是上面又多了些血迹，脸上、手上也是脏脏的，有锅灰，有血痕。莫邪剑被绑成了一支手杖，她拄着，如游魂一般地行走着，不知道何去何从。

19. 夜。外。信陵君府

一个硕大的身影闪进了将要燃尽的信陵君府，很快他又走了出来，骑着马消失在夜色中，那人正是朱亥。

20. 夜。外。长亭侯墓园

有些魂不守舍的如姬在漫无目的地行走着，突然间，她似乎看到了信陵君在不远处冲她招手，她有些恍然了，快步迎上去。那却只是幻觉。

如姬的泪水成串落下：无忌，你在哪儿？我好想你呀，我该到哪儿去呢？！

这时，如姬的耳畔似乎又出现了长亭侯的声音。

长亭侯：如姬，我的乖女儿，如姬……

如姬猛地一激灵，突然发现自己竟就在父亲的墓地。如姬跌跌撞撞地走到长亭侯的墓碑旁。守灵人此时亦发现了她。

守灵人：如姬夫人，您这是怎么了，您怎么穿着这么一身儿？……

如姬如同见到亲人一样：大叔，您不必问了，请您让如姬单独跟父亲待一会儿……

守灵人：这两天也不知出什么事儿了！好好地大王派了一队人马来抄了墓地，这怎么可以，对墓地如此糟蹋是有悖理法，会遭报应的啊！

如姬这才发现父亲的墓地果然一片狼藉，如姬悲愤地捧起被砸得稀巴烂的祭品。

如姬：这些都是大王派来的人做的吗？

守灵人：他们好像要找什么人。找人也没这样的一个找法，再说，哪有到墓地来找人的，真是太奇怪了！夫人，你在这儿，我去给你弄点吃的！弄身干净衣裳！

守灵人唠叨着走了。

如姬一人收拾残局，她扫清了残渣，扶正了墓边的树。

如姬不禁悲从中来：爹爹，都是女儿不孝，让您遭此劫难。但是，如姬窃符救赵，是为了终生所爱，也是为了江山社稷，对此，如姬至死不悔！但对于爹爹您，如姬只有愧疚了。爹爹，如今我该怎么办呢？信陵君依然在赵国前线，生死未卜，也许，我们一辈子都再不得相见了！……我与念奴又失散了！……最最不该的是，是女儿让您不得安宁，爹爹，女儿前途渺茫，与其在异国他乡命丧黄泉，不如让女儿来陪伴您吧，就像小时候一样一直伴在您身边……好不好？

说罢，如姬似乎下定了决心，低着头，低声地呼唤着。

如姬：爹爹，如姬来陪您了！

说着，便要一头向墓碑撞去。正在这千钧一发之时，突然被一人挡在了墓碑前，如姬只是撞在了那人的身上。

如姬一惊，抬头一看，那像座山一样的人正是朱亥。

21. 夜。内。魏王宫

魏王跳着脚：给我找给我找给我找！！寡人活要见人！死要见尸！
周围的宦官侍女全都在发抖。

魏王：哼，你们再去墓园，说不定那贱人现在就在那里！

22. 夜。外。长亭侯墓地

如姬：你是何人，为何要挡住我？

朱亥向如姬鞠了一躬：如姬夫人，我叫朱亥，是信陵君特派来救您和念奴的。

如姬还有些疑惑：你说你是信陵君派来的？

朱亥：正是。

如姬：可我们从未见过面，你如何知晓我便是如姬呢？

朱亥：我已到信陵君府上去过了，那里被烧得差不多了，已经没有一个人了，我猜想您就到这儿来了。刚才问了守灵人，他说你就在这儿。

如姬：不错，我是如姬，可我又怎能相信你就是信陵君的人呢？

朱亥从怀里掏出同心剑穗递给如姬。

如姬一看到自己亲手编织的剑穗，百感交集。

如姬：壮士，刚才是如姬失礼了，我这就随你走。

朱亥：还有一位念奴姑娘呢？

如姬：刚才失火的时候我们失散了！

朱亥跨上大马，伸手拉如姬：夫人，请上马。

如姬把手给朱亥，朱亥很轻松地就把她拉上了马。

路过守灵人小屋的时候，朱亥给了守灵人一些碎银子。守灵人目送着他们两人绝尘而去。

23. 同上

魏王的一队人马再次来到墓地。

侍卫长揪着守灵人的衣领：说！如姬夫人是否来过这里？

守灵人哆嗦着：不、不、没有……

侍卫长：没有？没有怎么这里的一切都弄得整整齐齐？

守灵人：是……是小人……

侍卫长：不对！你还在这儿炖鸡！一定是如姬夫人来过了！说！她上什么地方去了？！说！

守灵人：我确实没见过她，我有一个月没碰荤腥了！煮只鸡吃，不为过吧？

侍卫长狠狠一脚将守灵人踢倒：呸，你这无赖！若是你知情不报，你这脑袋我可就要了，当球儿踢！

24. 夜。外。信陵君府

朱亥、如姬来到已经被焚毁的信陵君府附近，四处寻找念奴，却遍寻不见念奴的影子。两人又来到信陵君府内找，也没有念奴的踪迹。

如姬有些害怕起来：念奴，她，她不会遇到什么不测吧？

朱亥低吟不语。

如姬赶紧安慰自己：不会的不会的，一定不会的，念奴那样聪明，她一定是藏在什么地方，等安全了，再出来！壮士，我们到别处去找，一定会找到她的！

如姬就要到别处去，朱亥拉住她。

朱亥：夫人请稍等，信陵君还关照我一件重要的事情。夫人，信陵君的密室在什么地方？

如姬沉吟了一下：请随我来。

如姬带着朱亥在断壁残垣中穿行，几次都是朱亥替如姬挡住了从上面掉下来的被烧坏的木头。

终于来到了信陵君的密室，密室由于地势隐蔽而没有太受到大火的侵袭。

25. 夜。内。魏王宫

魏王派出的人马纷纷回来：大王，那些尸体都烧得面目全非，实在是认不出来啊！

魏王：那墓地呢？

侍卫长：这已经是第三次搜查了，依然一无所获！

魏王怒吼：再给我去找！我就不信她们长翅膀了！就是她们长了翅膀，你们也得把她们从天上给我揪下来！

26. 夜。内。信陵君府密室

朱亥从怀里掏出一张信陵君给他的藏宝图，在密室里认真地按图索骥。

如姬问他：能让信陵君如此割舍不下的一定是关系重大的东西，他让你找的到底是什么？

朱亥：《周公秘籍》。

如姬：什么？

朱亥：信陵君说那是关系到天下安宁、江山社稷的一卷书简。

正说着，朱亥突然扳动了看似坚固的墙壁上的一块砖。

朱亥：就是这儿。

朱亥挪开了砖头，如姬也很好奇地凑过来看。砖倒是搬开了，可里面空空如也，什么也没有。

两人相视大惊。

如姬：怎么会是这样？一定是有人走在了我们前面。

朱亥：信陵君说，他从未告诉过第二个人。

如姬：是呀，对我他都从未提起过，那这个人会是谁呢？！

27. 黎明。内。魏王府

经过一夜折腾，魏王显然已经不支，他倒在龙床上，双眸紧闭，脸色蜡黄。嘴里还在不屈不挠地：我要杀了这个贱人！杀了魏无忌！碎尸万段！

御医跪在旁边给他诊脉：大王！大王！请息怒！大王龙体要紧！请息怒啊！

魏王哼哼着：哼，如今这样，还保什么龙体？寡人就是死了，寡人的魂儿也饶不了他们！

28. 日。内。邯郸守城门处

吕不韦来到邯郸的南城门，与这里的将士们寒暄。

吕不韦：听说魏国的信陵君、楚国的春申君都驻扎在附近，不日便能解邯郸之围了。

守城的将军：是呀，我们也听说了，如果真是那样可实在是太好了，这城实在是围得太久了，人待得太憋屈。

吕不韦：就是，我全家当初都从阳翟来到邯郸，原本是想能踏踏实实地在邯郸做生意的，谁承想一来到这儿就被秦寇包围，进不来出不去的，我虽托军爷们的福行了方便，能让我在邯郸进出，可家人们却就再也没回过家，他们太想老家了，成天央告着我带他们回老家看看。没办法，看军爷能不能赏吕不韦个脸，让我的一家老小也回老家看看。

将军：吕不韦，难怪你经常出入邯郸，原来是家眷在此呀，我说呢，怎么跑得这样勤。你的家眷想回家看看当然没有问题，可是，哎，我说，你不会听到什么风声，怕是邯郸要保不住了，你才想到要把全家撤走的吧？

吕不韦赔笑着：军爷，看您说的，吕不韦不过是个小商人，哪有那么大的能耐，能知道大人们决定的事。您想呀，如果我真能知道这些风声，当初我也就不会带着家眷到邯郸来了，受了这样多的苦。

将军：这倒也是。

吕不韦又道：这些天，吕不韦来回进出邯郸，也确实小赚了一笔，可这都是托军爷们的关照，军爷若是同意能行个方便让我的家眷们出城，那我就将这些天赚的银钱都尽奉军爷。

将军眼前一亮：噢，说说看。

吕不韦赶紧把带来的银两奉上。

将军瞟了一眼，好像并不满意：怎么，就这么一点？

吕不韦：不韦怎么会这样不懂事？（他又奉上更多的黄金）刚才那些只是慰劳您手下的，这些才是为将军您准备的。

将军看见那一堆黄金顿时眉开眼笑起来。

将军：我说嘛，吕先生向来就不是那样小气的人，你说的什么事都好办。好啊，你家眷何时出城，我跟守城的兄弟们打个招呼就行。

吕不韦：好！那就多谢将军了！

29. 夜。外。信陵君驻扎在邯郸的大营

念奴也是一身的农妇装,在大营外逡巡,在寻找机会。一个巡逻的士兵到大营外来撒尿,念奴瞅准了时机,眼疾手快地将那士兵打晕,扒了他的衣服,穿在身上,混进了信陵君的大营,并随着守城的换班士兵进入了邯郸城内。

30. 夜。外。子楚的茅草屋的院子里

吕不韦带来了两只斗鸡供看守子楚的军士们玩耍,刘总管和公孙乾也围在其中看得兴趣盎然,还有军士已经开始下注了。

吕不韦给也看得入迷的子楚使了个眼色,子楚知趣地跟着吕不韦进了屋子。

31. 夜。外。平原君府门外

念奴进得邯郸后,又换上了一身黑衣,她正要进平原君府,却见鲁仲连骑着高头大马向王宫方向驰去。

念奴改了主意,也向王宫而去。

32. 夜。内。子楚的茅草屋

子楚:先生,什么事?赵女她还好吗?

吕不韦一副很为难的样子:是有事,可我不知是该恭喜公子还是该替公子犯愁。

子楚:怎么了,难道是赵女出什么事了吗?

吕不韦:赵女怀孕了,她……

吕不韦还没说完,子楚便欣喜若狂起来。

子楚:先生,你是说真的?赵女怀孕了?我子楚有后了?天哪,真是太好了,老天爷,你总算开了眼了。先生你怎么说是愁事呢,这实在是天大的好事呀。

吕不韦:赵女有了孩子,不韦也替公子高兴。可公子也该想想若是再在邯郸这样耗下去,公子与赵女之事总有一天要暴露,尤其是赵女有了孩子，想让人不知道都难，到时候赵王若是知晓了公子的这些事，拿赵女问罪倒是小事，万一伤到了孩子，那可就糟糕透了！

子楚这次比以往都要坚定，有主意：那就只有一个办法了。

吕不韦：什么？

子楚：立即走，离开赵国，离开邯郸。

子楚突然跪下给吕不韦叩了三个头：我知道先生对待子楚有如再生父母一般，子楚就再求先生帮我这最后一个忙，事不宜迟，我今晚就要带着赵女走。

吕不韦：今晚？

子楚：对，就是今晚。

吕不韦：好，我吕不韦今晚就算豁出命来也一定要成全公子！

两人击掌为誓。

33. 夜。外。赵王宫

念奴运用轻功潜入王宫，在殿上飞檐走壁，身轻如燕。

念奴来到了赵王宫。

34. 夜。外。赵王寝宫

念奴攀附在寝宫外的顶柱上，探头查看里面的动静，果然看见了鲁仲连。念奴侧耳倾听鲁仲连与赵王的谈话。

35. 夜。内。子楚看守们的屋子

屋子里传来喝酒声、划拳声，喧闹成一片。

吕不韦在陪着刘总管和公孙乾喝酒，其他的守卫都在席下列座，也是摆满了酒菜。

吕不韦：我早该想到这样的法子，把酒菜叫到这儿来，这样这些官爷们也就不用遭罪了，这样的大冷天还是在屋子里喝酒吃肉痛快呀！

侍卫们：托吕先生和刘总管的福了。

大家喝得更起劲了，推杯换盏，好不欢喜。

不一会儿，这些守卫、刘总管、公孙乾都醉得不省人事了。

吕不韦与子楚悄悄地出来。

36. 夜。外。子楚茅草屋的院子里

外面早有一辆马车等着他们。

吕不韦指着那辆马车：公子快上车吧，赵女在车上等着你呢。

子楚还有些担心：他们不会突然醒过来吧？

吕不韦：不会，酒里和菜里我都加了大量的迷药，等他们醒来的时候只怕我们已经到了咸阳了。

子楚对吕不韦又拜了一拜，一切尽在不言中。

37. 夜。内。赵王宫

赵王正在阅读秦王送来的信件，神色疑惑。

侍卫：鲁仲连晋见大王。

赵王立刻起身迎上前去。

赵王：鲁公子，你来得正好，寡人正有事请教。寡人到现在还一直后悔当初不听你的释梦，更不该不听你的劝诫去占那韩国十七城的便宜，弄到现在这样引火上身、骑虎难下的局面，寡人后悔啊！

鲁仲连：大王也不必太挂心这些，其实秦国的这些举动都是迟早的事，只不过是早晚而已。秦国是迟早要对六国一一下手的！

赵王将秦王的信件递给鲁仲连：请鲁公子替寡人拿个主意。

鲁仲连看完信，冷冷一笑：大王作何打算？

赵王：寡人现在实在是有些支持不住了，连年征战，邯郸城被围困多年，已经是死城一座。壮丁几乎死光，女人和童子都上阵，这仗还如何打下去。

· 鲁仲连：大王所说的困难都是实情。但是，秦王主动来信，肯定是遇到比您更大的压力。秦，虎狼之国，依仗强大的军事实力，随时在准备找借口侵略别国，现在说要与赵国和好，他的真实目的就是要瓦解联军，等到魏国和楚国撤兵，秦国就会立即杀回马枪，

打赵国一个措手不及！

赵王：公子说得极是，秦国亡我之心不死，从来就没有讲过信用，历史的经验值得注意啊！

鲁仲连：大王明鉴。大王您现在需要做的唯一事情就是，打消疑虑，鼓舞士气，积极参与联军的行动。

这时，有人来报：禀大王，信陵君已杀晋鄙，率大军来援救邯郸。现在信陵君和春申君正在平原君府商议反击秦军的战事！

赵王大喜：公子说话实在灵验！

探子来报：平原君的敢死队突袭秦军大营，杀敌无数，秦军后退三十里。

赵王惊叹：公子，神人也。寡人感谢公子指教！

鲁仲连：大王该谢的应该是信陵君才对。大王，邯郸之围不日可解，鲁仲连告辞。

赵王还想挽留，鲁仲连却已飘然而去。

念奴从廊柱上悄悄下来，在后面尾随鲁仲连而去。

38. 夜。内。赵王寝宫

赵王：哼，两位大公子来了也不知会寡人一声，也太目中无人了吧？！这个平原君居然还组织敢死队，难道真想夺了寡人的王位吗？哼，待邯郸之围一解，再做分晓！

39. 夜。外。赵王宫外

念奴一直尾随着鲁仲连，却见到鲁仲连路过平原君府而不入，很诧异，她抄了个近道，走到了鲁仲连的前面，挡住了鲁仲连的马。

念奴：鲁公子别来无恙？

鲁仲连：念奴？！你怎么在这儿？如姬夫人呢？

念奴：你怎么见面就是如姬夫人？！难道奴儿我下贱到连问候一声都不值得的地步了吗？

鲁仲连：姑娘多心了！仲连不过是突然在此地见到姑娘，深感诧异罢了！

念奴：我问你，为什么不进平原君府？平原君夫人不是你的表姐吗？

鲁仲连：我看不上平原君的为人。

念奴：为什么，平原君不是当今赫赫有名的大公子吗？

鲁仲连：在我的眼里他根本就算不上是个君子！……如姬夫人还安全吧？

念奴：你若真为她担心，当初就不该走呀。告诉你吧，如姬夫人已经被信陵君府的大火活活烧死了！

鲁仲连冷笑：想骗我，姑娘怕是还没那么深的道行！仲连早已占得一卦，心中有数。

念奴：什么卦？说来本姑娘听听！

鲁仲连：天机不可泄露！念奴姑娘，仲连还有事，后会有期！

鲁仲连骑上马疾驰而去。

念奴呆呆地看了他的背影一会儿，一跺脚：鲁仲连，你心里装着天下，就是没有我念奴的份儿！你这样的人还谈什么大爱大恨，你懂什么叫爱吗？你纯粹薄情寡义，没劲透了！！

40. 夜。外。邯郸守城门口

吕不韦亲自驾着马车来到了城门。

守城的军士见到他，赶紧过来。

军士：是吕先生吗？

吕不韦：是的。

军士只是象征性地往车里看了看，子楚紧张得紧紧地握住了赵女的手。

吕不韦：哦，这是我的儿子媳妇。

军士立即打开了城门：知道，知道。吕先生快请，将军都跟我们说了，您和家眷一路走好。吕先生您可真慷慨呀。

吕不韦：多谢军爷了，那都是你们辛苦该得的。

军士还对吕不韦恋恋不舍：吕先生，以后还是常来呀。

吕不韦猛地一抽鞭子，马车跑得更快了。

子楚和赵女在马车里相视一笑。

41. 日。内。平原君府

议事厅有一整面墙画着军事地图。厅里灯火通明，信陵君，平原君和春申君在地图边讨论对秦军的作战方案。

春申君：平原君前几日小试牛刀，就击退秦军三十里，秦军也没什么了不起。我看还是由楚国和魏国的军队两侧呼应，赵国军队正面出击，一鼓作气，击溃秦军！

平原君苦笑：春申君说笑话了。邯郸几经围困，赵军实力已经耗尽，实在没有正面与秦军作战的力量了！

信陵君：秦军的确吃了亏，但是一退三十里则可能另有图谋。

春申君：凭借我们三国联军的实力，可将秦军就地消灭。

信陵君：楚军善于水战，魏军和赵军善于平原作战，秦军最擅长山地作战。王稽将秦军趁势拉到高地，意图就是居高临下，发挥秦军山地作战的优势。

平原君：信陵君此言极是！秦军现在进可攻退可守，如果指挥得当，死守大营，我们还真的不好办啊！

信陵君：那就想办法，逼迫秦军攻城，歼敌于城下。

春申君：王稽老奸巨猾，岂肯轻易上当？！

平原君悄声：秦国的一个探子实际是我的人，在此关键时刻，可以动用。

42. 夜。外。同上

念奴潜入平原君府。

43. 夜。内—外。平原君府正房

平原君夫妇目送信陵君、春申君离去，转身回正房。他们没有注意到，一个纤巧的身影就跟在他们后面，躲在窗下阴影处偷听。

平原君夫妇回到正房，面对面端坐，脸色凝重。

平原君面对着信陵君坐过的位置，语气缓慢凝重。

平原君：听无忌的意思，虎符是他从魏王那里窃得的，只怕魏王知道后会震怒，杀了他全家烧了宅子也未可知。如果真是那样，恐怕我们就没有机会拿到《周公秘籍》了。

平原君夫人的目光正盯在前方的某处，冷冷一笑。

平原君夫人冷酷地：所以我们不能再等了。

平原君转眼看了夫人一眼，只见她满面杀气，心里不由得也是一惊。

平原君：夫人有何两全之策？

平原君夫人一动也不动，仍然盯着前方，缓慢然而有力地说。

平原君夫人：先下手为强！

她冷酷而坚定的声音令门外那个偷听的身影也打了一个冷战，脸上一双美丽的大眼睛流露出震惊和担忧的神情。她赶紧往窗前又凑了凑。

平原君：我们派念奴到他身边已经这么长时间了，还是一无所获，恐怕……

平原君夫人打断他的话，回头看他一眼。

平原君夫人问道：大人，您认为念奴这丫头怎么样？

平原君：聪明伶俐、武艺高强。

平原君夫人继续追问：那为什么连她都拿不到《周公秘籍》呢？

平原君：这个……一定是无忌藏的地方太秘密了。

平原君夫人微微一笑，继续问道：那么，大人认为对于一个人来说什么地方是最秘密、最安全的呢？

窗外，那个偷听的身影也高度紧张，大气不敢出地等待着平原君的回答，她的胸口因为紧张而剧烈地起伏着。

平原君恍然：最安全的地方当然是身上了。

平原君夫人赞许：大人真是英明啊。

窗外的身影也松了口气，不过旋即又紧张起来。一双秀眉紧紧皱起，往窗台的地方更靠近了些。

平原君夫人：既然秘籍在无忌的身上，我们就该想办法搞过来才是。

平原君：可是，无忌的为人你是知道的，他一向甚是有胆识，可也能注意细节，《周公秘籍》这样的重要之物一定是贴身收藏，恐怕难以得手啊！

平原君夫人冷笑一声，说：话虽如此，可是大人也别忘了，无忌可是我的胞弟，再不会有第二个人比我更了解他的了。

听闻此言，平原君：夫人说得对，以你的意思是……

平原君夫人收起冷笑。

平原君夫人咬牙切齿地说：量小非君子，无毒不丈夫，我们应该……

念奴大惊。

44. 夜。内。秦军隐蔽处

郑安平作为副将正在大营里与谋士们商量将如何迎战即将到来的魏、楚盟军。

郑安平：秦、楚、魏三国已在邯郸城外对峙了这样久，昨夜又遭到偷袭，虽然现在暂时隐蔽，但决战随时可能爆发，形势似乎对我们十分不利！

有将士不服气：正经的大仗还没有打呢，气势上就比别人矮了一截，将军这样说不是灭自己威风，长别人志气吗，莫非是因为将军是魏国人？

郑安平有些生气，却碍着这么多人又并不好发作：我现在只是在就事论事，谁有什么好法子就尽管提。别忘了，我虽是魏人，但现在是秦国将军！

一旁的谋士看气氛不对，赶紧打圆场：就是，郑将军绝不会是那种吃里扒外的人。郑将军，王军士他年轻不懂事，您别与他计较。

气氛正僵着，忽然有人来报。

下士：禀将军，外面有赵国商人吕不韦驾车求见，说是救出了押在赵国做人质的王孙子楚，希望将军能派人护送他们回咸阳。

军士：哼，将军别听他的。一个赵国人怎么会救咱们秦国的王孙呢，一定是骗人的。

郑安平：让吕不韦进来。

吕不韦带着子楚和赵女进大营。

吕不韦拱手，指着子楚：郑将军，这就是秦国王孙子楚，一直在赵国做人质，现在逃出邯郸，想回秦国，但前路还有一段，希望将军能派一队士兵护送我们去咸阳。

郑安平：如果他是王孙子楚，我们自然会派兵护送，但你们又怎能证明他就是子楚呢?！

吕不韦示意子楚掏出安国君刻的玉符，"适嗣子楚"四个字很是醒目。众人看到这个玉符，纷纷下跪请罪。

众人：小人们眼拙，不知王孙在此，请受一拜。

很久以来都是战战兢兢过日子的子楚，猛然见有这么多人向自己下跪还有些不适应，在吕不韦的授意下，他才端出了王孙的派头。

子楚：都起来吧，不知者不为罪。

众人这才纷纷起来。郑安平立即吩咐一队人马护送子楚等人。

郑安平：现在夜已深了，公子不如明天再上路吧。

子楚有些迟疑，吕不韦很坚决。

吕不韦：如今战事紧张，此地也并不安全，我看还是将公子速速送回咸阳为妙，还是现在就动身吧。

大家只得依从。子楚看着一班将士对自己唯唯诺诺的样子，不禁暗自得意。

45. 夜。内—外。平原君府

平原君夫人忽然警觉地向房间四处看了看，然后径直走到门口，向两边张望。

躲在窗下的念奴听到她的说话声停止并有急促的脚步声向外走，就赶紧闪身躲到旁边。

平原君夫人回到房间，反手把门掩上。

听到门关闭的声音，念奴才蹑手蹑脚地回到窗子下面，继续聆听。她要听听平原君夫人用什么计策来向信陵君动手。

平原君：怎么了，外面有什么吗?

平原君夫人：我总觉得外面好像有动静，也可能是我多虑了。

平原君夫人却并没有坐到自己的座位上，而是走到平原君的身边，阴沉地说：等无忌再来的时候，我们就……

窗台下的念奴听到平原君夫人的话，不由得胆战心惊，一双大眼睛流露出惊恐的神色，她护紧了胸前的《周公秘籍》急切而匆忙地起身往外跑。

由于起身过于急促，她不小心碰倒了窗台上摆放的一盆花草。当她伸手去接的时候已经来不及了，花盆掉落在地，发出一声闷闷的声音。

室内的平原君夫妇也听到声音，立刻往门口走去。

念奴来不及清理花盆，施展轻功急速离去。

平原君夫妇打开房门，看到窗台下一个破碎的花盆，不由得大吃一惊。

平原君惊恐地说：莫非是无忌派来偷听的人？

平原君夫人：以我对无忌的了解，他是不会做出这种派人偷听的苟且之事的，一定是另有其人。

平原君迷惑地：那会是谁呢？

平原君夫人沉吟了一会儿，咬牙切齿地说：一定是念奴那个小贱人！

平原君：怎么会是她？

平原君夫人阴毒地：哼，当然是她！我们互相之间，太了解了！这个丫头已经不能用了，为了防止泄密，从现在起，要派人追杀她！

平原君也倒吸了一口冷气。

46. 夜。外。赵国向魏国的路上

念奴匆匆而逃。

念奴拿出《周公秘籍》看了看，又放进衣内。

念奴自语：夫人啊夫人，想不到念奴为你鞍前马后地跑了这许多年，竟得了这么个下场！还说什么养育之恩，什么情同母女！原

来都是骗人的！奴儿这就回魏国寻找姐姐，将这本什么鸟儿书还给她！你既然对奴儿不仁，也就别怪我无义！你想要这本鸟儿书，对不起，本姑娘还就偏不给你了！本姑娘让你这辈子都得不到！

47. 夜。外。秦军大营外
一队人马护送着子楚等人启程了，郑安平率领着众将士都恭恭敬敬地作揖相送。

48. 日。内。看守子楚的屋子
公孙乾和刘总管等人醉酒醒来却不见了子楚，寻遍了周围都没见他的影子。
大家都很着急，这才猛然间想起昨夜醉生梦死的情景。
公孙乾吓出了一身冷汗。他慌得赶紧牵出一匹马，踉跄着上马。刘总管等人都不明白他要上哪儿去，还在四处寻找着子楚。

49. 日。外。邯郸大街
公孙乾骑马走在邯郸街头，策马来到了城门处。

50. 日。内。守城门处
公孙乾来问守城门的将军。
公孙乾：大人，昨夜商人吕不韦是出城门了吗？
将军：是呀，怎么了？
公孙乾：就他一个人吗？
将军：还带了家眷，儿子媳妇一大堆的。早知道这么快就能解邯郸之围，吕先生也就不用这么着急地走了。
公孙乾顿足起来：糟了糟了，那些人里定然有秦国的人质子楚！
将军有些迷糊了：秦国人质，什么秦国人质，公孙大人，你在说什么呀？
公孙乾有些恍惚起来，也不答话，只是喃喃地说：我上当了，我上当了，我上了吕不韦的当了！

说罢，他便魂不守舍地离开了。

51. 日。外。平原君府外

公孙乾失魂落魄地执剑来到平原君府门外。看着他这样的表情，周围的人都驻足。

公孙乾用剑指向了自己的脖子，高声说道：公孙乾监押不慎，致使秦王孙子楚逃逸，公孙乾辜负了平原君大人的厚望，自觉无颜再见大人，特来请死！

说罢，他便抹了脖子倒地而亡。周围惊呼声一片。

早有平原君的家丁进去报告给了平原君。

待平原君夫妇出来的时候，公孙乾已倒在了血泊中。平原君抱起公孙乾，他已经断了气。

平原君：这到底是怎么回事？子楚真的跑了吗？他是怎么跑掉的？公孙乾，你以为这样死了就算完事了？你倒是起来说话呀！

周围的人对平原君这样的态度有些不满了，平原君夫人在一旁注意到，轻轻地拉了拉平原君的衣袖，平原君会意。

平原君向家丁吩咐，亦是向围观的人宣布：公孙乾虽然玩忽职守，犯了大错，但亦以死谢罪了，将他厚葬！

围观的人这才纷纷散去。

平原君对夫人说：不行，此事事关重大，不能就这样算了，我还得去报告大王，看他怎么办！

平原君夫人点头：大人去吧，这里的后事我会料理妥当的。

52. 日。内。咸阳城

吕不韦、子楚、赵女在一队军士们的护卫下安全地抵达了咸阳。

军士们拱手向他们告辞。子楚看着阔别已久的咸阳，到处都很新鲜。

子楚急着就要去安国君府见安国君和华阳夫人，却被吕不韦拦住。

吕不韦：公子且慢！

子楚很有些不解：先生，我们现在已经到咸阳了，我们已经安全了，为什么还不能去看父亲呢？

吕不韦：不是不能看，而是要备些行头再去，你跟我来，听我的准没错。

子楚看向赵女，赵女也在对他示意，让他听吕不韦的。

53. 日。内。咸阳的一家客栈厢房

吕不韦将子楚带到一间厢房，取出一个包袱。

吕不韦：公子，你把这一身行头换上。

子楚不知何故，打开了那包袱，却是一身的楚人服装。

子楚不明白：先生，我到了秦国，怎么还要套上楚国的服装？我已经不再需要乔装改扮了，从今往后，我要堂堂正正地活在这世上！

吕不韦：我这么做就是为了让你将来能更体面地活在这世上。你现在是从赵国逃出来了，你也有安国君亲赐的玉佩，但并不代表你就一定能成为未来的太子乃至秦王。我这么做都是为了你有更加辉煌的未来！懂吗？听我的，到时候你就知道是为什么了！

子楚听了这话，将信将疑地套上了那套服装。

第二十集

1.日。内。秦王宫

秦王"啪"的一声把一份书简往案几上一摔。

秦王：寡人本有求和之意，没想到赵王竟然如此不识进退！好啊，打！传令王、郑二将，十日之内，拿下邯郸！

一旁的安国君与范雎都不敢说话。

2.日。内。安国君府华阳夫人住处

安国君来找华阳夫人。

安国君：夫人，你的儿子回来了。

华阳夫人一时没有反应过来：什么儿子？

安国君：子楚呀，他从赵国逃回来了。

华阳夫人很高兴：谁说他是逃的，他是回家来了，他人呢？倒是好久没见他了。

安国君：对对对，夫人说得对，是子楚回家了。

子楚和赵女走进。

一身楚衣的子楚向安国君和华阳夫人请安。

子楚：不肖儿子楚向父母双亲请安！子楚长久没在父母身边，不能侍奉二位，望二位长辈恕儿子不孝之罪。

说着说着，子楚百感交集，有些哽咽起来。

华阳夫人看着子楚头顶南冠，足穿豹靴，短袍革带的装束很是

522

奇怪。

华阳夫人：回来了就好，回来了就好。你在邯郸吃了不少苦吧？可你人在邯郸，怎么却是一身的楚人装束呢？

3. 日。内。秦军大营

王、郑二人急得团团转。

王稽：十日之内拿下邯郸，大王疯了吧？

郑安平：君叫臣死，臣不得不死！大王疯了，我们也得跟着疯啊！

4. 日。内。安国君府

子楚颇带感情地回答道：不肖儿子楚日夜思念慈母，但苦于见不到面，故特制楚服，以表忆念。

华阳夫人大喜：真是我的好儿子呀，你知道我是楚人，所以特意这样装束？太子，你看这儿子多孝顺哪。

安国君：子楚，楚子也。这个儿子非你莫属，夫人可不能喜欢儿子就慢待他的老子啊！

子楚：父亲殿下，儿子也一刻都不敢忘了您呀，在赵国的时候，每年的三月初三您的生日我都会吃斋沐浴，为您祈福。

安国君：我知道你是个孝顺的孩子，否则我也不会这样竭尽全力地让你回家。

子楚把赵女拉到身边：这是儿子的侍妾赵女，她已经怀了身孕，他日生下一男半女，也是儿子对二位最好的报答。

安国君大喜：有身孕了？太好了，我要当爷爷了。（又仔细地看了看赵女的相貌）儿子的眼光不错，夫人你看，这孩子的眉宇间还有几分像你呢。

华阳夫人：我要当奶奶是不是就太老了？

赵女：夫人永远年轻漂亮。

华阳夫人大喜，拉起赵女的手。

华阳夫人：你是赵国人？

赵女：是的。

华阳夫人：是哪国人没有关系，重要的是你一定要对公子好，要好好侍奉公子。

赵女：赵女明白，在邯郸的时候公子和我就日日夜夜盼着能回秦国来侍奉父亲母亲大人，今日终于回到了咸阳，赵女一定孝敬长辈，服侍好公子。在邯郸的时候就经常听公子谈起夫人是如何地美貌，真是百闻不如一见，有夫人在，天下女人谁敢自夸漂亮。

华阳夫人喜笑颜开：这孩子嘴真甜。

安国君：我儿，我知道是一队秦军把你们从边境护送回咸阳的，可你们又是怎样出邯郸的呢？

子楚：这可全都亏了吕先生。

华阳夫人向安国君解释：就是上次太子见过的赵国人吕不韦。

安国君：噢，是他！当时也是半信半疑，没想到他还真有这份能耐，居然把事办成了！

子楚：父母大人在上，儿子能有今天，全靠了吕先生的帮忙啊！

5。日。内。平原君府

信陵君，平原君和春申君在地图墙边讨论战事。

平原君：密报秦王下旨督战，我们要作好准备。

信陵君：可靠情报，秦军明日攻城。

春申君和平原君大惑不解。

春申君：白天，怎么可能呢？

平原君：那不是给我军当活靶子吗？！

信陵君：兵法无定势。如果我们没有得到消息，肯定打我们一个出其不意！王稽用兵老辣啊！

平原君：城墙和城门要加强防守，春申君，请你抽调一万军队，协助我守城。

春申君：好！

信陵君：秦军肯定从西面攻城，魏国的军队埋伏在城外的北侧，楚国的军队埋伏在城外的南侧。

春申君：信陵君和我各派一万骑兵，迂回到秦军的后面，截断他的退路。

　　平原君：我看这个方案不错，明天这一仗，信陵君统一指挥，春申君你看如何？

　　春申君：很好，信陵君多操劳了！

　　信陵君：军队要按计划连夜布置稳妥，不能有任何响动。

　　平原君：事成于密而败于泄嘛！

　　春申君神秘地：不，我们现在还要有意制造一点大响动，泄露一个天大的机密！

6.日。内。安国君府外厅

有下人来找等候的吕不韦。

　　下人：吕先生吗？太子有请，请随我来。

　　吕不韦跟着下人穿堂入室。

7.日。内。安国君府华阳夫人住处

吕不韦拜见了安国君和华阳夫人。

　　安国君：你可是子楚的大恩人，让你久等了，还是子楚不懂事呀。

　　吕不韦：不怪公子，是我要在那儿等候的，你们一家人这么多年没有见面，当然要好好叙一叙。

　　安国君：吕先生真是个明礼之人哪。你对子楚的帮助我都听他说了，如果不是先生，我就失去了这么一个好儿子。我要好好地赏赐你。

　　华阳夫人：太子，吕先生救了你的儿子，你可不能小气。

　　安国君：知道，夫人。我向大王请封你为千户侯，并赐宅第一所，俸田二百顷，黄金百镒。

　　吕不韦装作高兴的样子：多谢殿下赏赐。

　　安国君：还有，我将选个吉日，让子楚正式拜华阳夫人为母，吕先生，到时候你也要来助兴。

　　吕不韦：一定一定。

　　华阳夫人：这倒是个好主意，不过可不能光是认子仪式那么简单。

安国君：夫人的意思是？

华阳夫人：立子楚为嗣子之事也在那天一同办了吧。

安国君：这个，是个大事，我还得再向父王禀报一下！

8. 日。外。平原君府。庭院

信陵君边走边愤怒地说道：一说合纵，你黄歇就争合纵长！

春申君：一说军队，你无忌就要指挥权！

平原君好言相劝：二位有话好商量，形势如此危急，切不可意气用事！

春申君：我意气用事？他魏无忌是你赵胜的小舅子，你当然愿意把军队让他调遣。这仗没法打，我明天就走人！

信陵君冷笑：死了张屠夫，就吃混毛猪？无忌当初三千门客都要和秦军拼命，何况现在有十万大军！

平原君着急：春申君千万不能撤军哪！

平原君晕了过去。

一个门客打扮的人注视着这一切。

9. 日。内。安国君府

华阳夫人：怎么，太子想反悔吗？这可是您亲口答应我的，连玉符都刻了。太子是未来的国君，君无戏言。再说，子楚又孝顺又聪明，我看比你其他的那些儿子强多了。还有，赵女，这个儿媳也是很好的，不是马上就能为你添孙子了吗？

安国君：好好好，就听夫人的，那一天就双喜临门，两件事情一起办了。夫人，你看这样好不好？

华阳夫人：依我看哪，不如三喜临门。子楚当时娶赵女肯定也没办什么仪式，不如趁此再补个婚礼，省得若是有了孩子再来办，倒给了人笑柄。

安国君：对对对，还是夫人想得周到，那就三喜临门吧。我这就去告诉父王这些消息，想必父王也会高兴的。冲一冲这些天战场上的晦气。

子楚喜不自禁：谢父亲、谢母亲！

子楚看着赵女窃笑，赵女则偷眼看着吕不韦，吕不韦不动声色。

10. 夜。内。秦军大营

探子：报告王将军，今日信陵君、平原君和春申君在平原君府争得不欢而散，春申君明日要撤军！

王稽大喜：此消息确凿吗？

郑安平：是秦王的线人传的消息，应该没有问题。

王稽：传我的命令，明日战斗按原计划进行，不得有误，违令者斩！

11. 晨。外。邯郸郊外

秦军大队人马在震天动地的喊杀声中，浩浩荡荡地向邯郸城洪水般地涌来，发起了猛烈的进攻。

王稽：弟兄们，攻下邯郸城，放假三天！

郑安平：活捉赵王的封侯！抓住公子的封将！

平原君带兵用铁弩向城下猛射。

平原君：秦军已经是我们的手下败将，今天让他们有来无回！

王稽：平原君，你们的援兵呢，都回姥姥家了吧。你若现在投降，还留你一条活路！

平原君并不答话，一箭射掉了王稽的帽缨，王稽大怒。

王稽：用战车撞开城门！

城门在战车的撞击下，剧烈晃动，眼看就要撞开。

突然从北面杀出一队人马，大旗上"魏"字，信陵君宝剑一挥，魏军与秦军猛烈厮杀。

郑安平：弟兄们，顶住，楚军已经撤退，消灭魏军就等于拿下了邯郸城！

突然春申君率领的楚军从南面冲杀过来。

春申君：王将军，郑将军，幸会！

王稽一愣：春申君不是撤军了吗？

春申君：想与二位将军一见，半路又折了回来！

郑安平突然面如死灰。

春申君宝剑一挥，楚军凶猛地杀向秦军。

秦军放弃攻城，全力抵抗三面进攻，向西边运动，企图撤退。

信陵君和春申君骑着战马，雄姿勃发，一边大声喊着进攻的口令，一边挥舞长矛刺杀着秦兵。

邯郸城内的赵军也在城头上向秦军发起火箭攻势，数以万计的铁弩发出一支支带着火球的箭，射向正在城外与魏、楚大军激战的秦兵。

魏、楚大军打杀秦兵的镜头。

赵军打杀秦兵的镜头。

勇猛作战的信陵君和春申君。

秦兵不断中火箭或对手的长矛而战死。

秦国的旗帜倒在地上。

赵军看到秦兵已经显出颓败之势，奋起反击，秦军溃不成军，纷纷落荒而逃。

12. 日。外。战场

从南面杀过来大队骑兵，挡住秦军的退路，秦兵顿时大乱。

王稽边撤退边对郑安平：我先带人突围，郑将军在这里全力顶住敌人。

王稽带领精兵强将杀出重围，向西逃去。

郑将军和几万秦军被紧紧包围，秦兵被箭射刀砍，死伤无数。

郑将军眼看突围无望，要以剑自刎，平原君夫人在城楼上一箭射掉郑将军的宝剑。

平原君夫人：郑将军，你本是魏国人，何必为秦国送死？现在投降为时不晚！

信陵君：无忌保郑将军回魏国与你全家共享富贵！

郑将军：白起坑杀赵军四十万，如今你们岂能放过秦军？

信陵君大声宣布：虐杀俘虏是禽兽行为，为君子所不齿。无忌保证跟随郑将军的将士生命安全!

郑将军随即摘下头盔,跪伏在地:末将和全体将士听凭信陵君发落。

战场立刻肃静,秦国将士纷纷放下武器,金属磕碰声音震撼着每一个秦军将士的心。

突然战场上传来几声凄厉的惨叫,几个不愿投降的秦军将士剖腹自杀。

13. 日。外。邯郸城内

赵国的旗帜也在城头上猎猎飘扬。

邯郸百姓涌上街头,奔走相告,欢呼着危机的解除,迎接着胜利的大军。

14. 日。内。赵王宫

赵王也在宫中欢庆着解了邯郸之围,平原君求见。

赵王:爱卿,你来得正好,快陪寡人喝两盅,自邯郸被围以来,寡人已经好久没有喝得这样畅快了!

平原君:这酒待会儿再喝,我来是向大王报告一件事。

赵王不耐烦:又出什么事了?

平原君:秦国人质子楚潜逃了,看守他的人畏罪自杀了!

赵王:我当是什么事,不要紧了,只要邯郸之围解了,那子楚对寡人已经不那么重要了,来,平原君,你还是陪寡人喝些酒高兴高兴吧。

平原君:可大王,邯郸只是暂时解困,秦国大军迟早还是要回来的,如今我们又少了子楚这样的重要筹码,秦军进犯我国将更加有恃无恐了!

赵王把酒盅抛得远远的:平原君,从什么时候开始你喜欢如此地扫寡人的兴了?原本的好心情都被你搅了!那寡人倒要问你,子楚潜逃这样的事情你来告诉寡人,那为什么信陵君、春申君到你家去商量救赵这样的大事你不告诉寡人呢?你居心何在?!

平原君怔住：大王你……

赵王：不会是有好事的时候你独揽大权，出问题的时候又想寡人替你擦屁股吧？赵胜，你自己回去好好掂量掂量。寡人还要宴请信陵君、春申君两位大功臣，不想被你扫了兴致。没其他事，你还是先回去吧！

说罢，赵王便不再搭理平原君了，平原君没想到会是这样的结局，愣在那里半天都没动弹，好容易才慢慢挪步。这时，赵王宫里正歌舞升平。

15. 日。外。通往秦国的路上

王稽带领残兵败将往秦国方向撤退。

探子飞马从后面奔来，在王稽面前停住。

探子：报告王将军，郑将军的四万人马被楚魏十几万联军重重包围，请求王将军从外面突击，接应突围的队伍！

王将军对旁边的副将：大白天说梦话，我们好不容易虎口脱险，哪能又重入虎穴！

副将：王将军说得有理，幸亏王将军及时带领我们撤退，要不秦军损失更大。

王将军：全军覆没，如何向大王交代？再说郑将军熟悉当地的情况，他们一定能见机行事！

16. 日。外。函谷关外

副将：王将军，马上就到函谷关了。

王将军：进关就算回家了。

探子乙：报告王将军，郑将军已经……

王将军：已经阵亡了？

探子乙：郑将军率军向信陵君缴械投降！

王将军大吃一惊，半天说不出话来。

副将：王将军不必着急，郑将军可是范令尹举荐的。

王将军大怒：那我还是范令尹举荐的呢！

17. 夜。内。秦王宫

秦王和安国君焦急不安。

王将军狼狈不堪地进来：末将王稽拜见大王。

秦王大怒：看你丢盔卸甲的样子，秦国将军的威风哪里去了?!

王将军匍匐在地：败军之将特向大王请罪!

秦王：既然兵败，将军应该提头来见!

王将军：此次兵败并非全是末将的错……

秦王：难道是寡人的错?!

王将军：末将不敢!

秦王：哼，你们二人，一个败，一个降! 都是范雎所荐，来人，叫范雎立即来见寡人!

范雎匆匆进来，不及拜见，秦王即严词质问。

秦王：令尹可知郑安平向魏军投降?

范雎拜服在地：为臣荐人不当。

秦王：令尹是用心良苦!

范雎：范雎心力交瘁，早已不能胜任令尹之职，恳请大王允许为臣告老还乡。

秦王：你想用辞官来威胁本王吗？ 打了胜仗都来向寡人邀功，打了败仗，就想一走了之，休想!

安国君：令尹告老还乡，是要回魏国吗?

范雎连连磕头，血流满面：范雎不敢! ……臣范雎年事已高，且旧疾缠身，请大王开恩。

此话一出，众臣都在小声议论。

秦王看了看众臣：准奏，你回去养病吧，寡人会找人代替你的位置的!

范雎：谢大王体恤。

范雎跪拜谢恩，范雎眼望着秦王，秦王也望着他，两人眼神复杂。

秦王突然转身将手中的剑扔给王稽：王将军，你自便吧!

王稽看看周围，拾起剑，用力插入腹中。

鲜血四溅。

18. 夜。内。范雎府

范雎躺在床上，奄奄一息的样子。

范雎的妻儿侍奉在左右。

范雎：我已经活不了几天了。有些话我一定要对你们说。

范妻洒泪：夫君，您千万别这么说，您会好起来的。

范雎摇摇头：自己的身子自己最清楚。其实我这条命本来就是捡回来的，当年吕齐差点将我杖毙，我那时就该死了的。所以这以后的日子都是我赚回来的。想我一个魏人在秦国也叱咤了多年，左右了多少大事，掌握了多少生杀予夺的权力，我范雎也该知足了！我生平做的最大的错事，就是将武安君白起置于死地。我也受到了惩罚，先是失去了大王的信任，后又向大王举荐郑安平为将，把最好的挚友给推到了战场上，至今生死未卜；现在我也快不行了，我将要到九泉之下向武安君去谢罪！

范妻和范子已是泣不成声：大人，父亲……

范雎：我死后，只有一个心愿，就是能把我送回魏国，安葬在我的故乡。我生不能做魏国臣子，死要做魏国鬼魂。当然，大王若是不同意，也就罢了，我知道现在他是恨透了我。安平无子，他若是能活着归来，强儿，你就做他的儿子，侍奉他终老，切记，切记。

范子哭着点头：父亲，您就放心吧。

范雎拉着妻儿的手渐渐松了，一代名相就此殒命，妻儿哭作一团。

19. 夜。内。秦王宫

秦王对安国君：你派人将范雎的遗体送回魏国。这是他最后的遗愿，毕竟他也为寡人做过不少事，君子成人之美。

安国君：父王真乃明君哪，儿臣会安排妥当的。

秦王：哼！当初寡人最担心的就是这些势力的联合，所以一再牵制着魏王，没想到这个信陵君偏不买账！

安国君：听说是用了窃取虎符的法子。怎么堂堂信陵君也用这样下三滥的手段？

秦王：兵不厌诈，信陵君真乃人中俊杰，寡人也希望我的儿子们能够这样有勇有谋，以后秦国便可真正地傲视群雄了！

安国君：父王放心，儿子一定会努力的。儿子已经设法将您的孙子子楚从邯郸救出来了。

秦王也很高兴：子楚回来了？两国正在交战，你居然能把他给救出来，这下好了，再攻打赵国我就更无所忌惮了！太子，你记住，你即位后也一定像我一样，坚持远交近攻，各个击破，荡平六国。

安国君：儿子牢记，不过父王一定会长命百岁的。父王，儿子预备立子楚为嗣子，您看如何？

秦王：子楚在赵国饱经磨难，正应成为栋梁之材！立为嗣子后，寡人要多带一带他，学习帝王之道。

安国君：多谢父王！

20. 夜。内。平原君府

平原君府张灯结彩，一片喜庆气氛。

平原君夫妇盛装在正门迎接春申君，信陵君和达官贵人以及亲朋好友。

21. 夜。内。平原君府正厅

大厅内灯火辉煌，正中上方条案平原君作为主人居中，春申君和信陵君作为贵宾坐在两侧。大厅摆满了小桌子，宾客纷纷盘腿就座。

平原君：今天设宴款待春申君和信陵君，感谢二位公子带领楚魏大军帮助赵国击退秦军，解了邯郸之围！

春申君：再告诉各位一个好消息，秦国的令尹范雎和大将军王稽，因为此战失利而身亡，我们除掉两个心腹大患！

信陵君：应该庆祝魏国、楚国和赵国合纵成功，庆祝三国联军联合作战的胜利。我们同饮三杯!

大厅一片干杯声。

突然门外传来宫廷侍卫的声音:赵王驾到!

平原君一愣:大王怎么来了?

春申君幸灾乐祸地一笑。

大厅所有的人都起身恭迎赵王。

赵王威风八面地在侍卫们的簇拥下,直向正座走去。

平原君略带尴尬:不知大王驾到,有失远迎,请大王恕罪。

赵王打着哈哈:不知者不为罪,爱卿何罪之有?我是来借这个机会感谢二位公子临危救难!

赵王来到主位将信陵君拉到身边并排坐下,平原君和春申君在两边作陪。

赵王端起酒杯:感谢楚王和魏王拔刀相助。寡人敬二位公子一杯。

赵王再端起酒杯,对信陵君:无忌公子胸怀韬略,指挥有方,大败秦军!寡人与你连干三杯。

信陵君:大王过奖了。是春申君和平原君配合得好。

赵王:只要信陵君在,秦军就不敢轻举妄动!

春申君和平原君的脸色暗了下来。

赵王:只是,寡人刚刚听说,魏王因为公子窃符一举,大发雷霆之怒!将公子全家杀光,宅邸烧毁,连老太妃……也被逼自尽了!

信陵君惊呆。

春申君与平原君也惊住了。

信陵君突然如同野兽一般咆哮起来:母亲! 母亲! 你受孩儿拖累了!

信陵君疯了似的冲向赵王:那么如姬呢? 如姬夫人是不是也已经遇难了?! 大王,你要告诉我真话! 你要告诉我真话啊!!

赵王显然吓了一跳,急忙抚慰:这个……寡……寡人还没有得到消息,公子,你千万保重,魏国回不去了,赵国就是你的家! 寡人要封你四邑,赏万户侯!

信陵君:不! 不! 无忌要的不是这个! 失陪,无忌先走一步!

信陵君冲出门去。

22. 夜。外。赵国森林边
信陵君对着森林放声痛哭。

信陵君举剑长啸：以干将莫邪的名义，如姬，你一定不能死，一定要活着啊！

23. 日。内。魏国城门口
朱亥护着一身乔装的如姬走在人群中，他们来到了城门口。只见守城的军士们举着画像在一个个核对。旁边的城墙上也挂着两幅画像，好些人在围着观看。

朱亥护着如姬上前凑近一看，那画像画的赫然就是如姬和念奴，旁边还有兵士在做宣传。

兵士：这是大王缉拿的要犯，如果谁发现举报将重重有赏，赏黄金百两。

围观的人听了这话在纷纷议论。

围观人甲：嚯，黄金百两呀，发财了，一辈子都不用愁了。我可得看仔细些，不能放过一个。

朱亥一直用他那庞大的身躯掩护着如姬。

其他围观的人在起哄：就你那倒霉样也想抓到这两个通缉犯，做梦去吧，你只要不赌了，就万事大吉了。

围观人乙：看着这两个姑娘都挺标致的，她们能犯什么错，让大王这样兴师动众地通缉她们？

围观人丙：嘿，大王的事咱们平头百姓怎么会知道呢，该不会是她们让大王戴了绿帽子吧？

这些人放肆地开着玩笑，只是把个如姬紧张得不行。朱亥护着如姬走出了人群。但他们显然也不敢出城了，只得朝另一个方向走去。

24. 日。外。乡间的小路上
朱亥走在前面，如姬走在后面，如姬越走越慢，越走越慢，最后竟支持不住地晕了过去。

25. 日。内。信陵君大营帐内

信陵君显然经过大悲大痛，一脸憔悴。

春申君：眼下，邯郸之局已定，秦国也伤了元气，想来秦国即使想翻盘也得有些时日了。我们也可安心归国了！

信陵君：是呀，只是我可能是有家不能回了。

春申君：无忌公子为了此役是付出了不少。我看那上党十七城不如我们将它分了吧，总要有些好处，不然何必那样卖命？公子若是分得了几个城池，也将有自己的封地，能不能回魏国也就不那么重要了！

信陵君：兄长怎能这样想，我们联合抗秦难道不是为了合纵，联合抵御秦国？现在秦国还在虎视眈眈的时候，我们倒要分起利益来了，我们这样做与秦国又有什么区别呢？

春申君有些尴尬：我只是这样一说，也没有考虑得太多。那依公子的意思，这上党十七城难道还给赵国吗？

信陵君：不，应该物归其主，这十七城本来就是韩国的，只因秦国和赵国贪心，才弄了这样大的一场战争。现在就该还给韩国，大家都不要觊觎此地，这样才能相安无事。

春申君自语：哼，这魏无忌倒好，做这顺水的人情，可我也不好驳他，早知道是这样的结果，当初我才不会发兵呢。什么合纵，以后我要是再合纵我就不叫黄歇，魏无忌，你一个人玩去吧。

可春申君表面上还是应承：对对对，我也是这样考虑的，完璧归赵，才能体现我们合纵之精神嘛。既然这样，楚国还有些事等着我去处理，我将带楚军先行一步了。以后有这样的事，楚国还将一定与公子联合作战！

信陵君真诚地向春申君作了个长揖：多谢兄长。

春申君走了，空空的帐内只剩下信陵君一个人。

信陵君自语：春申君可以回楚国，可魏无忌，你却连自己的祖国也回不去了，如姬，你在哪儿？……有朱亥和念奴在身边，我应该可以放心吧？如姬，我好想见到你，如果有你在身边，我就可以免除不少的思乡之痛了。如姬……你千万别恨无忌啊！

信陵君压抑不住自己焦躁的心情，拔出干将剑舞了起来。

26. 日。内。乡间的小棚屋里

如姬醒来的时候，朱亥正关切地守护着她。

朱亥看见她醒来也松了一口气：夫人，你总算醒过来了。

如姬：我们这是在哪儿？

朱亥：这是乡下。

如姬挣扎着要起来：朱大哥，我们走，我好了，我们现在就走，去找信陵君。

朱亥：不，大王抓得太紧，我们现在暂时是不能出魏国了。

如姬想到了城门口悬着的她与念奴的肖像。

如姬：大王也在悬拿念奴，看来她也还无事。朱大哥，那我们该怎么办，信陵君若见不到我们会非常着急！

朱亥：这里穷乡僻壤，还比较安全，夫人先休养几日，我也再去看看有没别的路可走。

这时，一位老婆婆端着碗热汤进来了。

如姬本能地想躲，老婆婆安抚她。

老婆婆：夫人别害怕，我叫郝婆，您的事，这位壮士已经跟我说了，您只管在这儿，住多久都没关系。

如姬听了这番话，看向朱亥，朱亥冲她微微点头。

如姬：多谢您了，郝婆。

如姬接过汤来，刚喝了一口，突然就要呕吐起来。

郝婆看着她的样子：夫人，你这样子怕不是怀孕了吧？

如姬听了这话也吃了一惊：郝婆，你说什么？

郝婆：你还不知道？我看你这样子，十有八九是有身孕了。我们附近有个大夫，医术是很高的，让他给你把把脉。

如姬看着朱亥面有难色。

郝婆：我知道你的处境，那大夫是个盲人，而且心眼非常好，是最靠得住的，我只说你是个远房亲戚好了。

27. 夜。内。信陵君住处
信陵君正盯着干将剑出神。

有人报平原君夫人到。

平原君夫人戴着重孝走进，与信陵君相抱，哭成一团。

平原君夫人：我也是刚刚知道母亲的消息！魏王那条老狗，竟干出如此伤天害理之事，我从此与他恩断义绝，再不认这个异母兄！……无忌，如姬有没有消息？

信陵君哽咽地摇头。

平原君夫人：若是这老狗再伤了如姬，我定要叫她尝尝我的厉害！

信陵君含泪：我想，如姬是上天最美的造物，上天是一定会保佑她的！

28. 夜。内。魏国乡间的小屋
如姬独自躺在床上，抚摸着肚子，她脸色苍白，精神却很亢奋。

如姬自语：公子，你知道吗，只是那一次，只有一次，我就真的怀上了你的骨血，简直是我做梦也想不到啊！上天太厚爱我们了！我，实在是太幸福、太幸福了！……公子，不管有多难，我都要生下我们的孩子！

29. 夜。外。魏国城门
念奴趁守卫不备，轻轻一跃，就从城墙的矮垛处翻了过来。

念奴又来到了魏国城里。

念奴独语：姐姐，念奴又回来了，你会在哪里呢？

这时，有两个守夜的卫士巡逻，她很快便像只猫一样灵巧地一闪而过了。

30. 夜。内。如姬栖身的农家
朱亥蹑手蹑脚地进来，看见如姬正在安睡的样子，他便又小心翼翼地想带上门离去，突然，如姬叫住了他。

如姬：朱大哥，请留步。

朱亥：是朱亥打搅了夫人，我只是来看看夫人是否安睡了。

如姬：朱大哥，我跟你商量件事。

朱亥：夫人尽管吩咐。

如姬：我决定暂时就在这儿住下，我受点苦不要紧，可我不能拿孩子冒险，我决定等到把孩子生下来再去找信陵君。

朱亥：朱亥一切听夫人的。

如姬：请你去找信陵君报个信，告诉他我一切都好，等我把孩子生下来，就去与他团聚。

朱亥：夫人一人太危险了，朱亥不放心。

如姬：有郝婆在没关系的，我自己也会当心。

朱亥：我听夫人的。明日一早我就启程。早去早回。

31. 夜。内。秦国安国君府

子楚、赵女都穿着喜服，显然是刚举行过仪式的。

子楚脱了喜服：哦，今天总算结束了，三个仪式一天办，可真把我累得够呛！

赵女：可这以后公子便是秦国未来的储君，那该多威风啊！

子楚：一切都像做梦一样，好像昨天还在邯郸过着猪狗不如的日子，现在就在咸阳有这么多的人奉承拍马了，这难道就是我的人生？

赵女：所谓苦尽甘来，这样的人生可是有的人想一辈子也想不来的呢。要说公子能有今天，最应该感谢的就是吕先生了。

子楚：吕不韦，他可真是我的贵人！当初他找到我说要帮我的时候，我觉得不过是痴人说梦而已，只是当时已再无其他指望，能抓到什么是什么。谁知他倒真把这样的事办成了，他对我的好处，就是春申君之于熊完也是比不上的！

赵女：公子能这样想就好，他日您当上大王的时候可千万别忘了吕先生。

子楚：我怎么会是这样忘恩负义之人，你看，我对你的承诺不就实现了？现在你是我明媒正娶的妻子，将来你就是秦国的王后，（又摸着赵女的肚子）你若生个儿子，我也定让他做秦国未来的太子！

赵女：只要公子能对赵女好，赵女当然欢喜。

子楚：你说，你要我怎么对你好，你说什么我都答应。我看你的这些头饰挺沉的，我帮你卸了。

子楚体贴地一样一样地替赵女摘首饰，首饰摘光了，子楚又要帮赵女卸妆。

子楚：我看你嘴上的唇彩很鲜艳，我替你吃了吧。

子楚就去舔赵女的唇彩，两人腻在一起。

32. 夜。内。平原君府正房

平原君忧心忡忡。

平原君：那天大王已经对我说了那样的狠话了，喝酒的时候，故意用无忌来压我。恐怕我们连从前那样的关系都维系不下去了。

平原君夫人：不管怎么说，我们还没得到秘籍，现在还不能跟大王摊牌。念奴那个丫头既然靠不住了，还应有其他办法。

平原君：夫人又有好主意了？

平原君夫人：无忌窃取虎符，魏国他肯定是回不去了，我那王兄是不会饶了他的。无忌现在就只能待在赵国，我们就把无忌接到家里，直接向无忌要秘籍，他若是拿不出来就让他写出来，否则就别想再走了。

平原君：你是说把无忌软禁起来？他那脾气恐怕不好办吧？

平原君夫人：我们当然要做得不露痕迹，他到底是我的亲弟弟，没有人比我更了解他了，我自有分寸。

平原君点头。

平原君夫人：那个将子楚带走的是个什么人，怎么能有这样的本事？

平原君：也就是阳翟的一个商人，好像叫作吕不韦。

平原君夫人：吕不韦？一个商人能有这样的胆识，还真非普通人，大人也要多加留意他，日后他恐怕会有大作为。

33. 夜。内。吕不韦在秦国的新宅邸

吕不韦被很多美女陪着饮酒作乐，可吕不韦的眼前却始终晃着赵女的影子。

吕不韦用手抓着她眼前闪过的赵女的幻影，大叫着：赵女，你等着，总有一天，你还会是我吕不韦的女人。

旁边的美女不知他在说什么，只知道一个劲儿地给他灌酒，吕不韦倒也乐得在温柔乡中。

34. 日。外。乡间小道上

朱亥告别了如姬，独自走在乡间小道上。

朱亥想起了信陵君向他郑重托付如姬的情景，想起了他立下的"朱亥在，她们在！"的誓言，他又转身回去了。

35. 日。内。如姬栖身的小屋

如姬躺在床上很虚弱的样子，这时的她，早已经退去了侯门之女的娇贵，穿着褴褛的粗衫，面色蜡黄。

这时，郝婆端着一碗糖水走了进来。

如姬想要起身相迎，郝婆赶快制止她：夫人，你别动。动了胎气可就不好了。我们乡下也没什么好东西，实在是委屈你了，这是红糖水，你趁热喝了，对身子有好处的。我就是觉得你太娇弱了。

如姬：郝婆，您能收留我已经是天大的恩德了，现在却还要您来服侍我，我……

郝婆：可千万别这么说，人生在世谁没个难处呢，你就别挂在心上了。

这时，有一队官兵拿着画着如姬、念奴肖像的画来搜查了，郝婆的儿子媳妇在外面想拦却没拦住，官兵们还是闯进了如姬栖身的小屋。

为首的拿着肖像对着如姬比照了半天，好像像，又好像不像。此时的如姬面容憔悴，消瘦了不少，自然没了肖像画上的神采。如

姬故作镇定地看着官兵。

为首的有些拿不准：这是什么人哪？

郝婆连忙赔笑：这是我的大儿媳妇，她有些不舒服，大爷们有什么事还是上我那屋说去吧。

为首的并不理会：她是你大儿媳，那你大儿子呢？

郝婆一下子给问住了：他，他上山，上山砍柴去了。

为首的看见郝婆闪烁不定的样子更加怀疑：噢，那我们就在这儿等他回来好了。

说罢，那几个士兵便坐下来不走的样子。郝婆急得毫无办法，如姬想开口又不敢说。几个士兵盯着他们，屋里的气氛很紧张。

这时，朱亥扛着一捆柴进来了，大叫一声：娘，我回来了！（又故作惊讶地看着屋里的官兵们）怎么这些个军爷都在家里，出什么事了吗？

郝婆也很识趣，赶紧介绍：大爷，这就是我的大儿子。

为首的：你真的是她的儿子？

朱亥：儿子还能有假？

为首的指着如姬：那她是你什么人？

朱亥：我媳妇呀，怎么了？

为首的心有不甘地招呼兄弟：我们走，查下一家！

直到官兵们走了好久，屋子里的人才长舒了一口气。

朱亥赶紧向如姬跪拜：夫人，朱亥刚才多有得罪了！

如姬：情势所逼，你不必在意，怎么你又折回来了呢？

朱亥：朱亥还是要在夫人身边保护夫人，否则主公也不会答应的。

郝婆：就是，就是，朱壮士还是在夫人身边的好，否则再遇到今天这样的情况，我还真不知该怎样收场了。

朱亥看着如姬：夫人。

如姬：只好如此了。

36. 日。内。安国君府

赵女还没起身，华阳夫人便命人送来了各种各样的补药。

赵女刚被人服侍着喝了两口，便一阵恶心，怎么也喝不下了。

这时，华阳夫人进来了，赵女要起来请安被华阳夫人拦住了。

华阳夫人：现在你的身子最金贵，以后呀，这些虚礼统统不要了。怎么样，我让人送来的那些汤药你还吃得惯吗？

赵女：夫人对赵女实在是太好了，可赵女没福气，看着这些便没胃口，恶心，想吐。

华阳夫人：那你是不是也不想下地，懒得动弹。

赵女：正是呢，干什么都懒洋洋的。

华阳夫人大喜：真的吗，真是太好了，我听人说这些都是怀男胎的反应呢。你若是真能给太子添个孙子，那你可就是大功臣了，子楚的世子地位就没有人能动得了了。赵女，你可一定要争气呀。

37. 日。外。信陵君大营

平原君亲自驾车来接信陵君，并虚出左位请信陵君。

信陵君：姐夫，你快成了无忌的车把势了！

平原君听了这话，很不中听，当着这么多士兵既觉得没面子，又不好发作。

平原君暗想：魏无忌，你可别得意，有你向我低头的时候。

信陵君还在跟平原君逗趣：车夫，还愣着干什么，驾，走了！

平原君只得挥起马鞭赶马带着信陵君走了。

38. 日。外。赵国邯郸街头

信陵君的马车所经过之处，邯郸的百姓都出来欢呼迎接。

百姓甲：信陵君，您可真是我们的大恩人哪。

百姓乙：我们愿意跟随信陵君赴汤蹈火！

有些人甚至激动得流下热泪。

信陵君频频地冲他们挥手致意。

信陵君：大家言重了，这是合纵联军共同努力的结果，非无忌一人之功啊！

平原君一脸的不服气。

39. 日。内。赵王宫大殿

赵王亲自下阶迎接信陵君，并要执信陵君之手一起上殿。

信陵君执意不从。

赵王：如果没有公子，赵国已经亡了，赵国现在之所以还在，这全都是公子的功劳，自古之贤人，都未有如公子者也，所以公子上阶是受之无愧的。

文武百官也随声附和：信陵君受之无愧！

信陵君：无忌不敢当，无忌只是有罪于魏，而无功于赵也。

赵王：信陵君千万不要在意，魏王也不过是一时之气而已。寡人已经发函去向魏王称谢了。你们是亲兄弟，不会有多大的仇怨的。不过，信陵君若是愿意待在赵国，那寡人更是求之不得。寡人这就将汤地四城给公子作封地如何？

信陵君：大王太慷慨了，只是无忌自认没有那样的功劳，不敢受之，无忌只求汤沐一地可以让无忌暂时栖身就足矣了。

赵王：公子如果坚持，那当然是依公子之意了。还有，齐国的鲁公子，也给寡人出了不少的好主意，寡人也是要好好地赏他的！

信陵君：仲连是我表弟，他的性情我很了解，他是宁愿贫贱而得自由也不愿富贵而受人牵制的，是个真正的高人，所以大王也不必费心了。

赵王：你们兄弟都是人中翘楚，不得了啊！

平原君沉着脸默默无语。

40. 日。内。信陵君在邯郸城的住宅

信陵君刚刚进屋，鲁仲连紧随其后进来。

信陵君：表弟可真是来无影去无踪啊！刚才在王宫，赵王还特别提起你老弟，夸你才华出众！

鲁仲连：兄长见笑了。现在别说在赵国，就是天下诸侯，谁人不在谈论信陵君窃符救赵千古流芳一事？信陵君成为当今第一名人，当真可喜可贺！

信陵君：你就不要拿哥哥调侃了！无忌付出多大的代价，你是知道的。大王为了泄愤，将我家满门抄斩，我的府第也焚为灰烬。如姬至今生死不明！如今我是家破人亡啊！合纵成功，打败秦军。无忌的付出有目共睹！

鲁仲连：打败秦军不等于消灭秦军，只是暂时抑制秦国的东扩野心。合纵的一次成功不等于合纵的牢固。居安者必思危啊！

信陵君：不论怎样，只要我信陵君在，合纵就能存在，秦国就会惧怕三分！

鲁仲连：正是因为兄长在合纵中的作用，我才希望你要保持清醒的头脑，继续推动合纵。

信陵君：你是说我被胜利冲昏了头脑？

鲁仲连：我是想提醒兄长切不可居功自傲，使合纵功亏一篑。

信陵君：生于忧患而死于安乐。感谢仲连及时提醒，无忌会谨慎从事！

鲁仲连：哥哥的苦衷仲连自然知道。现在哥哥最惦记的人就是如姬夫人，又咫尺天涯，杳无音信！

信陵君：真不知如姬是否能逃过此次劫难……

鲁仲连：兄长听仲连一句话，大难不死，必有后福。

信陵君：但愿如此！

鲁仲连：兄长放心，我这就去打探如姬的消息！

信陵君：那就有劳老弟了！

41. 夜。外。被焚毁的信陵君府

念奴又来到了信陵君府，看着断壁残垣，感慨万千。

念奴独语：姐姐，我已经寻遍了你可能去的地方，你到底在哪儿呢？以前是奴儿错了，奴儿已经知道了，可你真的不打算再见奴儿了吗？

鲁仲连突然走出。

鲁仲连：念奴，你做过什么对不起如姬夫人的事？

念奴没料到鲁仲连会在这儿出现：鲁公子，你怎么在这儿？

鲁仲连：跟你一样的理由。

念奴：这么久了，你也还没找到姐姐吗？

鲁仲连：也许如姬夫人不想让任何人去打扰她吧？

念奴：难道连你也没有法子吗？

鲁仲连：我只是觉得也许夫人根本就不需要我们，她只是想一个人静静地待着，静观其变。

念奴：不，不会的，姐姐她一定不会不要我的。

鲁仲连：难道你没做过对不起她的事？

念奴：我有我的苦衷，姐姐一定会原谅我的。告诉我，姐姐现在在哪里，你一定是晓得的，天下的事没有你不知道的！

鲁仲连：你对如姬夫人倒也还算真心，也许她正在等着你。

念奴：快告诉我她在哪儿？

鲁仲连：你忘记你们出走时的打扮了？

念奴猛地想起那天晚上自己与如姬出走时的农妇打扮。

念奴：念奴明白了！

说罢，念奴就要去寻，突然她又折回来。

念奴：你跟我一起去吧，咱们一起去找她！

鲁仲连摇头拒绝了。

念奴：难道你不想见到她吗？

鲁仲连：可她最想见的人并不是我。找到如姬后，你速去邯郸告知信陵君。

念奴：可我想跟公子你在一起！

鲁仲连：这个……仲连从来就是一个散淡之人，只怕要辜负姑娘了！

说罢，鲁仲连转身要走。

念奴：那如果是姐姐呢，如果是姐姐，你一定是求之不得吧？！

鲁仲连：仲连天性如此，不会被任何人与事所改变！对如姬夫人，仲连也只是钦佩而已！告辞！

鲁仲连飘然而去。

念奴：站住！

鲁仲连站住了。

念奴：公子往何处去？

鲁仲连：连我也不知道自己从何处来，往何处去，仲连一生，不过是行走而已！

念奴在他身后大叫：总有一天我要你守在我身边，只守着我一个人！

远远飘来鲁仲连的歌声：

……当时自饮自食，又谁知，辨水源清浊，木金间隔，不因师指。天机深远，道行玄微，此事几心知？蓬莱路，待三千行满，独步云迟……

念奴生平第一次流下了两行热泪。

第二十一集

1. 夜。内。平原君府正房

平原君忿忿不平地对夫人说话。

平原君：哼，当初四公子联手是我提出来的，合纵的盟军也是我一手促成的。现在倒好，所有的一切功劳都记在无忌的头上了。百姓也好，大王也好，都只记得他一人的好，好像所有的事都是他一人做的。你让他魏无忌一个人做做看。没想到无忌倒是个沽名钓誉之人！

平原君夫人：大人冤枉无忌了，这点我清楚，无忌绝不是那样的人。

平原君：可事实如此。现在大王只看重他，眼里哪还有我这个平原君！我只是个成事不足，败事有余，无足轻重的小人物而已！

平原君夫人：大人还是不用再计较在大王心中的位置了，别忘了我们还有更远大的目标。大人又何必在乎大王的想法呢？

平原君：我就是咽不下这口气。真真气死我了，白白给无忌捡了个大便宜！

平原君夫人：大人还是少说两句吧，无忌说话就到了，咱们还是以大事为重。今晚我们一定要把秘籍的去向给弄清楚！

平原君点头。

说话间，就有家丁报：信陵君到！

平原君夫妇赶紧来到大厅。

2. 夜。内。平原君府大厅

信陵君：姐姐，你每次去我那儿，我可是老远就来迎接的，可你倒好，把我一个人晾在这儿好几天。

平原君夫人：我倒是想用大轿子去亲自接你，可又怕别人的闲言碎语。

信陵君：我是你的亲弟弟，还有人说什么闲话？

平原君夫人：你现在是大英雄嘛，是赵国的大恩人。我就是你的亲姐姐也有溜须拍马之嫌呢！

信陵君：姐姐这样说真是折煞无忌了，别人不知道，你还不知道吗？如果没有姐夫和春申君，无忌一个人又能成什么事呢？

平原君夫人话里有话：姐姐知道你不是个忘本的人，可别人不知道，所以，我的大英雄，你还是请上座吧。

平原君夫人将信陵君请上了席。

平原君：无忌，我敬你，多谢你几次三番地来替我解围。

信陵君：姐夫说哪里话，就算没有姐姐，就是为了合纵大业，无忌也会义不容辞地来相助的。

平原君：那你一定要喝了我这杯酒。

信陵君一饮而尽。

平原君夫人：无忌，我也敬你，要不是你，我们现在只怕已经与赵国同归于尽了！

信陵君：姐姐怎么也说这样的话，我知道你们是想让我多喝几杯，无忌喝就是了！

信陵君又连干了三杯。

平原君夫人：无忌，你的酒量还是那样好。这样，姐姐先干一杯，你再干三杯如何？

信陵君：姐姐说的，无忌怎敢不听？

说罢，信陵君又干了三杯。

3. 夜。外。魏国乡村

化装成农妇、脸上涂着锅灰的念奴挽着个小包，在夜色中匆匆行走。

后面一群无赖尾随着她。

无赖甲：瞧这小媳妇，嘿，深更半夜的胆子还不小！

无赖乙：让爷瞧瞧！哎哟！别瞧黑点儿，还挺漂亮，长得鼻子是鼻子眼睛是眼睛的！

无赖们围过来。

念奴目不斜视地往前走，一无赖突然挡在前面。

念奴：让开！好狗不挡道儿！

无赖：喝，口气还不小！弟兄们，上！

一群无赖刚刚冲上来，却被念奴以迅雷不及掩耳之势一一打倒。

念奴飞速走开。

众无赖目瞪口呆：咱……咱们这是撞上……撞上鬼了吧？啊？哎哟，快跑吧！

众无赖逃开。

4. 夜。内。平原君府大厅

喝了许多酒之后，信陵君呈现微醺状态。

信陵君：姐姐，我的眼睛怎么……怎么这样模糊呀？

平原君夫人试探：那是你喝多了。

信陵君：我没喝多，没喝多。姐夫咱们再喝。

平原君夫人跟平原君使了个眼色。平原君将侍从都打发走了，大厅里就剩下平原君夫妇和信陵君。

平原君夫人：无忌，你想不想回家，回魏国呀？

信陵君：（以下都是信陵君微醉的言语）想，姐姐，我好想回家，好想如姬呀！

平原君夫人：那你就回去呀。

信陵君摇头：回不去了，大王他不会让我再回去了。

平原君夫人单刀直入：那《周公秘籍》你带着了吗？那么重要的东西可不能落入别人之手呀。

平原君吓了一跳，没料到平原君夫人会问得这样直接。但此时的无忌毫无防备，他很坦诚地告诉姐姐。

信陵君：没有，走得太急，没有带在身上。

平原君：既然没有带在身边，那如何能这样顺利地打败秦国呢？

信陵君微微一笑：姐夫，《周公秘籍》不过是被外界不知详情的人传得神乎其神，其实也并没有那么神秘，只需参透其中的精髓，认真演练。但最关键的是因为我们是正义之师，这样的战争应该胜利！

平原君夫人：话虽这么说，可无忌，你得了《周公秘籍》的真传，对于赢得这场战争还是很重要的！

信陵君：兵家更多的还是重实战经验。你看那赵括熟读无数兵书，到头来也不过是纸上谈兵而已。

平原君夫人：那《周公秘籍》又怎是一般兵书好比的？

信陵君：无忌这些年带兵打仗，颇积累了一些经验，再看《秘籍》，方能悟出其中奥妙。所以无忌觉得还是实战经验最重要！

平原君夫人转转眼珠：既是如此，无忌，你何不把你的兵家实践经验也写出来？名字我都替你取好了，就叫《魏公子兵法》如何？

信陵君：这个，无忌倒从未想过。

平原君夫人：我看可以。无忌，既然你一时也不能回魏国，不如就在我这儿潜心著书吧，也好流芳百世啊！

信陵君也很痛快：好吧，我就借姐姐的宝地一用了。

这时，平原君夫人唤来了侍从。

平原君夫人：无忌公子喝多了，你们服侍他去歇息吧。

侍从们搀扶着信陵君走了，信陵君嘴里还在嘟囔。

信陵君：姐姐，我们再干一杯，为，就为《魏公子兵法》吧！哈哈，《魏公子兵法》！

平原君待信陵君走远了，方问道：夫人，我们现在需要的是《周公秘籍》，你让无忌来个《魏公子兵法》又有何用呢？

平原君夫人：大人，你怎么不想想，无忌是何等聪明的人，那

《周公秘籍》的精髓早就在他的脑子里了，再加上他融会贯通，我敢说，那写成的《魏公子兵法》一定是比《周公秘籍》更加有用的一部书！

平原君：听夫人这样一说，倒也不无道理。

平原君夫人：现在我们要做的就是一定要稳住无忌，直到他写出书来的那一天。即使运用强制的手段，我也在所不惜！

平原君夫人阴险的表情。

5. 夜。内。魏王宫大殿

大殿里一派莺歌燕舞，高高兴兴的景象。

突然，魏王就将眼前案几上的酒菜统统掀翻，歌女舞女们都慌得撤走了。

一个宦官偷偷地问旁边的：大王这又是怎么了，又是为了如姬夫人吗？

旁边的：这还用问吗？这些日子以来，这都多少回了，咱们还是赶紧收拾吧。

宦官们战战兢兢地去收拾，魏王果然开始破口大骂，没有一个人敢答腔。

魏王：一群废物，一群蠢货！这都大半年过去了，连如姬的一根头发都没有找到，滚开，给我统统滚开！

他上去就踢在地上收拾的宦官们，把宦官们踢得想逃又不敢逃。

6. 日。内。平原君府信陵君住处

清晨，信陵君刚刚睁开眼睛，便看见平原君夫人笑容可掬地在他面前。

信陵君：姐姐，早呀。

平原君夫人：无忌，昨晚睡得可好？

信陵君：睡得不错，只是头到现在还有些痛，姐姐，我昨晚喝得太多了吧，是不是说了很多胡话？

平原君夫人：没有，你昨晚做了个十分重要也十分正确的决定。

信陵君有些茫然：什么决定，我怎么一点都想不起来了？

平原君夫人：撰写《魏公子兵法》。

信陵君：《魏公子兵法》？

平原君夫人：对，你说你要把你所有的作战经验和从《周公秘籍》中领会的精髓统统都写到这本书里。

信陵君：姐姐这么说，我倒是有了些印象。

平原君夫人：无忌，写书是件好事，你一定要做下去，姐姐会全力支持你的。

信陵君：我也想好好地来写，可不瞒姐姐，无忌现在实在是静不下心来。如姬怎样，我一点消息都没有，你说我又怎能安心写作呢？

平原君夫人：无忌，你的心思姐姐都明白，这样，如姬的事就包在姐姐身上了，你现在人在赵国，人生地不熟的，而且你不论是在赵国还是魏国都不适宜多露面。所以，找寻如姬的事你就交给我吧，姐姐一定竭尽全力！而你，我的好弟弟，（她把无忌拉到案几边，上面的书写工具已经准备得一应俱全）你就潜心写你的《魏公子兵法》吧，这个，对于千秋万代都是大有裨益的事，相信如姬如果知道的话，也一定会支持你这么做的！

信陵君：姐姐……

平原君夫人：不要再犹豫了，我的好弟弟，就这么决定吧。这些天，你就在我这儿，我不会让任何人打搅你的，你只管专心用功就是。如姬的事就由姐姐负责了，你不会连姐姐都不信任吧？

信陵君：好吧，姐姐。我听你的。

7. 日。外。信陵君住处外

平原君夫人心满意足地走了出来，一直在外面密切关注的平原君赶紧迎上去。

平原君：怎么样？他同意了吗？

平原君夫人得意地：我做的事，大人还有什么不放心的？

平原君也很高兴：夫人真乃女中之杰啊！到时候周公的智慧、无忌的经验，再加上我平原君的谋略，那可就真正是天下无敌了！

平原君夫人：看把你高兴得。（她吩咐手下）多派些人到魏国和赵国去找如姬夫人，有任何消息立即向我汇报。

手下得令而去。

平原君：怎么，夫人还真要去找如姬？

平原君夫人：大人怎么不想想，如果我们把如姬掌控在手里，难道还怕无忌不乖乖就范吗？

平原君大笑：刚才我还说漏了一点，我看是我们三人的智慧也抵不上夫人你一人哪！

两人说笑而去。

字幕：七个月后。

8．日。外。魏国乡间小舍

一个农妇打扮、大腹便便的女子正一手支撑着大肚子，一手做着农活。她就是如姬。

郝婆看见她在干活，赶紧拦住她：哎呀，夫人，我让您别动，您却偏要做，万一动了胎气可怎么才好！

如姬在郝婆的坚持下停了下来。

郝婆：看看您这样子怕是最近就要生了，老天爷保佑，那个瞎子大夫可早点回来才好。他去外乡看他女儿了，说好的近日就能回来。您可一定要在他回来之后再生呀，否则，这方圆几百里的，可就真找不到一个大夫了。

如姬笑笑：郝婆，不是还有你吗？

郝婆：我可不行，孩子我倒是生过，可我从没帮人接生过呀。这是两条命呀，我可不敢。（又怕把话说得太绝）不过，夫人，您不用害怕，您是吉人自有天相，您一定不会有事的。

9．日。外。魏国乡间小路上

念奴也是一身的农妇打扮，正匆匆地走在乡间。

她一转眼倒是瞥见如姬了，可如姬已经全然是个农妇的样子，而且挺着个大肚子，念奴只扫了一眼，便过去了。正在和郝婆说话的如姬也没注意到她。两人就这样当面错过。

10.日。内。信陵君住所

信陵君正在写书，忽报：大王驾到！

赵王突然走进来。

信陵君连忙起身：无忌恭迎大王。

赵王：公子不必客气。邯郸解除围困不久，一切百废待兴，对公子照顾不周，有什么需要可直接告知寡人。

信陵君：谢谢大王关照！

赵王：我刚收到魏王来函，说魏国将继续保留魏无忌的信陵君公子头衔，看来魏王已经原谅了公子。

信陵君：那是给您赵王的面子，也是迫于诸侯各国民众的压力。魏王已经对我恨之入骨，决不会善罢甘休！

赵王：那就请公子长期安居赵国，这可是寡人求之不得的好事。汤沐邑已经命人收拾好了，公子随时可以去。

信陵君：恭敬不如从命，料理完毕手头的事情，我就搬过去。

赵王：春申君已经率领楚军回国，魏国将士舍不得信陵君，迟迟未动。

信陵君：天气渐渐寒冷，将士们该回家了。唯一担心的是，因为我的缘故，魏王可能会惩罚这些为国立功的将士！

赵王：公子所虑不无道理，我已想好对策。魏王喜好财货美女。我派人到吴越之地采购绝色美女百名，珍宝十箱，现在已经派人出发送往大梁，不日魏王就可收到。我想，再大的火气也会很快泄没了！

信陵君笑了一笑：知魏王者，赵王也。

赵王自嘲：公子取笑寡人，我和魏王其实也差不多。古往今来，哪个有权有势的人不喜欢这一套？

信陵君：不知这些归国将士如何安排。

赵王：士兵每人十两白银，伤兵加十两，阵亡士兵三十两。将官黄金百两。

信陵君：谢大王安排周到。对如今的赵国来说，大王已经是竭尽全力了。我会让魏军尽快起程！

11. 日。外。邯郸城外魏军营地

魏军将士人人身披铠甲，全副武装，排列成一个个方阵，军旗在凛冽的寒风中飘动。

信陵君身披银色铠甲，骑着白色的高头大马，白色披风随风飘动。

信陵君：弟兄们，辛苦了！

将士们：愿随公子赴汤蹈火！

信陵君激动地：为了魏国的安全，为了合纵大业，魏军将士深明大义，抛头颅，洒热血，打败秦军，打破秦军不可战胜的神话。打出了我魏军将士的虎威！

魏军将士：公子英明，战无不胜！

信陵君：秦军虽败，但是亡我之心不死，合纵大业还需巩固。弟兄们回国后还需苦练杀敌本领，同仇敌忾，保家卫国！

副将：全体将士恳请公子继续当我们的统帅！

魏军将士：唯公子马首是瞻！

信陵君：无忌感谢弟兄们的厚爱。请你们先行一步，魏国有事，无忌随时回国，再与弟兄们共赴国难。

信陵君将虎符交给副将：请将军将虎符带回魏国，扬我魏军虎威！

魏军将士：扬我魏军虎威！扬我魏军虎威！

信陵君挥泪抱拳：无忌在此目送弟兄们凯旋，一路保重。

空中回荡魏军将士的声音：公子保重，公子保重。

飞扬的尘土中，大队人马渐渐消失在茫茫原野。

信陵君与坐骑在寒风中岿然不动，像一尊雕塑，只有披风像一面旗帜，在空中飞舞。

12. 夜。内。如姬栖身的乡间小屋

如姬临产，她紧咬牙关，但疼痛仍令她大汗淋漓。

郝婆在一旁急得团团转：哎呀，我的天老爷呀，这可怎么办才好，怎么现在就要生了呢？

这时，朱亥急急忙忙地闯进来，被郝婆坚决地挡了出去。

13. 夜。外。小屋外

郝婆将朱亥推出门外。

郝婆：哎呀，你一个大老爷们儿怎么能进去呢，是要沾晦气的。那瞎子大夫回来了吗？

朱亥满头是汗地摇头。

郝婆：那，那……唉，夫人的运气怎么这么差呀？

14. 夜。外。小屋里

如姬痛得在床上打滚。恍然间，她似乎看见了信陵君，骑着白色的骏马，披着银色的铠甲，飞奔而来，披风飘动，英俊潇洒。

如姬呼唤他：无忌——

信陵君含泪：如姬，等着我，我会回来的！

如姬：无忌，放心！我一定要生下我们的孩子！

如姬伸手抓他，信陵君却突然就消失不见了，那是如姬的幻觉。

这时，念奴似乎又出现了，她在替如姬鼓劲。

念奴：姐姐，用劲儿呀，奴儿就在你身边，你不要害怕，不会有事的。

如姬也伸手去抓她，却实实在在地抓到了她。

原来念奴真的来到了如姬的身边，此时的她一边抓着如姬的手给她鼓劲，一边吩咐郝婆她们端开水、给剪刀消毒等事情。

郝婆一边应承着做事，一边感叹：这位姑娘这么年轻就这么能干，一定是老天爷派来的！我就说夫人她吉人自有天相嘛！

很快，在念奴的指挥帮助下，如姬顺利地产下一子。

郝婆抱起婴儿：老天保佑，是个男孩。夫人，是个男孩。

如姬虚弱地看了婴儿一眼，笑了，她又看到了旁边的念奴，有些不敢相信自己的眼睛。

如姬：念奴，真的是你吗，我不是在做梦吧？

念奴：真的是我，姐姐，念奴回来了！

筋疲力尽的如姬沉沉睡去。

婴儿响亮的啼哭声。

15. 夜。外。小屋外

郝婆抱着包裹好的小婴儿来给在外面焦急等候的朱亥看。

朱亥又惊又喜地接过婴儿。他硕大的手此时不知该怎样对这孩子才好。

郝婆：瞧朱壮士高兴得，小心点儿，别弄疼他了。

朱亥：夫人她？

郝婆：她也好，现在已经睡着了。

16. 夜。内。安国君府

与此同时，安国君府里也发出了一声婴儿响亮的啼哭。那是赵女诞下了一个男孩。

安国君府举家欢腾。

华阳夫人：是个男孩子？谢天谢地，这下可好了。赵女可真争气呀，快，快去把这天大的好消息告诉太子和世子！

17. 夜。内。安国君府子楚住处

下人们急急来报告：禀太子，禀公子，赵女夫人她生了，是个男孩。

子楚高兴地蹦起来：父亲，您听到没有，是个男孩，是个男孩！

说罢，他就要奔出去。

安国君叫住他：回来，你这是去哪儿呀？

子楚：我要去看看赵女，看看儿子。

安国君：现在还去不得。这样，让他们上些好酒，咱们好好地喝一杯，庆祝庆祝。对了，派人到宫里赶紧把这个好消息告诉父王，让他老人家也高兴高兴，这也是他的第一个重孙呢。

下人们端来了好几个酒坛子。

安国君：来，儿子，这样大喜的日子，咱们一定要一醉方休。

子楚高兴地连灌下好几盅。

安国君：别急，喝慢些。（说着，他自己也喝下了一大杯）过瘾呀，这赵女还真是争气。有了这个儿子，就能让你把这个世子的位子坐得稳稳当当。子楚，你得给他起个好名字啊！

子楚：我早就想好了，单名一个政字，父亲，你看如何？

安国君：政？正文，是名正言顺之意！好，这个名字大气呀，我孙子将来一定是名正言顺的国君！

子楚、安国君高兴地喝了一杯又一杯，很快就酩酊大醉了。

这时，去给秦王报告消息的人回来了，看见这父子俩都醉得不省人事有些着急。

下人甲问：唉，你不是去向大王报喜了吗？怎么样，大王给了你不少赏银吧？

下人乙：嘻，甭提了，我急忙回来就是想跟太子报告。我没见着大王，听进出的太医说大王好像是快、快……

下人甲也是一惊：前些日子还好端端的，怎么突然就……我的妈呀，这么大的事，还是赶紧把太子叫醒吧！

18. 夜。内。如姬的小屋

念奴一直在如姬的身边守候，如姬醒来，睁眼就看见了念奴。

如姬：念奴，真的是你吗？如果这只是一个梦，我宁愿永远都不要从梦中醒来。

念奴：姐姐，这不是梦，这怎么能是梦呢？你看看你身边的娃娃，他正急着要叫你妈妈呢！

如姬充满母性地爱抚着身边熟睡的婴孩。

念奴：姐姐，恭喜你做了妈妈！

如姬：为什么每次在我最需要你的时候，你总能及时出现呢？

念奴：那一定是你上辈子对我太好了，我欠你的，今生我是来还债的！

如姬：我真的以为再也见不到你了，你是怎么找到这儿的？

念奴：自然是有高人的指点，但我觉得最重要的还是我与姐姐的心灵相通。原本我已经要走过这个村庄了，可不知是怎么了，好像有什么东西牵引我一样，我不由自主地就来到了这儿。

如姬突然神秘地：你的那些小法术，至今还不肯告诉姐姐？

念奴一笑，伸出小指：这辈子我们再也不分开了，好吗？

如姬与念奴对视着拉钩。

念奴：姐姐，赶紧给这个小信陵君起个名字吧，你要是不取，我这个小姨可要代劳了。

如姬：叫他舍烨如何？

念奴：舍烨？这个名字太棒了！（对小婴孩说话）小舍烨，快快长大吧，长大了小姨带你去找爸爸。

一句话说得如姬又是泪水涟涟。

念奴：姐姐，你放心，信陵君也一定会与你心灵相通的，现在他一定感知到了什么！

19. 夜。内。平原君府信陵君住处

信陵君突然从梦中惊醒。他看见他的干将剑在剑架上不住地闪着光芒。

信陵君眼睛的特写。

信陵君手握干将：如姬，如姬，是你吗？如姬，你到底怎么样了？你快说啊！！

说着，信陵君突然提剑外奔。

平原君的门客一拥而上拦住他。

20. 夜。内。魏王宫

侍卫长：大王，赵国使者求见。

魏王烦躁地：不见，谁来也不见。

侍卫长在魏王耳边嘀咕几句，魏王转怒为喜。

魏王：既然使者远道而来，寡人就见一见吧！

侍卫长：有请赵国使者。

赵国使者：恭祝大王万岁。赵王特地差遣末将送来魏王信函，

再次感谢魏国出兵相救。

魏王读阅信函，兴高采烈：赵王特别赞扬寡人训练出来的军队英勇善战，还要亲自来向寡人请教治军的经验！

使者：赵王对大王佩服得五体投地。

使者连击三掌，音乐鸣奏，一百个江南美女花枝招展，鱼贯而入，一个个在魏王面前亮相。

魏王色眼迷离，晕晕乎乎：好好，太妙了。

美女亮相完毕，分别站在大殿两侧。

二十名壮士抬着十个大箱子进殿，在魏王面前一字排列，同时打开，大殿立刻金光灿烂，所有的人同时发出惊叫。

魏王满脸灿烂：赵王待寡人不薄。

魏王对侍卫长：重赏赵国使者。

魏王对使者：感谢赵王美意。请使者转告赵王，寡人决不会亏待凯旋的魏军将士。今后赵国有什么急事，可速来告知，寡人定会竭尽全力相助。

使者：谢大王，末将一定将魏国大王的诚意转告赵王。

21. 夜。内。平原君府正房

信陵君：姐姐，我无论如何也要去找如姬！

平原君夫人：无忌，你说的这是什么话，难道是我们拴着你，把你软禁起来了？你要写《魏公子兵法》，我们给你提供了一切的方便。你要找如姬，这些天来，我们也一直不遗余力地在帮你找。你说走就走，真正令人心寒哪！

信陵君：姐姐息怒，可如姬生死不明，无忌在此，度日如年，姐姐你应当明察！

平原君夫人：你的意思是我知情不报咯？难道我不想看到你与如姬团聚吗？无忌，你别忘了，当初你与如姬来往，姐姐我可是帮了你不少忙，替你说了不少好话！

信陵君：这些无忌都没有忘，可我实在是记挂如姬的安危。

平原君夫人：我也一样，尤其是在我知道母亲被魏王被逼自尽，你的宅子又被纵火焚光之后……

信陵君痛苦地：姐姐，别说了，都是因为我，都是因为我啊！

平原君夫人：这也不能怨你。可你现在这样冒冒失失地去找如姬，除了让魏王能很顺利地把你抓到，没有任何好处。我寻了这么久都不知道如姬的行踪，你又上哪儿去找他？无忌，你也不必太焦心了。据我所知，魏王也一直在寻找如姬，这就表明如姬尚在人世，而且并没有被魏王所掌握。所以我们就还有机会，我派了那么多的门客，一定会有收获的。

看着信陵君有所松动的样子，平原君夫人继续说：无忌，你还是安心写你的书吧。姐姐有预感，你的书大功告成的那一天，便也是你与如姬重逢之日。

信陵君疑惑地看着平原君夫人，平原君夫人冲他郑重地点点头。平原君在一旁始终一言未发。

22. 夜。内。平原君府平原君夫妇卧房

平原君夫妇重新回房休息。

平原君：再过些日子，等到《魏公子兵法》完成的时候我们就大功告成了。到时候，无忌想上哪儿就让他上哪儿吧。你说，到那时如姬真会出现？如姬现在该不会就在夫人的手上吧？

平原君夫人：你当我是谁，哪来那么大的能耐，我这不过是对无忌的缓兵之计罢了。不过，依我对无忌的了解，他必不会就这样算了，他今天不过是给我个面子，不想僵持下去罢了！

平原君：那夫人的意思是……无忌还是要走？

平原君夫人：是的。

平原君：那怎么办？

平原君夫人：我们只能将计就计。我要弄一出好戏给无忌看看！

平原君夫人阴险的笑容。

23. 夜。内。安国君府

夜深人静之时，赵女正在休憩，旁边是她刚诞生的婴孩。

一个黑影突然闪了进来。赵女很警觉，立即睁开了眼睛，本能地想叫，刚叫了一声，猛然发觉进来的却是她朝思暮想的吕不韦。

　　赵女又惊又喜：爷，怎么是你？

　　吕不韦却示意她不要出声，果然外面有侍卫听到动静过来询问。

　　门外的侍卫高声问道：夫人，出什么事了吗？

　　赵女：没有，我刚才做了个梦而已。

　　这时，吕不韦掐了熟睡的婴孩一把，婴孩哭了起来。

　　赵女：你瞧你们那么大声音，倒把小公子给吵醒了，快，离得远一些，别又吓着他。

　　侍卫们唯唯地退下离远了。

　　赵女赶紧哄孩子：爷，你也真是的。他才多大，你就下得去手。

　　吕不韦：会哭的孩子将来才能成大事呢。来，让为父的看看。

　　赵女满心欢喜地把孩子递给吕不韦。也很奇怪，刚才还哭个不停的孩子到了吕不韦手里便很快安静下来。

　　吕不韦很高兴：到底是我吕不韦的儿子，认我。

　　赵女也一个劲儿地往吕不韦的怀里钻：爷，这些日子你都上哪儿去了？可想死我了。

　　吕不韦放下婴孩，搂着赵女：美人，我也想你呀。可你也不想想你现在住的是什么地方，嫁的是什么人。我能想来就来吗？今天还是我打听到太子和子楚都不在家，才瞅准机会进来的。他们俩去哪儿了？

　　赵女：进宫了，好像是大王快不行了。

　　吕不韦听了这个消息两眼发亮：是吗，那可太好了，这个老家伙倒也识时务，哼哼！等到安国君继了位，子楚就会被立为太子，接着就该轮到我们的儿子了！（吕不韦又冷冷一笑）我会尽量让他们别耽误工夫，我的耐力已经快要达到极限了！

　　赵女：爷，您说政儿真能做上秦国的大王吗？

　　吕不韦：子楚已经给孩子取名为"政"了？

　　赵女：爷，您不喜欢这个名字吗？您说一个，我让子楚改好了。

　　吕不韦：不，这个名字很好，嬴政，是个能成大事的名字。你

563

难道对我们的儿子有怀疑吗？

赵女：生政儿之前，我做了个怪梦，爷，你替我解解看是不是个好兆头？我梦见一条头上生角、身上长鳞的巨龙，潜入了我的房间，我……

吕不韦听了大喜：好兆头呀，好兆头。我们的儿子一定会是真正的真龙天子的。到时候，我就是天子之父了。（欣喜地望着已经睡熟的婴孩）政儿，父亲一定会让你早日登上王位。

吕不韦亲了亲婴孩，又吻了吻赵女，便要离去。

赵女楚楚可怜地拉住他：爷这么快就要走吗？又要留下赵女一个人了吗？

吕不韦：再熬一熬，我们在一起的日子为时不远了。

赵女很不舍：爷——

吕不韦再也受不了赵女的呼唤和诱惑，一下子将赵女掀在床上，压在她身上。

渐渐黑幕。

24. 夜。外。秦王宫上空

与此同时，一片哀嚎划破黑夜。

字幕：公元前250年，秦昭襄王病薨，太子安国君继位，是为孝文王。

25. 夜。内。如姬的小屋

念奴帮如姬哄孩子入睡。如姬在一边做着针线活。

念奴：小舍烨，乖，快快睡觉，快快长大，我们一起去找爸爸。姐姐，你看她长得多像信陵君哪。（念奴把已经睡着的孩子轻轻放下）姐姐，看你心事重重的，以后的事你到底是怎样打算的呀？

如姬默默地：如今是避祸在外，又能有什么打算？我只有每天对着月亮祈祷，虽然魏赵咫尺天涯，可我和信陵君还是可以共享一轮明月啊！

念奴：可你是侯门千金，王室宠妃，这样的日子还要熬多久啊！

如姬急忙制止她：嘘……小声点，朱亥并没有说出我的真实身份，只说我是他家亲戚，来此避难的。

念奴点了点头。

如姬含泪轻声地：我现在常常在想老太妃在世时嘱咐我的话：等待，还有忍耐。一切都会过去的，你相信吗，我甚至一直觉得，无忌就在我身边，我们好像从来没有分离过……当初我之所以那样决绝，是因为我一点不愿苟且，我不愿意让我们的爱蒙上一点点灰尘，而现在，无忌的骨血就在这里，我的心里很踏实。舍烨是无忌留给我的真实的生命，为了他们，也为了你，我要好好顾惜自己，等待，忍耐！

念奴：可是姐姐，我觉得老天实在太不公平了！以你现在如花似玉的年华，凭什么让你这么等待，这么忍耐啊？这遥遥无期的等待难道没有尽头么？

如姬：念奴，没有什么抱怨的，如姬与天下第一君子能有一次刻骨铭心的爱，并且有了他的骨血，帮他完成了窃符救赵的重任，如姬知足了！现在我们要做的，就是一起把舍烨好好地抚养成人，让他成为和他父亲一样的男子汉！

如姬和念奴的手紧紧地握在了一起。

念奴：姐姐，我还有一样东西。

念奴从怀里掏出了她一直珍藏在身上的《周公秘籍》，郑重递交给如姬。

如姬大惊：你从哪儿拿到的？！

念奴：那天，就是信陵君府失火的时候，我与姐姐走散了，在逃难中捡到的。

如姬看着念奴，念奴却并不与如姬对视。

如姬：谢谢你，念奴。这是关系到江山社稷的大事，请受如姬一拜。

说罢，如姬便要向念奴行礼，念奴赶紧扶住她。

念奴：姐姐，折煞奴儿了！

如姬执意要拜：念奴，我这一拜代表了信陵君，也代表了那些善良的百姓，你应当受我这一拜。

如姬还是给念奴行了礼，念奴也赶紧给如姬跪下，此时的她已是泪流满面。

念奴：姐姐，你……你不知道，念奴做过……做过一些对不起你的事……

如姬：我不管你到底做过什么，你是我的妹妹，我们姐妹二人，一荣俱荣，一损俱损。

念奴：奴儿懂了。

如姬：我们马上去墓园，将此物藏入墓室。

念奴：好。

26. 夜。内。长亭侯墓室

朱亥费了些劲将棺木移开，如姬将秘籍藏在棺木下的洞里。

如姬带着念奴、朱亥叩拜长亭侯的灵位。

如姬：父亲，请恕女儿不孝，又来打扰您了，但这秘籍至关重要，女儿觉得只有父亲最可靠。您是绝不会怪罪女儿，也绝不会辜负女儿的。

如姬郑重地对长亭侯的灵位行大礼。

朱亥与念奴立在一旁，神情都很肃然。

27. 日。内。秦王宫大殿

安国君命人宣读圣旨。

宦官：秦孝文王元年，立公子子楚为太子，钦此。

子楚一脸喜气地跪拜叩谢。

文武百官皆呼：大王英明。

28. 日。内。太子子楚府

赵女抱着嬴政，子楚领着他们进府。

子楚：夫人，怎么样，这府邸够气派吧？我答应你的事可是统统都做到了。

赵女：只是还有一样。

子楚：你说。

赵女：如今公子已是太子，那就可以立政儿为世子了。

子楚：夫人何必这样着急呢，反正我就你这么一位夫人，政儿又是我们的长子，我不立他又会立谁呢？

赵女：可我总觉得公子还是应该立下凭据，这样赵女才能安心。

子楚：那你要什么样的凭据呢？

赵女：跟当年大王给你的一样，给政儿刻一块玉符，上面有"适嗣嬴政"的字。

子楚：好好好，你说怎么办就怎么办。

29. 日。内。新太子府赵女住处

赵女拿出刻有"适嗣嬴政"的玉符给吕不韦看。

吕不韦捧着玉符爱不释手：苍天不负我呀，我的心愿总算就要实现了。我的儿子就会成为秦国的大王了。嬴政，他是我吕家的种，这天下就是我吕家的天下！

吕不韦激动得不能自持，赵女抱着嬴政看着吕不韦如此兴奋，也替他高兴。只有小小的嬴政不停地用手向前方抓着什么。

赵女：爷，如果政儿真的当上了大王，那到时候我们就能在一起了，是吗？

吕不韦：一定能，你相信我。

赵女：我总是信你的，爷。我希望那一天能早日到来。

吕不韦攥着玉符，将他们母子紧紧地抱在怀里。小小的嬴政被抱得有些难受，想挣脱的样子。

30. 日。内。平原君府信陵君住处

信陵君在奋笔疾书，外面有一双眼睛始终在监视着他。

信陵君明白，故意将笔一扔，叹道：写累了，我要出去走动走动。

这时，外面的那双眼睛飞快地就消失了。

31. 日。外。平原君府前院

信陵君刚走到前院，平原君便接报匆匆赶来了。

平原君：无忌，你要上哪儿去？

信陵君：这些时日写得太辛苦了，我要出去透口气。

平原君：不能出去。

信陵君：为什么，姐夫，难道我堂堂信陵君连这点自由都没有了吗？

平原君正要示意手下动手，平原君夫人过来拦住。

平原君夫人故意地：大人，你这又是何必呢，我知道你是为了无忌的安全着想，可无忌也毕竟不是孩子了，他会当心的。（又对信陵君）无忌，你出去逛逛散散心吧，这样也有利于调整你写书的心境。只是要记住早些回来，免得让姐姐、姐夫担心。对了，还有，今天的晚餐姐姐可是要亲自下厨，做你小时候最爱吃的烧鹿肉呢。

信陵君：知道了，姐姐，无忌走走就回来。

说罢，他看了平原君一眼便信步出门了。

平原君夫人使了个眼色，几个门客便悄悄地在无忌身后尾随了。

平原君夫人：你看我这样多好，既能达到目的，又能不打草惊蛇。大人你呀，就是太心急了。

平原君：你以为无忌他不清楚你的这种伎俩吗？

平原君夫人：就算无忌知道，又有何妨？无非他会觉得姐姐是出于骨肉亲情罢了！

32. 日。外。赵国市场

信陵君不论到哪儿，后面总有平原君夫人派去的门客如影随形。只见信陵君一下子在一家赌博摊边饶有兴致地看了半天的赌戏，跟旁边的一个赌徒简单地聊了几句。过了一会儿，他似乎又口渴了，到一个豆浆摊买了些浆喝，并与卖豆浆的也闲聊了几句。

之后，信陵君便溜达着回平原君府了。

33. 日。内。平原君府大厅

平原君夫人给信陵君夹菜。

平原君夫人：无忌，快尝尝，姐姐的手艺是不是跟当年一样？

信陵君尝了一口，一语双关：姐姐的手艺比从前更好了，手段也更高明了！

平原君夫人：你爱吃就好，以后姐姐还常给你做。

平原君有些没话找话：无忌，刚才都上哪儿逛去了？

信陵君：怎么，你们的门客没有汇报清楚吗？我就到市场去转了转，我以为他们会报告得很详细的！

平原君说不出话来。

平原君夫人：去逛市场，无忌倒是很有雅兴嘛。

信陵君：那倒不是，只是无忌在魏国的时候就听说邯郸城里有高士毛、薛二公，毛公隐于博徒，而薛公隐于卖浆之家。故特去拜访拜访。可惜的是二人都是淡泊之人，都不肯与我见面，无忌真能见到他们，与他们促膝而谈，恐怕还需要些时日。姐夫也一定听说过他们吧，拜访过他们吗？

平原君却很不屑的样子：我倒是也有所耳闻，但你我都是当今豪杰，在公子中亦是佼佼者。怎么能屈尊与那种博徒卖浆的市井小人为伍？物以类聚，人以群分，交友不慎恐怕会损了你我的名誉！

信陵君冷笑道：真没想到堂堂平原君竟是这样的人。我向来以为平原君是当今难得的贤士，是屈指可数的大丈夫，所以宁可负了大王，让如姬冒着生命危险，也要夺符救赵！今天我才知道，原来平原君所重不过是身份地位！平原君与他们交往也不过是为了能留下一个礼贤下士的好名声而已，并不求结交真正的高人贤士。这下我总算明白了。无忌在魏国时，听人说起毛公、薛公的高论，恨不能立即过来与他们畅谈一番。现在我仍然觉得即使是为他们驾车执鞭，也心甘情愿，但平原君竟然会讲究门第，以结交他们为羞，这就是您在诸侯国中宣称的礼贤下士？看来，平原君不是我心目中的平原君，姐姐，这样的地方恕我无忌不能久留了！

平原君夫妇大惊。

34. 日。内。秦王大殿
安国君，即当今秦王，五十寿辰，大宴文武百官。

文武百官齐来贺寿：祝大王万岁、万岁、万万岁！

安国君很高兴，他最宠爱的华阳夫人亦陪在左右。

太子子楚率众兄弟亦来贺寿，并一一送上寿礼。安国君皆笑纳了。

这时，已被封为千户侯的吕不韦也带来了他的贺礼。吕不韦献上的是用金壶装的美酒。

安国君：吕不韦，你倒是说说你这个金壶、美酒有什么说道没有？

吕不韦：不韦嘴拙，说不出什么大意思，不过不韦总觉得，这金壶若是没有了美酒来装也就没了趣味，就像大王没了华阳夫人在身边，这寿辰过得还有什么意思呢？

安国君、华阳夫人大喜。

华阳夫人：大王，你看吕先生多会说话呀，还这样谦虚，得多罚他几杯酒。

安国君：听见没有？好你个吕不韦，还说嘴拙，这些个礼物中，就是这件最可寡人的心了。礼物寡人是收下了，不过这酒你可得自罚几杯了！

吕不韦露出阴险的笑容：臣遵旨。

35. 日。内。平原君府

平原君夫人赶紧打圆场：哎呀，无忌言重了！你姐夫不是那个意思，他只是对那两位高人不了解，以为只是市井小人，被人吹嘘得神乎其神而已，其实没什么真才实学。你姐夫从前常常上这种人的当！

信陵君：那就只有平原君心里最清楚了。姐姐，谢谢你的手艺，无忌用好了，你们慢用吧。

信陵君走后，平原君也很生气：哼，魏无忌也太过分了，他忘了这些时日是谁将他像个神仙似的供奉着，他不过是魏国上下通缉的逃犯而已！

平原君夫人：大人消消气，也许是我们最近把无忌逼得太紧了，所以刚才他才会那样出言不逊。大人，我就替无忌赔个不是了。

平原君：你没注意他刚才看我的那个表情，简直是视我为粪土般地不屑，我赵胜还从未被这样地轻视过，这样的言语，这样的表情，就是大王也不敢对我这样！

平原君夫人：大人，小不忍则乱大谋，为了我们的宏伟大业，你就暂时受受委屈吧。

平原君铁青着脸呷了一口茶。

36. 夜。内。秦王寝宫

安国君在与华阳夫人调情。

华阳夫人：大王是那金樽，我就是那樽里的美酒。

安国君：是呀，这样寡人就能让夫人永远在寡人怀里，想逃都逃不了。你只要一逃，那酒可就洒了。这个吕不韦倒还真有些鬼才，能逗得夫人这样开心。他送来的酒呢？我们来好好享用享用。

华阳夫人：大王，臣妾来喂你酒喝好不好？

安国君乐得满脸开花：好呀，当然好呀。寡人是求之不得呀。

华阳夫人：可大王得答应我一个条件。

安国君：别说是一个了，就是十个也没问题，你说吧。

华阳夫人：我要做王后。

安国君一愣：夫人这样不是挺好吗？不用担王后的责任，却享受着王后的地位，这样多好呀。

华阳夫人：那如果大王不被称作大王却有着大王的礼遇，大王愿意吗？

安国君：这……

华阳夫人：大王若是不答应，那你这金壶就装别的美酒好了。

华阳夫人拉下脸来，安国君赶紧抚慰：你不要着急嘛，立后也是大事，总得让我考虑考虑呀。

华阳夫人：大王是一国之君，难道你要办的事还怕有人反对吗？大王不用再敷衍我，我知道你是觉得我人老珠黄，我走就是了。

安国君：夫人何必说这样的话呢，你知道我是最疼你的，好，我答应你就是。可你要先喂我酒喝才行。

华阳夫人立即喜上眉梢：是，我的大王。

说罢，两人亲昵地喂起吕不韦送来的酒。

37. 夜。内。平原君府

平原君气急败坏匆匆而进：无忌这个混蛋，居然敢挖我的墙脚！

平原君夫人：大人怎么生这么大的气？

平原君：你到下院里去看看，屋子空了一大半。

平原君夫人：人呢？

平原君：你去问问你那宝贝弟弟吧。他在我这里当神仙。我的门客都住到他的汤沐邑里去啦。

平原君夫人恍然大悟：大人对毛公和薛公态度是否有不妥之处，影响了门客的心情？

平原君：那我就应该对什么人都低三下四，我是谁，我是堂堂的平原君！

平原君夫人：要得天下，先得人心。

平原君：天下诸侯有几个得人心的，不都是大权独揽，作威作福？

平原君夫人：那就离失天下不远了。

平原君：要权不就是为了作威作福吗？

平原君夫人：没有错，但是要有度，一味地作威作福，而不注意邀买人心，笼络民意，王位终究是坐不稳的。何况大人是要取王位，得天下，更需要笼络人心。

平原君沉吟良久：嗯，以后，还是要夫人多加提醒！

38. 夜。内。秦王寝宫

深夜，安国君突然发出一阵哀号：爱妃，救，救寡人……

他两手向空中抓，好像要抓什么东西，却什么也没有抓住。

安国君：难，难受……

说着说着，他便口吐鲜血，歪倒在一边，翻了白眼。

睡在一旁的华阳夫人看着他这个样子吓坏了，大呼：快来人哪！救命呀！！

第二十二集

1. 夜。内。安国君府
听到华阳夫人的惊呼，侍卫们赶到，但一切都已经迟了。

安国君直挺挺地死在床上。

2. 夜。内。平原君府信陵君住处
信陵君还在灯下疾书，平原君夫人过来嘘寒问暖。

平原君夫人：无忌辛苦！这么晚了，还在奋笔疾书？我让人给你弄些参汤来喝？

信陵君依然在疾书：不用，姐姐，我正写在兴头上呢。还要多谢姐姐的好主意呢，写书，的确是打发光阴的最好方法！

平原君夫人：哦？是么？

平原君夫人做帮他收拾案几状，在翻看他以前写的篇章。她拿起一卷来看了半天却怎么也看不懂。

平原君夫人只好问道：无忌，你写的这是兵书吗？姐姐怎么一点也看不懂呀？

信陵君得意地：我这些兵法战阵，只有与"周公秘籍"合起来看，才能看懂，犹如虎符一样，两半虎符合在一起，才能成为整体，才是军令如山的兵符。我写这部书正是受了虎符的启发，单看我的书就如同天书一样，是谁都看不懂的，所以我写的这些即使被人偷去了也是枉然。姐姐，你说我这样做好不好？

平原君夫人给弄蒙了，还只能敷衍：好，好，还是你想得周到。

3. 夜。内。**平原君府平原君夫妇卧房**
平原君夫人恨得咬牙切齿地回到自己的卧房。

平原君夫人：魏无忌，你这样无义，也休怪我无情！

平原君：怎么，无忌他连你也敢顶撞了吗？

平原君夫人：他写的那个什么《魏公子兵法》统统没有用，必须得与《周公秘籍》一起读才能读懂。

平原君：啊，怎么会这样？

平原君夫人：无忌还是对我们留了一手，没想到他对我也这样。

平原君：我们现在岂不是又回到了最初？没有《魏公子兵法》，没有《周公秘籍》，门客也让他挖去大半，什么都没捞着，却白白耗去了这许多的时间和心力。

平原君夫人：我从不做亏本买卖，他这样对我，我要让他加倍偿还！

平原君：夫人预备如何？

平原君夫人：他无忌不是有情有义之人吗？那我就要看他是不是最在意什么人——

平原君：量小非君子，无毒不夫人！

平原君夫人发狠的脸。

4. 日。内。**太子府**
整个太子府都披麻戴孝。一身素服的吕不韦来见子楚。

子楚一脸的哀伤，正与赵女在一起，赵女看见吕不韦来了，正要退下，子楚却拦住她。

子楚：你不用回避了，反正吕先生也不是外人。吕先生，父王的事查得怎么样了？

吕不韦：华阳夫人都已经招了，就是她因为做王后不成，才出此下策，谋害大王！

子楚：可、可她自己不也中毒了吗？

吕不韦：那是她害怕查究起来就是死罪，才勉强喝了一点，想以此蒙混过关哪！

子楚一下子跌坐在椅子上：这是为什么呀？父王是多么宠爱她呀！她又何必做出这样的事呢？

吕不韦：难道太子不相信吗？门口的侍卫都说了，他们都听见大王暴薨的当晚，华阳夫人正与大王讨论立后之事。太子可亲自找他们求证。

子楚：我不是不相信先生，我只是不敢相信这个事实！

吕不韦：事实终归是事实，太子，您看，华阳夫人要怎样处理？

子楚：秦典大法里是怎样说的？

吕不韦：车裂！

赵女听了全身一抖。

子楚也吓了一跳，但也无可奈何：法典里说怎样办就怎样办吧。此事别人做我也不放心，还有劳先生全权处理了。

吕不韦：这个太子放心吧。太子还请节哀，国不可一日无君，明日太子就要登基了，太子还是要以国事为重！

子楚：我知道。

吕不韦：太子，我还有几件事要与太子商量。

子楚：你说吧。

吕不韦：有了大王的前车之鉴，我觉得太子明日登基的第一件事便是立后为要。省得将来宫闱相争，反而会引起很多事端！不如确定下来，也免得麻烦。

吕不韦看着赵女，赵女亦看着他。

子楚点头赞同：先生提醒得是，明日登基我就会宣布，立赵女为后。

吕不韦看着赵女微微一笑。

吕不韦：太子不妨把太子之位也一同定下来，免得夜长梦多。

子楚：好，明日也把嬴政的太子名分确定！

吕不韦：太子真是英明，他日定会成为一代明君啊！

子楚：我实在没想到父王会走得那样匆忙。先生，在你面前，我也只能实话实说，我还没有做好当大王的准备，我该怎样去当这个大王呢？

吕不韦：这个太子不必太担心，太子天生就是做君主的命，您一定会做得很好的！

子楚：先生，你可一定要帮我呀。我现在跟在邯郸的时候一样依赖你，不，我比在邯郸的时候更依赖你。

吕不韦：太子放心，吕不韦定将一如既往地竭尽我之所能来辅佐您。

子楚：有先生你的这句话我就放心多了。我要封你……该封什么好呢？你现在是千户侯，我明日封你个万户侯怎么样？

吕不韦显然很不满意，但嘴上依然说：给什么名分，不韦一点都不计较，我只要能辅佐大王就行。不过，如果封的官位太低的话，以后在朝廷上我可能就不好帮着大王说话了，因为毕竟人微言轻嘛，那样就不好办事了。

子楚：你说得对，可到底封什么好呢？

赵女在旁边插话：应该是大王之下，众臣之上的位置吧。

吕不韦颇满意地看着赵女。

子楚：那也就是说一人之下，万人之上咯？对了，令尹，先生觉得令尹之位如何？

吕不韦：这个……

子楚：先生不要再推辞了，没有人比先生更适合这个位置了。范雎死后这个位置便空了，前几日倒是听父王说想让蔡泽任此职，但现在父王已逝，这个位置就应该是给先生预备的了！先生在我一人之下，却在秦国万人之上，这样先生说什么别人都得遵命。我也报答了先生的救命之恩。这些事情明日我就在登基之时一同宣布！

吕不韦暗喜：那恭敬不如从命，吕不韦谢太子了！

吕不韦叩头称谢。

字幕：公元前249年，秦孝文王薨，太子子楚继位，史称秦庄襄王。

5. 夜。内。深牢大狱

赵女来看关在深牢中的华阳夫人。

华阳夫人已全然没了以往的艳丽，衣衫褴褛，面目狰狞。

她看到赵女过来，一下子扑到牢边，手从牢房中伸出来。赵女吓得本能地往后退。

华阳夫人：你还来干什么？你这个蛇蝎心肠的女人！

赵女：夫人，我可是好心好意来看你。

华阳夫人突然发出令人毛骨悚然的笑声：好心好意？你和吕不韦这一对奸夫淫妇，你们用毒酒害死了大王不说，还把这罪名嫁祸在我身上，你还有什么好心好意？你到这儿来就是为了看我死没死的吧？告诉你，我不会死的，我就是死了，我的冤魂怨鬼也会缠住你和吕不韦不放，我会天天来找你们算账，让你们生不如死！你们的下一个目标是不是子楚？你们给他戴了绿帽子不说，是不是还要害死他？你如果敢对子楚下手，那就是逼着我对你的政儿下手了！哈哈哈……

说罢，她竟然一把就抓住了赵女，一阵狞笑。

赵女吓得大叫：不要，千万不要！

6. 夜。内。秦王宫赵女寝宫

赵女吓得惊坐起来，刚才不过是她做的一个噩梦，她被吓得满头大汗。

赵女喝了口水，看着身边熟睡的小嬴政，心才略踏实了些。

她一回头却看见一个人站在她床边，赵女大惊——那人正是吕不韦。

7. 夜。内。平原君府信陵君住处

夜深，还未睡着的信陵君听见外面有骚动的声音。他警觉地带着干将剑贴到门边仔细聆听。

8. 夜。内。赵女寝宫

赵女：爷，这样的深宫，你是怎样进来的？

吕不韦在赵女的床头坐下：怎么你忘了，我现在可是堂堂的秦国令尹，一人之下，万人之上，我要是想去哪儿，谁还能拦得住吗？怎么，你不想我来看你？

赵女：我是怕大王看见。

吕不韦：你放心，他一时半会儿可醒不来，他喝了个烂醉，我刚把他扶回寝宫。

赵女吓了一跳：难道你又对他下手了？

吕不韦扶住赵女的肩膀：看着我，你刚才说什么？

赵女却不敢看他：没，爷，我没说什么。

吕不韦看她有些不自在，又来讨她欢心，取出了一个匣子：王后娘娘，看臣给你带什么好礼物来了？

吕不韦揭开匣子，是赵女一直梦寐以求的白狐裘。

洁白的白狐裘甚是耀眼，赵女见了却没有多少的欣喜，她的眼前浮现出她梦中华阳夫人那张狰狞的脸。她立即将匣子合上。

吕不韦：这不是你一直想要的吗？我答应过你，这个白狐裘最终一定会属于你的。你怎么了？

赵女开始撒娇了：我知道爷为我费心了，可我一想到这件裘之前的主人，我就觉得浑身不对劲儿，总是有些晦气的，爷，你说呢？

吕不韦：你这是怎么了？从前你对这些都是不怕的。也罢，那我可把这宝贝送给别的女人了，你可别后悔呀！

吕不韦故意这样说给赵女听，并偷眼看赵女，没料到赵女似乎并不在意他说的这些，只是问他。

赵女：爷，华阳夫人真的给车裂了吗？她会不会还没有死呀？！

吕不韦一惊。

9. 夜。外。平原君府院子

院子里，平原君的门客、家丁在小心议论。

门客甲：你的消息确切吗？

门客乙：这样大的事我怎敢乱扯？

门客甲：那可如何是好？还是你去通报吧，我可不敢，这样的事若是被信陵君知道，非疯了不可，我可不去捅这个娄子。

10. 夜。内。平原君府信陵君住处

信陵君听了外面人的对话，更加地紧张起来。

11. 夜。外。平原君府院子

那些人还在窃窃议论。

门客乙：是呀，还是请主公和夫人保密吧，这种事信陵君肯定承受不起的。唉，那如姬夫人死得实在是太惨了！

12. 夜。内。平原君府信陵君住处

听了这话，信陵君如遭霹雳一般，愣在那里半天不能动弹。也不知过了多久，他猛地拉开门，院子里的那些人却都不见了。

信陵君冲出院子，冲进了平原君夫妇的卧房。

13. 夜。内。赵女寝宫

吕不韦：你在胡说什么呀？我亲自去监场的，五马分尸……

赵女吓得不行：好了，爷，不要再说了，我害怕。

吕不韦：你还会害怕，我以前认识的赵女可是天不怕，地不怕的。

赵女：我是怕他们对政儿不利，我怕他们来报复政儿！

吕不韦把赵女搂在怀里：我的小傻瓜，不会的，他们都死了，死人还能再做什么呢？你就放心吧，我们的政儿一定会成为秦国大王的。你看，我们不是一步一步离我们的目标越来越近了吗？

赵女：爷，难道你还要对子楚下手吗？不要了，你放过他吧。

吕不韦一下子警觉起来：你这是什么意思？哦，我知道了，一日夫妻百日恩，你已经喜欢上他了，你怕我会对他不利是不是？！

赵女赶紧：爷，你说什么呀？赵女说过，这辈子我只跟爷，赵

女虽是女流之辈，但说话从来算数！我是替爷着想。秦国已经接连薨了两位大王了，如果子楚也……那会引起众人怀疑的。所以……

吕不韦攥住赵女的手：我知道你是永远不会背叛我的。

赵女点头。

吕不韦：还是你点拨了子楚，我才做上令尹，你自然不会对我有外心，我刚才不过是吓唬吓唬你罢了。你放心，我不会对子楚怎样的，反正他现在什么事都交给我办，有他在对我要方便得多。政儿，等你长大了，为父的一定要送你全天下最好的礼物——秦国大王的王位！

赵女这才略宽了心，吕不韦搂着她又一起滚在了床上。

嬴政不知何时醒了，他的一对大眼睛在黑暗中盯着吕不韦。

14. 夜。内。平原君府卧房

信陵君冲进卧房，平原君夫人见信陵君来了，赶紧调整了神色。

平原君夫人：无忌，这么晚了，有什么事吗？

信陵君竟然拔出剑指向了平原君夫人，吓了平原君夫妇一大跳。

平原君：魏无忌，你这是要干什么？你难道还想杀你姐姐不成？！你快把剑放下。听见没有，把剑放下！

平原君夫人：无忌，怎么了？姐姐到底做错了什么？！你怎么能这样对待我？！

信陵君：无忌只是要姐姐说实话。如姬，她是不是遇到什么不测了？！

平原君夫人脸色一变：没有呀，你这都是听谁说的？

信陵君：姐姐到底要瞒我瞒到什么时候？！

平原君夫人：姐姐瞒你什么啦。无忌，你该不会是太思念如姬，刚才做了噩梦吧？

平原君夫人说着便来摸摸信陵君的额头：瞧瞧，这一脑门子的汗。

信陵君竟将平原君夫人的手推打下来，平原君夫人没想到无忌竟会对她这样。

平原君夫人：无忌，你……

信陵君：姐姐为何要这样对无忌，难道你真的不懂无忌的心？！如果你得到了如姬的消息，为什么不告诉我？难道就是为了这些烂竹片？！

说罢，信陵君把他这么多天来在平原君府潜心创作的兵法竹简统统扔给了平原君夫妇。

信陵君：姐姐，姐夫既然如此喜欢这些烂竹片，无忌就成全你们好了！

信陵君大踏步走了出去，平原君夫人看他心意已决的样子，大叫一声：无忌！

信陵君停下来，却并未回头，只是说：姐姐，保重！

信陵君拂袖而去。

平原君捡起一地的竹简，高兴异常。

平原君：夫人真是厉害，原本我以为只是要吓唬吓唬无忌，没想到却让他把兵书都交了出来，夫人是早就料到这最后的结局了吧？实在是厉害！

平原君向夫人伸出了大拇指。

平原君夫人却置若罔闻。

平原君夫人：无忌，是姐姐错了，姐姐不该这样的，你快回来吧，无忌！无忌，是姐姐错了呀！！

平原君夫人扶着门呼唤，信陵君却早已不见踪影了。

平原君没见过夫人这样动情，赶紧过来。

平原君：夫人，你这是怎么了？现在比预想的结果还要好，无忌走了，兵法却留下来了，夫人还有什么好伤心的？

平原君夫人泪如雨下：可我，可我可能永远失去了无忌，我的亲弟弟！我的好弟弟……

平原君一脸困惑。

15. 夜。内。毛公薛公的住处

信陵君连夜敲开毛公、薛公家的门。

信陵君：毛公、薛公，无忌是来向二位先生告辞的。

毛、薛二公并不诧异，只是说：流言蜚语止于智者！

信陵君很惊讶：难道先生知道无忌为何要离开？

毛公：能让信陵君如此揪心、如此沉不住气的，恐怕也就只有如姬夫人了！

信陵君：无忌正是得到了她的消息所以才乱了方寸，还请两位先生指教。

薛公：据我们所知，魏王仍然在寻找如姬夫人。

说罢，二公都不再多说了。信陵君豁然开朗。

信陵君：无忌明白了，刚才实在是为情所困。可是无论如何，我还是放心不下！

毛公：公子预备如何？

信陵君：回魏国去找如姬，这样的煎熬我一天也不能忍受了！

薛公：魏王已经在边境布下了天罗地网，就在等着公子你呢！如果公子一定要这样做，无异于自投罗网，到时候恐怕就真的再也见不到如姬夫人了！

信陵君：魏王托赵王转告仍然保留我的公子头衔，他不敢把我怎么样！就算再危险，我也一定要去试一试，无忌此生誓与如姬同生死共命运！

薛公：公子此言差矣。公子专情于如姬令人钦佩。但是公子是为天下人所生，而非为一人所生也！

毛公：公子如果一定要这样做，只怕反而会让如姬夫人也丢了性命啊！

信陵君：此话怎讲？

毛公：公子如果被魏王抓住，得到这个消息的如姬夫人还会隐而不出吗？她一定会舍身救公子，这无异于让她自投罗网！

信陵君：那照二位先生的意思，无忌只能坐等？

薛公：公子只需做一个字，就是"等"！

毛公：等得云开见月明！公子一定会与如姬夫人再相见！

信陵君：这样遥遥无期的等待令人发疯！

薛公：公子离魏，转眼已经三年了，请公子相信，最多再过十年，公子一定会与如姬夫人再相见的！

信陵君：十年？！啊！

二公点头。

信陵君：那岂不是要把无忌活活等死？！

毛公：公子记住，等待，并非无为。

薛公：无为，方可无不为啊！

信陵君耳边忽然响起那位老者的声音：无为而无不为，此话需谨记！谨记！

信陵君向二位先生作揖：无忌谨遵二位先生的教诲。无忌预备到汤沐封地去耐心等待，还请二位先生能随无忌一同前往。

毛公：公子的心意我们领了，但我们在这闹市住惯了，换了地方反倒觉得断了人气！

薛公：公子，我们在此与公子共同等待。等着公子大展宏图的那一天！

信陵君对二人深深一拜，骑马远去。两人目送信陵君。

待到信陵君走远。

毛公：咱们还是老规矩？

薛公：先喝碗豆浆再赌上两局。

毛公：不，今天就赌喝豆浆。

两人相视一笑，携手进屋。

16. 夜。内。汤沐封地信陵君府邸

信陵君在窗前手抚宝剑，望明月寄托相思。

信陵君：皓月当空兮冰清玉洁，玉树临风兮唤我思念。秋波传情兮红袖留香，两剑分离兮惆怅无边。

如姬，你到底在哪里？每天的日子，你是怎么过来的？念奴和你在一起么？有朱亥的保护，你们还安全吧？薛公和毛公告诉我，我们总会有相见的那一天！明月啊，请你带去我的思念之情，也带去我的问候，如姬啊，等着我，一定等着我啊！……

17. 夜。内。如姬的乡间小屋

如姬哄舍烨睡觉，将他轻轻地放在床上，轻轻地拍打他。不经意间抬头，正望见窗外的一轮明月映在水中，几颗星星点缀在月亮旁边。

如姬自语：多美的月亮啊！这么圆，这么亮，公子，你那儿的月亮也是这样美吗？我们分别，已经整整三年了，孤灯照壁，冷雨敲窗，公子你也是这么过的么？不，公子，你是赵国的大功臣，赵国举国上下，对你感恩戴德，像对神明一般供奉着你，你一定是在锦绣繁华地，温柔富贵乡！你的心里，还有如姬么？还有为你生，为你死，为你窃符，为你逃难的如姬么？！

如姬的泪水汩汩而下：万籁俱寂兮月明星动，金风玉露兮与君相逢，舍命相助兮皆为情种，烨光华辉兮历尽苍穹……

这时，小舍烨轻轻地动了一下，如姬赶紧拍了拍他。

如姬：可是你知道吗公子，如姬已经不是过去的如姬了，自从有了你的骨血，看着他一点点长大，如姬的心很踏实，很坚强，因为那里面充满了爱。公子啊，你别生气，如姬虽然依然思念你，可已经不是过去那种撕心裂肺的思念了！因为有一个小小的信陵君，就在我的身边正在长大，用这样的方式，我把公子你留在了我的身边，公子，无论你在天涯海角，你都逃不掉了，你就在如姬的身边，想逃，都逃不掉了！！……小舍烨，你笑什么？你是不是梦见爸爸了？你爸爸要是知道有个你，一定要乐疯了！

画面渐黑，字幕：七年后

18. 日。内。如姬的乡间小屋

念奴正在做饭，如姬在一旁纺线。这时，小舍烨进来，乖乖地叫了声：娘，小姨。

念奴立即放下手中的活：舍烨，来，小姨带你玩。

舍烨：不要，我要跟他们去玩。

他指了指门外一群在玩耍的小孩们。

念奴：哟，小舍烨长大了，不带小姨玩了，小姨要伤心了。

如姬：念奴，你就别逗他了，让他去跟小伙伴们玩吧。舍烨，你去吧，一会儿吃饭的时候娘再叫你。

舍烨一蹦一跳地去跟小伙伴们玩了。

如姬充满爱意地看着他，好像怎么看也看不够。

念奴：这个舍烨，真是越长越像信陵君了！

念奴说完自知有些失言，看看如姬，如姬却不动声色。

19.日。外。秦王宫赵女寝宫门口

同样长大了的嬴政拿着一只小风车，高高兴兴地过来，正要进宫，却在门口被宦官、宫女们拦住。

宫女：小太子，上别处玩去吧，王后吩咐了，现在谁也不许进去。

嬴政：可我要给母后看我的小风车。

宫女哄着他：小太子，听话，晚上再来，啊？

嬴政：不，我要现在进去，就现在进，我是太子，是将来的大王，谁敢拦我？

宫女听了这话也吓了一跳，不敢再说什么了。

宦官赶紧赔笑：是是，太子说得对，您要做的事谁还敢不听呀，您进去吧。

嬴政哼了一声进去了。

宫女半天才缓过来：哎哟，这个太子人小，脾气可不小！

宦官：你看他刚才那神态还真是个当大王的样，说句不知轻重的话，我看哪，他可比当今大王还更像大王。这么小就这么厉害，将来肯定要威震天下！

20.日。内。赵女寝宫

小嬴政拿着风车兴高采烈地进来，走到帷幔处，刚要叫"母后"，他突然听到一种奇怪的声音。他循声望去，忽然发现自己的母后赵女正与一个男人睡在一起，小嬴政机警地躲在帷幔后，偷偷望去，那男人竟是吕不韦。这时，吕不韦也发现了帷幔后的嬴政，

他们互相盯着对方。嬴政的目光异常犀利，连吕不韦也抵挡不住，不敢再看他的眼睛。

嬴政的小风车掉在地上，他狠狠地把它踩烂了。

吕不韦倒吸了一口凉气。

21.日。外。魏国乡间空地

舍烨在与孩子们一起玩摔跤。

舍烨年纪小个子不大，但是动作灵巧，很快又赢了几个小孩。一个最大的孩子气不过，猛地从后面抱住舍烨的后腰，舍烨沉住气，突然向下一蹲，向前一使劲，大个子翻过舍烨的背，仰面摔在地上。

舍烨站在孩子们的中间，冷冷地：阴谋诡计，非君子所为。

大个子哭着从地上爬起来，拍拍身上的土：你算什么君子，连爹都没有！

舍烨气愤：你敢再说一遍！

另一个被舍烨摔倒的孩子跟着起哄：你就是个没有父亲的孩子，我娘说了，你一定是个野种！

这时，其他的孩子也跟着起哄：噢，噢，舍烨没父亲，舍烨是个野孩子！……

如姬、念奴走出。

念奴：说什么呢？你！你！还有你！都给我过来！

如姬拦住念奴。在一旁干活的朱亥也听到了孩子们的起哄，看见舍烨和如姬夫人的窘境，立即挺身而出，把舍烨揽在身边。

朱亥对舍烨说：谁说你没父亲的？我，就是你的父亲！下次要是有人再这样说，你就回来叫我，我看谁还敢这样说？

说罢，把手中的木棍敲了敲，那些孩子们看见朱亥这山一样的身体都吓坏了，一哄而散。

朱亥一把把舍烨抱起来，眼眶里还闪着泪花的小舍烨试探性地叫了声：父亲。

朱亥高兴地答应了：哎。好孩子，你是一个坚强的男子汉！

朱亥将舍烨架在头顶上，舍烨一下子欢呼起来。

看着舍烨在朱亥的脖子上手舞足蹈地远去，如姬十分感动。

22. 日。内。赵女寝宫

赵女穿好衣服，看见在床边的吕不韦一脸严肃。

赵女：爷，怎么了，有什么事吗？（故意撒娇）难道是刚才我让爷不高兴了？

吕不韦：刚才政儿是怎么进来的？！

赵女：我吩咐过谁都不许进来，这些没用的东西，我找他们算账去。不过，爷，就算是政儿来了，也没什么大不了的，他才多大呀，他能懂什么呢？难道老子还怕儿子不成？

吕不韦：话虽这么说，可刚才他看我的眼神实在是有些瘆人，我到现在还觉得有些不寒而栗！

赵女：好了，我看哪，还是爷太多心了，做贼心虚吧？可爷怕得也太离谱了，怎么连个几岁的孩子，自己的儿子都怕起来了呢？爷，就像你说的，这世上就算是子楚也奈何我们不得，我们还能怕谁呢？

吕不韦还是忧心忡忡：也是，只是刚才政儿那眼神——我是永远都忘不了的！

23. 日。内。如姬的小屋

如姬拿出绣品来绣。

如姬：幸好有朱大哥在，有他在身边我们都会觉得安全多了。我真想象不出这些年如果没有朱大哥，我们的日子该怎么过！

念奴：还是当初无忌公子想得周到。姐姐，你还得谢谢念奴，是我见面就叫他姐夫，这假姐夫才变成了真姐夫呢！

如姬：呸！又胡说八道！

念奴：姐姐，我知道你一直在想他，看着你受这样的煎熬，我心里真不是滋味，姐姐，其实奴儿心里也一直在……在挂念一个人……

如姬：你说的可是那鲁公子？

念奴微微点了一下头。

如姬：我早就看出来了，妹妹何等眼界，一般人哪能在你眼里？只有鲁公子是你真正心仪之人！

念奴：可……可他的心里根本就没我！

如姬：怎么会？

念奴突然站起：姐姐是真不知道还是装傻？鲁仲连，他爱的是你！

如姬手上的绣品突然掉落。

24. 日。内。赵女寝宫

赵女正在帮嬴政梳头。好动的嬴政不那样驯服，动个不停。

赵女：好了，政儿，马上就梳好了，别动。

嬴政突然冒出一句：母后，我不喜欢尚父，我以后不要再见到他了。

赵女听了这话吓了一跳，手一抖，辫子都梳歪了：政儿，你刚才说什么？

嬴政：政儿说政儿以后不想在宫中再见到尚父了。

赵女把嬴政转过来，面对着她：政儿，你怎么能这样说呢，他可是你的尚父呀，他是最疼你的。

嬴政：政儿已经有父王了，政儿不需要什么尚父。

赵女给了嬴政一嘴巴，赵女和嬴政都吓了一跳。

赵女：母后不许你这样说。

嬴政也倔起来了：我是太子，我想怎么说就怎么说！

说罢，他竟头也不回地走了，像个大王一样。

赵女一下子哭了起来。

25. 日。内。如姬小屋

如姬站起，正色地：你胡说什么呢？！鲁公子四海为家，以天下为己任，他对如姬关怀，不过是因为对信陵君的钦敬之情，爱屋及乌而已！你怎能将他纳入俗人之举？

念奴：这么说，奴儿还是有希望的啰？

如姬：当然！妹妹色艺双全，也喜欢天涯漂泊，四海为家，与鲁公子正好是一对儿！他日若是重逢，愚姐当亲作媒证，了却吾妹一桩心事！

念奴抑制不住狂喜，一下子抱住如姬：姐姐当真？

如姬：我何时哄过你？

念奴抱着如姬晃起来，如姬：哎呀！这丫头也太不知道害臊了！整天甜哥哥蜜姐姐的，原来早就打着离开姐姐的主意！

念奴：谁说的？谁说我要离开你？我们四个人可以在一起呀，你，我，信陵君，还有……他！

如姬：他是谁？谁是他？好一个不害臊的丫头！四个人在一起？多亏你说得出来！

念奴：好姐姐，难得今儿天气好，太阳也暖和，我们一起去街市上转转，顺便占上一卦，你看如何？

如姬半笑不笑地在她脑门上点了一下，两人相携而出。

26. 日。外。魏国街市

街市上人群熙熙攘攘好不热闹。如姬、念奴一副农家打扮走在其中，是再寻常不过的农妇模样，没有人对她们有多注意。两人也是很久都没有上街了，看见什么都很新鲜。

远远地，如姬看见悬赏自己和念奴的画像还张贴在墙上，只是早已残破不堪了。念奴也看见那画像了，怕如姬心情不好，拉着如姬在各个摊位上仔细地观看。

念奴：姐姐，你看这绣工如何？

如姬拿起一件绣品仔细端详：嗯，倒也还算细致。

念奴：可我看比姐姐绣的可差远了，姐姐也绣些拿到这集市上来，保证抢手！

如姬一笑：许久不做，手艺都生疏了，谁敢夸这个海口？！

念奴：我说的可是真的，姐姐，不信，你下次拿来试试。

如姬：好了好了，你看街角那儿有个占卜的，我们去算算？

念奴：好。

27. 日。外。集市街角处

如姬、念奴来到街角的算卦处，卜者头戴一顶破毡帽，看不清相貌和年龄。

念奴：喂，算卦的，我们要占一卦！

卜者：不知二位要算什么，是要算婚姻还是命运，是父母还是子女。

念奴：你不是算卦的吗，难道你连我们想算什么都算不出来吗？

卜者：姑娘如果是要来拆我台的，就请别处去吧。

如姬：好了，念奴，别和人家过不去了，先生，我想算算我的未来。

卜者抬头看了如姬一眼，道：夫人请掷卦签。

就在卜者略抬头的时候被念奴看见，念奴一惊，觉得似曾相识。

如姬掷了一下，卜者遂来解释卦辞。

卜者：夫人，从您所掷的卦象来看，乃元亨利贞四德具备，是一个吉卦呀！

如姬很是欣喜：先生，您细细说说。

念奴还在琢磨那卜者。

卜者：夫人的心爱之人现正在远方。

如姬点头。

卜者：夫人不必担心，他一切都好，将来您二人必能再聚。

如姬有些激动了：那还要多久呢？

卜者：夫人耐心等待，虎兔相逢之日，春暖花开之时，必有转机！

如姬很向往的样子：虎兔相逢？寅虎卯兔，那必是寅卯相交之年哪！（认真地计算）啊……难道，还要再等三年？

卜者：天机不可泄露！

如姬才反应过来，从口袋里掏出一块珠玉给卜者：多谢先生占卦！这个请您一定收下。

卜者却说什么也不收：夫人客气了，我只是听天命，尽人事而已。

说罢，抽身就走。

如姬把珠玉给念奴，念奴追上那卜者。

念奴盯着卜者看：算卦的，这是你应得的，你为什么不收？是不是心里有鬼？

卜者也不抬头：我知道自己什么该收，什么不该收。

说罢又走，念奴拦住他，两人在拉扯中，念奴终于认出他正是鲁仲连。

念奴：你——

鲁仲连却给她使了个眼色，让她不要声张，念奴会意。

鲁仲连走了，念奴目送他的背影而去。如姬过来碰她一下，她才回过神来。

如姬看着她手里仍攥着珠玉问道：怎么没给人家？

念奴：谁知道他是什么怪人，不要不是更好吗？咱们还省了呢。姐姐，咱们走吧。

如姬还有些奇怪地往后看，念奴拉着她走，过了一会儿，念奴也不自觉地往后看。

28. 夜。内。如姬的小屋

如姬一回到家就翻箱倒柜地找东西，好不容易翻出了一样东西，如姬很开心的样子。

念奴凑过来看，却是如姬以前编织的剑穗。

念奴：哎呀，真是，逛了一天也不嫌累！瞎折腾什么呢？都是那算卦的鸟儿人害的！

如姬：好久没敢拿出来了，怕的是触景伤情。现在有希望了，念奴，不是吗？三年就三年，怎么着也算有个盼头了！念奴，那个卜者算的一定准吧？

念奴话外有话：是呀，他说的一定是很准的。

如姬出神地想着：……你说，无忌若是见到舍烨，得多吃惊啊！

念奴：哼，不说他得多高兴呢！这个魏无忌，他倒是挺合适的！不着急不受累的，白得一个大儿子，怎么好事都让他赶上了呢？！

如姬：行了，你这么厉害，将来鲁公子要怕你了！

念奴突然诡秘地一笑：鲁公子的事，奴儿自有分晓，就不消姐姐劳神了！

如姬一惊：难道你近日已与他见过了？……

念奴笑着往外跑：姐姐，你就踏踏实实地听信儿吧！

29. 夜。内。鲁仲连住处

鲁仲连听见敲门，开门见是念奴，吃了一惊。

鲁仲连：你怎么知道我在这儿？

念奴：你会算命占筮，我就不能掐指一算了吗？

鲁仲连：念奴姑娘别来无恙？

念奴：公子会关心我有恙无恙吗？只要看见姐姐一切都好，你不就放心了么？！

鲁仲连：仲连的真心话总是要被姑娘误会，姑娘不信也罢！

念奴高兴：这么说，我这个小小的奴儿在鲁公子的心里还有点儿位置？

鲁仲连不语。

念奴：怎么又不说话了，怕说多了露馅吧？我问你，今天你对姐姐说的那些卦辞到底是真的还是只为了安慰她？我可不许你哄她！

鲁仲连很严肃：当然是真的，占筮者绝不可妄言。

念奴：那虎兔相逢是什么意思？春暖花开又是什么意思？！

鲁仲连：我说过了，天机不可泄露！

念奴：我就烦你总是这么吞一半吐一半的，永远让人家琢磨不透！

说罢，她竟拉起鲁仲连的手就要往外走。

鲁仲连：你这是要做什么？

念奴：走吧，到我们那儿去，既然已经来了，何必咫尺天涯？！即使你是为了姐姐才跟我走的，我也不在乎！

鲁仲连却松开她的手：姑娘，我不能跟你回去。

念奴：为什么？

鲁仲连：我说过了，我是个自由惯了的人，如同闲云野鹤一般，不愿受任何拘束。仲连一生，绝不愿守着任何人，在任何地方多做停留!

念奴: 即便为了姐姐也不行吗?!

鲁仲连: 姑娘恕罪!

念奴狠狠地: 好一个无情无义的人, 我问你, 你既然如此无情无义, 又何须巧言什么大爱大恨?!

鲁仲连郑重地: 姑娘差矣。人非草木, 孰能无情? 只是凡大爱者皆爱极无爱, 大恨者皆恨极无恨而已。姑娘放心, 仲连会在冥冥之中, 保护你们, 即使为此丧了性命, 也绝无怨言!

念奴久久地凝视着他, 良久道: 鲁仲连啊鲁仲连, 你可真是个怪人! 奴儿怎么这么倒霉, 偏偏就遇上了你!

念奴的眼圈红了。

鲁仲连: 姑娘何必伤心? 为仲连, 实在是不值得。对了, 我托你到信陵君那里报告消息, 你可去了?

念奴索性哭出来: 没有! 那又怎么样, 魏赵边境那时如许紧张, 你舍得让我去, 我还想要我这条小命呢!

鲁仲连大惊: 哎呀, 那信陵君不知急成什么样呢! 我这就去通报! 姑娘失陪, 后会有期!

鲁仲连说罢就走, 念奴软软地靠在门上, 泪如雨下。

30. 夜。内。汤沐邑信陵君宅邸

信陵君持干将剑, 烦躁地踱步。

下人来报: 大王驾到!

赵王进来: 信陵君, 寡人最近朝政繁忙, 有失问候, 不知你对自己的封地可满意?

信陵君拜谢: 无忌何德何能, 有劳大王惦记了! 汤沐邑人杰地灵, 自然是洞天福地!

赵王: 可寡人看公子神情抑郁忧伤, 想是还在思念着魏国故乡。来人! ……这是早年的贡品: 象牙镶玉带扣, 望公子笑纳!

信陵君: 大王, 万万不可! 无忌自来贵国, 蒙大王垂青, 日日锦衣玉食, 赏赐封地黄金, 已经太过奢华! 此物无忌万万不可受

了！大王恕罪！

赵王：可是寡人只是想看公子开颜一笑！今日寡人有暇，若是公子不说到底需要何物，寡人就不走了！

信陵君：……大王，既如此，那就恕无忌无礼了！无忌……无忌只是……只是想要一位最好的匠人……

赵王一拍大腿：这还不好办？！（对宦官）快去，把夏侯冬给我找来！（对信陵君）这夏侯冬，是赵国最好的匠人，寡人的正宫行宫，皆出于他之设计，且画影图形，惟妙惟肖，公子定会满意！

信陵君长揖：谢大王！

31. 夜。内。如姬小屋

如姬仍沉浸在自己的情绪中，对走进来的念奴的表情没有注意。

如姬：……舍烨识字之事，得快快抓紧了，念奴啊，你这个小姨也得帮我督促着。将来，与信陵君团聚的时候，我一定要让他看到，我们的孩子，是天底下最好的孩子！……

如姬在屋子里兴奋得团团转，好像马上就能见到信陵君一样激动。

如姬突然省悟了什么似的：……哎，你去哪儿了？你怎么不说话？哎呀念奴，我的好妹妹，你哭了？

念奴一下子扑进如姬怀里，哇哇大哭。

如姬：你怎么了？天哪，难道是那鲁公子……

念奴：姐姐，你要发誓，从今以后再不提他！呜呜呜……

32. 日。外。信陵君汤沐邑

信陵君站在太阳下，看着空旷的院落若有所思。

一匠人被下人领来：在下夏侯冬拜见信陵君大人！

信陵君兴奋地：好，快快请起，我给你看一样东西！

33. 日。内。平原君府正房

平原君还在研究信陵君留下的《魏公子兵法》。

平原君：难道是我才疏学浅，怎么这无忌写的东西我一点也读不懂？

平原君夫人：我不是跟你说过吗？看来你根本就没听进去！他说了，这书要跟《周公秘籍》一起看方能明白，否则就跟天书一般。

平原君大怒：什么？（他把那些竹简统统扫到地上）原来如此，我说无忌怎么这样大方，原来是留有后手啊！

平原君夫人：大人，难道我们的手段不是更卑鄙吗？

平原君：我们是为了天下大业，那怎么能一样呢？没有《周公秘籍》，有这一堆破竹片也没用啊！

平原君夫人：我搜寻念奴的网已经在逐渐缩小，相信不久就会见分晓了！

平原君：你打算如何？

平原君夫人：我打算如何？哼，那要看这个丫头她打算如何了！

34. 日。内。信陵君汤沐邑

信陵君把匠人请到屋里，拿出如姬的帛画。

信陵君：夏侯冬，你看，你能不能为这位小姐塑一尊像，就立在院中？

夏侯冬细看看，又疑惑地看着信陵君：此女只应天上有啊！难道尘世间……

信陵君：你不要管那许多，告诉我，你能不能为她塑一尊像，如真人大小，栩栩如生一般？

夏侯冬：这个……在下试试吧……

信陵君：你看需要多少时日？

夏侯冬：……不好说。在下夜以继日，尽心竭力而已！

信陵君大喜：如此，拜谢在后了！

夏侯冬再次端详那幅帛画。

35. 日。内。魏国集市

念奴拿着绣品在集市上叫卖，许多人看见了都纷纷赞叹。

顾客：呀，这样好的绣品真是难得一见啊！姑娘的手可真巧呀。

念奴：我可不敢贪功，这是我姐姐的手艺。

顾客：这样好的东西不买个回家，怪可惜的。

顾客们纷纷解囊，念奴带来的绣品一下子就被抢购一空。

念奴兴高采烈地走了。

一个用帽子遮住脸的人拦住了其中的一位买主。

那人：等等，你这件绣品能不能卖给我？

顾客：那可不行，这是我好不容易才买到的。

那人：如果我出双倍的价钱呢？

顾客看看他还是没答应。

那人：三倍？

顾客：四倍，既然你这么喜欢。

两人一手交钱一手交了绣品。

顾客拿着钱还在嘟囔：真是好东西，难得这样的好绣工！像是宫里的绣品呢！

那人拿着绣品阴险的表情。

36. 夜。内—外。信陵君汤沐邑

信陵君兴致勃勃地看着夏侯冬打造铜坯。

一下人催：公子，已是寅时了，你该休息了！

夏侯冬：是啊，公子，已经一天一夜了，你回去休息吧！

信陵君：不急。夏侯冬，要不你先去休息？

夏侯冬：在下还可以再干两个时辰！

信陵君：那我就再看两个时辰！

一下人拿着一张帛走出：公子快看！不知是谁把这个塞进门里。

信陵君急忙展帛观看，只见上写八个大字：如姬夫人，安然无恙。

信陵君的手激动得抖了起来，他遥望远方星辰，高叫一声：上天，无忌在此谢过了！

信陵君拜四方。

37. 夜。内。如姬小屋

如姬还在绣花，念奴拎着大包小包还有一个大风筝进来。

念奴：舍烨呢？

如姬：睡着了，你上哪儿去了，弄了这许多东西？

念奴掏出许多银两：还有好东西呢！

如姬：哪儿来的这么些银子？

念奴：姐姐给我的呀！

如姬：你是说——

念奴：是啊，姐姐的手艺给的呀！告诉你吧，这些都是你那些绣品赚的钱！

如姬：当真？

念奴：当然了，一下子就被抢购一空，还有好些人因为没买着，都快打起来了！

如姬兴奋地：哦，这么说……

念奴：这么说，我们可以从此衣食无忧了！

如姬：啊，我要多多绣些，小舍烨就可以请得起先生了！

两个人高兴地抱在一起跳起舞来。

念奴：姐姐，你这舞技可是大不如前了啊！

如姬：可不是，有多久没跳了，转瞬间，出宫已经十年了啊！

念奴：可不是，小舍烨都十岁了嘛！姐姐，我是不是已经很老了？

如姬：瞎说！吾妹正当青春韶华！

念奴：韶华易逝，青春难再，姐姐，你就别安慰我了。

念奴的泪水不由自主地流下来。如姬也忍不住哭了，两人又哭又笑地紧紧相拥。

远远地，朱亥在院子里看着这一对姐妹，感慨万千。

38. 日。内。魏王寝宫

魏王正在眯着眼睛色眯眯地看着一群歌舞伎表演。

宦官送上奏章，魏王看都不看一眼。

魏王：去去去，没看到寡人正忙着呢吗？除非是有关如姬和无忌的消息，否则统统不要在这个时候打搅寡人。

宦官只好退下，这时，那个市场上戴帽子的人进来求见。

魏王很不耐烦：寡人不是刚刚说过吗，不见，不见。

那人：大王，小人正是为了您说的事来的。

魏王听了，立即喝止了歌舞表演，让他们退下。

魏王：你刚才说你是为了什么来求见的？

那人揭开帽子，拿出一件绣品呈给魏王看。

那人：大王请看，这样的绣工，在魏国，好像除了如姬夫人之外，还没有第二个人能做出来吧？

魏王一阵狂笑：好，你从哪儿得来的？寡人要好好地赏你。

那人在魏王身边一阵耳语，魏王频频点头。

那人拿着魏王给的丰厚赏钱走了，魏王把那绣品攥在手里看了又看，阴险地笑着。

魏王：如姬，这回你给寡人抓住了吧，八年了，我看你还往哪儿逃？来人！

有侍卫上。

魏王在他耳边悄声嘱咐，侍卫拱手。

侍卫：大王放心，末将一定照办！

39. 日。内。如姬小屋

如姬放下绣品，微笑着想着什么。

如姬自语：是了，这一切的好运，都是街市上的那位算命先生带来的，看他破帽遮颜，怕也是个穷苦人，不如拿些银两给他，也请他再卜上一卦，趁着妹妹他们正在小睡，我不如就一人悄悄地去了，也省得聒噪！

如姬悄悄拿了些银两走出。

里屋，念奴带着舍烨睡得正香。

外面，朱亥也在马厩旁打着瞌睡。

40.日。外。通向如姬小屋的乡间小道
侍卫首领正带着一支队伍悄悄靠近小屋方向。

41.日。外。如姬小屋附近
一个人快马加鞭驰向如姬小屋。

42.日。外。集市街角处
如姬来到上次的街角处，那卜者不在。如姬四处张望都不见踪影。这时，只见好些人都围在街角那儿在看热闹。如姬不由自主地挤过去看，只见地上爬了好些蚂蚁，众人都在好奇地指指点点。那些蚂蚁越来越多，最后竟然组成了两个大字：避祸！

如姬凑近一看，不禁大惊。

第二十三集

1. 日。外。魏国集市街角处

正在如姬震惊之时,只听有人惊呼。

某人:……哦,我当是怎么回事,那些蚂蚁哪能这样聪明?原来是有人用糖浆写的字,引来蚂蚁罢了,雕虫小技而已!

其他人:嗨,还真是这样,原来只是糖浆的把戏!

如姬拨开人群,急急地往回家的方向狂奔。

2. 日。外。如姬小屋外

如姬赶回家,却发现小屋已成灰烬,她的住处和朱亥在旁边的茅棚统统被烧毁了。

如姬震惊的眼神。

如姬全身发抖。

如姬大叫着"舍烨、念奴、朱大哥",没有任何人答应。

这时,突然传来奄奄一息的声音,是郝婆。

如姬赶紧奔过去:郝婆,郝婆,你怎么样了?

郝婆已经说不出什么话来,只是不停地喘着粗气。

如姬:郝婆,你告诉我,这是何人所为?舍烨、念奴他们呢?朱大哥呢?他们都上哪儿去了?

郝婆硬撑着用手指了指远方,挣扎着说了一句:快……逃!(手便垂了下来,断了气。)

如姬大哭：郝婆！

3. 日。外。乡间的空地

如姬亲手埋了郝婆，将郝婆掩埋以后，如姬哭倒在郝婆的坟前。

如姬：郝婆，我对不起你，是如姬害了你，是如姬害了你呀！（如姬仰天呼唤）苍天！如姬该怎么办？！

如姬哭晕在郝婆的坟前。

4. 日。外。信陵君汤沐邑院落

一尊如姬塑像已经亭亭玉立地立起来。

满头大汗的夏侯冬还在忙活。

信陵君转来转去地看着塑像。

信陵君不满地摇着头。

夏侯冬：……怎么，公子还是不满意？

信陵君：……唉，形似，却无法传神！改了多少次，也难为你了！

夏侯冬：在下无才，实在是无能为力了！

信陵君自语：也许你说得对，'此女只应天上有'！如姬啊如姬，人间的能工巧匠，只能塑出你的形，却传不出你的神啊！

阴云密布，远远传来的雷声。

5. 夜。外。乡间空地

如姬在郝婆的坟前醒来。

四周漆黑一片，如姬挣扎着爬起来。

如姬茫然四顾，漫无目的地前行。

一个黑影一直跟随着如姬。

如姬突然转身举剑。

那黑影大叫：如姬夫人，如姬夫人，是我呀，我是守灵人啊！

如姬这才看清，果然是守灵人。

如姬吃惊地：……大叔，怎么会是你？你怎么上这儿来了？

守灵人：说来话长，这里不是说话的地方，我们还是到墓室再说吧。……请您上马。

守灵人将旁边一棵树上拴着的马牵过来。

6. 夜。内。长亭侯墓室

如姬又来到了父亲的墓室，百感交集。

守灵人告诉她事情的经过。

守灵人：夫人，您先别着急，小公子、念奴姑娘和那位朱壮士现在已经安全了。

如姬急切地：他们上哪儿去了？

守灵人：他们……去楚国了！

如姬大惊：为何去楚国？

守灵人：是被一个叫作鲁仲连的公子带走的，听说就是这位鲁公子来报的信。大王已经发现了你们的行踪，派了好些人来抓你们，幸好被鲁公子察觉到了，鲁公子说，据他的卦象，如今楚国应当最安全。在大王派来的人赶到之前，他们成功脱逃了！临走的时候，念奴姑娘特意跑来，让我无论如何一定要找到你，告诉你他们的行踪，这样你就不用担心了。

如姬喜极而泣：呵……原来如此，鲁公子，奇人也！我们又躲过一难！

守灵人：本来那位朱壮士是要留下来等夫人的，可念奴姑娘说，要他一定要守在小公子身边，说这也一定是您的意思！

如姬：知我者，念奴也！鲁公子虽是奇人，到底是一介书生，若是没有朱大哥保护，到底还是不安全啊！朱大哥在他们身边，我就放心了！小舍烨啊，妈妈这下可以放心了！

守灵人：夫人，恕小的无礼，您今晚就在这儿将就一夜吧！唉，真是，造孽哟！……这可怎么好？……

守灵人打着个灯笼，摇着头走了。

如姬一人沉浸在黑暗中。

远方响起闷雷声。

7. 夜。内。汤沐邑信陵君宅邸

突然下起倾盆大雨。

干将剑嗡嗡作响。

躺在床上的信陵君被一道电光惊起。

电光中，清晰地展现出如姬的身影。

信陵君：如姬！是你？！

如姬的脸在电光中若隐若现。

信陵君扑上去，却见如姬手上牵着一个孩子。

信陵君大惊：这……这孩子是谁？

如姬：公子别来无恙？公子自情天情海之中，又岂能不知情自心生，生而有情，造影塑形，实乃俗人之举，公子又何必强求之？！如今强秦之祸愈演愈烈，公子岂能为了如姬一人，忘了合纵大计？！

信陵君：如姬说得极是！是无忌愚钝！只是，这孩子……

如姬神秘地一笑，水袖如风扑在无忌脸上。

信陵君骤然苏醒。

外面的倾盆大雨仍下个不停。

信陵君：……难道，那孩子是……

信陵君冲到雨中，努力使自己清醒。

信陵君自语：如姬托梦，提醒我莫忘合纵大计，提醒得实在及时，无忌明日便召众门客议事！

矗立的如姬塑像不知何时神秘消失。

8. 夜。内。长亭侯墓室

几乎与此同时，在墓室睡着的如姬也一下子惊起。

显然，她做了一个与信陵君同样的梦。

如姬在黑暗中自语：公子受惊了！你恐怕做梦也没有想到，你的儿子已经这么大了！公子啊，如姬怕是要离开魏国了，望你好自为之！

9. 夜。内。守灵人小屋的偏室

如姬在对镜化装。

如姬将头发束成男子的发型。

如姬穿上了守灵人的衣服。

外面暴雨倾盆。

10. 日。内。汤沐邑信陵君宅邸

雨过天晴。

信陵君神清气爽，召众门客议事。

某门客：现在秦国正经历连丧两王之痛，再加上上次的邯郸之役大败而归，他们还没有完全恢复过来，如果这时候我们能联合起来攻打秦国，定能使它大伤元气！

信陵君：说得对，这是个好时机。上次我们的联合作战，只能说是合纵大计刚刚开始实施，现在如果能将齐国、燕国联合起来，再加上上次合纵的楚国、赵国、韩国，那定能杀秦国个措手不及。……只是……我现在连自己的国家都不能回，又谈什么合纵大计呢？

信陵君黯然下来。

众门客安慰他：主公不要灰心，只要主公一声令下，我们定然以一当十，在所不辞！

信陵君很感动：你们都是好样的！我们只要胸怀这般抱负，便定能战胜强秦！来，好久没喝了，干它几杯！

信陵君率众门客痛饮。

众门客纷纷地：去国这许多年来，主公还是头一回这么开怀畅饮呢！干！干！

11. 日。内。春申君府

鲁仲连率念奴、朱亥、舍烨，风尘仆仆地来到春申君府，春申君亲自来迎接。

春申君大喜：鲁公子，你可是请都请不来的高人！

鲁仲连为春申君介绍：这位小公子名舍烨，是如姬夫人之子。

春申君：如姬夫人之子，那岂不是魏王之子？

鲁仲连一怔。

念奴的脸沉下来。

春申君：若非魏王之子，那一定是信陵君的！哈哈，魏无忌啊魏无忌，没想到你还能干出如此风流之事！佩服！嘿嘿，只怕他自己都不知道他有这么个大儿子吧？哼，有趣，有趣！

念奴一下子发作：喂，你说什么哪？鲁公子，瞧你带我们投奔的这人！什么春申君，简直就是下三滥！

春申君一怔，这才注意到念奴，一下子被她的美貌惊呆：呵，这位是……

鲁仲连：这是如姬夫人的结拜姐妹念奴。

春申君：好，又美又辣，我喜欢！

春申君凑到念奴身边，却被一座山似的朱亥挡开。

春申君：哦，这位朱亥朱壮士，我认识。朱壮士，我们又见面了，怎么样，还是我这儿好吧？

朱亥：请春申君自重！

春申君倒也并不生气：哦，还是忠心耿耿，好！难得呀，难得。

春申君：来人，将鲁公子他们好好安置，尤其是念奴姑娘。姑娘，我们今后有的是时间，我会陪你好好转转，看看我们大楚的风景！

小舍烨突然抬起头来：你们大楚的风景，一定比不上我们大梁！

大家都怔住，然后笑开了。

念奴：舍烨，说得好！

春申君假装大度地：哈哈哈……这个小东西可不简单哪，闹不好将来就是信陵君二世！哈哈哈……

春申君的目光狠狠地盯着念奴的背影，像是要盯进她的肉里。

12. 夜。内。魏王寝宫

魏王正在心急火燎地等待着派去的人传来的消息。

侍卫进来，魏王也不管礼节，走下阶梯，抓住侍卫的领口就问：怎么样，如姬和念奴，抓到了没有？

侍卫给吓得话都说不利落了：禀，禀大王，不知是谁走漏了消息，如姬夫人她们都事先逃走了，小的们一个都没抓到，只能放一把火把她们住的房子烧了……

魏王把他猛地一推，侍卫倒在了地上。

魏王：两个小女子你们都抓不到，寡人养你们都有什么用？来人，把他们统统推进大牢等候处治。

有人将侍卫拉下去，侍卫求饶：大王饶命，大王饶命！

魏王：又让她们躲过了。来人，再去搜捕，把方圆十里都统统烧光！寡人倒要看看你们还能逃到哪儿去！

一旁的宦官：大王，以小人之见，如姬夫人现在肯定已经不在魏国了，更不会在那方圆十里之内，大王如果真要去烧那片地方，只会引起当地百姓的不满，对抓如姬夫人却于事无补。

魏王：那照你的意思呢，这件事就这样算了？

宦官：大王如果觉得咽不下这口气，不妨宣布如姬夫人的死讯。

魏王：你的意思是？

宦官：信陵君人处异乡，肯定四处打听如姬夫人的具体情况，而且如姬夫人现在亦不敢贸然去找他，所以……

魏王：说得好！我也要让无忌尝尝失去心爱之人的滋味。你现在就传寡人的旨意，昭告天下，如姬已经不在人世。

宦官：是，大王，那焚烧之事？

魏王：免了，免了。你去给我传歌舞来，寡人今夜要好好地乐一乐，乐一乐。

宦官唯唯听令而下，魏王独语：如姬，从此后，寡人就真的当你消失了，不见了，没有了！

13. 夜。内。春申君府

鲁仲连连夜与春申君密谈。

鲁仲连：此次仲连深夜来投，一来是为了救人于水火之中，二来也是形势所迫，急于向春申君进谏啊！

春申君：我已猜到了，鲁公子有何高见，请讲当面！

鲁仲连：邯郸大胜之后，诸侯似都有所松懈，其实，邯郸之役仅仅是合纵之开端，如今强秦连丧二君，范雎也已不在人世，内忧外患，正是六国合纵之大好时机。齐、楚乃是大国，楚王又为合纵长，楚国在合纵中之重要，可想而知。春申君万不可因小利而忘大义，应与信陵、平原二君一起，继续酝酿抗秦之策略，机不可失，时不再来啊！

春申君沉思了一下：真人面前不说假话，黄歇并非未曾想到当前局势，只是……信陵君窃符救赵，颇有搅局之嫌，弄得如今形势暧昧，魏国作为秦国之近邻，未必肯参加合纵，救赵之后，魏国十万大军已返魏，仅靠信陵君门下那几个食客，简直就是视同儿戏，所以……

鲁仲连严肃地：窃符救赵，乃名垂千古之举，春申君怎能视为搅局？！仲连已经想过，今夜便返魏将如姬夫人营救出来，顺便探听一下魏国局势，必要的时候，仲连将再去亲自说服魏王，参加合纵！

春申君大惊：今夜便去营救如姬夫人？！

鲁仲连：是啊，事不宜迟，仲连将舍烨公子等救出，原是急如星火之举，若是如姬夫人有何闪失，仲连罪莫大焉！

春申君感叹：原来公子不但是高士，还是义士！来人！将马厩中最好的马备给鲁公子！

鲁仲连：多谢春申君！

春申君：谢是不必谢了，只是……

鲁仲连：什么？

春申君：有一小事，黄歇想……

鲁仲连：春申君有事尽管吩咐！

春申君：那……就恕我冒昧了啊！……那位念奴姑娘，不知是何根底，芳龄几何，有无许配于何人？

鲁仲连一怔。

14. 夜。内。念奴住处

念奴在拍着舍烨睡觉。

念奴自语：这个春申君，怎么一双眼睛像刀子似的，跟信陵君可太不一样了！

这时，春申君的下人们鱼贯而入，送来各种寝具。

下人：念奴姑娘，这是我们主公送来的各式寝具，请您笑纳。主公说了，念奴姑娘不是一般的女子，不能使用一般的寝具。

念奴挑起眼睑嘲笑地：那这是什么不一般的寝具啊？！

下人：主公说，这是一百个妙龄楚国女子花了一年工夫绣成的，就连主公的娘子，也没福气使用哩！

下人们展开那幅锦被，只见上面一幅巨大的百鸟朝凤图，那些鸟儿千姿百态，栩栩如生。

念奴也觉得眼前一亮，随即冷下脸，淡淡地：放那儿吧。告诉你们主公，既然是主公娘子都没福分用，那我就更没这个福分了！你们可以走了。

下人们：是。

念奴自语：这个春申君，到底想干什么？！

15. 夜。内。春申君府

鲁仲连有些讥嘲地：怎么，难道春申君……

春申君：不怕鲁公子见笑，黄歇此生，也颇识得几个女子，却不曾见过念奴这等美貌佳人！她能让黄歇眼前一亮，好像一轮明月，骤然从大漠中升起！黄歇实在是……一见钟情啊！

鲁仲连冷冷地：想不到春申君原来还是个情种！只怕是此事仲连要给你泼凉水了！……这念奴姑娘，虽然年轻，来头却不小哩！

春申君：怎么讲？

鲁仲连：念奴姑娘不但是如姬夫人的结义姐妹，还是平原君夫人的义女！这两位夫人的关，可不是那么好过的！我劝公子还是收起这个心吧！仲连告辞了！

鲁仲连匆匆而去。

春申君自语：天底下有我黄歇不能收服的女人？我还就不信了！

16. 夜。外。春申君府鲁仲连住处

鲁仲连收拾包袱出门。

念奴正站在门外。

念奴：公子就想这样走了吗？

鲁仲连：我已经跟你辞过行了。

念奴：要走，带我一起走。我和你同去魏国接姐姐。

鲁仲连：男女同行多有不便，更何况舍烨也绝对离不开你。

念奴：有朱大哥照顾他。

鲁仲连：听话，我很快就会回来！

念奴再也无法忍受内心的煎熬，扑在鲁仲连的怀里紧紧地抱住了他。

念奴呜呜地哭起来：我恨你！恨你！恨你！！

鲁仲连：姑娘，不要这样！

念奴含泪抬头：你聪明过人，才华盖世，难道看不出来，你是我今生唯一所爱？！念奴如此爱你，可以为你去死！可……可你从来就不曾在意我，哪怕只是一点点！冤家啊！你是我今世的冤家！你带我走吧，哪怕是天涯海角，只要我们能在一起，就什么也不怕！就连姐姐也说了的，她要亲自作媒，把我许配给你！难道她的话你也不听？

鲁仲连：如姬夫人……真的这么说？

念奴：你可以当面问她嘛！……公子，不管你如何想，念奴此生，是铁定跟上你了！……不知为什么，念奴有个预感，如果这次我们分开，就再也见不到了！别扔下我，带我一起走吧，仲连，求求你了！

鲁仲连轻轻地推开她，轻叹了一声：也许，我不该把你们带到楚国来。

念奴：公子……

鲁仲连：此事待我回来再议！

念奴听了此话，大喜过望：公子，你是说……哦，我懂了。你只管放心地去吧，我会好好照顾舍烨，会好好等着你把姐姐接回来的。我只想让公子记住，不管在什么时候，奴儿一直会等着你！

鲁仲连上马：好了，时间紧迫，告辞！

窗边有一双眼睛在紧紧地盯着他们，正是春申君。

念奴站在门口依依不舍地送别。直至鲁仲连完全消失在夜色中，念奴仍向他离去的方向张望着。

隐蔽处，春申君亦在观察着，从春申君的脸上看不出任何表情。

17. 夜。内。平原君府正房

平原君夫妇正在商量天下大事。

平原君：现在秦国连丧两王，正是进攻的好时机。

平原君夫人：只可恨《周公秘籍》不在身边，念奴这个死丫头实在可恶，没想到我养了这么多年却养出了只白眼狼！

平原君：夫人英明一世，糊涂一时，当初我们实在不该把宝全押在这丫头身上。从这一点来看，还是那吕不韦精明。

平原君夫人：吕不韦？就是那个商人？

平原君：是啊，当初他也不过是赵国的一个小小商人，他看准了子楚奇货可居，现在居然已经成了秦国的令尹。那子楚懂什么，还不是什么都听他的，他在秦国已经一手遮天了！

平原君夫人：不过是个小小的商人，他来当权，秦国的衰亡岂不是指日可待？

平原君：夫人断不可小看吕不韦，他能走到今天的这一步也非常人所为啊！

平原君夫人：这倒是。

平原君：现在秦国市井中都在传说安国君之死其实就是吕不韦的杰作！

平原君夫人：噢，如果真是这样，那这人倒真是个心狠手辣的角色！

平原君：是呀，才走了个范雎，又来了个吕不韦，怎么总有别国的人替秦国卖力呢？

平原君夫人：人心所向吧，所以我说咱们可一定要记住笼络人心。人心的向背能决定全局。

平原君：夫人，你就放心吧，我已经明白其中的道理，现在我是万事俱备，只差秘籍。

这时，派到魏国去搜索的下人们回来禀报。

下人来报：禀主公、夫人，这些天来，小的们一直在魏国寻找念奴和如姬夫人，可他们踪迹全无，我们几乎找遍了整个魏国……

平原君夫人：别这么婆婆妈妈的，谁要听这些，结果怎样，你们到底找到了没有？

下人：小的们在魏国的乡下发现了一处最可疑的地方，那里似乎有如姬夫人和念奴生活过的蛛丝马迹。但，等小人们再去的时候，那里的房子已经被烧掉了。

平原君夫人怒吼起来：废物，废物！一群废物！再去找！一定要找到念奴不可！

下人吓得直发抖：是是是，我们这就再去找。

他们吓得赶紧退出了房间。

平原君：她们不会真的遭到了不测吧？

平原君夫人恶狠狠地说：她们的生死我已经全不在乎，我要的是《周公秘籍》！

18. 日。内。秦王宫

满朝文武大臣在大殿内肃立。

秦庄襄王——子楚（以下简称秦王），安坐在王位上。侍臣立于两侧。

秦王：宣吕不韦进见。

吕不韦进入大殿，大模大样穿过群臣，站在秦王面前，弯腰作揖，并不下跪，众朝臣十分惊异。

吕不韦：不韦拜见大王。

秦王微笑：爱卿免礼平身。

侍臣：吕不韦听旨。

吕不韦这才跪下听侍臣宣旨。

侍臣：大王诏曰，令尹吕不韦多年护卫辅佐本王有功，特封吕不韦为文信侯，食河南洛阳十万户。

吕不韦：谢大王隆恩，为臣身为秦国令尹，当为秦国的霸业尽心竭力。

秦王：为吕爱卿封侯拜相，寡人赐宴以示庆贺。

众朝臣：恭喜令尹，贺喜令尹。

19. 日。内。平原君府大厅

平原君夫妇在焦急地等待着消息，探马跌撞而进。

探马：报主公、夫人，如姬夫人、念奴和朱亥都已经不在人世了。

平原君夫人大惊：你是说真的？消息可确切？

探马：魏王已经发诏书昭告天下，消息千真万确。

平原君夫人跌坐在椅子上，无力地挥挥手：你下去吧。

探马退下，平原君急问：夫人，这可怎么办哪？念奴一死，秘籍岂不是再也没了头绪？

平原君夫人：我千算万算，也没算到会是这样的结局。但是我绝不甘心。

平原君：可眼下念奴都不在了，还能有什么办法呢，难道是老天要为难我吗？怎么得一本秘籍却是如此艰难？

平原君夫人：我们还有一条路可以走。

平原君：什么？

平原君夫人：无忌！

20. 夜。内。汤沐邑信陵君宅邸

平原君夫妇进来。

信陵君：我不是已经把兵书写好给你们了吗？你们还有何见教？

平原君夫人面色凝重地对信陵君说：我已经派人去魏国找过了，

有了如姬的确切消息。

信陵君：什么？

平原君夫人：如姬、念奴和朱亥……都已经不在世上了。

信陵君听了仰天长笑：姐姐，你以为我还会再相信你吗？如姬死了，在姐姐的心里她恐怕死了不止一次了吧？

平原君：无忌，你不要这样，上次的事你姐姐已经很痛心了。这次我们真是为了你才会连夜赶来告诉你的。

信陵君：可是姐夫，你又让无忌怎么相信你们呢？

平原君：你的兄长魏王已将如姬之死昭告天下！

信陵君紧张起来：什么？！

平原君夫人：还有，无忌，就算你不信我，不信你姐夫，不信魏王，还有你的干将剑呢，它总不会对你说谎吧，你看看它，是不是也对你发出警告了呢？

信陵君的干将剑像是懂人话似的，呜呜地嗡鸣起来。

信陵君面色如纸，直直地站起来，面无表情地走出去。

平原君夫妇相视一眼，都有些恐惧。

信陵君呆若木鸡地跨上马，那马飞驰起来，信陵君突然跌落尘埃。

平原君夫妇与门客们惊叫着拥上去。

21.日。内。信陵君卧房

信陵君躺在床上昏迷不醒，喃喃地说着胡话。

平原君夫人给他换覆在额头上的毛巾，他竟一把抓住平原君夫人的手，说道：别走，如姬，听见了吗？你不许走！

平原君夫人好不容易挣脱开。

平原君忧心忡忡：你看他这样子，还不如不告诉他的好。

平原君夫人：他早晚会知道的，这样还会念我们的好。

平原君：他现在这样，连神智都不清醒了，也不知道什么时候能醒过来，还谈什么秘籍？

平原君夫人很警觉地打断他的话：说话小心一些，这里不比自己的府上。

平原君：可这样下去，总也不是个办法。

平原君夫人：不，我倒认为，现在是无忌最脆弱的时候，也是最容易被打动的时候。这里人多嘴杂，不如把无忌带回家，将他悉心调养，我就不信我说服不了他。

平原君：那……就照夫人说的办吧。

22. 日。内。平原君府正房

下人们端了饭菜进来禀报。

平原君夫人：怎么，信陵君还是不吃吗？

下人：所有的饭菜都没有动。

平原君夫人：好了，你下去吧。

下人退下。平原君：无忌他这是想绝食？难道真的想随如姬而去了吗？！

平原君夫人想了想：来人，给我打下手，我要亲自下厨！

23. 日。内。平原君府信陵君住处

信陵君躺在床上，面容憔悴，眼里没有一丝光彩，已与当日神采飞扬的信陵君判若两人。

平原君夫人端着菜看进来。

平原君夫人故意对信陵君的表情视而不见：无忌，今天好一点了吧？前两天你一直发高烧，可把姐姐吓坏了，现在好了，你终于退烧了，也就能享口福了，你看姐姐给你做的烧鹿肉，是你从小最爱吃的。来，无忌，姐姐扶你起来，你吃些东西，这样才能有精气神。

信陵君看都不看一眼，依然面无表情。

平原君夫人：无忌，你听姐姐的，吃一点吧，看你这样，姐姐心疼。

信陵君半天没反应，突然说了声：姐姐，我想母亲了。

平原君夫人听了一震：无忌，你在想什么，你可别吓唬姐姐呀！

信陵君：姐姐，你不想母亲吗？还记得我们小时候一起在母亲身边玩耍……

平原君夫人：是呀，我虽然是你姐姐，可每次都是你让着我，母亲说，是我太要强了……

信陵君：都是亲姊弟，又在乎谁强过谁呢？记得那一次母亲生病，我生怕母亲会死掉，那是无忌有生以来第一次感受到死亡的恐惧。是姐姐你一直跟无忌在一起，你告诉我母亲一定会没事的，是姐姐一直陪着无忌，无忌才挺过去。后来，母亲没有死，她好了……直到这次……

平原君夫人急忙打断他：是的，姐姐现在还在你身边，无忌，你要振作起来啊！

信陵君：可是母亲再也回不来了，如姬也回不来了。姐姐……（突然痛哭）还我如姬！还我如姬！

平原君夫人搂住信陵君：我的好弟弟，你终于哭出来了！哭出来就好！认命吧，你跟如姬是有缘无分哪！

信陵君：不！我不信！我不信我与她无缘！我不信她已经死了！

平原君夫人把饭菜一个劲儿地要塞给信陵君：好好，先吃些东西吧，吃些东西再说，吃完了，我们一起去魏国找她，好不好？你吃，姐姐要你吃！

信陵君却总是不张嘴，就这样僵持了好久，平原君夫人终于拗不过，她把碗碟扔了，哐当一声，平原君夫人痛哭起来。

信陵君：姐姐，你哭了？我还从未见你哭过呢，你放心，无忌一时半会儿还死不了，还有什么事你就尽管说吧！

平原君夫人没料到他会这么说，喝道：无忌，你这是什么意思，你把姐姐看成什么人了，难道姐姐只有功利心吗？你是我的亲弟弟，哪有姐姐亲眼看着弟弟死的？无论如何，我都不会让你死的！绝不！

平原君夫人摔门而出，信陵君依然毫无表情，躺在床上一动不动。

24. 夜。外。楚国边境

一个人影行走着，小心而谨慎的样子，低着头，躲避着与人的迎面相遇，趁着月色仔细一看，才发现那人正是女扮男装的如姬。

25. 夜。内。楚国边境小客栈

女扮男装的如姬进了一家小客栈，找店家要房间。

如姬：店家，给我一个房间。

店家：好咧，二楼左手第二间。

如姬正要走，一个人来到如姬的身边也要房间。

店家：不好意思，这位客官，最后一个房间已经给这位小兄弟了。

那人：那我就和这位兄弟并一间。

如姬转过身来：对不起，我是从不跟人并房间的。

那人：哦，连我也不可以吗？

如姬抬头，那人不是别人，正是鲁仲连，如姬惊喜的脸。

26. 夜。内。小客栈房间

两人进了房间，如姬急切地询问鲁仲连。

如姬：念奴他们都还好吧？我的小舍烨是不是又长高了？我不在身边，他还乖吗？

鲁仲连看着如姬，此时的如姬比姑娘时期的她更多了成熟的风韵，脸上洋溢着母性的光辉与坚毅。

鲁仲连：他们都很好，小舍烨也很好，我连夜赶来，就是来接你去和他们团聚的，没想到夫人已经走到楚国边境了！

如姬点头：鲁公子，那天多亏你相救，否则后果简直不堪设想！就是现在还心有余悸啊！

鲁仲连：我们之间还用得着如此客气吗？

如姬看了他一眼，没有再说话。

鲁仲连：夫人请恕仲连冒昧，为什么我无论何时看到你，你都是那么美，从前是清纯优雅，现在着了男装更显俊美，想必与小舍烨在一起的样子更加迷人？

如姬：其实公子身边有比如姬更美的姑娘，只是公子没有在意罢了！

鲁仲连：仲连一生，只能敬爱一位女子，爱上了就永不能释怀。

这时，念奴的话猛地在他耳边响起"无论如何你都是我今生唯一所爱"……

鲁仲连顿了顿：不过请夫人放心，仲连知道你的心里只有表哥，我是绝不会掠人之美的！

如姬：鲁公子，你是真正的君子，真正的君子是不会让深爱自己的人受伤害的！

鲁仲连：你是说……念奴？

如姬：是的，念奴虽是舞伎出身，但色艺双绝，爱憎分明，她爱公子远非一日，且情深义重，愿以生死相许！如姬已经允诺她，待见到你，为你二人做媒，共结秦晋之好，望鲁公子三思！

鲁仲连：……如姬夫人至嘱，仲连不敢不从，只是，仲连乃漂泊天涯之人，恐怕难以为家，弄不好，倒耽误了念奴姑娘！此事，容仲连再想一想，现在，为了夫人的安全起见，我们深夜启程。

如姬：听凭公子安排。

27. 日。内。平原君府正房

平原君看见夫人一脸冰霜的样子，迎了上去。

平原君：怎么，你亲自送的饭菜他还是不肯吃吗？

平原君夫人：他是下定决心要绝食了。

平原君：那怎么办，我还认识一些好医官，让他们再……

平原君夫人：这不是医官能医得好的，这是心病，还需高人才能解开。

平原君：连夫人都没办法，又上哪儿找这样的高人呢？

平原君夫人思索良久：有了！

平原君：谁？

平原君夫人：毛公、薛公！

平原君：毛公、薛公？

平原君夫人：是的，无忌对他们这样推崇，他们的话无忌总能听进去的，再说，无忌能这样尊重他们，他们必是高人。对，就请他们二位，没有比他们更合适的人了！

平原君：也只能这样死马当成活马医了！

28. 日。内。秦王宫

秦王和吕不韦议事。

吕不韦：大王，为臣已派大将军蒙骜攻下周都城巩城！

秦王吃了一惊：爱卿要灭周？

吕不韦：不灭周，秦国又怎能取天下而代之？！

秦王：爱卿言之有理。

吕不韦得意地：蒙将军又一鼓作气攻下了韩国的成皋和荥阳。

秦王高兴地：连同原先占领的周朝的故土，可以合建成三川郡！

吕不韦：大王圣明，这样魏国都大梁就直接处在我秦国军队的威胁之下了！

秦王：爱卿魄力，胜过白起将军！

吕不韦：大王过奖了。大王刚刚即位，总要给天下人一点颜色看看，替先王出一出几年前的那口恶气！

秦王：爱卿真是我秦国的大忠臣啊！

君臣二人执手而笑。

29. 日。内。魏王宫

魏王正在用膳，众美女簇拥，上菜陪酒。

上大夫急匆匆进来：微臣有紧急要事禀报大王。

魏王示意宫女退下。

魏王：何事如此紧急。

上大夫：探子密报，秦国发重兵攻打赵国！

魏王幸灾乐祸：这个消息倒挺有意思。这回无忌不在魏国，如姬也没有踪影，看来再演一回窃符救赵是没指望了！哈哈哈……

上大夫：可……可大王曾经答应过赵王，赵国危急，魏国一定相救。

魏王：赵王送的那些金银财宝赏的赏、丢的丢，如今也剩不了几个了！那些女孩子的新鲜劲儿也没有了。得不偿失，亏透了！

上大夫：秦国将军蒙骜攻取榆次和新城等三十七城重新建立太原郡，现今连续攻取三晋其余的城池，势如破竹啊！

魏王大惊失色：这那里是攻赵国，分明是冲着魏国来的。这可如何是好？！

30.夜。内。平原君府信陵君住处

恍惚间，信陵君仿佛看见如姬在云端召唤他。

信陵君：等着我，如姬……你等着我啊！……

正说着，如姬却消失了，眼前的是毛公和薛公。

信陵君揉了揉眼睛：……原来是二位先生……

毛公：公子要多保重。

信陵君：无忌现在能再见到二位，真是死也能瞑目了。

薛公：谁说公子要死了，我们给公子算过，公子还有几十年的阳寿呢！

信陵君沉默不语。

毛公：我们知道公子绝不会就这样撒手人间！

信陵君：没有了魏无忌，还会有秦无忌、赵无忌……

薛公：公子少年英雄怎能轻言放弃，也许会有秦无忌、赵无忌不错，可他们都没有你魏无忌这样的地位，这样的感召力！

毛公：公子是否知道，秦军不仅攻占了赵国大量的城池，还攻占了韩国的上党魏国的高都。

信陵君下意识地拿起枕边的干将剑：魏国危矣。

毛公和薛公刚刚有些振奋，却见信陵君将干将剑一扔。两人吓了一跳。

信陵君冷冷地：魏国危不危，干我屁事！我是连魏国都回不了的人！

毛公、薛公相视，叹了一声。

在外面偷听的平原君夫妇惊恐地小声说：天哪，连毛公薛公的话都听不进去了！无忌没救了！！

31. 深夜。内。同上

信陵君一个人独自发呆，他面如黄蜡，奄奄一息。

突然，耳边响起那个老者的声音，声调颇为严厉：信陵君！汝为一人丧魂！难道天下都不在你眼里了么？！

老者声若铜钟，震得信陵君一下子坐起来。

眼前，突然出现如姬的身影。

如姬皱眉看着他，摇着头。

他耳边响起如姬那天的话：……如今强秦之祸愈演愈烈，公子岂能为了如姬一人，忘了合纵大计？！

信陵君：如姬，你还活着？！

老者的声音：生而有魂，方为性命，生而无魂，无非行尸走肉而已！

信陵君如大梦初醒般坐起。

信陵君突然击了一下掌：姐姐，我想吃东西！

32. 深夜。外。楚国边境

鲁仲连携如姬走出客栈，行色匆匆地赶路，鲁仲连一直掩护、照顾着如姬。

一个黑影，一直不远不近地跟着他们。

突然，背后射来一支冷箭，正中鲁仲连的要害，鲁仲连眼看就要倒了下来，如姬赶紧将他扶住，鲁仲连倒在了如姬的怀里。

如姬被这突如其来的事情弄蒙了，待她抬头看杀手的行踪的时候，杀手已经消失得无影无踪了。

躺在如姬怀里的鲁仲连奄奄一息。

如姬：鲁公子，你一定要坚持住，坚持住，我这就去找医官！

如姬想起身，却被鲁仲连一把拉住。

鲁仲连用尽全身最后的力气：……如姬夫人，你千万不要去楚国了，就在魏国隐藏起来吧，魏王以为你已经逃匿，不会再派人追捕了。仲连占卜，本来楚乃平安之地，谁知平地里生出一个变爻，如今，它比魏国更……更不安全！……

他又拿出他占卜用的卦签：……有朝一日，请把这个交给念奴，她是唯一有可能继承我占术的人……

如姬含泪道：我知道，我知道，你就放心吧。告诉我，到底是谁杀你？你肯定知道，到底是谁？！

鲁仲连微笑着摇了摇头：能死在夫人的怀里，仲连此生已经没有遗憾了！

说罢，闭上眼睛，溘然长逝。

如姬搂着他大恸，眼泪簌簌地往下流：鲁公子，鲁公子，你醒醒呀，你不能就这样走了啊！鲁公子！啊……

黑黢黢的小巷里，只有如姬哀痛的声音在回响。

33. 深夜。内。春申君府

春申君背对着我们一动不动地站着。

一个人的背影向他弯着腰。

春申君：怎么，了结了？

那人：是。

春申君：尸首呢？

那人：这个……

春申君突然大吼：他是一代骄子！天下高士，你怎么能让他陈尸荒野？！快快运回楚国，厚葬！

那人：是！

34. 夜。内。平原君府正房

下人来回禀平原君夫妇：主公、夫人，这下好了，信陵君总算要吃东西了。

平原君夫妇欣喜若狂。

平原君夫人：到底是谁这么厉害，连毛公薛公办不了的事都办到了！……快让厨房多准备些好吃的，我要亲自给无忌送过去！还有，再过两天，我要给无忌送一份厚礼！

平原君：什么好东西？

平原君夫人：到时候你就知道了。

平原君开玩笑：有时候我都希望我是你的弟弟，而不是夫君。

平原君夫人：怎么，大人连无忌的醋都吃？

两人哈哈大笑。

35. 夜。内。平原君府正厅

平原君夫妇宴请信陵君。

信陵君举杯敬酒：……前些日子，无忌让姐姐、姐夫费心劳神了，无忌先干为敬。

信陵君痛快地干了。

平原君夫人：无忌，我们亲姊弟，何必说这样的话呢？看到你这样，姐姐也就放心了。为了庆贺你大病初愈，姐姐还要送你一份厚礼！

说罢，平原君夫人一击掌，一排美女鱼贯而上，个个风姿绰约，美丽动人。看得平原君都有些坐不住了，平原君夫人打了他一下，平原君又正襟危坐起来。

信陵君：姐姐，你这是要做什么？

平原君夫人：无忌，天下何处无芳草。大丈夫就该拿得起放得下，你心里可以记挂着别人，可身边也总该有个人照顾着嘘寒问暖。这几位姑娘都是姐姐我为你精心挑选的，虽然算不得国色天香，但也个个能歌善舞、清秀可人，最重要的是她们都对你十分仰慕。

这时几位美女一起向信陵君作揖道：公子，就让我们服侍您吧。

信陵君一时竟窘得满脸通红：姐姐，这，您，无忌有话对您说，您还是让她们先退下吧。

平原君夫人见信陵君这样的窘境不禁暗笑，她又一击掌，美女们又都依依不舍地退下了。

平原君：简直跟做梦一样。无忌，你到底看中哪个了？我可是看得眼都花了！

平原君夫人理都不理他：无忌，有什么话你说吧，是不是看中哪位姑娘不好意思说？姐姐替你说去。

信陵君：姐姐的好意，无忌心领了，可姐姐难道还不知道无忌的心思？无忌的心思有限，只装得下一个人！所以，还请姐姐体谅无忌。

平原君夫人：你姐姐也不会逼你，可男人总是要有女人陪的，不然多寂寞啊！尤其是你现在身处异乡！

信陵君：我从来就没觉得寂寞过，因为我这儿（他摸着自己的心）是满满的。姐姐，无忌还有一事相告。这些天来，无忌多谢姐姐、姐夫的照料，在你们府上已经叨扰太久了，明天，我就回自己的封地，不想再打扰了。

平原君：什么，你明天就想走？

平原君有些急了，平原君夫人赶紧用眼神制止他。

平原君夫人：干吗这么急呢，无忌，再住些日子把身体调养好了再走也不迟。

信陵君：无忌已经大好了，听说秦军对魏国步步进逼，着实放心不下，需要好好筹划。以前是无忌误会了姐姐、姐夫的好意，还请姐姐、姐夫原谅！

说罢，信陵君就离席对平原君和平原君夫人作了长揖。

平原君夫人思索了片刻答道：也好，你就回去看看，反正我们离得也近了，以后就常走动吧。

信陵君：一定。无忌这就回去收拾，明早就告辞了。

平原君夫人：去吧。

信陵君走了，平原君埋怨夫人：夫人，你怎么能这样就把无忌放走呢？那秘籍还没有到手呢。

平原君夫人：这事急不得，好在无忌宅心仁厚，他对我们先前的所为已经原谅了，如果这时候再逼他，那可能就真的别想再了解秘籍之事了！

平原君：那也不能就这样让他走了，他……

平原君夫人：大人什么时候变成了急性子，刚才您看见那些美女那猴急的样儿，还堂堂平原君呢！

平原君只得尴尬一笑：嘿，没办法，男人嘛。

平原君夫人白了他一眼走了，平原君落了个自讨没趣。

36. 夜。内。长亭侯墓园守灵人小屋

守灵人开门一看，站在门口的竟是穿着他那一身旧装的如姬，大惊，赶紧把如姬让进了门。

守灵人：如姬夫人，出什么事了吗？

如姬：路上发生了突然事件，楚国我暂时是去不了了。大叔，我能在您这儿暂住吗？

守灵人：可以，可以，当然可以。你走的这几日我还在寻思，可千万别出什么事，现在看到夫人平安回来，我也就放心了。先前念奴姑娘住的屋子一直空着，夫人若不嫌委屈就住那儿吧。我这里现在是绝对安全的，大王再也没有派人来过。我听人说大王以为你和念奴姑娘都不在了，所以肯定再也不会派人来搜。夫人爱住多久就住多久好了！

如姬含悲忍泪：多谢大叔了。

37. 夜。内。守灵人小屋偏室

如姬独坐在小屋里，默默取出鲁仲连临终前交给她的卦签，想着鲁仲连倒在她怀里的情景，不禁潸然泪下。

如姬自语：鲁公子，到底是谁杀了你？！到底是谁？！……我那念奴妹妹若是知道了，还不知会伤心到何种地步！

38. 日。内。春申君府大厅

下人将棺木抬进。春申君看到棺木脸色大变。

春申君：这、这是什么？

下人：禀春申君，这便是鲁仲连鲁公子的棺木了！

春申君大惊：什么，你说这棺木里躺着的是鲁公子？！

下人：正是。

春申君：真的是仲连？你没有弄错？

特使给手下做了个手势，抬棺木的人慢慢地揭开棺盖。

特使：请春申君亲自鉴别。

春申君微微向前探看，顿时脸色煞白。

春申君大恸：仲连贤弟，走的时候还是好好的，怎么突然就……你还这么年轻！让为兄……让为兄好伤心啊！……

春申君号啕大哭。

众门客纷纷劝说：主公，您还是节哀顺变吧！人死不能复生哪！……

正乱作一团之时，念奴听到消息闯了进来，念奴进来的时候大厅里顿时一片静寂，春申君也停止了悲号。大家全都看向了念奴。念奴不顾一切地冲进来，来到了鲁仲连棺木的旁边。

看到躺在棺木里的鲁仲连的那一刻，念奴立即便瘫软下来，晕了过去。

39. 日。内。平原君府

门客们送达鲁仲连被害的消息，平原君还在穿衣。

平原君夫人：什么，你说什么？鲁仲连被人杀了？

平原君也大惊，胡乱绑了下衣带：到底是怎么回事？！

门客：听说昨夜鲁公子死在楚国边界的一个小客栈附近，凶手不知去向。

平原君：此话当真？

40. 日。内。长亭侯墓室

如姬信步走进长亭侯的墓室，在父亲的棺木边坐了良久，一动不动。此时的如姬脸上已多了几分沧桑，却平添了一种成熟的魅力，坚韧、不屈不挠的神态。

如姬慢慢地移开棺盖，取出了那卷《周公秘籍》。

第二十四集

1. 日。内。平原君府

平原君夫人：那凶手是谁，抓到了没有？

门客：谁都没看见凶手，春申君已经将鲁公子遗体连夜运往楚国。

平原君夫人皱着眉头：春申君……他为什么要将仲连运往楚国？

平原君：这还不简单吗？他死在楚国边境嘛！春申君乃天下名公子，仲连又是一代高士，他春申君自然要讨这个巧！若是他死在赵国边境，我不是也要给他收尸么？！

平原君夫人：大人就这么恨仲连吗？！……其实，你若是能虚心与他交往，一定会获益匪浅。可惜呀，如此青年才俊居然这样英年早逝！……不过，早一点离开这纷争的天下也不失为一种解脱……仲连，你总是想超然世外，可是世间的事总是缠着你，这次，总算是真正地解脱了。姐姐一定要给你立个灵牌，但愿你在九泉之下能够安息！

平原君对平原君夫人的悼词很不以为然，平原君夫人则很是怅然若失。

下人进来：请大人、夫人用早膳！

平原君快步走出，突然一个趔趄，几乎摔倒，夫人急忙抢前两步扶住了他。

平原君面色如纸。

平原君夫人：夫君！夫君！你这是怎么了？！

2.日。内。春申君府念奴住处

等到念奴醒来的时候，映入眼帘的首先是春申君关切的脸，接着是舍烨的脸。

舍烨见到念奴睁开眼睛很开心：小姨，你总算醒了，你已经睡了（他扳着手数）三天三夜了，是吧朱大伯？我还以为你就一直这样睡着，再也不跟舍烨玩了呢。

念奴看着舍烨，眼泪却哗哗地往下流，说不出话来。

春申君见状，赶紧让朱亥将舍烨带走了。

屋子里只剩下春申君和念奴了。

念奴：你也走吧，我现在谁都不想见，也什么都不想说，我想一个人静一静。

春申君：我明白你现在的心情，我知道，你和仲连是生死之交！

念奴冷冷的表情。

春申君：可我又何尝不是，我与仲连惺惺相惜，我仰慕公子的才华和为人，把他当作自己的亲弟弟一般，他英年早逝，只怕我比念奴姑娘你还要伤心……

春申君说着说着哽咽起来。

念奴冷冷地：好了，不要再说了。

春申君：我一时没能控制自己的感情，还请姑娘见谅。所以，我与姑娘其实是同病相怜……

念奴冷冷地：我对大人的痛苦不感兴趣，大人不必再多说了。

春申君：可现在仲连的后事迫在眉睫，姑娘你也不感兴趣吗？

念奴一下子愣住了，半天才道：人都不在了，后事怎样，又有什么意义？！

春申君：姑娘总希望公子能够入土为安吧，否则公子在地下也会不安的！

念奴突然发作：公子到底是怎么死的，是何人所为？你不是最有本事的春申君吗？你说！你说呀！

狂怒的念奴将春申君府中的物件一件件摔到地上，当她将一件精致的陶器砸得粉碎的时候，躲在帐幔后面的门客再也无法忍受了。

门客：姑娘！姑娘这是干什么？！鲁公子去世，大家心里都不好受，可这些都是春申君的家传之宝，你也不能拿它们撒气呀！难道你还嫌春申君不够伤心吗？！

念奴突然抬手就给了门客一个耳光。门客一手捂着脸，一手还击。念奴此举显然犯了众怒，众门客都涌出来，将她牢牢围住。

春申君突然大喝一声：住手！你们都给我滚出去！若是谁敢对念奴姑娘放肆，黄歇认得你们，黄歇的刀可不认得你们！

众门客大惊，纷纷退下。

春申君对念奴温柔地：姑娘，你砸吧，只要你心里能好过些，你就是把黄歇的家全砸了，把黄歇的宅邸全烧了！黄歇也绝无半句怨言！你若是还出不了气，你便打黄歇好了！只要姑娘好了，黄歇就是死了，只要死于姑娘之手，也值得了！

念奴这才哇地哭出来。

春申君试探性地扳住念奴的肩膀，轻轻地拍着她，安抚着她，好似安抚着一个受伤的孩子。春申君将全身发抖的念奴搂进了怀里。终于，念奴在温柔的抚慰中渐渐地平静了下来。

春申君将念奴搂在怀里柔声道：放心，我一定会抓住凶手，为仲连报仇的，我向你保证。你相信我，好不好？

念奴微微地点了点头，这才发现自己竟在春申君的怀里，赶紧抽身出来。春申君看到念奴的表情暗自得意。

春申君：那公子的后事？

念奴：……公子是齐国人，还是让他叶落归根吧。

春申君：我也是这个意思。那我明日便启程，将公子的棺木送回齐国。

念奴默默无语。

3. 日。内。赵王宫

赵王和满朝文武议事。

大臣甲焦急地：大王，根据探马情报，秦军已经攻占了上党郡所有的城池。

赵王：攻占就攻占了吧，这一回，就是秦国灭了韩国，寡人也不管了。鲁仲连说得对，上党就是上当，寡人绝不上第二回当！……唉，可惜好端端一个千里驹，死于非命！对了，听说三日之后齐国要为鲁公子进行国葬，我们得派人去参加才好！

大臣乙：是。大王英明。

大臣甲：……大王，自从邯郸解围以后，秦国并没有死心，只不过是改变了进攻的策略。待到楚军和魏军撤离后，更加强了对赵国的蚕食，到现在为止，已经占领了我赵国城池三十七座！

正在这时，探马急匆匆进来：禀报大王，秦军占领我赵国重镇晋阳。

赵王大惊失色：那么我太原郡也归属了秦国，丢失了三晋，赵国将元气大伤！

大臣甲：更严重的是，赵国西边的屏障尽失，秦军便成为下山猛虎，长驱直入我东部疆土。

廉颇将军：形势逼人，我们要早想对策啊！

赵王：廉颇将军说得极是，众位爱卿可有良策？

大臣乙：无非是再次向魏国和楚国求助。

廉颇将军：这种求助之事，不可能一而再，再而三。再说，请神容易送神难，让别国军队常来常往，赵国将不复存在。

大臣乙：将军深谋远虑。我们不妨多联合几国军队，共同抗击秦军。

廉颇将军：这正是信陵君极力倡导的合纵！

赵王无奈地：看来寡人又得厚着脸皮去求魏王！

大臣甲：魏王曾经答应过大王，有求必应。

赵王笑了一笑：魏王的话你也信？

大臣乙：大王不必舍近求远，信陵君不就在赵国吗？再说平原君还是他的姐夫啊。

赵王：可是平原君重病在身！

大臣甲：信陵君必须代表一个国家，举起合纵大旗才有号召力，如今，信陵君回不了魏，又无法代表赵，合纵谈何容易？！

廉颇将军：根据目前形势的发展，末将推测，不久魏王将会请信陵君回国！

赵王和满朝文武都非常惊异地看着廉颇将军。

4．日。内。**信陵君汤沐邑**

信陵君在一个劲儿地猛往嘴里灌酒，先还用杯子，后就直接用酒壶了。门客们看着他这个样子很是着急。

一门客元高（字幕：元高，信陵君门客）斗胆上前劝阻：主公，您不能再喝了，再这样下去会把身体毁了的。

信陵君：毁身体？毁身体算什么？如姬走了，如今仲连也不在了，这个身体还要它干什么？！来人，把酒统统拿来，我要是能醉死，那才是件美事呢！

元高：虽然如姬夫人和仲连都不在了，可主公也不能这样糟蹋自己，他们若是地下有知也会伤心的！

说罢，元高扑在了酒坛子上。

没想到醉酒的信陵君听了这话勃然大怒：谁说如姬死了，谁说仲连死了，他们不都活得好好的吗？谁在造谣？（他指着趴在酒坛子上的门客）是你吗？！

信陵君连站都站不稳了，还在吩咐：来人，把我的马鞭拿来，今天我就要教训教训你们这等造谣生事之人！

下人哆嗦地把马鞭拿了上来，信陵君挥起马鞭对着元高就是一鞭：我让你乱说话，让你造谣！

信陵君一鞭一鞭地抽在元高的身上，旁边的人从未见过信陵君如此盛怒，都不敢上前了，只有元高还死死地护住酒坛，一动不动。

信陵君终于因醉酒不支倒了下去，门客们赶紧分成两拨，一拨将信陵君送回了卧房，一拨赶紧解救下早已被打晕过去的元高。

5．日。内。**信陵君属地卧房**

信陵君第二天醒来，头痛欲裂，下人们赶紧端来了醒酒汤。

信陵君饮下问道：昨夜我喝得太多了，后来做了些什么我都没有印象了，我没做什么吧？

下人不知深浅，有些支吾：没什么，什么都没有。

信陵君看出了下人的隐瞒：快说，肯定有什么。说出来不要紧，否则若被我查到了，我可饶不了你。

下人这才壮着胆子：别人倒没什么，只是苦了元高大人了，被您打得遍体鳞伤，现在还在床上躺着呢。

信陵君这时眼前闪过昨夜醉酒痛打元高的场面。

信陵君：不好，我真是糊涂了，我现在就去看他。

说罢，信陵君穿着睡衣便赤足下床，向屋外奔去。

下人跟在后面：主公，鞋，穿上鞋吧。

6。日。内。信陵君属地元高住处

信陵君便是这般穿着睡衣，赤着足奔了进来，看见元高正头绑着布条，躺在床上。

信陵君：先生，昨晚无忌酒后失德，还请您多多原谅！

说罢，竟要向元高施大礼，赶紧被元高拦住。

元高：主公，您这是要折煞元高呀。别这样，别这样！

信陵君却还是执意行了大礼。

元高：痛失亲人的伤痛乃人之常情，主公不是失德，只是当今天下的合纵大计还需主公的高瞻远瞩。主公还是要以天下为重，体恤自己呀。

信陵君：合纵天下，共御秦国乃我魏无忌毕生之所愿，我一定不会就这样轻易放弃的。我还需要像先生这样高士的鼎力支持！

元高：信陵君礼贤下士、知错即纠，这样的君子天下能有几人？能侍奉这样的主公，元高幸甚，天下幸甚！

信陵君：先生实在是过奖了，无忌受之有愧，不过，先生昨天的鞭子可没有白挨，无忌已经彻底警醒了，无忌一定要重新振作，为我合纵大业竭尽毕生之力。我这就去请毛、薛二公，我们共议大事。

元高：如此，元高倒真愿再挨几顿鞭子。

两人相视而笑。

7. 夜。内。信陵君属地正厅

信陵君、毛公、薛公以及信陵君的门客们都在侃侃而谈。

信陵君激扬澎湃地在表达着自己合纵的观点和决心，众人在纷纷附和。

突然有一队下人进来送上美酒佳肴。

信陵君：这是做什么？这是谁送来的？

下人回话：禀信陵君，这是我们大王送来的，犒劳诸位。

正说着，只见赵王被人引领着进来。

赵王：寡人听说信陵君在这儿纵论天下，特也来助助兴，这样的时候怎么能没有美酒呢？

信陵君：多谢大王，那我们就恭敬不如从命了。大王请上座。

各人落座。

赵王：信陵君真是名震诸侯各国，寡人听说燕国、韩国都派使者来过了，他们随时愿听信陵君号令。

信陵君：合纵本就是各国诸侯们的设想，无忌只不过是将这个设想具体化罢了，诸侯各国当然都会相当看重，这绝非无忌一人之力。

赵王：可若是没有信陵君，我想这些诸侯国怎么也不会联合起来的。现在秦国新君即位，吕不韦专权，各派政治势力还在磨合阶段，可是秦军对外攻势不减，不知信陵君有何高见？！

8. 日。内。秦王宫

秦王上朝，吕不韦率满朝文武面对秦王。

大臣甲：根据我们在赵国的线人密报，信陵君在赵国也没有闲着，还在鼓动合纵。说秦国两位大王相继去世，正是打击秦军的好时机。

蒙骜将军（字幕：蒙骜，秦国著名将领）：这无忌小儿也太过狂妄了！末将刚刚占上党，平晋阳，难道还不知道新君即位后，秦国的军力更加强盛了吗？！

吕不韦得意：蒙将军说得极是，看来还得再给他们一点厉害瞧瞧。

蒙骜将军：依末将看来，不如集中兵力消灭他一个诸侯国，用以警示天下，让各诸侯对我大秦俯首称臣！

吕不韦：以蒙将军之见，应该先打哪一个国家？

蒙骜将军：魏国。

吕不韦一怔。

9. 日。内。信陵君汤沐邑

信陵君在回答赵王的问题。

信陵君：无忌认为，虽然现在秦国是新主旧主频繁交替，但其强大实力尚在。像秦国这样侵略成性的国家，国内即使再乱，对外侵略却能达到高度一致。再说，新王即位三把火，要有政绩才能服众，何况吕不韦来路不正，急需政绩堵住满朝文武的嘴；还有，我们的合纵盟国还不够强大也不够团结，楚国、齐国这样的大国处于观望态度，诸侯各国现在面临着被各个击破的危险。

听得赵王频频点头：赵国和魏国首当其冲。

信陵君：现在只能寄希望于诸侯的智慧，认清当前的形势，精诚团结，联合抗秦！

赵王：赵国一定鼎立支持，来，喝酒，喝酒，为了合纵顺利，为了天下大同，我们干一杯。

众人举杯一饮而尽。

赵王：信陵君能来赵国真是寡人的幸运。

信陵君：无忌只是个有家不能回之人，大王又何必客气呢？

赵王：唉，亲兄弟，哪有那么大的仇恨，时间长了魏王的气就会消了。不过就寡人的私心来说，寡人是很希望信陵君能在赵国长住的，有信陵君在，寡人的这颗心就觉得踏实了很多。信陵君就把这儿当作自己的家。哦，对了，公子是不是很长时间没去见平原君了，他好像病得很厉害。

信陵君：姐夫病了？

10. 日。内。平原君府

平原君病在床上，平原君夫人在喂他吃药。

平原君：看来咱们真的把无忌得罪了，这么久他也不来。

平原君夫人：大人就别想那么多了，快把身体养好。妾身有一种预感，似乎不久之后，我们的合纵大军还要有一次抗秦大战！

平原君：哦？夫人当真？

平原君夫人：是啊，所以大人哪，快把身体养好。这一次，无忌无国可倚，春申君的态度又很暧昧，合纵大旗一定是要靠大人举的了！

平原君精神一振，接着又咳嗽起来。

11. 日。内。秦王宫

议事在继续。

吕不韦：请蒙将军向大王说明首先攻打魏国的理由。

蒙骜将军：其一，要不是魏国出兵，邯郸早已是我秦国的囊中之物，首先就是要狠狠教训那些爱管闲事的诸侯。让各路诸侯都要明白，联合抗秦是自取灭亡。其二，信陵君是当今鼓吹合纵的首领，窃符救赵成功，更加强了他的威信，消灭了魏国，就使得信陵君失去了立足之地，对合纵来说无异于釜底抽薪。其三，秦国新建立的三川郡直接威逼魏国都大梁，平其国都，缚其君臣易如反掌！

秦王见吕不韦连连点头，连忙大加赞许：蒙将军言之有理。

满朝文武也都点头：有理，有理。

吕不韦：魏王杀了信陵君全家，断了信陵君回国之路，魏国失去了统率全军的将领，如何抵抗我秦国强大的军队？哈，他是自取灭亡啊！

秦王：好，那就有劳蒙将军出兵大梁，扫平魏国！

吕不韦：大王，还是令蒙将军继续攻取三晋之地，派王翦将军前往三川郡，集结军队，进攻大梁！

秦王：按令尹说的办。

蒙骜和王翦：遵旨！

12. 日。内。吕不韦府

吕不韦和赵女相欢之后，赵女枕着吕不韦的胳膊。

赵女很满足的样子：还是爷的臂弯最舒坦呀。

吕不韦：你不是哄我吧？回去又这样对子楚说同样的话。

赵女：这么多年来，赵女对爷怎样，难道爷还不清楚吗？

吕不韦：是呀，你对我的心，我是再了解不过的了。可我们又怎么落到了这步田地，现在就算是子楚也奈何不了我们，我们却要为了政儿，我们的亲生儿子而有所忌惮，为了他才这样地偷偷摸摸，难道这真是报应吗？！

赵女眼前闪过若干年前她做的那个关于华阳夫人的梦，不寒而栗：快别说了，爷，我害怕。

吕不韦：我就不信我吕不韦叱咤天下，却被自己的儿子管住了，有机会我一定要与他比试比试，我就不信他一个小毛头能把我怎么样！

赵女很害怕：别，千万别……爷，您又何必跟自己的儿子过不去呢？就算我们俩不能在宫里相会，可这样不也挺好，我会常来看爷的。

吕不韦叹气：要不是自己的儿子，我早把他给……唉！

13. 日。外。楚至齐的路上

浩浩荡荡的送葬队伍，显得隆重而肃穆。

悲凉的乐声悠远浩荡。

披麻戴孝的春申君骑马在前，中间是鲁仲连的棺木，后面浩浩荡荡数千门客全部披麻戴孝。

14. 日。内。长亭侯墓室

如姬悲愤地：鲁公子虽然才高八斗，铁齿铜牙，却并没见他得罪谁，前辈啊，你能告诉我，到底他是遭了何人之毒么？！

如姬翻阅着《周公秘籍》，看得很入迷，就连守灵人来到她身边，她也毫不知晓。

守灵人：夫人。

如姬倒吓了一跳：哦，大叔，有事吗？

守灵人：该吃午饭了，已经过了大半个时辰了，我看你总也不出来，怕你出什么事了，便来看看，没吓着您吧？

如姬：没有，是我看书看得太入神了。

守灵人：什么书这样好看，嗳，能识个字就是好，哪像我睁眼瞎似的。

如姬：我也不过解解闷，大叔若是觉得闷了，就让如姬陪您说说话。

守灵人：如姬夫人，您的心肠就是好。唉，您这样的好人，大王干吗非要置你于死地呢？

如姬沉默不语。

15. 日。内。秦王宫后花园

赵女坐轿匆匆回宫，正遇见子楚和嬴政在后花园里尽享天伦，嬴政在子楚的面前倒是很乖巧，是一个好儿子的样子。赵女看着这幅其乐融融的父子图不禁感慨颇多，她幻想着眼前的这一对父子是吕不韦和嬴政。正想着，子楚唤她了。

子楚：赵女，愣在那儿干吗呢？快来和我们一起玩啊！

赵女定定神走过去。

16. 日。外。齐国鲁家墓园

隆重的送葬队伍走近齐家墓园。

突然，大家惊呆了：一个一身素衣的年轻女子就站在墓园的最高处，衣袂飘飘——那正是念奴。

春申君脸上复杂的表情。

17. 日。内。秦宫后花园

赵女走过去，抚摸着嬴政的头：政儿，瞧你这一头的汗，让母后替你擦擦。

赵女替嬴政擦汗，嬴政突然发问。

嬴政：母后，你刚才做什么去了？政儿要找你玩，却怎么也找不着。

赵女没想到嬴政会这样问，赶紧看向子楚，子楚倒是没所谓的样子。

赵女：哦，在清离亭里，挑了些花样。

嬴政：噢，是吗？可我听守宫门的侍卫说，母后刚才是出了宫的。

赵女更加支吾：哦，是，是呀，挑花样挑得眼都花了，就出去转了转。

子楚没什么心计，还夸道：小政儿倒是很关心母后嘛。

嬴政：宫外就是好玩，看母后双颊红彤彤的，真好看，以后母后若是出宫，也一定要带上政儿去耍一耍！

赵女听了这话，全身一震，不自觉地看向嬴政，小嬴政依然是那阴鸷一般的目光，赵女发抖地闭上了眼睛。

18. 傍晚。外。鲁家墓园

在鲁家墓园，春申君亲自主持了盛大的葬礼。燕韩赵魏的使者全部到齐，都在一边默哀。

念奴在一旁静静地听着，脸上既看不出不舍，也看不出哀痛，只是面无表情。

来送灵的人渐渐退去了，几个下人将鲁仲连的棺木小心地抬入早已挖好的深深的土坑里，几个人在一锹一锹地向棺木上埋土。

突然，念奴跳了下去，众人都吓了一跳，在春申君的示意下赶紧停止了填土。

念奴跳下去的时候，头磕在棺木上，已经渗出血来。

燕韩赵魏的使者们都很慌张地在劝念奴：这位姑娘，快上来吧，看你都受伤了！

念奴却好像没听见一样，她紧贴棺木躺着，只冷冷地说了几个字：为什么停了？

下人们都看向春申君。

念奴：春申君大人，您就成全我吧。

春申君思索了片刻，看着念奴，做了个继续的手势。

下人们只得又继续向坑里添土，念奴也随之一点点地被掩埋。

就在这时，突然又有一个人也跳了下去，下人们都慌了手脚，定睛一看，竟是春申君。众人吓得无所适从。

念奴也没料到春申君会做出这样的举动，她大吃一惊。

念奴：你这是干什么？！

在坑里的春申君则在吩咐下人们：继续呀，你们还在磨蹭什么？！

下人们都不敢动，都跪了下来：主公，小的们不敢，您还是上来吧。

春申君：怎么，你们连我的命令都不听了吗？继续！

下人们左右为难，无所适从，又反过来求念奴。

下人们：念奴姑娘，您快请上来吧，否则主公也不会上来的。

念奴一语不发。

下人们都跪下了。

使者们纷纷长揖到地。

念奴幽幽地：大人这又是何必呢？！

春申君：我这样做绝不是为了为难姑娘。还记得我说过我与姑娘是同病相怜吗？公子的离开对于我来说，与姑娘一样都是万分哀痛的事，所以此刻我与姑娘的想法也是一样的，只愿能随着公子而去。所以，我愿成全姑娘，也请姑娘也成全我！

看着春申君真诚的样子，念奴无话可说。

春申君继续向下人们命令：你们继续埋土，有违抗命令者，立即处死，不得有误。

下人们这才不得不又重新往坑里填土，战战兢兢的。这时，终于有人受不了了，率先跳下了土坑。

带头人：我受不了了，主公，我愿意为你们殉葬。

其他下人见状，也都纷纷跳下来，表示：主公，我们都愿陪葬。

下人与众门客一个个跳下。

念奴只好站了起来。

念奴悲愤地：你们要干什么?！难道念奴连死的心愿都不能实现么?！

19. 夜。内。长亭侯的墓室里

如姬正在刻苦研读《周公秘籍》。

突然，她听到了一个老者的声音：流水无形而透百川，穷变天下而归大海。

如姬：前辈，恕晚辈愚钝，还请明示。

老者的声音化作海浪的声音。

20. 夜。内。齐国驿站

念奴独自在驿站的客房里，现在的她显得很憔悴。她回忆着她与鲁仲连过去的一幕一幕，不禁泪流满面。

这时，突然有一只手在为她轻柔地拭泪，原来是春申君。念奴本能地要躲开，却被春申君稳住了。他又帮念奴擦拭她刚刚在墓地撞伤的额头，念奴躲闪。

春申君：别动。（用极温柔的声音）答应我，以后不要再伤害自己了。

念奴没有再作反抗。

春申君连忙仔细地为她敷伤。然后在她的耳边轻轻低语。

春申君：我知道你已经很累了，放松下来吧，让我来照顾你，好吗?

念奴默默无语。

21. 夜。内。长亭侯墓室

如姬将黑白两色棋子按照秘籍摆成阵。

老者的声音再度响起：阳为壮，益之刚，坚兵利器，攻无不克，战无不胜。

阴其谋，密其机，深沟壁垒，伏其锐士，寂若无声。

阴胜则阳衰，阳刚则阴弱，阴阳互动，变换无穷。

如姬耐心地随着老者的话推演棋局。

22. 夜。内。驿站的走廊

春申君带着得意的笑容走出念奴的房间，在廊上等候的春申君的贴身门客赶紧迎上去。

门客：主公，怎么样？

春申君：哼，天下还有我拿不下的女人吗？她现在虽然不作声，但我敢保证，她很快就会是我的女人了！

门客：不知大人用的是何招数？

春申君得意地：记住，越是烈性的女人越是要以柔情降之，以柔克刚，以静制动乃最大的法宝！不过像她这样烈的女人……我还真是头一次碰上，今天上午埋棺的那一出，险些就把我的大计给毁了，幸亏我反应快。降服这种女人的过程真是有趣得很哪！

门客看着春申君的神情：我看主公对一个女人花这么大心思倒是头一回呢！

春申君：对这个女人，值得！

23. 夜。内。长亭侯墓

如姬在不懈地推演着黑白棋子。

24. 日。外。齐国往楚国的路途

念奴与春申君并排坐在马车上，一路未开口的念奴突然道：我要到鲁公子的墓地去，与他道别。

驾车的人当然不敢轻举妄动，等待着春申君的指示。

春申君看着念奴：好，我们去跟仲连道别。

马车调转了方向，其他的随从、门客也都跟着换了方向。

25．日。内。长亭侯墓

如姬仍在推演，守灵人来送饭。

（此节只有画面没有声音）

26．日。外。齐国鲁仲连的墓园外

春申君的队伍停在了鲁仲连的墓园外。

念奴跳下了车，春申君也跟着跳了下来，其他的随从也都跟在后面，要随她同行，都被念奴拦住了。

念奴：大人，念奴想单独和鲁公子待一会儿。

春申君欲言又止：好，一切听凭姑娘的意思。

念奴眼睛里露出一丝感激。

春申君：你不必着急，不管多久都行，我们会耐心等待的。

念奴转身走进了墓园。

春申君一行人留在了墓园外。

27．日。外。鲁仲连的墓地

念奴独自来到鲁仲连的墓碑前。

念奴：公子，念奴要走了，可能再也不会来了，但你会一直在我心中，这你是知道的。不知为什么，念奴觉得很累很累，我想，是因为你把奴儿的心带走了！所以，奴儿跟谁在一起，都是无所谓的了！眼前的这个春申君，无论他是人是鬼，奴儿都要赌一把！奴儿要倚重他，察明你暴死的真相！公子啊，既然我们此生无缘，还有来世，你一定要等着奴儿啊！！

说罢，念奴掏出身上的剪刀，铰下自己的一绺头发，埋进鲁仲连的坟里。念奴静静地坐在鲁仲连的坟边好久好久。

28．傍晚。内。长亭侯墓

如姬在推演。

老者的声音：万变不离其宗，道，存之于天，得之于心。

29. 傍晚。外。鲁仲连墓园外

春申君一行人都在等待念奴。门客受不了了，上前问道。

门客：主公，你看念奴姑娘她该不会……咱们要不要去看看？

春申君：不，再等等，现在如果过去，那我就输了。

念奴终于走了出来。

念奴上车，吩咐道：走吧。

30. 傍晚。内。马车里

马车里，春申君与念奴并排而坐，春申君握着念奴的手，念奴并没有异议。

31. 夜。内。长亭侯墓室

如姬手中最后一颗黑子落入棋盘，形成阴阳八卦图，那颗黑子正好是白鱼的眼睛。

如姬大惊，忙向西方礼拜：感谢前辈指点！

32. 日。内。平原君府正房

平原君病在床上，不住地咳嗽，平原君夫人在亲自服侍他喝汤药。夫妇二人此时还不忘分析当今诸侯国之形势。

平原君：现在正是秦国新老交替之时，也是他们最薄弱的时候，如果这时候侵入一定会事半功倍。可惜呀，那个《周公秘籍》始终不为我所有，否则我一定要把握这个大好时机。

平原君说这话的时候瞟了平原君夫人一眼。

平原君夫人没有作声。平原君继续说。

平原君：要说无忌这小子还真能折腾，在赵国也这样。夫人你听说了吗，无忌整日和他的那一帮门客还有什么毛公、薛公一起纵论天下，谈他的合纵大计，还真有那么几个诸侯国买账。韩、燕都派了使者与他联系了，就是大王也经常去与他商议。这个无忌，到底是使了什么法术？！

说罢，平原君又是一阵猛咳。

平原君夫人一边替他拍着，一边说：大人还是不要太劳神了，还是多关心关心自己的身体吧。

平原君：我自己的身体我知道，不碍事的。你还记得那一年我生的那样的一场大病，不都扛过来了？

平原君夫人：可大人年岁也大了，不比从前了。

平原君：难道你怕我过不去这一关？

平原君夫人很担忧地看着平原君。

平原君：夫人放心，大事还没有完成呢，我不会就这样走的。

平原君夫人：其实自从无忌走之后，我已经看开了，再加上大人这一病。我觉得什么都不重要，自己的亲人平平安安才是最好。

平原君有些奇怪：难道我们真的老了？意志最坚强的夫人怎么也说出这样的话了？

平原君夫人：而且"得道者多助，失道者寡助"，前人的话不假呀。无忌能有现在的威望，都是他这么多年来行事做人的结果呀。

平原君：夫人怎么看得如此淡漠了？

平原君夫人：不过，只有一样，我是怎么都不能释怀的，我绝不能忍受别人对我的背叛与欺骗。所以无论如何我都不会放过她的！

说这话的时候，我们又看到了从前的平原君夫人，脸上带着坚定的势在必得的表情。

平原君：你是说念奴？她不是已经死了么？

平原君夫人狰狞地：可是直觉告诉我，她尚在人世！

33. 日。外。春申君府后院

念奴、春申君等一行人回来，刚走到后院，小舍烨便急急地奔过来，念奴紧紧抱住他。

舍烨：小姨，你去哪儿了？舍烨好想你呀。

念奴：小姨也想舍烨，小姨这不是回来了吗？

舍烨：我还以为你跟妈妈一样也不要舍烨了，妈妈，我要妈妈！

舍烨说到妈妈竟扯起嗓子大哭起来。

34. 日。内。守灵人的小屋

如姬仿佛有心灵感应一般，似乎听到了舍烨的呼唤。

她仿佛是循声走了出去。

如姬：唉，舍烨，妈妈来了，妈妈来了。

如姬就这样从小屋走了出去，走向了墓园，眼看就要出去了。守灵人不知出了什么事，一直跟着她。

35. 日。外。长亭侯墓园

如姬就这样答应着，走着，眼看就要离开墓园了，守灵人叫住她。

守灵人：夫人，怎么了，出什么事了？夫人，别出去，外面还是危险呀。

如姬好像并没听见他在说什么，还是径直地往前走。

守灵人赶紧过来拦住她：夫人，不能出去，危险哪！

如姬依然往前走：舍烨，妈妈来了。

守灵人死命地拉住她，如姬突然拔剑一挡，守灵人给震得老远，当即就吐出血来。

如姬这才回过神来，赶紧奔过去看守灵人。

如姬：大叔，大叔，你没事吧，天哪，我做了些什么？

守灵人：夫人，你这是什么功夫，好厉害呀。我没事，幸好你没动真格的，否则我这条命肯定就没了。

如姬：大叔，对不起，对不起，我真的不是存心的，刚才我也不知道是怎么了，就觉得舍烨在叫我，我就不由自主地要去找他了。

守灵人：唉，母子连心哪，不过，夫人还是不能轻易出去，外面还是危险哪。

如姬：我知道，大叔，我扶您回屋休息吧。

如姬扶着守灵人向小屋走去。

如姬自语：我这是怎么了，难道一夜之间便膂力大增了么？

36. 夜。内。春申君府念奴住处

春申君来看念奴。

春申君：多日的车马劳顿，姑娘这一趟辛苦了。

念奴：这些对念奴来说不算什么。

春申君：姑娘早些安歇吧，如果有事，黄歇会亲自来照顾你。

念奴淡淡地：多谢春申君。

春申君见时机已到：姑娘何必客气，能照顾你是黄歇的荣幸，如果姑娘愿意，黄歇愿意照顾你一辈子！

念奴淡淡地：此话当真？

春申君：黄歇向来一言九鼎！

念奴：那，你得先答应我两个条件。

春申君：我对姑娘是真心的，所以只要我黄歇能做得到，不论多少个条件我都会答应。

念奴：第一，我不想做小妾，要做你明媒正娶的夫人。

春申君：这个当然，我是决不会委屈姑娘的！

念奴：第二，我要你把我姐姐也接来。

春申君：这个……

念奴：你若是不答应，那就免谈，我这就带舍烨去找姐姐。

春申君：姑娘可真是个急性子，我又没说不答应，只是你也知道此事很难办，我得好好地想想办法。

念奴：怎么，还有你春申君也感到为难的事吗？

春申君：此事信陵君和鲁公子都很难办好，我自然也是要费番工夫的。不过，既然是姑娘要办的事，我自然会不遗余力！

37. 日。内。秦王宫大殿

秦王子楚宴请群臣，但主人俨然是吕不韦的样子，群臣们也都向他溜须拍马，简直要将子楚晾在一边了。

吕不韦：这么久以来，多亏各位的共同努力，我大秦伟业更加蒸蒸日上。为实现将来秦一统天下的伟业，我先敬大家一杯。

众臣：令尹千岁千岁千千岁。

有大臣拍马：这都是令尹治国有方，我大秦方能有如此欣欣向荣之大好局面，令尹是大秦的首功呀，即使是伊尹吕望之功亦不足挂齿也。

其余人皆随声附和。吕不韦听了这样的奉承更加地飘飘然起来。

吕不韦：早年不韦曾读过不少史书，却觉得它们都是狗屁，都是糊弄后人的。现在我想编一本真正的史书，以让后人了解当下真正的事件，你们说，这史书我是编得编不得呀？

大臣们赶紧奉承。

大臣甲：编得，编得，臣还想不出，这当今天下除了令尹您，谁还有这个资格了。

大臣乙：就是就是，令尹的丰功伟绩、千秋伟业是值得大书特书的。

吕不韦故作大度：唉，你们不要误会，我只是要编史书，并不是要为自己著书立传呀。

大臣丙：是是，令尹心里装的是全天下。我看令尹这书的名字不妨就叫《吕氏春秋》如何？

吕不韦大喜：《吕氏春秋》？好好，好名字。（这才想起子楚）大王，您看呢？

子楚当然说好。

吕不韦：好，明日起就将正式起草《吕氏春秋》。

众臣：令尹英明、令尹英明。

吕不韦：明日诸位都到我府上去，我要大宴群臣，以祝贺正式起草《吕氏春秋》。

这时，一个小小的人儿走了进来，正是嬴政。嬴政走在群臣里，高傲地昂着头，极有太子的派头，一点都不觉得他只是个小孩儿。群臣闪出一条路给太子走，不知为什么，吕不韦见到嬴政却总有些表情不自然。

嬴政却是连看都没看他一眼，便径直来到了子楚身边。

嬴政：父王。

子楚：政儿，你怎么上这儿来了？

嬴政：我在旁边待了好一阵了，见都没有人跟父王说话，所以特地过来，怕父王您寂寞。

这话说得群臣和吕不韦都不自在。

嬴政：父王，您不是说今天要宣布明天和诸臣带着政儿一起去郊外打猎的吗？你怎么还不宣旨呢？政儿都等不及了。

子楚看着吕不韦：这个……

吕不韦正要说话，嬴政却先说了：哦，对了，尚父明日就不必去了。您不是要开始编写《吕氏春秋》了吗？那就不耽误尚父的大事了。

吕不韦听了这话，气得直勾勾地瞪着嬴政，嬴政也直勾勾地盯着他。

终于吕不韦气不过，拂袖而去，群臣皆在议论纷纷。

嬴政：父王，您最好下一道圣旨，明日不去狩猎者……

群臣不待他说完，纷纷表示：大王，我们去，我们去！

38. 夜。外。春申君府廊外

春申君出来，他的亲信门客又赶紧迎了上去。

门客：主公，怎么样？

春申君很得意：你现在就去准备，三日内迎娶念奴。

门客：主公，你这回又是用什么方法办到的？

春申君：欲擒故纵嘛，我把兵书上的法子都用上了，又有哪个女人能逃得了呢？

门客：主公真是太厉害了。

春申君：对了，还有件事你要替我办一办。

说罢，即在门客身边耳语。

过后，春申君：这件事只能天知地知你知我知，绝不能有任何闪失，否则我要你的小命。

门客：明白明白，就跟上次那事一样。主公，您就放心吧，您看我上次那事办得多利落，谁都不会知道的。

春申君：去吧，干好后重重有赏。

门客得令而去，春申君阴险的笑容。

39．日。内。秦王寝宫

子楚命人挑了上好的新鲜果蔬给吕不韦送去。

嬴政：父王，您干吗对尚父这样好呀？

子楚：政儿，今天你在朝上实在是让你尚父太下不来台了，你尚父是很疼你的，你干吗这样针对他呢？

嬴政：我不要什么尚父，我只要父王。

子楚：傻孩子，若是没有你尚父，我就不会是秦王，你也就不会是太子了。

嬴政：可您现在已经是大王了，日后若是我做了大王，我一定不要听别人的。

子楚摸着他的头：政儿，你还太小，有些事你还是不懂呀。

40．日。内。春申君府念奴住处

春申君府上下热闹非凡，都在张罗春申君娶新夫人的事宜。

念奴正在侍女的帮助下梳妆，化上新娘妆的念奴格外艳丽动人。

春申君进来看见念奴的样子，不禁赞叹：哎呀，姑娘真是太美了，就算是西子再世也是望尘莫及啊！

旁边的侍女：哎呀，主公该改口了吧，不能再叫姑娘了。

春申君：对对，提醒得对。夫人，请受我一拜。

说罢，春申君就向念奴作了长揖，侍女们看着春申君的样子都在掩嘴而笑。春申君把她们哄了出去。

念奴：今天是我们大喜的日子，我的第一个条件你做到了。我姐姐的事呢，你办得怎样了？

春申君：我正要跟你说，我想了想别人去总是不妥，对如姬夫人来说太不安全。

念奴：你想反悔？那今天的堂也不必拜了。

春申君：哎呀，哎呀，夫人，你别着急呀。我的意思是说，最好就是让朱亥带着舍烨去将如姬夫人接过来。别的人我怕会出乱子。

念奴：舍烨也去？

春申君：有朱壮士陪着，夫人还有什么不放心的？还是让如姬夫人早些见到他吧，这么久了她一定太思念他了。

念奴：也好。让舍烨来，我要和他道别。

41. 日。内。长亭侯墓

如姬看着棋盘上的八卦图，棋盘上虽然有空，却无法再落一子。

老者的声音：满则溢，盈则亏。太强必折，太张必缺。

破解强势的方法就是使之过犹不及。

过犹不及，皆因欲火过旺所致。

如姬在白棋空中再强落一颗白子，使之气短。

如姬感悟：大成若缺，其用不弊。大盈若冲，其用不穷！

42. 日。内。春申君府

小舍烨被带来了，朱亥却被挡在了门外。

侍卫：这是我们主公和夫人的新房，你一个大男人进去算是怎么回事。

朱亥只得在外面等候。

一身新娘妆的念奴看到舍烨来，一下子将他搂在怀里。

念奴问春申君：朱大哥呢？

春申君：他在收拾行装，而且夫人，今天是你大喜的日子，按规矩是不能见别的男人的。

念奴只得作罢。

舍烨：小姨，你好漂亮。

念奴：小舍烨，你跟朱大伯一起去接妈妈好不好？

舍烨眼睛一亮：真的？太好了！舍烨能见到妈妈了，小姨，你也去吗？

念奴：小姨暂时去不了，你跟妈妈说，小姨一切都好，就是太想她了，让她赶快来找小姨，好不好？

舍烨：好，我让妈妈赶快来，来找小姨。

侍女：夫人，吉时快到了。

舍烨就要给抱走了。

念奴含泪：舍烨，千万别忘了小姨呀！

43. 翌日。内。赵女寝宫

吕不韦满腔怒火地来到赵女的寝宫。

吕不韦：今天又把我召来做什么？

赵女：爷，怎么这样大的火气，是谁惹你不高兴了吗？（向吕不韦半撒娇道）说给我听听，我倒要看看是谁吃了熊心豹子胆了，敢惹吕令尹？

吕不韦：谁，还不是你那宝贝儿子。

赵女：政儿？

吕不韦：他今日是不是与大王还有众臣去郊外打猎了？

赵女：是呀，今儿宫里没别人，所以我才把你找来。你都知道了？

吕不韦：就是嬴政他故意要跟我过不去才想出的这个招。

赵女：我说呢，好好的，他们怎么想起打猎来了。要我说呀，爷，你和政儿还真是一对前世的冤家。

吕不韦愤愤地：也不知他随了谁，竟这样地处处与我为难。才这样小就这样，以后还怎么了得？

赵女给吕不韦按摩，劝他：爷还是消消气吧，再怎么说，他也是你的亲儿子呀，爷还能真跟他怄气不成？爷现在这样地拼命不也是为了政儿的将来吗？

吕不韦：唉，要是政儿能懂得我的良苦用心就好了。

赵女：现在他还太小，以后我会慢慢告诉他的，爷，你就放心吧。

吕不韦这才有所缓和，淫笑道：这样急急地找我，是不是有什么好东西要给我？

赵女：你说呢？

两人暧昧一笑。

44. 夜。内。春申君府正厅

大厅里喜气洋洋，一对新人春申君和念奴正在拜堂，众宾客都在向他们祝福。

45. 夜。外。春申君院子

院子里，肩背包袱，手抱舍烨的朱亥看到了这一切。旁边春申君的亲信门客递上一些银两交给朱亥。

门客：朱壮士，把这个收下吧，是我们主公的一点心意。你带着小公子找到如姬夫人后就在那儿待着吧，以目前的形势看，夫人到哪儿都没有魏国安全，所以千万不要再多走动了。至于念奴夫人，也请朱壮士向如姬夫人转达，既然主公娶了她就绝对不会亏待她的，请她一定放心。从此天各一方，诸位请多珍重。

朱亥并没有接那些银两：你们放心，朱亥知道该怎样做，从此再也不会打扰大人和夫人的。

说罢，朱亥抱着舍烨大踏步地走出门去。

门客一副不屑的表情，将那些银两中饱私囊了。

朱亥停步，愤愤地大吼一声：原来念奴姑娘竟如此薄情，世道人心哪！

舍烨抬头看他：朱大伯，你说的是小姨吗？

朱亥：走，舍烨，大伯带你找妈妈去！如今你是大男人了，你一定要好好待你妈妈！

舍烨用力点头。

46. 日。内。长亭侯的墓室里

如姬独自对着《周公秘籍》发呆。

长亭侯墓室里，如姬一边看着《周公秘籍》，一边用自己的莫邪剑在比划。她将墓室中巨大的黑白两色围棋子演练战阵，按照易经排练成六十四卦，当乾坤二卦排成时，突然，她身上的宝剑发出鸣声，全部棋子统统碎裂。

如姬全身一震，暗忖道：难道这就是乾坤剑法？我无意中练成了《周公秘籍》中最重要的乾坤剑法？！

　　她捡起地上的碎棋子，不敢相信自己的眼睛。

　　就在这时，墓室的门好像有被拉动的声音，如姬警觉地藏起了《周公秘籍》。

第二十五集

1.日。内。长亭侯墓室

墓室的门打开了，如姬执剑闪到了一边，警惕地盯着门口。进来的却是朱亥拉着舍烨。

舍烨清脆地叫了声：娘！

如姬简直不敢相信自己的眼睛，莫邪剑哐地掉在了地上。如姬一下子奔过去紧紧地抱住了舍烨，激动万分的样子。

如姬：舍烨，我的舍烨，娘的心肝，你总算来了，娘都想死你了。让娘好好看看，都长成半大小伙子啦。

舍烨：娘，舍烨也想娘。

母子相逢催人泪下，连朱亥这样的汉子眼睛都有些湿润了。

2.日。内。守灵人小屋的偏室

如姬、朱亥、舍烨来到如姬的小屋，如姬把舍烨上上下下抚摸了个够，好像怕他又会离开一样，一直拉着他，一刻也舍不得松手。

如姬：念奴呢，她没跟你们一起？是不是过几日就来？

朱亥：不，她不会来了。

如姬吃了一惊：她怎么了？出什么事了吗？

朱亥：不，念奴现在已经是春申君的夫人了！

如姬大惊：春申君的夫人？这是怎么回事？

朱亥：说来话长，自从念奴姑娘知道鲁公子的噩耗之后……

如姬：她到底还是知道了！是谁告诉她的？！

朱亥：鲁公子死在楚国边境，被春申君的门客发现，将鲁公子的遗体运到了春申君府。

如姬疑惑地：哦？

朱亥：念奴姑娘当时悲痛欲绝，一见到鲁公子遗体便昏过去了！

如姬含泪：可怜的妹妹！……后来又怎样？

朱亥：后来，春申君便亲自护送灵柩到齐国，齐国举行了国葬。听说，念奴姑娘曾经想为鲁公子殉葬，春申君与各国使者费了好大力气，才算劝阻住了。

如姬：哼，春申君定是在这种时候乘虚而入的。念奴聪明一世，可不要糊涂一时啊，依你看来，春申君是真心对她么？

朱亥：以朱亥所见，春申君一见念奴姑娘，就被她迷住了，五迷三道的，竟然停了自己多年的结发之妻，娶了她作正室，此举不可谓用心不诚啊！

如姬：但愿如此！唉，原本她与鲁公子倒真是天造地设的一双，只可惜造化弄人啊！……临走前，念奴没跟你说什么吗？

朱亥：那日她正与春申君拜堂，根本不让我靠近他们。还说，魏国对于夫人是最安全的，让我们不要再去楚国了。

舍烨：不对！小姨说，让舍烨不要忘了她，还让娘赶紧去见她。

如姬：小姨真的是这样对你说的吗？

舍烨点点头：嗯，小姨那天好漂亮呀，是个新娘子。

如姬皱起了眉头：难道是春申君从中作梗？

如姬猛地又想起了鲁仲连临终前的微笑，如姬突然觉得不寒而栗。

朱亥：夫人，你没事吧？不管怎样，我觉得他们说得有道理，现在还是魏国最安全，为了舍烨，我们还是暂时在这儿吧。

如姬：也只能这样了。不知怎么了，我总觉得事情有点不对！但愿念奴别有什么事才好。

朱亥：念奴姑娘都活成精了，她还能出什么事？！

如姬满脸疑惑。

3. 日。内。**春申君府**

念奴坐在镜前，侍女在帮她戴首饰。

侍女：这是昨儿个主公才拿来的金簪子，成色是最好的，夫人戴着试试？

念奴：不用，什么都不用戴，把发髻梳齐了就好。

侍女：这么多漂亮的首饰，夫人却从来不肯戴，放在那儿实在是太可惜了。

念奴：你要是喜欢，你拿去好了。

侍女赶紧：不不不，夫人，我不是那个意思，奴婢不敢。

念奴：我说的是真的。

侍女：奴婢还是帮夫人收好吧，等您哪天想戴了再拿出来。

这时，春申君进来了，侍女知趣地退下了。

春申君见念奴一身朴素：怎么，这些首饰你都不喜欢？前些天，我打听到一样好东西的下落，你若是喜欢，我一定给你弄回来。

念奴懒散地问了句：什么东西？

春申君：就是名扬天下的白狐裘，你若是想要，我就设法给你弄来。

念奴并无什么兴趣的样子：我不稀罕。

春申君：怎么，这都不稀罕？那可是全天下女人都想得到的东西！

4. 日。内。**文信侯府**

吕不韦在撰写《吕氏春秋》。

下人来将白狐裘拿来：大人，这是赵娘娘叫小人送来的，她说这件东西是华阳夫人穿过的，她不敢穿！

吕不韦一震，放下笔：哦？放那儿吧。

吕不韦自语：天下的女子，除了赵女之外，也只有魏国的如姬配穿它了！可惜，她已经死了！

下人：大人，可是小人最近听说，如姬夫人还活着！

吕不韦大惊：什么？！

655

下人：小人听说，鲁仲连鲁公子死的时候，正是与如姬夫人在一起！

吕不韦腾地站起来，来回踱步：……那么，魏王为何要发布关于如姬的死亡诏书？掩人耳目？无意义啊！唯一的可能，只是要打击魏无忌罢了！魏王的这步棋走得可是臭透了！眼下大梁已在我大秦掌控之中，他这样做，只能把魏无忌推得更远，如果没有魏无忌出马，那么攻占大梁指日可待也！魏王，真是蠢透了！

5. 日。内。魏王宫

魏王与满朝文武议事。

大臣甲：大王，根据探马密报，秦国对魏国救援赵国之事仍然耿耿于怀。秦国将军王龁已经在三川郡集结军队，准备进攻大梁。

魏王大怒，将手中玉器狠狠摔在地上：无忌，我魏国江山就毁在你的手里！

大殿突然变得一片肃静。

大臣甲：大王息怒。秦国吞并六国的野心路人皆知。信陵君窃符救赵之事，只是秦国进攻我国的借口而已！当年如果邯郸失守，赵国投降，下一个轮到的还是我魏国！

魏王：那也是在赵国之后，而不是首当其冲。

大臣乙：一个国家的生存之道，在于自身的强大。秦国今天所以能虎视群雄，也是十几代君王励精图治，全国军民艰苦奋斗的结果。

魏王怒气不减：你们是说寡人无能，才造成魏国如今的局面么？！

大臣甲：大王为国操劳，满朝文武有目共睹。时局虽然艰难，大王仍然在处心积虑扩大祖宗的基业。援救赵国我们并没有吃亏，魏军顺势吞并了卫国，攻取了秦国孤立在东方的陶郡。

魏王：当今敢于占领秦国疆土的除了寡人，还有第二人吗？

满朝文武：大王威武，大王英明。

魏王突然拉下脸来：够啦，够啦。你们把寡人当三岁的孩子哄着玩呢？要是拿不出保住大梁的对策，寡人先拿你们垫背！

将军甲：大王，末将愿率军抵御三川郡的秦军，与王翦将军决一死战。

将军乙：大梁地势低洼，如果秦军放水淹城，如何抵挡？

大臣丙：昨夜微臣卜了一卦，卦象直指东方。那就是说，放弃大梁，东迁可避免西方的刀兵之祸。

魏王：放屁！现在放弃都城逃跑，跟投降有什么差别。往东逃到哪里去，把魏国的都城安到齐国去吗？！

大臣甲：那就只有一条路可走。

魏王：哪条路？

大臣甲：联合诸侯各国联合抗秦。

魏王：这不是无忌一直鼓吹的合纵吗？

将军甲：窃符救赵就是合纵的成功典范！

将军乙：问题是合纵离不开信陵君！

魏王：你们的意思是把无忌请回来？

大臣乙：大王历来胸怀博大，国家危难之际，大王哪里会计较个人恩怨？

魏王沉思：……是啊，寡人向来是大人不记小人过，无忌的公子头衔不是一直给他保留着吗？

大臣乙：那就请信陵君回来主持合纵之事。

魏王：那……就按众位爱卿的意思，让魏无忌回来！

满朝文武：大王英明。

魏王像吞了个苍蝇似的，皱着眉头：……若要合纵，楚国也是个要角，他们是大国，总想隔山观虎。那个春申君，就最是奸猾，前些时又用鲁仲连之死给自己捞了一票，如果合纵，须不可放过他！

满朝文武：大王英明！

6.日。内。春申君府

春申君：连白狐裘都不稀罕，那你告诉我，你到底想要什么？只要你说，黄歇就一定尽力办到！

念奴：我要姐姐！朱大哥他们走了也有些时日了，怎么到现在还没有消息呢，该不会是出什么事了吧？

春申君脸色微微一动：是呀，是有些时日了，不过应该不会出什么事，否则我的那些探马们早就会来报告了，如姬夫人可是响当当的人物。要不这样，我再让人多去打听打听，你也不必太着急。夫人，常听人说你的舞技在诸侯国中是数一数二的，这么久了，我都还没有见识过，今天你就赏个脸，让我饱饱眼福怎么样？

念奴：好久不跳，都生疏了！还是等姐姐来了，我们姐妹共舞如何？

春申君温存地吻吻念奴的头发：黄歇想看夫人独舞。

7. 日。外。平原君府卧房外

侍女急匆匆地出来，正遇上平原君夫人。

平原君夫人：大人他怎么样了？

侍女：奴婢正要去向夫人报告呢，您看，这……

侍女摊开了溅有鲜血的帕子。

平原君夫人看了也一惊。

侍女：今儿这已经是第三回了。

平原君夫人强作镇定：知道了，你去厨房再弄些补汤来，记住，一定要清淡一些的。

侍女：是，奴婢这就去。

平原君夫人转身进了屋。

8. 日。外。春申君府院子

念奴在院子里旋转舞动起来，春申君看得目瞪口呆。

念奴舞得兴起，长甩水袖，啪啪在雪白的院墙上打出五朵梅花。

在院子里偷看的丫环奴仆们都惊呆了。

春申君兴奋地：夫人真是仙女下凡啊！

念奴狂笑：仙女下凡？难道你不觉得我更像是妖精转世？！

春申君突然打了个寒噤。

9. 日。内。平原君府卧房

平原君躺在床上，面容异常憔悴，显然大病的样子，精神已经大不如前了。

他看到夫人进来问道：刚才我是不是又吐血了？我看云儿那样慌地出去。

平原君夫人劝慰道：哪有，大人多心了。我看呀，这几服药下去，你的精神可比前些天好多了。照这样下去，不到开春就能大愈了。

平原君却摇头：夫人不必安慰我了，我自己的身子自己最清楚，我看我是熬不过这个冬天了。

平原君夫人：大人不要胡思乱想，养好病才是正经，大夫都没说什么，你自己倒在这儿瞎嘀咕。

平原君向夫人伸出手，拉住了她的手。

平原君：还记得我第一次拉你的手，你跟我说什么吗？

平原君夫人：哎呀，都老夫老妻了，大人怎么突然想起了这个？我去看看云儿的汤弄好了没有。

平原君夫人起身要走，平原君拉住她。

平原君：不要走，夫人，再陪我说说话，以后这样的日子也不多了。

平原君夫人：大人要是再说这样的话，我可就真的走了。

平原君：我们拜堂的日子好像就在昨天，可一眨眼二十多年都过去了。听说春申君又娶了一房新夫人，他是人老心不老，我可是真的不行了。

平原君夫人故意开玩笑：怎么，大人还想纳妾不成？

平原君也淡淡一笑：这么多年夫人跟着我受委屈了吧？

平原君夫人：大人是堂堂的当今四公子之一，是世上难得的伟丈夫，我还有什么不满足的，怎么谈得上受委屈呢？

平原君：可夫人的胆识抱负一点不让须眉，是真正的巾帼英雄，倒是赵胜怕不能与夫人比肩，总有点诚惶诚恐。

平原君夫人：我是太争强好胜了，等大人病好了后，我们就一起到乡下去，过平静的生活，你说好不好？

平原君：夫人不要秘籍了？不管天下大计了？不找念奴算账了？

平原君夫人没有吱声。平原君又是一阵猛咳，平原君夫人赶紧照顾他。

正在这时，下人来报：信陵君到！

信陵君走了进来，看见平原君病恹恹的样子，赶紧过去扶住他：姐，快去倒些水来。

平原君喝下水，咳得好多了。

平原君：无忌，谢谢了。

信陵君：姐夫说的什么话，我们之间还用这样客套吗？

平原君：无忌，先前姐夫有什么对不住你的地方，你千万别往心里去。

信陵君：无忌若是那样想便不会来这儿了。姐夫，别的你不用多想了，还是安心养病吧，等你好了，我们再共商合纵大计，共起合纵大军。

平原君：合纵，合纵，恐怕我是看不到再次合纵成功的那一天了。

平原君夫人：大人，您不要说这样的丧气话。

平原君：不管怎样，夫人是会告慰我在天之灵的。夫人，是吧？

平原君夫人再也受不了了，忍住眼泪跑了出去。

平原君：成亲这么多年，我很少见你姐姐落泪，看来我是真的不行了。

这时，侍女云儿端着补汤进来，信陵君亲自喂平原君喝下。

信陵君：姐夫，生病了最是急不得，您安心养着，多休息休息就好了。您先睡会儿，我改日再来看您。

平原君却拉着信陵君的手久久地不肯松，终于，平原君疲倦地睡着了，信陵君轻手轻脚地走了出来。

10. 夜。内。魏王宫

魏王和两个心腹大臣议事。

魏王：今日早朝，满朝文武都主张让无忌回到魏国，我也就顺水推舟地答应了。但是无忌愿不愿意回来，寡人心里实在没有底。

大臣甲：大王担心得不无道理。魏国成了信陵君的伤心之地啊！

大臣乙：当时的局面，大王也不得不如此，否则一国之君的权威何在。何况窃取虎符，假传军令，是株连九族的大罪！

魏王：话是这么说，可终究是把兄弟情谊毁得荡然无存，连挽回的余地都没有啦。

大臣甲：是啊，大家异口同声说请信陵君回来，可派谁去请，又怎么个请法呢？

大臣乙：平原君夫人是大王之妹、信陵君之姐，大王不妨请平原君夫人帮忙。

魏王叹了一口气：当年救援赵国时，寡人让晋鄙将军按兵不动，后来，又是太妃之死……把这个异母妹也得罪了！何况平原君已经病入膏肓，无忌在她身边，是她求之不得的事。这个妹妹能真心为我说话吗？！

大臣甲：大王，要想招凤凰，先得有梧桐树。

大臣乙：对，对。大王不妨下令立即修复信陵君府！

魏王：不，要另择风水宝地，懂吗？

大臣甲：大王是说，怕信陵君见到旧地，睹物思人？

魏王点头。

大臣甲：如今信陵君最思念的人是谁啊？

大臣乙小心翼翼：恐怕是如姬夫人吧。

魏王不耐烦地：有话直说，如姬在寡人这里早已经不存在了！

大臣甲：那是不是想办法将如姬夫人找回来，也是给信陵君一个交代。

魏王：这倒好，寡人过去为了自己满世界找寻如姬，如今是为了无忌满世界再去找寻如姬。如姬啊如姬，只是因为有了你，这个世界就无法安宁！

11. 日。内。春申君府

有宦官来传圣旨，春申君、念奴跪地接圣旨。

宦官：楚王有旨：根据魏王请求，任何人不得私自收留魏国王妃如姬，发现如姬行踪并及时报告者有赏，护送如姬到魏国，面见魏王者重赏。钦此！

春申君赶紧接旨：臣黄歇遵旨。

念奴皱起眉头。

12. 日。内。平原君府正厅

信陵君来到正厅的时候，平原君夫人还在垂泪，看见信陵君来了，赶紧把眼泪擦干。

平原君夫人：大人怎么样了？

信陵君：喝了补汤，已经睡着了。怎么好好的，突然就病得这样重了？

平原君夫人：长期操心劳神过度，就是铁人也扛不住。

信陵君：姐姐，你可得顶住，这么大的家业可就全靠你了。

平原君夫人：放心吧，你还不了解姐姐吗？我只是觉得这么多年的夫妻了，也许不久就剩下我一个人，太孤单了。

信陵君：我会常来看你们的，再说姐夫还在，这不还有希望吗？

平原君夫人：谢谢你，无忌，姐姐以前对你做过一些糊涂事，难得你能这样地不计前嫌。

信陵君：姐姐，你是最清楚无忌秉性的，别说咱们是亲姊弟，就是一般人，无忌也不会多在意。

平原君夫人点头：听说你现在又在推动合纵大计，什么地方姐姐能帮上忙的，你尽管说。

信陵君：我会的，时候不早了，我得先走了，我还会再来的，姐姐，你要比从前更加坚强才对。

平原君夫人：你去吧，姐姐明白。

信陵君刚要走，平原君夫人又叫住他。

平原君夫人：无忌，有一句话，姐姐不知当说不当说。

信陵君一怔：姐姐但说无妨。

平原君夫人：不知怎么回事，我……我总觉得，如姬她尚在人世！

662

信陵君全身一震：难道姐姐有什么消息？

平原君夫人摇摇头：……不，我只是有一种直觉……对不起，无忌，姐姐不该把你的伤心事又勾起来。天色不早了，你赶紧走吧。

信陵君又要走，平原君夫人又叫住他。

平原君夫人：无忌，记住，一定要常来呀。

信陵君：我知道，你留步吧。

平原君夫人目送着信陵君，依依不舍。

13. 日。内。春申君府正房

念奴：这到底是怎么回事？魏王怎么会跑到这儿来找姐姐，莫非他听到了什么风声？

春申君：风声倒不会，魏王可能是给各诸侯国都发了这样的通牒。

念奴：魏王是不是有神经病啊？一会儿昭告天下说如姬已经死亡，一会儿又请求各路诸侯帮忙寻找如姬，这不是自打嘴巴么？

春申君笑：我的美人，你管那么多干什么？这不是恰恰证明了如姬夫人在魏国最安全么？

念奴想了一想：这倒也是。大概朱大哥他们也是这么想的，所以不让姐姐来找我。……（眼珠一转）你让他们拿竹简来，我要给姐姐写信。

春申君一怔：好。

14. 日。外。大梁

大梁立起一幢崭新的府邸，上书"信陵君府"。

众大臣在指指点点。

大臣甲：这棵梧桐树可真漂亮啊，就是不知道凤凰来不来。

大臣乙：别着急，这里终究是凤凰的老巢。

大臣甲：要想让凤还巢，还是要先找到凰才行。

大臣乙：这世间的事没有一件不是连环套。

15. 夜。外。信陵君属地

明月下，信陵君抚摸着宝剑诉说着无限相思。

信陵君：如姬，知道吗，今天姐姐提起你了，连她都觉得你并没有离开这个世界，是的，你没有离开。我已经能感觉到你的气息，你身上那种独特的香气了，你一定就在这个世界的一个角落里，默默地守候。你说得对，是我错了。我会振作起来的，还有多少大事没有完成，我绝不应该轻言放弃，我一定会完成未竟的大业，到了那一天，我再来找你。如姬，我知道你一定会等着我的！

门客甲走过来：主公，楚国的线人报告说念奴嫁给了春申君。

信陵君几乎惊呆了，半天说不出话来。

信陵君疑惑地：消息可靠吗？

门客甲神秘地：非常可靠！

信陵君兴奋地：那就是说念奴没有死，那如姬一定也活着。知道了念奴的下落就一定能知道如姬的下落！

门客甲：主公不要着急，我已经安排人去楚国找念奴询问如姬夫人的下落，但是要绝对保密。听说魏王也在到处打探如姬夫人的行踪！

信陵君更加吃惊：魏王不是早已宣布如姬已经不在人世了吗？

门客甲：魏王重新通牒各国寻找如姬夫人，不知道是什么目的。

信陵君冷静下来：看来其中大有文章，必须谨慎从事。

16. 夜。内。春申君亲信门客住处

门客见春申君进来，急忙将念奴写好的竹简交出。

门客：主公，在这儿。

春申君拆开封好的竹简默念：如姬夫人台鉴，姐姐，奴儿闻知，魏王重新通牒各国在寻找你，并且悬了重赏。不知你现在何处，是否安全？先发一函给你，如果收到，万望回函。妹妹随时准备回魏与你共渡难关。妹：念奴。

春申君自语：随时准备回魏共渡难关？哼，这么说，她心里根

本没有我这个丈夫！……她要你将此信往哪里送？

门客：你看，就是这个地址！

春申君皱起眉头：这是什么地方？怪怪的名字！……

门客：要不要立即通知魏国的线人，按此线索将如姬擒拿，我们还可得一笔不少的赏金呢！

春申君沉思片刻，一摆手：使不得！那后果可就严重了！其一，万一此址并不确切，魏王会大发雷霆，我们不但会失掉线人，闹不好还会被魏王兴师问罪。其二，若是此址确切，如姬真被抓了，此事乃一大事，早晚会传到楚国，若是传到了夫人的耳朵里，那黄歇可就真是赔了夫人又折兵了！

门客：那如何是好？

春申君来回踱步，突然地：有了！

17. 夜。内。春申君寝宫

念奴在黑暗中闪闪发亮的眼睛。

念奴：哼，春申君呀春申君，你到底是人是鬼，这回我可就能逮着你了！

18. 夜。内。春申君亲信门客住处

春申君在一竹简上亲自撰写着什么。

门客在一旁：主公真是足智多谋啊！这么一来，真是天衣无缝，夫人的芳心便真正属于主公了！

春申君突然抬起头，冷冷地看着他：……你怎么这么多话啊？！

19. 夜。内。秦文信侯府

吕不韦放下笔，伸了个懒腰。

下人急忙将一大氅披在他身上。

吕不韦：那日你说，鲁公子死时与如姬夫人在一起，可确有其事？

下人：小的听说，确有其事！

吕不韦：这倒奇了！天下人都知道如姬对魏无忌忠贞不二，她

怎么会与鲁仲连在一起？……慢着，鲁仲连当时死于何处？

下人：楚国边境。

吕不韦：楚国边境？！呵……那……此事会不会与春申君有关？

吕不韦站起来，信步走到门口，打开门，窗外，月明星稀。

吕不韦自语：是了！要摧垮合纵势力，须蚕食之！春申君那里，应当是个缺口！听说他数月之前纳了一房新夫人，那么……（他突然站住，眼睛死死盯着那领白狐裘）这领白狐裘，是不是又该派上用场了？

20.日。内。春申君府
春申君正将白狐裘披在念奴身上。

春申君：哈，想不到吕不韦这个老狐狸，还挺识时务。真是想什么来什么，我正想着怎么把白狐裘弄到手，它自己就来了！夫人真是大贵之命啊！

念奴披着白狐裘照镜子，春申君亲自为她举着铜镜。

春申君：夫人穿上这个，就更是国色天香啊！

念奴轻轻将白狐裘抖了下来。

春申君：怎么？夫人不喜欢？

念奴：奴儿不配，这样的东西，只有姐姐配得上。对了，大人派去给姐姐送信之人，怎么还没回来？

春申君：也就在这两天了吧？

21.日。内。文信侯府
吕不韦在撰写《吕氏春秋》，抬眼看着下人。

吕不韦：这么说，春申君收下了那件白狐裘？

下人：是。

吕不韦阴冷地一笑：收下就好！

22.日。内。同上
念奴正在与一女侍弈棋。

春申君领着那个门客，兴冲冲走进。

春申君兴冲冲地：夫人！夫人！有消息了！如姬夫人有消息了！

念奴手中的棋子落在地上。

门客：夫人，小的经过千辛万苦，终于打听到了如姬夫人的消息！

念奴疑惑地：哦？你是如何打听到的？给我细细道来！

门客：夫人，按照夫人这书简上面的地址，小的转遍了整个魏国，根本就找不见！

念奴冷冷地哼了一声。

门客：也是小的精诚所至，金石为开，正想返国时，竟于不经意间，找到了如姬夫人！

念奴的神态开始专注起来：何时？何地？

门客：就在魏国边境的一家小客栈！

念奴：你又没见过如姬夫人，怎么知道是她？

门客：小的虽然没见过如姬夫人，但如姬夫人与夫人您的画像，普天下皆是！只要是有心人，都记得住那形象！

念奴冷冷地：那……当时朱大哥和小公子在么？

门客：在！在！当时还是小公子先认出了小的，与朱大哥指指画画，后来朱大哥与小的相认，知道小的带了念奴夫人的信函，才领小的进到里屋，见到了如姬夫人！

念奴：这么说，他们是在魏国边境的客栈里？

门客：当时是，可是如姬夫人告诉我，他们很快就要离开那里，因为魏王搜查得很紧，他们只好四处飘泊。

念奴：姐姐难道没有给我回函？

门客急忙呈上一书简：回函在此，请夫人过目！

念奴接过书简急急观看，默念：念奴吾妹：来函收悉，因魏王近日通牒各国，继续追捕愚姐，故我等行踪，飘忽不定，知你近况，心头甚喜！你须珍惜此情此景，与春申君互敬互爱才是！从此你我天各一方，待日后太平年间，再行相聚！愚姐泣上。

念奴又看了一遍，突然冷笑起来。

23. 日。内。长亭侯墓室

如姬捧着《周公秘籍》还在悟其中的境界，舍烨叫着"娘"走了进来。

如姬：山上好玩吗？你让朱大伯累坏了吧？

舍烨：不，朱大伯带着我到山上打柴去了。娘，这是我编给您的花环，您看好看吗？

舍烨把他从山上采下野花编来的花环给如姬戴上。

舍烨：娘，您真好看，就像仙女一样。

如姬：这小嘴真甜，你见过仙女呀？

舍烨：见过，朱大伯说娘就是天上的仙女下凡。

如姬有些不好意思了：那是你朱大伯逗你玩的。

舍烨：娘，你又在看这书（指《周公秘籍》），你给舍烨讲讲这书好吗？

如姬：这书你现在还看不懂，等你长大了，会有人讲给你听的！

舍烨：娘，是不是朱大伯会讲给我听啊？

如姬：不，另有其人。

舍烨：那……还要多长时间啊？

如姬想起了鲁仲连的卜卦"夫人耐心等待，虎兔相逢之日，春暖花开之时，必有转机！"

如姬：快了！不会太久了！

舍烨：娘，那……我们什么时候去找小姨啊？

如姬的眉头皱起来，黯然不语。

24. 日。内。春申君府

春申君与门客皆惶惶然。

念奴突然拔下头发上的金簪，以迅雷不及掩耳之速飞向门客，门客一闪，那金簪竟扎入门客的头巾，将头巾掀下，门客大抖。

春申君：夫人，你这是……

念奴：别拦着我！（拎着门客的领子）我问你！你这是跟谁做

的局，来哄我？！

门客：……小的说的……句句都是实情啊！

念奴狂笑：实情？这书简封上之址，本就是我有意虚拟，还好你没说是找到了这个地方，这一条，就算你聪明！可是，姑奶奶我还有地方等着你呢！你没想到吧，姐姐的字迹，一看就是假的！落款画的也不对！到底给我抓到了把柄！说！这字到底是谁写的？！

春申君脸色苍白强装镇静：听到夫人的话没有？你说哇！

门客咬紧牙关：夫人息怒，小的怎敢骗夫人？这字实是如姬夫人写的，夫人不要冤枉小人啊！

春申君：夫人，我看，因情势危险，如姬夫人有意将字体改变，也是有的，请夫人明察！

念奴这才松开门客的领子，将他摔了出去。

春申君暗暗松了一口气。

春申君：夫人，黄歇知道你是重感情讲义气之人，对如姬夫人放心不下，不然，等忙过了这一阵，黄歇陪你去找如姬夫人，如何？

念奴不语。

春申君：……对了，那日夫人一舞，满府皆惊，有几个侍女都闹着要跟夫人学舞呢！夫人若是心里烦闷，不如好歹教教她们，闹一闹，只怕就能解闷儿呢！

念奴不语。

25. 日。内。文信侯府

吕不韦在撰书。

突然下人报：太子驾到！

吕不韦忙站起：吕不韦接驾！

嬴政目光扫了房间一遍：尚父这里，少了一点什么东西啊！

吕不韦：什么？

嬴政：那日我看见我母后的白狐裘在你这里，怎么不见了？

吕不韦一惊：是太子眼花了吧？你母后的白狐裘，怎么会在我这里？

嬴政冷笑：我母后都可以在这里，她的白狐裘，为什么不可以在这里？！

吕不韦全身发起抖来。

26. 日。外。春申君府卧房外

门客鬼鬼祟祟地：主公，怎么样，今天这出戏演得还行吧？

春申君立即低声喝止他：闭嘴！

门客赶紧噤声。

春申君掏出一锭金子给他：行了，我知道你功劳不小，这点你先拿去用吧。

门客见只有一锭，显然不满足：主公，还有上回的那事，怎么也不只这么点吧？

春申君：我不是让你先拿着吗？放心，我怎么都不会亏待你的。

说这话时的春申君已经满脸的杀气了，但那门客此时眼里只有那锭金子了，什么也没注意到。

门客拿着那锭金子刚走，春申君就给旁边的侍卫使了个眼色，侍卫心领神会，尾随那门客而去。

春申君阴险的脸，自语：不要怪我不义了，实在是你知道得太多了。

不一会儿，侍卫就回来了，拿着一锭带血的金子：主公，已经收拾干净了，您就放心吧。这是那锭金子。

春申君摆摆手：你留着吧。

27. 日。外。春申君府

春申君转到另一侧。

念奴在教一群侍女学舞。

春申君远远地看着，心思笃定。

念奴甩着长长的水袖飞速旋转。

突然，念奴一个转身竟晕了过去。春申君大惊，赶紧奔过去。

春申君一边抱起念奴，一边命人赶紧找乔医官。

28.日。内。春申君府卧房

侍女领着乔医官进来，春申君很着急的样子。

春申君：你快来看看我夫人怎么样了，是不是伤着哪里了，怎么好好的就晕了呢？

乔医官仔细地替尚没有知觉的念奴仔细地号了脉。

春申君很紧张：怎样，不会有性命危险吧？

乔医官却微微一笑，拱手向春申君道：恭喜大人，贺喜大人了，夫人……这是有小公子了！

春申君简直不敢相信自己的耳朵：你可号仔细了，夫人是真的有喜了吗？

乔医官：行医这么多年，这喜脉难道我还号不出来？大人，您实在是太小瞧我了！

春申君：不是不是，我只是不敢相信这样的好消息。来人，送乔医官，赏银一定要多多地给！

乔医官称谢而去。春申君喜不自禁。

29.日。外。长亭侯墓室

舍烨认真地练了一套拳脚。

舍烨：娘，你看我打拳打得怎么样？

如姬：好，是朱大伯教你的？

舍烨：是，他说等些时候教我射箭呢。娘，你说我是不是已经长成大人了？

舍烨用手比划着。

如姬：是啊，我的舍烨已经是个小男子汉了！

舍烨：娘，再过些时候，我就是大男子汉了，娘，你再也不必怕谁了，我来保护娘！

如姬：好，好，我的好儿子！……不过，舍烨，学些功夫虽好，可学业也不能荒废。娘上次让你背的《诗经》你背熟了吗？

舍烨：早背熟了，娘，我背给你听。

小舍烨开始很流利地背诵。

如姬看着他的聪明认真的样子，不禁在心中默念：无忌，你看到了吗？我们的儿子多棒呀，他将来一定会跟你一样，成为一个顶天立地的男子汉！

30. 日。外。信陵君汤沐邑
信陵君率众门客在操演练兵。

信陵君按照《周公秘籍》中教的兵法，一丝不苟地教练着。

一门客：主公，这好像是一套新的战阵？

信陵君但笑不答。

31. 夜。内。春申君府卧房
念奴慢慢醒来，发现春申君正守在她身边打盹儿。念奴正要悄悄地起来，春申君一把将她按住。

春申君：夫人，好好休息。

念奴：大人，念奴想与你商量个事。

春申君：夫人请说。

念奴：姐姐那里，依然令人担心。不如我这两天悄悄地回魏国一趟，如果姐姐没事，我再携她一道回来，你看如何？

春申君：你哪儿也不能去。

念奴有些生气：为什么？

春申君：夫人与如姬夫人姐妹情深，你要找她我不反对。不过，你得把身体养好了再走！

念奴：养好身体？我的身体怎么了？今日不过是太过劳累，偶然头晕罢了，没什么大不了的，请大人放心！

春申君：可刚才乔医官来过，说夫人得十个月之后才能好呢！

念奴：你这话什么意思？

春申君：夫人，我的好夫人，你有喜了，你已经有了我们的骨肉了！

念奴不敢相信：你骗人！

春申君：那……我问你，这两月来红了么？

念奴大惊：呵……真的没有来！这么说，这是真的？

春申君柔情地揽住她：是的，我的好夫人，你就乖乖地待在家里，等着我们儿子的出生吧。我可不希望你和儿子有什么意外。

念奴：可姐姐那儿……

春申君：好啦，我的夫人，你不为自已想想，也要为我们的儿子想呀，你这样去，万一有什么闪失，那可就出大娄子了！……你就相信我吧！

念奴与春申君对视。

32. 夜半。内。春申君府卧房

深夜，念奴悄悄地从睡着的春申君身边爬起来，春申君已经醒了，但还在装睡，看念奴有何动作。

念奴看看春申君，确信他已睡熟，于是来到窗边，对着明月自语：姐姐，你现在在哪里？你还好吗？念奴暂时不能去找你了，不要怪奴儿好吗？实在是我也没想到这个小生命会来得这样突然！（她抚摸着自己的肚子）真是好奇妙啊！我已经在想象他一点点在长大的样子，奴儿现在才能真正理解姐姐，为什么为了舍烨什么都肯做，什么都肯放弃！姐姐，我懂了，他才这么小，就已经让我感觉到了！真的姐姐，我抚摸着他，就像是抚摸着一件珍品，姐姐，我好像已经听见了你对我和孩子的祝福，谢谢你，你一向是那样善解人意。保重啊，姐姐，我们后会有期！

春申君在黑暗中暗笑了一下。

念奴坐在床边，突然颤抖了一下：鲁公子，是你么？是你在笑奴儿么？你不要笑我，我心中一天也没有忘记你！公子啊，奴儿对你说过，奴儿的这颗心已经交给你带走了，所以，奴儿跟谁在一起，都是无所谓的了！奴儿嫁给春申君，不过是要倚重他，查明你暴死的真相！这一点，我始终念念不忘！

装睡的春申君警觉起来，他睁大了眼睛。

念奴：现在，我已经有了自己的孩子，可我绝不会忘记自己的诺言，查明真相，为你复仇！我绝不会让你躺在那个冰凉的荒冢里等太久！

念奴泪流满面，黑暗中的春申君恨得直咬牙。

念奴慢慢地又回到了床上，春申君依然在装睡。

念奴躺下睡了。春申君此时却睁开了眼睛，似乎在思忖着什么。

33. 日。内。御医房

春申君来到御医房，乔医官赶紧上前迎接。

乔医官：不知令尹驾到，失敬失敬。

春申君：不必多礼，你好久没给我通报消息了，我是来问问大王最近的龙体如何。

乔医官：正是大王近来龙体安健，这才疏忽了向令尹的禀报，请令尹恕罪。

春申君：看来你是喜欢报忧不报喜呀。

乔医官：不敢不敢。

春申君：那我问你，为何到现在还不见哪位嫔妃怀有龙子呢？

乔医官大惊：这个，生育自有天定，小人不敢妄言。

春申君：那么多嫔妃就没有一个能有喜的，到底是谁的问题，你给我说说看！

乔医官吓得跪倒在地：小人医术浅薄，也不太明白。

春申君：这么说，是你没本事？

乔医官：是小人没有本事，不，不是小人没有本事，大王的嫔妃们有没有喜，与小人的本事无关。令尹，小人上有老，下有小，还请令尹千万不要将我治罪！

春申君乐了：起来吧，我又没说你和嫔妃们有什么关系。你不必这样慌张，你不懂，我来告诉你。大王贵为天子，却经年无子，当然都是那些嫔妃没用，找个会生养的女人自然就会有喜了。大王有了太子，你自然是有功之臣了，懂了吗？

乔医官：是，是，小人明白了。可是，嫔妃有喜一定是大王的功劳，而不是小人的功劳。

春申君又被气乐了：行了，行了，不是你的功劳，是我的功劳。你刚才说你上有老，下有小，是吧？那你就必须照我说的去做。

春申君走了，乔医官一身的冷汗。

34. 日。外。楚王宫花园
楚王熊完正在与宦官、宫女们看斗蛐蛐儿，看得正在兴头上，不停地吆喝下注。

这时，一个宦官过来报告：大王，春申君来了。

楚王一下子就没了劲：收起来，快收起来，寡人又没宣他，什么事也都是他去办，好好的，他怎么来了。

宦官：大王，您看，是不是要到书房去？做做样子也好呀。

楚王无奈地来到了书房。

35. 日。内。楚王宫书房
春申君进来的时候，熊完正在假模假式地看书。

春申君：臣拜见大王。

熊完：令尹免礼。

春申君：大王现在真是越来越用功了，外面的天气那样好，大王怎么不跟嫔妃们到花园里逛逛？

熊完：唉，没意思，跟那么一群不下蛋的母鸡。

春申君：是呀，这大王无后，事情可就大了，依我看哪，这应该是咱们楚国的头等大事。大王的那些兄弟可都对您的王位虎视眈眈呢！

熊完：我又有什么法子，我已经很努力了，可她们就是什么动静也没有！

春申君：要我说呀，这种事情也急不得，好在大王年纪还轻，还可以慢慢来。

熊完：令尹，你向来是最有主意的，能不能再帮帮寡人？

春申君故意：这是大王的家事，按理说我们做臣子的不应该多过问。

熊完：令尹可太见外了，你对寡人还用分得这样清吗？我这王位可都是你……

春申君：唉，大王又何必说这些，那是大王有君王之相，自有天助。不过，您刚才说的事，我倒好像有些法子。

熊完：令尹快请说。

春申君：我听说平远一带的女子最会生养，好多人都是一年一个，从来没有落空的，大王何不从那里面选个中意的？

熊完听了这话，眼睛都放光了：真像令尹说的那样吗？可平远不在楚国，是不是有些不方便。

春申君：这个由臣来办好了，臣找个机会去一趟平远，为大王好好地挑选一个。

熊完：好好，那就有劳令尹了。

春申君：不过事情办成之前，大王最好不要走漏风声，否则您的那些嫔妃吃醋起来，那可就麻烦了。

熊完：这个寡人明白，令尹就尽管放心地去办吧。

君臣二人均露出得意的笑容，只是含义显然不同。

36. 日。内。魏王宫

魏王在宫中议事。

大臣甲：大王，秦军在三川郡集结完毕，不日就将进攻大梁。

大臣乙：现在是秦军从西北和西南两个方向夹击魏国。

将军甲：更确切地说，是从两个方向夹击我大梁。

魏王一声长叹：如姬找不到，无忌不肯回国，秦军步步紧逼，看来寡人是在劫难逃啊！

将军乙：魏军誓死保卫大王。

大臣乙：大王，微臣以为，可将国都迁往平陆！

将军甲：平陆是我们前几年刚刚占领的齐国城池，如果魏国把都城迁往此处，齐国必然兵戎相见，无异于自投罗网！

魏王：亡国之君，生不如死。寡人哪里也不去，与大梁共存亡，与魏国共存亡！

将军甲：大王英明，只要大王下定决心，全国军民同仇敌忾，一定能够击退秦军！

魏王叹一声：击退秦军，谈何容易啊！

37. 夜。内。春申君府卧房

春申君久久凝视着念奴：夫人，我要给我们的儿子最好的一切，你信不信，我会尽我的一切力量，让他得天下！

念奴：得天下？

春申君：这个主意我已经想了很久了，一直没敢告诉你，可我相信，你一定会明白我的良苦用心。为了我们的将来，为了我们的儿子，夫人必须小有牺牲！

念奴：奴儿愿闻其详！

春申君：我要把你献给楚王熊完。

念奴大惊！

38. 夜。内。魏王宫

王宫里灯火通明，满朝文武不停地忙碌，魏王心急如焚地盯着大殿里所有的人。

宫女们送上酒饭：大王，这是您最喜欢喝的酒和您最爱吃的……

魏王一脚踢翻了几案，饭菜撒了一地。

魏王狂暴地：滚，都给我滚。

宫女们吓得不知所措，浑身瑟瑟发抖，动都不敢动。

魏王指着那些宫女狂叫：女人，都是你们这些女人毁了寡人。都拉出去给我斩了。

侍卫一拥而入，拉走了所有的宫女。

39. 夜。内。春申君府

春申君没有注意念奴脸上的表情，继续说着。

春申君：趁你现在肚子还没有显怀，大王也没见过你，我要把你作为平远一带的美女献给大王，大王那儿我已经说好了，他就等着美女进宫呢。以你的魅力，大王一定会很快就十分宠爱你。这样，进宫不久你就可以说你怀孕了，其实大王他有病根本无法生育后代，蒙在鼓里的大王，只怕是戴了绿帽子还乐得颠颠的呢。至于医官那儿，我都已经打过招呼了，他们知道该怎样做的。等我们的儿子被立为太子，找个机会，再把大王解决了，那楚国就是我们的了！

念奴久久地盯着春申君，不发一言。春申君以为她已经被说得心动了。

春申君：其实，这李代桃僵也并非是我的发明，前人已经屡试不爽，我虽然暂时把你送给熊完，但这也是为了我们和儿子的将来呀！

念奴又惊又怒，狠狠地打了春申君一记耳光。

春申君捂着脸惊呆了。

定格

第二十六集（大结局）

1. 夜。内。春申君府

春申君捂住脸：你这是干什么？（举手发誓）念奴，我向你保证，我黄歇绝对是爱你的，而且此生此世我都只爱你一人！

念奴冷冷地盯着他。

春申君终于被看毛了：你不要用那种眼神看着我，我对你说的句句是实话。为了你，多少该做的，不该做的事我都做了，只为了让你能留在我身边，你要明白黄歇对你的一片心意啊！

念奴听了这话，下决心探个究竟：大人倒是说说，有什么该做的、不该做的？

春申君：自从有了你，我就再也没有碰过别的女人，我的心里只有你。

念奴：还有呢？

春申君：夫人何等聪明，难道不知道你在黄歇心中的位置？还要黄歇自己挑明？

念奴：我问你，姐姐那封回函，是不是你写的？

春申君想否认，但转念一想：是，是我写的，可我的意思是好的，无非是想留住夫人，何况，黄歇此举也并没有伤害如姬夫人！

念奴：大人果然心思缜密呀，不愧是当今四公子之一。可在我眼里，大人不过是个无耻至极的小人！

春申君也被激怒了：你说话小心点儿，不要以为我宠你就可以口不择言，还从没有一个人敢这样污蔑我黄歇！……是了，我当然不算什么了，在念奴姑娘的心里，只有那位英俊潇洒的鲁公子才是你的意中人。只可惜，他看不上你，他不要你！

念奴脸色突变：是的，我是爱鲁公子，因为他的品行高洁，比你这个道貌岸然的伪君子强一万倍！即使我给他做牛做马也心甘情愿，而你，堂堂的春申君，你连给他拎鞋都不配！

春申君已经被气得怒发冲冠了，他瞪着血红的眼睛看着念奴，突然他仰首哈哈大笑起来。

春申君：可惜呀可惜，你这么爱他，却只能到阴间去与他倾诉了，一个死鬼……怕是不知道你对他的思念的！

念奴听了这话，仿佛想到了什么，她整个人一激灵：你说什么?！

春申君：我说，一个死鬼是不知道你对他的思念的！

念奴像是突然明白了什么，怔住了。

春申君：不错，我恨你看他的眼神，我恨，我嫉妒，作为一个男人我嫉妒得简直要发疯了！可惜呀，你的万种风情都白扔了！鲁仲连他心里没你！他也没这个福气，真正拥有你的是我黄歇！黄歇!！我黄歇为了要得到，是什么事都做得出来的!！

念奴突然紧紧攥住春申君：是你派人杀了他？

春申君吓了一跳，但已无法克制：是又怎么样?！难道你还想谋杀亲夫不成?！

念奴紧握着短剑狠狠地刺向了春申君。春申君带着极度意外的惊恐的表情重重地倒在了血泊中。

念奴：鲁公子，是念奴害了你，现在念奴已经替你报仇了，你终于可以瞑目了！

念奴拔出了带血的短剑。

念奴脱下了血衣，换上仆人的服装。

2. 夜。外。楚国往赵国的路上

念奴独自行走在通往赵国的路上，由于奔波和心痛，念奴显得很羸弱，她走得踉踉跄跄。终于她来到了魏国的边界，念奴看着界碑上刻着的"魏界"二字，已经累得筋疲力尽，一下子靠着魏碑坐了下来。

念奴：姐姐，念奴回来了。

3. 夜。内。平原君府卧房

平原君夫人在给平原君喂药，平原君喝得很勉强。

平原君：不喝了，好苦。

平原君夫人：良药苦口嘛。再说了，你堂堂平原君还怕这点苦不成？大人还是咬咬牙喝了吧。

平原君：我不是怕苦，而是喝了根本没用，又何必遭这份罪呢？

平原君夫人：谁说没用？我看大人这些天的精神头就比前些天强多了。

平原君：我自己的身体我最清楚，我是每况愈下了。

平原君夫人有些赌气了：大人要是还这么说，药是不用喝了，干脆咱俩一起喝毒药，死在一块儿算了！

平原君：夫人何必说这样的气话，记住，即使我不在了，你也要好好地活着，像从前一样坚强地活着。

平原君还是硬着头皮把那一点药给喝了。

平原君夫人：我要你活着，听见没有？一定要活着！

正说着，有一个门客进来，对平原君夫人耳语了几句。

平原君夫人一惊：确定是她？

门客：确信无疑，她刚到魏国境内。

平原君夫人：那就快下手呀，还在等什么？

门客：那边已经派人跟着了，就等夫人一句话。

平原君夫人：我的话早已吩咐过了！

门客得令：那明天的此时，夫人应该就能得到好消息了。

平原君夫人：事成之后，重重有赏。

门客退下，平原君夫人若有所思的样子。

平原君问道：是念奴吗？

平原君夫人"嗯"了一声。

平原君：你终于得到她的消息了，看来你的直觉是对的，她真的还没死，那么如姬也一定尚在人世咯？

平原君夫人：应该是吧。

平原君：那无忌该高兴了。夫人，你就不能饶了念奴吗？你不是说过要得饶人处且饶人吗？你不是想等我病好后就与我归隐吗？怎么能再开杀戒呢？

平原君夫人：我知道，可是只有念奴，我实在是咽不下这口气，我辛辛苦苦地把她养育成人，不究她胡人血统，又亲自教她法术，视若己出，可她居然敢欺骗我，背叛我！我实在是太寒心了，我要亲手除了她，方解心头之恨！

4. 夜。内。长亭侯墓园小屋

如姬正在小屋织布，突然，挂在一边的莫邪剑发出嗡鸣。

如姬一惊：难道是信陵君出事了？

如姬双手举剑，星光落在剑上，组成了一个梅花图案：啊！是念奴！方位是魏国边界！

如姬持剑就走。

5. 夜。外。长亭侯墓园的院子里

朱亥正在教舍烨练射箭，守灵人也在一旁饶有兴趣地看着。舍烨借着星光，对着靶子瞄准，拉满弓射出，准准地正中靶心。

朱亥鼓掌：太好了！居然在星光之下，也能这么准！舍烨，你小小年纪，就这样厉害，简直是百发百中呀！

守灵人一把搂过舍烨，十分兴奋。

舍烨：我以后也要跟朱大伯一样，做到百步穿杨！

朱亥：好，我们击掌为誓。

两人击掌，那情形好似一对情深的父子。

这时，如姬提着剑，跨上马，如一阵风一般从他们身边走过。

舍烨在后面叫：娘，你去哪儿？

如姬只留下一句话：有急事，我去去就回。

朱亥和舍烨对看了一眼，不知发生了什么。

守灵人也很担心：哎呀，也不知道发生什么事了，夫人这样一人出去危险呀！

朱亥：舍烨，带上你的弓箭，我们保护你娘去。

舍烨：好，我准备好了，现在就出发。

守灵人牵来一匹马：可惜只有一匹马了！

两人急急地跨上一匹马，向如姬离开的方向奔去。

6.夜。外。魏国崎岖的小道上

念奴面带病容，艰难地走着。这时，一骑飞驰而来，一个黑衣人挡在了念奴的面前。

念奴举起短剑护在身前：你是何人？

黑衣人：念奴，你欠下的债总是要还的！

黑衣人一敞衣襟，亮出了平原君府的标记。

念奴一惊：夫人！没想到这么多年她还是不肯放手！

黑衣人：把夫人要的东西交出来吧，或许还能免你一死！

念奴却冷冷一笑：别说那东西现在已经不在念奴身上，即使在，我也绝不会交给夫人的。夫人她不该拥有那件东西！

黑衣人：这么说，你是执意不给了？那就休怪我不客气了！

黑衣人一剑砍来，念奴使用"反弹琵琶"，拔下一只金簪向后便射。

黑衣人一口叼住金簪。

念奴大惊，反手去抄短剑，青光闪动，腕抖剑斜，剑锋已削向那人右颈，那人竖剑挡格，只听铮的一声，双剑相击，嗡嗡作响，震声未绝，剑光霍霍，已拆了十余招。念奴渐渐不敌。

黑衣人身形微晃，似欲跌倒，念奴趁势一剑击向那人后心，那人向前一翻，手中长剑蓦然一挑，已挑落念奴手中之剑！那人趁势从后面拧住念奴单臂，念奴大怒，顺势反身挥另一臂，结结实实打了那人一个耳光。那人嘿嘿一笑：怎么？春申君动得，我就动不得？

念奴羞愤交加，欲待挣扎，已被那人用罗带反缚，那人用剑尖挑开念奴前胸的衣襟。

念奴使尽全身气力，在双手反缚的情景下突然纵身跃起，对准那人要害连踢数脚！

黑衣人立即倒下，不动弹了。

已经大伤元气的念奴踉跄前行。

突然，一人挡住去路。

那人冷冷地：念奴，你还认得我么？

念奴看着那人，神情大变：平原君夫人？

平原君夫人冷笑：原来你还认识我！你那些小小的法术，能对付别人，又怎能欺瞒于我？！

7. 夜。外。前往魏国边境的路上
如姬快马加鞭地往前赶。

8. 夜。外。同上
朱亥与舍烨紧紧追赶如姬。

9. 夜。外。同上
平原君夫人与念奴对峙。

念奴：夫人，非是念奴违背诺言，实在是信陵君大情大义，感天泣地，奴儿不忍下手！

平原君夫人冷笑：说什么不忍下手，你明明已经得手，却有意得而复失，是可忍，孰不可忍？！

念奴：既然一切都在夫人眼中，奴儿也就不多说什么了。念奴是夫人养大，哪能与夫人较量，只受死便是了！

说罢，念奴引颈受死。

平原君夫人愈怒：这么说，你是死也不肯交出秘籍的了！如此，休怪我不讲情义！

平原君夫人举剑便砍，突然被一柄势大力沉的宝剑一挡，剑砍斜了，砍在念奴的胳膊上，顿时血流如注，念奴的短剑掉落在地，

平原君夫人也几乎被震倒在地。

平原君夫人大惊：如姬？怎么是你？！

如姬也大惊：平原君夫人？怎么是你？！

念奴气息微弱地叫了一声"姐姐"，便晕了过去。

10. 夜。外。同上

朱亥和舍烨在一个岔道口拐错了地方。

向另一个方向追去。

11. 夜。外。同上

平原君夫人回头便走，扔下一包药：如姬，看在你的分上，将这包解药给那个贱奴，救她一条小命！

如姬大喊：夫人！

平原君夫人并不回头：如姬，无忌在赵国很好，他无时无刻不在牵挂着你！

如姬一下子瘫软下来，泪如泉涌。

12. 夜。外。同上

朱亥与舍烨终于赶来。

舍烨：小姨！

念奴看见舍烨微微一笑，伸手就想摸舍烨，无奈太虚弱了，毫无力气。

如姬含泪亲自为念奴裹伤：念奴，你一定要挺住啊！

念奴：姐姐，我不行了。朱大哥，你不用忙了，没用了。

如姬：不会的，伤的只是胳膊，不是要害，肯定不会有生命危险的。

念奴摇头：那剑上是有剧毒的，除非在一个时辰内得到平原君府的独门解药，否则就没有用了！

如姬：啊！难怪刚才平原君夫人扔给我一包药，看来，她并不想让你死！

念奴吃惊地看着如姬将药打开，敷在她的伤处。

念奴：姐姐，妹妹有句话，一直想对你说……

如姬果断地：回去再说！朱大哥，你快把念奴姑娘扶上马！

13. 夜。外。同上

平原君夫人回去的路上，正遇见楚国追捕刺客的门客马队。

为首的门客跳下马来作揖：敢问这位夫人，你可曾在此附近看见一个年轻女子？

平原君夫人平静地：看见了，她匆匆忙忙往那里去了！

她指向与念奴相反的方向。

马队走远。

平原君夫人自语：这好像是楚国的马队啊，是了，前些时听说春申君纳了一房新夫人，莫非就是念奴？啊，这个死丫头，难道她在楚国杀了人？……哦，且慢，刚才如姬挡我的剑法，势大力沉，不可阻挡，难道……

平原君夫人突然站住：是了！《周公秘籍》，一定是在如姬手上！

平原君夫人如飞般回到刚才的地方，早已空无一人。

14. 日。内。赵王宫

侍卫来报：大王，信陵君大人到！

赵王：快请！

信陵君走进施礼。

信陵君：大王，我有一事相求。

赵王：信陵君快快请讲。

信陵君：如今秦军大兵压境，目标明显是魏国，作为魏国人，无忌不能坐视不管，但鉴于魏王的行径，无忌又不便出面，只好求助于大王您了！

赵王：寡人明白了，信陵君是胸有妙策，却无法向魏王进谏！好！这个忙寡人帮定了！

信陵君：无忌只是希望，大王派人去大梁献策，千万不要说是无忌的主意！无忌为的是魏国百姓，绝非为了魏王！

赵王：这又奇了，这正是你们兄弟和解的一个契机啊！

信陵君毅然决然：我不要跟他和解！

15. 日。外。大梁城门外

魏王站在大梁城门外，文武百官都穿着粗布衣服，和百姓一样，沿着城墙挖护城河。

魏王看着竹简上的图：这便是赵王差人送来的？

侍卫长：是，据说，是赵国高人所献之策！

大臣颜恩（字幕：颜恩，魏国大臣）指着图：大王，您看，这护城河两头都与鸿沟相连，无论秦军从哪里向城里灌水，水都会从护城河流入鸿沟排走。

魏王：为了防备秦军放大水，这河床要加深，河面要加宽。

大臣乙：大王英明。这河面宽，秦军就无法接近大梁城。河水深，对秦军是更大的威胁。秦军大多山里长大，不识水性，掉进河里必死无疑。

魏王得意地：这护城河挖成后，我大梁城便固若金汤了，还有必要让无忌回来吗？！

颜恩：这护城河只是一时抵抗秦军的方法，如果秦军在城外长期围困，大梁城仍然会处在危险之中！

魏王：那该怎么办？

将军甲：加强防御的同时要积极准备进攻！

魏王：就靠大梁城的这点军队？

将军乙：要靠合纵联军。

魏王：绕了半天，还是躲不开无忌那臭小子！

颜恩：当今能联合诸侯各国，组织起合纵联军的人，只有信陵君。

大臣乙：如姬夫人苦寻不到，时间紧急，最好立刻派人去楚国直接说服信陵君回国。

魏王：这个道理谁不懂啊，问题是谁敢去，谁最合适去？

颜恩：老臣往日与信陵君私交还可以，愿前往一试。

魏王：那好，你赶紧回去换换衣冠，准备准备，尽早出发。对了，还得准备两份礼物，先拜访赵王，再去见无忌。

颜恩：遵命。

16. 日。内。守灵人小屋

如姬在亲自给念奴喂汤水。

念奴声音虚弱地：……姐姐，我其实是平原君夫人派到信陵君身边的线人，目标便是《周公秘籍》。

如姬默默地听着。

念奴：所以姐姐也该知道，当初长亭侯把我要给你当贴身侍女的时候我有多么怨恨，你完全打破了我的计划，所以我用尽一切阴毒的办法来使你讨厌我，憎恶我，这样我才可以重回信陵君的身边。可是姐姐你总是那样宽容，我对你恨不起来，相反我却越来越喜欢上你了……

如姬：后来你的确拿到了那本书，怎么却又交给了我呢？

念奴：因为在你、在信陵君、在鲁公子的身上，我看到了真正的大义，我明白了这样事关重大的一本书究竟该归谁所有！

如姬将念奴搂入怀中：念奴，我的好妹妹。我知道这对于你来说有多难，可你还是做到了。

念奴：姐姐，以你之冰雪聪明，恐怕早就知道我的身份了吧？

如姬：是的，我猜到了。可你的变化我也看到了，我知道你是个好姑娘。我一直等待着你对我说出真相。只是我没想到，会是在现在，在这种时刻。

念奴微微一笑：是呀，我也没想到。姐姐，我知道你是有大智慧的人，不像奴儿，只靠点小聪明罢了……

念奴把手伸给如姬，如姬紧紧地握住她的手。

念奴：姐姐，能认识你，与你成为姐妹，念奴知足了。

如姬忍着泪水：好妹妹，我们来世还做姐妹。

17. 日。内。楚王宫

那队追赶念奴的侍卫首领在向楚王熊完汇报。

熊完：这么说，你们没有追上？

侍卫长：小的无能，实在是追了一夜，也不曾追到！

熊完：这倒奇了，堂堂春申君被新夫人手刃，此事必有蹊跷！若是传将出去，势必对大楚不利！……不如寡人这就昭告天下，只说春申君突染暴病而死，举行国葬便是了！

众人叩首：大王英明！

熊完低声自语：哼，英明？英明什么？英明了半天不还是被他春申君涮了？说什么给我去找平远的女子？呸！到阴间找去吧！

18. 日。内。守灵人的小屋

念奴静静地躺在床上，那样子仿佛只是睡着了而已，依然如同过去一样美丽。

舍烨：娘，小姨是睡着了吗？

如姬：是的，小姨累了，她要休息了。

朱亥静悄悄地将舍烨带出了屋子，屋子里只剩下如姬和念奴。

此时如姬的眼泪已经再也止不住了，与念奴相识、相知的一幕幕在她眼前一一闪过。

画面可为现实与闪回交替进行。

念奴的脸色，越来越苍白。

如姬害怕了：妹妹，妹妹，你怎么了？

如姬为她盖好被子，突然发现自己满手的血。

如姬：血？！妹妹你……（打开被子，发现念奴的下身浸在血中）

念奴虚弱地：是的，那是我的孩子，已经没了。我这辈子最大的遗憾，就是没能怀上鲁公子的孩子！……

如姬的泪水夺眶而出，她取出鲁仲连临终前让她交给念奴的卦器，塞进了念奴的手里。

如姬：念奴，这是鲁公子临终前让我交给你的，他说只有你才能领会他的意思。念奴，你在他的眼里一直都是最好的姑娘，但愿来世你们能够找到自己的幸福……

念奴的眼睛一亮，然后，目光慢慢熄灭了。

念奴握着卦器的手的特写。

19. 日。外。长亭侯墓园

一只美丽的鸟儿蓦然冲向蓝色的天空。

念奴空灵的声音飘荡在天空上：姐姐，我走了，你多保重！

如姬泪如泉涌：妹妹，我们后会有期！

20. 日。内。赵国信陵君封地

信陵君接见了魏国特使大臣颜恩。

颜恩向信陵君施礼：魏王特派微臣问候公子。

信陵君：魏王近来无恙，怎么突然有兴致关心无忌？

颜恩突然跪地奉上魏王的书简：实在是情况紧急，还请信陵君返回魏国，主持军国大计！

信陵君展信一读：昔日公子不忍赵国之危，窃符救赵，寡人谅之。今魏国危机，君子岂能坐视？寡人恳请贤弟速速归来！

信陵君看罢，把信简一扔。

颜恩不禁一震，知道大事不妙。

信陵君：我说嘛，你们是无事不登三宝殿。当初打败秦军后，我就想立刻返回魏国，魏王不许我回魏国，让我在这儿待了足足有十三年。现在事情紧急要召我回去，等我退了秦军，说不定又把我一脚踢开！

颜恩：这个万万不会，信陵君，您多心了。

信陵君：你回去吧，我是不会再回魏国的了！

颜恩：公子不要再与大王斗气了，公子您回去可是为了魏国的千万百姓啊！

信陵君：魏王有能耐，他就算为了保住他的王位也会和秦军拼到底。

颜恩也有些生气了：在下向来觉得公子是个心怀天下，心怀百姓的伟丈夫，没想到却也这般小肚鸡肠。在下实在是太失望了！

信陵君：如果你跟我一样受过那么多精神上、肉体上的折磨，你就不会这样说了。来人，送客，不许此人再踏入我的门槛！如果有为魏国使者通报者，打一百杖！！

颜恩没料到信陵君会说得这样绝，无奈地走了出去。

21. 日。外。毛公薛公家门口

颜恩来到毛公和薛公处。

颜恩：下官特地来向二位辞行。

毛公：信陵君答应回魏国了？

颜恩摇了摇头：下官回天乏术。

薛公：大人回去后如何向魏王交代？

颜恩：国家危难，使命又没有完成，已无颜面再见君王！

颜恩随即拔出腰间佩剑，架在脖子上。

毛公手疾眼快，夺下佩剑。

毛公：大人不必自寻短见，只要赌本没有输光，就不能轻易收盘哪！

薛公：就是，豆浆凉了，热一热照样可以喝！

颜恩：谢谢二位好心，可下官实在是已经无计可施啊！

毛公：大人来到赵国后，面见过几次信陵君？

颜恩：仅仅一次就被下了逐客令！

毛公笑了：哪有一次下注就赢个大满贯的？

薛公：大人第一次见到信陵君，肯定有些事情没有交代清楚，有些话没有说透。

颜恩：下官心情确实急迫了一些。魏王有些意思没有向信陵君说清楚，可事到如今再也无法见信陵君了！

毛公：如果大人信得过的话，不妨我们替你下注！

薛公：请大人将一些紧要情节给我们说清楚，我们一起商量好后，再去说服信陵君！

毛公：这世间的事情，跟赌博是一个道理，赌本准备得越足就可以多下几回注。

薛公：冰冻三尺非一日之寒，需要耐心化解。我相信只要咱们共同努力，多去几个回合，一定能让信陵君回心转意！

颜恩感激涕零：拜托二位先生了。

毛公：大人也不必急于回魏国，就委屈大人住在我这里，有事也好及时商量。

颜恩：谢谢二位先生，下官在此敬候佳音。

22. 日。内。秦王宫大殿

秦王子楚与吕不韦及群臣正在共商大事。

大臣甲：我大秦如今国力更是空前强盛，达到了前朝所从未有的鼎盛时期，这都是吕令尹和大王英明决策的功劳。

大臣乙：是呀，所以以臣等之见，我们应该趁此国富民强之时，扩张领土，以实现我大秦吞并诸侯各国之夙愿。

其他大臣也随声附和。

吕不韦：平定各国当然是我大秦的既定目标，但是只能采取各个击破的策略。既然已经议定首先的攻击目标是魏国……

子楚突然一改往日态度：寡人又改主意了。寡人以为，还是先打赵国为妙！先王在世时就是以进攻赵为首选，那时只是因为有信陵君和春申君的盟军帮助，才解了邯郸之围。如今我军又重新占领了上党，当然首先攻的还是赵国最为便利。

吕不韦：大王别忘了，信陵君可一直还在赵国！

子楚：一个流落他国之人，自身都难保，还顾得上别人的事情？

吕不韦：我看不见得，不要小看信陵君在诸侯中的号召力！

子楚发火：我看你是小看了寡人！

吕不韦一愣，半天说不出话来。

吕不韦回过神来，仍然坚持：大王误会不韦了！如今魏王昏庸无道，魏国百姓怨声载道，况且魏王与信陵君又已反目多年。我们进攻魏国，而信陵君身在赵国，又没有军队，就是有心相救也是力

不从心。所以首选当然是魏国，而不是赵国。我看大王之所以要首
选赵国，怕还是为了私人恩怨吧，大王在赵国受了不少的委屈，甚
至是侮辱，对吧？

子楚没想到吕不韦会在众臣面前这样揭他的短，这么不给他面
子，也不禁反驳道：那令尹呢？令尹极力反对攻赵，是不是有保护
家乡的私心呢？令尹到底还是赵国人吧？

君臣两人首次这样针锋相对起来，吕不韦没料到，子楚也没料
到。两人冷冷地对视着。

23. 日。内。信陵君封地

毛公、薛公带着一坛子酒来见信陵君。

信陵君很高兴：二位先生今日如此雅兴，什么事这样高兴？

毛公：听说公子就要返回祖国了，我二人特地带来艾蒿酒给公
子送行！

信陵君：哪有此事？

薛公：秦国攻魏甚急，公子没有听说吗？

信陵君：听说了，但无忌已经在赵国待了十三年，魏国的事已
经与我没有任何关系了！

毛公：这只是公子的借口罢了！

信陵君有些激动：不错，是我还在为十三年前窃符救赵之事耿
耿于怀！我遭的打击实在是太大了，魏王他做得太绝了！他杀了我
全家几十口人，烧了我的宅邸，逼我母后自杀，还要把我最爱的如
姬也置于死地！这一切，你们让我如何能忘？！为他这样的人卖命，
我做不到。二位先生若是来跟无忌喝酒的，无忌奉陪，若也是来当
说客的，那就休怪无忌怠慢了。

薛公：公子说的是什么话？公子的痛苦经历，我们都很清楚，
但公子怎么能仅仅因为对魏王一个人的仇恨，置祖国的危机而不顾？

信陵君依然是一副听不进去的样子。

毛公：公子怎么不想想，赵王之所以这样器重你，别的诸侯国
之所以这样地仰慕你，因为什么？是因为你有魏国，你是魏国的信

陵君。还有，你能够名扬天下，所有的仁人志士都慕名向你投奔而来，因为什么？还是因为你是魏国的无忌公子啊！

信陵君的神情慢慢专注起来。

薛公：是呀，现在秦国大举攻秦，你袖手旁观，倘若他日秦一旦攻破了魏国大梁，夷平了魏国先王的宗庙。那么公子即使已经无家人可念，能不在乎那祖宗千年绵延至今的血脉吗？一个连自己的祖宗血脉都不顾不管的人，到时候公子又有何颜面在赵国寄住呢？

信陵君：为了保住大梁城，无忌已经托赵王派人献策了，只怕是魏王也只将其束之高阁，置于脑后！

毛公：公子错了，魏王亲自主持挖好了大梁城的护城河，而且比公子设计的还要深，还要宽，排水和防卫功能都要强得多。

信陵君：既然大梁城能保住了，无忌回魏国就更没有必要了。无忌今日胸中气闷，不能陪二位畅饮，改日再说吧。

薛公：既然公子心病未除，这酒是没法喝的，那就改日吧。不过，这坛子酒暂且存放在公子这里，我们过几日肯定还会再来，直到喝完这坛苦酒！

24. 日。内。秦王寝宫

子楚回宫。

嬴政迎了上来：父王！孩儿都知道了，你真了不起！

子楚：寡、寡人还是头一回跟他顶撞，你摸摸我这手心，还是凉的呢！

嬴政：父王，这头一回是最难的！以后就好了！

赵女从屏风后面转出来：你们父子俩这是聊什么呢？

嬴政：母亲，我们是在讨论母亲那件白狐裘，怎么莫名其妙地它就没了呢？！

赵女勃然变色。

下人来报：报告大王，楚国春申君被刺身亡！

子楚大惊：什么？！

嬴政在一旁：父王何必惊慌，孩儿还以为，春申君身亡，这正是我大秦发动进攻的好时机呢！

子楚欣慰地：儿子，你小小年轻便文武双全，抱负远大，父王有了你，后继有人了！

赵女的脸色稍缓。

25. 日。内。信陵君属地

信陵君正在整理《魏公子兵法》。

毛公和薛公突然来到信陵君书房。

信陵君：二位先生到此有何贵干？无忌白天可是从来不饮酒的。

毛公打着哈哈：我们来陪公子喝茶总可以吧。

信陵君无奈地吩咐：给二位先生上茶。

信陵君：先生有话请讲，无忌洗耳恭听。

薛公：有些事情公子可能不知道。

信陵君：先生请讲。

薛公：魏王已经另外选择了一块风水宝地，将信陵君府重新修建起来了，而且比原来的府邸更加豪华。魏王亲自题写的匾额，字用黄金镶嵌。

信陵君：我家人已经全被魏王杀光，就是黄金打造的宫殿又有何用？！

毛公：听说魏王现在又用重金悬赏，寻找如姬夫人的下落。那就证明如姬夫人仍然活在世上，而且魏王亲口说是为了公子！

信陵君冷笑道：魏王他既不是为了我，也不是为了魏国的黎民百姓，只是为了他自己的王位！

薛公：正因为如此，才天降大任于公子，就是为了天下的黎民百姓啊！

信陵君：正是为了天下苍生，无忌家破人亡，流落异乡。纵使如此，无忌又何曾忘记天下黎民？！

毛公：既然如此，那又是何事让公子至今无法释怀？

信陵君激动：是他魏王贻误了合纵的大好时机！

薛公：此话怎讲？

信陵君：当年邯郸解围后，秦军大败而归，各国诸侯异常振奋。本来可以借此机会联合六国军队，一鼓作气打垮秦军，以绝后患。魏王见我声威越来越高，生怕危及他的王位，命令魏军全部撤回，不给我留下一兵一卒。使我无法号令天下，合纵大业半途而停，才造成如今的局面。你们说魏国的残局让无忌如何收拾？！

26. 日。内。吕不韦府正房

赵女来了，见到吕不韦从未有过的阴沉的脸也有些害怕。

赵姬试探性地问：爷，怎么了？这么急地把我叫来，怎么脸色这样难看？莫非又是政儿惹你生气了？

吕不韦：不是政儿，是子楚。

赵姬有些吃惊：怎么会？这么些年来，大王可是从未对令尹说个不字呀。

吕不韦：他今天不仅说了，还当着那么多大臣的面让我下不来台。

赵姬：到底是因为什么事呀？

吕不韦：是先进攻赵国，还是先进攻魏国。

赵姬：爷怎么说？

吕不韦：当然是先进攻魏国了。

赵姬：那就依爷的想法办。

吕不韦：当然会按我的计划行事，我已经号令三军了，他们正在准备，随时等待我的命令攻击魏国。

赵姬：那就是了，到底还是以爷的意思办了。爷又何必生这么大的气呢？

吕不韦：这子楚看来是翅膀硬了，敢跟我唱反调了。我一直觉得他老实，真没想到他居然也是只白眼狼，若是这样，就休怪我不客气了。

赵姬看着吕不韦的表情有些害怕：爷，您难道对他也要……

吕不韦：原来一直没动手是因为看他还老实，现在已经不那么驯服了，所以我也不会再容忍他了。

赵姬：爷，不要，以你现在的身份和地位不能再做那样的事了。

吕不韦：你放心，我再也不会用以前的办法了，我会用另一种方式。

吕不韦眼里闪着阴险的光，赵姬看着不寒而栗。

27. 夜。内。毛公薛公住宅

颜恩如热锅蚂蚁，在堂屋内焦急地来回踱步。

薛公和毛公进来，颜恩马上迎了上去。

颜恩满怀期望地：信陵君答应了吗？

薛公和毛公都默默地摇了摇头。

颜恩顿时一脸失望。

薛公端上三大海碗豆浆和许多烧饼油条，打破屋内的沉闷。

薛公：这些东西反正也卖不出去了，咱们就慰劳自己吧。

毛公：这豆浆油条解渴又解饿，咱们边吃边聊。

颜恩忧虑地小口喝着豆浆。

毛公：信陵君快成了薛公的徒弟了！

颜恩诧异地：此话怎讲。

毛公：薛公卖豆浆，信陵君卖闭门羹。

薛公和颜恩忍不住一笑，将嘴里的豆浆喷了一地。

屋内气氛顿时缓和了许多。

薛公：老顽童，你以为信陵君下一步会如何？

毛公：庄家下注能亏本吗？

薛公：今天信陵君的口好像没有封死，他是在考虑如何收拾魏国的残局！

毛公：不，他在等待一件东西！

颜恩急切地：等什么呢？

毛公：等待魏王的承诺！

薛公和颜恩恍然大悟。

薛公：魏王反复无常，信陵君因此吃尽了苦头，魏王必须在众人面前给信陵君一个郑重的承诺。

颜恩为难地：可魏王从来就不愿意给任何人以承诺。

薛公：这回情况不同，已经到了生死攸关的境地了，魏王肯定会答应！

毛公对颜恩：请大人先行一步，见了魏王就说……

28. 日。内。魏王宫

颜恩在魏王耳边悄声耳语，魏王沉着脸点头。

魏王在一书简上疾书。

29. 日。内。秦王子楚寝宫

子楚显然病了，面容憔悴，虚弱的样子。

少年嬴政进来，一副踌躇满志的样子。

嬴政：听说父王病了，现在可好些了？

子楚还是挤出一些笑容：只要政儿来了，父王就会好多的。

嬴政：父王此次生病，是否与尚父有关？

子楚一阵咳嗽。

嬴政：政儿听说尚父还是执意攻魏？

子楚没说话，只是咳嗽得更厉害了。

嬴政：我不懂，父王为什么什么事都要听尚父的呢？您是大王呀，普天之下，莫非王土，秦军听您的调遣才对呀，父王为什么要这样怕尚父？

子楚：政儿，你还太小了，好些事你还不明白。

嬴政：不，政儿不小了，用权调兵，诗书功夫，政儿都学了不少了，以后若是政儿当了大王就不会这样听命于人，大王就是大王，大王应该拥有至高无上的权利。我不仅要整个秦国听我的号令，我还要让全天下都听我的号令。

子楚：政儿不愧是我大秦君主的血脉，有着这样独步天下的霸气！

这时，宦官来报：大王，令尹求见。

嬴政：就说大王累了，不见，不见。

子楚：政儿，不要这样，尚父来一定是有要事与父王商量的。请他进来吧。

吕不韦气宇轩昂地走了进来。

吕不韦也不请安，只道：我有事要与大王商量，太子请回避吧。

嬴政：不，有什么事需要背着我的？我是未来的大王。

吕不韦：可你现在还不是。

两人对峙。

30. 夜。内。信陵君属地

毛公和薛公悄悄来到信陵君的书房。

信陵君：二位深夜到访，想必是有要事相告。

毛公：我们是给公子送赌本来了。

信陵君莫名其妙：毛公让无忌与何人赌博？

毛公神秘地：与魏王。

薛公将一扎书简递给信陵君：这是今日使者返魏带来的魏王亲书。

信陵君认真阅读，沉思良久。

毛公和薛公神情紧张，目不转睛地注视着信陵君。

信陵君突然地：事已至此，无忌只能将个人得失和生死置之度外了！

毛公和薛公四目对视，深深地舒了一口气。

信陵君向毛公和薛公一拜：无忌就此向二位辞行，明日我将尽早上路，二位不必再来送行了！

毛公：那坛子艾蒿酒还没有喝呢。

薛公感叹道：那坛子苦酒就让公子带回魏国慢慢品吧！

31. 日。内。秦王宫

子楚怕两人矛盾升级，赶紧道：政儿，听话，先到你母后那儿去，一会儿再来吧。

嬴政不情不愿地走了。其实嬴政并未走远，只是悄悄地藏在了帷幔背后，静静地听吕不韦和子楚的谈话。

吕不韦：大王为何要当着满朝文武的面给不韦难堪？此次攻魏万一不胜，是不是就要把兵败的责任都算在我的头上？

子楚：这是谣言，寡人不曾说过。

吕不韦：大王是不是早就看我不顺眼了？！

子楚：寡人从没有这样想过，不过，如果令尹一定要这样，寡人也无可奈何。

吕不韦：子楚，你这样对我说话，你忘了当初是谁将你从一个连街边乞丐都瞧不上的人质变成今日的大王的？

子楚：够了，你不要说了，寡人正是念你当日对寡人的功劳，才容忍你至今，但你居功自傲，把寡人根本就不放在眼里，实在是太过分了！

吕不韦：怎么，那是大王的秘密，你怕我说出来，让天下人耻笑是不是？告诉你吧，还有个天大的秘密，只怕说出来更会让天下人笑话你。

子楚：你做过什么事？如此见不得人！

吕不韦：还是不要说透吧，以大王现在的身体，我怕大王受不了这样的打击。

子楚不停地喘着：我要你说！

吕不韦：这可是你要我说的，那就休要怪我了。你以为你的宝贝太子嬴政真是你的亲儿子吗？

子楚听了这话，已经面如土色了，站在帷幔后的嬴政也浑身一震。

吕不韦得意地继续说：告诉你吧，嬴政是我和赵女的儿子，是我吕不韦的儿子！

子楚：这不是真的，这不是真的。求你不要说了，求求你了。

吕不韦丝毫不顾：未来的秦国大王将是我吕不韦的儿子，大王是我的儿子，哈哈！

子楚：你，你这恶魔，我，我要把你……

本来就虚弱的子楚现在更是气得喘不上气了。

吕不韦：你能把我怎么样？别忘了，我是尚父，我是令尹，秦国能有谁把我怎样？全天下又有谁能把我怎样？

子楚已经快要晕过去了，吕不韦却笑着扬长而去。

在帷幔后的嬴政差点就要冲出来杀吕不韦，但理智制止了他，他听了刚才吕不韦的话，握紧了拳头，看着吕不韦离去的背影，暗暗发誓：总有一天，我要杀了你！

32. 夜。内。赵王寝宫

信陵君连夜觐见了赵王。

信陵君：深夜打扰大王，请恕无忌无礼了。

赵王：公子不是要回魏国吧？

信陵君：正是为了此事。

赵王：现在平原君已经病入膏肓了，寡人倚仗公子就如同倚仗长城一般，如果公子真要弃寡人而去，寡人将与谁共商社稷，还能倚仗谁呢？

信陵君：当年蒙大王不离不弃，收留了无家可归的无忌，无忌感激在心，无忌也愿为大王尽所能。但现在魏国危在旦夕，我不能眼见着自己的祖国就这样被秦国侵占，到时候我还有什么脸面来面对列祖列宗呢？所以无忌不得不归，还请赵王体谅！

赵王：寡人明白，寡人明白。公子的为人寡人是相当清楚的，想当年赵国有难，公子尚能不顾一切地来救援，又何况自己的祖国呢？寡人相当理解公子的处境，只是怕以后见公子就难了。

信陵君：等把秦军赶走，六国合纵成功之日，相信和大王一定会再相见的。

赵王：好，寡人就盼着这一天早日到来。还有这是赵军的调兵符，赵国的十万大军，公子尽可调遣！

信陵君接过调兵符，很是感激：多谢大王！

赵王有些不舍：公子保重！

33. 日。外。魏国边境

信陵君纵马跨过边境，环顾四周，看着魏国的山河，感慨万千。

34. 日。外。长亭侯墓园

如姬给长亭侯和念奴的墓前献上祭品，念奴的墓边早已是百花丛生了。一个十多岁的翩翩少年骑着马过来，一箭将墓边果树上的花朵射中，少年舍烨翻身下马将射中的花朵递给如姬。

舍烨：娘，看这花多漂亮！

如姬：又在娘面前显本事。今天是清明，快来给你外公和小姨叩头。

舍烨听话地在长亭侯和念奴的墓前叩头行礼。

舍烨：娘，我现在已经跟朱大伯一样，能做到百步穿杨了。我还要能做到一箭双雕，这样才能更好地保护娘，为外公和小姨报仇。

如姬：娘不需要你的保护，外公和小姨也不用你报仇，我们只希望你能成一个真正的男子汉，一个对天下有用的人。

舍烨：我知道，舍烨会做到的。

如姬一脸欣慰，自语：又是春暖花开了！呵，今年恰恰是寅卯交接啊！难道，无忌他会有消息了么？

35. 日。外。新建好的信陵君府

府内张灯结彩，魏王率领文武百官身穿朝服，在宽敞的庭院中等候。

大门口的王宫侍卫的声音一个接一个，由远到近：信陵君到，信陵君到。

魏王连忙向门口走去，文武百官紧随其后。

信陵君风尘仆仆走了进来，魏王立即迎上去，紧紧握住信陵君的手，久久不放下。

魏王泪流满面：无忌，你受苦了，都是为兄的过错，请兄弟原谅！

魏王说罢就地下跪一拜，文武百官紧跟着跪下一大片。

36. 日。内。信陵君府的旧址

信陵君在断壁残垣中徘徊，头戴白花的平原君夫人来到他身边。

信陵君：姐姐？你怎么来了？难道姐夫他……

平原君夫人点点头：昨夜没的。

信陵君：姐姐，还请姐姐节哀顺便。

平原君夫人：生死有命，我看得很开……找了你好久，我就猜你会到这儿来。

信陵君有些感慨：姐姐，我总在想，现在世上的人都在称颂我，夸我是个大英雄，可我真是吗？一个连自己的家人，连自己最心爱的人都保护不了的人，还能称为英雄吗？

平原君夫人：无忌，你不要想得太多了，有件事，姐姐出于私心，一直没有告诉你。

信陵君：什么？

平原君夫人：我见到如姬了！

信陵君呆住。

平原君夫人：而且，你那本重要的书，就在她的手里！

37. 日。外。长亭侯墓园

信陵君飞速来到墓园。

他的干将剑发出轰鸣。

他听到了另一把剑的回应。

他循声奔去。

鲜花中，一个身影亭亭玉立。那正是他朝思暮想的如姬，如姬虽然荆钗布裙，依然美丽。

如姬也认出了他。

两人万分激动，相拥在了一起。

信陵君：……如姬，如姬，我盼这一天，已经足足盼了十三年了！

此时的如姬在他的怀里喜极而泣：公子，你让如姬等得好苦！

两人正相拥而泣的时候，忽然一箭射来，射中了信陵君的左臂，接着舍烨飞奔过来，怒吼道：何人敢犯我慈母？！

信陵君不知端的，拔剑去挡少年刺来的剑。

如姬大叫一声：使不得！

如姬情急之下，只好用身体挡住信陵君的剑，利剑误中如姬，她倒在血泊之中。

见到此景，信陵君和舍烨都惊呆了。

信陵君不顾一切地冲过去抱住如姬：如姬，你不能死呀，不能死！老天！老天，求你救救如姬！救救我们！

如姬虚弱地：……我已学会乾坤剑法，两剑如对击，必会伤你，但如不抵挡，又要伤及舍烨……舍烨，（她指着信陵君对舍烨说）这是你亲生的父亲！

信陵君和舍烨都很意外地对视了一眼。

如姬：叫父亲，舍烨。

舍烨却哭起来：娘，你不能死，舍烨不让你死。

如姬：快叫呀！

舍烨哭着叫道：父亲！

如姬微笑了：无忌……终于见到你了，如姬太高兴了！……《周公秘籍》在爹爹的棺木下，很安全……这是我的剑，因为练就了乾坤剑法，两把剑……在一起，公子你便可以无往而不胜了！

信陵君的泪水夺眶而出。

如姬终于含笑死在了信陵君的怀里。

两把剑交叠在一起，熠熠生辉。

听到声音的朱亥赶来，见到信陵君和倒在血泊中的如姬，这个七尺的铮铮汉子也跟舍烨一样放声地大哭起来。此时的信陵君却欲哭无泪，他轻轻地合上了如姬美丽的眼睛，将她放在了百花丛中。

38. 晨。外。潼阳关口

战鼓隆隆，信陵君汇集了五国联军，就要向前线开拔。舍烨也参加了合纵大军，跟随着父亲信陵君上战场。信陵君在人群中见到了头戴白花、一身戎装的平原君夫人。

信陵君：姐姐？

平原君夫人：合纵也是平原君毕生的心愿，就让我替他完成吧，我这是替夫出征！何况，魏国也是我的故乡！

信陵君：好，姐姐！（指着舍烨）这是我和如姬的儿子舍烨。（对舍烨）这是你姑母平原君夫人。欢迎你们参加合纵大军！

平原君夫人：好孩子！你母亲的事，我已经听说了！让我们用捷报告慰死者的在天之灵吧！

信陵君高举干将剑振臂一挥，数十万大军开拔了。

字幕：公元前247年，信陵君率领魏燕赵韩楚五国盟军与秦作战，大败秦军。

（叠）：信陵君、舍烨与平原君夫人英勇作战的镜头。

信陵君的干将剑所向披靡。

舍烨挥起莫邪剑，砍向敌人。

39. 日。外。长亭侯墓园

长亭侯的坟墓旁又多了座新坟，那正是如姬的坟墓，她的墓碑上刻着"如姬夫人之墓"几个字。

信陵君带着儿子舍烨，用酒和敌国的盾牌，来祭奠魏国伟大的女性——如姬夫人。

双剑交叉排列在碑前，发出嗡鸣。

舍烨：母亲的剑在响。

信陵君：剑是有灵性的。你母亲的灵魂就在周围，是她在保佑着我们。

舍烨：朱大伯说，母亲是下凡的仙女，她回到天上去了。

信陵君含泪：说得对！你看——

父子二人同时仰望天空，碧空中，不知何时出现了一道美丽的彩虹，辉映着广阔的天空。

字幕1：信陵君大胜秦军后，秦使离间计，令魏王不再用信陵君，数年之后，信陵君郁闷而死；

字幕2：信陵君去世的那一年，子楚亦莫名病亡，秦王嬴政继位；

字幕 3:《周公秘籍》神秘失踪，而《魏公子兵法》却历经战乱，流传至今。

片尾歌大作。
演职员表

全剧终

徐小斌作品系年

长篇小说

《海火》（1989 年中国青年出版社，2008 年中国友谊出版公司，2019 年百花洲文艺出版社）

《敦煌遗梦》（1994 年北京出版社，1997 年河北花山文艺出版社，2007 年河南文艺出版社）

《羽蛇》（1998 年花城出版社，2001 年长江文艺出版社，2002 年时代文艺出版社，2003 年台湾联经出版社，2004 年人民文学出版社，2007 年人民文学出版社，2009 年作家出版社"共和国作家文库"，2012 年重庆出版社，2013 年人民文学出版社第三版）

《德龄公主》（2004 年人民文学出版社，2005 年香港经要文化出版公司，2006 年漓江出版社，2009 年台湾印刻出版社，2010 年天津人民出版社）

《炼狱之花》（2010 年由人民文学出版社与长江文艺出版社首次两大社联袂出版）

《天鹅》（2013 年作家出版社）

《水晶婚》（2015 年由英国 Balestier Press 出版）

中短篇小说集

《对一个精神病患者的调查》（1990 年海峡文艺出版社）

《迷幻花园》（1995 年华艺出版社）

《如影随形》（1995 年河北教育出版社）

《蓝毗尼城》（1996 年云南人民出版社）

《末世绝响》（1997 年华侨出版社）

《蜂后》（1999 年长江文艺出版社"跨世纪丛书"）

《双鱼星座》（1999 年百花文艺出版社）

《天生丽质》（2000 年北岳文艺出版社）

《歌星的秘密武器》（2002 年广州出版社）

《清源寺》（2003 年北京出版社）

《非常秋天》（2005 年中国广播电视出版社）

《徐小斌作品精选》（2007 年长江文艺出版社）

《末日的阳光》（2009 年河南文艺出版社）

《别人·花瓣》（2010 年文化艺术出版社）

《睡蛇的伤口》（2015 年安徽文艺出版社）

《入戏》（2019 年北岳文艺出版社）

散文随笔集

《世纪末风景》（1996 年云南人民出版社）

《蔷薇的感官》（1997 年华艺出版社）

《缪斯的困惑》（1998 年辽宁人民出版社）

《出错的纸牌》（1998 年天津新蕾出版社）

《徐小斌散文》（2000 年华夏出版社）

《心灵魔方》（2002 年知识出版社）

《美丽纹身》（2002 年当代世界出版社）

《西域神话》（2003 年云南人民出版社）

《大都会：缪斯的殿堂，我的梦想》（2003 年西苑出版社，2004 年四川人民出版社）

《我的视觉生活》（2004 年上海文汇出版社）

《莎乐美的七重纱》（2010 年商务印书馆国际有限公司）

《密语》（2015 年安徽文艺出版社）

《生如夏花》（2016 年高等教育出版社）

《孤独之美》（2019 年江苏凤凰出版公司）

文集

《徐小斌文集》（五卷本 1998 年华艺出版社出版）

《徐小斌小说精荟》（八卷本 2012 年作家出版社出版）

美术作品集

《华丽的沉默与孤寂的饶舌》（2007 年湖南文艺出版社）

《任性的尘埃》（2016 年海峡书局）

《海百合》（2018 年十月文艺出版社）

主要影视作品

1.《弧光》：电影，由本人根据自己的中篇小说《对一个精神病患者的调查》改编，1988 年首映。该片获第十六届莫斯科电影节特别奖。

2.《风铃小语》：电视单本剧，由本人根据自己的获奖短篇小说《请收下这束鲜花》改编，中央电视台黄金一套 1993 年首播。该剧获第十四届飞天奖，中央电视台首届 CCTV 杯一等奖。

3.《千里难寻》：十一集电视连续剧。北京电视台长青藤剧场 1994 年首播。

4.《雨中花园》：电视电影。作为全国十大女作家向世妇会献礼片，中央电视台黄金八套 1995 年首播。

5.《星空浩瀚》：电视单本剧。作为全国十大女作家向世妇会献礼片，由中央电视台黄金一套 1995 年首播。

6.《富起来的人》：八集连续剧，中央电视台黄金八套 2002 年首播。

7.《德龄公主》（与人合作）：二十九集长篇历史电视连续剧，根据自己的同名小说改编，于 2006 年在中央电视台黄金八套首播。

8.《延安爱情》（与人合作）：三十八集电视连续剧，2011 年东方卫视首播。

9.《虎符传奇》：三十集长篇电视连续剧，由本人原创，由著名导演郭宝昌执导，美亚长城传媒（北京）有限公司投资，2012 年在中央电视台黄金八套首播。

徐小斌文学活动年表

1981 年年底，参加《十月》杂志首届发奖大会，短篇小说《请收下这束鲜花》荣获《十月》首届文学奖；

1986 年年底，参加第三届全国青年创作会议；

1988 年年底，参加电影《弧光》看片会，《弧光》电影剧本根据作家中篇小说《对一个精神病患者的调查》由本人改编而成，获第十六届莫斯科电影节特别奖；

1992 年，参加由《中国作家》杂志社组织的长篇小说《敦煌遗梦》研讨会，这也是作家生平第一次的作品研讨会；

1995 年，世界妇女代表大会在京召开，参加了中国女性文学的系列活动；

1996 年，作为中国女性文学代表作家受邀在美进行了为期三个月的访问讲学活动，分别在美国杨百翰大学、科罗拉多大学、宾夕法尼亚州立大学、圣玛丽学院等举办了题为《中国女性写作的呼喊与细语》的文学讲座，是第一位被美国正式邀请讲中国女性文学的作家，讲座受到研究中国文学的海外学者的热烈欢迎；

1997 年，参加在贝尔格莱德举办的第三十四届贝尔格莱德国际作家会议；

1998 年，参加首届鲁迅文学奖颁奖大会，中篇小说《双鱼星座》荣获首届鲁迅文学奖；

1999 年，参加在台湾举办的两岸文学研讨会；

2000 年，参加在越南举办的文化交流活动；

2002 年，参加在加拿大举办的渥太华国际作家会议；

2004 年，人民文学出版社召开徐小斌作品研讨会；

2005 年，参加北京作家协会组织的赴埃及、土耳其的文化交流活动；

2006 年，参加北京文学杂志社组织的中俄文化交流；

2007 年，接到美国文学翻译中心（ALTA）副主席 Rainer. Schulte 先生的邀请，作为惟一的中国作家赴美参加由五十个国家的作家、翻译家参加的美国文学翻译中心三十周年庆典及国际文学研讨会；

2008 年，参加为期一个月的香港国际作家工作坊活动；

2009 年，参加中国 – 厄瓜多尔文学交流活动；

同年，英文版《羽蛇》全球首发，人民文学出版社同步召开新闻发布会；

2010 年由于希腊文小说《亚姐》出版，接受希腊文化部邀请赴希腊交流访问；

2011 年受到美国纽约亚洲协会邀请，赴美讲学，与著名作家苏童一道在美国哈佛大学演讲、座谈；

同年，与莫言等同赴澳大利亚参加"首届中澳文学论坛"与"墨尔本文学节"；

同年年底，应台湾印刻出版社邀请赴台进行文化交流活动；

2012 年，作家出版社举办"特立独行、历久弥新——徐小斌写作三十年作品研讨会"；

2013 年 6 月，新长篇《天鹅》新闻发布会举行；

同年 10 月，参加"首届海峡两岸文学笔会"并作主题发言；

2014 年 1 月，应邀赴泰国进行影视文化交流活动；

3 月，应邀赴澳门大学讲学，在澳门大学郑裕彤书院建立"徐小斌工作坊"；

5 月，荣获加拿大第二届国际"大雅风"华语文学奖小说奖首奖，赴多伦多领奖；

8 月，参加第三届汉学家国际研讨会；

10 月，参加"海外华文女作家双年会暨华文文学论坛"，与余光中、席慕蓉等同台演讲；

2015 年年底，长篇小说《水晶婚》获得年度英国笔会翻译文学奖；

2016 年 4 月，应邀出席伦敦书展并在英国利兹大学演讲；

2016 年 11 月，参加中国作家协会第九次代表大会；

2017 年，在温哥华讲课及举办文学座谈会；

2018 年，《双鱼星座》入选"百年中篇经典"和"百年百部中篇经典"；《对一个精神病患者的调查》入选"百年中篇经典"。

图书在版编目（CIP）数据

虎符传奇（上、下）/ 徐小斌著 .—北京：作家出版社，
2019.8

（徐小斌经典书系）

ISBN 978-7-5212-0666-1

Ⅰ.①虎… Ⅱ.①徐… Ⅲ.①电视文学剧本－中国－
当代 Ⅳ.① I235.2

中国版本图书馆 CIP 数据核字（2019）第 173124 号

虎符传奇（上、下）

作 者：徐小斌
责任编辑：秦 悦
助理编辑：李炫屿
装帧设计：蔡立国
责任印制：李卫东
出版发行：作家出版社有限公司
社 址：北京农展馆南里 10 号 邮 编：100125
电话传真：86-10-65067186（发行中心及邮购部）
86-10-65004079（总编室）
E-mail:zuojia @ zuojia.net.cn
http://www.zuojiachubanshe.com
印 刷：中煤（北京）印务有限公司
成品尺寸：152×230
字 数：647 千
印 张：47
版 次：2020 年 1 月第 1 版
印 次：2020 年 1 月第 1 次印刷
ISBN 978-7-5212-0666-1
定 价：88.00 元